MIRA®

Der Preis dieses Bandes versteht sich einschließlich der gesetzlichen Mehrwertsteuer.

Umwelthinweis:
Dieses Buch wurde auf chlor- und säurefreiem Papier gedruckt.

Heiß, heißer … und dann?

MIRA®

MIRA® TASCHENBUCH
Band 25418
1. Auflage: Oktober 2009

MIRA® TASCHENBÜCHER
erscheinen in der Cora Verlag GmbH & Co. KG,
Valentinskamp 24, 20350 Hamburg
Deutsche Taschenbucherstausgabe

Titel der nordamerikanischen Originalausgaben:
Body Heat

Aus dem Amerikanischen von Andrea Cieslak

Simply Sexy

Aus dem Amerikanischen von Annette Hahn

Brazen

Aus dem Amerikanischen von Brigitte Marliani-Hörnlein

erschienen bei: Harlequin Enterprises Ltd., Toronto
Published by arrangement with
HARLEQUIN ENTERPRISES II B.V./S.àr.l.

Konzeption/Reihengestaltung: fredebold&partner gmbh, Köln
Umschlaggestaltung: pecher und soiron, Köln
Redaktion: Stefanie Kruschandl
Titelabbildung: pecher und soiron, Köln
Autorenfoto: © by Harlequin Enterprises S.A., Schweiz
Satz: Buch-Werkstatt GmbH, Bad Aibling
Druck und Bindearbeiten: CPI – Ebner & Spiegel, Ulm
Printed in Germany
ISBN 978-3-89941-684-8

www.mira-taschenbuch.de

Carly Phillips

Heiß ...

Roman

Aus dem Amerikanischen von
Andrea Cieslak

MIRA®

1. KAPITEL

Es waren heiße Tage, aber noch heißer waren für Jake Lowell die Nächte. Und zwar *ihretwegen.* In seinem Bauch schienen Schmetterlinge zu flattern, als er sich im „Sidewalk Café" suchend nach der Frau seiner Träume umschaute.

Er umfasste sein Eiswasserglas, um seine Handflächen zu kühlen. Aber das machte die feuchte Hitze in New York kaum erträglicher. Ganz zu schweigen von dem Feuer, das in ihm brannte. Das *sie* in ihm entfacht hatte.

Jake rutschte auf dem schmiedeeisernen Stuhl hin und her, um eine bequeme Haltung zu finden, bei der die harte Lehne nicht gegen seine linke Schulter drückte. Er verlagerte nochmals sein Gewicht, und plötzlich durchzuckte ein stechender Schmerz seinen Oberkörper. Verdammter Designerstuhl!, fluchte Jake innerlich. Schicke Straßencafés waren nicht seine Welt, sondern eher die seiner Schwester. Doch seit er zum ersten Mal hierhergekommen war und die sexy Kellnerin gesehen hatte, ertrug er das Ambiente.

Wieder blickte er sich um, aber die Frau, um die sich seine Fantasien rankten, war nicht in Sicht.

Jake schaute auf die Uhr. Typisch – seine Schwester Rina war jetzt schon fünfzehn Minuten überfällig. Er kannte ihre Unpünktlichkeit und würde sich eher wundern, wenn sie einmal zur rechten Zeit auftauchte. Doch da der Kerl, der ihn niedergeschossen hatte, immer noch frei herumlief, beunruhigte ihn Rinas Verspätung.

Jake ließ seinen Blick nochmals über die verlassene Straße wandern, dann drehte er sich zum beinahe leeren Café um.

In dem Moment sah er *sie,* seine Traumfrau, mit einer Wasserflasche in der Hand an der Bar stehen. Sie trug eine weiße Jeans und ein schwarzes ärmelloses Top und hatte eine Schürze um die Taille gebunden. Ihr kastanienbraunes Haar war zu einem Pferdeschwanz zusammengenommen, aber einige Strähnen hatten sich gelöst und kringelten sich um ihr zartes Gesicht.

Nachdem sie eine Bestellung von ihrem Block abgelesen hatte, steckte sie ihn in die Hosentasche, und der Barkeeper fing an, Drinks zu mixen. Jake stand auf und ging mit seinem Glas auf die offenen Schiebetüren zu. Die Kellnerin lehnte an der Wand und schaute sich um. Dann legte sie den Kopf zurück und rollte die Plastikflasche über ihre Stirn, über beide Wangen und schließlich über ihren schlanken Hals.

Jake unterdrückte ein Stöhnen, als sie den Rücken streckte, bis das schwarze Top über ihren Brüsten spannte. Die aufgerichteten Spitzen zeichneten sich deutlich unter dem Stoff ab und stellten Jakes Beherrschung auf eine harte Probe. Es schien ihm, als wäre jede ihrer sinnlichen Bewegungen nur für seine Augen bestimmt.

Sie hielt die Lider geschlossen, ließ die Schultern fallen und entspannte sich. Als sie nochmals die kalte Flasche über ihre nackte Haut gleiten ließ, seufzte sie. Ob es ihr bewusst war oder nicht, sie stachelte seine Fantasie an.

Würden ihre feuchten Lippen nach Minze schmecken? Oder süß wie die Kaffeegetränke, die hier serviert wurden? Und würde sie im Rausch der Lust seinen Blick suchen oder die Augen schließen vor sehnsüchtiger Erwartung? Schon die Vorstellung, mit dieser Frau zu schlafen, entfesselte seine Leidenschaft. Ein Grund mehr, vorsichtig zu sein.

Seit dem Vorfall, bei dem er niedergeschossen und Frank Dickinson, sein bester Freund und Kollege bei der Polizei, ums Leben gekommen war, hatte kaum etwas sein Interesse erregt. Jake zweifelte sogar daran, ob er in seinem Leben die richtige Richtung eingeschlagen hatte. Aber in diesem Moment spürte er ein heißes Verlangen, das alles andere auslöschte.

Die Neonlampen über der Theke wurden von den Wassertropfen auf ihrer Haut reflektiert. Jake brach der Schweiß aus, der nichts mit der schwülen Witterung zu tun hatte. Er rieb seine feuchte Hand an der Jeans, die ihm auf einmal zu eng war.

Die Kellnerin richtete sich auf, stellte ihre Flasche auf den Tresen und schaute sich wieder um. Jake hielt den Atem an, doch sie sah nicht in seine Richtung. Sie nahm eine Serviette und tupfte ihr Dekolleté ab, bis zu der Stelle zwischen ihren vollen Brüsten, wo sich wahrscheinlich einige Tropfen angesammelt hatten.

Plötzlich wandte sie sich um und begegnete seinem Blick. Überrascht riss sie die Augen auf. Wie Jake vermutet hatte, war sie sich nicht bewusst gewesen, dass sie beobachtet wurde. Aber sobald ihr Schreck verflogen war, musterte sie ihn mit eindeutigem Interesse.

Von Anfang an war die Anziehung zwischen ihnen stark gewesen. Und während der letzten Wochen hatte sich die knisternde Spannung noch gesteigert.

Immer wenn er sich abends hier mit seiner Schwester traf, war auch die schöne Kellnerin da. Leider bediente sie niemals an seinem Tisch. Jake hatte keine Ahnung, warum sie nicht auf ihn zukam, dafür wusste er umso besser, warum er auf Distanz blieb. Er wollte die Fantasie nicht durch die banale Wirklichkeit zerstören.

Seine Traumfrau schaute ihn unverwandt an, als wartete sie darauf, dass er den nächsten Schritt machte. Er hob sein Glas wie zum Toast und rechnete schon damit, dass sie sich abweisend abwenden würde. Stattdessen erwiderte sie seinen Blick mit einer Kühnheit, die ihn verblüffte – bis der Barkeeper sie rief, weil ihre Bestellung fertig war.

Sie sah Jake noch einmal an und warf die Serviette in den Mülleimer. Dann ging sie wieder an die Arbeit und servierte die Drinks. Aber ihre Wangen blieben gerötet.

„Oh, Jake, es tut mir leid." Die Stimme seiner Schwester riss ihn aus seinen sinnlichen Träumereien.

Erleichtert, dass Rina aufgetaucht war, kehrte er mit ihr an seinen Tisch im Freien zurück.

„Ich weiß, dass ich mich verspätet habe. Doch schuld ist nur Norton. Er hasst diese Hitze." Norton war ein chinesischer Shar-Pei mit vielen Falten und schwarzer Zunge, aber Jake hatte trotz des gewöhnungsbedürftigen Aussehens eine Schwäche für ihn entwickelt.

Er schüttelte lachend den Kopf. „Der Reichtum hat dich wirklich verändert, Rina."

Als seine Schwester, eine Anwaltsgehilfin, ihren Chef geheiratet hatte, war Jake anfangs skeptisch gewesen, ob die Beziehung gut gehen würde. Wer hätte wohl keine Bedenken bei einem Mann, der sich einmal in der Woche die Fingernägel polieren ließ? Doch es hatte sich herausgestellt, dass er das Beste war, was Jakes kleiner Schwester nur hatte passieren können. Dann war er plötzlich gestorben. Rina war viel zu jung, um schon Witwe zu werden. Wenigstens war es für Jake tröstlich, zu wissen, dass sie eine Zeit lang sehr glücklich gewesen war.

Die Verbindung von zwei gegensätzlichen Temperamenten hatte bei Rina und ihrem Mann gut funktioniert, nicht aber bei Jake und seiner Exfrau. Seine Ehe hatte mit einer unangenehmen Scheidung geendet, weil er die materiellen Ansprüche seiner Frau von seinem Polizistengehalt nicht befriedigen konnte und sie sich nicht mit seinen unregelmäßigen Arbeitszeiten abfinden wollte. Auch nach fünf Jahren tat das noch weh.

„Der Reichtum hat mich keineswegs verändert", protestierte Rina in gespielter Entrüstung. „Immerhin führe ich den Hund selbst aus. Ich könnte auch jemanden dafür engagieren, doch er würde sowieso schon nach einem Tag kündigen."

Jake hörte kaum hin, während er die sexy Kellnerin aus den Augenwinkeln beobachtete. Sie arbeitete drinnen im Restaurant, wo inzwischen immer mehr Gäste vor der Hitze Zuflucht suchten. Nichts schien sie aus der Ruhe zu bringen – weder die drückende Schwüle noch gereizte Gäste. Sie bediente mit einem Tausend-Watt-Lächeln, an dem er sich nicht sattsehen konnte. Hin und wieder schaute sie verstohlen in seine Richtung. Um sich zu vergewissern, dass er noch da war? Der Gedanke gefiel ihm.

Weil er verrückt nach ihr war. Jake konnte sich nicht erinnern, wann er zum letzten Mal so intensiv auf eine Frau reagiert hatte. Seit seiner Scheidung hatte er nicht gerade wie ein Mönch gelebt, aber er hatte sich auch nicht ernsthaft auf eine Beziehung eingelassen. Keine der Frauen in seiner Vergangenheit hatte je sein Interesse so erregt wie *sie*. Das sinnliche Spiel, das sie spielten, faszinierte ihn. Er wollte nicht riskieren, die Illusion zu zerstören, indem er sich mit ihr verabredete.

Jake hatte gelernt, wie sehr das Äußere eines Menschen täuschen konnte. Die sexy Kellnerin zog ihn stärker an, als seine Exfrau es je getan hatte, und gerade das sollte ihm als Warnung genügen. Außerdem hatte er noch einen Fall zu lösen. Da musste er einen klaren Kopf behalten.

Rina wedelte mit der Hand vor seinen Augen und schmunzelte. Offenbar hatte sie erraten, wo er mit seinen Gedanken war. Da er während der letzten Wochen darauf bestanden hatte, sich stets zur gleichen Zeit in diesem Café zu treffen, war er ziemlich leicht zu durchschauen.

„Wie ich schon sagte", nahm Rina den Gesprächsfaden wieder auf, „musste ich Norton vor unserem Treffen ausführen, und er wollte partout nicht mitkommen. Der Arme hasst den heißen Asphalt unter seinen Pfoten. So habe ich dann versucht, ihn die Park Avenue entlangzuziehen, während er mich zurück nach Hause zerren wollte. Kann du dir den Anblick vorstellen?"

Jake schüttelte den Kopf. „Der Hund ist eine Nervensäge", murmelte er abwesend. Er schaute über die Schulter, doch die Kellnerin war verschwunden.

„Sie kommt wieder", tröstete Rina ihn augenzwinkernd. „Und Norton ist keine Nervensäge, er hat nur seine speziellen Vorstellungen, wen und was er mag."

„Und was er nicht mag", ergänzte Jake und dachte dabei an die Pfütze, die seine neuen Sneakers bei ihrer ersten Begegnung ruiniert hatte.

„Nun, wie dem auch sei, er war Roberts Hund, und jetzt hat er nur noch mich."

Jake beugte sich vor. „Und wie geht es dir?"

Rinas Mann Robert war bei einem Autounfall ums Leben gekommen, weil er sich zu sehr beeilt hatte, von einer Geschäftsreise zu seiner Frau nach Hause zu kommen. Schuldgefühle und Trauer hatten sie beinahe zerstört, und Jake hatte sich große Mühe gemacht, sie aus ihrem Tief zu holen. Dazu gehörte auch, sich mehrmals in der Woche mit ihr zum Essen oder auf einen Drink zu verabreden. Fast ein Jahr war seitdem vergangen, und obwohl Rina sich inzwischen erholt hatte, hatte Jake die Gewohnheit beibehalten, weil auch er die gemeinsamen Treffen genoss.

„Genau das wollte ich mit dir besprechen. Eine Freundin hat mich eingeladen, den Sommer mit ihr in Italien zu verbringen. Und ich kann etwas Abstand gebrauchen."

„Das ist eine großartige Idee", stimmte Jake spontan zu. Nicht nur, dass die Reise seiner Schwester sehr guttun würde, sie wäre dadurch auch außer Landes und in Sicherheit, bis Louis Ramirez hinter Schloss und Riegel saß. „Alles, was dich aus diesem Mausoleum von Apartment herausholt, kann nur gut für dich sein." Jedes Mal, wenn er sich in dem luxuriösen Penthouse-Apartment umdrehte, hatte er Angst, etwas kaputtzumachen.

„Ich bin froh, dass du so denkst. Nur, was ist in der Zeit mit meinem Apartment?"

„Dem Mausoleum?"

„Wie immer du es nennen willst. Ich möchte, dass du dort während meiner Abwesenheit wohnst und dich um Norton kümmerst. Und bevor du ablehnst, denk an den Whirlpool und den Pool. Sie werden Wunder für deine Genesung wirken", fügte sie bedeutungsvoll hinzu.

Jake spürte Ärger auf sich zukommen. „Sorg dich nicht um meine Gesundheit. Ich brauche keine aufwendige Therapie. Ich mache ein paar Übungen, die ein Orthopäde mir empfohlen hat, und seitdem geht es meiner Schulter schon viel besser." Er fing Rinas Blick auf und merkte, dass er sich unbewusst den schmerzenden Muskel gerieben hatte. Schnell legte er die Hand um sein Glas.

Rina zog die Augenbrauen hoch. „Deine Abteilung sagt etwas anderes."

Sosehr er seine Schwester auch liebte, so konnte er sie doch unmöglich in die Tatsache einweihen, dass er heimlich alles tat, um schnell wieder fit zu werden. Ihre Fürsorge äußerte sich leider nur zu oft darin, dass sie sich in sein Leben einmischte und zu unpassenden Gelegenheiten plauderte. Und er hatte seine Gründe, die Fortschritte seiner Genesung geheim zu halten.

„Meine Abteilung hat nichts zu sagen, solange unklar ist, ob ich überhaupt dorthin zurückkehre", entgegnete er. Und er war sich nicht sicher, ob er das wollte. Das hatte nichts damit zu tun, dass er noch immer unter den Folgen der Schussverletzung litt. Vielmehr waren es die Begleitumstände dieses Vorfalls, die ihn ernüchtert hatten.

Louis Ramirez, ein notorischer Drogendealer, war reif zur Verhaftung gewesen. Als Ermittler im Rauschgiftdezernat hatte Jake seine ganze Zeit und Energie darauf verwendet, diesem Verbrecher das Handwerk zu legen. Er hatte bereits schon zu viele junge Menschen im Leichenschauhaus gesehen und zu viele einstmals frische Gesichter, die jetzt gezeichnet von Drogenabhängigkeit waren. Jake hatte sich geschworen, den Kerl für lange Zeit aus dem Verkehr zu ziehen, und hatte dabei so manches Mal die Klippen korrekter Polizeiarbeit umschifft. Er hatte einem Informanten vertraut – und es bereut, sobald die erste Kugel abgefeuert worden war und er begriff, dass er und seine Kollegen hereingelegt worden waren.

Dennoch hatten sie Ramirez gefasst. Nach der Schießerei, bei der Frank sein Leben verloren hatte und Jake vorübergehend außer Gefecht gesetzt worden war, konnte Ramirez festgenommen werden. Und er wäre auch in Haft geblieben, wenn Jake nicht k. o. gewesen wäre. Wenn nicht irgendein Anfänger die Sache vermasselt hätte, indem er Ramirez die Rechte nicht richtig vorgelesen hatte. Ramirez musste wegen eines Formfehlers freigelassen werden. Es war nicht das erste Mal, dass Jake so etwas erlebt hatte, aber diesmal war es der sprichwörtliche Tropfen gewesen, der das Fass zum Überlaufen brachte. Er hatte einen miesen Verbrecher zur Strecke gebracht, nur um mit anzusehen, wie das amerikanische Rechtssystem seine Bemühungen vereitelte.

Der Detective, den Ramirez getötet hatte, war ein guter Mann gewesen – ein Mann, der Frau und Kinder hinterließ –, und es wäre Jake lieber gewesen, die tödliche Kugel hätte ihn getroffen. Er hatte keine kleinen Kinder, die ihren Vater brauchten. Jakes Wochenendbesuche und Anrufe bei Franks Familie waren kein Ersatz für das, was wirklich fehlte.

„Ich habe das System satt, und die Routine hängt mir schon lange zum Hals heraus“, erklärte Jake seiner Schwester ohne Umschweife.

„Frank ist tot, und du willst einfach aufgeben?“

Rina klang ungläubig, vielleicht weil sie Jake besser verstand als jeder andere. Sie wusste, wie tief seine Freundschaft mit Frank und dessen Familie ging, und sie kannte den Schmerz, jemanden zu verlieren. Aber sie kannte auch ihren Bruder. Jake Lowell warf nicht so schnell das Handtuch.

„Ich lenke nur meine Energien um“, wich er aus. Er wollte Rina nicht aufregen, indem er ihr erzählte, dass er vorhatte, Franks Mörder auf eigene Faust zu suchen.

Man konnte Ramirez nicht noch einmal wegen der gleichen Vergehen verhaften, doch der Kerl handelte zweifellos weiter mit Rauschgift und würde irgendwann einen Fehler machen. Jake ermittelte inoffiziell gegen ihn, und zwei befreundete Kollegen versorgten ihn mit Informationen. Es war nur eine Frage der Zeit, bis er Ramirez erwischte. Aber er konnte sich nur so lange ungestört auf diesen Fall allein konzentrieren, wie er wegen Krankheit beurlaubt war.

Außerdem brauchte er eine Auszeit, um herauszufinden, welchen Weg er künftig gehen wollte. Hatten der harte Berufsalltag und die Enttäuschungen ihn schlicht ausgelaugt, oder steckte mehr dahinter? Jake wusste keine Antwort darauf. Und er ahnte, dass ihm auch keine einfallen würde, solange Ramirez frei herumlief.

Seine Verletzung war die perfekte Entschuldigung für ihn, sich den Rücken freizuhalten. „Können wir das Thema wechseln?“, fragte er.

Rina zuckte mit den Schultern. „Wie du willst. Lass den Muskel verkümmern, bis du ihn gar nicht mehr bewegen kannst. Wenn du dann wieder arbeiten willst, wirst du durch den körperlichen Eignungstest fallen und …“

„Rina“, unterbrach er sie mit warnender Stimme.

Kapitulierend hob sie die Hände. „Okay, ich hör ja schon auf. Wirst du nun in meinem Apartment wohnen, während ich weg bin?“

Jake zog eine Augenbraue hoch. „Könntest du den Hund nicht in eine Hundepension geben?"

„Norton mag keine Hundepensionen. Und wenn du dich nicht um ihn kümmerst, werde ich zu Hause bleiben müssen."

„Schon gut", erwiderte Jake resigniert. Es war im Grunde egal, wo er sich einrichtete, solange er kommen und gehen konnte, wann er wollte. Außerdem würde er freier agieren können, sobald Rina die Stadt verlassen hatte. „Du sollst fahren, und wenn es dich beruhigt, werde ich in dein Apartment ziehen und sogar mit dieser seltsamen Kreatur öffentlich spazieren gehen." Er bemühte sich, seiner Stimme dabei einen humorvollen Klang zu verleihen, damit Rina kein schlechtes Gewissen hatte.

Ihre Augen leuchteten auf, wie Jake es nach dem Tod ihres Mannes nicht mehr gesehen hatte. „Oh, ich danke dir." Sie sprang auf, legte den Arm um seine unversehrte Schulter und küsste ihn auf die Wange. „Danke. Du kannst dir nicht vorstellen, wie deprimierend es für mich ist, allein in dem Penthouse zu sitzen. Diese Reise wird mir helfen, die Erinnerungen zu bewältigen."

„Das ist alles, was ich mir für dich wünsche." Er drückte sie. „Könntest du mich jetzt bitte loslassen, bevor wie aneinander kleben bleiben?"

Rina lachte und setzte sich wieder hin. „Nun, da wir mein Leben fürs Erste in Ordnung gebracht haben, ist es Zeit, dass wir uns mit deinem beschäftigen."

Jake stöhnte. „Ich wusste, dass du keine Ruhe geben würdest. Ich mache dir einen Vorschlag. Fahr nach Italien und amüsier dich. Komm glücklich zurück, und dann kümmern wir uns um mein Leben." Bis dahin würde er Ramirez gefasst haben.

Rina dachte allerdings offensichtlich nicht nur an seine berufliche Zukunft. Sie schaute über ihre Schulter. „Ich weiß nicht, Jake. Wenn du zu lange wartest, schnappt sie dir vielleicht jemand weg. Immerhin könnte sie auch schon in festen Händen sein."

„Sie trägt keinen Ring", entgegnete er spontan. Sofort bereute er es, sich auf diese Weise verraten zu haben.

„Dann ändere etwas daran", erwiderte seine Schwester herausfordernd.

Jake verzichtete darauf, den Köder aufzunehmen. Solange der Fall Ramirez wie ein Damoklesschwert über seinem Kopf schwebte, konnte Jake keine Ablenkung gebrauchen. Und die sexy Kellnerin könnte ihm mehr als gefährlich werden.

Sie war spät dran. Brianne Nelson lief die Straße zum Sidewalk Café hinunter. Sie brauchte das Geld, das ihr dieser Nebenjob einbrachte, aber sie konnte nur an *ihn* denken. Ob er da war, wie gestern Abend und den Abend davor? Wartete er auf sie oder hatte er aufgegeben und war gegangen? Und war er allein oder wie immer mit dieser schönen Frau zusammen? Der Frau, die ihn gestern umarmt hatte.

Briannes Herz schlug wild vor Aufregung. Sie hatte schon gedacht, sie würde gar nicht mehr aus dem Krankenhaus herauskommen. Ihr letzter Patient, Mr. Johnson, war in der Röntgenabteilung aufgehalten worden und erschien eine Dreiviertelstunde zu spät zur Physiotherapie, aber sie hatte den älteren Herrn nicht abweisen mögen. Nach seinem zweiten Schlaganfall war Mr. Johnson dringend auf die Rehabilitation angewiesen. Sie konnte ihn genauso wenig auf einen anderen Termin legen oder an einen anderen Therapeuten verweisen, wie sie ihren Zweitjob aufgeben konnte.

Nicht dass sie es wollte. Nicht seit der Mann ihrer Träume wartete. Er kam dreimal die Woche, jedes Mal im gleichen Outfit – einer Jeans und einem Shirt mit abgeschnittenem Saum, das einen Streifen brauner Haut mit einem Hauch von dunklen Härchen auf seinem Bauch entblößte. Und seine

Oberarme … Brianne hatte noch nie so gut modellierte Muskeln gesehen. Der Fremde faszinierte sie.

Als Brianne sich dem Eingang näherte, verlangsamte sie die Schritte und ließ ihren Blick über die besetzten Tische entlang dem Bürgersteig wandern. Viele der Männer hatten pechschwarzes Haar, doch bei keinem von ihnen begann ihr Puls zu rasen. Keiner von ihnen erwiderte ihren Blick mit einem wissenden Ausdruck in den Augen oder löste mit seinem sexy Lächeln eine heiße Welle des Verlangens in ihr aus.

Sie versuchte, nicht enttäuscht zu sein, und erinnerte sich daran, dass der Mann anscheinend bereits vergeben war. Deshalb hatte sie Jimmy gebeten, dass ihre Kollegin Kellie die Tische draußen übernahm. Kellie verstand es, zu flirten, ohne die Männer ernst zu nehmen, und würde mit so einem attraktiven Gast lässig fertig werden. Im Gegensatz zu Brianne, die viel zu befangen war.

Sie hastete ins Restaurant und am Tresen vorbei.

„Du kommst zu spät“, rief Jimmy ihr nach.

„Es tut mir leid.“

„Warte. Jemand möchte …“

Sie verschwand schnell in dem kleinen Waschraum und schnitt Jimmy so das Wort ab, bevor er ihr wieder Vorträge über ihre Doppelbelastung halten konnte. Er war nicht nur ihr Chef, sondern mit der Zeit auch ein guter Freund geworden. Tagsüber arbeitete sie in ihrem Beruf als Physiotherapeutin, und Jimmy wusste, wie nötig sie den Zweitjob im Café brauchte. Er beschwerte sich nur selten über ihre häufigen Verspätungen. So wie sie hatte auch er seine Eltern früh verloren und einen jüngeren Bruder großgezogen. Nur dass er nicht den zusätzlichen Druck gehabt hatte, einem hochbegabten Jungen den Aufenthalt in einem exklusiven privaten Internat und anschließend eine College-Ausbildung zu finanzieren.

Zu dumm, dass ihre Eltern nicht an ihre Kinder gedacht hatten, als sie mit einem kleinen Flugzeug bei einem Unwetter starteten, vor dem sogar die Luftfahrtbehörde gewarnt hatte. Zu dumm, dass sie ihr ganzes Geld nur ins Vergnügen gesteckt hatten und nicht in eine Lebensversicherung.

Brianne verdrängte den Gedanken an ihre egoistischen Eltern. Sie war nun schon so lange für ihren Bruder verantwortlich, dass sie es sich gar nicht mehr anders vorstellen konnte. Aber selbst ein Chef, der gleichzeitig ihr Freund war, würde sie nicht weiterbeschäftigen, wenn sie sich nicht zusammenriss und endlich anfing, die Gäste zu bedienen.

Sie wusch sich die Hände und fragte sich, ob *er* vielleicht später auftauchen würde. Diese Hoffnung würde ihr Kraft geben, wenn sie sich nicht mehr auf den Beinen halten konnte. Nur zu wissen, dass er da war und sie beobachtete, gab ihr das Gefühl, sexy und begehrenswert zu sein, und versetzte sie in gehobene Stimmung.

Sie trocknete ihre Hände und nahm ihre Sachen, um sich in einer der Kabinen umzuziehen. Dabei stieß sie plötzlich mit jemandem zusammen. „Entschuldigung", murmelte sie.

„Meine Schuld."

Brianne trat einen Schritt zurück und sah sich der Frau gegenüber, die sonst immer mit ihrem Traummann zusammensaß. Ihr dunkles Haar war stufig geschnitten. Der fransige Schnitt passte perfekt zu ihrem zart geschminkten Gesicht und der eleganten Kleidung.

Die Frau sieht jedenfalls nicht so aus, als ob sie den ganzen Tag andere Leute massiert hätte, dachte Brianne flüchtig. Dann schaute sie auf die Uhr und stöhnte. „Entschuldigen Sie. Ich bin spät dran." Brianne ging auf den offenen Verschlag zu.

„Können wir uns kurz unterhalten?"

Die Stimme der anderen Frau ließ Brianne kurz erstarren, dann wirbelte sie herum. „Wie bitte?“ Ihr Herz schlug schneller.

Sie hatten nichts gemeinsam, nichts zu bereden – außer *ihn*. Ich habe mir nichts zuschulden kommen lassen, beruhigte sich Brianne. Doch die Gedanken und Fantasien, die um diesen Mann kreisten, genügten, um sie erröten zu lassen.

„He, alles in Ordnung?“, fragte die Frau besorgt.

„Mir geht es gut“, antwortete Brianne verlegen. Ihr Traummann hatte eine Freundin, die mit ihr sprechen wollte. Sie hatte mit angesehen, wie sie sich umarmt hatten, und dabei Eifersucht empfunden. Aber es war nur richtig, dass sie daran erinnert wurde, dass er vergeben war. „Mir geht es gut“, wiederholte sie. „Danke. Es ist nur, weil ich spät dran bin. Mein Chef …“

„Ist ein großartiger Kerl. Er hat es erlaubt.“

Brianne schüttelte den Kopf. „Ich möchte nicht unhöflich sein, doch ich muss wirklich arbeiten. Jimmy ist wunderbar, aber die Trinkgelder kann er mir nicht ersetzen.“

„Ich weiß besser Bescheid, als Sie ahnen. Ich komme oft hierher.“

„Ich weiß.“ Brianne hätte sich am liebsten auf die Zunge gebissen, weil sie sich verraten hatte.

„Nun, ich möchte nicht, dass Sie denken, ich wäre unhöflich oder hätte gelauscht, nur …“ Die Frau lächelte. „Okay, ich habe gelauscht. Gestern Abend. Ich habe gehört, wie Sie zu Jimmy gesagt haben, wie müde Sie wären. Und dann erwähnte er etwas davon, wie gern Sie mit Ihrem Bruder zusammenziehen würden, wenn er im Herbst sein Studium in Stanford beginnt.“

„Und Sie möchten mich in den ersten Flieger Richtung Westen setzen?“, fragte Brianne mit einem Anflug von Sarkasmus.

„Ja. Nein.“ Die Frau lachte. „Lassen Sie es mich erklären.“

Brianne war sich nicht sicher, ob sie sie anhören wollte. Wenn diese Frau vermutete, dass sie ihrem Freund nachstellte, würde sie wahrscheinlich versuchen, ihr Kalifornien schmackhaft zu machen. Was nicht nötig war – Brianne freute sich auf den Neuanfang. Wärmeres Klima. Normale Arbeitszeiten. Freunde. Ein eigenes Leben.

Sie seufzte. Sie hatte Bewerbungen abgeschickt, aber bis jetzt noch kein Glück gehabt. Entweder hatte man sie einfach abgelehnt, oder das Gehalt, das man ihr bot, kam dem in New York nicht gleich. Brianne musste wählerisch sein, wenn sie Marcs Darlehen für das Internat und ihre eigenen Schulden abbezahlen wollte.

Davon abgesehen, würde Brianne am liebsten auf der Special Kid Ranch arbeiten. Mit Kindern zu arbeiten, war schon immer ihr Wunsch gewesen, allerdings hatte sie nicht viel Hoffnung, dass sie eine Zusage bekommen würde.

„Hören Sie mir überhaupt zu?"

Brianne blinzelte. „Ja. Sorry." Sie hatte in den letzten Tagen so viel um die Ohren, dass es ein Wunder war, dass sie überhaupt funktionierte.

„Ich schlage vor, wir setzen uns erst einmal, aber ..." Die Frau schaute sich in dem gefliesten Waschraum um und lächelte. „Sie müssen mich anhören. Ich habe ein Angebot für Sie, das Sie garantiert nicht ablehnen können."

2. KAPITEL

Brianne betrat die prunkvolle Lobby des vornehmen Gebäudes in Manhattan. Ein Portier in Uniform begrüßte sie freundlich. „Hallo, Miss Nelson."

Brianne wunderte sich, dass der ältere Herr sich an sie erinnerte. Sie hatte ihn nur einmal getroffen, als sie Rina vor ein paar Tagen hier besucht hatte. Verstohlen sah sie auf sein Namensschild. „Hallo, Harry", erwiderte sie lächelnd und ließ sich von ihm zum Privatlift führen, der zum Penthouse führte.

Im Fahrstuhl war sie dann mit ihren Gedanken allein. Rina hatte ihr ein Angebot gemacht, dem sie nicht hatte widerstehen können. Damit, dass sie Rinas Bruder in den Abendstunden physiotherapeutisch betreute, würde sie genug Geld verdienen, um endlich freier atmen zu können. Sie würde Marcs Schuldarlehen zurückzahlen können, und da die Kosten fürs College von Stipendien gedeckt wurden, waren die Zeiten drückender finanzieller Lasten für sie vorbei. Sie hatte sogar schon einen Teil ihrer eigenen Schulden tilgen können dank des zweiten Teils von Rinas großzügigem Vorschlag – mietfreies Wohnen in einem Zimmer des Penthouse-Apartments.

Bei der Vorstellung, bei Rina und ihrem Bruder einzuziehen – völlig fremden Leuten –, drohten alte Ängste wieder in ihr aufzuleben. Aber Brianne kämpfte dagegen an. Obwohl sie Rinas Bruder noch nicht kannte, hatte ihr Rinas Herzlichkeit ein gutes Gefühl gegeben.

Viel mehr Sorge bereitete ihr Rinas Freund. Brianne hoffte, dass sie hier nicht ihrem Traummann begegnen würde. Doch falls Rina etwas von der knisternden Spannung zwischen ihnen gemerkt haben sollte, würde sie ein Zusammentreffen von ihnen schon zu verhindern wissen. Brianne gab zu, dass es das Beste für sie wäre.

Der Fahrstuhl blieb stehen, und die Türen glitten lautlos auf. Brianne trat direkt in den Flur des beeindruckend großen Penthouse-Apartments und schaute sich staunend um. Sie registrierte einen kristallenen Kronleuchter, riesige Fenster und Marmorfußböden. Eine völlig andere Welt.

Sie sah an sich herab und strich die Trainingshose glatt, die sie für das Treffen mit Rinas Bruder angezogen hatte. Sie hatte schon durch ihre Kleidung demonstrieren wollen, dass sie ihre Aufgabe ernst nahm und sofort anfangen konnte. Jetzt fragte sie sich, ob sie einen Fehler gemacht hatte. Vielleicht hätte sie sich für ein formelleres Outfit entscheiden sollen, aber jetzt war es zu spät. Die erste Begegnung mit ihrem neuen Patienten stand unmittelbar bevor.

Schwierig, so hatte Rina ihren Bruder beschrieben. Stur. Nicht vom Nutzen einer Therapie überzeugt. Brianne legte die Hände an ihren Bauch und versuchte, ihre Nerven zu beruhigen. Sie hatte schon vor langer Zeit gelernt, ihre Unsicherheiten zu verbergen und das Beste aus jeder Situation zu machen.

„Hallo?", rief sie und wunderte sich beinahe, dass sie kein Echo hörte. Das Apartment erstreckte sich über das gesamte oberste Stockwerk des noblen Gebäudes, und niemand hatte ohne Hauptschlüssel Zugang zum privaten Aufzug. Brianne war noch nie in einer so exklusiven und eleganten Wohnung wie dieser gewesen.

„Ist niemand hier?"

Auf ihr Rufen kam der kleine pummelige Hund, den sie bei ihrem ersten Besuch kennengelernt hatte, auf sie zugesprungen und begrüßte sie schwanzwedelnd.

„Na, du bist vielleicht ein Wachhund." Brianne bückte sich ohne Furcht zu ihm hinab. Sie musste mit den Fingern in den Falten seines Fells graben, um ihn liebevoll hinterm Ohr zu kraulen. „Und ein ganz Hübscher." In natura hatte sie so einen Hund vorher noch nie gesehen. Sie schaute auf das Namensschild an seinem Halsband. „Ist noch jemand hier, Norton?"

Er leckte ihre Hand. „Eine schwarze Zunge", murmelte sie. „Interessant."

„Rina? Wieso bist du zurück?", rief eine männliche Stimme irgendwo im Hintergrund. Bevor Brianne antworten konnte, redete der Mann weiter. „Ich dachte, du bist längst auf dem Weg zum Flughafen ..." Plötzlich verstummte die Stimme.

Brianne richtete sich auf. Sie hob den Blick und hielt vor Schreck den Atem an. Vor ihr stand ihr Traummann – nackt bis auf die schmalen Handtücher, die er um die Hüften und den Hals geschlungen hatte. Sein Körper war muskulös, seine Haut gebräunt. Sie zwang sich, tief durchzuatmen, und sah in sein schockiertes Gesicht.

„Sie sind nicht Rina", stellte er ganz überflüssig fest.

Brianne schüttelte den Kopf und fragte sich, ob er enttäuscht war, da verzog er seine Lippen zu diesem unglaublich sinnlichen Lächeln.

„Ich habe mir schon gedacht, dass sie es nicht sein kann. Sie ist schon vor einer ganzen Weile mit dem Taxi zum Flughafen gefahren."

Briannes Blick fiel flüchtig auf das Handtuch, das ihm tief um die Hüften hing. Als sie Rinas Vorschlag akzeptiert hatte, war sie davon überzeugt gewesen, dass sie *ihm* nicht begegnen würde. Doch nun sah sie ihn unvermittelt vor sich.

Und sie würde noch viel mehr von ihm sehen, wenn er hier lebte, wie sie jetzt vermutete. Als ob sie nicht schon genug sah. Fasziniert beobachtete sie, wie die Sonnenstrahlen auf seiner breiten Brust spielten. Ihr wurde beinahe schwindelig.

Er trat einen Schritt vor. Der Geruch von Seife kombiniert mit einem würzigen Aftershave hüllte sie ein. „Keine Bewegung", befahl sie. „Keinen Schritt weiter."

„Sie kann sprechen … Und ich dachte schon, Sie wären stumm."

„Sehr witzig", erwiderte sie.

„Warum darf ich nicht näher kommen?" Er verschränkte die Arme vor der Brust.

Brianne wünschte, er würde nicht ständig Dinge tun, die ihre Aufmerksamkeit auf seinen Körper lenkten. In ihrer Fantasie hatte sie diesen Mann jede Nacht mit zu sich nach Hause genommen, mit in ihr Bett. Und nun arbeitete sie für die Frau, mit der er zusammen war. Brianne konnte nicht so tun, als ob ihr das nichts ausmachte.

Vergiss das Geld, du kannst diesen Job unmöglich annehmen.

Plötzlich winselte Norton, legte den Kopf zwischen seine Vorderpfoten und schaute traurig zu ihr auf. Aber als ihr Traummann ihr Kinn umfasste und ihr Gesicht hob, um ihr tief in die Augen zu schauen, vergaß sie alles um sich herum.

Seine Fingerspitzen brannten auf ihrer Haut. „Sie sehen so aus, als würden Sie jeden Moment in Ohnmacht fallen."

Sein Körper strömte kraftvolle Hitze aus. Der Drang, sich an ihn zu schmiegen, war stark. Zu stark. „Ich habe Sie gebeten, nicht näher zu kommen."

„Und ich habe Sie gefragt, warum nicht. Sie haben nicht geantwortet."

Seine Augen waren tiefblau, wie Brianne jetzt feststellte. So dunkel, dass man sie fast schwarz nennen könnte.

Sie suchte nach einer unverfänglichen Antwort auf seine Frage und fand keine. Sie konnte ihm schlecht die Wahrheit sagen. Also blieb sie stumm.

Er seufzte und ließ seine Hand sinken. „Okay, dann lassen Sie mich anfangen. Ich wusste nicht, dass Rina Besuch erwartet. Ich wusste nis heute nicht einmal, dass Sie und Rina sich überhaupt kennen."

Ohne seine Berührung war Brianne in der Lage, sich etwas besser zu konzentrieren. „Wir haben uns letzte Woche getroffen. Und nicht Rina erwartet mich, sondern ihr Bruder."

Er zog eine Augenbraue hoch. „Tut er das?"

„Das nehme ich jedenfalls an. Rina sagte, sie würde ihm Bescheid geben, dass ich komme. Ich bin Brianne Nelson."

„Brianne", wiederholte er. „Ein schöner Name. Er passt zu Ihnen."

„Danke."

Er nickte. „Dann verraten Sie mir bitte, warum Rinas Bruder Sie erwarten sollte?"

„Ich bin Physiotherapeutin", erklärte sie knapp. Das skeptische Aufblitzen in seinen Augen gefiel ihr ganz und gar nicht.

„Ich dachte, Sie wären Kellnerin."

Etwas spät merkte sie, dass sie immer noch nichts über ihn wusste, und dabei war ihr etwas unbehaglich zumute. „Dieses Gespräch ist ziemlich einseitig. Sie kennen jetzt meinen Namen und meinen Beruf, während ich noch gar nichts von Ihnen weiß."

„Sie wissen, wie ich aussehe, wenn ich gerade aus der Dusche komme", erwiderte er lächelnd. „Und das ist sehr viel mehr, als ich von Ihnen weiß." Er maß sie mit einem vielsagenden Blick.

„Das meinte ich nicht."

Er schüttelte den Kopf und lachte. „Entschuldigung. Lassen Sie uns noch einmal von vorn anfangen."

„Das haben wir bereits versucht." Brianne verschränkte die Arme und sah ihn abwartend an.

„Gut, dann versuchen wir es weiter, bis es klappt." Er streckte die Hand aus und musterte Brianne herausfordernd, so als ob er wüsste, wie sehr seine Berührung sie aufgewühlt hatte. Sie legte ihre Hand in seine.

„Jake Lowell", sagte er. „Schön, Sie kennenzulernen, Brianne." Er umschloss ihre Hand. Sein Griff war fest – und in gewisser Weise sinnlich.

Plötzlich stutzte sie. Rina hatte den Namen ihres Bruders erwähnt. Schockiert wich Brianne einen Schritt zurück. „Jake Lowell? *Sie* sind derjenige, der eine Therapie braucht?" Bei seinem frechen Grinsen holte sie tief Luft. „*Sie* sind Rinas Bruder?"

„In Person." Er grinste selbstgefällig.

Ihr Blick fiel wieder auf das Handtuch, das um seine Hüften geschlungen war und bei der kleinsten Bewegung herunterfallen konnte. Sie schluckte. Er war nicht Rinas Freund. Er war Briannes Traummann. Und sie war seine ganz persönliche Physiotherapeutin, sofern er ihre Hilfe überhaupt akzeptierte. Dies wäre jetzt ein wirklich passender Moment, in Ohnmacht zu fallen.

„Und Sie sind demnach das Überraschungsgeschenk, das mir meine Schwester für die Zeit ihrer Abwesenheit versprochen hat."

„Abwesenheit?", wiederholte Brianne benommen.

„Sie verbringt den Sommer in Europa."

„Das kann doch nur ein Scherz sein."

Er schüttelte den Kopf und schien die ganze Angelegenheit auch noch sehr amüsant zu finden.

Brianne fiel noch etwas ein. „Sie sagten, ich sei das Überraschungsgeschenk?"

„Es scheint so."

„Was zum Teufel meinen Sie damit?" Wut stieg in ihr auf. „Warum um alles in der Welt sollte Ihre Schwester so ein Spiel spielen?"

„Oh, da kann ich einen Tipp abgeben." Jake deutete zwischen ihnen beiden hin und her.

Brianne wirbelte herum und ging forsch zum Ausgang.

Dort drehte sie sich noch einmal um. Sie musste ihrem Ärger einfach Luft machen. „Ich bin sehr wütend darüber, wie ich getäuscht worden bin. Denn ich nehme meinen Beruf und meine Fähigkeiten ernst. Ich bin nicht an irgendeiner Form von Kuppelei interessiert." Jedenfalls redete sie sich das ein. Ihr wild klopfendes Herz widersprach dem heftig.

Er trat wieder näher. „Wie kann ich Ihnen nur beweisen, dass Sie sich irren?"

„Irren? Worin?", fragte sie.

„Sie sind interessiert." Seine Stimme klang eine verführerische Spur tiefer.

„Ich bin so sehr interessiert, wie Sie eine Therapie brauchen." Brianne überlegte kurz, ob Jake an der List seiner Schwester beteiligt war, doch sein Schock, sie hier zu sehen, schien echt gewesen zu sein. Vielleicht konnte sie ihm keinen Vorwurf machen, aber wütend war sie trotzdem.

„Nun, damit haben wir ja schon eine Basis." Er griff nach einem Ende des Handtuchs, das um seinen Hals hing.

„Was tun Sie da?"

„Ich mache einen Punkt. Sehen Sie das?" Bevor sie ihn daran hindern konnte, zog er das Handtuch auf der einen Seite ein Stück herunter, um auf der anderen Seite seiner kräftigen Brust verblassende Vernarbungen zu enthüllen. „Ich bin an der Schulter verletzt worden, und meine Bewegungsfähigkeit ist stark eingeschränkt." Er hob seinen Arm bis zur Schmerzgrenze und ließ ihn wieder sinken. „Ich brauche eine Therapie. Und demnach sind Sie, Brianne, an mir interessiert."

Sie öffnete den Mund und schloss ihn wieder. In ihrem Kopf drehte sich alles. Jake war verwundet worden, und sie konnte es nicht fassen, wie betroffen sie das machte.

Fieberhaft dachte sie nach. Dank der großzügigen Bezahlung für diesen Job würde sie es sich leisten können, nach Kalifornien zu ziehen, selbst wenn sie dort nicht gleich eine

Anstellung fände. Jake zu behandeln, bedeutete eine Herausforderung, aber sie war noch nie ein Drückeberger gewesen. Was machte es also, dass sie getäuscht worden war?

Sie schob ihren Ärger beiseite. Nicht Jake hatte sie hereingelegt, sondern seine Schwester. Doch auf lange Sicht war es zu Briannes Gunsten, und das allein zählte. Sie würde wie abgesprochen in dieses Apartment einziehen und sich um die steife Schulter dieses Mannes kümmern.

Himmel, worauf hatte sie sich da nur eingelassen?

Jake beobachtete Brianne. Ihren Augen waren weit aufgerissen, ihre Lippen leicht geöffnet. Der Wunsch, diese Lippen zu küssen, war auf einmal stark wie nie. Jake wusste nicht, was ihn mehr verwirrte – die Einmischung seiner Schwester oder die Frau, die sie ihm als Abschiedsgeschenk ausgesucht hatte. Wie passend, dass *sie* ausgerechnet Phsyiotherapeutin war.

Doch Jake hatte keinen Zweifel, dass Rina in jedem Fall einen Weg gefunden hätte, sie beide zusammenzuführen, egal welchen Beruf Brianne gehabt hätte. Es war Zufall, dass Brianne als Physiotherapeutin ideal für seine Bedürfnisse war. Und wenn sie weiter so gedankenverloren auf das Handtuch um seiner Taille starrte, würden sich einige dieser Bedürfnisse verselbstständigen, und zwar bald.

Er war ihr so nah, dass er den Hauch von Erdbeerduft in ihrem Haar roch. Der Geruch wirkte frisch und sauber, und dennoch weckte er ein überraschend intensives Verlangen in ihm. Für einen Mann, der eine schlechte Ehe und eine schmutzige Scheidung hinter sich hatte, war sein Interesse an dieser Frau viel zu groß.

Ich sollte sie gehen lassen, dachte Jake. Sie war eine Ablenkung, die er sich nicht leisten konnte.

Er brauchte einen klaren Kopf für sein Ziel, Ramirez zu fassen. Das schuldete er Frank und vor allem dessen Familie.

Jake konnte der Frau und den Kindern seines Freundes kaum in die Augen schauen.

„Sind Sie bereit, über Ihre Rehabilitation zu sprechen, oder wollen Sie es mir genauso schwer machen wie Ihrer Schwester?“, fragte Brianne.

Ihre Stimme riss ihn aus seinen Gedanken. Seine Schwester hatte Brianne engagiert, und ihrer aufrechten Haltung und der entschlossenen Miene nach zu urteilen, sah es so aus, als wollte Brianne den Job tatsächlich annehmen.

Doch Jake wollte keine Therapie. Rina hatte Brianne offensichtlich erzählt, dass er sich dagegen sperrte, und das war genau der Eindruck, den er absichtlich bei allen anderen erwecken wollte. Denn die Sicherheit aller unmittelbar und mittelbar Beteiligten hing davon ab, dass Ramirez überraschend gestellt wurde. Jake konnte nicht zulassen, dass Brianne seinen Pläne in die Quere kam.

„Wissen Sie was?“ Sie räusperte sich. „Bevor wir weiterreden, sollten Sie sich vielleicht lieber anziehen.“

Er lächelte. „Wenn Sie darauf bestehen.“

„Ich muss darauf bestehen.“

Jake musterte sie und bemerkte, dass sie wunderschöne grüne Augen hatte.

„Es würde helfen, die Beziehung zwischen Therapeut und Patient festzulegen“, erklärte sie.

Sie wollte also ein betont sachliches Verhältnis. Dabei wusste sie sicher genauso gut wie er, dass das unmöglich war. In ihrer Nähe schlug sein Herz schneller. Aber wenn sie Abstand wahren wollte, war das nur in seinem Sinne.

Norton hatte sich wieder zu ihren Füßen hingelegt. Offensichtlich war der Hund klüger, als Jake bisher vermutet hatte. „Ich nehme ihn mit. Komm, Junge.“

Norton hob sich den Kopf, dann legte er ihn wieder zwischen seine Vorderpfoten. Jake seufzte. Er hatte den größten

Teil des Vormittags damit zugebracht, den Hund zu trösten, nachdem Rina die Wohnung verlassen hatte. Zum Dank hatte Norton ihm nach dem Duschen die Beine abgeleckt. Sonst saß der Hund nur jaulend vor Rinas Schlafzimmertür.

„Macht es Ihnen etwas aus, wenn er bei Ihnen bleibt?“, fragte er.

Sie kniete sich hin und tätschelte dem Hund den Kopf. „Natürlich macht es mir nichts aus. Wir sind schon Freunde geworden, nicht wahr, mein Kleiner?“ Mit einem Seufzer rollte Norton sich auf den Rücken und ließ sich den Bauch streicheln.

Jake verdrehte die Augen. „Verräter“, murmelte er, dann wandte er sich an Brianne und deutete Richtung Wohnzimmer. „Fühlen Sie sich wie zu Hause.“

„Danke“, erwiderte sie.

Jake ging ins Schlafzimmer. Er musste eine Weile allein sein, um sich eine Strategie auszudenken, wie er seine frisch engagierte Therapeutin abwimmeln konnte.

Als er angezogen war, hatte er immer noch keine Idee. Da klingelte das Telefon. „Hallo?“

„Jake?“

Es war Rina. Sie klang völlig außer Atem.

„Hör zu, es gibt ein Problem mit meinem Platz, und ich muss mich beeilen, aber ich wollte kurz checken, ob …“

„Brianne ist hier“, unterbrach er sie mürrisch. „Du hättest dich da heraushalten sollen, Rina.“

„Nach all den Stunden, die wir gemeinsam in dem Café gesessen haben, bin ich da anderer Meinung. Das Schicksal macht nicht oft Geschenke, und wenn, dann darf man es nicht zurückweisen. Die Zeit, die Robert und ich zusammen hatten, war zu kurz. Ich wünsche mir mehr für dich. Ich habe nur ein wenig nachgeholfen. Sie ist dir vom Himmel geschickt worden, Jake. Du brauchst sie.“

Frustriert fuhr er sich mit den Fingern durchs Haar. Wenn Rina sich etwas in den Kopf gesetzt hatte, war sie nicht zu stoppen. Gut, dass sie auf dem Weg nach Europa war.

Er schüttelte den Kopf. „Ist es nicht meine Sache, zu entscheiden, wen und was ich brauche?"

„Oh, hast du das gehört? Sie rufen mich gerade aus. Vielleicht haben sie jemanden gefunden, der seinen Platz mit mir tauscht. Du weißt, ich kann nicht am Fenster sitzen. Ich kriege dann Platzangst. Ach, und noch etwas, Jake. Habe ich schon erwähnt, dass Brianne in das leere Zimmer am Ende des Flurs einziehen wird? Sie konnte ihre Wohnung kündigen, und so ist es ja auch viel bequemer für euch. Außerdem braucht sie …" Der Rest des Satzes wurde von einer Lautsprecheransage übertönt. „Es tut mir leid, Jake. Ich muss mich jetzt wirklich beeilen. Ich rufe dich von Italien aus an. Ich liebe dich." Und dann legte sie einfach auf.

Jake sank aufs Bett und versuchte, die Neuigkeiten zu verarbeiten. Kaum hatte er Rina sicher außer Landes, da hatte er schon die nächste Frau am Hals. Wenigstens war sie keine Verwandte. Sie stand in keiner engen Beziehung zu ihm, was sie vor Ramirez' Rache schützte. Der Gedanke war allerdings nur ein schwacher Trost. Brianne blieb ein Problem für ihn.

Sie hatte ihren Mietvertrag also bereits gekündigt. Außerdem hatte sie diesen Job in gutem Glauben angenommen. Jake konnte nichts daran ändern. Er konnte sie nicht feuern oder auf die Straße setzen. Aber sosehr er sie auch begehrte, sie passte nicht in seine Pläne für diesen Sommer.

Sobald Brianne hier eingezogen wäre, bei ihm … Schlagartig wurde ihm bewusst, dass die Frau, die er seit Monaten begehrte, seine Mitbewohnerin werden würde. Nicht einmal eine kalte Dusche könnte das Feuer löschen, das dieser Gedanke in ihm entfachte. Zu oft hatte er nach seinen Besuchen im Café nachts wach gelegen und sich ruhelos im Bett herumgewälzt, von ihr geträumt und sich nach den Berührungen einer Frau gesehnt, die nur in seinen Fantasien existierte. Und doch waren diese Fantasien so real, dass seine Hände zu ihren Händen wurden, um seinen erregten Körper wenigstens vorübergehend zu befriedigen.

Aber jetzt lagen die Dinge anders. Weil sie jetzt mehr als ein Gesicht war, mehr als eine Fantasie. Sie hatte einen Namen und eine Persönlichkeit. Ob es ihm gefiel oder nicht, sie war seine ganz persönliche Physiotherapeutin, die für die Dauer dieses Sommers bei ihm wohnen würde.

Und sie wartete im Zimmer nebenan auf ihn.

3. KAPITEL

Brianne trat an die Fensterfront, von der man einen atemberaubenden Ausblick auf den East River hatte. Die Sonne schien durchs Fenster, und ihre Haut schien zu brennen. Dabei stand sie innerlich ohnehin schon in Flammen – dank Jake. Ein sexy Name für einen sexy Mann, dachte sie. Und ungebunden schien er auch noch zu sein. Aber eigentlich wusste sie kaum etwas über ihn.

Trotz aller Neugier nahm sie sich vor, ihn nicht nach persönlichen Dingen zu fragen. Jake faszinierte sie, doch sie musste unbedingt Abstand wahren. Das würde nicht leicht sein. Denn dieser Mann, dieses Penthouse, dieses Knistern – das war alles Stoff, aus dem Träume waren. Nur dass Träume selten wahr wurden, wie sie erfahren hatte.

Brianne hatte sich liebevolle, fürsorgliche Eltern gewünscht, aber ihre Eltern waren Weltenbummler, die sich mehr für ihre gefährlichen Abenteuer als für ihre Kinder interessierten. Sie hatte Sicherheit und ein ganz normales Leben gewollt, mit Freunden ausgehen und Spaß haben wollen. Stattdessen hatte sie die Verantwortung für einen jüngeren Bruder übernehmen müssen, den sie über alles liebte. Brianne wusste, dass Träume wichtig waren, um die Last des Lebens erträglich zu machen, aber sie gingen selten in Erfüllung.

Ihr sehnsüchtiges Verlangen nach Jake gehörte ebenfalls ins Reich der unerfüllbaren Wünsche. Je weniger sie über ihn erfuhr, umso besser für sie. Sie spürte, dass ihr Herz und ihr Verstand in Gefahr waren.

Physiotherapie war eine sehr körperliche Angelegenheit. Brianne würde seinen Rücken und seine Schultern massieren und seine kräftigen Muskeln unter ihren Händen fühlen. Sie würde sehr engen Kontakt haben zu einem Mann, der sie nicht nur stark erregte, sondern ganz unerwartet auch tiefere

Gefühle in ihr geweckt hatte. Brianne bekam jeden Tag Verletzungen und Narben zu Gesicht, doch als sie Jakes Narben gesehen hatte, war ihre Kehle wie zugeschnürt gewesen. Und das war kein gutes Zeichen.

„Ich bin bereit." Seine tiefe Stimme ließ sie erschauern.

Brianne drehte sich zu ihm um. Bei seinem Anblick schlug ihr Herz schneller. Er trug wieder ein abgeschnittenes Sweatshirt, diesmal in einem dunklen Blau, das die Farbe seiner Augen betonte, und Shorts, die nicht viel mehr verbargen als vorhin das Handtuch.

Sie seufzte. Es wurde Zeit, dass sie Klartext redete. „So, Sie sind bereit. Wie interessant. Rina hat gesagt, Sie seien ein harter Brocken. Und dass Sie sich jeder Therapie widersetzen würden."

Jake zuckte mit den Schultern. „Rina hat durchaus recht. Ich meinte nur, dass ich bereit bin, zu reden." Er ließ sich auf einem der weißen Samtsofas nieder. Unrasiert und lässig gekleidet, wirkte er in dem schicken Ambiente seltsam fehl am Platz, und dennoch schmälerte das seine Ausstrahlung nicht im Geringsten.

„Setzen Sie sich zu mir." Er klopfte einladend auf den Platz neben sich.

Brianne hatte wohl keine andere Wahl, wenn sie ihn überzeugen wollte, daher ließ sie sich neben ihn auf das weiche Polster sinken, allerdings mit reichlich Abstand.

„Erzählen Sie mir etwas, Jake", forderte sie ihn auf.

„Sagen Sie das noch einmal."

Sie neigte den Kopf. „Was?"

„Meinen Namen."

Sein Blick hielt sie gefangen, und sie hätte sich nicht abwenden können, selbst wenn sie es gewollt hätte. Noch weniger konnte sie ihm seine Bitte abschlagen.

„Jake", murmelte sie.

Er rückte näher. „Davon träume ich schon lange“, flüsterte er heiser.

„Ich auch“, gab Brianne leise zu. Und nur aus Neugier würde sie den unvermeidlichen Kuss zulassen. Jedenfalls redete sie sich das ein.

Jake umfasste ihr Kinn und berührte ihre Lippen mit seinem Mund. Leidenschaftlich und dennoch unendlich zärtlich erfüllte dieser Kuss alles, was sie sich ersehnt hatte. Als Jake seine Zungenspitze sanft zwischen ihre Lippen gleiten ließ, begann sie am ganzen Körper zu zittern. Ein heißes Kribbeln durchströmte sie von Kopf bis Fuß und steigerte sich zu einem fast schmerzhaften Ziehen zwischen den Beinen.

Unwillkürlich seufzte sie. Jake küsste sie daraufhin noch fordernder, aber Brianne kam durch den Laut wieder zur Besinnung. Sie legte ihre Hände an seine Schultern, um ihn von sich zu drücken. Doch stattdessen krallte sie die Finger in sein Sweatshirt und spürte die Muskeln darunter. Sie ließ es zu, dass der Kuss noch eine zauberhafte Minute andauerte, bevor sie sich von Jake löste.

„Wir dürfen das nicht tun.“

Sein Atem ging ebenso unregelmäßig wie ihrer. „Was dürfen wir nicht? Uns kennenlernen?“

Sie fuhr sich mit der Zungenspitze über ihre feuchten Lippen, die noch verführerisch nach ihm schmeckten. „Das war mehr als kennenlernen.“ Dann überlegte sie. „Wollen Sie damit sagen, dass Sie Ihre Meinung bezüglich der Therapie geändert haben?“

Jake lachte. „Ich mag Ihre Strategie. Mich küssen und damit meine Abwehr schwächen. Haben Sie etwa vor, meine Schwäche auszunutzen?“ Ein Lächeln umspielte um seine Mundwinkel.

„Sie haben mich zuerst geküsst“, erinnerte sie ihn.

„Sie haben nicht protestiert.“

Sie klangen wie zankende Kinder, doch der Kuss war alles andere als harmlos gewesen. „Einigen wir uns darauf, dass wir es nun hinter uns haben. Jetzt können wir unbelastet weitermachen."

„Und Sie ziehen hier ein?" Er zuckte mit seiner gesunden Schulter. „Das war vorhin Rina am Telefon. Sie hat mir die neuen Wohnverhältnisse erklärt."

Brianne hatte den Eindruck, dass er davon überrascht war. „Das haben Sie auch nicht gewusst?", fragte sie.

Er schüttelte den Kopf. „Nein. Aber das ist typisch für Rina. Immer voll mit den besten Absichten, bloß nicht immer mit dem Verstand dabei. Sie ist eine echte Romantikerin."

Brianne hatte bereits vor dem Kuss akzeptiert, dass sie hereingelegt worden war. Es hatte sich nichts an der Situation geändert. Sie konnte diesen Job nicht hinwerfen, denn sie brauchte das Geld, um ein neues Leben beginnen zu können.

„Okay, Jake. Lassen Sie uns offen reden. Sie sperren sich gegen eine Therapie und haben Ihrer Schwester heftig widersprochen …"

„Natürlich habe ich das. Haben Sie einen Bruder oder eine Schwester?"

Sie nickte. „Einen Bruder."

„Dann wissen Sie, dass Geschwister dazu da sind, sich von Zeit zu Zeit gegenseitig das Leben schwer zu machen."

Nein, das wusste Brianne nicht. Weil sie für Marc eher Elternersatz als Schwester gewesen war, hatte sie nie die klassische Rivalität unter Geschwistern kennengelernt. „Mein Bruder ist sehr viel jünger als ich. Unsere Beziehung ist anders. Doch ich bin nicht hier, um mich mit Ihnen über meinen Bruder zu unterhalten. Rina hat mich aus einem ganz bestimmten Grund engagiert, und ich möchte wissen, ob Sie mich meinen Job machen lassen wollen oder nicht."

Jake zwang sich zu einem Lächeln. Er hatte ja selbst keine

Ahnung, was von ihm zu erwarten war. Der Kuss hatte ihn ziemlich verwirrt. Vor allem, weil er nicht damit gerechnet hatte, dass Brianne ihn so begeistert erwidern würde.

Er ahnte, dass Komplikationen auf ihn zukamen. Dennoch antwortete er: „Wenn Rina Sie eingestellt hat, kann ich Sie nicht hinauswerfen."

„Oh, vielen Dank", erwiderte sie ironisch. „Aber die Frage ist, ob Sie kooperieren werden."

Der knallharte Profi war zurück. Jake sagte sich, dass er froh darüber sein sollte, doch insgeheim bedauerte er es. Ihm gefiel die zärtliche Brianne sehr viel besser. Leider musste er sie sich buchstäblich vom Leib halten, damit sie nicht merkte, dass er viel fitter war, als sie und Rina glaubten. „Ich bin sicher, dass Sie für die Aufgabe geeignet sind."

„Dann ziehen Sie also ganz plötzlich eine Therapie in Betracht? Woher der Sinneswandel?"

„Das ist kein Sinneswandel. Ich habe noch in nichts eingewilligt."

Brianne zog eine Augenbraue hoch. „Aber Sie werden es tun."

„So überzeugt sind Sie von sich und Ihren Fähigkeiten?"

„Absolut. Ich frage mich nur, warum Sie Ihre Meinung geändert haben."

Musste er ihr das wirklich erst sagen? „Ich denke nur Ihretwegen über eine Behandlung nach."

Sie holte tief Luft.

„Ebenso wie Sie nur meinetwegen den Job nicht hinwerfen werden." Er lächelte selbstbewusst.

„Sie sind frech", erwiderte Brianne und lächelte ebenfalls.

„Und ist das gut?"

„Sicher. Es bedeutet, dass Sie ein hartes Workout vertragen können", entgegnete sie schlagfertig.

Sie wirkte keineswegs eingeschüchtert von der Anziehung

zwischen ihnen, nicht einmal nach dem Kuss. Ein Punkt für sie, dachte Jake anerkennend.

„Ich bin hart im Nehmen, Sweetheart. Erzählen Sie mir einfach, was Sie im Programm haben."

„Es könnte Ihnen noch leidtun. Physiotherapie beinhaltet Dehnungsübungen mit dem Theraband und die Bearbeitung bestimmter Muskelpartien mit gezielter Massage." Bei dem Wort „Massage" fühlte Jake eine Spannung in sich, als ob ihre Hände schon mit sanftem Druck über seinen Körper strichen.

„Auch Wasseranwendungen sind hilfreich", fuhr Brianne fort. „Die pulsierenden Ströme im Whirlpool wirken Wunder, wenn es darum geht, verhärtete Muskeln zu lockern."

Jake fragte sich, ob sie sich wie er vorstellte, wie sie beide nackt im sprudelnden Wasser lagen. Ob sie überhaupt eine Ahnung hatte, wie viel Spaß zwei Menschen in so einem Whirlpool haben konnten? „Das klingt alles recht interessant, vor allem das mit den pulsierenden Wasserströmen", erwiderte er mit provozierendem Blick.

„Das kann ich mir denken." Brianne musterte ihn misstrauisch. „Ich hebe die Wasseranwendungen für die Patienten auf, die am eifrigsten mitarbeiten."

Nur zu gern würde er sich all ihren Anweisungen im Whirlpool fügen. „Also, wann fangen Sie an, mich zu überzeugen? Wenn ich motiviert bin, kann ich sehr kooperativ sein. Ich bin ein guter Schüler – und ein noch besserer Lehrer."

Brianne räusperte sich. „Wir fangen an, sobald ich eine Überweisung und einen Bericht von Ihrem Arzt habe. Wahrscheinlich irgendwann nächste Woche."

Sie lehnte sich entspannt zurück, weil sie glaubte, etwas Zeit gewonnen zu haben. Pech für sie, die Unterlagen befanden sich im Zimmer nebenan. Jake hatte sie schon seit Wochen. Er hatte sie nur nicht gebraucht, weil er sich unter der

Hand hatte helfen lassen. „Tut mir leid, aber Sie werden diesen Aufschub nicht bekommen, Honey."

„Bitte nennen Sie mich nicht so."

„Sind Sie beleidigt?", fragte er.

Brianne schüttelte den Kopf. „Nein, es macht mich an."

Verblüfft starrte Jake sie an.

Sie lachte. „Sorry. Ich wollte nur nicht, dass Sie Oberwasser bekommen."

Er wollte lieber nicht an die Möglichkeit zu denken, dass sie tatsächlich erregt sein könnte. „Ich habe die Überweisung und die anderen Unterlagen parat", erklärte er.

Wie erwartet, verpasste ihr das einen Dämpfer. „Ich brauche Zeit, um mich hier einzurichten."

„Wie lange?"

„Nicht sehr lange", räumte sie ein. „Ich habe letzte Woche schon viel vorbereitet."

„Kann ich Ihnen beim Umzug helfen?"

Ihr Blick fiel auf seine Schulter. „Wenn Sie das können, brauchen Sie mich nicht."

Da irrte sie vollkommen. Und wie er sie brauchte. Sie passte nur nicht in seinen Plan. „Sie haben bestimmt eine Verwendung für mich."

Brianne lachte. „Auf diese Bemerkung werde ich nicht eingehen. Jimmy, der Inhaber des Cafés, wird mir beim Umzug helfen."

Jake nickte und ignorierte den Anflug von Eifersucht, als er den Namen eines anderen Mannes aus ihrem Mund hörte. Er wechselte das Thema. „Ich nehme an, Rina hat erwähnt, dass es hier einen Fitnessraum, einen Pool und einen Whirlpool auf dem Dach gibt?"

„Das hat sie, ja. Aber wenn Sie die Therapie lieber im Krankenhaus machen möchten, können wir die Einrichtungen dort benutzen."

„Ich wollte nur darauf hinweisen, dass Sie den Pool und den Whirlpool in Ihrer Freizeit benutzen können."

„Ach ja, richtig. Der Therapie haben Sie ja noch gar nicht zugestimmt."

Er grinste. „Genau."

Brianne seufzte. „Würden Sie mir verraten, warum nicht?"

Jake wich ihrem Blick aus.

„Also nicht."

Sie wirkte enttäuscht, dass er sich ihr nicht anvertraute, und er wunderte sich, dass ihre Gefühle ihn so berührten. „Ich bin neugierig", versuchte er sie abzulenken. „Wie genau lautet die Abmachung, die Sie mit meiner Schwester getroffen haben? Wann und wie oft sollen Sie mit mir arbeiten?" Er nahm an, dass Rina sie zu zwei bis drei Tagen die Woche verpflichtet hatte, aber ein Teil von ihm hoffte, dass es mehr waren.

„Ich arbeite tagsüber im Krankenhaus, sodass Ihre Therapie abends stattfinden würde."

Jakes Abende waren in der letzten Zeit einer wie der andere – essen, fernsehen, schlafen. Plötzlich stellte er sich einen Reichtum an sinnlichen Genüssen vor mit einer Frau, die er mit jeder Faser seines Körpers begehrte. Dann riss er sich zusammen. Er brauchte die Abende für sich, falls er einen Tipp wegen Ramirez bekäme. „Wie viele Abende in der Woche?"

„Mindestens fünf."

Er lachte gezwungen. „Rina ist eine Sklaventreiberin. Ich bin sicher, wir finden eine bequemere Lösung für Sie. Schließlich arbeiten Sie auch tagsüber."

Brianne schüttelte den Kopf. „Ich habe eine Abmachung getroffen, und die halte ich ein." Sie fixierte ihn mit ihren grünen Augen. „So leicht kommen Sie mir nicht davon."

Und Jake glaubte ihr aufs Wort.

Brianne hatte eine Atempause bekommen. Sie konnte nicht ins Penthouse ziehen, bevor sie nicht ihre Sachen gepackt hatte. Gestern Abend war sie regelrecht aus der Wohnung geflohen. Sonst wäre sie womöglich noch seinem Charme erlegen und in Versuchung geraten, ihn noch einmal zu küssen.

Sie vermutete, dass Jake sie nicht gestoppt hätte. Und sie wäre nicht mit einem Kuss zufrieden gewesen.

Brianne kuschelte sich in ihr Bett. Die Strahlen der Morgensonne schienen durchs Fenster, und sie nahm sich die Unterlagen vor, die Jake ihr mitgegeben hatte. Aus diesen Papieren würde sie vieles über ihn erfahren, was sie gar nicht wissen wollte. Aber sie musste sich die medizinischen Berichte durchlesen, bevor sie mit der Therapie beginnen konnte. Sie faltete die Dokumente auseinander.

Schockiert ließ sie die Blätter nach wenigen Augenblicken sinken. Jake war Polizist und bei einem Einsatz schwer verletzt worden. Er brauchte die Behandlung, um seinen gefährlichen Beruf wieder ausüben zu können.

Offenbar war es ihr bestimmt, immer wieder mit Menschen zu tun zu haben, die den Nervenkitzel liebten. Brianne seufzte. Wenigstens hatte sie jetzt einen weiteren Grund, sich nicht auf diesen charismatischen Mann einzulassen. Als ob die Wahrscheinlichkeit, dass sie am Ende des Sommers nach Kalifornien ziehen würde, nicht schon abschreckend genug war, sprach nun auch noch sein gefährlicher Job gegen ihn. Sie hatte ihre Eltern verloren, weil deren Risikofreude keine Grenzen gekannt hatte. Sie hatte dieses Trauma überwunden. Auf gar keinen Fall wollte sie ihren inneren Frieden noch einmal auf diese Weise verlieren. Selbst wenn Jake sie auf eine Art erregte, die sie wahnsinnig gern erforscht hätte.

Brianne legte die Unterlagen beiseite und ging unter die Dusche. Mit einem heißen, kräftigen Wasserstrahl aus der Brause massierte sie ihren vor Sehnsucht angespannten Körper. Jake zu küssen, hatte ein nie gekanntes Verlangen in ihr geweckt, und jetzt brauchte sie etwas, um sich abzulenken.

Doch das stete Prickeln auf ihrer Haut entfachte die Glut nur noch mehr, statt sie zu löschen. Ihre Brustwarzen waren aufgerichtet, und sie spürte ein süßes Ziehen zwischen den Beinen. Sie versuchte sich einzureden, dass diese Erregung mit der Aussicht auf ein besseres Leben, frei von drückenden Verpflichtungen, zusammenhing. Aber sie wusste, dass sie sich selbst etwas vormachte.

Sie reagierte auf Jake und das Knistern zwischen ihnen. Frustriert drehte sie das Wasser ab, denn die Dusche half nicht, ihr Verlangen zu dämpfen. Noch nie hatte sie einen Mann so sehr begehrt wie Jake.

Brianne griff nach einem flauschigen Handtuch. Wasserdampf hing im Raum. Sie setzte einen Fuß auf den Beckenrand und tupfte ihr Bein von unten nach oben trocken. Dabei dachte sie an Jakes Verletzung und die Narben, die seine sonst makellose Haut verfärbten. Sie dachte an die Schmerzen, die er haben musste, und wollte sie lindern.

Und das würde sie auch tun. Mit zärtlichen Berührungen ihrer Fingerspitzen und sanftem Druck auf seinen Schultern. Aber was würde sie davon abhalten, mit ihren Händen tiefer zu wandern? Seine Brust zu streicheln, über seinen festen Bauch zu tasten und langsam in seine Shorts zu fassen, um ihn intim zu liebkosen?

Und was würde Jake daran hindern, sich zu revanchieren? Mit seinen starken Händen zwischen ihre Beine zu gleiten, um ihre Sehnsucht mit geschickten Berührungen erst zärtlich und dann immer leidenschaftlicher zu stillen?

Absolut gar nichts. Brianne atmete keuchend, als ihr bewusst wurde, dass sie angefangen hatte, sich selbst zu streicheln. In diesem Moment erkannte sie, dass sie nichts gegen die magische Anziehung zwischen ihnen machen konnte. Es würde geschehen, was geschehen musste. Nichts konnte das Feuer aufhalten.

Blitzartig entlud sich die Spannung in ihr. Wellen der Erregung rasten durch ihren Körper. Und dabei rief sie unwillkürlich Jakes Namen.

Das Polizeirevier roch immer noch vertraut muffig, wie Jake beim Betreten des Gebäudes feststellte. Die Linoleumböden waren abgewetzt, und von den Wänden blätterte die Farbe ab. Diesen Ort hatte er jahrelang als sein Zuhause bezeichnet. Er grüßte die Kollegen, denen er im Flur begegnete, betrat das Großraumbüro und blieb vor einem der Schreibtische stehen. „He, Duke."

„Jake, Kumpel, wie geht's dir?" Duke Russell, ein guter Freund und Kollege, stand auf und schlug ihm auf den Rücken.

Jake unterdrückte ein Stöhnen. „Einigermaßen." Er setzte sich auf einen Stuhl. „Gibt's was Neues von Ramirez?" Duke und Steve Vickers versorgten Jake unter der Hand mit Informationen.

„Das bleibt unter uns?"

„Bleibt es das nicht immer?"

Duke nickte. „Es hat sich nichts geändert. Seit Ramirez wieder auf freiem Fuß ist, führt er dem Anschein nach ein sauberes Leben. Was nicht heißt, dass wir aufgehört haben, ihn zu beobachten."

„Verdammt." Jake beugte sich vor und redete leise weiter. „Ramirez kann diese Show nicht ewig durchhalten. Seine Freundin behauptet, sie hat ihn lange nicht gesehen."

„Du bist beurlaubt, und ich habe dir gesagt, dass Vickers sich um die Sache kümmert. Was hast du dir dabei gedacht, mit Ramirez' Freundin zu sprechen? Der Lieutenant macht dir die Hölle heiß, wenn er das herausfindet."

Jake zuckte mit den Schultern. „Was kann er schon tun?

Mich rauswerfen?“ Jake wusste sowieso nicht, ob er hierher zurückkehren wollte. Er wusste nur, dass er den Fall Ramirez nicht unabgeschlossen zu den Akten legen würde.

„Lowell!“ Die bellende Stimme von Lieutenant Thompson hallte durch den Raum. Jake schätzte seinen Vorgesetzten, doch er hatte nie zugelassen, dass der Lieutenant sich in seine Fälle einmischte. Lieutenant Thompson wiederum kritisierte Jakes oft unkonventionellen Stil, aber solange Jake sich an gewisse Regeln hielt, ließ er ihm Spielraum. Im Laufe der Jahre hatten die beiden gegenseitigen Respekt voreinander entwickelt.

Jakes Verletzung allerdings stellte Thompsons Geduld auf eine harte Probe. Er wollte seinen Detective zurückhaben, während Jake noch Zeit brauchte – um Ramirez zu fassen und sich über seine Ziele im Leben klar zu werden.

Jake erhob sich. „Tag, Lieutenant.“

„Ich habe Ihnen gesagt, dass ich Sie hier nicht sehen will, bevor Sie nicht endlich eine Therapie machen.“

Jake neigte den Kopf. „Ihr Wunsch ist mir Befehl, Lieutenant.“

Thompson schnaubte gereizt. „Das möchte ich erleben.“

„Im Ernst. Ich habe eine persönliche Therapeutin. Es wird nur eine Weile dauern, bis ich wieder auf Trab bin.“

Misstrauisch kniff der Lieutenant die Augen zusammen. „Ich werde nicht fragen, weshalb Sie Ihre Meinung geändert haben.“

„Gut, denn ich würde es Ihnen auch nicht verraten.“

Thompson wandte sich an Duke und musterte ihn scharf. „Und Sie plaudern besser keine Dienstgeheimnisse aus.“

Duke schüttelte den Kopf. „Jake ist nicht gerade ein Außenstehender für uns.“

„Und ob er das ist. Wenigstens bis er wieder in Form ist und seinen Hintern endlich wieder zur Arbeit bewegt.“

Jake zuckte mit den Schultern und ging zur Tür.

„Wohin wollen Sie?“, fragte Thompson.

„Irgendwohin, wo Sie mich nicht reden hören, Lieutenant.“ Jake legte genügend Respekt in seine Stimme, weil er seinen Vorgesetzten wirklich mochte und wusste, dass dieser nur das Beste für seine Abteilung und für ihn wollte.

„Ihre Stimme verfolgt mich sogar noch im Schlaf“, murmelte Thompson, und Jake verließ lachend den Raum.

Im Flur verlangsamte er seine Schritte und dachte darüber nach, was er eben erfahren hatte. Ramirez spielte den Saubermann, bis er glaubte, dass die Polizei das Interesse an ihm verloren hatte. Und da Jake seinem Vorgesetzten weisgemacht hatte, dass er in puncto Therapie kooperierte, würde der Lieutenant wahrscheinlich nicht allzu hart mit ihm ins Gericht gehen, wenn er erfuhr, dass Jake herumschnüffelte. Seine persönliche Therapeutin arbeitete von neun bis fünf Uhr im Krankenhaus, also hatte er den ganzen Tag Zeit für seine Ermittlungen.

Und die Abende hatte er für Brianne.

Brianne trat auf ihren Schnürsenkel und blieb vor dem imposanten Gebäude in der Upper East Side von Manhattan stehen. Jake hatte ihr gestern beim Einzug geholfen und sich aber danach zu ihrer Überraschung rar gemacht. Er hatte ihr ihr Zimmer gezeigt, gesagt, dass sie sich wie zu Hause fühlen solle, und sie dann mit der Bemerkung, er habe eine Verabredung, sich selbst überlassen. Sie war ihm dankbar, dass er ihr Zeit gab, sich allein an die neue Umgebung zu gewöhnen. Er hätte sie viel zu sehr abgelenkt.

Als sie sich hinkniete, um den Schuh zuzubinden, wehte eine leichte Abendbrise, ähnlich wie letzte Nacht, als sie bei offenem Fenster zu schlafen versucht hatte. Aber sie hatte sich nur ruhelos im Bett herumgewälzt und wegen der Hitze gestöhnt, die nichts damit zu tun hatte, dass Norton neben ihr lag. Es war die heiße Sehnsucht, die Jake in ihr geweckt hatte.

Brianne machte eine doppelte Schleife in den Schnürsenkel und wünschte, sie könnte den Moment des „Nachhausekommens" hinauszögern. Doch es nützte ja nichts. Sie stand auf, strich ihre dunkelgrüne Krankenhauskleidung glatt und holte tief Luft. Ganz absichtlich hatte sie sich nicht nach der Arbeit umgezogen. Sie hoffte, dass sie, je professioneller sie aussah, auch umso professioneller handeln würde. Selbst wenn sie ihren ganzen Charme einsetzen müsste, um Jake zur Therapie zu bewegen, hatte sie vor, innerlich Abstand zu wahren.

Denn wenn sie sich mit einem Mann einließ, der wie er die Gefahr liebte, könnte daraus nicht mehr als nur eine kurze Affäre werden. Und da Brianne sich bereits viel zu stark zu Jake hingezogen fühlte, befürchtete sie, dass er ihr das Herz brechen könnte.

Brianne Nelson. Hübscher Name für eine hübsche Lady, dachte Louis Ramirez. Ein Name, den er ohne Schwierigkeiten von einer der Kellnerinnen in der schicken Bar erfahren hatte, in der Detective Lowell so gern verkehrte. Louis war nicht überrascht, dass ein Mann wie Lowell ein Auge auf diese Frau geworfen hatte. Jeder Mann mit Blut in den Adern würde da zweimal hinschauen. Er jedenfalls hatte es getan. Und jetzt kniete sie auf der Straße, um sich die Schnürsenkel zu binden, und präsentierte ihm einen reizvollen Blick auf ihren sexy Po. Was für ein Jammer, dass sie sich an Lowell verschwendete.

Der verdammte Cop hielt sich für so clever. Louis schnaubte verächtlich. Lowell war nicht clever genug gewesen, eine Falle zu erkennen. Und er hatte nichts dagegen unternehmen können, dass man ihn wegen eines Formfehlers aus dem Gefängnis entlassen musste. Louis lachte sich ins Fäustchen, während Lowell frustriert herumlief und von niemandem etwas anderes erfuhr, als dass Ramirez ein ehrbarer Bürger geworden war. Aber seine Freundin auszuhorchen, ging einen Schritt zu weit. Das machte die Sache zu persönlich.

Ich kann auch persönlich werden, dachte Louis, als er beobachtete, wie Brianne Nelson das Gebäude betrat und mit dem Pförtner redete. Eine ziemlich feine Adresse für einen Cop. Louis nahm einen Zug von seiner Zigarette und zertrat sie auf dem Fußboden. Lowell war ein Idiot, wenn er glaubte, dass sein Reichtum ihn schützte. Denn wenn es so weit war, würde kein Sicherheitssystem Louis aufhalten.

4. KAPITEL

Jake trieb sich nachmittags in den Straßen von New York herum und horchte Informanten und alte Freunde aus. Keiner wusste etwas Neues über Ramirez, aber das hatte Jake auch nicht erwartet. Der Kerl sollte nur merken, dass er ihm auf den Fersen war.

Als Jake nach Hause kam, lief Norton ihm winselnd entgegen. Jake schnappte sich die Leine. Ein Spaziergang mit dem Hund war kein Vergnügen bei den hohen Temperaturen draußen. Norton zog bei jedem Schritt auf dem heißen Asphalt die Pfoten hoch, und um die Tortur abzukürzen, führte Jake ihn in die nächste Grünanlage. Dort gab er ihm den Befehl, von dem seine Schwester gesagt hatte, dass er die Dinge beschleunigen würde. „Mach dein Geschäft", murmelte er und hoffte, dass niemand ihn dabei beobachtete, wie er mit dem Hund redete.

Der Befehl hatte tatsächlich die gewünschte Wirkung, und Jake kehrte schnell mit Norton nach Hause zurück. Dort belohnte er ihn mit einer großen Schüssel voll kaltem Wasser und ging erst einmal duschen. Als er eine Weile später Brianne ins Apartment kommen hörte, war er erfrischt und bereit, seine Scheingefechte mit ihr auszutragen.

Er begrüßte sie in der Marmorhalle. „Willkommen daheim."

Brianne nickte knapp und näherte sich mit forschen Schritten. Jake unterdrückte ein Grinsen. Die schlabberige grüne Hose und das weite Top sollten ihn mit Sicherheit abschrecken.

Sie seufzte. „Meine Güte, bin ich fertig!"

Bevor Jake antworten konnte, rannte Norton so schnell zur Begrüßung herbei, dass er auf dem glatten Fußboden ins Rutschen geriet. Brianne lachte und bückte sich, um ihn zu streicheln. „Hallo, Norton. Wie geht's dir heute? Ich hab dich schon vermisst."

Jake stöhnte leise. Ihm wurde bewusst, dass er eifersüchtig auf einen Hund war. „Ich bin sicher, dass er Sie auch vermisst hat. Ohne Rina ist er ein bisschen durcheinander. Entweder jault er pausenlos, oder er versteckt sich. So wie letzte Nacht. Er hatte sich wohl irgendwohin verkrochen, wo es ihn an Rina erinnerte."

„Er war bei mir."

Jake schaute sie überrascht an. Sie lächelte warm.

„Er wiegt bestimmt eine Tonne. Ich konnte mich nicht einmal umdrehen, als er neben mir auf der Decke lag. Er ließ sich nicht von der Stelle bewegen. Sie wissen sicher, wovon ich rede, denn sonst hätte er nicht im Bett bei mir geschlafen."

„Nein, er hat nur am Fußende des Bettes gesessen und die ganze Nacht gewinselt." Jake konnte kaum glauben, was er hörte. Während er wach gelegen und von Brianne geträumt hatte, hatte der Hund in ihrem Bett geschlafen! Er musterte Norton mit finsterem Blick.

„Wirklich? Hm." Brianne gähnte und hielt sich rasch die Hand vor den Mund. „Es tut mir leid. Ich bin ziemlich schlapp. Dazu noch die unruhige Nacht …" Sie errötete. „Ich bin einfach nur müde. Und hungrig."

In dem Moment beschloss Jake, dass die Sache mit der Distanz warten konnte. So erschöpft hatte er Brianne noch nie gesehen. Am liebsten hätte er sie in die Arme genommen. „Kann ich Ihnen etwas zu trinken bringen? Ein Glas Soda oder Wasser?"

Sie winkte ab. „Nein, danke. Ich möchte nur etwas essen. Ich habe in der Mittagspause eingekauft und könnte uns schnell etwas zubereiten." Sie verstummte unsicher.

Jake fand ihre Verlegenheit bezaubernd. Zur Hölle mit dem Cop und seinen Geheimnissen, dachte er. Der Mann in ihm wollte sie einfach nur ein wenig verwöhnen. „Ich habe vorhin Pizza bestellt. Sie ist schon in der Küche. Ich lade Sie ein."

„Danke. Ich liebe Pizza“, erklärte Brianne begeistert, „und um ehrlich zu sein, ich bin zu kaputt, um jetzt noch zu kochen.“

Mit wippendem Pferdeschwanz, dicht gefolgt von Norton, ging sie in die Küche. Sie stellte ihre Leinentasche neben einen der schmiedeeisernen Stühle und schnupperte.

„Oh, das riecht wunderbar. Ich hatte ewig keine Pizza.“

„Wie kommt das?“

Brianne wandte sich zu Jake um. „Wie kommt was?“

„Wenn Sie Pizza so gern mögen, wieso haben Sie in letzter Zeit keine gegessen? Sie haben zwei Jobs, und Sie haben eben selbst zugegeben, dass Sie erschöpft sind. Jeder New Yorker Single weiß, dass Lieferservice einfacher ist als kochen.“

„Er ist aber auch teurer.“

Jake zögerte kurz, dann siegte seine Neugier. „Mit zwei Jobs müssen Sie doch gut verdienen. Wofür ist das Geld, wenn Sie mir die Frage erlauben?“

Brianne setzte sich. „Meine Eltern starben, als ich zwanzig war. Mein Bruder war damals neun, und ich sorge seitdem für ihn.“

Ihr Schicksal machte ihn betroffen. „Das tut mir leid.“ Er trat zu ihr und legte ihr tröstend die Hand auf die Schulter.

„Es ist lange her, aber trotzdem danke. Marc, mein Bruder, ist hochbegabt, und es wäre Sünde gewesen, ihn auf einer öffentlichen Schule zu lassen. Alles, was ich nicht zum Lebensunterhalt brauche, wandert in seine Ausbildung.“

Jake war erstaunt über ihre unglaubliche Großzügigkeit. „Ihr Bruder kann sich glücklich schätzen, Sie zu haben.“

Sie wehrte das Kompliment bescheiden ab. „Ich bin glücklich, ihn zu haben. Wir habe eine sehr enge Bindung.“

Jake nickte verstehend. „Nun, greifen Sie bitte zu.“ Er zeigte auf die weiße Pizzaschachtel auf dem Tisch. „Die Tage des Entzugs sind vorbei.“

Lächelnd folgte Brianne seiner Aufforderung. Jake beobachtete sie und freute sich an ihren zufriedenen Seufzern. Die Stimmung war gelöst, doch als sie nach dem Essen die Küche aufräumten und dabei immer wieder zufällig zusammenstießen, fing es wieder zwischen ihnen zu knistern an.

Dennoch – oder gerade deswegen – fragte sie ihn betont sachlich: „Sind Sie jetzt bereit für die Therapie?"

„Sie wollen versuchen, mich zu überzeugen?" Er lächelte. „Es ist ein herrlicher Abend. Wollen Sie die Sterne sehen?"

„Sparen Sie sich das Süßholzgeraspel", antwortete sie trocken.

Jake lachte. „Ich meine es ernst. Der Whirlpool befindet sich unter freiem Himmel." Verführerisch fügte er hinzu: „Direkt unter den Sternen."

Er hoffte immer noch, sie dazu überreden zu können, sich auszuruhen, doch sollte ihm das nicht gelingen, würde er sie mit anzüglichen Andeutungen am ehesten auf Abstand halten können. Denn er konnte nicht dafür garantieren, was passieren würde, wenn er erst ihre Hände auf seinem Körper spürte.

Brianne hob ihre Tasche auf. „Ich muss erst das Ausmaß Ihrer Verletzung begutachten, bevor ich entscheide, welche Anwendungen für Sie infrage kommen. Lassen Sie sich von mir untersuchen?"

„Wollen Sie es nicht lieber langsam angehen lassen? Sie haben selbst gesagt, dass Sie völlig erledigt sind." Obwohl er feststellte, dass sie nach dem Essen nicht mehr so müde wirkte.

„Nette Verzögerungstaktik, aber sie wird nicht funktionieren. Geben Sie mir eine Chance, okay? Erst werden wir Ihre Rückenmuskulatur mit feuchter Hitze lockern, und dann teste ich Ihre Beweglichkeit."

„Feuchte Hitze? Klingt interessant." Sein Blick fiel auf ihre Lippen. Sie hatte sie kurz mit der Zungenspitze befeuchtet und tat es aus Nervosität gerade wieder.

„Feuchte Hitzepackungen", korrigierte sie sich errötend. „Sie wissen genau, was ich meine."

„Ja, das tue ich." Er seufzte theatralisch. „Also nichts mit Whirlpool?"

„Ich habe nur erwähnt, dass Wassertherapie eine von vielen Möglichkeiten ist. Ich habe nie behauptet, dass ich sie bei Ihnen anwenden werde." Brianne drohte ihm scherzhaft mit dem Finger.

„Und wenn ich brav bin und kooperiere? Gehen wir dann ins Wasser?" Er sah sie bettelnd an und erntete für seine komische Darbietung ein helles Lachen.

Eins wusste Jake genau: Bevor der Sommer vorbei war, musste er sie so weit haben, dass sie freiwillig mit ihm in den Whirlpool stieg. Egal wie viel Ablenkung das bedeuten mochte. Es war gefährlich, diesem Bedürfnis nachzugeben. Dennoch streckte er unwillkürlich die Hand nach ihr aus und hielt ihren Finger fest. Als sie ihn mit ihren faszinierenden grünen Augen überrascht anschaute, stockte ihm der Atem. Sie hatte eine Macht über ihn, die ihn beunruhigte.

Brianne räusperte sich. „Okay, wenn Sie bei den Übungen fleißig mitmachen, verspreche ich Ihnen, über die Sache mit dem Whirlpool nachzudenken."

„Das nenne ich nicht gerade einen fairen Deal."

„Aber es ist etwas, worauf Sie hinarbeiten können, nicht wahr? Falls die Aussicht, wieder volle Beweglichkeit zu erlangen, nicht schon Motivation genug für Sie ist." Sie musterte ihn prüfend, und Jake erkannte, dass er in ihr eine ebenbürtige Gegnerin hatte, die er nicht lange würde täuschen können.

Er seufzte. „Na schön. Wir gehen dazu wohl am besten in den Fitnessraum."

Er ließ ihren Finger los, hängte sich ihre Tasche über seine gesunde Schulter und führte Brianne in das luxuriöse Studio.

Sonnenlicht fiel durch die großen Fenster und wurde von den chromglänzenden Geräten reflektiert. An den Wänden ohne Fenster waren Spiegel vom Boden bis zur Decke angebracht.

„Tolle Einrichtung“, sagte Brianne staunend.

„Ich persönlich gehe lieber ins Village Gym.“ Jake drehte sich zu ihr um und merkte, wie beeindruckt sie war. „Doch für unsere Zwecke ist es hier ideal.“ Außerdem war es der einzige Raum im ganzen Apartment, in dem er sich wohl fühlte.

„Sie leben gar nicht hier“, stellte Brianne fest, und Jake war nicht einmal überrascht über ihre Schlussfolgerung. Aus den Unterlagen, die er ihr überlassen hatte, ging hervor, dass er Polizist war. Und welcher Cop könnte sich solchen Luxus schon leisten?

„Enttäuscht?“ Seine Stimme klang bitter. Die Vergangenheit war immer noch lebendig in ihm.

Linda, seine Exfrau, war Lehrerin an der Schule gewesen, an der er einmal vor Kindern und Jugendlichen über die Gefahr von Drogen gesprochen hatte. Es hatte sofort zwischen ihnen gefunkt. Die Chemie zwischen ihnen stimmte, sie hatten tollen Sex und anscheinend auch ähnliche Ziele und Wünsche. Seine Uniform schien ihr zu imponieren, und sie war stolz und glücklich gewesen, einen Polizisten mit regelmäßigem Einkommen, wenn auch unregelmäßigen Arbeitszeiten zu heiraten. Sie zogen in einen Vorort, damit Linda in einer sichereren Umgebung unterrichten und Jake in seiner Freizeit ein friedliches Familienleben genießen konnte.

Doch schon bald nach den Flitterwochen begann es zwischen ihnen zu kriseln. Er verdiente ihr auf einmal nicht mehr genug Geld, zumal sie auch noch den Wunsch verspürte, ihre Berufstätigkeit aufzugeben, um mit ihren neuen, wohlhabenden Freundinnen einkaufen zu gehen. Nach drei Jahren war ihre Ehe am Ende.

Jake war sich nicht bewusst gewesen, dass diese Erfahrung immer noch eine so große Rolle spielte, bis die Frage auftauchte, ob auch Brianne ihn und seinen Lebensstil unzureichend finden könnte.

„Ob ich enttäuscht bin, dass Ihnen dieses Apartment nicht gehört?“, fragte sie.

„Beziehungsweise nicht reich genug bin, hier zu wohnen“, ergänzte er.

„Das ist lächerlich. Schließlich bin ich nicht des Geldes wegen hinter Ihnen her.“ Sie klang ehrlich beleidigt. „Ich bin überhaupt nicht hinter Ihnen her“, verbesserte sie sich dann.

Jake beschloss, nicht auf diese Bemerkung einzugehen, dafür jedoch auf ihre gekränkten Gefühle. Er wollte sie nicht verletzen. „Mein Kommentar war überflüssig.“

„Ist das Ihre Art zu sagen: ‚Es tut mir leid‘?“

Spontan strich er ihr eine Haarsträhne hinters Ohr. „Es ist meine Art zu sagen, dass ich ein Idiot bin.“

„Ich hätte es selbst nicht besser ausdrücken können.“ Brianne lachte, und ihre Brüste hoben und senkten sich verführerisch bei jedem Atemzug.

Einen Moment lang waren alle seine Bedenken wie weggewischt. Er sehnte sich danach, sie in die Arme zu nehmen und … Plötzlich bekam er Angst. Ihm war schon einmal das Herz gebrochen, weil er den Ansprüchen einer Frau nicht genügt hatte. Das wollte er nicht noch einmal erleben.

„Würden Sie mir glauben, dass ich den Sommer über Apartment- und Hundesitter bin?“, fragte er ablenkend.

„Natürlich. Sie sind hereingelegt worden, genau wie ich.“ Sie klang immer noch wütend auf Rina, und er konnte es ihr nicht einmal übel nehmen.

„Gibt es hier fließend Wasser?“, erkundigte sich Brianne als Nächstes.

Jake nickte. „Dahinten ist ein kleines Badezimmer.“ Er deutete auf eine Tür am anderen Ende des Raums.

„Wie ist es mit ...?"

„Die Massageliege ist dort in der Ecke", erklärte er, als ob er ihre Gedanken lesen könnte. „Sie werden hier alles finden, was Sie brauchen."

Brianne schüttelte den Kopf, wobei ihr kastanienbrauner Pferdeschwanz nach vorn fiel. „Erstaunlich."

Jake ballte die Fäuste, um zu verhindern, in ihr Haar zu fassen und die Strähnen um seine Finger zu wickeln. Stattdessen versuchte er sich wieder auf das Gespräch zu konzentrieren. „Man nennt es Luxus. Genießen Sie ihn, solange er Ihnen zur Verfügung steht."

„Wie Sie meinen." Sie lächelte, nahm ihre Tasche, die er zu seinen Füßen abgestellt hatte, und ging ins Bad. Kurz darauf hörte Jake Wasser rauschen. Unwillkürlich stellte er sich Brianne unter der Dusche vor, zusammen mit ihm, leidenschaftlich vereint und rasend vor Lust.

Ein Zittern ging durch seinen Körper. Er musste sich unter Kontrolle bekommen, wenn er einen Plan entwickeln wollte, wie er Brianne über das Ausmaß seiner Verletzung weiter im Dunkeln lassen könnte.

Brianne schloss sich im Badezimmer ein und spritzte sich kaltes Wasser ins Gesicht, um einen klaren Kopf zu bekommen. Dann bereitete sie die feuchten Packungen für Jake vor. Doch als sie wenig später in den Fitnessraum zurückkehrte, stellte sie fest, dass sie in ihrer Nervosität vergessen hatte, Jake zu sagen, dass er für die Anwendung natürlich den Oberkörper freimachen musste.

Sie seufzte. „Sie müssen Ihr Shirt ausziehen."

In seinen Augen blitzte es auf. Er sah aus wie ein Mann, dem man den größten Wunsch erfüllte – oder der dachte, dass er ihr den größten Wunsch erfüllte, indem er sich vor ihr endlich entkleidete.

„Bilden Sie sich nur nichts ein, Don Juan. Das ist eine rein berufliche Bitte. Ich kann Ihre Schulter schlecht behandeln, wenn sie dick in Baumwolle eingepackt ist."

Jake lachte. „Wollen Sie damit sagen, dass Sie nicht gespannt auf meine nackte Brust sind?"

„Bei meiner Arbeit habe ich schon genug Männer mit freiem Oberkörper vor mir gehabt. Ich bin sicher, Ihre Brust unterscheidet sich nicht wesentlich von anderen." Brianne wandte sich ab, bevor er ihr die dreiste Lüge anmerkte, aber bei seinem Aufstöhnen drehte sie sich sofort zu ihm um. Sie sah gerade noch, wie er vor Schmerz das Gesicht verzerrte, als er sich mit einer Hand auszuziehen versuchte. Allerdings mit auffallend viel Hilfe von seiner verletzten Seite.

Sie fragte sich, was hier vorging. „Sie haben mir erzählt, dass Sie noch nicht in therapeutischer Behandlung waren."

Jake wich ihrem Blick aus. „So habe ich das nie gesagt. Ich habe mir von einem befreundeten Orthopäden ein paar Übungen zeigen lassen und allein ein bisschen trainiert."

Brianne war sich nicht sicher, was sie davon zu halten hatte, aber nach dem ersten Workout würde sie es wissen. „Ein paar Übungen sind nicht genug."

Er zwinkerte ihr zu. „Darum habe ich ja nun Sie."

„Ich bin nur so gut wie Ihre Bereitschaft, mitzuarbeiten."

„Dann bin ich unbesorgt."

„Nun, ich nicht." Sie trat einen Schritt vor in der Absicht, die Wortspielereien zu beenden und mit der Therapie zu beginnen. „Wenn ich so gut bin, dann lassen Sie mich Ihnen helfen, das Shirt auszuziehen."

Jake zögerte, und Brianne spürte, wie er mit sich kämpfte. Sie kannte das. Viele Patienten hatten anfangs ein Problem damit, Hilfe anzunehmen – aus Angst, schwach zu wirken. Jetzt verstand sie, warum er immer abgeschnittene Oberteile trug. Sie ließen ihm viel Armfreiheit und ermöglichten ihm dadurch leichteres An- und Ausziehen.

„Kommen Sie, Jake. Ich bin wirklich gut mit meinen Händen." Ohne dass sie es beabsichtigt hatte, klang ihre Stimme auf einmal verführerisch heiser.

„Darauf wette ich." Sein Blick wurde versonnen, und wie immer, wenn er ihr so nah war, konnte sie sich kaum entsinnen, warum sie seiner Anziehungskraft eigentlich nicht nachgeben sollte.

Sie griff nach dem Saum seines Shirts, wobei ihre Finger seine warme Haut streiften. Bei der Berührung überlief ihn ein Schauer, und er atmete hörbar ein. Auch Brianne reagierte unwillkürlich auf den körperlichen Kontakt. Es kribbelte in ihrem Bauch und ihren Brüsten.

Noch nie war es ihr während einer Behandlung passiert, dass ihre Hände vor Erregung zitterten. Sie schob Jake das Shirt über den Kopf und ließ es fallen. Und obwohl eine innere Stimme ihr riet, sicherheitshalber einen Schritt zurückzutreten, fühlte sie sich magisch zu ihm hingezogen. Behutsam strich sie mit der Handfläche über die Verletzungen auf seiner Brust und Schulter. Er stöhnte und umfasste ihr Gesicht. „Wenn du mich berührst, fühlt sich das verdammt gut an."

Ihr Herz klopfte wild. „Es ist mein Job, dafür zu sorgen, dass sich meine Patienten besser fühlen."

„Dann tu dein Bestes", bat er und streichelte ihre Wangen.

Unfähig, ihm zu widerstehen, beugte sie sich vor und hauchte einen sanften Kuss auf seine breite Brust.

„Brianne." Er flüsterte ihren Namen warnend und flehend zugleich.

Im nächsten Moment spürte sie seinen Mund heiß und verlangend auf ihrem. Stürmisch ließ er seine Zunge zwischen ihre Lippen gleiten. Sein Kuss war leidenschaftlich und zärtlich zugleich. Mit einer Hand fuhr er ihr über den Rücken und den Po, dann presste er ihre Hüften so fest an sich, dass sie seine Erregung durch seine Jeans spürte.

Jake begehrte sie, und diese Gewissheit ließ sie kühner werden. Sie löste sich von seinem Mund und zog mit ihrer Zungenspitze einen Pfad über seine Wange bis zu seinem Ohr und saugte sanft an dem Ohrläppchen, bis er unter ihren Liebkosungen erschauerte.

Brianne atmete tief ein. Sie geriet in einen Sog des Verlangens und wünschte sich viel mehr als die heißen Berührungen, die sie bis jetzt ausgetauscht hatten. Sie wollte seine nackte Haut auf ihrer spüren, wollte ihn tief in sich fühlen. Es war eine Sehnsucht in ihr, die nur er befriedigen könnte.

Und genau dieser Gedanke ließ sie plötzlich wieder zur Besinnung kommen. Sie löste sich aus der elektrisierenden Umarmung und wich einen Schritt zurück, weg von dem gefährlichen Feuer.

„Wow." Nicht gerade eine geistreiche Reaktion, aber Brianne war so aufgewühlt, dass ihr nichts Besseres einfiel.

„Das kann man wohl sagen." Jake musterte sie besorgt. „Ist alles okay?"

Sie nickte. „Ja, alles okay", log sie. „Und bei dir?"

Er lächelte. „Berühr mich noch einmal, und es wird mir noch besser gehen."

„Ich fragte nach dem Schmerz in der Schulter." Zwei Lügen in zwei Minuten, dachte sie trocken.

„Wenn du das sagst. Hör mal, Brianne, was gerade passiert ist … Ich meine, wir …"

„Vergiss es", unterbrach sie ihn. „Es musste wohl passieren, und es ist auch schon wieder vergessen." Noch eine faustdicke Lüge. Sie würde nie vergessen, wie warm und sanft sein Mund sich angefühlt hatte. „Lass uns einfach an die Arbeit gehen, okay? Setz dich, ich bin gleich zurück."

Brianne flüchtete ins Badezimmer, holte tief Luft und spritzte sich noch einmal kaltes Wasser ins Gesicht. Im Spiegel sah sie ihre glänzenden Augen und die geröteten Wangen – sichtbare Zeichen ihres sehnsüchtigen Verlangens. Doch sie konnte sich nicht weiter darauf einlassen, ebenso wenig wie sie sich für immer hier drinnen verstecken konnte.

Fünf Minuten später hatte sie Jake, der bequem auf einem Lederstuhl Platz genommen hatte, die feucht-heißen Packungen um Nacken und Schultern drapiert. Während die Hitze auf seine Muskeln einwirkte, saß Brianne auf dem Sitzpolster eines Fitnessgeräts und ließ ihre Füße baumeln.

Jake musterte sie ernst. Sie fragte sich, was er denken mochte und ob der Kuss ihn ebenso aufgewühlt hatte wie sie.

„Wie bist du zu der Verletzung gekommen?“, erkundigte sie sich, um das Schweigen zu brechen.

„Wir hatten einen Tipp wegen eines Drogendealers, den wir seit einiger Zeit beobachteten“, erzählte er nach kurzem Zögern. „Wir wollten ihn auf frischer Tat ertappen.“

Sein Blick wurde lebhaft. Offenbar liebte Jake seinen Beruf. Unerwartet empfand Brianne neben Enttäuschung auch Bewunderung für diesen Mann und seine Arbeit.

„Es stellte sich als Falle heraus. Der Verdächtige tauchte auf – allerdings in Gesellschaft. Das hat einem verdammt guten Cop das Leben gekostet. Frank war mein bester Freund. Ein anständiger Kerl mit Frau und Kindern. Er wurde bei der Schießerei tödlich getroffen, als ich mich zu Boden warf. Ich brach mir die Schulter und wurde auch noch angeschossen. Doch wenn ich nicht in Deckung gegangen wäre, hätte die tödliche Kugel mich erwischt, und Franks Kinder hätten immer noch einen Vater.“

„Und deine ohnehin schon trauernde Schwester hätte noch einen geliebten Menschen verloren. Stell das Schicksal nicht infrage“, meinte Brianne, obwohl auch sie das oft genug in ihrem Leben getan hatte.

„Ich schätze, ich sollte dankbar sein, dass ich mit einer

steifen Schulter davongekommen bin?“

Brianne zuckte bei seinen gleichgültigen Worten zusammen. Sie mochte gar nicht daran denken, dass er tot sein könnte. „Du würdest nicht wollen, dass Rina noch mehr leidet. Manchmal muss man das Schicksal eben einfach annehmen und weitermachen.“

Das schien ihn nicht zu trösten. „Es wäre leichter zu ertragen, wenn der Kerl jetzt wenigstens im Gefängnis sitzen würde. Aber als Krönung der Geschichte wurde er von einem Anfänger verhaftet, der ihm seine Rechte falsch vorgetragen hat“, erklärte Jake verächtlich. „Das Schwein musste wegen eines Formfehlers freigelassen werden.“

Brianne merkte, wie er die Kiefer zusammenpresste, und fand, dass es an der Zeit war, wieder das Thema zu wechseln. „Verrate mir bitte, warum du es Rina wegen der Therapie so schwer gemacht hast.“ Brianne hatte ihre Zweifel, dass Jakes Schultergelenk so steif war, wie seine Schwester glaubte, und sie fragte sich, was genau mit ihm los war. „Immerhin war sie besorgt genug, mich für dich zu engagieren.“

„Du weißt bereits, dass Physiotherapie nicht der einzige Grund war, weshalb Rina dich engagiert hat“, erinnerte er sie. „Nicht dass ich meine Schwester verteidigen will, aber sie kann es nicht lassen, sich ständig um mich zu kümmern. Sie hat ihren Ehemann vor ein paar Monaten verloren, und ich bin alles, was sie noch hat.“

In seiner Stimme schwang die Liebe für seine Schwester mit. „Rina braucht dich“, meinte Brianne eindringlich. „Umso mehr Grund für dich, deine Schuldgefühle zu vergessen und froh zu sein, dass du lebst – ihretwegen.“

Jake würde lernen, mit der Schuld zu leben, sobald er Ramirez ins Gefängnis gebracht hatte. „Nun, Rina braucht sich keine Sorgen zu machen. Mir geht es gut, und du wirst ihr das bei ihrer Rückkehr bestätigen können.“

„Ich werde ihr die Wahrheit sagen – nicht mehr und nicht weniger."

Und genau das störte ihn an Rinas Deal mit Brianne. Er musste verhindern, dass Brianne entdeckte, wie beweglich er in Wirklichkeit tatsächlich bereits war, und seiner Schwester davon berichtete.

Das Telefon klingelte. Jake, der durch die Packungen an seinen Platz gefesselt war, ließ sich den etwas entfernt stehenden Apparat von Brianne bringen.

„Lowell."

„Hier ist Duke. Ein junger Mann ist an einer Überdosis von verunreinigtem Stoff gestorben. Der Zustand seiner Freundin ist noch kritisch. Sie bringt noch keine zusammenhängenden Sätze heraus, doch die Ärzte werden uns informieren, sobald sie vernehmungsfähig ist. Möglich, dass die Spur zu Ramirez führt."

„Hol mich um fünf ab."

„Wenn der Lieutenant herausfindet, dass du wieder herumschnüffelst …" „Dann erzähl es ihm nicht." Jake knallte den Hörer auf. Brianne schaute ihn mit ihren wunderschönen grünen Augen fragend an.

„Keine Therapiestunde?"

Die Enttäuschung in ihrer Stimme traf ihn. Er schüttelte den Kopf. „Es ist etwas dazwischen gekommen." Und er konnte ihr nicht einmal sagen, was.

„Ich dachte, du bist nicht im Dienst. Krankgeschrieben."

Er seufzte. „Das bin ich auch. Es geht um … die Familie meines Freundes. Eins der Kinder hat ein Problem …"

„Sprich nicht weiter." Brianne sprang auf und begann, die Hitzepads von seiner Schulter zu wickeln. „Du schuldest mir keine Erklärung. Mir gefällt das nicht, aber das hier kann warten." Sie war so voller Verständnis und Mitgefühl, dass Jake sich wegen seiner Lüge schämte.

Sie verstand ihn und stellte keine Fragen. Nicht einmal seine Exfrau hatte je so reagiert. „Danke."

„Kümmere dich um die Familie deines Freundes." Sie hob sein Shirt auf und warf es ihm zu.

Er streifte sich das Shirt mit dem weiten Ausschnitt hastig über. Obwohl er ein bisschen damit zu kämpfen hatte und vor Schmerz leicht zusammenzuckte, merkte er zu spät, dass er sich verraten hatte.

Brianne verschränkte die Arme vor der Brust und sah ihn stirnrunzelnd an. „Wenn du wieder da bist, reden wir darüber, wie dringend du eine Therapie wirklich brauchst. Und wie sehr du mich angeblich brauchst."

5. KAPITEL

Jake brauchte Brianne – in jeder Beziehung. Er musste sie haben, damit seine unerfüllte Leidenschaft für diese Frau ihn nicht von seiner Suche nach Ramirez ablenkte.

Er hatte den Gerichtsmedizinern am Tatort bei der Spurensicherung zugeschaut. Aber statt auf Details zu achten, hatte er an Brianne gedacht. Er war so versunken gewesen, dass er beinahe wichtige Beweisstücke übersehen hätte.

Verpackungsmaterial von einem Restaurant namens „Eclectic Eatery“, einem beliebten Treffpunkt unter Studenten, lag verstreut auf dem Tisch. Daran war auf den ersten Blick nichts Ungewöhnliches. Doch zwischen den Schachteln und dem Papier entdeckte Jake ein paar farbige Pillen, die ihm verdächtig erschienen.

Er machte seine Kollegen darauf aufmerksam, und sie sammelten die Pillen mit Handschuhen auf und tüteten sie ein. Eine der Tabletten hatte eine Prägung, die so ähnlich aussah wie die, die Ramirez früher auf seiner Ware benutzt hatte. Im Gegensatz zu anderen Dealern hatte er in seiner Eitelkeit einen Stempel entworfen, der seinen Stoff kennzeichnete. Jake hatte immer gewusst, dass Ramirez seine schmutzigen Geschäfte wieder aufnehmen würde. Er hätte nur gedacht, dass der Kerl klug genug wäre, sein Label zu ändern. Die Arroganz dieses Mannes würde ihm irgendwann das Genick brechen.

Wenigstens hatten sie jetzt eine Spur. Jake könnte das „Eclectic Eatery“ observieren, um festzustellen, ob Ramirez sich dort blicken ließ. Möglicherweise diente das Restaurant nur als Fassade für verkappten Drogenhandel. Es war eine Spur, die Jake vielleicht niemals entdeckt hätte, wenn er immer noch von Brianne geträumt hätte.

Er war wie besessen von der Frau, die eigentlich für ihn tabu bleiben sollte. Aber da schon die Gedanken an sie seine

Konzentration auf diesen Fall störten, war es zwecklos, sich einzureden, dass eine Affäre ihn nur ablenken würde. Im Gegenteil, eine Liaison war vielleicht der einzige Weg, seine Leidenschaft für Brianne ein für alle Mal zu bändigen und wieder einen klaren Kopf zu bekommen. Eine seltsame Argumentation, gestand er sich ein. Und dennoch eine mögliche Lösung.

Doch würde Brianne zustimmen? Die Art, wie sie sich in seine Arme geschmiegt hatte, verriet ihm, dass ihr Verlangen ebenso schnell entflammbar war wie seines. Mit ein bisschen Glück und Überredungskunst könnte er sie vielleicht dazu bringen, sich auf eine Sommeraffäre einzulassen.

Als Jake ins Apartment zurückkehrte wunderte er sich nicht, dass er Wohnzimmer und Küche im Dunkeln vorfand, aber trotzdem war er enttäuscht. Selbst Norton kam nicht angesprungen, um ihn zu begrüßen, und Jake vermutete, dass der Hund in Briannes Bett lag. Doch auf dem Weg in sein Zimmer bemerkte er Licht im Fitnessraum und lugte hinein. Norton lag zufrieden in einer Ecke und beobachtete Brianne, die offensichtlich gerade ein Workout beendet hatte und sich Arme, Hals und Stirn abwischte. Enge schwarze Leggings betonten ihre langen Beine, und ein Top, das knapp unterhalb ihrer wohlgeformten vollen Brüsten endete, enthüllte die helle Haut ihres flachen Bauchs.

Wie gebannt blieb Jake stehen, unfähig, sich von dem unerwarteten, verführerischen Anblick abzuwenden.

Brianne ließ das Handtuch sinken und schaute auf. „Jake. Ich habe dich nicht gehört. Ist alles okay?“, fragte sie.

„Ja.“ Er betrat den Raum. „Nein. Ich muss mit dir reden.“

Sie deutete auf eine Bank an den verspiegelten Wänden. „Setzen wir uns.“

Jake zögerte, dann nahm er neben ihr Platz.

„Du hast mehr als nur ein paar Übungen gemacht.“ Sie

war zu diesem Schluss gekommen, nachdem sie gesehen hatte, mit welch relativer Leichtigkeit er sein Shirt angezogen hatte. „Du brauchst mich gar nicht." Sie wollte schon wieder aufstehen, aber er hielt sie am Handgelenk zurück.

„Doch, Brianne, das tue ich."

Skeptisch sah sie ihn an. „Wovon redest du?"

„Ich brauche noch mehr Therapiestunden."

„Nur nicht so viele, wie alle anderen annehmen."

Jake nickte. „Versprichst du mir, mein Geheimnis nicht auszuplaudern?"

„Du hast mein Wort."

Er vertraute ihr und drückte ihre Hand ganz fest. „Ich bin sehr viel weiter mit meiner Genesung, als Rina oder meine Abteilung glauben."

„Aber warum hältst du deine Fortschritte geheim?"

„Ich habe meine Gründe." Gründe, die er ihr nicht verraten konnte. Nicht nur, weil er inoffiziell ermittelte, sondern auch, weil es sicherer für Brianne war, je weniger sie wusste.

Sie beugte sich vor und war ihm so nah, dass er ihre Wärme und ihren Duft spürte. Sein Puls ging schneller, während er überlegte, wie viel er gefahrlos preisgeben konnte. „Einige meiner Gründe hängen mit allgemeiner Unzufriedenheit zusammen, und andere sind mehr persönlicher Art. Ich kann dir nicht alles sagen ..."

„Pst." Sanft legte sie einen Finger an seine Lippen. „Du schuldest mir keine Erklärungen. Schließlich bist du nicht derjenige, der mich engagiert hat."

„Doch ich bin derjenige, der dich behalten möchte."

Brianne atmete auf. Sie war froh, dass sie sich vorerst keine Sorgen zu machen brauchte, den Job – oder Jake – zu verlieren. „Du möchtest, dass ich mich weiter um deine Behandlung kümmere?"

„Zum Teil."

„Und was ist der andere Teil? Was ist der Haken?“

Jake griff nach ihrem Pferdeschwanz und wickelte die Strähnen um seine Finger. „Ich will auch dich“, flüsterte er heiser.

Brianne starrte ihn an und versuchte, das Prickeln, das seine Worte in ihr auslösten, zu ignorieren. Sie blieb still und hatte nicht vor, ihre Gedanken oder Gefühle zu enthüllen, bevor er nicht klar gesagt hatte, was er meinte.

„Ich würde gern eine Vereinbarung mit dir treffen.“ Er lächelte bezaubernd unsicher. „Ich bin bereit, mit dir zu kooperieren, damit du Rina nicht belügen musst, wenn sie nachfragt – und ich garantiere dir, dass wird sie.“

Brianne nickte. „Sie hat es bereits getan. Gerade vorhin.“

Jake biss die Zähne zusammen.

„Keine Bange“, beruhigte sie ihn. „Ich habe nichts von irgendwelchen Problemen erzählt. Ich wollte erst mit dir sprechen.“

Erleichterung spiegelte sich auf seinem Gesicht. „Danke.“

Sie neigte abwartend den Kopf. „Aber offensichtlich verlangst du eine Gegenleistung?“

„Es ist kein Geschäft, Brianne. Du kannst Nein sagen, und ich werde trotzdem kooperieren. Es ist für uns beide gut, wenn meine Genesung weiter voranschreitet. Ich glaube jedoch, dass wir beide einander noch viel mehr geben können.“

Ihr Puls raste. „Was meinst du damit?“

„Ich möchte dieser Anziehung zwischen uns nachgeben. Du kannst nicht leugnen, dass sie existiert.“ Er führte seine Hand mit ihrem Haar an ihre Wange und streichelte sie zärtlich. „Ich fühle es jedes Mal, wenn wir zusammen sind. Du nicht?“

Ihr Herz hämmerte wie verrückt. „Du weißt, dass ich es auch fühle. Ich bin nur nicht sicher, ob es eine gute Idee ist.“ Egal wie reizvoll sein Vorschlag auch sein mochte.

„Warum nicht?“

„Wir wohnen zusammen, arbeiten zusammen … Das kann unschön werden.“ Schmerzhaft, dachte sie bei dem Gedanken an die unausweichliche Trennung.

„Oder wundervoll. Denk darüber nach, Brianne. Ein ganzer Sommer, der nur uns beiden gehört.“

Sie zögerte. Sein Plan klang ungeheuer verlockend, doch sie hatte Angst, ihr Herz an ihn zu verlieren. An einen Mann, der Risiko und Gefahr liebte, den sie jederzeit durch eine Kugel verlieren könnte.

Aber sie war nicht bereit, mit ihm über ihre Ängste zu reden. Das wäre ein Schritt in Richtung einer Beziehung, die über das rein Körperliche hinausging, und das kam für sie nicht infrage. „Ich will keine feste Beziehung. Wenn der Sommer vorbei ist und mein Bruder nach Stanford geht, werde ich nach Kalifornien ziehen.“ Das war eine plausible Erklärung, die jeder verstehen würde.

In seinen Augen flackerte es kurz auf. Ob es Enttäuschung oder Überraschung war, konnte sie nicht sagen.

„Auch ich will keine feste Beziehung. Wir sind also einer Meinung.“ Jake ließ sich nicht so leicht abschrecken. „Wir wollen beide das Gleiche – eine kurze Affäre.“ Er hielt inne. „Ich brauche dich und die Zeit, die wir zusammen verbringen können. Und wenn du ehrlich bist, musst du zugeben, dass du es auch willst.“

Brianne stockte der Atem. Es hatte keinen Zweck, es abzustreiten. Jake bot ihr die Gelegenheit, ihre Weiblichkeit zu erkunden und erotische Freiheiten zu genießen – alles, was sie jahrelang unterdrückt hatte.

„Du willst ein Verhältnis mit mir?“, brachte sie hervor und formulierte damit ihren größten Wunsch und ihre größte Angst zugleich.

„Im Idealfall, ja.“ Er strich mit dem Finger über ihre Wange. Ihre Haut brannte unter der zarten Liebkosung. „Ich verspreche dir, egal wie sehr ich dich begehre, ich werde es langsam angehen lassen. Ganz locker.“ Seine Hand wanderte leicht über ihren Hals bis zum Ausschnitt ihres Tops. „Und verführerisch“, murmelte er. „Ich verspreche dir, du wirst es genießen.“

Brianne bezweifelte nicht, dass er Wort halten würde. Sie hatte einige Affären gehabt, obwohl sie wusste, dass sie kein Weg aus der Einsamkeit waren. Doch bei keinem Mann hatte sie sich je so begehrenswert gefühlt wie bei Jake.

Seine Hand verharrte auf ihrer Schulter, und er spürte ihre seidige Haut unter seinen Fingern. Er sehnte sich danach, sie zu schmecken, und wusste zugleich, dass Brianne noch weit davon entfernt war, ihm das zu erlauben.

Die Sekunden, die sie zögerte, waren die längsten seines Lebens.

Endlich nickte sie. „Okay, wir haben einen Deal.“

Verlegen streckte sie die Hand aus, aber Jake beließ es nicht beim Händedruck. „Dann sollten wir unsere Abmachung besiegeln.“ Er zog Brianne an sich, und sie schmiegte sich an ihn.

Erwartungsvoll öffnete sie die Lippen, doch Jake streifte nur sanft ihre Stirn mit seinem Mund. Eine nie gekannte Zärtlichkeit überkam sie.

Er begegnete ihrem verwunderten Blick. „Wir wollten es langsam angehen lassen, erinnerst du dich?“

Sie berührte seine Wange. „Was ist mit verführerisch?“, fragte sie schmollend. Jake konnte nicht länger widerstehen und küsste sie.

Brianne stöhnte lustvoll, als er mit der Zungenspitze zwischen ihre weichen Lippen glitt. Der Vorsatz, sie langsam zu verführen, war vergessen. Die Leidenschaft, die seit Monaten zwischen ihnen schwelte, explodierte. Was als sanfte Liebkosung begonnen hatte, steigerte sich zu forderndem Verlangen. Er konnte seine Erregung kaum noch beherrschen.

Aber dann erinnerte Jake sich wieder an sein Versprechen. Sie hatten Zeit. Wenn sein Körper auch sofortige Befriedigung verlangte, so wollte Jake doch nicht, dass das Feuer zwischen ihnen zu schnell verlöschte.

Behutsam löste er sich von ihr. Ganz loslassen wollte er sie indes noch nicht. Er hielt sie an den Schultern fest und betrachtete zärtlich ihr Gesicht mit den geröteten Wangen und den feuchten, leicht geöffneten Lippen. „Verführerisch, wie ich es gesagt habe“, flüsterte er atemlos.

Zitternd berührte sie ihren Mund. „Und ich habe es genossen.“

Jake lächelte. „Ich halte meine Versprechen immer.“

„Die Eigenschaft gefällt mir.“ Sie erwiderte sein Lächeln.

„Wir werden gut zusammen sein, Brianne.“ Er drückte aufmunternd ihre Schultern.

„Oh, das hast du gerade bewiesen.“ Sie lachte kurz. „Aber es gibt noch andere wichtige Dinge, vergiss das nicht. Und nur weil du mich verführst, bedeutet das nicht, dass ich beim Workout nachsichtig mit dir sein werde.“

Jake wunderte sich nicht, dass sie das Thema wechselte. Nach dem aufwühlenden Kuss war ihr Bedürfnis, sich an etwas Vertrautem festzuhalten, verständlich. „Ich erwarte es nicht anders von dir“, antwortete er.

Nervös fuhr sie sich mit der Zungenspitze über die Lippen. „Gut.“ Unvermittelt stand sie auf. „Ich denke, wir brauchen jetzt beide erst einmal ein bisschen Schlaf.“

Brianne zog sich wieder zurück. Jake respektierte das. Diese Frau hatte viele Facetten, und er freute sich darauf, sie alle zu erforschen.

„Solange du deine Meinung nicht über Nacht änderst“, meinte er.

„Das werde ich nicht.“ Sie schaute ihn ernst an. Die Verletzlichkeit in ihrem Blick berührte ihn tief.

„Ich auch nicht“, erwiderte er.

Sie schenkte ihm ein zögerndes Lächeln, bevor sie durch die Tür verschwand.

Lange nachdem sie gegangen war, dachte Jake noch nach. Er fragte sich, ob er sein Dilemma gelöst oder sein Leben nur noch komplizierter gemacht hatte.

Brianne ging vor Victorias Secret in der Fifth Avenue auf und ab und fragte sich, was in sie gefahren war, sich hier mit Kellie, ihrer Freundin aus der Bar, zu treffen. Sie schüttelte den Kopf. Nur zu genau wusste sie, was mit ihr los war. Sie war wie besessen von Jake.

Sie wusste, dass sie mit dem Feuer spielte. Sein Kuss hatte sie nur bestätigt. Auf diese Leidenschaft war sie bei aller Anziehung nicht gefasst gewesen. Und beim nächsten Mal würde es sicher nicht bei einem Kuss bleiben.

Jake war nicht gerade begeistert gewesen, als sie sich so plötzlich von ihm verabschiedet hatte, aber sie hatte Zeit gebraucht. Nicht nur, weil sein Vorschlag sie aus dem Gleichgewicht gebracht hatte, sondern weil sie sich in ihrem Sportdress und mit der unordentlichen Frisur nie unattraktiver gefühlt hatte. Daher hatte sie beschlossen, den Beginn ihrer Affäre auf den nächsten Abend zu verschieben.

Heute hatte sie sich zum ersten Mal seit Ewigkeiten einen halben Tag freigenommen. Sie musste nachmittags zur Arbeit, aber an diesem Vormittag würde sie sich sexy Dessous kaufen.

Brianne schaute auf die Uhr. Natürlich könnte sie die Sachen auch allein aussuchen, doch sie wollte weiblichen Rat und Gesellschaft, und dazu sollte Kellie jede Minute hier erscheinen. Brianne strich sich mit der Hand über die feuchte Stirn. Die Hitze machte ihr zu schaffen, und nach einem weiteren Blick auf die Uhr holte sie tief Luft und betrat das Geschäft.

Lavendelduft hüllte sie ein, während sie an den Ständern voll verführerischer Spitzen- und Seidenwäsche entlangging. Die raffinierten Stücke in lebhaften Farben waren kein Vergleich zu ihren praktischen Baumwollslips. Sie holte einen tief ausgeschnittenen lilafarbenen Body hervor. Die Seide glitt durch ihre Finger, sanft und sinnlich, wie Jakes Berührung. Sie zitterte, als ihr bewusst wurde, was auf sie zukommen könnte, wenn sie bereit war, alle Hemmungen fallen zu lassen.

Langsam und locker, hatte er gesagt. Verführerisch. Er hatte ihr zu verstehen gegeben, dass sie das Tempo bestimmen könnte, und hier war sie nun und stürzte sich Hals über Kopf ins Abenteuer. Sie war schon zu weit gegangen, um noch umzukehren. Und sie wollte es auch gar nicht.

Einen Moment später stürmte Briannes temperamentvolle Freundin Kellie in den Laden und winkte ihr zu. Die silbernen Armbänder um ihr Handgelenk klimperten. Kellie war eine klassische blonde Schönheit mit großen blauen Augen, einem hellen Teint und einem aufregenden Körper, den sie durch tägliches Training im Fitnessstudio in Form hielt. Sie war der Typ, nach dem sich die Männer umdrehten. Heute trug sie eine schwarze Jeans und ein enges weißes T-Shirt, das in der Mitte von einer Reihe von Haken zusammengehalten wurde. Es wurde Zeit, dass auch Brianne mehr auf ihr Styling achtete.

„Du hast schon ohne mich angefangen?“ Kellie umarmte Brianne zur Begrüßung. „Es ist erst ein Abend ohne dich gewesen, doch die Bar ist nicht mehr dieselbe.“

Brianne schmunzelte. „Ich kann nicht behaupten, dass ich der Arbeit nachtrauere, aber ich vermisse dich auch.“

„Als ob du auch nur einmal an mich gedacht hättest, seit du mit diesem Typ unter einem Dach lebst.“ Kellie verdrehte die Augen und lachte. „Also, was hast du bis jetzt gefunden?“

„Ich bin gerade erst hereingekommen."

„Okay, und was hat dieser Mann für einen Geschmack? Eher klassisch oder ausgefallen?" Kellie schüttelte den Kopf. „Dumme Frage. Wenn er auf dich steht, mag er's klassisch."

„Soll das heißen, dass du mich langweilig findest?", fragte Brianne mit gespielter Empörung.

Ihre Freundin hob protestierend die Hände. „Du bist wunderschön. Du nimmst dir bloß nicht die Zeit, etwas aus dir zu machen. Das wird sich nun ändern. Die erste Regel lautet: Trag sexy Sachen, dann fühlst du dich auch sexy. Was hast du unter der Jeans an?"

„Einen Slip natürlich."

„Vermutlich in Weiß." Kellie wartete Briannes Erwiderung gar nicht erst ab. „Schlicht und praktisch? Ich frage lieber gar nicht erst nach dem BH." Sie seufzte theatralisch. „Sieht so aus, als läge eine Menge Arbeit vor mir."

Eine Stunde später hatte Brianne viel Geld für raffinierte Spitzenunterwäsche ausgegeben. Früher hätte sie nie gedacht, dass sie so etwas tragen würde. Ein Set hatte sie sogar gleich anbehalten. Um die Wirkung zu testen, sagte sie sich.

Und sie musste zugeben, dass Kellie recht hatte. Das Wissen, dass sie einen aufreizend knappen Slip und den dazu passenden BH aus Seide trug, gab Brianne tatsächlich das Gefühl, attraktiver zu sein. Ihr Schritt wurde beschwingter, sie hob das Kinn und schaute sich beim Gehen um. Männer beobachteten sie. Einer von ihnen musterte sie begehrlich, und sein lüsterner Blick dauerte lang genug, dass sie sich unbehaglich fühlte.

Aber als sie einige Zeit später Bloomingdales's hinter sich gelassen hatten – wo sie Badekleidung und ein paar modische Outfits im Ausverkauf erstanden hatten –, hielt Brianne ihren Rücken noch gerader. Ihr Selbstbewusstsein war gestärkt, und das hatte sie indirekt Jake zu verdanken.

„Lust auf einen Eiskaffe?“, fragte Kellie.

„Gute Idee“, stimmte Brianne zu.

Sie gingen zum nächsten Starbucks Café. An der Schwelle hielt Kellie Briannes Hand fest. „Kleidung und Unterwäsche waren der schwierige Teil. Jetzt können wir uns hinsetzen und entspannt über Sex reden.“

Brianne hätte beinahe gehustet, doch dann zwang sie sich zu einem lässigen Schulterzucken. Was soll's?, dachte sie. Es war schon so lange her, dass sie Sex gehabt hatte, dass sie wahrscheinlich jeden Ratschlag annehmen sollte. Ihre Erfahrungen auf dem Gebiet waren minimal, und kein Mann hatte einen bleibenden Eindruck bei ihr hinterlassen.

Die Vorstellung, Sex mit Jake zu haben, erregte dagegen jeden Nerv in ihr. Ihre Brüste spannten unter der neuen Seidenwäsche, und in ihrem Bauch spürte sie ein heißes Kribbeln. Die intimen Sehnsüchte waren ungewohnt für eine Frau, die sich sonst zwischen Arbeit und Sorgen aufrieb. Und sie hatte vor, jeden Augenblick mit Jake zu genießen.

Brianne gab am Tresen ihre Bestellung auf, während Kellie einen Tisch am Fenster für sie besetzte, von wo aus sie auf die fast leeren Straßen von New York sehen konnten. Da es für Lunch noch zu früh war, blieben die meisten vernünftigen Leute bei den drückenden Außentemperaturen wohl lieber in den klimatisierten Gebäuden.

Kaum hatte Brianne sich mit den Drinks an den Tisch gesetzt, da holte Kellie ein Päckchen Kondome aus ihrer Tasche und schob es Brianne hin.

Blitzschnell ließ die es unter dem Tisch verschwinden. „Was soll das?“

„Ich will nur sichergehen, dass du alles Notwendige hast. Du kannst heutzutage nicht vorsichtig genug sein.“

Brianne zog die Brauen hoch. „Natürlich weiß ich das.“ Sie schaute auf die Schachtel in ihrer Hand und schüttelte sie.

„Da sind 'ne Menge drin."

Ihre Freundin warf ihr über das Glas Eiskaffee hinweg einen unschuldigen Blick zu. „Also, benutze sie."

Brianne spürte bei der Vorstellung ein Prickeln auf ihrer Haut. Die Erinnerung an Jakes Kuss und seine Zärtlichkeiten erregten sie von neuem. Er ist so gut, dachte sie verträumt.

„Hallo?" Kellie wedelte mit einer Serviette vor Briannes Gesicht. „Ich nehme an, du bist dabei zu planen? Wie du die Kondome benutzt, meine ich."

Brianne lachte. „Habe ich dir eigentlich schon erzählt, dass das Penthouse einen Whirlpool auf der Dachterrasse hat?"

„Nein, aber das ist toll. Dir steht wirklich ein super Sommer bevor", meinte ihre Freundin.

„Hm." Brianne schaute aus dem Fenster. Plötzlich fiel ihr eine Gestalt auf, die dann hinter einer Gruppe von Leuten verschwand. Brianne hatte den Mann schon einmal gesehen, als sie Victoria's Secret verlassen hatte. Er war der Typ, der sie so lüstern angestarrt hatte. Sie hatte es schon verdrängt, doch war es Zufall, dass sie ihn zweimal am gleichen Tag sah?

Sie schüttelte sich vor Unbehagen.

„Was ist los?", fragte Kellie und folgte Briannes Blick.

„Hast du …?" Brianne verstummte. Was sollte sie sagen? Hast du den Mann auch zweimal gesehen? Und wenn es so war, na und? Die Tatsache machte ihn nicht verdächtig.

Sie winkte ab. „Ach nichts." Brianne litt kaum noch unter Panikattacken, aber manchmal kam die tief sitzende Furcht wieder an die Oberfläche.

„Bist du sicher?"

Brianne nickte. „Absolut. Was hast du gerade gesagt?", fragte sie, um das Thema zu wechseln.

„Ich sagte, du hast einen tollen Sommer vor dir, Brianne. Lass dich einfach nur treiben."

Brianne seufzte tief. Sich treiben lassen. Als ob das so einfach wäre, nachdem sie so lange nur ihre Arbeit und ihren Bruder gehabt hatte. Doch es wurde Zeit, dass sie sich zur Abwechslung einmal auf ihre eigenen Bedürfnisse konzentrierte.

Sie hat mich gesehen, dachte Louis. Sie hatte ihm in die Augen geschaut und gemerkt, dass sie ihm gefiel. Wie könnte sie ihm auch nicht gefallen? Wie könnte er bei ihrem Anblick nicht daran denken, so eine scharfe Braut flachzulegen – und gleichzeitig Lowell fertigzumachen?

Nein, dieser Versuchung konnte er nicht widerstehen. Louis trat seine Zigarette auf dem Bürgersteig aus. Er glaubte nicht, dass Brianne Nelson ihn bemerkt hatte, als er an dem Coffeeshop vorbeigekommen war, aber das nächste Mal müsste er vorsichtiger sein. Weil Lowell herumschnüffelte und Fragen stellte. Louis hatte sofort Wind davon bekommen, und das hatte Lowell wahrscheinlich beabsichtigt.

Katz und Maus, dachte Louis. Das Spiel konnte beginnen. Und dieses Spiel begann und endete mit Brianne Nelson. Jedenfalls war sie die längste Zeit Detective Lowells Freundin gewesen.

6. KAPITEL

Nachdem Jake einen Nachmittag lang das „Eclectic Eatery" ohne Ergebnis observiert hatte, war er frustriert. Es existierten keine Beweise, die die Pillen mit dem Restaurant in Verbindung brachten. Die Polizei hatte die Räume zwar durchsucht, aber nichts gefunden. Kein Wunder, fand Jake. Ramirez hatte sicher schnell alle Spuren beseitigt.

Jetzt freute sich Jake erst einmal auf den Abend mit Brianne. Nicht nur, weil sie ihn sexuell anzog, sondern auch, weil er sich in ihrer Nähe einfach wohlfühlte. Seit Stunden überlegte er, wohin er mit ihr gehen könnte. Er wollte sie ausführen, doch es sollte ein Ausflug werden, der ihr in Erinnerung bleiben würde.

Während er auf dem weißen Sofa saß und auf Brianne wartete, nahm er eine der Zeitschriften vom Marmortisch und blätterte sie durch. Bei einer Fotostrecke von New York bei Nacht blieb er hängen, und sein Blick fiel auf den Titel des Artikels: „Sexy City Nights".

Das könnte das Motto dieser Nacht sein, dachte Jake. Ein Bild faszinierte ihn ganz besonders: Zwei Verliebte teilten sich ein Eis. Sie leckten gleichzeitig an der Kugel, und die erotische Anspielung war offensichtlich.

Die Vorstellung, wie Brianne ihre Zungenspitze langsam und sinnlich über die Waffel gleiten ließ, um die Tropfen vom schmelzenden Eis aufzufangen, weckte Verlangen in ihm.

Es musste ihn schwer erwischt haben, wenn ein simpler Zeitschriftenbeitrag ihn dermaßen anmachte. Aber Jake wusste, dass es nicht an den Fotos lag. Es lag an Brianne. Er schlug die Seite um. Der gleiche Hintergrund, das gleiche Paar. Nur dass sie diesmal das Eis direkt von den Lippen des anderen kosteten.

Eiscreme. Jake klappte die Illustrierte zu. Dank der Bilder hatte er eine zündende Idee. Sicher gab es Desserts bei Brianne ebenso selten wie Pizza. Doch das würde er heute Abend ändern. Sie würde ihre ganz persönliche „Sexy City Night“ bekommen.

Als ob er Brianne mit seinen Gedanken herbeigezaubert hätte, betrat sie in diesem Moment, mit Tüten und Päckchen beladen, das Apartment.

„Mein Gott, war das heiß in der U-Bahn“, murmelte sie vor sich hin. Sie ließ die Päckchen auf den Boden purzeln und atmete auf. Norton erwachte aus seinem Nickerchen und begrüßte sie freudig. Jake hatte sich bereits an das Ritual gewöhnt.

„Kann ich dir helfen, die Sachen in dein Zimmer zu tragen?“, fragte er.

Erschrocken zuckte Brianne zusammen. „Ich habe gar nicht gemerkt, dass du da bist.“ Sie bückte sich, um ihre Einkäufe aufzusammeln.

„Sag nicht, du hast es schon vergessen. Wir hatten Pläne für heute Abend. Erst eine Therapiestunde, und anschließend könnten wir vielleicht spazieren gehen.“

Sie errötete. „Ich habe es nicht vergessen. Ich wollte nur ...“ Sie jonglierte mit den Tüten und versteckte eine davon hinter ihrem Rücken. „Lass mich erst einmal zur Ruhe kommen.“ Hastig eilte sie an ihm vorbei in ihr Zimmer. Die Tasche von Victoria's Secret schlug beim Gehen gegen ihre Beine.

Jake lachte leise, doch er wurde schnell ernst, als ihm der Grund für Briannes Nervosität bewusst wurde. Victoria's Secret war ein Dessousladen, und der bloße Gedanke, dass Brianne dort reizvolle Wäsche gekauft hatte, um ihn zu verführen ... Nun, es gab nicht viel, was ihn abkühlen könnte.

Eine Dreiviertelstunde später indes erkannte er, dass ein anstrengendes Workout bestens geeignet war, seine innere

Anspannung abzubauen. Er hatte ein paar Wochen heimlich mit einem Therapeuten trainiert, aber Brianne hatte einen anderen, gründlicheren Ansatz. Sie hatte recht damit, dass ein paar Übungen nicht genügten. Er brauchte Brianne, wenn er seine volle Bewegungsfähigkeit wiedererlangen wollte.

Doch er brauchte sie für mehr als nur seine Rehabilitation. Da die Bedingungen für ihre Affäre von vornherein feststanden, konnte er den Sommer mit ihr unbeschwert genießen. Nur dass er sich insgeheim fragte, ob ihm eine so kurze Zeit mit ihr reichen würde.

Vor der Therapiestunde mit Jake hatte Brianne sich umgezogen und frisch gemacht – mit Make-up und allem, was dazugehörte. Zum ersten Mal seit einer Ewigkeit schaute sie in den Spiegel und sah eine Frau. Eine Frau mit eigenen Gedanken, Gefühlen und Bedürfnissen.

Und diese Bedürfnisse schlossen Jake mit ein. Das Coldpack in der Hand, blieb sie an der Tür zum Fitnessraum stehen und beobachtete ihn. Er lehnte sich im Stuhl zurück und verzog vor Schmerz das Gesicht. Es tat ihr leid, dass sie ihn so quälen musste, aber auf lange Sicht würde er ihr dankbar sein.

Sie betrat den Raum und stellte sich neben Jake. „Hier. Jetzt werden wir die Schulter kühlen." Sie legte die blaue Gelpackung auf seine nackte Haut. „Dadurch werden sich die Muskeln zusammenziehen, und der Schmerz lässt nach."

Jake stöhnte – diesmal vor Erleichterung. Um ihn abzulenken, fragte Brianne: „Was hast du heute noch für uns geplant?"

Sie hatte sich auf den Abend vorbereitet. Unter ihrer hautengen Caprihose trug sie einen malvenfarbenen Slip, und sie fühlte die Kombination aus Seide und Spitze bei jeder Bewegung. Der passende BH dazu ließ zwischen dem transparenten Blütenmuster viel nackte Haut durchschimmern. Brianne fragte sich, wie sie Jake in den sexy Dessous gefallen würde, und erschauerte vor Erregung.

„He, ich bin derjenige mit Eis auf der Schulter. Frierst du etwa?“, wollte er wissen.

Sie lächelte. „Immerhin habe ich meine Hände ins Tiefkühlfach stecken müssen, um das Coldpack herauszuholen.“

Jake nickte. „Ist dir zu kalt für Eiscreme?“

Sie spürte, dass ihm ihre Antwort wichtig war. „Mir ist nie zu kalt für Eiscreme. Warum? Was hast du vor?“

„Es gibt ein Eiscafé namens Peppermint Park an der Ecke Sixty-sixth und First. Rina schwärmt in den höchsten Tönen davon, und die Auswahl ist riesig.“

„Mm.“ Brianne fuhr sich mit der Zungenspitze über die Lippen und merkte, dass er der Bewegung mit seinem Blick folgte. Sie wollte ganz etwas anderes als Eiscreme, aber die Einladung schien ihm etwas zu bedeuten.

„Eiscreme fiel bei uns in die gleiche Kategorie wie Pizza“, erzählte sie. „Sie war meistens nur für besondere Gelegenheiten reserviert. Geburtstage, Marcs Schulabschluss und solche Sachen.“ Plötzlich wurde sie verlegen. „Es tut mir leid. Ich wollte nicht, dass sich mein Leben wie die Geschichte vom Aschenputtel anhört.“

Jake räusperte sich, nun ebenfalls befangen. „Wenigstens habe ich die richtige Wahl getroffen. Ich wollte dich an einen besonderen Ort ausführen, an den du dich immer erinnern würdest.“

Gut, dass sie wusste, dass sie auf sich aufpassen musste. Sonst hätte er mit seinem mitfühlenden Blick und der liebevollen Geste bestimmt ihr Herz erobert. Sie ignorierte die innere Stimme, die ihr sagte, dass das längst geschehen war.

Jake saß mit Brianne auf einer Holzbank unter einem riesigen Sonnensegel. Norton lag zu ihren Füßen. Brianne hatte darauf bestanden, ihn auf dem Spaziergang mitzunehmen, und Jake hatte ihr bei der Gelegenheit gleich demonstriert, wie man den Hund schnell und wirkungsvoll dazu brachte, sein „Geschäft" zu verrichten. Brianne zeigte sich beeindruckt von Nortons Fähigkeiten und freute sich, dass Jake zugestimmt hatte, das Tier mitzunehmen.

Zu sehen, wie glücklich er Brianne – und den Hund – machen konnte, gab ihm ein gutes Gefühl. Er schaute Brianne an. Vanille-Eiscreme mit Schokosplittern tropfte vom Rand ihrer Waffel, und sie beeilte sich, die Reste mit ihrer Zungenspitze aufzufangen – wie auf dem erotischen Foto.

„Darf ich dich etwas fragen?"

Ihre Stimme riss ihn aus seiner Versunkenheit. „Natürlich."

„Es klingt vielleicht etwas albern, aber ich habe überlegt, woran du merkst, ob du verfolgt wirst." Verlegen senkte sie den Blick. „Ich sagte ja, dass es albern ist."

Ihr schien wirklich unbehaglich zu sein, und Jake wurde sofort hellhörig. „Wie kommst du darauf?"

Sie zuckte mit den Schultern. „Ich war heute einkaufen, und da hat mich ein Mann angestarrt."

„Honey, du bist schön. Klar, dass Männer dich anstarren."

„Danke." Brianne errötete und sah ihn ernst an. „Doch dieser Mann war anders. Ich meine, ich hatte ein seltsames Gefühl dabei. Ich war auf der Fifth Avenue, und er passte von seiner Aufmachung her irgendwie nicht dahin. Er hatte einen Bürstenhaarschnitt und so einen lüsternen Blick. Als ich später in das Fenster eines Coffeeshops blickte, bemerkte ich ihn wieder. Ich blinzelte kurz, und schon war er weg. Ich dachte …" Sie verstummte nachdenklich.

Das restliche Eis schmolz. Behutsam nahm Jake ihr die klebrige Waffel aus der Hand und warf sie in den Müll. „Was dachtest du?"

„Dass es wieder passieren würde." Nervös verschränkte sie ihre Finger ineinander, und Jake legte beruhigend seine Hand auf ihre.

„Dass was wieder passieren würde?"

„Als meine Eltern starben, durchlebte ich eine schwere Zeit." Brianne schüttelte den Kopf. „Genau genommen, hat es schon vorher begonnen. Meine Eltern waren nicht gerade häuslich. Mein Vater war ein erfolgreicher Börsenmakler, und da sie beide den Nervenkitzel liebten, gaben sie ihr Geld für abenteuerliche Hobbys aus – Heißluftballons, Bungeejumping, Motorradtouren. Gut, dass die Nachbarn uns mochten, denn wir haben oft bei ihnen übernachten müssen, und meine Eltern waren nicht verlässlich, was ihre Rückkehr betraf. Manchmal dachte ich, sie würden überhaupt nicht wiederkommen. Da hat es angefangen."

Jake wusste nicht, wohin ihre Geschichte steuerte, aber er wollte mehr hören. „Was?", fragte er.

„Ich litt unter Panikattacken. Glaub mir, ich war ein ziemlich nervöses Kind."

Er drückte ihre Hand. „Das ist verständlich. Und du musst es gut verarbeitet haben, denn ich hätte so etwas nie vermutet, wenn du es mir nicht erzählt hättest."

„Nun, ich hatte zum Glück einen guten Schulpsychologen, und als ich älter wurde, habe ich Techniken zur Stressbewältigung erlernt. Ich wurde ruhiger, bis alles durch den Unfall wieder aufflammte."

„Was für ein Unfall?"

Brianne runzelte die Stirn. „Ich habe dir doch erzählt, dass ich meinen Bruder aufgezogen habe. Meine Eltern sind bei einem Flugzeugabsturz ums Leben gekommen. Dad hat die Maschine gesteuert."

Sie erschauerte, und Jake zuckte unwillkürlich zusammen. „Das tut mir aufrichtig leid."

„Es war ihre Entscheidung. Sie sind bei einem Unwetter gestartet, obwohl selbst die Luftfahrtbehörde eine Warnung ausgegeben hatte.“ Sie seufzte resigniert. „Da wurden die Angstanfälle schlimmer, und ich habe mich befristet in Behandlung begeben. Ich musste mich unter Kontrolle bekommen, damit ich für Marc sorgen konnte. Und das habe ich getan. Es ist ewig her, dass ich richtig Angst gehabt habe.“

„Bis heute.“

„Bis heute“, stimmte sie zu.

„Dann sollten wir es ernst nehmen.“ Jake hatte ein ungutes Gefühl. Er wusste nur nicht, was hier nicht stimmte. Noch nicht.

Brianne atmete auf. „Ich weiß nicht. Vielleicht musste ich es nur einmal aussprechen, um zu merken, wie lächerlich meine Reaktion war.“

„Gefühle sind niemals lächerlich, und nur zu oft gründen sie auf Tatsachen.“

Sie schaute ihn mit großen Augen an. „Ja, doch in diesem Fall habe ich wahrscheinlich überreagiert. Ich schätze, es hängt mit dir zusammen.“

Verwirrt musterte er sie. „Wie das?“

Sie seufzte. „Ich hatte schon lange keine Panikattacke mehr. Dann treffe ich dich, wir fühlen uns zueinander hingezogen, und ich entdecke, dass du genau wie sie bist. Und schon kommen die alte Ängste wieder hoch.“

„Ich bin wie wer?“

„Meine Eltern. Sie lebten dafür, Risiken einzugehen. Und das tust du bei deinem Job ja auch, nicht wahr?“

Ihm gefiel dieser Vergleich ganz und gar nicht. „Der Unterschied ist, dass ich zwar gewisse Risiken eingehen muss, aber ich mache es nicht aus Spaß.“

„Dennoch begibst du dich wissentlich, willentlich immer wieder in Gefahr.“

Jake konnte das nicht leugnen, also schwieg er. Brianne stellte ihn auf eine Stufe mit ihren Eltern, zwei Menschen, die sie offenbar sehr geliebt hatte, die sie jedoch auf die schlimmste Weise im Stich gelassen hatten. Er wollte nur eine kurze Affäre mit Brianne. Warum also störte ihn der Vergleich so sehr?

„Ich bin dir jedenfalls dankbar, dass du mir überhaupt zugehört hast. Du verstehst jetzt vielleicht, warum ich Angst bekommen habe, und nun, da ich es losgeworden bin, kann ich diesen Mann und sein widerliches Tattoo vergessen."

„Tattoo?" Jake horchte alarmiert auf.

„Ja. Der Typ hatte einen gebogenen Pfeil auf seinem rechten Oberarm." Sie schüttelte sich. „Ich habe mich schon immer vor Tätowierungen geekelt."

„Einen gebogenen Pfeil?", fragte Jake angespannt nach.

Sie nickte. „So ungefähr." Sie zeichnete die Form mit ihrem Finger nach.

Unbändige Wut packte ihn. Aber nachdem Brianne ihm gerade den Hintergrund ihrer Angstanfälle anvertraut hatte, wollte er sie nicht noch weiter beunruhigen, indem er ihr erklärte, dass das Tattoo ihres Stalkers das gleiche war, das ein gefürchteter Drogendealer namens Ramirez auf seinem rechten Bizeps trug.

Jake verspürte den Drang, Brianne in die Arme zu nehmen und vor allem Bösen zu behüten. Gleich morgen früh würde er einen befreundeten Privatdetektiv darum bitten, sie tagsüber zu beschatten. Zum Glück ist Rina in Italien, dachte Jake. Doch er musste noch für den Schutz von Franks Familie sorgen. Aufgrund einer bloßen Vermutung würde sein Department zwar keine Leute dafür abstellen, aber sowohl Jake als auch Frank hatten Freunde, denen es nichts ausmachen würde, den Job nebenbei zu übernehmen.

Jetzt würde er Brianne erst einmal beruhigen. „Viele Männer haben Tattoos. Wir vergessen es mal für den Augenblick, doch wenn du ihn noch einmal siehst …"

„Werde ich es dir sofort berichten, Detective." Sie lächelte und salutierte scherzhaft.

Ein Rest von Schokolade haftete noch an ihren Lippen, und Jake wischte ihn mit seiner Fingerkuppe sanft fort. Briannes Blick wurde sehnsüchtig.

„Weißt du, was ich jetzt möchte?", fragte sie heiser.

„Was denn?"

Sie holte tief Luft, und er begriff, dass es neu für sie war, so kühn zu sein. „Ich möchte nach Hause."

„Und dann?" Er hatte ihr versprochen, dass er es langsam angehen lassen würde. Sie sollte das Tempo vorgeben, und er würde warten, bis sie die Worte sprach, die ihn von seiner mühsam gewahrten Zurückhaltung erlösen würden.

„Bring mich nach Hause und mach, dass ich vergesse, was ich dir erzählt habe."

Ohne den Blick von Brianne zu wenden, stand er auf und zog sie hoch. Damit er das tun konnte, worum sie ihn gebeten hatte – sie nach Hause bringen.

Brianne hielt mit Jakes Tempo Schritt. Sie hatte es genauso eilig wie er, nach Hause zu kommen. Nachdem sie ihm ihre Ängste gestanden hatte, war sie wie von einer Last befreit. Und da er ihr geglaubt hatte, war sie nun in der Lage, die Dinge nüchtern zu betrachten.

Sie wurde nicht verfolgt. Sie hatte nur eine blühende Fantasie, angestachelt durch Jake und seinen Beruf. Und falls doch ein Fremder sie beobachtet haben sollte, wusste Jake jetzt Bescheid und war auf ihrer Seite. Außerdem hatten die Angestellten des Krankenhauses vor ein paar Jahren nach einer Serie von Vergewaltigungen einen Selbstverteidigungskursus mitmachen müssen. Brianne war theoretisch und praktisch gerüstet. Ihr würde nichts passieren.

Sie konnte unbeschwert ihrem Verlangen nach Jake nachgeben. Während des ganzen Nachhausewegs hielt er ihre Hand. Erst in der Lobby des Apartmenthauses löste er sich von Brianne und ließ sie an ihm vorbei in den privaten Aufzug eintreten. Sie war nervös und aufgeregt.

„Da wären wir", sagte Jakes, als sie oben angelangt waren.

Sie sah ihn an. Er begehrte sie. In seinen Augen spiegelte sich die Leidenschaft, die auch sie beherrschte.

„Wohin?", fragte er, bevor sich verlegenes Schweigen zwischen ihnen breitmachen konnte.

Brianne schaute sich um, ließ ihren Blick über die kalte Einrichtung wandern. Ihr Herz klopfte. Ihr Verlangen nach Jake war überwältigend, aber wo sie an diesem nüchternen Ort mit Jake zusammen sein und gleichzeitig sie selbst sein könnte, wusste sie nicht. Sie zuckte mit den Schultern und hoffte, dass er einen Vorschlag hatte.

„Nun, ich benutze das Schlafzimmer meiner Schwester, und ich würde nicht so gerne … Du weißt schon, was ich meine."

„Oh, ich verstehe." Sie lachte unsicher. „In meinem Zimmer fühle ich mich allerdings auch nicht besonders wohl. Es ist zu …"

„Kühl und unbehaglich?"

Sie war froh, dass er das Apartment auch nicht gemütlich fand. „Genau."

„Ich weiß auch nicht, was Rina sich dabei gedacht hat. Diese Wohnung passt gar nicht zu ihr." Ratlos zog Jake die Brauen hoch. „Ich kann meine Finger nicht eine Sekunde länger von dir lassen." Ohne zu zögern, legte er ihr die Hände auf die Schultern. „Da mein und dein Schlafzimmer nicht infrage kommen, habe ich eine Idee."

„Ich hoffe nicht, du meinst die weiße Couch mit den großen Fenstern dahinter?" Brianne lachte leise. „Nun?"

„Ich denke an unseren Raum.“

Kaum hatte Jake die Worte ausgesprochen, stiegen die Wellen von Verlangen, die sie so lange zurückgehalten hatte, wild in ihr auf. „Das Fitness-Studio?“

Er nickte. „Mit den großen Spiegeln. Bist du dabei?“

Sie war schon so weit gegangen und wollte noch viel weiter gehen. Beherzt stellte sie sich auf die Zehenspitzen und gab Jake eine unmissverständliche Antwort – einen heißen Kuss, der ihm verriet, dass sie tatsächlich dabei war.

7. KAPITEL

Auch wenn sie das Gegenteil behauptete, steckte in Brianne eine kleine Abenteurerin, davon war Jake überzeugt. Erst ihr Einkauf bei Victoria's Secret und jetzt dieser verführerische Kuss. Ihre Zunge glitt aufreizend über seine Lippen, nur um sich wieder zurückzuziehen und ihn weiter auf die Folter zu spannen. Doch er konnte nicht länger warten. Er nahm sie bei der Hand und führte sie in den Fitnessraum, machte die Tür zu und ließ Norton draußen.

Das Studio war der einzige Ort in diesem Mausoleum, wo Jake sich einigermaßen wohlfühlte, ja, wo auch Brianne sich zu Hause fühlen konnte. Und es war Jake wichtig, dass der Ort, den er für das erste Mal auswählte, stimmte.

Nach dem warmen Ausdruck ihrer Augen zu urteilen, hatte er die richtige Entscheidung getroffen. Sie schlang die Arme um seinen Hals und belohnte ihn mit einem atemberaubenden Kuss voller Leidenschaft und Sehnsucht. Jake presste Brianne an sich, um sie seine Erregung merken zu lassen. Brianne stöhnte und drängte sich noch fester an ihn.

Jake wollte endlich ihre nackte Haut spüren. Ihr Shirt war so eng, dass es schwierig war, es auszuziehen, aber dann war der Anblick dank der Spiegel, die die untergehende Sonne reflektierten, überwältigend.

„Gefällt es dir?"

Ihr hellroter BH mit Spitzenbesatz enthüllte mehr, als er verbarg. „Sweetheart, du bist unvergleichlich schön." Jake fuhr mit dem Finger über den Rand der Körbchen, senkte den Kopf und liebkoste ihre zarte Haut mit den Lippen.

Brianne seufzte verzückt, als er mit der Zungenspitze einen heißen Pfad über ihr Dekolleté zog. Ihr Erschauern berührte ihn. Hatte er je zuvor so tief empfunden? Die Befriedigung einer Frau noch mehr gewünscht als sein eigene?

Jake kannte die Antwort auf beide Fragen, und sie machte ihm Angst. Er wusste, dass er sich irgendwann damit auseinander setzen musste, doch jetzt verdrängte Erregung jeden klaren Gedanken.

Er umfasste ihre Brust und fühlte die harte Knospe unter dem transparenten Material. Sanft biss er hinein, sodass sie noch fester wurde. Er konnte sein Verlangen kaum noch zügeln.

Offenbar ging es Brianne genauso, denn sie griff ungeduldig an den Druckknopf seiner Jeans. Jake sah ihr in die Augen. Er wollte nicht, dass sie das Gefühl hatte, sie müsste schneller machen, um ihm zu gefallen. „Ich habe dir versprochen, es langsam angehen zu lassen."

„Das war, bevor wir … so weit gekommen sind." Sie errötete leicht. Ihre Augen glänzten vor Verlangen.

Er lächelte. „Ich habe nie behauptet, dass schnell nicht auch gut sein kann."

Vorher musste er ihr aber noch ein paar Dinge sagen. Nicht nur, wie sehr er sie begehrte, sondern auch kleinere Details, die ihr verrieten, dass sie ihm etwas bedeutete. Damit sie nicht dachte, dass sie nur eine Frau war, die er flachlegen und dann vergessen würde. Sie hatte einen besonderen Platz in seinem Leben und in seinem Herzen, und mit ihr zu schlafen, war die Erfüllung seiner schönsten Träume.

„Weißt du, dass ich es geliebt habe, dir im Café bei der Arbeit zuzusehen? Du warst ungeschminkt, hast nur dein Tausend-Watt-Lächeln im Gesicht getragen, und ich habe dich den ganzen Abend beobachtet." Die Röte auf ihren Wangen vertiefte sich, und er strich mit den Knöcheln über ihre zarte Haut. „Du bist schön mit Make-up, doch du gehörst zu den besonderen Frauen, die das nicht brauchen, um Eindruck zu machen."

Ihre Augen leuchteten auf. „Du bist auch etwas Besonderes, Jake. Kellnern war nicht gerade ein Job, auf den ich mich gefreut habe, nachdem ich schon den ganzen Tag auf den Beinen war, aber seit du aufgetaucht warst … nun, plötzlich konnte ich es nicht abwarten, bis meine Schicht endlich begann."

„Es ist schön zu wissen, dass das Gefühl gegenseitig war, Sweetheart."

Brianne nagte an ihrer Unterlippe. „Es gibt auch jetzt viele Gefühle, die wir gemeinsam haben."

„Ich weiß genau, was du meinst." Er drängte sich an sie, damit sie sein Verlangen spürte.

Plötzlich hatte sie es eilig, sich ganz auszuziehen. Sie streifte ihre engen Leggings ab und enthüllte einen Slip, der zu dem BH passte. Jake erinnerte sich, wie er ihre Brustspitze durch den Stoff gestreichelt hatte, und fühlte das heftige Bedürfnis, dasselbe mit den weiblichen Geheimnissen unter dem Slip zu tun.

Bevor Brianne nach seinem Shirt greifen konnte, kniete er vor ihr nieder. „Du solltest dich jetzt lieber festhalten."

„Du bist ganz schön wild", flüsterte sie rau. Doch das Funkeln in ihren Augen verriet ihm, dass sie bereit war, alles zu genießen, was er ihr zu geben hatte.

Er wartete, bis sie die Trainingsstange an der verspiegelten Wand mit den Händen umfasste, dann rückte er näher und fuhr spielerisch mit seiner Zunge am Rand des Slips entlang. Aber als ihre Beine zu zittern begannen und er merkte, wie sie sich haltsuchend an die Wand lehnte, wurde er kühner und zog den seidigen Stoff an ihren Schenkeln herab, um das Zentrum ihrer Lust mit seiner Zungenspitze zu erkunden.

Langsam wurden seine zärtlichen Liebkosungen fordernder. Brianne fühlte, wie es in ihr zu brodeln begann. Sie klammerte sich an der Stange fest und versuchte verzweifelt, die Wellen der Leidenschaft, die sie immer höher trugen, zu kontrollieren. Aber es war unmöglich, das Unvermeidliche hinauszuzögern.

Stöhnend bog sie den Kopf zur Seite. Ihr Blick fiel in den Spiegel, und sie sah Jake auf den Knien, wie er ihre Schenkel spreizte und ihren Körper so hingebungsvoll verwöhnte, wie es vorher noch kein Mann getan hatte. Sie schloss die Augen und gab sich der Lust hin, die er in ihr geweckt hatte. Und in dem Moment, als sich ihre Spannung explosionsartig entlud, fühlte sie, wie er mit einem Finger in sie hineinglitt, während er sie mit dem Daumen genau an der richtigen Stelle reizte, um ihren überwältigenden Höhepunkt zu verlängern.

Es dauerte eine Weile, bis die Wellen verebbten. Jake stellte sich neben Brianne und schaute ihr in die Augen.

„Ich habe nie … Ich meine, niemand hat je …“ Sie verstummte.

Er lächelte. „Dann bin ich froh, dass ich es getan habe.“

„Ich auch.“

Ein Muskel zuckte in seiner Wange, und das kaum gezügelte Verlangen in seinem Blick erinnerte sie daran, dass er zwar sie befriedigt hatte, aber selbst noch voll erregt war.

Und obwohl Brianne gerade gekommen war, fühlte sie immer noch eine Sehnsucht in sich, die nur er stillen konnte. Sie half ihm, sein Shirt auszuziehen, und genoss es, mit den Fingern über seine nackte Brust zu streichen. Dann knöpfte sie seine Jeans auf und streifte sie ihm zusammen mit den Boxershorts ab.

Ihr Blick fiel auf seine Erektion, und sie holte tief Luft.

„Bitte sag, dass das ein anerkennendes Geräusch war.“ Jake wünschte sich nichts sehnlicher, als sie endlich zu lieben.

Lächelnd streckte sie ihm die Arme entgegen, inzwischen selbst völlig nackt. „Warum kommst du nicht, um es herauszufinden? Ich glaube, es wird höchste Zeit.“

Jake zögerte nicht und sankt mit Brianne auf den Fußboden. Schon lange träumte er davon, mit ihr zu schlafen, und für alle Fälle hatte er Kondome dabei. Er zog ein Päckchen aus der Hosentasche, drehte sich auf die Seite, um sich den Schutz überzustreifen, und beugte sich wieder über Brianne.

„Ich glaube, du bist bereit für mich", murmelte er, als er seine Hand zwischen ihre Beine gleiten ließ und ihre sensibelste Stelle berührte.

„Ich glaube, du hast recht." Brianne spreizte vertrauensvoll die Schenkel.

Um seine Beherrschung war es endgültig geschehen. Er fragte sich, womit er ein so unglaubliches Geschenk verdient hatte, und verdrängte den Gedanken, dass es nicht von Dauer sein würde. Er wollte nicht an morgen denken. Wenn sie keine Zukunft hatten, wollte er den Augenblick in vollen Zügen genießen.

Behutsam schob er sich über sie. „Zieh die Beine an, Sweetheart."

Sie gehorchte, und als sie die Spitze seines Gliedes fühlte, stöhnte sie atemlos.

„Jake, bitte", flüsterte sie.

„Bitte was?" Sie sollte ihm sagen, was sie wollte. Er musste wissen, ob er ihr alles gab, was sie sich ersehnte.

Ihre Augen glänzten, und ihre Wangen waren gerötet. „Ich will dich in mir spüren."

Sie bog sich ihm entgegen. Er drang weiter in sie ein und beobachtete dabei das Spiel der Emotionen auf ihrem schönen Gesicht.

„Etwa so …?" Jake biss die Zähne zusammen. Wegen seiner Verletzung konnte er sich nicht mit beiden Armen aufstützen, um noch tiefer in sie hineinzugleiten.

Brianne schüttelte den Kopf. „Nein, so …" Sie legte ihre langen Beine um seinen Rücken und hob das Becken an, sodass sie ihn noch weiter in sich hineinziehen konnte. Aufstöhnend bewegte sie sich unter ihm.

„He." Jake sah sie besorgt an. „Alles okay?"

„Wunderbar." Sie schaute ihn so verzückt an, dass ihm beinahe der Atem stockte.

„Es ist so lange her, und es war noch nie so …" Sie verstummte und küsste ihn leidenschaftlich.

Aber das war erst der Anfang. Brianne wand sich hemmungslos unter ihm, sie schrie auf, dann seufzte sie wieder, und Jake konnte sich kaum noch zurückhalten.

„Wir müssen die Position ändern, bevor du dir die Schulter ruinierst", flüsterte sie sanft.

Mit ihrer Hilfe verlagerte er sein Gewicht und legte sich auf den Rücken. Brianne setzte sich mit gespreizten Beinen auf ihn. Quälend langsam hob sie ihr Becken.

„Brianne." In seiner Stimme schwang eine unmissverständliche Warnung mit. Keine weiteren Spielchen, hieß das.

Brianne nahm ihn ohne Zögern wieder in sich auf. Schnell fanden sie zu einem gemeinsamen Rhythmus. Mit jedem Stoß steigerte sich seine Lust. Er hörte Brianne seinen Namen rufen. Sie keuchte, und er spürte, dass sie den Gipfel der Leidenschaft erreichte. In diesem Moment bäumte Jake sich auf, und der berauschendste Höhepunkt, den er je erlebt hatte, ließ seinen Körper in scheinbar endlosen Wellen erbeben.

Erst als Brianne erschöpft auf seine Brust sank, kehrte er langsam wieder in die Realität zurück. Plötzlich stöhnte Brianne und rutschte auf ihm herum. Er bekam ein schlechtes Gewissen. Liebe auf dem Fußboden war bestimmt nicht gerade etwas, an das sich eine Frau gern erinnerte – und wie er eingestand, wünschte er sich, dass sie ihn niemals vergaß.

So wie er sie nie vergessen würde. „Wir sollten uns anders hinlegen", schlug er vor, und Brianne rollte von ihm herunter und kuschelte sich an ihn. „Und ich dachte schon, du hättest tausend Einwände", sagte er.

„Wogegen? Dich in mir zu spüren?“, fragte sie frech. „Natürlich nicht.“

„Ich meinte, gegen den ungewöhnlichen Ort. Den Mangel an … allem.“ Wieder war er verwundert, wie sehr es ihn kümmerte, was sie empfand.

Sie streichelte seine Wange. „Es hat an nichts gefehlt. Du hast mir so viel gegeben.“

„Zum Beispiel?“ Jake war wirklich neugierig, was sie außer großartigem Sex – einem Wort, das nur unzureichend das beschrieb, was sie zusammen erlebt hatten – noch meinen könnte.

Seufzend bettete Brianne ihren Kopf an seine Schulter. „Nun, einmal ist da das Offensichtliche.“

Er nickte.

„Aber da ist noch etwas. Weißt du, dass ich vorher noch nie ein richtiges Date hatte?“

Das überraschte ihn. „Ich dachte, du hättest schon andere Beziehungen gehabt.“

„Das ist richtig. Ein oder zwei, um der Einsamkeit zu entfliehen, wenn mir alles zu schwer wurde. Nur dass das immer Treffen unter Zeitdruck waren, die ich gehetzt in meinen engen Terminkalender einzwängte. Dagegen hast du mich heute Abend zu einem richtigen, geplanten Date ausgeführt.“

„Zum Eisessen. Das war nichts Besonderes“, wiegelte Jake ab, obwohl er sich stundenlang den Kopf zerbrochen hatte, wo er mit ihr hingehen könnte.

„Doch, es war etwas Besonderes.“ Sie löste sich aus seiner Umarmung, damit sie ihm in die Augen sehen konnte. „Und ich glaube, du weißt das.“

Er wusste es verdammt gut, und dabei dachte er nicht nur an ihr sogenanntes Date. Er war in seine Frau verliebt gewesen, und er hatte vor und nach seiner Ehe einige flüchtige Beziehungen gehabt. Alles verblasste in Vergleich zu dem, was er mit Brianne erlebte. Jake machte sich nichts vor. Er wusste, dass er heute Abend nicht nur Sex gehabt hatte – er hatte Brianne geliebt.

Sie seufzte noch einmal und schmiegte sich wieder an ihn. Er schlang die Arme um sie. Sein Herz klopfte schnell, während er seine Gefühle für diese Frau zu ergründen versuchte, die aus allen erdenklichen Gründen nicht die Richtige für ihn war.

Zum einen hatte sie vor, am Ende des Sommers fortzuziehen. Jake konnte es ihr nicht verübeln, dass sie in der Nähe ihres Bruders bleiben wollte, und er hatte nicht die Absicht, ihr im Weg zu stehen.

Zum andern befürchtete Jake immer noch, dass er ihren Ansprüchen nicht genügen könnte. Außerdem würde sie niemals seinen Beruf akzeptieren. Eines Tages würde sie ihn im Stich lassen, so wie seine Frau es getan hatte.

Brianne war seine Traumfrau. Auf seinen Vorschlag hin würden sie eine kurze Beziehung haben. Eine Sommeraffäre. Doch bei dem Gedanken, sie zu verlieren, empfand er unerträglichen Schmerz und eine seltsame Leere.

„Dann ist da noch etwas, das du für mich getan hast", fuhr sie leise fort.

„Und was ist das?"

„Ich habe dich gebeten, mich nach Hause zu bringen und mich meine lächerlichen Ängste vergessen zu machen. Du verstehst es wirklich, die Wünsche einer Frau zu befriedigen." Sie drängte sich an ihn, und obwohl sein Körper sofort auf ihre Berührung reagierte, holte ihn ihre Bemerkung jäh auf den Boden der Tatsachen zurück.

Louis Ramirez war auf Brianne aufmerksam geworden. Und dank ihrer Beziehung zu ihm, Jake, war sie für den Dealer höchst interessant.

Ein erbärmliches Gejaule weckte Brianne. Sie schlug die Augen auf und blinzelte. Die Morgensonne schien ihr ins Gesicht. Sie lag gemütlich in ihrem Bett, Jake an ihrer Seite. Sie hatten sich geliebt, und dieses Erlebnis hatte sie für immer verändert. Er war ein Teil von ihr geworden, und wohin sie auch gehen würde, sie würde Jake mitnehmen. In ihrem Herzen.

Das Winseln ertönte noch einmal, und Brianne fiel ein, dass Norton ausgesperrt war und vermutlich Auslauf brauchte. Sie rollte sich herum, schaute auf die Uhr und fuhr entsetzt hoch.

„Ich bin zu spät." Sie warf die Decke zurück und wollte aufstehen, aber Jake umfasste ihre Taille und zog sie zurück ins Bett.

„Wo willst du hin?", fragte er und rieb seine Nasenspitze an ihrer Wange.

„Norton muss raus."

„Ich bin vor einer Stunde mit ihm draußen gewesen. Ihm geht es gut, er ist nur eifersüchtig."

Und sie hatte nicht gemerkt, dass Jake aufgestanden war? Sie musste fester geschlafen haben, als ihr bewusst gewesen war. Die rote Leuchtanzeige auf dem Wecker sprang ihr wieder ins Auge, und sie stöhnte. „Trotzdem muss ich zur Arbeit."

„Geh nicht." Jake spreizte seine Finger auf ihrem Bauch.

Ihr Herzschlag stockte, und heißes Verlangen stieg in ihr auf. Jake wanderte mit seiner Hand langsam tiefer.

„Bleib heute zu Hause." Er streckte den anderen Arm nach dem Telefon aus und hielt es ihr hin. „Komm schon, Brianne. Melde dich krank."

Liebend gern würde sie das tun. Unschlüssig nagte sie an ihrer Unterlippe. „Ich habe mich noch nie krankgemeldet, es sei denn, mir ging es wirklich sehr schlecht."

„Dann tu es dieses eine Mal. Gönn dir eine verdiente Pause und lass dich verwöhnen." Er schob die Hand zwischen ihre

Beine und streichelte sie verführerisch.

„Es gibt Leute, die sich auf mich verlassen“, protestierte sie schwach.

„Wie wäre es dann mit einem Kompromiss? Ruf an und sag, dass du später kommst.“ Jake drängte sich sanft an sie. „Du wirst es nicht bereuen.“

Brianne konnte ihm nicht widerstehen. Minuten später hatte sie den Anruf erledigt und den Gedanken an Arbeit erst einmal verdrängt. Dafür erinnerte sie sich an die Schachtel mit Kondomen, die Kellie ihr gegeben hatte.

Verlegen, aber entschlossen zog sie die Nachttischschublade auf und holte ein Plastikpäckchen heraus. Sie drehte sich zu Jake um und setzte sich wieder mit gespreizten Schenkeln auf ihn. Leicht und spielerisch streifte ihre empfindlichste Stelle die Spitze seines aufgerichteten Gliedes.

„Ich mag diese Position“, murmelte Jake.

„Ich kann sie sogar noch verbessern.“ Sie hielt das eingeschweißte Kondom hoch. „Möchtest du das ausprobieren? Ich habe eine ganze Schachtel davon.“

Er riss ihr das Päckchen aus der Hand. „Honey, wir sprechen dieselbe Sprache.“

Das hoffte sie, denn sie sehnte sich nach Erfüllung. Als er die Hände ausstreckte und ihre Brüste streichelte, richteten sich die Spitzen unter den Liebkosungen seiner rauen Fingerkuppen auf. Erst rieb er die zarten Knospen sanft, dann verstärkte er den Druck. Mit jeder Berührung steigerte er ihre Lust.

Mit einem Nicken deutete Jake auf das Kondom, das neben ihn aufs Bett gefallen war. „Zieh es mir über.“

Mit zitternden Händen riss Brianne die Verpackung auf. Sie rutschte ein Stück auf seinen Schenkeln zurück, um ihm das Kondom überzurollen. Dabei fühlte sie jeden samtigen Zentimeter seines harten Gliedes. Ihr Puls raste.

„Das machst du gut, Brianne.“

Befangen begegnete sie seinem Blick. Noch nie hatte sie den Vorgang des Schützens als erotisch erlebt, doch mit Jake war es ein Vorspiel der sinnlichsten Art. So wie es nur bei zwei Menschen sein kann, die sich lieben, dachte Brianne und verdrängte den verblüffenden Gedanken schnell wieder. Sie kannten sich ja kaum. Und dennoch wusste sie, dass vom ersten Blickkontakt an etwas Besonderes zwischen ihnen war.

Jake umfasste ihre Hüften und hob ihr Becken an, wobei er sie immer noch intensiv beobachtete. Zentimeter für Zentimeter nahm sie ihn in sich auf, bis er ganz und gar ein Teil von ihr wurde.

Und dann begann er sich zu bewegen. Immer schneller, immer kraftvoller drang er in sie ein. Brianne keuchte und passte sich seinem Rhythmus an, sodass sie im richtigen Moment an der richtigen Stelle Druck verspürte. Wellen der Lust ließen sie erschauern und trugen sie unaufhaltsam dem Höhepunkt entgegen, bis sie sich in einem wahren Rausch der Ekstase verlor.

Jake hatte sie vor Leidenschaft bis ins Innerste erschüttert, und sie ahnte, dass er ihre Welt ins Wanken gebracht hatte.

Jake saß aufrecht im Bett, körperlich vollkommen befriedigt, aber geistig hellwach. Im Badezimmer hörte er Wasser rauschen, und so gern er Brianne auch unter die Dusche folgen würde, er konnte es nicht. Er hatte sie absichtlich überredet, später zur Arbeit zu gehen, damit er vorher den Privatdetektiv David Mills anrufen konnte, der Brianne tagsüber im Auge behalten sollte, während er, Jake, sich auf seine Ermittlungen konzentrierte. Um den Schutz von Franks Familie hatte er sich bereits gekümmert. Und er hatte Franks Frau gewarnt, besonders vorsichtig zu sein.

Jake hatte Brianne aufhalten müssen, um das alles in der

Zwischenzeit zu regeln. Wenn er irgendwelche Zweifel über seine wachsenden Gefühle für sie gehabt hatte, dann waren sie in der letzten Nacht verflogen. Als sie sich geliebt hatten, hatte er einen Teil von sich verloren, wahrscheinlich für immer.

Er fluchte leise vor sich hin. „Konzentrier dich“, ermahnte er sich. Das Tattoo und der gerichtsmedizinische Bericht könnten endlich zu Ramirez führen. Es wurde Zeit, den Druck zu verstärken und Louis ins Gefängnis zu bringen. Jake war beruhigt, dass David Brianne tagsüber beschatten würde. An den Abenden würde Jake selbst für ihren Schutz sorgen.

Aber wer schützte ihn vor dem Schmerz, wenn sie ihn für immer verließ?

8. KAPITEL

Jake hatte Brianne zur Tür gebracht. Am liebsten hätte er sie noch einmal geliebt, aber sie hatte darauf bestanden, zur Arbeit zu gehen. Er unterdrückte ein Stöhnen. Er hatte zugelassen, dass sein Herz seinen Verstand regierte, und das konnte nicht so weitergehen. Er musste sich auf seinen Job konzentrieren.

Und das bedeutete, dass er sich jetzt erst einmal mit Vickers in der Klinik treffen musste, in die das Überdosisopfer eingeliefert worden war. Und in der Brianne arbeitete.

Als Jake die Stufen zum Eingang hinaufging, schaute er sich um, aber Ramirez war nirgends zu sehen. Nicht dass Jake damit gerechnet hatte, doch dieses Versteckspiel zerrte allmählich an Jakes Nerven. Er fragte sich, was Ramirez für ihn – und Brianne – in petto haben mochte.

„Thompson reißt mir den Kopf ab, wenn er herausfindet, dass ich dich zum Verhör mitgenommen habe", knurrte Vickers ihn zur Begrüßung an.

Jake zuckte mit den Schultern. Der Lieutenant war sein geringstes Problem. Viel schlimmer wäre es, wenn er auf dem Krankenhausflur mit Brianne zusammenstieße. Es würde schwierig werden, ihr zu erklären, warum ein beurlaubter Polizist mit einer lädierten Schulter unbedingt eine Zeugin verhören musste.

Er schaute Vickers an, einen kräftigen Mann mit Glatze, der über gute Instinkte verfügte, aber wenig Taktgefühl. „Was der Lieutenant nicht weiß, macht ihn nicht heiß", meinte Jake. Und wenn, war es ihm auch egal.

Sie nickten dem uniformierten Wachmann zu, der vor dem Zimmer von Marina Brown postiert war, und traten ein. Eine bleiche junge Frau, die am Tropf hing, lag im Bett. Sie drehte sich zu ihnen um, sagte jedoch kein Wort.

Vickers zückte seine Dienstmarke. „Ma'am, wir wissen, wie schwierig das für Sie ist, aber können Sie uns bitte erzählen, was gestern passiert ist?"

Eine Träne lief ihr über die Wange. Sie sah jünger aus als zweiundzwanzig, aber nicht so jung, dass sie es nicht hätte besser wissen können. Warum nur musste sie mit Designerdrogen experimentieren? Sie war hübsch und viel zu jung für ein Rendezvous mit dem Tod.

„Wenn Sie hier nicht reden wollen, können wir uns auch nach Ihrer Entlassung auf dem Revier unterhalten", fuhr Vickers drohend fort.

Missbilligend zog Jake die Brauen hoch. Er vertraute Vickers wie einem Bruder, doch der Mann benahm sich manchmal wie ein Elefant im Porzellanladen.

Als die Frau weiterhin schwieg, trat Jake einen Schritt vor. „Wenn Sie uns alles erzählen, was Sie wissen, macht das Ihren Freund zwar nicht wieder lebendig, aber es rettet vielleicht einem anderen das Leben."

Sie schluckte schwer, dann wandte sie stumm den Kopf ab.

„Vickers, hol mir doch bitte einen Kaffee", bat Jake. Sie hatten vorher abgesprochen, dass sein Kollege ihn eine Weile mit der Zeugin allein lassen würde, falls sie nicht reden wollte.

Nachdem Vickers das Zimmer verlassen hatte, zog Jake einen Stuhl ans Bett heran. „Polizisten können einem ganz schön Angst machen, wenn sie so hereinpoltern und ihre Marke zücken, als wären sie das Recht und Gesetz in Person."

Marina drehte den Kopf herum und schaute ihn an.

Ein Anfang, dachte Jake. „Ich bin Detective Jake Lowell, aber Sie können Jake zu mir sagen." Flüchtig dachte er daran, wie leicht der Lieutenant nun von seinem Besuch erfahren könnte. Doch es war ihm die Sache wert.

„Krankenhäuser machen einen fertig, nicht wahr?“ Da Marina beharrlich schwieg, redete er einfach weiter. „Ich habe selbst eine Weile in einer Klinik gelegen. Wegen einer Schussverletzung.“

Sie blinzelte. „Wie ist das passiert?“, fragte sie.

Endlich hatte er ihre Aufmerksamkeit erregt. „Es war bei einer Überwachung. Wahrscheinlich war es der gleiche Typ, von dem die Pillen stammen, die Sie gestern Abend genommen haben. Die Pillen, an denen Ihr Freund gestorben ist.“

Sie zuckte zusammen. In solchen Momenten hasste Jake seinen Job, aber er musste hart bleiben. Wenn er sie daran erinnerte, was sie verloren hatte, würde sie vielleicht umso härter dafür kämpfen würde, dass der Kerl gefasst wurde, der ihr das angetan hatte.

„Ich bin nicht drogenabhängig“, flüsterte sie. „Und Neil ist es ... O Gott, ich meine, Neil war es auch nicht. Wir wollten es nur mal ausprobieren. Ich hätte nie damit gerechnet ...“ Ihre Stimme brach, und ihre Augen füllten sich wieder mit Tränen.

Jake drückte ihre Hand. „Ich verstehe. Glauben Sie mir, ich höre das öfter als mir lieb ist. Deshalb möchte ich, dass Sie mir helfen, Marina. Helfen Sie mir, den Kerl zu kriegen. Ich muss wissen, was gestern Abend passiert ist. Wie Sie an den Stoff gekommen sind.“

Sie seufzte tief und nickte. Dann erzählte sie, zunächst stockend, dann immer flüssiger und vertrauensvoller. Jake hörte aufmerksam zu. Er kannte Ramirez’ Vorgehensweise schon auswendig: Mit Essen als Tarnung wurde Ecstasy an Studenten vertrieben. Deshalb hatten die Pillen zwischen den Verpackungsresten Jakes Neugier geweckt.

„Also landeten wir im ‚Eclectic Eatery‘.“ Marina schniefte und wischte sich mit der bloßen Hand über die Augen.

Jake nahm ein Taschentuch vom Ablagetisch neben dem

Bett und reichte es ihr. „Bitte …" Er fühlte sich unbehaglich. Auf die Befragung der Leidtragenden könnte er bei seiner Arbeit gut verzichten. Es war schon unter normalen Umständen schwer, und dieser Fall war besonders hart.

„Danke." Sie lächelte schwach und tupfte sich die Augen trocken.

„Gern geschehen." Jake erwiderte das Lächeln. „Erzählen Sie weiter."

„Ich bestellte einen griechischen Salat, und Neil, mein Freund …" Sie holte tief Luft. „Neil wollte Falafel, wovon ich noch nie etwas gehört hatte. Er sagte, es wäre eine israelische Spezialität, und das Lokal hat eine internationale Karte. Ich dachte immer, Neil wäre der typische Amerikaner, der auf Hot Dogs und Hamburger steht, aber …" Sie zuckte mit den Schultern.

Falafel? Anscheinend war auch Jake durch und durch Amerikaner, denn von dieser fremdländischen Spezialität hatte auch er noch nie etwas gehört. „Hatte Neil je von Drogen gesprochen?"

Marina schüttelte den Kopf. „Ich hatte nicht einmal eine Ahnung, dass er welche besorgen wollte. Ich hatte vorher noch nie etwas genommen. Doch als wir wieder in der Wohnung waren, holte er die Pillen aus der Tasche. Wie eine große Überraschung." Sie wandte beschämt den Blick ab.

„Haben Sie ihn gefragt, wie er an den Stoff herangekommen ist?"

Sie nickte. „Er meinte, dass die Bestellung verschlüsselt war."

„Griechischer Salat und Falafel als Tarnnamen für Drogen?", erwiderte Jake ungläubig.

„Nein. Jedes Gericht hat noch einen anderen Namen. Griechischer Salat wird dort ‚hellenischer Himmel' genannt. Hellenisch, wie bei den alten Griechen, wissen Sie?"

Jake wusste es nicht, allerdings wollte er sich jetzt auch nicht auf eine Geschichtsstunde einlassen.

„Und Falafel?“, fragte er.

Ein trauriges Lächeln huschte über ihr Gesicht. „Neil wollte das ‚Gelobte Land‘ probieren.“

„Ich wette, das hat er getan“, murmelte Jake. Wenn die Substanz in den Pillen und im Körper des Toten Ecstasy war, würde die Polizei das Restaurant sofort schließen. Hoffentlich lag der toxikologische Bericht bald vor.

Plötzlich ertönte Jakes Pieper. Er schaute auf die Nummer und erhob sich. „Danke für Ihre Offenheit, Marina. Wenn ich noch Fragen habe, melde ich mich wieder bei Ihnen.“ Er würde auch dafür sorgen, dass sie einen guten Anwalt bekam, denn sie würde mit Sicherheit wegen Drogenbesitzes angeklagt werden. Außerdem würde er ihr eine Beratung vermitteln, damit ihr so etwas nie wieder passierte. Er drückte ihren Arm und verließ das Zimmer.

„Irgendetwas herausgefunden?“, fragte Vickers im Flur.

„Alles. Ich erklär es dir unterwegs.“ Jake blickte sich hastig um. Heilfroh, die Klinik verlassen zu können, ohne von Brianne gesehen worden zu sein, drückte er auf den Fahrstuhlknopf.

Brianne hatten die Hände gezittert, als sie ihre Patienten behandelt hatte. Selbst jetzt, kurz vor der Lunchpause, verspürte sie eine innere Unruhe. Sie wünschte, sie könnte den Grund dafür in Worte fassen.

Sie hatte gewusst, dass Sex mit Jake sie innerlich nicht unberührt lassen würde. Sie hatte nur nicht geahnt, wie sehr es sie verändern würde. Wie sehr sie sich danach sehnen würde, in seinen Armen die Welt zu vergessen. Und immer wieder hatte sie an diesem Vormittag überlegt, ob es nicht doch einen Weg für eine richtige Beziehung zwischen ihnen geben könnte.

Plötzlich tippte ihr jemand auf die Schulter. „He, hast du jetzt Zeit für Lunch?“, fragte Sharon, eine befreundete Kollegin.

Brianne wandte sich zu ihr um und nickte. „Ich bin am Verhungern.“

Sie gingen durch das Labyrinth der Krankenhauskorridore.

„Hast du von der Aufregung letzte Nacht gehört?“, wollte Sharon wissen. „Ein Überdosisopfer ist eingeliefert worden.“

Brianne schüttelte den Kopf. „Jede Nacht werden solche Fälle eingeliefert. Was macht diesen so besonders?“

„Die Frau hat einen Bodyguard. Ein Cop hält Wache vor ihrer Tür. Und weißt du was?“ Sharon lehnte sich dichter heran und flüsterte: „Ich habe ihn mir heute Morgen unauffällig angeschaut. Er sieht umwerfend aus.“

Brianne hatte einen umwerfenden Polizisten zu Hause. Sie brauchte keinen während ihrer Arbeit zu sehen. „Was ist eigentlich mit deinem Freund Tony?“

Die hübsche Blondine zuckte mit den Schultern. „Wir nehmen gerade eine Auszeit. Wie dem auch sei, ich muss dir diesen Mann zeigen.“ Entschlossen fasste sie Brianne am Ellbogen und zog sie über den Flur.

„Die Cafeteria liegt in der anderen Richtung“, protestierte Brianne, aber sie wusste, dass Sharon keine Ruhe geben würde, bis Brianne ihr den Gefallen getan hatte.

In einiger Entfernung von dem Wachtposten blieben sie stehen. „Findest du Männer in Uniform nicht auch aufregend?“, wisperte Sharon entzückt.

Brianne murmelte eine unverbindliche Antwort. Weil schon ein Blick auf den Mann ihr gesagt hatte, dass er nicht mit Jake mithalten konnte. Was sie auch nicht erwartet hatte. Sie befürchtete, dass sie von nun an alle Männer mit Jake vergleichen würde.

Sie drehte sich zu Sharon um, als sie am anderen Ende des Korridors zwei Männer am Fahrstuhl stehen sah. Es gab viele dunkelhaarige Männer auf der Welt, aber nur einen mit dieser rebellischen Körperhaltung und dem abgeschnittenen Sweatshirt. Nur einen, der ihr Herz schneller schlagen ließ und ihr Blut zum Kochen brachte.

Und er war ein Polizist, der sogar während seiner Beurlaubung nicht von seinem gefährlichen Beruf lassen konnte. Obwohl er nach seiner Verletzung immer noch nicht voll wiederhergestellt war. Enttäuscht begriff sie, dass Jake sich immer in Gefahr begeben würde, ob beurlaubt oder nicht.

Ihr Puls raste, und ein Schwindelgefühl überkam sie. Sie verspürte Angst, richtige Angst, wie sie sie lange nicht erlebt hatte und erst durch Jake wieder kannte.

Jake. Was sie für ihn empfand, war so intensiv, so überwältigend, dass sie sich scheute, das Gefühl zu benennen. Doch sie sollte wenigstens ehrlich zu sich selbst sein.

Sie hatte Angst, sich in den Detective zu verlieben. Aber Liebe bedeutete auch, einen Menschen so zu akzeptieren, wie er war. Jakes Hingabe an seinen Beruf war ein wesentlicher Teil von ihm. Wenn sie Jake wirklich liebte, müsste sie alles an ihm lieben. Und seinen Beruf liebte sie nicht. Sie bewunderte ihn, doch sie konnte ihn nicht akzeptieren. Sie wollte ihn nicht akzeptieren.

Ihre törichten Hoffnungen auf eine feste Beziehung mit ihm schwanden.

Jake und Vickers verließen das Gebäude und traten ins Freie.

„Ich hasse Krankenhäuser." Vickers schüttelte sich.

„Dann hast du den falschen Beruf gewählt, Mann." Ein Ermittler im Rauschgiftdezernat verbrachte leider etliche Stunden in Krankenhäusern.

„Na ja, jetzt bin ich erst mal draußen. Ich habe noch Papierkram auf dem Revier zu erledigen. Ich rufe dich an, sobald der toxikologische Bericht vorliegt."

Jake nickte. Während Vickers sich auf den Weg auf die Wache machte, traf Jake sich mit David an der Stelle, von der aus er Brianne tagsüber im Auge behalten sollte. Sie hatten sich auf den Eingang, der der Reha-Station am nächsten lag, geeinigt. Da Jake Brianne nicht bei der Arbeit beschatten lassen konnte, ohne dass sie es merkte, blieb ihm nichts anderes übrig, als darauf zu vertrauen, dass sie innerhalb der Klinik sicher war.

Er kaufte zwei Dosen Cola bei einem Straßenverkäufer und reichte eine davon seinem Freund. „Also, was gibt's?"

„Sieht so aus, als ob dein Riecher richtig war. Ich habe Ramirez vor einer halben Stunde vorm Krankenhaus herumlungern sehen. Vielleicht dachte er, dass Brianne zum Lunch rausgehen würde."

„Verdammt", murmelte Jake. Er holte sein Handy heraus und rief Vickers an. „Tu mir den Gefallen und komm sofort zurück", sagte er ohne Umschweife.

Er hatte die Polizei nicht von Ramirez' Interesse an Brianne informiert, doch jetzt musste er es tun. Vickers würde schon einen Vorwand finden, um Ramirez vorübergehend zu verhaften und eine Weile auf dem Revier festzuhalten, während Jake sich im „Eclectic Eatery" umschaute. Er würde dort etwas zu essen bestellen und mit etwas Glück Drogen angeboten bekommen. Dann hätten sie endlich etwas gegen Ramirez in der Hand, um ihn für immer hinter Gittern verschwinden zu lassen.

Jake hoffte, Ramirez schnell aus dem Verkehr ziehen zu können, denn wenn es ihm nicht gelang, würde Jake Brianne erzählen müssen, dass sie seinetwegen in Gefahr war. Sie musste es erfahren, damit sie künftig auf der Hut war.

Er mochte gar nicht an ihre Reaktion denken. Er wusste

zwar, dass Brianne stark war. Sie würde diese Sache durchstehen. Aber er wusste auch, dass er ihr Vertrauen verlieren würde, wahrscheinlich für immer.

Jake betrat das Apartment. Er vermisste seine Wohnung, wo er wenigstens die Tür hinter sich hätte zuknallen können. An den sanft aufgleitenden Schiebetüren des Fahrstuhls konnte er seinen Frust nicht auslassen. Wenigstens freute sich Norton, ihn zu sehen. Jake kraulte den Hund hinter den Ohren und führte ihn kurz aus. Wieder zu Hause, dachte er über seinen erfolglosen Besuch im „Eclectic Eatery“ nach. Natürlich war ihm klar, dass sich das Schlüsselwort für Drogen täglich ändern konnte, dennoch hatte er gehofft, den Fall schnell lösen zu können. Um Briannes willen.

Inzwischen hatte er von Duke erfahren, dass die gerichtsmedizinischen Ergebnisse vorlagen. Marina Brown und ihr Freund hatten Ecstasy genommen, den Stoff, den Ramirez bevorzugte. Jetzt mussten sie nur noch die Pillen mit dem „Eclectic Eatery“ in Verbindung bringen und Ramirez mit dem Restaurant.

Jake schaute auf die Uhr und erschrak, wie spät es war. Wo zum Teufel blieb Brianne? Sie war eine Stunde überfällig. Obwohl er sich sagte, dass sie auch vorher nicht immer pünktlich gekommen war, hatte er diesmal ein ungutes Gefühl.

Er beruhigte sich damit, dass David in ihrer Nähe war und ihn bei einem Problem anrufen würde – falls er noch anrufen könnte. Jake ließ sich aufs Sofa fallen, griff nach der Zeitschrift und blätterte nervös darin. Aber nichts konnte ihn ablenken, nicht einmal die extrem erotischen Fotos. Alles erinnerte ihn nur daran, dass Ramirez irgendwo in der Stadt lauern und Brianne in einen Hinterhalt locken könnte.

Nach einer halben Stunde hielt Jake es nicht länger aus und wählte Davids Nummer. Schließlich hatten sie vereinbart, dass David sich melden würde, wenn Brianne sich verspäten sollte. Und inzwischen war sie seit fast zwei Stunden überfällig.

Es lief nur die Ansage der Mailbox.

„Verdammt." Ramirez hatte bereits einen Polizisten getötet und würde nicht vor einem weiteren Mord zurückschrecken. Die letzte Möglichkeit war Davids Pieper, und Jake kramte in seiner Brieftasche nach dem Zettel mit der Nummer. Doch ein Geräusch stoppte seine fahrigen Bewegungen, und er schaute auf, um Brianne eintreten zu sehen. In ihrer hässlichen grünen Dienstkleidung und mit dem zerzausten Pferdeschwanz war sie für ihn die schönste Frau auf der Welt, und er fühlte sich riesig erleichtert.

Am vernünftigsten wäre es, sich sofort mit ihr hinzusetzen und die Situation zu erklären. Aber sein Herz wollte von Vernunft nichts wissen. Brianne war hier, sie war in Sicherheit, und solange sie bei ihm war, gehörte sie ihm. In diesem Moment war das alles, was zählte.

Er stand auf und ging ihr entgegen.

„Hallo, Jake." Sie musterte ihn forschend, sodass er sich fragte, ob sie ihm etwa ansah, dass er verrückt vor Sorge war.

Sein Verlangen war so stark, dass er es nicht beherrschen konnte. Es war unklug. Doch nichts konnte ihn davon abhalten, Brianne in seine Arme zu ziehen.

9. KAPITEL

„Du kommst spät.“ Jake umarme Brianne so fest, dass sie sich fragte, ob er sie jemals wieder loslassen wollte.

„Ich schließe daraus, dass du mich vermisst hast?“ Sie bemühte sich um einen leichten Tonfall, obwohl ihr alles andere als fröhlich zumute war.

Jake umfasste ihr Gesicht. „Du ahnst ja nicht, wie sehr.“

Sein Ernst machte Brianne betroffen. Vorhin erst, nachdem sie ihn im Krankenhaus gesehen hatte, hatte sie sich dazu durchgerungen, diese Affäre zu beenden. Aber jetzt schwankte ihr Entschluss. Jake war immer noch der Mann, den sie begehrte wie keinen anderen. Warum sollte sie nicht die kurze Zeit mit ihm genießen?

Weil ihr Herz auf dem Spiel stand. Doch das schien keine Rolle mehr zu spielen, als er sie leidenschaftlich küsste. Die sinnliche Glut, die er so mühelos in ihr entfachen konnte, strömte durch ihre Adern und steigerte sich zu einem verzehrenden Feuer.

Brianne wollte Jake. Dies war ihr Sommertraum, und sie hatte vor, ihn zu genießen, solange sie konnte. Vielleicht war es gerade die Gewissheit, dass sie niemals wirklich zusammen sein würden, die ihr Verlangen noch verstärkte.

Mit zitternden Händen half sie Jake aus dem Shirt. Sie strich über seine Brust und fühlte seine Muskeln unter ihren Fingerspitzen. Als sie seine harten Brustwarzen streifte, stöhnte er. Gleichzeitig begann er an ihrer Kleidung zerren, und bald lag ihre Krankenhausuniform in einem Haufen zu ihren Füßen.

Bewundernd ließ er seinen Blick über ihren nackten Körper wandern. Dann öffnete er seine Jeans, nicht ohne vorher ein Kondom aus der Tasche geholt zu haben.

Ihr stockte der Atem, als er innerhalb von wenigen Sekunden nackt und bereit vor ihr stand. Er war sichtbar erregt, und er gehörte ihr – wenigstens für einen Sommer.

Jake führte Brianne an die Fensterfront mit Blick auf den East River. Er setzte sich auf das Sims und zog sie zwischen seine Beine.

Die Sonne ging langsam unter, und der Himmel hatte sich rosa verfärbt. Und weil das Gebäude das höchste in der Gegend war, versperrten keine angrenzenden Häuser die Aussicht oder störten die intime Szene. Es gab keinen Grund, in Verlegenheit zu geraten oder sich unbehaglich zu fühlen.

Jake lehnte den Kopf an die Scheibe und musterte Brianne mit einem unergründlichen Blick. „Ich möchte dich lieben mit der City im Hintergrund“, flüsterte er heiser. Falls sie noch Bedenken gehabt hatte, wurden sie durch seine Worte zerstreut. Brianne setzte die Knie zu beiden Seiten seiner Schenkel auf das Sims.

Jake stützte sie an der Taille, sonst hielt sie die Balance nur mit ihren Knien. „Ich habe das Gefühl, ich könnte fallen“, sagte sie mit einem unsicheren Lachen.

„Dann sollten wir dich verankern.“ Er lächelte frech, und Brianne wusste genau, was er meinte.

Mit klopfendem Herzen senkte sie sich auf ihn, um ihn ganz in sich zu spüren.

Absolutes Einssein. Es gab kein anderes Wort für das, was sie empfand, und die Wahrheit machte ihr Angst. Sie konnte noch nicht mit ihren Gefühlen umgehen.

Lieber ließ sie sich von ihrer Lust treiben. Sie bewegte ihre Hüften und rieb sich an seinem Körper, bis sie immer tiefer in den Sog der Leidenschaft geriet. Das war genau der Punkt – nicht denken, nur fühlen.

Jake senkte den Kopf zu ihren Brüsten und nahm eine harte, aufgerichtete Spitze in den Mund, streifte sie abwechselnd mit seinen Zähnen und seiner Zunge, reizte und liebkoste sie, bis Brianne den Verstand zu verlieren drohte.

Längst hatte sie die Reaktionen ihres Körpers nicht mehr unter Kontrolle. Hemmungslos ließ sie sich von dem wilden Rhythmus, den Jake mit seinen Bewegungen vorgab, mitreißen, immer weiter dem Höhepunkt entgegen. Da wanderte er mit seinen Lippen zur anderen Brust, wechselte nun aber das Tempo. Langsam umkreiste er die empfindsame Spitze mit seiner Zunge, bis ein immer stärkeres Ziehen durch ihren Körper ging und Brianne sich vor Erregung wand.

„Öffne die Augen."

Seine tiefe, heisere Stimme drang wie durch einen Nebel zu ihr. Sie gehorchte und begegnete wieder diesem unergründlichen Blick.

„Ich möchte, dass du mich ansiehst, wenn du kommst", bat er rau.

Er umfasste ihre Brüste und rieb die sensiblen Spitzen zwischen Daumen und Zeigefinger. Seine Stöße gingen wieder in einen kraftvollen Rhythmus über, der Briannes Verlangen ins Unermessliche steigerte.

Auf dem Gipfel ihrer Lust schauten sie einander tief in die Augen. Eine Welle der Erlösung ließ Brianne heftig erschauern. Und als die Woge verebbte, sah sie hinter Jake die Skyline und hatte das Gefühl, im freien Fall vom Himmel zu stürzen – ohne Sicherheitsnetz für ihr Herz.

Brianne lag zitternd in seinen Armen, während Jake allmählich wieder aus seiner sinnlichen Benommenheit erwachte.

Er hätte Brianne sagen müssen, dass sie in Gefahr schwebte. Aber als sie heil nach Hause gekommen war, hatte er so unter Anspannung gestanden, dass er sich erst davon hatte überzeugen müssen, dass sie lebendig war. Das hatte er nun zur Genüge getan. Und dennoch zögerte er die Aussprache hinaus.

Er strich ihr das Haar über die Schulter. „Du hast mir eine

Behandlung im Whirlpool versprochen", flüsterte er.

Sie lachte leise. „Ich habe nur gesagt, dass ich das in Betracht ziehen würde, wenn du eifrig mitarbeitest."

„Und ich bin sehr brav gewesen." Jake wollte sie lieber nicht daran erinnern, dass sie bisher kaum Zeit auf die Therapie verwendet hatten. Dazu hatten sie später noch genug Gelegenheit. Später. Viel, viel später. Wenn sie nicht mehr den Wunsch verspürte, das Bett mit ihm zu teilen. Hastig verdrängte er den Gedanken.

Brianne seufzte wohlig. „Du bist gut. Das muss ich zugeben."

Sie knabberte an seinem Ohrläppchen und weckte damit wieder sein Verlangen. „Heißt das Ja zum Whirlpool?", fragte er.

„Wenn ich nicht bald die Haltung ändere, kann ich vielleicht nie mehr die Beine ausstrecken. Da ist die Vorstellung von heißen Wasserströmen sehr verlockend." Sie zuckte zusammen, und ihm wurde bewusst, wie unbequem ihre Lage sein musste.

Er half ihr von seinem Schoß. „Lass mich deine verspannten Muskeln bearbeiten. Du wirst überrascht sein, wie geschickt ich mit meinen Fingern bin."

Seine erotische Anspielung verfehlte nicht ihre Wirkung. Mit träumerischem Blick ergriff sie seine Hand. Wenigstens auf dem Gebiet harmonieren wir perfekt, dachte Jake.

Er wusste allerdings auch, dass diese Harmonie nicht mehr lange dauern würde.

Die Aussicht über New York City war von der Dachterrasse aus, auf der sich der Whirlpool befand, überwältigend. Sterne funkelten hell am nachtschwarzen Firmament, und die Umrisse von Gebäuden zeichneten sich bis zum Horizont vom Himmel ab. Am eindrucksvollsten jedoch stach das Empire

State Building mit seiner blau-weiß-roten Beleuchtung zwischen den anderen Wolkenkratzern hervor.

Brianne hielt mit einer Hand das Badetuch fest, das sie um ihren Körper geschlungen hatte, und trat ans hohe Geländer. „Das ist beinahe unwirklich schön."

Jake stellte sich hinter sie. „Ziemlich beeindruckend, nicht wahr?"

Sie nickte. „Und das hier gehört auch deiner Schwester, so wie das Apartment?" Niemand sonst aus dem Haus kann hier heraufkommen?"

„Niemand."

Sie stieß einen kurzen Pfiff aus. „Das nennt man Luxus."

Jake lehnte sich mit einer Hüfte ans Geländer. „Herrliches Leben, wenn man es sich leisten kann."

Brianne spürte die Kälte in seinem Tonfall, und wunderte sich wieder, warum er so empfindlich reagierte. Sie würde ihn einfach fragen.

„Jake?"

„Ja?" Gedankenverloren starrte er über die Stadt.

„Warum ist Geld so ein Reizthema für dich?"

Er drehte sich zu ihr um. „Ich nehme an, wenn ein Mann von seiner Frau verlassen wird wegen etwas, das er nicht hat …"

„… dann beschließt er, künftig alle Frauen über einen Kamm zu scheren?", beendete Brianne den Satz für ihn.

„Vermutlich", erwiderte er mit einem knappen Nicken.

Seine Antwort versetzte Brianne einen Stich. Sie hatte gar nicht gewusst, dass Jake jemals verheiratet gewesen war. Der Gedanke, dass er einmal eine andere Frau geliebt hatte, tat überraschend weh. Dazu kam die traurige Erkenntnis, dass sie kaum etwas von ihm wusste. Aber sie wollte es so – aus Angst vor Trennungsschmerz.

Trotzdem verletzte sie seine Einstellung. Es wirkte ja beinahe so, als ob er sie für geldgierig hielt. „Ich bin nicht gerade die typische Goldgräberin", wandte sie ein.

„Nein, das bist du nicht." Er fasste nach ihrer Hand.

„Warum kommt es mir dann so vor, als ob du das denkst?", fragte sie ärgerlich.

„Mein Fehler, dass ich überreagiert habe." Jake senkte den Blick, während er mit dem Daumen über ihr Handgelenk strich. „Und meine Furcht gezeigt habe."

Ihr Herz stockte. „Furcht wovor?" Brianne hätte nie gedacht, dass ein Mann wie Jake Angst empfinden und es auch noch zugeben könnte.

„Zum Beispiel davor, dass du mich unzulänglich finden könntest."

Sie fühlte, wie eine Welle inniger Zuneigung sie ergriff, und konnte sich nicht dagegen wehren. Zärtlich umfasste sie sein Gesicht. „Wie könnte eine Frau dich unzulänglich finden?"

„Hast du eine Ahnung, wie viel ein Cop verdient?"

Brianne lächelte. „Sicher mehr, als ich nach dem Bezahlen der Internatsrechnungen übrig hatte", entgegnete sie scherzhaft, doch dann wurde sie ernst. „Nach dem Tod meiner Eltern habe ich gelernt, dass jeder selbst für sein Glück verantwortlich ist."

„Meine Exfrau verließ sich darauf, dass ich sie glücklich machte." Jake winkte ab. „Streich das. Sie verließ sich auf mein Scheckheft. Seltsam ist nur, dass sie meine finanziellen Verhältnisse kannte, als sie mich heiratete. Ich dachte wirklich, dass wir das Wesentliche gemeinsam hätten. Wie zum Beispiel den Wunsch, eine Familie zu gründen."

Briannes Herz schmerzte bei dem Gedanken. „Habt ihr … Kinder?" Sie hätte sich bei dem Wort beinahe verschluckt.

Er schüttelte den Kopf. „Nein. Aber ich wollte welche."

Ob er immer noch welche wollte? „Was lief falsch?", fragte sie.

„Ich weiß es bis heute nicht. Wir sind in die Vorstadt gezogen, sie lernte verschiedene Leute kennen. Alles Paare, die wohlhabender waren als wir – Ärzte, Anwälte, Geschäftsleute." Er zuckte mit den Schultern. „Dann lernte Rina auch noch Robert kennen und heiratete ihn. Das half auch nicht gerade."

„Das hätte nichts daran ändern sollen, was deine Frau für dich empfand und daran, wie sie war."

Jake runzelte die Stirn. „Vielleicht ist es das. Ich habe nicht gewusst, wer sie wirklich war. Ich habe mir nie die Zeit genommen, es herauszufinden."

„Hast du sie geliebt?" Brianne biss sich auf die Unterlippe und wünschte, sie könnte die viel zu persönlichen, viel zu viel verratenden Worte zurücknehmen.

„Ich dachte, sie hat mich geliebt, doch sie hat mich nie so akzeptiert, wie ich bin. Was ich immer sein werde. Sie hat mich aufgegeben, als sie merkte, dass sie mich nicht ändern konnte."

Und das hat ihn tief verletzt, erkannte Brianne. So tief, dass er gegenüber jeder anderen Frau misstrauisch war. Er hatte guten Grund dazu. Auch Brianne hatte nicht voll akzeptiert, wer er war. Sie hatte ihm das sogar ins Gesicht gesagt. Von Anfang an hatte sie sich heimlich gewünscht, ihn in einen Mann zu verwandeln, der statt Risikobereitschaft Sicherheit und Stabilität verkörperte.

Wollte sie das immer noch? Denn wenn sie ihn ändern wollte, hatten sie keine Chance auf eine Zukunft. Und ein Teil von ihr weigerte sich, das zu hinzunehmen. Auf einmal sah sie die Dinge in einem anderen Licht.

Jake ergriff ihre Hände. „Um deine Frage zu beantworten, ich nehme an, dass ich die Frau geliebt habe, die ich geheiratet hatte, aber nicht die Frau, die sie nach der Hochzeit geworden ist." Er schaute Brianne bedeutungsvoll in die Augen. „Ich begreife erst jetzt, dass ich meine Exfrau nie genug geliebt habe, um mich zu ändern und mit ihr zu wachsen."

Briannes Herz klopfte wild. „Dann konntest du sie auch nicht glücklich machen, Jake. Und umgekehrt sie dich auch nicht. Mit Geld hatte das nichts zu tun."

„Wahrscheinlich hast du recht."

„Ich weiß, dass ich recht habe. Betrachte einmal mein Leben. Geld hätte mir vieles erleichtert, trotzdem wäre ich immer noch eine viel zu junge, alleinstehende Frau gewesen, die die Verantwortung für ihren heranwachsenden Bruder übernehmen musste. Alles Geld in der Welt hätte daran nichts ändern können. Und es hätte mich auch nicht glücklicher gemacht. Ich stand sehr unter Druck, ja, dennoch war ich mit mir selbst im Reinen." Brianne kam sich albern vor, sich seelisch derart zu entblößen, doch weil Jake aufmerksam zuhörte, fuhr sie fort: „Jeder Mann in meinem Leben kann auf dieser Grundlage aufbauen." So wie Jake es getan hatte. Allein sein Anblick hatte schon bewirkt, dass sie sich leichter fühlte. „Ich vermute, dass deine Frau diese Basis nicht hatte."

Bewunderung lag in seinem Blick. „Hat dir schon mal jemand gesagt, dass du ganz erstaunlich bist?", fragte er.

Sie schüttelte den Kopf. „Nein. Möchtest du der Erste sein?"

„Verdammt, ja." Ihr Erster, ihr Letzter, für immer, dachte Jake und küsste sie zärtlich. „Ich entbinde dich nicht von unserer Abmachung. Du schuldest mir ein Bad im Whirlpool." Er deutete auf das sprudelnde heiße Wasser.

„Dann lass es uns tun." Brianne holte tief Luft, als wollte sie sich Mut machen, dann trat sie einen Schritt zurück und ließ ihr Handtuch fallen.

Die Kehle wurde ihm trocken, und er nahm Brianne bei der Hand und ließ sie zuerst in das Becken einsteigen.

Sie setzte sich, sodass das Wasser knapp oberhalb ihres verführerischen Dekolletés plätscherte. Jake wusste jetzt, was seine Strafe sein würde, wenn er endlich mit der Wahrheit herausrückte – diesen Anblick immer vor Augen zu haben, sich immer daran zu erinnern, was sie zusammen hätten haben können, wenn er nicht wieder Furcht und Gefahr in ihr Leben gebracht hätte.

Brianne war völlig anders als seine Exfrau. Sie war ehrlich, offen, ungekünstelt. Und sie hatte ihm geholfen, seine Vergangenheit klarer zu sehen. Deshalb wollte er diese Nacht genießen und seine Enthüllungen auf den Morgen verschieben.

Er sank neben ihr ins heiße Wasser und spürte in Briannes aufregender Nähe gleichzeitig eine verzehrende innere Hitze. Die Gewissheit, dass ihre Zeit begrenzt war, steigerte sein brennendes Verlangen beinahe ins Unerträgliche. „Habe ich dir schon von dem besonderen Vorzug dieses Whirlpools erzählt?"

Brianne schüttelte den Kopf.

„Er hat einen verstellbaren Sitz." Jake schob sie ein Stück hinunter, bis sie in einer Art Schale lag und nur ihr Kopf und ihre Schultern aus dem Wasser ragten.

Sie juchzte auf. „Die Ströme kommen von allen Seiten!"

Er schmunzelte. „Gefällt es dir?"

Sie lachte noch einmal, sodass er ein enttäuschtes Gesicht machte.

„Was ist?", wollte sie wissen.

„Ich möchte, dass du stöhnst, statt zu kichern. Dir ist wohl klar, dass ich etwas dagegen tun muss, nicht wahr?"

Brianne lehnte sich zurück und schaute ihn sehnsüchtig an. „Ich bitte darum."

Jake beugte sich über sie und küsste sie. Seufzend schlang sie die Arme um ihn und zog ihn an sich. Sie fühlte seine Erregung und spreizte die Beine, um ihm zu zeigen, dass sie ebenso bereit war wie er.

„Irgendwann werden wir es auf die richtige Art machen", versprach er ihr.

„Und die wäre?"

„Dass ich oben bin", murmelte er. Brianne in dieser Position zu lieben, war ein Luxus, der ihm wegen seiner Schulterverletzung bisher verwehrt war.

„Trainiere mit mir, und du wirst in kürzester Zeit so weit sein." Ihre Augen blitzten herausfordernd. „Das heiße Wasser wärmt deine Muskeln gut durch. Wir können ohne Weiteres nach dem Bad eine Therapiestunde machen."

Wenn sie noch ans Workout denken konnte, tat er wohl nicht sein Bestes, um sie abzulenken. Jake half Brianne hoch, dann rutschte er auf den Unterwassersitz und zog sie rückwärts auf seinen Schoß.

„Jake?", keuchte sie überrascht.

„Entspann dich, Honey." Er schob einen Arm um ihre Taille, um sie zu stützen, und fühlte dabei ihren Po an seinem harten Glied. Es kostete ihn seine ganze Selbstbeherrschung, sie nicht einfach zu packen und einzudringen.

Brianne verkrampfte sich. „Du erwartest von mir, dass ich mich entspanne, während du …"

„Lass dich einfach fallen und genieß es." Jake spreizte die Beine, sodass sie von seinem Schoß glitt und nun zwischen seinen Schenkeln saß. Mit einer Hand betätigte er einige Schalter am äußeren Beckenrand. Innerhalb von Sekunden verebbte das sanfte Blubbern, und kräftige Wasserstrahle strömten aus den Düsen.

Brianne stieß einen spitzen Schrei aus und versuchte, aufzustehen, doch Jake hielt sie fest. „Gib der Sache eine Chance, okay?"

„Okay", brachte sie keuchend hervor, aber sie hatte keine Ahnung, wie sie es überleben sollte. Ein Wasserstrahl traf ihre empfindsamste Stelle. Und als wäre das noch nicht genug, um sie verrückt zu machen, spürte sie Jakes Erregung aufreizend an ihrem Rücken,

Langsam ließ er seine Hand über ihren Bauch wandern, tastete sich noch weiter vor bis zum Zentrum ihrer Lust und streichelte sie erregend. Mit jeder Liebkosung steigerte er ihre Sehnsucht nach Erfüllung. Seine Berührungen, kombiniert mit den Wasserströmen, die an ihrer Haut prickelten, löschten jeden klaren Gedanken in ihr aus.

Plötzlich hob Jake ihr Becken an und drang sanft in sie ein. Während er sie herunterzog, fühlte sie ihn Zentimeter für Zentimeter. Obwohl sie Jake dabei lieber in die Augen gesehen hätte, war auch diese Position ungeheuer intim, vielleicht sogar noch mehr wegen des Vertrauens, das sie erforderte.

Jake umfasste ihre Brüste in einer besitzergreifenden Geste und begann sich in ihr zu bewegen. Sie verloren sich beide in einem verzehrenden Feuer der Leidenschaft, bis ihre Lust in einen explosiven Höhepunkt gipfelte.

Irgendwann fand Brianne die Kraft, von ihm herunterzuklettern, um sich in seine wartenden Arme zu schmiegen. Sie fühlte sich dort so geborgen, dass sie kaum glauben konnte, dass sie den ganzen Nachmittag daran gedacht hatte, die Affäre zu beenden. Dieser Mann würde sie niemals in Gefahr bringen. Wovor sie sich in Wahrheit fürchtete, war, sich in ihn zu verlieben.

Langsam holte die raue Wirklichkeit sie ein. Sie waren unvorsichtig gewesen und hatten keinen Schutz verwendet. Brianne wusste nur zu genau, warum sie das zugelassen hatte. Sie vertraute Jake von ganzem Herzen. Und es war wunderbar gewesen, ihn ohne Barriere in sich zu spüren.

Dennoch war es eine Dummheit. Sie hatten sich so verhalten, als läge noch ihr ganzes Leben vor ihnen und nicht bloß dieser kurze, glückliche Sommer.

Louis schob die Hände in die Hosentaschen. Er starrte an dem Gebäude hoch und fragte sich, ob der Detective und seine Freundin heute Nacht die Wände wackeln ließen. Meinetwegen, dachte Louis, denn es wird das letzte Mal sein. Wenn eine Frau erst einmal von ihm flachgelegt worden war, würde sie sich nicht mehr mit einem Typ wie Lowell zufrieden geben.

Louis lachte rau und zündete sich eine Zigarette an. Ja, er würde die Rothaarige haben und obendrein das Geld von seinem neuen Dealer. Die Besitzer des „Eclectic Eatery" konnten froh sein, mit ihm Geschäfte zu machen. Alles war wie geschmiert gelaufen, bis dieses blöde Mädchen und ihr Freund eine Überdosis erwischt hatten. Jetzt gab es eine Zeugin. Aber da er bis jetzt nicht verhaftet worden war, hatte die Polizei wohl nichts gegen ihn in der Hand.

Louis zuckte mit den Schultern. In der Zwischenzeit spielte er mit dem Detective. Falls Lowell sich nicht schon Sorgen um seine Freundin machte, würde es bald so weit sein. Noch glaubte Lowell, dass die schöne Brianne in dem vornehmen Gebäude sicher war. Louis konnte es kaum abwarten, diese Illusion zu zerstören.

10. KAPITEL

Brianne stand in der Küche, um sich ein Glas Orangensaft einzuschenken, als sie morgens um sieben ihren Pieper hörte. Seufzend kramte sie in ihrer Tasche nach dem Gerät und checkte die Nummer. Sie war schon ein bisschen überrascht, weil sie vor neun Uhr eigentlich keinen Behandlungstermin hatte.

Sie rief im Krankenhaus an, aber auf ihrer Station ging niemand ans Telefon. Vielleicht war die Schwester gerade bei einem Patienten. Brianne zuckte mit den Schultern und legte auf. Sie würde einfach früher zur Arbeit gehen.

Um Jake nicht aufzuwecken, schlich sie auf Zehenspitzen in ihr Zimmer und zog sich an. Dann legte sie sich vorsichtig noch einmal neben Jake und gönnte sich ein paar kostbare Minuten an seiner Seite. Er stöhnte im Schlaf und zog sie an sich. Brianne seufzte und schmiegte ihr Gesicht an seine breite Schulter. Noch nie hatte sie sich so geborgen und sicher gefühlt. Es war paradox, wenn man bedachte, dass er in seinem Beruf täglich Gefahren ausgesetzt war.

Sie schloss die Augen und ließ ihre Hände zärtlich über seinen Rücken wandern. Dann rollte sie sich bedauernd weg und stand auf.

Sie könnte sich schnell an das Zusammensein mit ihm gewöhnen, und es könnte genauso schnell vorbei sein – weil Jake keine feste Beziehung wollte. Oder weil ihm bei seiner Arbeit etwas zustoßen könnte.

Vielleicht war der Ruf aus dem Krankenhaus gerade im rechten Moment gekommen. Sie hatte sich vorgestellt, neben Jake aufzuwachen und ihn wieder zu lieben. Aber Jake am Morgen zu lieben, war ein Luxus, an den sie sich gar nicht erst gewöhnen sollte.

Egal wie sehr sie sich das inzwischen wünschte.

Jake wachte normalerweise bei den ersten Sonnenstrahlen auf, aber offenbar hatten die spätabendlichen Aktivitäten ihn erschöpft, denn als er aufschaute, zeigte der Wecker sieben Uhr achtundvierzig. Er fühlte einen warmen Körper neben sich und drehte sich um, doch statt Brianne lag Norton neben ihm und fuhr ihm mit seiner schwarzen Zunge über das Gesicht.

„Oh, verdammt“, fluchte Jake angewidert. „Dich habe ich hier nicht erwartet.“

Der Hund rührte sich nicht von der Stelle. Jake stöhnte und richtete sich auf. Ihm blieb nur noch eine Viertelstunde mit Brianne, bevor sie zur Arbeit musste, und er musste vorher dringend mit ihr reden. Er dachte an den gestrigen Abend und setzte einen weiteren Punkt auf seine Liste von Dummheiten – ungeschützten Sex.

Plötzlich fiel ihm ein, wie er Brianne gestanden hatte, dass er sich Kinder wünschte. Er konnte sich ein Familienleben mit ihr vorstellen. Es musste herrlich sein, jeden Morgen neben ihr aufzuwachen und nachts neben ihr einzuschlafen. Zu beobachten, wie sich ihr Körper veränderte, weil sein Kind in ihr wuchs.

Himmel, wo war der Gedanke hergekommen? Jake sprang auf, suchte Brianne erst im Badezimmer und dann in der Küche. Sein Herz setzte einen Schlag aus, als er die Nachricht an der Kaffeemaschine entdeckte.

Ich wünschte, ich hätte zusammen mit dir Kaffee trinken können, doch ich wurde schon früh in die Klinik gerufen. Trink eine Tasse für mich mit. Brianne

Jake spürte ein Brennen in seinem Magen. Wie hatte er einen Anruf verschlafen können?

Wie auf ein Stichwort klingelte das Telefon.

Er hob den Hörer ab. „Brianne?“

„Nein, hier ist David. Wenn sie früher zum Dienst musste, warum, zum Teufel, hast du mir nicht Bescheid gegeben?"

„Sie ist im Krankenhaus?"

„Ja, sie ist da. Aber ich kann meinen Job nicht vernünftig machen, wenn du mich nicht …"

Jake knallte den Hörer auf. „Sorry, Kumpel", murmelte er. Fluchend zog er sich an und eilte hinaus.

Er gab dem Portier ein Trinkgeld und bat ihn, den Hund auszuführen. Dann nahm er sich ein Taxi und fuhr Brianne nach. Letzte Nacht hatte er sich aus egoistischen Motiven vor der Wahrheit gedrückt, aber der Morgen war gekommen, und er musste sie einweihen. Und zwar schnell.

Brianne rieb sich die Augen und schenkte sich im Aufenthaltsraum einen Becher Kaffee ein. Es hatte sich herausgestellt, dass man sie als seelischen Beistand für eine ältere Patientin gebraucht hatte. Mrs. Cohen, die nach einer Operation noch ans Bett gefesselt war, hatte in einem Anfall von Orientierungslosigkeit versucht aufzustehen und in ihrer Verwirrung unaufhörlich Briannes Namen gemurmelt. Wahrscheinlich, weil Brianne sich nicht nur um die Körper ihrer Patienten kümmerte, sondern auch um ihre Seele. Sie redete mit ihnen, was offenbar viel zu wenige Menschen miteinander taten.

Brianne trank einen Schluck Kaffee und rieb sich die schmerzenden Schläfen. Sie hatte sich um den Job auf der Ranch in Kalifornien beworben, weil sie immer gedacht hatte, dass es ihr Traum wäre, mit Kindern zu arbeiten. Inzwischen war sie sich da nicht mehr so sicher. Sie liebte ihre Arbeit in der Geriatrie und hatte ein herzliches Verhältnis zu ihren Patienten. Nur ungern ließ Brianne sie im Stich.

Und es gab noch einen Grund, weshalb der bevorstehende Umzug nach Kalifornien ihr auf einmal nicht mehr so verlockend erschien. Bei dem Gedanken an Jake krampfte sich ihr

Magen zusammen. Sie würde am anderen Ende des Landes sein, bei ihrem Bruder, den sie so sehr liebte. Aber Marc war erwachsen. Er brauchte sie nicht mehr so wie früher.

Vielleicht wurde es Zeit, dass sie sich von der Rolle der fürsorglichen großen Schwester verabschiedete. Bedeutete das eine Zukunft in New York, mit Jake? Sie schüttelte den Kopf. Was fiel ihr nur ein? Er hatte ihr keine Veranlassung gegeben, zu glauben, dass er mehr wollte als eine kurze Affäre.

„Brianne?" Sharon platzte mit einem Mohnblumenstrauß herein. „Die wurden am Empfang für dich abgegeben."

Überrascht nahm Brianne ihr das Bukett ab und legte es auf den Tisch neben der alten Couch.

„Heimlicher Verehrer?", fragte Sharon.

„Ich weiß es nicht." Dabei strömte eine Welle der Wärme durch ihren Körper. Sie hätte nie gedacht, dass es Jakes Art war, Blumen zu schicken, aber offenbar hatte sie sich getäuscht.

„Sie sind schön", bemerkte Sharon.

Brianne betrachtete die bezaubernden roten Blüten. Sie wusste nicht, wie sie hießen, doch sie liebte das schlichte Arrangement.

Das Telefon klingelte, und Brianne nahm beim ersten Klingeln ab. „Reha-Station, Brianne Nelson am Apparat."

„Hat Ihnen mein Präsent gefallen?", fragte eine männliche Stimme mit einem leichten ausländischen Akzent.

Sie umfasste den Hörer fester. „Ich glaube, Sie sprechen mit der falschen Person."

„Sie haben sich mit Brianne Nelson gemeldet."

„Das stimmt", erwiderte sie zurückhaltend. Sie musste an den Mann mit dem Tattoo denken. „Wer sind Sie?"

„Ich dachte, eine klasse Frau wie Sie hätte bessere Manieren. Bekomme ich kein Dankeschön für die schönen Blumen?"

„Vielleicht bedanke ich mich bei Ihnen, wenn ich weiß, wer

Sie sind“, antwortete sie mit einem Beben in der Stimme.

Sharon musste ihre Anspannung gespürt haben, denn sie legte ihr beruhigend eine Hand auf den Rücken.

„So? Nun, dann können Sie sich gleich persönlich bei mir bedanken“, sagte der Fremde.

„Wer sind Sie?“ Brianne wusste nicht, ob sie es mit einem harmlosen Verehrer oder einem Verrückten zu tun hatte. Unwillkürlich begann sie zu zittern, und sie musterte die Blumen, die sie eben noch so reizend gefunden hatte, mit ängstlicher Verwirrung.

„Leg auf, Brianne.“ Beim Klang von Jakes Stimme wirbelte sie herum. Seltsamerweise wunderte sie sich nicht, dass er in der Nähe war, wenn sie ihn brauchte.

Sie stellte sein Recht, Befehle zu erteilen, nicht infrage, knallte einfach den Hörer auf und trat einen Schritt von dem Apparat und dem Blumenstrauß zurück.

„Können wir ein paar Minuten allein sein?“, fragte Jake.

Brianne schaute Sharon an, deren Blick unsicher zwischen Brianne und Jake hin und her wanderte. „Es ist okay.“

„Du verheimlichst mir doch etwas“, meinte Sharon und musterte Jake neugierig. „Wenn du mich brauchst, ich bin gleich vorne.“ Nach einem weiteren prüfenden Blick auf Jake verließ Sharon den Raum.

Jake ergriff Briannes zitternde Hände. „Was ist passiert? Der Reihe nach.“ Er legte einen Arm um sie und führte sie zur Couch.

Brianne ging den Morgen im Geist noch einmal durch. „Ich konnte nicht mehr schlafen und war gerade in der Küche, als ich gegen sieben vom Krankenhaus angemorst wurde.“

„Ist das nicht ungewöhnlich so früh?“

Sie nickte. „Ungewöhnlich schon, aber es kommt vor.“ Dann erzählte sie ihm von der Patientin, und Jake hörte aufmerksam zu. Nur zu gern hätte er sie beruhigt, doch er brauchte dringend ihre Informationen. Aufmunternd drückte er ihre Hand. „Weiter."

Brianne seufzte. „Nun, als das Beruhigungsmittel bei Mrs. Cohen zu wirken anfing, ging ich hierher, um mir einen Kaffee zu holen. Da brachte Sharon mir die Blumen. Ich dachte, sie wären von dir."

„Es sind Mohnblumen", sagte er.

Sie rieb sich die Arme. „Wirklich? Das wusste ich nicht. Ich bin ein Stadtmensch. Ich könnte keine Blume von der anderen unterscheiden."

„Ich normalerweise auch nicht." Mohn hing mit der Gewinnung von Rauschmitteln zusammen, und das wusste jeder im Drogendezernat. Die Blumen waren Ramirez' Visitenkarte.

Brianne schaute ihn verwundert an. „Du kennst Mohnblumen? Das hätte ich nie gedacht. Ich kenne sie nur aus dem Märchen vom ‚Zauberer von Oz' und dem tödlichen Mohnfeld …"

Plötzlich riss sie die Augen auf, und Jake wusste, dass sie eins und eins zusammenzählte.

„Du wurdest angeschossen bei dem Versuch, einen Drogendealer zu verhaften. Und gestern habe ich dich auf der Station gesehen, wo die Patientin mit der Überdosis liegt."

Jake senkte den Kopf. Er hatte nicht gemerkt, dass Brianne ihn gesehen hatte. Verdammt. Er hätte wissen müssen, dass er nicht so leicht davonkommen würde.

„Die Blumen sind kein Zufall, nicht wahr?", fragte sie angstvoll. Ihre Wangen hatten alle Farbe verloren.

„Nein", räumte er ein. „Sie sind von dem Dealer, der mich angeschossen hat."

Sie kniff die Augen zusammen. „Und was hat das mit mir zu tun?"

Jake nahm Briannes Hand. „Du bist im Visier eines Drogendealers namens Louis Ramirez. Wahrscheinlich ahnt er, was du mir bedeutest, und sieht dich als Mittel, mich zu kriegen." Genau das hatte Jake vermeiden wollen – sie war für seinen Feind interessant geworden.

„Ich bin deinetwegen in Gefahr?" Brianne klang geschockt und wütend, aber auch enttäuscht. Das traf ihn am härtesten.

Er nickte gequält. „Indirekt, ja. Es sieht jedenfalls so aus." Genau genommen, war sie in Gefahr, weil sie das Angebot seiner Schwester angenommen hatte und ins Penthouse gezogen war. Doch er wollte Brianne nicht noch mehr aufregen.

„Dieser Ramirez – hat er einen Akzent?"

Wieder nickte Jake.

„Er sagte am Telefon, dass ich mich persönlich bei ihm für die Blumen bedanken könnte." Sie riss ihre Hand los. „Woher wusste er, wo ich zu finden bin?"

„Der Kerl beobachtet dich." Jake wandte schuldbewusst den Blick ab. „Seit einer Weile."

„Der Mann vor dem Coffeeshop?"

„Ja."

Sie begann die Hände abwechselnd zu Fäusten zu ballen und zu öffnen, das einzige Zeichen, mit dem sie ihre Erregung und ihren Zorn verriet. „Was macht dich so sicher, dass es der gleiche Mann ist?"

Als Polizist schätzte er ihre präzisen Fragen, aber als Mann, der ihr Vertrauen missbraucht hatte, wünschte er, dass sie nicht so schnell die einzelnen Teile des Puzzles zusammenfügen würde. „Das Tattoo zum Beispiel. Außerdem ist er auch in der Nähe des Krankenhauses gesehen worden."

„Gesehen von wem?", wollte Brianne wissen.

„Da werden die Dinge kompliziert." Jake raufte sich das Haar, stand auf und ging vor der Couch auf und ab. „Als du mir erzählt hast, dass du dich verfolgt fühltest, wurde ich hellhörig."

„Doch du hast mir nichts gesagt. Stattdessen hast du mich

belogen." Sie konnte ihre Enttäuschung und ihre Wut nicht mehr länger unterdrücken.

„Ja. Nein." Er schüttelte frustriert den Kopf. „Ich wollte dich schützen. Du hattest mir gerade die Geschichte von deinen Eltern anvertraut und zugegeben, dass deine Ängste durch mich wieder hochgekommen sind. Ich habe es nicht über mich gebracht, dich zu beunruhigen."

„Ich bin keine psychisch Kranke, die Schonung braucht! Ich hatte dich um deinen professionellen Rat gebeten. Ich hatte dich nicht gebeten, mich in Watte zu packen." Brianne erhob sich. „Ich dachte, ich würde verfolgt. Mir hätte das sicher nicht gefallen, aber ich hätte damit umgehen können. Ich bin schon mit viel Schlimmerem fertig geworden."

„Das ist Unsinn." Jake musterte sie scharf. „Du bist mit einer Tragödie fertig geworden und stärker daraus hervorgegangen, als du es vorher warst. Doch hier hast du es mit einem Irren zu tun, der dich, ohne mit der Wimper zu zucken, umbringen könnte! Das ist überhaupt nicht vergleichbar!"

Bei seinen deutlichen Worten zuckte sie zurück.

„Es tut mir leid, dich so zu erschrecken", meinte er, „aber es tut mir nicht leid, dir die Wahrheit zu sagen."

„Wenn auch ein bisschen spät." Brianne straffte die Schultern. „Okay, ich habe also noch nichts Schlimmeres durchgemacht. Ein ‚Irrer' verfolgt mich. Habe ich nicht die Chance verdient, mich selbst zu beschützen?" Sie durchbohrte ihn mit ihrem Blick. Sie war nicht so leicht bereit, ihm zu verzeihen, dass er ihr diese Bedrohung verheimlicht hatte.

Jake räusperte sich. „Ich habe für deinen Schutz gesorgt."

„Nicht besonders gut, da diese Blumen durchgekommen sind", murmelte sie.

„Jeden Tag werden Blumen ins Krankenhaus geschickt." Er hielt bittend die Hände hoch. „Ich bin nicht hier, um zu streiten, okay?"

Anscheinend hatte sie ihn verletzt, doch sie konnte sich im Moment kein Mitgefühl für ihn leisten. Ein Polizistenmörder schickte ihr Blumen und belästigte sie am Telefon. Ein Schauer jagte ihr über den Rücken. „Wie hast du für meinen Schutz gesorgt? Und lass ja nichts aus.“ Brianne verschränkte die Arme vor der Brust, weniger in Abwehrhaltung als vielmehr, um ihr Zittern zu unterdrücken.

„Ich habe dich von einem Privatdetektiv beschatten lassen“, gestand Jake. „Und wenn er nicht in deiner Nähe sein konnte, war ich es.“

Seine Worte hätten sie nach all dem, was sie bis jetzt erfahren hatte, nicht mehr schockieren sollen, dennoch taten sie es. Sie fragte sich, ob Jake sich nur deshalb für sie interessiert hatte, um sie leichter schützen zu können.

Ihr Herz rebellierte gegen den Gedanken. Aber ihr verletzter Stolz und die Enttäuschung, dass er sie belogen hatte, ließen seine Motive auf einmal zweifelhaft erscheinen.

Sie wollte ihm ihre Schwäche nur nicht zeigen. „Okay, also was nun, Detective?“

Jake zuckte bei ihrem förmlichen Ton zusammen. „Dies ist kein offizieller Fall für mich, Brianne.“

„Nein, du bist ja beurlaubt. Dennoch zieht dich Gefahr wohl magisch an. Und diesmal hat dein Hunger nach dem Kick die Gefahr an meine Türschwelle gebracht.“

„Unsere Türschwelle, oder hast du vergessen, dass du bei mir eingezogen bist?“, fragte er mühsam beherrscht.

Er hatte recht. Sie machte ihm unnötig Vorwürfe. „Okay. Wie nah ist die Polizei denn dran, den Fall zu klären und den Mann einzusperren? Bevor er mich kriegt, meine ich.“

Wieder wich Jake ihrem Blick aus. „Nicht besonders nah“, gestand er und erklärte ihr, wie der Fall mit der Überdosispatientin zusammenhing. Er erwähnte auch das „Eclectic Eatery“. „Wir konnten das Opfer noch nicht mit dem

Restaurant oder Ramirez in Verbindung bringen."

„Na großartig. Dann bin ich also eine wandelnde Zielscheibe." Brianne fing wieder an zu zittern. Ihr wurde ein wenig schwindelig.

Jake legte seine Hand auf ihren Arm, doch sie schüttelte die Berührung ab und sank wieder auf die Couch. Während ihrer Angsttherapie hatte sie eine spezielle Atemtechnik gelernt, die ihr half, sich zu beruhigen. Sie ignorierte Jake und konzentrierte sich auf gleichmäßiges Luftholen, bis der Raum aufhörte, sich zu drehen, und sie wieder klar sehen konnte.

Jake musterte sie besorgt. „Dir wird nichts passieren, solange ich in der Nähe bin. Und ich werde nicht von deiner Seite weichen."

„Das ist genau das, was ich wollte. Einen Bodyguard. Na toll", erwiderte sie trocken. Einen, der nur mit ihr schlief, damit er wusste, wo sie nachts war.

Jake presste die Lippen zusammen. Brianne war sich bewusst, dass sie kalt und verletzend klang, aber sie konnte nicht anders. Er hatte sie arglos durch die Straßen von New York spazieren lassen, während sie von einem Dealer und einem Privatdetektiv, den Jake engagiert hatte, verfolgt wurde. Sie fröstelte.

„Du musst vorsichtig sein, okay? Geh nirgendwo allein hin, nicht einmal auf die Toilette, hast du verstanden? Ich hole jetzt David, damit ihr euch kennenlernt. Er beschützt dich tagsüber. Er ist gut. Wenn du dich an die Regeln hältst, wird dir nichts passieren."

Brianne umarmte sich selbst. „Und wo wirst du sein?"

„Ich kümmere mich um Ramirez." Er wandte sich zum Gehen.

„Jake, warte." Sie hielt ihn am Arm fest und stand auf. Sie wollte nicht, dass er sich in Gefahr begab, und schon gar nicht ihretwegen.

Weil sie ihn liebte.

Liebe. Sie hätte es kommen sehen müssen und war doch blind gewesen. Sie hatte immer nur Berge von Fragen und Verwirrung gesehen. Daran hatte sich nichts geändert. Sie hatte keine Ahnung, wie sie es fand, einen Mann zu lieben, der so ein gefährliches Leben führte. Sie fühlte nur das überwältigende Bedürfnis, ihn vor sich selbst zu schützen.

Er drehte sich zu ihr um. „Was ist?"

„Wie? Ich meine, wie willst du ihn fassen?"

„Er will mich, und offensichtlich benutzt er dich, um mich zu kriegen. Wenn ich ihn nicht wegen Drogenhandel belangen kann, dann wegen versuchten Mordes."

Sekundenlang stockte ihr Herz. „Wegen Mordes an wem? Dir? Wem soll das helfen?", fragte Brianne erregt. Wenn Jake irgendetwas zustieße, würde sie das nicht überleben.

„Wegen *versuchten* Mordes, Sweetheart. Er wird mir nichts anhaben, aber er kommt hinter Gitter, wo er hingehört."

Sie erkannte, dass er eisern entschlossen war, Ramirez zur Strecke zu bringen, und es war ihm egal wie. Der Gedanke, Jake zu verlieren, erfüllte sie mit Panik. Sie drückte seinen Arm fester. „Du darfst dich nicht zur Zielscheibe machen. Jake, bitte. Versprich mir, dass du das nicht tun wirst."

In seinem Blick lag Bedauern. „Das kann ich dir nicht versprechen."

„Warum nicht? Überlass das deinen Kollegen. Du bist beurlaubt und noch nicht wieder in Form. Lass das jemanden übernehmen, der im Vollbesitz seiner Kräfte ist." Das Flehen in ihrer Stimme erinnerte sie daran, wie sie als kleines Mädchen gebettelt hatte.

Mommy, Daddy, bitte geht nicht. Was ist, wenn der Rennwagen verunglückt? Oder wenn das Seil reißt? Doch all ihre Einwände hatten nichts genützt. Ihre Eltern hatten sie trotzdem allein gelassen, bis eines Tages ihre schlimmsten Befürchtungen wahr geworden waren – sie kamen nicht zurück. Und nach Jakes unbeugsamer Miene zu urteilen, würde auch er sich nicht aufhalten lassen.

Und plötzlich wusste Brianne, dass sie ihn gehen lassen würde. Weil sie nicht mehr das ängstliche kleine Mädchen war, sondern eine Frau, die schon einmal das durchgemacht hatte, wovor sie sich jetzt fürchtete. Und sie hatte es überlebt.

„Es tut mir leid, aber ich kann nicht anders. Ich muss das tun“, sagte Jake.

„Ich weiß.“ Obwohl es Brianne nicht gefiel, verstand sie ihn. Er war Polizist, und sein Beruf war ein Teil seiner Persönlichkeit. Er konnte nicht vor einem Fall weglaufen. Und sie würde ihn nicht noch einmal darum bitten.

„Du verstehst?“, fragte er ungläubig.

Sie nickte. „Weil ich dich kenne. Trotzdem war es den Versuch wert, dich davon abzubringen.“ Die Tatsache, dass sie ihn verstand, machte es für sie nicht leichter, doch sie hatte keine andere Wahl.

Sie beugte sich vor und hauchte einen Kuss auf seine Lippen, eine Geste, die als Vertrauensbeweis gemeint war. Jake umfasste ihr Gesicht und küsste sie voller Hingabe. Der Kuss war wie ein Versprechen. Jedenfalls wollte Brianne das glauben – weil sie Jake liebte. Und sie würde nicht tatenlos zusehen, wie er sein Leben riskierte, um sie zu beschützen. Sie wollte ihm wenigstens ein bisschen helfen.

Sanft löste sie sich von ihm. „Geh und mach deinen Job.“

Er starrte sie mit großen Augen an. Sie hatte ihn verblüfft. Doch ohne weitere Fragen zu stellen, verließ er den Raum und kehrte ein paar Minuten später mit ihrem Wachhund zurück.

Brianne schüttelte David die Hand und kümmerte sich danach nicht weiter um ihn. Denn obwohl sie froh über seine Anwesenheit war, überlegte sie bereits fieberhaft, wie sie Jake und sich selbst beweisen könnte, dass sie nicht nur stark, sondern ihm auch ebenbürtig war. Sie wollte ihm zeigen, dass sie mit der Situation umgehen konnte, und gleichzeitig dafür sorgen, dass ihm nichts passierte.

Denn wenn dies alles vorbei war, wollte sie ihn heil und unversehrt für sich haben. Ein kleines Lächeln stahl sich auf ihr Gesicht. Sie hatte keine Ahnung, wie sich die Dinge mit Jake entwickeln würden. Sie wusste immer noch nicht, ob sie seinen Beruf auf Dauer akzeptieren könnte. Ob er sie nach diesem Sommer überhaupt noch wollte, war ebenfalls eine offene Frage. Aber Brianne wusste, dass sie die Antworten darauf erfahren würde, sobald Ramirez für immer aus ihrem Leben verschwunden sein würde.

11. KAPITEL

Brianne wusste, dass es nur einen Ausweg aus ihrer Situation gab. Sie musste sich aktiv ihren Ängsten stellen. Erst dann würde sie wissen, ob sie Jakes Art zu leben akzeptieren könnte. Erst dann würde sie wissen, ob sie den Mut hätte, ihn zu fragen, ob er für immer mit ihr zusammenbleiben wollte.

Eine Stunde, nachdem er gegangen war, betrat Brianne das Krankenzimmer von Marina Brown. Der Wachtposten hatte sie eintreten lassen, nachdem er ihren Dienstausweis kontrolliert hatte. Den Namen Jake Lowell zu nennen, hatte nicht geschadet.

„Hallo", grüßte Brianne die junge Frau, die mit angezogenen Knien in Bett lag.

„Hi." Marina richtete sich auf und lehnte sich gegen die weißen Kissen. „Kommen Sie auch vom Social Service?"

Brianne schüttelte den Kopf. „Nein, ich bin …" Sie räusperte sich. „Mein Name ist Brianne Nelson, und ich brauche Ihre Hilfe."

Brianne wollte wissen, wie Marina im ‚Eclectic Eatery' an die Drogen herangekommen war, und wollte es dann selbst auf die gleiche Weise versuchen. Dazu müsste sie zwar erst den Privatdetektiv loswerden, aber das würde sie schon schaffen, denn schließlich kannte sie jeden Winkel und Hinterausgang vom Krankenhaus. Sie würde der Polizei den fehlenden Beweis liefern, um Ramirez überführen und verhaften zu können.

Eine Viertelstunde später wusste Brianne in groben Zügen, dass man im ‚Eclectic Eatery' Drogen bestellen konnte, wenn man bestimmte Tarnnamen nannte. Sie hatte nur keine Ahnung, welche der Gerichte auf der umfangreichen Karte harmlos waren und welche nicht. Aber sie würde es hoffentlich schnell herausfinden.

„Sie haben eine unbeteiligte Person mit in die Sache hineingezogen, verdammt noch mal", knurrte Lieutenant Thompson.

„Nicht mit Absicht, Sir." Jake blieb vor seinem Vorgesetzten stehen und wartete, dass der Ärger des älteren Mannes verrauchte.

Thompsons Gesicht war rot vor Zorn, und er verpasste einem Papierkorb einen so kräftigen Fußtritt, dass er quer durch den Raum an die Wand flog und zurückprallte. Offenbar würde das Gewitter nicht so schnell abziehen. Jake konnte es Thompson nicht einmal verübeln. Er könnte sich selbst dafür ohrfeigen, dass er Brianne nicht eher in alles eingeweiht hatte.

„Und dann haben Sie auch noch eine Zeugin verhört, obwohl Sie offiziell beurlaubt sind", fuhr Thompson fort.

„Ich habe sie nicht verhört, Sir. Wir hatten ein freundliches Gespräch."

„Ich fass es nicht", murmelte Thompson. „Und Ihre Schulter?"

„Schmerzt noch etwas."

„Das interessiert mich nicht. Ich will wissen, ob Sie einsatzfähig sind."

„Beinahe." Jake zuckte zusammen, als der Lieutenant wieder nach dem Papierkorb trat.

„Ich will den Grund gar nicht wissen, warum Sie mir etwas vorgemacht haben", meinte Thompson barsch.

Jake seufzte und sank auf einen Stuhl vor dem Schreibtisch. „Seit Franks Tod ..."

Sein Vorgesetzter schnitt ihm mit einer Handbewegung das Wort ab. „Ich sagte, ich will es nicht wissen. Jedenfalls nicht, bevor diese Sache vorbei ist. Jetzt bewegen Sie Ihren Hintern zum Arzt und lassen sich gesundschreiben."

Jake nickte. Er wusste, dass er keine andere Wahl hatte, wenn er ganz offiziell aktiv bei der Verhaftung von Ramirez dabei sein wollte.

„Weiß ich jetzt alles?“, fragte der Lieutenant.

„Ja, Sir.“ Alles außer der Tatsache, dass Brianne mehr für ihn war als seine Physiotherapeutin. An diesem Morgen hatte sie ihn so akzeptiert, wie er war – mitsamt seinem Beruf. Keine Frau hatte das je getan.

„Ich möchte mit Brianne Nelson reden.“

Jake wollte etwas einwenden, dann ließ er es. Instinktiv wollte er sie aus der Sache heraushalten. Aber er hatte das schon einmal versucht, und es war nach hinten losgegangen.

„Sie hat um fünf Feierabend. Ich komme dann mit ihr hier vorbei.“

Thompson hob eine Augenbraue. „Ich dachte, Sie wären ihr Patient, mehr nicht. Ich lasse sie abholen und hierherbringen. Sie brauchen sich nicht als ihr Bodyguard aufzuführen.“

Jake würde Brianne bis zu seinem letzten Atemzug beschützen, doch er würde sich nicht mit Thompson darüber streiten. Stattdessen beschloss er, dem Lieutenant seinen Plan zu erläutern. „Ramirez will mich. Wenn ich als Zielscheibe …“

Das Klingeln des Telefons unterbrach ihn.

„Thompson“, brüllte der Lieutenant in den Hörer.

Zum ersten Mal, seit Jake das Büro betreten und seinen Chef eingeweiht hatte, wurde es still im Zimmer. Schließlich fluchte Thompson: „Verdammt noch mal.“

„Was ist passiert?“, fragte Jake alarmiert, als Thompson auflegte.

„Wir haben den Beweis, dass im ‚Eclectic Eatery‘ mit Drogen gehandelt wird. Sieht so aus, als könnten wir das Lokal schließen.“

Jake stand sofort auf. „Dann lassen Sie uns gehen. Ich möchte der Person die Hand schütteln, die das geschafft hat.“

„*Ich* werde gehen. Sie gehen zum Arzt. Aber keine Sorge. Ich werde Ihrer Freundin Ihre Glückwünsche ausrichten.“ Der Lieutenant grinste anzüglich.

„Wie bitte?“ Jake verkrampfte sich. Das Herz schlug ihm bis zum Hals.

„Offensichtlich hat Brianne Nelson den Privatdetektiv, der nach Ihrer Aussage so gut sein soll, abgeschüttelt und ist zum ‚Eclectic Eatery‘ gegangen. Dort hat sie richtig auf die verschlüsselte Bestellung getippt und Stoff bekommen. Danach hat sie die Polizei gerufen. Mir gefällt es nicht, dass eine Zivilistin in den Fall verwickelt ist, doch mit ihrer Hilfe haben wir es beinahe geschafft.“

Der Lieutenant wirkte höchst zufrieden, Jake dagegen drehte sich beinahe der Magen um. Brianne hatte sich mutwillig in Gefahr gebracht, und wenn ihr etwas zugestoßen wäre, wenn er sie verloren hätte, bevor er eine Chance gehabt hätte, ihr zu sagen, dass er sie liebte …

Er liebte sie. Warum hatte er das nicht früher erkannt?

„Ihre Freundin hat Talent“, meinte Thompson.

„Sie ist nicht meine Freundin“, antwortete Jake mechanisch. Er sprach nie über sein Privatleben, und um sie zu schützen, wollte er es auch jetzt nicht. Obwohl es offensichtlich war, dass sie seinen Schutz nicht brauchte. Wahrscheinlich brauchte sie nicht einmal ihn.

Aber er brauchte sie. Er liebte sie. Es war gar nicht so schwer gewesen, das endlich vor sich selbst zuzugeben. Schwieriger würde es werden, es Brianne zu gestehen – und auf ihre Reaktion zu warten.

Wenn sie noch am Leben und unversehrt war. „Ist sie …?“

„Es geht ihr gut. Sie ist in Sicherheit und spricht gerade mit unseren Leuten. Doch wenn sie nicht Ihre Freundin ist, warum sehen Sie dann so aus, als ob Ihnen gleich schlecht wird? Ich wusste, dass noch mehr hinter der Geschichte steckt. Sie verheimlichen mir immer noch etwas, Lowell. Und das gefällt mir nicht.“

Jake wusste, wann er besser nichts sagte, also schwieg er.

Es hoffte nur, dass Thompson ihm gestattete, ihn zu begleiten und Brianne zu sehen.

Thompson überlegte laut: „Mit ein bisschen Glück wird einer von den Angestellten Ramirez verpfeifen. Und wir können ihn verhaften."

„Wenn er nicht vorher Brianne in seine Gewalt bekommt." Jake eilte zur Tür.

„Stopp!", brüllte Thompson.

Jake blieb stehen. „Fassen Sie sich kurz, Lieutenant. Sosehr ich Sie auch respektiere, ich bin nicht im Dienst."

„Falls Sie jemals wieder in dieses Department zurückkehren wollen, gehen Sie zum Arzt. Jetzt."

Mit einem Schlag erkannte Jake den Grund für die bisherige Leere und Unzufriedenheit in seinem Leben. Brianne hatte darin gefehlt. Sie erst hatte ihn wieder das Licht sehen lassen.

„Sorry, Lieutenant, aber zur Hölle mit dem Arzt." Er hatte jetzt keine Zeit. Das Einzige, was für ihn zählte, war Brianne.

Thompson kniff die Augen zusammen. „Ich lasse mir den Fall Ramirez nicht noch einmal versauen, weil einem meiner Leute der Verstand in die Hose gerutscht ist."

„Dann sind wir uns ja einig", meinte Jake, ohne mit der Wimper zu zucken.

Thompson schlug mit der Faust auf den Schreibtisch. Er ahnte, was als Nächstes kommen würde, und es gefiel ihm nicht.

„Ich gehöre nicht mehr zu Ihren Leuten", erklärte Jake.

Thompson fluchte, musste jedoch gemerkt haben, dass es Jake ernst war, denn er diskutierte nicht. „Wir sind noch nicht damit durch, Lowell", sagte er nur.

Jake nickte. Er schuldete seinem Vorgesetzten eine Erklärung, sobald er mit Brianne fertig war. Allein auf Drogenfahndung! Was hatte sie sich nur dabei gedacht? Sosehr er sie auch liebte, er würde sie schütteln, bis ihr die Zähne klapperten, so außer sich vor Wut und Sorge war er.

Als Thompson mit dem Wagen vor dem Restaurant einbog, das jetzt von Polizisten abgeriegelt war, war Jake schweißgebadet. Er stieß die Tür auf, noch bevor der Wagen stand, sprang heraus und begann Brianne zu suchen.

„Es war einfacher, als ich gedacht hatte", wiederholte Brianne im Streifenwagen, doch der Polizist am Steuer hörte gar nicht richtig zu, sondern konzentrierte sich darauf, die Gegend im Auge zu behalten. Außerdem hatte sie ihre Geschichte schon dem Detective namens Duke erzählt, der sofort Lieutenant Thompson informiert hatte. Brianne ahnte, dass es nur eine Frage der Zeit war, bis Jake hier auftauchen würde, um ihr eigenhändig den Hals umzudrehen.

Sie hob das Haar in ihrem Nacken an. Es war heiß und stickig im Wagen, der in einer Nebenstraße in der Nähe des „Eclectic Eatery" parkte. Sie hatte die Polizei von einer Zelle aus angerufen – nachdem sie tatsächlich Drogen bekommen hatte, als sie den „Garten Eden" bestellt hatte. Die Beschreibung des Gerichts hatte sie darauf gebracht: ein Bukett aus verschiedenen grünen Gemüse, Tomaten, Bohnensprossen und Blüten. Da sie morgens die Mohnblumen erhalten hatte, war ihr das Wort „Bukett" aufgefallen, und sie hatte darauf geachtet, es neben dem Namen des Salates bei der Bestellung zu verwenden. Sie hatte richtig getippt. Nach einem stummen Nicken hatte sie wenig später nicht nur den Snack, sondern, eingerollt in eine Serviette, auch einige Pillen erhalten. Sie dachte an Marina im Krankenhaus und fröstelte trotz der Hitze.

Die Polizei wartete noch auf den Gerichtsbeschluss, und dann würde das Lokal geschlossen werden. Würde einer der

Angestellten Ramirez verraten? Brianne hoffte es inständig. Der Gedanke an die Stimme des Mannes und daran, wie leicht er sie gefunden hatte, machte sie nervös.

Sie wusste immer noch nicht, woher sie den Mut für ihren Alleingang genommen hatte. Aber sie hatte es für Jake getan. Weil sie ihn liebte.

Und wenn Brianne liebte, dann handelte sie. So hatte sie es bei ihrem Bruder Marc gemacht, und nun machte sie es mit Jake. Dennoch stand ihr eine Auseinandersetzung bevor. Jake würde wütend sein, dass sie sich zur Zielscheibe gemacht hatte, doch wenigstens waren sie jetzt einen Schritt näher daran, Ramirez aus ihrem Leben zu verbannen. Der Fall würde bald abgeschlossen sein. Allerdings war sie sich auch klar darüber, dass für Jake weitere Fälle folgen würden.

Könnte sie es ertragen, sich für den Rest ihres Lebens jeden Tag zu fragen, ob er heil nach Hause kommen würde? Wollte er überhaupt zu ihr nach Hause kommen, oder hielt er immer noch daran fest, nur eine kurze Affäre zu wollen? Affäre. Was für ein kaltes Wort für eine so heiße Beziehung.

Ein lautes Klopfen ließ sie zusammenzucken. Sie sah die Faust eines Mannes an die Scheibe pochen. „Ich bin's, Lowell. Aufmachen."

Brianne biss sich auf die Unterlippe. Offenbar erkannte der Polizist hinterm Steuer Jake an der Stimme, denn er entriegelte die Türen und stieg aus. Minuten später saß Jake neben ihr auf der Rückbank.

Sein Gesicht war rot vor Ärger, und seine blauen Augen funkelten vor Wut, aber er blieb still. Sie wappnete sich gegen die Tirade, die sicher kommen würde. Jake hob die Hände und umfasste ihre Wangen fester, als angenehm war, doch er sagte immer noch nichts.

Sie hielt die Spannung nicht mehr aus. „Jake?"

Er reagierte auf eine Art, die sie am wenigsten erwartet

hätte. Heiß und fordernd senkte er seinen Mund auf ihren, ließ seine Zunge besitzergreifend zwischen ihre leicht geöffneten Lippen gleiten. Brianne verspürte sofort Erregung, aber er berührte sie auch tief in ihrem Herzen.

Gerade als sie sich an ihn schmiegen wollte, riss er den Kopf zurück. „Ich musste einfach fühlen, dass du lebst und okay bist." Fahrig strich er sich durchs Haar. „Und jetzt könnte ich dich schütteln. Was, zum Teufel, hast du dir dabei gedacht?"

Sie blinzelte. Jake hatte sie noch nie angeschrien.

„Hast du nichts zu deiner Verteidigung zu sagen?", fragte er.

Sie zuckte leicht mit den Schultern. „Ich habe es gut gemacht, nicht wahr?"

„Du hättest umgebracht werden können! Und warum hast du nicht mich statt der Polizei angerufen?"

„Weil ich Angst hatte, dass Ramirez' Anwalt sagen könnte, meine Beweise wären fingiert. Du bist nicht im Dienst, und du hast einen Hass auf Ramirez. Ich wollte nicht, dass er wieder davonkommt, indem er behauptet, das wäre alles nur eine persönliche Racheaktion von dir. Und hinterher wollte ich dich ja anrufen, aber die Polizei ließ es nicht zu. Man erklärte mir, man würde die Dinge schon regeln, steckte mich in diesen Streifenwagen und …"

Sein tiefes Ausatmen sollte wohl bedeuten, dass er ihre Erklärung akzeptierte, obwohl er keineswegs ruhiger wirkte. „Du musst deine Aussage machen, und dann gehen wir nach Hause", sagte er angespannt.

„Ich habe schon mit einem Officer gesprochen."

„Lieutenant Thompson will mit dir reden, und du wirst deine Aussage offiziell zu Protokoll geben müssen. Dann kommst du mit mir ins Penthouse, und du wirst es nicht verlassen, bis wir Ramirez haben."

„Das ist ein bisschen übertrieben, findest du nicht?“

„Reiz mich jetzt nicht, Brianne. Du wirst genau das tun, was ich sage, und mit mir nach Hause kommen.“

Ihr Magen krampfte sich bei Jakes eindringlichen Worten zusammen. Sie streichelte seine Wange. „Es tut mir leid, dass ich dir einen Schrecken eingejagt habe“, meinte sie weich.

Er blieb äußerlich ungerührt. „Hast du eine Ahnung, was dir hätte passieren können, wenn du Ramirez in die Arme gelaufen wärst?“

Sie erschauerte. „Es ist ja gut gegangen.“

„Es hätte aber auch anders ausgehen können.“

Weder sein Ton noch sein Blick deuteten auf Versöhnung hin. „Jake …“

In dem Moment klopfte jemand auf das Wagendach. „Lowell, kommen Sie verdammt noch mal da raus.“

„Klingt so, als ob jemand gar nicht begeistert von dir ist.“ Brianne versuchte zu sehen, wer es war, konnte jedoch niemanden erkennen.

„Genauso wie ich jetzt über dich denke“, murmelte Jake.

Sie zuckte zusammen, dann ertönte nochmals ein ungeduldiges Pochen. „Sofort“, rief die polternde männliche Stimme.

Brianne verschränkte die Arme vor der Brust. „Du wirst verlangt.“ Und keine Sekunde zu früh, dachte sie.

Jake nickte, sprang aus dem Wagen und schlug die Tür hinter sich zu, bevor ihr einfallen könnte, auch auszusteigen.

Schon okay, dachte Brianne. Sie brauchte Zeit, um zu überlegen, wie sie Jakes Wut neutralisieren könnte. Obwohl sie ein schlechtes Gewissen hatte, weil er Angst um sie gehabt hatte, weigerte sie sich, klein beizugeben, als ob sie etwas Schlimmes getan hätte. Sie hatte ihr Liebe zu Jake an erste Stelle gestellt, vor ihre Furcht. Wenn sie noch einmal die Wahl hätte, würde sie genau dasselbe wieder tun.

Nach anstrengenden Stunden auf dem Revier brachte Jake Brianne nach Hause. Die Polizei hatte mehr Drogen als erwartet beschlagnahmt und die Angestellten des Restaurants zum Verhör mitgenommen. Sowohl Thompson als auch Jake waren zuversichtlich, dass einer von ihnen Ramirez ans Messer liefern würde. Es gab keinen Zweifel daran, dass sie das Brianne zu verdanken hatten.

Doch Jake war wütend, dass sie das Risiko auf sich genommen hatte, und er hatte nicht die Absicht, einzulenken, bis sie begriffen hatte, in welche Gefahr sie sich gebracht hatte.

Norton trottete neben ihnen in die Küche. Glücklich, Brianne wiederzusehen, machte er sich zu ihrem treuen Schatten. „Gut, dass ich den Portier gebeten habe, ihn auszuführen", meinte Jake. Er war nicht in der Stimmung, jetzt Gassi zu gehen.

„Du bist immer noch sauer." Brianne warf ihre Tasche auf den Tisch, dann wirbelte sie zu Jake herum.

Er wahrte mühsam die Beherrschung. „Warum sollte ich sauer sein?", fragte er sarkastisch.

Sie sah ihm in die Augen. „Ich kann mir eine Menge Gründe vorstellen."

„Ich auch. Zum Beispiel musste ich das Verhören der Angestellten Duke und Vickers überlassen." Aber das war noch die geringste seiner Sorgen.

„Lieutenant Thompson erwähnte, dass du ohne ärztliche Musterung nicht an dem Fall arbeiten darfst", sagte sie verständnisvoll.

„Nun, das habe ich mir selbst zuzuschreiben", erwiderte Jake bitter.

„Ich könnte ihm von deinen Fortschritten berichten. Dann kannst du deinen Dienst vielleicht schneller antreten." Sie schaute ihn hoffnungsvoll an. „Ich tue das für dich, egal was ich dabei empfinde, wenn du dich Gefahren aussetzt."

Jake wollte auch nicht, dass sie sich in Gefahr begab, doch das schien sie nicht zu begreifen. Er wusste ihr selbstloses Angebot zu schätzen und stöhnte. Er wollte nicht weich werden. Nicht solange er noch mit vollem Recht wütend war.

„Danke für das Angebot, aber nein danke."

Er brauchte Briannes Hilfe nicht, denn er wollte seinen Job nicht mehr. Er wollte nur noch den Fall Ramirez abschließen.

„Wie du willst." Sie kam näher.

Die Küche war ihm auf einmal zu klein, jedenfalls bei der Anspannung, die in der Luft lag. Brianne trat noch einen Schritt auf ihn zu.

„Sei nicht mehr böse auf mich, Jake", bat sie. „Mir ist nichts passiert, und ich habe gewusst, was tat. Ich hatte Pfefferspray dabei …"

„Was dir sicher unheimlich viel genützt hätte, wenn du einem Dealer und Polizistenmörder in die Hände gefallen wärst!" Ihm drehte sich fast der Magen um, und er musste sich mit beiden Händen am nächsten Stuhl festhalten.

Ihre Augen leuchteten voller Zufriedenheit über ihren Erfolg. Jake ahnte, was in ihr vorging, hatte diesen Kick selbst oft genug erlebt. Wenn er gehofft hatte, sie zur Einsicht zu bringen, hatte sie diese Hoffnung soeben vernichtet.

„Tust du mir einen Gefallen, Brianne?"

Fragend hob sie die Augenbrauen.

„Sei still. Denn jedes Mal, wenn du den Mund öffnest, machst du es nur noch schlimmer."

Ein Muskel zuckte in ihrer Wange. „Du hast gut reden. Du willst dich zur wandelnden Zielscheibe für Ramirez machen. Jetzt bist du wütend, weil ich das Gleiche getan habe?"

„Du hast verdammt recht, ich bin wütend. Wenn ich das getan hätte, hätte ich meinen Job gemacht. Du bist eine unerfahrene Zivilistin, die ihren Bodyguard abgehängt hat, der sie beschützen sollte." Jake wurde sich bewusst, dass er sie anschrie, und wich einen Schritt zurück. Er stieß mit dem Rücken an die Küchenzeile und war gefangen zwischen den Schränken und ihrem verlockenden Körper. Einem Körper, den er begehrte, sogar mitten im heftigsten Streit. Oder war es gerade deswegen?

„Du bist beurlaubt", erinnerte sie ihn.

Dass sie nicht zögerte, ihm das vorzuhalten und seinen Zorn damit weiter anzustacheln, verriet ihm viel über ihre augenblickliche Verfassung. Sie litt nicht unter einer Panikattacke. Sie zitterte auch nicht vor Angst. Sie hatte Oberwasser und genoss es – sowohl Ramirez auszutricksen als auch mit Jake zu streiten.

Jake musste zugeben, dass ein Teil von ihm das ebenfalls genoss. Ihre Stärke erregte ihn ebenso sehr wie ihre Schönheit. Dennoch musste er sie dazu bringen, dass sie den Ernst der Situation begriff. Nachdem Ramirez' Laden von der Polizei geschlossen worden war, würde der Dealer sich in die Enge getrieben fühlen.

Ramirez würde keine Skrupel haben, zurückzuschlagen. Brianne musste vorsichtig sein. Der Lieutenant hatte den Schutz für Franks Familie verstärkt, und Rina war in Italien. Blieb nur noch Brianne. Sie musste Rückendeckung akzeptieren, und Jake hatte vor, ihr das klarzumachen.

Das Klingeln des Telefons kam dazwischen. Er griff nach dem Hörer. „Lowell?"

„Ich bin's, Vickers."

Jake machte Brianne Zeichen, still zu sein. „Was gibt's?"

„Der Koch hat gegen Ramirez ausgesagt und uns die Adresse vom neuen Labor verraten. Wir wollten gerade hinfahren, als Ramirez bei uns anrief. Er will sich stellen."

Jake war misstrauisch. „Wo ist der Haken?"

„Du bist es, Kumpel. Du sollst auf dem Revier sein, wenn

er kommt. Er sagt, er will es nicht riskieren, dass du ihm eine Kugel in den Rücken schießt."

Nur ein Feigling würde jemandem in den Rücken schießen, dachte Jake. Und nur ein Feigling würde sich darüber Gedanken machen, dass das passierte. „Ich bin schon unterwegs", erwiderte er und legte auf.

Jake wandte sich an Brianne. „Ich muss gehen."

Sie nickte. „Ramirez?"

„Ja." Für einen Sekundenbruchteil sah er einen Anflug von Angst in ihren Augen aufblitzen, bevor sie sich wieder in der Gewalt hatte. Doch er konnte ihr nicht so ohne Weiteres trauen.

„Was genau ist los?", wollte sie wissen.

„Warte einen Moment."

„Okay." Sie nickte, wenn auch misstrauisch, und sank auf einen Küchenstuhl, während Jake den Raum verließ. Sie vermutete, dass er ein paar Sachen aus seinem Zimmer holen musste. Inzwischen überlegte sie, wie sie ihn davon überzeugen könnte, ihr entweder alles zu erzählen oder sie mitzunehmen.

Er kam zurück und sah in seiner verblichenen Jeans und dem schwarzen T-Shirt sexy und männlich aus. Brianne sprang auf und ergriff seinen Arm.

„Entspann dich, okay? Ich werde bald zurück sein."

Seine Worte beruhigten sie zwar nicht, aber sie setzte sich wieder. „Wo willst du hin?"

Er kniff die Augen zusammen. „Wenn ich dir das erzähle, versprichst du mir, still sitzen zu bleiben, während ich weg bin?"

Sie seufzte frustriert. „Wie kann ich das versprechen, wenn ich nicht weiß, was du vorhast?"

„Brianne, bitte mach es mir nicht so schwer. Ich erzähle dir alles, und du versprichst mir dafür, hier zu bleiben, wo du sicher bist.“ Er schaute sie bittend an.

Brianne hätte ihm gern den Gefallen getan, doch sie konnte es nicht. „Sag mir, wo du hinwillst, und lass mich selbst beurteilen, ob ich dir dieses Versprechen geben kann.“

Jake rieb sich den Nacken. „Ramirez will sich stellen. Ich gehe aufs Revier, um bei seiner Festnahme dabei zu sein.“

Sie war überrascht, dass Ramirez so leicht aufgeben wollte. „Du gehst aufs Revier? Ich dachte, du dürftest nicht an diesem Fall arbeiten, solange du noch beurlaubt bist.“

Er verdrehte die Augen. „Verdammt, musst du so clever sein? Ich habe jetzt keine Zeit. Ramirez will, dass ich da bin, wenn er sich stellt.“ Er beugte sich drohend über sie. „Jetzt versprich mir, dass du hier bleibst, bis ich zurückkomme.“

„Nein.“ Brianne ließ sich nicht einschüchtern und würde nicht zulassen, dass er sich allein in Gefahr begab.

„Ich weiß nicht, wann du diese Sturheit entwickelt hast …“

„Die habe ich schon immer besessen. Wenn ich jemanden liebe, halte ich zu ihm. Frag meinen Bruder.“

Jake riss die Augen auf, schwieg aber, und Brianne nahm ihre Worte nicht zurück. Sie meinte, was sie sagte.

„Nimm mich mit.“ Ihr Puls schlug heftig.

„Nein. Letzte Chance, Brianne. Versprich mir, dass du die Wohnung nicht verlassen wirst, und ich verspreche dir, bald wieder hier zu sein.“

Sie hatten ein Patt erreicht. „Ich möchte es, doch ich kann es nicht. Bitte versteh mich.“

„Ich hoffe, du verstehst mich“, murmelte er und griff hinter seinen Rücken. „Weil ich nicht riskieren möchte, dass dir etwas passiert.“

Bevor Brianne reagieren konnte, hatte Jake ein Paar Handschellen um ihr Handgelenk gelegt und sie an den Stuhl gefesselt. Ihr Blick schoss ungläubig zwischen den Handschellen und seinem gequälten Gesicht hin und her. „Das wagst du nicht.“ Aber er hatte es gerade getan.

„Du lässt mir keine andere Wahl. Wenn du mir dein Versprechen gegeben hättest, dann hätte ich mich auf dein Wort verlassen.“

Er nahm seine Schlüssel, schaltete den kleinen Fernseher in der Küche ein und reichte Brianne die Fernbedienung. Dann holte er noch eine Zeitschrift aus dem Wohnzimmer und legte sie vor ihr auf den Tisch. „Es tut mir leid, doch mir blieb nichts anderes übrig.“

Fassungslos sah sie Jake gehen. Es kümmerte sie nicht, dass ihm sein Handeln offensichtlich unangenehm war und dass er sich entschuldigt hatte. Sie scherte sich auch nicht darum, dass sie sich das mit ihrer Sturheit selbst eingebrockt hatte.

Brianne riss kräftig an den Handschellen, aber sie gaben nicht nach. Sie musste sich wohl oder übel mit der Situation abfinden. Wütend griff sie mit ihrer freien Hand nach der Illustrierten und begann darin zu blättern. Sie hielt inne, als sie den Artikel mit der Überschrift „Sexy City Nights“ sah, und schaute sich die Fotos genauer an. Auf einem saß ein Liebespaar in der Dämmerung vor einem Eiscafé, und Brianne dachte an den Abend mit Jake im Peppermint Park.

Er hatte sich solche Mühe gegeben, ihr eine besondere Freude zu machen. Und er hatte ihr geglaubt, als sie ihm erzählt hatte, dass sie sich verfolgt fühlte. Auch wenn er ihr seinen Verdacht verheimlicht hatte, so hatte er sie dennoch ernst genommen.

Weil ihm etwas an ihr lag.

War es Liebe? Hatten sie eine Zukunft? Brianne hoffte es. Sie würde nicht tatenlos zusehen, wie er sich aus ihrem Leben verabschiedete. Er war es wert, dass sie um ihn kämpfte. Sie erkannte, dass sie mit seinem gefährlichen Beruf leben konnte, denn sie wollte nicht ohne Jake leben. Nicht wenn sie eine Wahl hatte.

Gedankenverloren betrachtete sie die erotischen Fotos. Plötzlich hob Norton den Kopf und stand auf, dann fing er zu bellen an und rannte aus der Küche.

„Jake?“ Brianne erhob sich und versuchte zu gehen, doch, angekettet an den Stuhl, schaffte sie es nicht. „Dafür wirst du mir büßen“, rief sie frustriert.

Sie hörte schwere Schritte, die sich der Küche näherten. „Mach mich bitte los, okay?“ Dann würde sie ihm vielleicht verzeihen können. Vielleicht.

„Mit Vergnügen.“

Brianne wandte sich blitzschnell zur offenen Tür um, um der Stimme ein Gesicht zu geben – der Stimme mit dem ausländischen Akzent, die eindeutig niemand anders als Ramirez gehören konnte.

12. KAPITEL

Er hatte Brianne tatsächlich mit Handschellen gefesselt. Schuldgefühle quälten Jake. Er grüßte den Portier, der ihm beim Verlassen des Gebäudes die Tür aufhielt. Dann schlug er den Weg Richtung U-Bahn ein, aber die ganze Zeit über rieten ihm sein Gewissen und sein Herz, dass er umkehren sollte. In ihm schrillten Alarmglocken, seit Vickers ihm mitgeteilt hatte, dass Ramirez sich stellen wollte.

Jake schüttelte den Kopf über sich. Er machte sich nur zu viele Sorgen um Brianne. Und er sagte sich, dass er sie ja nicht gefesselt hätte, wenn er ihr hätte trauen können. Was für eine sture, eigensinnige Frau. Sie hatte bewiesen, wozu sie fähig war, wenn sie den richtigen Ansporn hatte.

Den richtigen Ansporn. Jake blieb oben auf dem Abgang zur U-Bahn stehen. *Wenn ich jemanden liebe, halte ich zu ihm.* Das waren ihre Worte. *Wenn ich jemanden liebe …*

Jake schlug mit der Hand ans Metallgeländer. Warum hatte er ihr Geständnis nicht beachtet? Weil er zum ersten Mal, seit er Brianne kannte, erst Polizist und dann Mann gewesen war. Dabei liebte er sie.

Er hatte seine Ohren bei ihren Bitten auf Durchzug gestellt. Er hatte sie an einen Stuhl gekettet und sie allein gelassen … Damit er zusehen konnte, wie Ramirez freiwillig ins Polizeirevier spazierte, um sich zu stellen?

Das war nicht besonders wahrscheinlich. Jake schüttelte den Kopf. Es war sogar absolut ausgeschlossen, dass ein Kerl wie Ramirez seine Niederlage eingestehen und aufgeben würde. Was bedeutete … der Anruf bei der Polizei war eine Falle.

„Verflucht.“ Jake drehte sich um und raste zurück. Er hoffte nur, dass er nicht zu spät kommen würde.

Ein paar Minuten später stürmte er in das Gebäude – und

der Portier war nirgends zu sehen. Ein Blick hinter den Empfangstresen bestätigte Jakes schlimmste Befürchtungen. Der Mann lag zusammengekrümmt auf dem Boden. In dem Moment betrat ein Pärchen die Lobby.

„Wo ist Harry?“, fragte die Frau.

Statt zu antworten, zückte Jake nur seine Dienstmarke. Die beiden erstarrten erschrocken.

„Rufen Sie 911 an. Geben Sie der Polizei diese Adresse und sagen Sie, dass sie ins Penthouse kommen soll“, rief Jake, während er schon zum Aufzug rannte.

Auf der geräuschlosen Fahrt nach oben lief Jakes Leben vor seinen Augen ab. Es war ein Klischee, doch es stimmte. Und alles, was er sich für die Zukunft wünschte, war Brianne – falls Ramirez sie nicht bereits getötet hatte.

Jake zog seine Schuhe aus, um sich lautlos nähern zu können. Er drückte sich in eine Ecke flach an die Wand, wo man ihn hoffentlich nicht sofort entdecken würde. Endlich glitten die Türen des Aufzugs auf. Jake sah mit einem Blick, dass Brianne und Ramirez nicht im offenen Eingangsbereich waren.

Mit seiner Pistole in der Hand, schlich er ins Apartment. Norton rannte ihm entgegen und wäre beinahe wieder ausgerutscht. Normalerweise sparte sich der Hund dieses Ritual für Brianne auf. Dass Norton sich so freute, obwohl Brianne in der Nähe sein musste, war ungewöhnlich, und Jakes Angst wurde noch größer.

Er kniete sich neben den aufgeregten Hund. „Ganz ruhig, Junge. Wo ist sie?“, flüsterte er.

Norton stieß mit der Schnauze an Jakes Bein und lief los. Jake nahm alles Schlechte zurück, was er je über den Hund gesagt oder gedacht hatte. Loyalität zu Brianne war alles, was zählte. Der Hund führte ihn zur Küche. Als Jake näher kam, hörte er die Geräusche eines Handgemenges.

Auch wenn er am liebsten sofort in den Raum gestürmt

wäre, musste er erst wissen, was da los war. Er verharrte an der Wand links vom Eingang und lugte vorsichtig um die Ecke. Bei dem Anblick, der sich ihm bot, hätte er beinahe die Kontrolle über sich verloren.

Ramirez beugte sich über Brianne. Die Hand, in der er eine Pistole hielt, hatte er auf ihre Schulter gestützt, mit der anderen Hand zerrte er an ihrer Bluse. Rasende Wut packte Jake, doch er konnte nicht auf Ramirez schießen, solange der so dicht vor Brianne stand.

Jake setzte alles aufs Spiel, trat rasch aus seinem Versteck und richtete seine Waffe auf Ramirez. „Lass sie gehen, Louis."

Ramirez richtete sich auf und drehte sich um, aber er ließ seine Hand weiter auf Briannes Schulter und zielte mit der Pistole auf ihren Kopf. „Willkommen zu Hause, Detective."

Jake gab nicht nach. „Lass die Waffe fallen."

„Als ob du mir etwas befehlen könntest." Grinsend spannte Ramirez den Abzug.

Bei dem Geräusch wich alles Blut aus Briannes Gesicht. Ihre grünen Augen waren weit aufgerissen, doch Jake sah die verborgene Stärke in ihnen.

Halte durch. Er versuchte ihr mit seinem Blick Mut zu machen. Er hatte sie in diese Situation gebracht. Er würde sie auch wieder da herausholen. Sein Herz klopfte ihm bis zum Hals. Er durfte sie nicht verlieren.

„Das ist eine Sache zwischen uns beiden, Louis. Sie hat nichts damit zu tun."

„Er hat mir Blumen geschickt, Jake. Ich denke schon, dass ich etwas damit zu tun habe", mischte sich Brianne ein.

Jake stieß einen Fluch aus und begann zu schwitzen. Er wusste nicht, was sie vorhatte, aber ihre Chancen, heil hier herauszukommen, würden steigen, wenn sie den Mund hielt. Er wollte nicht, dass sie etwa versuchte, Ramirez ein Geständnis zu entlocken. Sie hatten bereits genug gegen ihn in der Hand.

„Schöne Blumen für eine schöne Frau. Haben sie dir gefallen, Süße? Ich gebe es nicht gern zu, Lowell, doch du hast Geschmack. Ich hätte die Kleine auch gern vernascht." Er strich mit dem Lauf der Pistole über ihre Wange. „Zu schade, dass ich das auslassen muss. Ich hätte sie ordentlich rangenommen, nur um es dir zu zeigen, Lowell." Ramirez lachte kalt.

Brianne erschauerte vor Ekel.

„Denk mal nach, Louis", redete Jake auf ihn ein. „Wenn du noch einen Polizisten tötest, wirst du nicht wieder wegen eines Formfehlers freikommen." Und sollte er Brianne umbringen, würde Jake ihn erschießen, bevor es ihn selbst erwischte.

„Das werden wir ja sehen", entgegnete Ramirez.

Brianne flehte Jake stumm an, nichts Unüberlegtes zu tun. Sie wusste, dass er auf die Chance wartete, die Sache mit einem Schuss für immer zu beenden, und dass er sich die Schuld an dieser Situation gab. Sie vermied den Blick auf ihre zerrissene Bluse. Wenn er sie nicht an den Stuhl gekettet hätte, wäre sie Ramirez nicht ganz so hilflos ausgeliefert gewesen.

Vielleicht würde sie niemals mehr die Gelegenheit dazu haben, aber sie verzieh ihm. Sie sah ein, dass sie ihn in die Enge getrieben hatte und dass er keine andere Wahl gehabt hatte, um sie vor sich selbst zu schützen.

„Was ist mit dem Wachmann, den du niedergeschlagen hast?", fragte Jake, um Zeit zu schinden.

Ramirez zuckte mit den Schultern, als ginge ihn das nichts an. „Wer weiß schon, was in einem frustrierten Cop vorgeht, wenn er am Durchdrehen ist."

„Du meinst also, die Polizei wird tatsächlich glauben, ich hätte das getan?"

Brianne erinnerte sich an ihren Selbstverteidigungskursus und schätzte den Abstand von ihrem Fuß zu Ramirez' Unterleib ab, doch der Winkel war ungünstig. Ramirez stand zu dicht bei ihr.

„Das interessiert mich nicht", erwiderte er. „Solange man mir nicht nachweisen kann, dass ich hier in der Wohnung war, bin ich fein raus."

Und er trug Gummihandschuhe, um keine Spuren zu hinterlassen, stellte Brianne fest. Sie suchte verzweifelt nach einem Ausweg und entdeckte Norton zu Jakes Füßen. Der Hund war seit Ramirez' Ankunft aufgeregt, aber er war keine Bedrohung, und Ramirez hatte ihm zum Glück nichts getan. Aber harmlos oder nicht, der Hund könnte Ramirez vielleicht ablenken.

Brianne überlegte, wann Norton zum letzten Mal draußen gewesen war, um sein Geschäft zu machen, und konnte sich nicht erinnern. Vor Angst konnte sie sich kaum konzentrieren. Nur mit purer Willenskraft schaffte sie es, gleichmäßig zu atmen.

Sie schaute den Hund an und räusperte sich. Wie sie gehofft hatte, lockte sie ihn damit an. Er kam in die Küche gelaufen und stellte sich vor Ramirez.

„Raus mit dem verdammten Köter", befahl Ramirez. „Bevor ich ihn erschieße."

„Nein!" Als ihr bewusst wurde, dass sie einen Mann anschrie, der eine Pistole auf sie gerichtet hielt, zuckte sie zusammen. „Ich meine, bitte nicht. Er ist harmlos." Sie beobachtete, wie der Hund nervös zu ihren Füßen herumtänzelte. „Er macht nur seinen Job. Nicht wahr, Norton, du machst dein Geschäft. Er denkt, er beschützt mich, ist es nicht so, mein Junge? Ja, mach nur dein Geschäft."

Brianne begegnete Jakes überraschten Blick. Er hatte begriffen, was sie vorhatte. Bitte, lass Norton nichts passieren, betete sie stumm. Sie würde es sich nie verzeihen, wenn dem Hund ihretwegen etwas zustieße.

„Halt die Klappe!“, herrschte Ramirez sie an und schaute zwischen ihr und Jake hin und her. „Es wird Zeit, dass wir die Sache zu Ende bringen.“

Noch während er sprach, machte Norton das, was Rina ihm beigebracht hatte. Er hob eine Hinterpfote und machte sein Geschäft an Louis Ramirez’ Bein.

Ramirez starrte nach unten, und Wut verzerrte sein bereits hasserfülltes Gesicht. „Verdammter Köter.“ Er sprang zurück und wollte nach Norton treten.

In dem Sekundenbruchteil, in dem die Pistole nicht auf sie gerichtet war, hob Brianne den Fuß und trat Ramirez in den Unterleib. Die Wucht der Bewegung ließ sie mit dem Stuhl nach hinten umkippen. Als sie mit dem Kopf hart auf dem Fußboden aufschlug, glaubte sie einen Schuss zu hören. Wer hatte ihn abgefeuert? Jake? Oder etwa Ramirez?

Sie versuchte sich herumzurollen und aufzustehen, aber ihr Arm war in einem so unglücklichen Winkel gefangen, dass sie sich nicht bewegen konnte. Ihr Herz klopfte wild. Sie presste die Augen zu und betete, dass die nächste Stimme, die sie hören würde, die von Jake sein würde, und nicht die von Ramirez.

„Brianne?“

Jake. Erleichtert schlug sie die Lider auf. „Bist du okay?“

Er hatte keine Chance zu antworten. Vom Eingang her näherten sich laute Schritte, und innerhalb von Sekunden wimmelte es im Penthouse von Polizisten.

„Ich möchte Sie beide morgen Früh auf dem Revier sehen, verstanden?“

„Ja, Sir.“ Jake blickte augenzwinkernd über die Schulter des Lieutenants zu Brianne.

Sie stand vor den hohen Fenstern mit Blick auf die City, hatte Norton auf das breite Sims gehoben und strich ihm über den Kopf. Typisch Brianne. Tröstete den Hund, während sie mit Sicherheit selbst Trost brauchte.

Jake hatte noch nicht mit ihr allein sprechen können, seit die Polizei angerückt war. Er wusste nicht, warum ihnen der Lieutenant eine Nacht Aufschub gewährte, bevor sie ihre Aussagen zu Protokoll geben mussten. Vermutlich hatte Thompson einfach nur ein weiches Herz.

Der Fall Ramirez war somit erledigt. Louis war auf einer Bahre aus der Wohnung getragen worden, nachdem ihm seine Rechte vorgelesen worden waren. Diesmal fehlerlos. Duke und Vickers bewachten ihn auf dem Weg ins Krankenhaus, wo er wegen der Schussverletzung behandelt werden musste.

Wenn Jake sich an die dramatischen Minuten in der Küche erinnerte, schrie jeder Nerv in ihm nach Erlösung – die Art von Erlösung, die nur Brianne ihm verschaffen konnte. Doch sie hatte seitdem keine zwei Worte mit ihm gewechselt, und obwohl er ihr Schweigen gern auf die Unruhe nach dem Polizeieinsatz schieben würde, hatte er das dumpfe Gefühl, dass sie immer noch wegen der Handschellen wütend war.

„Verdammt, Lowell. Sie hören mir überhaupt nicht zu", sagte der Lieutenant und schaute ebenfalls zu Brianne.

„Vielleicht, weil sie besser aussieht als Sie, Sir." Jake lächelte trotz der Ungewissheit, was seine Zukunft mit Brianne betraf.

Thompson runzelte zwar die Stirn, aber er war nicht beleidigt. „Zehn Uhr, morgen Früh, Lowell." Er ging und nahm den Rest seiner Truppe mit.

Die Küche war ein einziges Trümmerfeld, abgesperrt für weitere Untersuchungen. Jake brauchte sich um nichts mehr zu kümmern, außer um Brianne. Nichts und niemand war wichtiger.

Doch als sie endlich allein waren, fehlten ihm die Worte. Was sollte er der Frau, die er liebte, sagen? Er hatte sie schutzlos der Gnade eines Polizistenmörders ausgeliefert. Er könnte ihr keine Vorwürfe machen, wenn sie jetzt genug von ihm hätte und immer noch mit ihrem Bruder nach Kalifornien ziehen wollte. Aber er wollte alles tun, um sie davon abzubringen.

Brianne fühlte Jake näher kommen. Seine starke männliche Ausstrahlung war überwältigend. Aber er machte ihr keine Angst. Nicht einmal nach der Sache mit Ramirez.

Sie nahm den vierzig Pfund schweren Hund und setzte ihn auf den Boden, bevor sie sich zu Jake umdrehte.

„Es tut mir leid“, sagte er rau.

„Ich verzeihe dir.“ Sie hielt die Hände auf dem Rücken und sah Jake ernst an. „Ich verstehe sogar, warum du das Gefühl hattest, dass du es tun musstest.“ Sie lachte trocken. „Das Leben steckt eben voller Überraschungen. Ich habe das schon sehr früh gelernt.“

„Und du hast dir nichts sehnlicher gewünscht als etwas mehr Stabilität anstelle von Überraschungen.“ Zärtlich strich Jake ihr eine Locke aus dem Gesicht.

Sofort begann es in ihr zu kribbeln. Sie wunderte sich nicht. Es gab wenige Dinge, auf die sie sich verlassen konnte, doch Jake und seine magische Anziehungskraft gehörten dazu.

„Ich hatte wohl eine etwas naive Weltsicht.“

„Soll das heißen, ich habe deinen Horizont erweitert?“ Ein verschmitztes Lächeln umspielte seine Lippen – Lippen, die sie küssen wollte, aber noch nicht. Es gab noch zu vieles, was zwischen ihnen unausgesprochen war.

„Und ob, und zwar auf Weisen, die ich mir nie hätte vorstellen können."

Und wahrscheinlich auch nicht wollte, dachte Jake. Unbehagen beschlich ihn, doch er musste Klarheit haben. „Ich bin überrascht, dass du noch nicht deine Sachen gepackt hast."

Brianne schluckte schwer. „Ist es das, was du willst? Dass ich gehe?" Sie wich unmerklich vor ihm zurück, während er sich nichts mehr wünschte, als sie so nah wie irgend möglich bei sich zu haben.

„Nein, verdammt."

Noch nie hatte er eine Frau so begehrt wie Brianne, noch nie hatte er sich so sehr eine gemeinsame Zukunft mit einer Frau gewünscht wie mit ihr. Und noch nie hatte er so viel zu verlieren gehabt.

„Was soll das heißen, Jake? Möchtest du, dass ich erst später gehe, oder ..."

„Du sollst niemals gehen."

Sie biss sich auf die Unterlippe und musterte ihn skeptisch. „Du hast gesagt, du willst keine feste Beziehung."

Jake fühlte sich jetzt etwas sicherer. „Du hast das zuerst gesagt. Ich fand es nur klug, dem zuzustimmen. Wahrscheinlich meinte ich es auch so – damals. Aber du hast immer betont, dass du nach Kalifornien ziehen wirst."

Brianne nickte. „Das habe ich gesagt, und ich habe es auch so gemeint – damals." Sie lächelte. „Marc ist alt genug, um ohne mich zu gehen. Er war ohnehin nicht begeistert, dass seine große Schwester mitkommen wollte."

Jake nahm allen Mut zusammen. „Du willst dich nicht an jemanden binden, der gefährlich lebt."

Sie senkte den Blick. „Das ist nicht ganz richtig. Ich möchte nur keine Beziehung mit jemandem, der sich nur um des Nervenkitzels willen in Gefahr stürzt, der Risiko über seine Gefühle zu mir stellt."

Jake hielt den Atem an. Seine Zukunft mit Brianne hing von ihrer Antwort ab, denn sosehr er sie auch liebte, irgendeine Form von Ermittlungsarbeit lag ihm im Blut.

Er könnte sich zum Beispiel vorstellen, seinen Dienst zu quittieren, um Privatdetektiv zu werden – diese Idee war ihm gekommen, als er David engagiert hatte. Brianne würde das akzeptieren müssen, sonst …

„Ich habe dich heute mit Ramirez beobachtet." Ihre sanfte Stimme riss ihn aus seinen Gedanken. „Du hast zu keinem Zeitpunkt unüberlegt gehandelt. Du hast Ramirez nicht provoziert, auf dich zu schießen statt auf mich, nicht einmal, als du hereinkamst und er an meiner Bluse zerrte."

Jake ergriff sie an den Oberarmen und strich mit den Daumen über die zarte Haut, um die bösen Erinnerungen zu vertreiben. „Aber ich wollte es. Ich wollte auf ihn schießen. Ich hätte ihn mit meinen bloßen Händen erwürgen können."

Ihre Augen schimmerten feucht. „Trotzdem, du hast es nicht getan, und das hat mir etwas klargemacht. Etwas, das ich schon die ganze Zeit hätte wissen müssen."

„Und was ist das?" Er senkte den Kopf und berührte ihre Stirn mit seiner.

„Du bist nicht auf Nervenkitzel aus. Was du tust, ist begründet und anerkennenswert. Ich kann damit leben." Sie schaute zu ihm auf. „Wenn du es willst."

Wenn er es wollte. Jake schüttelte den Kopf. Die Frau hielt sein Herz in der Hand und wusste es nicht einmal. „Sweetheart …"

Brianne hielt den Atem an. Diesmal konnte Jake nicht davonlaufen. Er musste ihr antworten. Seine gequälte Miene schien ihr kein gutes Zeichen zu sein, doch sie stellte sich dieser letzten Herausforderung mit hoch erhobenem Kopf.

„Was ist, Jake?“

Er fuhr sich mit der Hand durch sein ohnehin schon wirres Haar. „Ich lebe in einem kleinen Apartment auf der West Side.“

Das war nicht die Antwort, die Brianne erwartet hatte. Verwirrt runzelte sie die Stirn.

„Wir beide zusammen könnten uns natürlich eine größere Wohnung leisten, es sei denn, du möchtest ein Haus in einem Vorort. Aber wenn du immer noch nach Kalifornien ziehen möchtest, können wir, sobald Rina zurück ist und ich weiß, dass es ihr gut geht, auch darüber reden.“

Brianne lachte. Auf einmal war ihr so leicht ums Herz wie schon lange nicht mehr. „Das Einzige, was ich verstanden habe, ist das Wort ‚wir‘. Und daran halte ich mich.“

Jake lächelte und zog sie fest an sich. „Ich liebe dich.“ Er schmiegte sein Gesicht an ihren Hals.

Brianne war glücklich. Sie hatte die Sicherheit und Liebe, die sie sich immer ersehnt hatte. „Was ist mit der Familie, die du mal haben wolltest?“

„Sweetheart, ich möchte das mehr als alles andere. Mit dir. Und wenn es neulich im Whirlpool nicht geklappt haben sollte, bin ich mehr als bereit, es gleich noch einmal zu probieren. Ich liebe dich“, wiederholte er. Sein heißer Mund streifte ihre zarte Haut. „Ich hätte es dir sagen sollen, bevor ich vorhin gegangen bin.

„Ich liebe dich auch“, flüsterte sie. „Ich werde dich immer lieben.“

„Es tut mir leid, dass ich dich gefesselt habe.“ Er glitt mit seiner Hand unter das Shirt, das sie sich angezogen hatte, nachdem die Polizei sie befreit hatte, und streichelte zärtlich ihren Rücken.

„Wie leid?“ Brianne bog den Kopf zurück und lächelte.

Jake bemerkte das verschmitzte Funkeln in ihren schönen

Augen. „Was führst du schon wieder im Schilde?"

Sie nahm ihre Hände vom Rücken und ließ die Handschellen vor Jakes Augen baumeln. „Du sollst es mir büßen. Ich will dich in Fesseln legen." Ihr Blick wurde leidenschaftlich. „Am liebsten ein Leben lang."

EPILOG

Rina saß bequem in ihrem Sessel in der Business-Class und streckte die Beine aus. Sie streifte die neuen Designer-Sandaletten ab und nahm das Glas Perrier, das der Steward ihr vor dem Abflug gereicht hatte. Endlich war sie auf dem Weg nach Hause.

Mit gemischten Gefühlen dachte sie an ihre Rückkehr in das Mausoleum von Apartment, das sie in New York erwartete. Sie musste ihrem Bruder recht geben. Das Penthouse-Apartment war ein kalter Palast, der nur so lange ihr Zuhause gewesen war, wie Robert ihn mit Leben und Wärme gefüllt hatte.

Das war traurig, aber sie musste sich der Wahrheit stellen. Schließlich hatte sie sich auf dieser Reise nicht nur erholen, sondern auch zu sich selbst finden wollen. Sie holte einen Block aus ihrer Handtasche. „Erstens, Apartment über Makler zum Verkauf anbieten", notierte sie. Damit hatte sie den ersten Schritt in ein neues Leben gemacht.

So wie ihr Bruder – dank ihrer Einmischung. Sie hatte Brianne als Jakes persönliche Physiotherapeutin engagiert, um den beiden einen Sommer voller Spaß zu schenken. Sex und Spaß, verbesserte sie sich. Auch wenn sie in Trauer war, hieß das nicht, dass auch Jake in Trübsal verharren musste. Die erotische Spannung zwischen Brianne und Jake war mehr als deutlich gewesen, doch keiner von den beiden hatte den Mut gehabt, darauf zu reagieren. Rina hatte das nicht mehr mit ansehen können. Sie hatte ein sexuelles Abenteuer arrangieren wollen, aber nachdem sie Brianne persönlich kennengelernt hatte, hatte sie gehofft, dass ihr sturer Bruder es nicht vermasseln würde und die beiden zusammenkommen würden, für immer. Auch wenn Rina wusste, dass nichts für die Ewigkeit war.

Sie hatte noch daran geglaubt, als sie sich in Robert verliebt hatte. Doch nach seinem tragischen Autounfall hatte sie die Scheuklappen abgelegt. Nur das Schicksal wusste, wie viel Zeit zwei Menschen zusammen haben würden, deshalb war sie dankbar, dass ihr Plan für ihren Bruder und Brianne funktioniert hatte. Die beiden warteten auf ihre Rückkehr, um zu heiraten, und Rina war davon überzeugt, dass ihr Bruder diesmal richtig gewählt hatte.

Für sich selbst hatte Rina auf der Reise viel Seelenforschung betrieben. Das Vermögen, das Robert ihr hinterlassen hatte, erlaubte ihr ein Leben in Luxus, nur, würde sie das glücklich machen?

Auf Dauer würde sie vor Langeweile umkommen, wenn sie nichts Sinnvolles unternahm. Weil ihr Mann sich eine Frau gewünscht hatte, die zu Hause blieb, hatte Rina sich gefügt – und es anfangs genossen. Schon bald hatte sie es jedoch öde gefunden und über eine neue Karriere nachgedacht. Es war schon immer ihr Wunsch gewesen, zu schreiben, aber solange sie berufstätig gewesen war, hatte sie es nie versucht. Robert hatte sich allerdings über ihren Traum lustig gemacht und darin nur eine Laune gesehen, die vorübergehen würde. Er hatte seine Frau nie ernst genommen. Jedenfalls nicht, seit er sie erobert hatte.

Sie hatte ihn geliebt. Doch Rina fragte sich, welche Zukunft sie gehabt hätten, wenn sie ihn hätte spüren lassen, wie satt sie es hatte, nur herumzusitzen und zu warten, bis er nach Hause kam. Das Eingeständnis, dass ihre Ehe nicht so glücklich gewesen war, wie sie es sich immer eingeredet hatte, fiel ihr nicht leicht. Dennoch zwang sie sich, zu akzeptieren, dass Robert sie bei aller Liebe nicht verstanden hatte. Wie sollte er auch, da sie beide aus völlig unterschiedlichen Welten kamen?

Aber hatten nicht alle Männer und Frauen unterschiedliche Einstellungen zum Leben? Sie dachte an Brianne und Jake. Rina blätterte ihren Block um und fing an, sich Notizen zu machen. Flink glitt ihr Stift über das Papier. Frage: Was wollen Männer? Antwort: Eine Frau. Frage: Was für eine Frau?

Rina überlege, was einen Mann anmachte. Sie wurde immer aufgeregter und wusste, sie hatte den Stoff für ihr erstes Buch. Doch sie würde wohl noch mehr recherchieren müssen …

– ENDE –

Carly Phillips

Heißer ...

Roman

Aus dem Amerikanischen von
Annette Hahn

MIRA®

PROLOG

Emma Montgomery sah aus dem Fenster des Redaktionsbüros und trommelte ungeduldig mit den manikürten Fingernägeln auf den Sims. Schneeflocken kündigten das baldige Weihnachtsfest an, und Emma freute sich bereits auf das fröhliche Beisammensein der Familie.

Von ihrem Fahrer war noch immer nichts zu sehen. Dieser Mann kam und fuhr, wie es ihm beliebte. Emma wünschte, sie hätte noch ihren Führerschein – aber zum Glück hatten nicht alle ihrer Fähigkeiten mit dem Alter nachgelassen. Insbesondere hatte sie das Talent, Menschen einander näher zu bringen, und zu Emmas großem Glück hatte Corinne, die derzeitige Herausgeberin der „Ashford Times", dieses Talent erkannt.

Nun schrieb Emma die Kolumne „Wer mit wem", was ihr nicht nur großen Spaß bereitete, sondern sie obendrein vor dem Seniorenheim bewahrt hatte. Ihr Sohn, der Richter, hatte nämlich gedroht, sie abzuschieben, wenn sie nichts Sinnvolles mehr zu Wege brächte.

„Rina!", rief Emma nun der letzten Angestellten zu, die noch im Büro saß, eine junge Frau namens Rina Lowell.

Hübscher Name. Hübsche Frau. Sie benutzte kein Makeup, aber mit solch einer reinen Haut brauchte man auch kein Rouge.

Rina blickte von ihrem Computer auf. „Ja, Emma?"

„Sie sind doch wohl kein Workaholic, oder?"

Rina lachte hell und klingelnd. „Wollen Sie damit andeuten, ich sollte lieber nach Hause gehen?"

„Große Güte, nein!" Emma winkte ab. „Damit wollte ich andeuten, dass wir zwei noch ausgehen und das neue Leben feiern sollten, das diese Zeitung uns beschert." Emma arbeitete seit einigen Monaten für die „Ashford Times", Rina erst seit einigen Wochen.

Offensichtlich wollte die junge Frau einen guten Eindruck machen – sie kam früh und ging spät. Doch auch bei allem Ehrgeiz musste etwas Zeit für Spaß bleiben, fand Emma.

„Woran hatten Sie denn gedacht?“, erkundigte sich Rina.

Aus dem Augenwinkel sah Emma ihren Wagen um die Ecke biegen – mit diesem Nichtsnutz von Fahrer, den ihr Sohn eingestellt hatte. Sie könnte ihn endlich einmal arbeiten und ihn sein Geld verdienen lassen. „Ich dachte, wir gehen bei O'Dooley's noch ein Bier trinken.“

Rina prustete los. „Entschuldigung, aber ich kann mir Sie als achtzigjährige Dame nicht mit einem Glas Bier vorstellen.“

„Sie sollten sich über eine alte Dame nicht lustig machen. Was sollte ich denn Ihrer Meinung nach trinken – Tequila?“

„Vielleicht wenn ich mittrinke?“, forderte Rina sie mit blitzenden Augen heraus.

„Abgemacht.“ Emma streckte ihre Hand aus. „Da ich nicht selbst fahre, darf ich nehmen, was mir schmeckt – und Sie ebenfalls, wenn Sie mit mir fahren. Ich kann Sie dann zu Hause absetzen lassen und morgen auf dem Weg zur Arbeit abholen.“

Rina überlegte kurz und schlug ein. „Einverstanden. Gehen wir feiern.“ Sie rollte ihren Stuhl zurück, drehte sich mit wehenden Haaren eine Runde im Kreis und stieß einen Freudenschrei aus.

„Wofür war das denn?“, wollte Emma wissen.

„Ich fühle mich so frei!“ Rina kicherte wie ein kleines Mädchen. „Ich bin so froh, dass ich diesen Job bekommen habe und in Ashford ein neues Leben beginnen kann.“

Emma betrachtete Rinas gerötete Wangen und ihren lachenden Mund. Sie war die perfekte Kandidatin für ihre Verkupplungsambitionen. Freudig rieb sie sich die Hände. „Na, dann auf zu O'Dooley's!“

„Meinen Sie, wir lernen dort auch ein paar Männer kennen?“, erkundigte sich Rina, während sie ihre Handtasche aus der Schublade holte. „Für meine Kolumne ‚Heiß und begehrt‘ brauche ich nämlich noch Stoff.“ Rina mochte vorgeben, ihr Interesse sei rein professioneller Natur, doch das Glitzern in ihren Augen war nicht zu übersehen.

Oh, das wird lustig werden, dachte Emma. „Mit Ihrem hübschen Gesicht werden Sie überall Männer kennenlernen.“

„Oh, danke, Emma.“ Rina klimperte übertrieben mit den Wimpern und zog die Winterjacke von der Stuhllehne.

Die beiden Frauen gingen Richtung Fahrstuhl, doch an dem leeren Schreibtisch neben Rinas machte Emma noch einmal kurz Halt. „Haben Sie die Neuigkeiten schon gehört?“

Rina schüttelte den Kopf. „Nein, ich war heute Morgen spät dran und habe mich nur um meine Arbeit gekümmert. Welche Neuigkeiten?“

„Dieser Schreibtisch wird bald besetzt sein. Der verlorene Sohn ist heimgekehrt.“

„Ich verstehe nicht.“

„Sie wissen doch aber, dass Corinne die Zeitung von ihrem kranken Mann Joe übernommen hat.“

Die junge Frau nickte. „Er liegt im Krankenhaus, und Corinne macht sich große Sorgen.“

„Genau. Und Joes Sohn Colin ebenfalls. Dieser Mann ist ein typischer Weltenbummler. Er bleibt nie lange an einem Ort – sehr zum Leidwesen seines armen Vaters.“ Emma konnte es sehr gut nachfühlen: für sie lag schon New York, wo ihre Enkelin Grace lebte, mit 300 Kilometern zu weit von Ashton, Massachusetts, entfernt. „Aber nun ist er wieder zu Hause. Und Corinne sagte, er werde hier arbeiten.“ Emma deutete auf den leeren Stuhl, der nur wenige Meter von Rinas Schreibtisch entfernt stand.

Colin war ein umwerfend aussehender Mann mit blitzenden blauen Augen und einem hinreißenden Lächeln. Doch blieb er nie länger an einem Ort, als er musste. Ihr Enkel Logan war auf dem College Colins Zimmergenosse gewesen, und sie liebte Colin wie einen eigenen Enkelsohn. Emma dachte immer, dass ihm so vieles von dem entging, was das Leben lebenswert machte: ein warmes Bett, in das man heimkehrte, eine gute Frau …

Eine Frau wie Rina. Nachdenklich schürzte Emma die Lippen. „Gehen wir, und ich erzähle Ihnen alles über Colin Lyons."

„Ein guter Plan." Rina verließ das Büro als Erste und hielt Emma die Tür auf. „Sieht er gut aus?"

„Umwerfend."

„Ist er verheiratet?"

Emma schüttelte den Kopf. „Frei wie ein Vogel", entgegnete sie und hoffte dabei, dass es keine Lüge war. Über Colins Privatleben hatte sie in letzter Zeit nichts gehört. Sie würde Logan fragen.

„Hm."

„Was soll denn ‚hm' bedeuten?", fragte Emma neugierig, während sie auf den Fahrstuhl warteten. Bevor sie Rina mit Colin zusammenbrachte, musste sie wissen, ob Rinas Herz überhaupt frei war.

Rina zuckte mit den Schultern. „Nichts." Sie legte den Kopf schief. „Mit meinem neuen Job und dem neuen Leben hier finde ich, dass nun ruhig ein bisschen Spaß und Aufregung mit einem Mann folgen könnten. Wenn Sie wissen, was ich meine …"

Emma nickte. Sie war beruhigt. ‚Spaß' bedeutete, dass Rina sich zunächst nicht binden wollte, sonst hätte sie „Beziehung" gesagt. Natürlich würde sie, „Emma, es darauf anlegen, dass Colin und Rina eine langfristige Beziehung eingingen, aber sie konnte nicht sicher sein, ob Colin jemals sesshaft werden würde. Und sie wollte nicht mit schuld daran sein, wenn jemandem das Herz gebrochen wurde.

„Sie erinnern mich an meine Enkelin Grace“, stellte Emma am Schluss ihrer Überlegungen fest. „Oder zumindest daran, wie sie war, bevor ich ihr Ben hinterhergeschickt habe, damit er auf sie aufpasst. Was Sie brauchen, ist der richtige Mann, bei dem Sie sich so richtig amüsieren können.“

Rina lachte. „Das wäre mir recht, denn ich habe ganz bestimmt vor, mich zu amüsieren.“

1. KAPITEL

Colin Lyons saß neben dem Krankenhausbett, in dem sein Adoptivvater schlief.

Nachdem er von Joes Schlaganfall erfahren hatte, war er umgehend aus Südamerika zurückgekehrt. Colin hatte an einer Reportage über manipulierte Wahlen gearbeitet und über Geldwäsche, Drogenhandel und Schießereien auf offener Straße recherchiert. Es war laut und heiß gewesen dort, doch nun saß er im stillen Krankenzimmer und sah vor dem Fenster die Schneeflocken tanzen.

Colin hatte sich freigenommen, um zu Hause Joes geliebte Zeitung zu übernehmen, bis der alte Herr sich von seinem Schlaganfall erholt hatte. Doch wie er feststellen musste, war Corinne ihm bereits zuvorgekommen. Schon vor dem Schlaganfall hatte Joe sich nicht mehr so recht gesund gefühlt, doch anstatt Colin zu benachrichtigen, hatte Joe seiner zweiten Frau Corinne die Vollmacht über die „Ashford Times" übertragen. Und nun stand die Zeitung kurz vor dem Bankrott. Colin bekam Magenschmerzen vor Schuldgefühl, weil er nicht da gewesen war, als Joe ihn gebraucht hatte. Aber schlimmer war noch, dass Joe seinen schlechten Gesundheitszustand für nicht wichtig genug gehalten hatte, um Colin zu informieren, auch wenn er im Ausland war.

Er blickte wieder zum Bett. Die Ärzte hatten vollständige Genesung versprochen, und es ging Joe bereits deutlich besser. Allerdings war er noch weit davon entfernt, ein Redaktionsbüro zu leiten.

„Weißt du eigentlich, dass Corinne deine Zeitung in ein Boulevardblatt verwandelt hat?"

Glücklicherweise drangen seine Worte nicht in Joes Bewusstsein. „Es gibt eine neue Kolumne mit dem Titel ‚Wer mit wem' – Untertitel: ‚Partnervermittlung für ältere, aber immer noch sexuell aktive Menschen'." Colin schüttelte den Kopf.

Er warf Corinne nicht nur vor, dass sie aus der Zeitung allmählich ein Revolverblatt machte, sondern auch, dass sie ohne den nötigen Überblick und durch Mangel an Anzeigen das Bankkonto mittlerweile fast leer geräumt hatte. Sie hatte die Zeitung kurz vor den Bankrott gebracht und dann dummerweise gedacht, sie könnte den Weg bergab selbst stoppen. Der erste Schritt war gewesen, Emma Montgomery für diese grauenvolle Kolumne einzustellen, die beste Freundin seiner Großmutter.

Colin lehnte sich zurück. „Emma meint es ja gut, aber mit ihren Verkupplungsversuchen treibt sie es eindeutig zu weit. Gut, es ist Weihnachten, aber muss sie denn heimlich einen Mistelzweig über den Wasserspender hängen? An meinem ersten Tag im Büro bekomme ich doch glatt einen Kuss von Marty Meyers auf die Lippen gedrückt!" Marty war Joes Assistent, stockschwul und in festen Händen. Rückblickend musste Colin über die amüsante Szene schmunzeln.

Die Situation der Zeitung war allerdings weniger amüsant, doch Colin würde sich hüten, Joe das zu verraten. Es würde seine Genesung sicherlich verzögern, und außerdem hatte Colin die Sache vorerst unter Kontrolle gebracht.

Er hatte Joes alten Freund Ron um einen Kredit gebeten und per Handschlag versprochen, alles in seiner Macht Stehende zu tun, um die Zeitung in ihren ursprünglichen Status zurückzuversetzen.

Mit Corinne würde er fertig werden, da war er sicher, aber es kostete Zeit. Ron Gold verstand das, der größte Anzeigenkunde der Zeitung hingegen nicht. ‚Fortune's Inc.', eine konservative Investitionsfirma, verlangte bis zum Ende des Jahres Corinnes schriftliche Bestätigung, dass alle „riskanten Neuerungen" abgeschafft und die alten Zustände wieder hergestellt würden. Ansonsten wollten sie alle Anzeigen zurückziehen, die ab dem neuen Jahr geplant waren, und damit verlöre die „Ashford Times" ihre größte Einnahmequelle. Dann könnte nicht einmal mehr der Kredit von Ron Gold helfen.

Colin blieb also nur noch Zeit bis zum 31. Dezember. Aber er hatte keine Ahnung, wie er sein Ziel bei einer Frau, die vernünftigen Argumenten nicht zugänglich war, so bald erreichen sollte.

„Hallo, Colin." Corinne schwebte in einer Wolke schweren Parfüms ins Zimmer. „Wie geht es ihm?" Sie trat ans Bett und strich über Joes Stirn.

Ihre Zärtlichkeit gegenüber Joe änderte nichts daran, dass Colin sie für kalt und egozentrisch hielt. Allerdings war er in den letzten Jahren zu selten hier gewesen, um sie wirklich zu kennen. „Er schläft."

Sie nickte, ließ die Jacke ihres Designer-Kostüms von den Schultern gleiten und enthüllte so ihr tiefes Dekollete. Corinne hatte eine sehr sexy Ausstrahlung.

Colin blickte auf die Uhr. Es war erst drei Uhr. „Hattest du einen anstrengenden Tag im Büro?"

„Nein, einen fantastischen!" Corinnes Augen leuchteten. „Warte, bis du Rinas erste Kolumne liest."

Colin wusste, dass Rina Lowell die neueste Angestellte der „Ashford Times" war und eine Kolumne mit dem Titel ‚Heiß und begehrt' schrieb. Sie war außerdem eine Frau, die Colin in mehrerer Hinsicht faszinierte.

Sie hatte einen hellen, ebenmäßigen Teint und trug kein Make-up. Colin gefielen Frauen, die sich in ihrer Haut wohfühlten. Das Haar trug sie zu einem konservativen Knoten gesteckt, den Colin nur allzu gern gelöst hätte, um zu sehen, wie weit ihr das Haar bis auf den Rücken fiel – auf den nackten Rücken, vorzugsweise. Sie trug eine Brille mit schwarzem Rahmen, hatte eine leicht heisere Stimme und sprach mit schwachem New Yorker Akzent. Ihre körperlichen Reize verbarg sie unter weit geschnittenen Pullovern und Hosen. Er hatte keine Ahnung, was unter dieser Verpackung lag, aber seine journalistische Neugier war geweckt.

„Soll ich dir verraten, worum es in Rinas Kolumne geht?“, unterbrach Corinne seine Gedanken.

„Nur zu. Ich bin sicher, es wird der absolute Höhepunkt meines Tages.“

„Um Sex … um das Verhältnis zwischen Mann und Frau. Das ist ja ein weites Feld“, fuhr Corinne fort, die seinen Sarkasmus entweder nicht mitbekommen hatte oder ihn einfach ignorierte.

Ihre Freude über ihre neue Mitarbeiterin war beinahe greifbar und erinnerte Colin daran, warum er sich von Rina Lowell fern halten musste. Sie war der Feind. Sie mischte bei dem oberflächlichen Sex-Geplänkel mit, das zu Corinnes neuer Verkaufsstrategie gehörte.

„Und du meinst, das wird sich verkaufen?“, zwang er sich zu fragen.

Corinne fuhr sich durch ihre blonde Mähne. „Na klar. Sie wird eine ganz neue Zielgruppe ansprechen.“

Colin schüttelte fassungslos den Kopf. Selbst nach seiner Übergabe des Schecks war ihr die desolate finanzielle Lage der Zeitung immer noch nicht bewusst.

„Corinne, die Leute kaufen eine Zeitung, weil sie Nachrichten lesen wollen.“

„Nachrichten gibt es überall“, winkte Corinne ab. „Im Fernsehen, im Radio, selbst im Internet. Für die Nachrichten können sie meinetwegen den ‚Boston Globe‘ kaufen. Ich möchte ihnen etwas anderes bieten.“

Colin wollte etwas erwidern, doch Corinne fuhr unbeirrt fort: „Ich gebe zu, dass ich einen schlechten Start hatte, aber mit Emma und Rina an Bord werde ich das Schiff schon schaukeln. Die Leute werden sich mit der Umstellung zunächst schwer tun, aber am Ende werde ich sie für uns gewinnen."

Colin presste frustriert die Lippen zusammen. Corinne war noch nicht bereit, der Wahrheit ins Auge zu sehen: mit Sex konnte man keine seriöse Zeitung verkaufen.

Es war nicht so, dass Colin etwas gegen Sex hatte. Ganz im Gegenteil – schließlich war er auch nur ein Mann! Allerdings konnte er sich an seine letzte sexuelle Begegnung schon kaum mehr erinnern. Seine vielen Reisen hinderten ihn daran, langfristige Beziehungen einzugehen, und bedeutungslose Affären waren für ihn weder unterhaltsam noch befriedigend.

Oh, er hatte es versucht. Als er noch in der Lokalredaktion für einen Nachrichtensender beim Fernsehen arbeitete, hatte er geheiratet. Doch für seine Exfrau hatte Treue keinen besonders hohen Stellenwert gehabt, und so hatte sie ihn betrogen. Mit zwei verschiedenen Männern sogar, und das eine ganze Weile. Als es herauskam, hatte Colin sich nach Europa orientiert und arbeitete nun als Auslandskorrespondent rund um die Welt.

„Ich werde mich mal darum kümmern, dass ich Joes Arzt erwische", sagte Corinne und ging zur Tür.

„Ja, tu das. Ich bleibe hier, bis du wieder da bist." Colin wollte dem alten Mann das Gefühl geben, dass jemand an seiner Seite war und er eine Familie hatte, die sich auf seine Rückkehr nach Hause freute – auch wenn er nicht sicher war, ob Joe im Moment überhaupt etwas mitbekam.

Joe und seine erste Frau Neil hatten Colin aufgenommen, als seine Eltern gestorben waren. Mit zwölf Jahren war er ein anstrengendes Kind gewesen, das alles besser wusste und sich gegen alles auflehnte, weil seine Eltern nicht mehr da waren. Doch Joe und Neil waren sehr verständnisvoll gewesen.

Sie hatten ihm Zeit und Freiheit gegeben, ihm ein Heim geschenkt und ihn später adoptiert, obwohl sie wussten, dass er es niemals über sich bringen würde, sie Mom und Dad zu nennen. Sie wollten ihm das Gefühl geben, geliebt zu werden und ein Zuhause zu haben. Etwas Ähnliches wollte Colin nun für Joe tun. Deshalb zwang er sich auch, mit Corinne auszukommen, selbst wenn er sie manchmal hätte erwürgen können.

Er konnte sich nicht erklären, was Joe dazu bewogen hatte, eine Frau zu heiraten, die das komplette Gegenteil von Neil war.

„Ich bin wieder da", säuselte Corinne. In der Hand hielt sie zwei Dosen. „Ich hab' dir eine Cola mitgebracht."

Joe musste etwas an ihr finden, also bemühte sich Colin, ihr eine Chance zu geben.

„Wenn du ins Büro zurückgehst, sieh dir Rinas Kolumne an. Ich verspreche dir, du wirst beeindruckt sein." Corinne setzte sich an Joes Bett.

Colin nickte gezwungen und dachte mit Grauen an irgendwelche Heiratsannoncen, Selbsthilfe-Kolumnen und Artikelserien darüber, ‚Was Männer wirklich wollen'. Er verließ das Krankenzimmer und lehnte sich frustriert gegen die Wand.

Corinne hatte ihm bereits mitgeteilt, sie glaube nicht daran, dass ‚Fortune's Inc.' ihre Anzeigen zurücknähmen. Sie war so überzeugt von ihrer neuen Strategie, dass sie sich keine Sekunde lang bewusst machte, dass ihr Lebensunterhalt und Joes gesamtes Vermögen auf dem Spiel standen. Wie zum Teufel konnte er sie zur Vernunft bringen?

Colin fuhr sich mit der Hand durch das Haar. Rina!

Ja, das war's! Rina war eine Mitarbeiterin, der Corinne offenbar vertraute. Wenn er sich recht erinnerte, war sie sogar mit Corinnes Familie bekannt. Vielleicht könnte Rina Lowell die Person werden, die Corinne ihren Fehler vor Augen führte. Vorausgesetzt, er konnte sie auf seine Seite ziehen.

Dazu müsste er Zeit mit ihr verbringen. In Anbetracht der Tatsache, dass sie bereits am ersten Tag sein Interesse geweckt hatte, würde ihm dies nicht schwerfallen. Allerdings fühlte er sich nicht ganz wohl dabei, ihr Vertrauen unter Vorspiegelung falscher Tatsachen zu gewinnen. Er wollte sie ja nur näher kennenlernen, um die Zeitung zu retten.

Er versuchte, sein Schuldgefühl zu beschwichtigen. Rina würde ihre Stelle durch Corinnes Unvermögen ohnehin verlieren. Wenn er sie aber überzeugen könnte, dass seine Maßnahmen für alle Beteiligten das Beste wären, würde sie Corinne vielleicht gern überreden, die offensichtlich vorteilhafte Lösung zu akzeptieren. Im Gegenzug würde er Rina durch ein Empfehlungsschreiben zu einer neuen, für sie angemesseneren Stelle verhelfen.

Colin seufzte schwer. Niemand durfte die Zeitung zerstören, die sein Adoptivvater aufgebaut hatte. Dafür würde er alles tun, selbst wenn es bedeutete, dass er Rina Lowell ausnutzen musste.

Amüsiert beobachtete Rina, wie der Hausmeister einen Mistelzweig nach Emmas Anweisungen aufzuhängen versuchte. Die alte Dame hatte bereits heimlich einige Zweige an den seltsamsten Winkeln des Großraumbüros der Zeitung anbringen lassen und fügte jeden Tag wieder ein oder zwei neue hinzu. Das Ganze geschah natürlich nach Redaktionsschluss um fünf Uhr, wenn die meisten Kollegen nach Hause gegangen waren.

„Ein bisschen mehr nach links – nein, nach rechts.“ Für eine Achtzigjährige war Emma erstaunlich agil und energisch. Zumindest nahm Rina an, sie sei achtzig – Emma selbst sprach nie über ihr Alter.

„Was meinen Sie, Rina?“, wollte Emma nun wissen. „Kommen Sie und sehen es sich von hier aus an."

Da Rina wusste, dass Emma nicht eher Ruhe geben würde, bis sie ihrer Bitte nachgekommen war, beendete sie für heute ihre Arbeit am Computer und stellte sich neben die alte Dame.

„Guter Platz", kommentierte sie und fügte mit Blick auf den Hausmeister hinzu: „Wollen Sie's ausprobieren? Ich wette, Emma stellt sich gern zur Verfügung."

Der gute Mann verdrehte die Augen, und Emma schmunzelte.

„Etwas mehr Festtagsstimmung, wenn ich bitten darf!" Dann nickte sie. „Ja, gut. Befestigen Sie den Zweig an dieser Stelle."

Damit hing er genau über Colin Lyons' Schreibtischstuhl. Seine Rückkehr hatte einigen Aufruhr in der Redaktion verursacht. Kaum jemand hatte erwartet, dass er je zurückkehrte, und nun leitete er sogar das Nachrichtenressort. Doch niemand, nicht einmal Corinne, glaubte daran, dass er lange bleiben würde.

Rina grinste. „Sie sind ganz schön heimtückisch, Emma."

Emma rieb sich vergnügt die Hände. „Nun sagen Sie bloß, dass Sie diesen Mann nicht gern unterm Mistelzweig erwischen würden."

Oh doch, das würde sie – und zwar liebend gern. Aber das wollte sie Emma, der Verkupplungskönigin, unter keinen Umständen auf die Nase binden. Sie würde schon allein klarkommen, und außerdem war im Moment ein denkbar ungünstiger Zeitpunkt.

Vor dem Hintergrund ihrer Kolumne hatte sie sich einen Plan zurechtgelegt, um herauszufinden, was Männer wirklich wollten. Es wäre nicht gut, wenn Emma sich jetzt in ihr Privatleben einmischte.

Andererseits war es nicht zu leugnen, dass Colin sie elektrisierte, sobald er den Raum betrat. Mit seinen hinreißend blauen Augen, dem dichten schwarzen Haar und seinem maskulinen Duft löste er prickelnde Schauer der Erregung in Rina aus. Und weibliche Intuition sowie die Tatsache, dass sie ihn mehrere Male in ihre Richtung hatte starren sehen, sagten ihr, dass auch er das Knistern zwischen ihnen spürte.

Emma sah sie interessiert an. „Schweigen ist auch eine Antwort."

„Ach, kommen Sie, Emma. Frotzeln Sie über jemanden in Ihrem eigenen Alter."

Die ältere Frau lachte. „Sie sind eine Herausforderung, Schätzchen. Ich liebe Herausforderungen, und ich liebe es, zu verkuppeln. Und wofür leben Sie, meine Gute?"

„Bis vor Kurzem war da nicht viel", gestand Rina. Nach dem Tod ihres Mannes war sie von Schuldgefühlen geplagt gewesen. Er war nach einer Geschäftsreise durch strömenden Regen zu ihr nach Hause gefahren, anstatt vernünftigerweise noch eine Nacht im Hotel zu verbringen.

Eine lange Zeit hatte Rina nicht mehr daran geglaubt, dass ihr das Leben noch etwas zu bieten hatte. Doch nach einer Weile des Trauerns und Nachdenkens hatte sie ihr New Yorker Penthouse verkauft und beschlossen, irgendwo neu anzufangen. Ihre Arbeit als Rechtsanwaltsgehilfin wollte sie nicht wieder aufnehmen, weil sie damit nie ganz glücklich gewesen war.

Sie hatte überlegt, welche Arbeit ihr Befriedigung verschaffen würde. Schon immer hatten sie die Hintergründe des menschlichen Verhaltens interessiert und was jemanden dazu brachte, eine Beziehung zu diesem oder jenem Menschen einzugehen. Wie Emma war auch sie schon als Kupplerin tätig gewesen und hatte ihren Bruder Jake mit seiner Frau Brianne zusammengebracht. Sie beschloss, ihr angeborenes Gespür für Menschen sowie ihr bereits in der Kindheit entdecktes

Schreibtalent beruflich zu nutzen.

Und nun hatte sie eine eigene Kolumne. „Aber seit ich in Ashford bin, habe ich eine völlig neue Lebensperspektive gewonnen“, erklärte sie voller Überzeugung. Wen kümmerte es, dass sie ein paar Fäden hatte ziehen müssen, um an diesen Job zu kommen?

Corinnes Vater wohnte im selben Seniorenheim wie Rinas Eltern. Natürlich war Corinnes Vater sehr viel älter als Rinas Eltern, aber wer in Florida Zähne hatte und aufrecht gehen konnte, fand immer Golf- oder Bridge-Partner. Als Rina erfuhr, dass Corinne die Zeitung von ihrem Mann übernommen hatte, telefonierte sie mit ihrer Mutter, die sich wiederum mit Corinne verständigte, und Rina bekam den Job. Natürlich wusste sie, dass sie ihn nur behalten konnte, wenn sie gut war. Und sie hatte sich fest vorgenommen, gut zu sein.

„Ah. Noch mehr Schweigen. Sie denken. Das ist gut“, unterbrach Emma ihre Gedanken. „Aber wenn Sie sich mitteilen wollen, werde ich Ihnen liebend gern zuhören.“

„Sie sind ganz schön neugierig.“ Rina blickte liebevoll auf ihre neue Freundin. „Und ausgesprochen aufmerksam.“

„Wenn man so lange lebt wie ich, sollte man das eine oder andere gelernt haben“, gab Emma zwinkernd zurück. „Und jetzt möchte ich mehr über Ihre Kolumne hören. Habe ich schon erwähnt, dass ich Ihren Schneid bewundere?“

„Heute noch nicht“, erwiderte Rina.

Emma nahm einen Bleistift auf und tippte mit der Radiergummiseite auf ihren Schreibtisch. „Einen Mann zu finden ist heutzutage viel aufwendiger als in meiner Jugendzeit. Früher hat man sich einfach in die Wangen gekniffen, heute muss man sich das passende Rouge besorgen. Früher nahm man einfach Taschentücher, und heute sind BHs mit Gelkissen der letzte Schrei.“ Sie musterte Rina eingehend. „Und obwohl Sie eine natürliche Schönheit sind, könnte ein bisschen

Schnickschnack helfen, die Konkurrenz auszustechen."

Rina schmunzelte nur.

„Was wollen Männer wirklich?", meinte Emma. „Wir werden es nie erfahren, weil sie es uns nie verraten werden."

„Ich will gar nicht, dass sie es mir verraten", entgegnete Rina. „Ich habe vor, es durch meine Beobachtungsgabe selbst herauszufinden. Ganz methodisch. Und dabei geht es nicht nur um Aussehen. Es geht auch darum, wie eine Frau sich gibt, wie sie redet und wie sie sich bewegt." Sie wackelte zur Illustration mit den Hüften.

„Mehr Bewegung", forderte Emma.

Rina schwang die Hüften und lieferte eine Britney-Spears-Imitation, bei der selbst eine Zwanzigjährige vor Neid erblasst wäre. Einer der Layouter am anderen Ende des Büroraumes klatschte laut Beifall.

Rina verbeugte sich. „Sehen Sie? Körpersprache bewirkt einiges. Die Frage ist nur: Was ist wichtiger – Körpersprache oder Intellekt? Würde ein intelligenter Mann nicht eine Frau wollen, mit der er sich beim Frühstück unterhalten kann?"

„Nein. Männer wollen ein Schmuckstück am Arm."

„Ach, kommen Sie. So oberflächlich kann die Spezies Mann doch nicht wirklich sein."

Emma verdrehte die Augen. „Männer wollen eine Frau, die sie mit Stolz vorzeigen können. Das ist das männliche Ego, meine Liebe."

„Hm. Stimmt." Sie hasste zwar, es zuzugeben, aber ihr verstorbener Mann war auch dieser Auffassung gewesen. Nach ihrer Heirat hatte er demonstrativ ihre Stelle in seiner Anwaltskanzlei gestrichen und ihr ein Luxusleben geboten, um das so manche Frau sie beneidet hätte. Im Gegenzug erwartete er eine perfekt gestylte Hausherrin, die repräsentieren und die Gastgeberinnenrolle übernehmen konnte. „Sie haben wohl recht."

„Und der Grund, weshalb Sie nach drei Monaten in dieser Stadt immer noch solo sind, liegt darin, dass Sie nichts tun, um Ihr gutes Aussehen zu betonen."

Rina legte eine Hand auf ihren wenig schmeichelhaften Haarknoten und grinste. „Ich weiß."

„Verzeihung, aber das verstehe ich nicht." Emma schüttelte verwirrt den Kopf.

„Corinne hat mich eingestellt, damit meine Kolumne neuen Schwung in die Zeitung bringt. Das will ich erreichen, indem ich den Lesern aus meinem eigenen Erfahrungsschatz berichte. Also habe ich mich hier in der Stadt zunächst als stille, unauffällige Frau etabliert."

Emma schob nachdenklich die Unterlippe vor. „Erzählen Sie weiter."

„Von meinem ersten Tag an habe ich aufmerksam beobachtet und die Reaktionen der Männer auf diesen Frauentyp erforscht und notiert." Die zurückhaltende, ungeschminkte Frau in weit geschnittener Kleidung hatte nicht besonders viel Interesse geweckt. Wobei Colin Lyons' eindringlicher Blick die ausbleibenden anderen Reaktionen mehr als wettgemacht hatte. „Nun werde ich Schritt für Schritt mein Aussehen und mein Verhalten ändern und beobachten, wie die Männer auf die jeweilige Veränderung reagieren. Dann kann ich meinen Leserinnen aus erster Hand berichten, was Männer wollen."

„Das hört sich wirklich professionell an", meinte Emma. „Alle Achtung, Sie sind aus dem gleichen Holz geschnitzt wie ich! Was das Gespür für Menschen und Beziehungen angeht, bin ich auch so was wie ein Naturtalent. Denken Sie nur an Logan und Catherine", verwies sie auf ihren wohlhabenden Enkel und seine geliebte Frau.

Rina wusste, dass Emma sich selbst für die Verbindung der beiden verantwortlich machte.

„Und dann Grace und Ben. Wenn sie nur nicht in New

York wohnen würden", fuhr Emma etwas traurig fort. „Logan und Cat werden Sie bei meiner Weihnachtsfeier am Samstagabend kennenlernen, aber Grace müssen Sie wohl in New York besuchen, wenn Sie das nächste Mal dort sind."

Die alte Dame fühlte sich ebenfalls für die Hochzeit ihrer Enkelin Grace mit dem Detektiv verantwortlich, den sie angeheuert hatte, um in der großen bösen Stadt New York auf Grace aufzupassen. Rina vermutete, dass beide Enkelkinder auch ohne Emmas Hilfe gut zurechtgekommen wären, allerdings musste sie zugeben, dass sie ohne Emmas Zutun ihre jeweiligen Partner wohl kaum kennengelernt hätten.

„Dann sprechen wir also über eine rein zufällige Auswahl an Männern?", wollte Emma wissen.

Rina nickte. „Jeder bis hin zum Milchmann wird getestet. Der Mann vom Pizza-Service ist übrigens ausgesprochen süß." Zwar hatte er sich bisher für die unauffällige Rina wenig interessiert, aber nun war es bald an der Zeit, ihr Aussehen zu verändern. Für Rina ging es bei dieser Sache nicht nur um ihr Debüt als Journalistin, sondern gleichzeitig auch um ihre Rückkehr ins gesellschaftliche Leben.

Sie war wieder bereit zu flirten und ihre Wirkung auf Männer zu testen. Das Beste war, dass sie ihren Alltag als Grundlage für ihre Forschungen nutzen konnte, da direkt neben dem Büroeingang ein Coffeeshop lag. Außerdem begleitete sie oft ihre Nachbarin Francesca, kurz Frankie genannt, in deren Lieblingsbar. Rina wohnte in einem wunderschönen Haus an der Küste knapp außerhalb von Boston, das Corinne ihr empfohlen hatte, und ihr Apartment lag eine Etage höher als Frankies. Sie waren bereits am ersten Tag Freundinnen geworden.

Frankies Lieblingsbeschäftigung bestand darin, von ihren meist desaströsen Verabredungen mit Männern zu erzählen. Die Frauen hatten Erfahrungen ausgetauscht, und Rina bekam eine Idee nach der anderen für ihre Kolumne. Die erste Serie hatte sie von Anfang bis Ende bereits grob umrissen und die Kolumnen der ersten Woche schon in der Rohfassung fertig.

Das bedeutete, dass sie sich nun auf ihr Privatleben konzentrieren konnte. Schon seit Jahren hatte sie sich nicht mehr mit einem Mann verabredet, und obwohl sie zu einer langfristigen Beziehung noch nicht bereit war, wollte sie sich doch endlich wieder amüsieren.

„Haben Sie schon eine Idee, wer Ihr erstes Versuchskaninchen sein soll?“, erkundigte sich Emma neugierig.

Rina, die nicht nur an ihre Kolumne dachte, überlegte, welchen Mann sie wohl gerne in ihr Bett lassen würde. „Ein dunkelhaariger, blauäugiger Mr. Perfect“, erwiderte sie verträumt. Ein aufmerksamer Mann, der ihr alle Wünsche und Bedürfnisse von den Augen ablas.

„Schönen guten Tag, die Damen.“ Als hätte sie ihn heraufbeschworen, stand plötzlich der dunkelhaarige blauäugige Colin Lyons neben ihr. Sowenig sie sein Erscheinen bemerkt hatte, so sehr war sie sich nun seiner Präsenz bewusst.

Sie atmete den herben Duft seines Aftershaves ein, und in ihrem Magen kribbelte es. Sie sagte sich selbst, dass es der sexuelle Gedanke gewesen war, der sie so angeregt hatte, doch sie wusste genau, es war eine Lüge. Allein Colins Anblick löste eine chemische Reaktion in ihrem Körper aus, die offensichtlich einen Kurzschluss in ihrem Hirn verursachte.

„Hallo, Colin. Kommst du gerade aus dem Krankenhaus?“, erkundigte sich Emma, die wusste, dass er Joe jeden Nachmittag seit seiner Ankunft besuchte.

Colin nickte.

„Wie geht es dem armen Joseph?“, fragte Emma weiter.

„Jeden Tag ein bisschen besser.“

„Das ist schön. Ich weiß, Corinne macht sich große Sorgen", schaltete sich nun Rina höflich in das Gespräch ein.

„Es gibt so einiges, worum Corinne sich Sorgen machen muss", murmelte Colin und wandte sich zu Rina. „Aber danke, dass Sie nachgefragt haben. Ich werde Joe sagen, dass Sie an ihn denken."

Wie gewöhnlich, löste seine Aufmerksamkeit erneutes Schmetterlingsflattern in ihrem Magen aus. „In erster Linie hat sich Emma nach ihm erkundigt", erinnerte sie Colin, um von sich abzulenken. Sicher würde Joe lieber hören, dass Emma um seine Gesundheit bangte als eine Angestellte, die er noch nicht einmal kannte.

„Ja, das ist wahr. Aber Sie nehmen ebenfalls Anteil, und im Namen von Joes Familie möchte ich mich bedanken." Er lächelte etwas schief, und Rina vergaß zu atmen.

Als ehemaliger Nachrichtenmoderator hatte er die gemeißelten Gesichtszüge, die im Fernsehen so beliebt waren, außerdem Grübchen und ein strahlend weißes Lächeln, das durch die leicht schief stehenden Schneidezähne noch charmanter wirkte. Der Bartschatten auf Wangen und Kinn, der Seemannspullover und die ausgebleichte Jeans verliehen ihm ein verwegenes, abenteuerliches Flair.

„Gefällt Ihnen, was Sie sehen?", fragte er keck und verschränkte die Arme vor seiner breiten Brust.

„Ja, sehr", erwiderte Rina und hätte sich am liebsten auf die Zunge gebissen. Doch es war zu spät.

Sie fühlte sich ertappt und wurde rot. Hilfe suchend blickte sie zu Emma. Die nickte in Colins Richtung und meinte: „Du musst Rina entschuldigen, sie ist ein wenig durcheinander. Und man kann es ihr wirklich nicht übel nehmen."

„Wieso?", wollte Colin nun wissen. Er sprach mit Emma, löste aber nicht den Blick von Rina.

Emma seufzte. „Ihr jungen Leute! Nehmt euch niemals Zeit, euch mal umzusehen und die Dekoration zu bewundern ..."

Colin machte ein verständnisloses Gesicht.

„Schaut nach oben, Kinder. Ihr steht unter einem Mistelzweig", flötete Emma und deutete mit einem breiten Grinsen Richtung Decke.

Während Colin Emmas Blick nach oben folgte, unterdrückte Rina ein Stöhnen. Sie war Emma in die Falle gegangen.

„Nun, Colin?", meinte die alte Dame, während sie ihre Handtasche nahm und sich zum Gehen wandte. „Wirst du die Tradition aufrechterhalten?"

Rina wusste aus Erfahrung, dass einem das Leben selten eine zweite Chance bot. Mit Colin unter dem Mistelzweig zu stehen war eine einmalige Gelegenheit. Sie hatte nun schon so viel über ihr neues Leben in dieser Stadt geredet und war schwer versucht, endlich Taten folgen zu lassen und ihrem erotischen Impuls nachzugeben.

„Ja, das würde ich auch gern wissen", flüsterte sie Colin mutig zu. Dann lehnte sie sich noch etwas näher an seinen sinnlichen Mund heran. „Trauen Sie sich?"

2. KAPITEL

Aus dem Augenwinkel sah Rina, wie Emma durch die Bürotür nach draußen schlüpfte.

„Emma ist gegangen“, sagte Colin. Er klang ebenso verblüfft, wie Rina sich durch die plötzliche Wendung der Ereignisse fühlte. Seine Stimme klang ein kleines bisschen belegt.

„Und hinterlässt die Verbliebenen in einigem Aufruhr“, fügte Rina hinzu.

„So nennen Sie das also.“ Er musterte sie schamlos von oben bis unten. Rina wusste nicht, wonach er suchte, aber sie hatte das Gefühl, als könnte er mit seinen blauen Augen in ihr Innerstes blicken.

Um ihre Gedanken zu lesen? Dann würde er jetzt wissen, dass sie diese Tradition sehr ernst nahm. Und mittlerweile war sie auch gespannt darauf, wie es wohl wäre, unter dem Mistelzweig geküsst zu werden. Von Colin.

Er legte seine Hände auf ihre Schultern, und ihr wurde heiß. Ihr Magen kribbelte vor Aufregung, während der Wunsch, Colin zu küssen, immer weiter wuchs.

„Rina?“

„Ja?“

Er nahm ihr die Brille ab und legte sie auf den Schreibtisch. „Wissen Sie, dass Sie goldene Sprenkel in Ihren schönen braunen Augen haben?“

Unfähig zu sprechen, leckte sie sich einmal über die trockenen Lippen. Sein Blick folgte der Bewegung.

Als waschechte New Yorkerin, noch dazu aus der Bronx, hatte Rina keine Hemmungen, das einzufordern, was sie wollte. Und sie wollte, dass ihr neues Leben jetzt begann. Obwohl sie Colin kaum kannte, wollte sie nehmen, was immer er zu geben bereit war. „Sie sollten wissen, dass ich die

Gelegenheit zu einem Kuss unter dem Mistelzweig nie ungenutzt verstreichen lasse."

„Und Sie sollten wissen, dass ich jede Herausforderung annehme", entgegnete er in Anspielung auf ihre Frage, ob er sich traue, sie zu küssen. „Außerdem lehne auch ich mich nicht gegen die Tradition auf – auch wenn sie recht unerwartet ihr Recht auf Erfüllung verlangt", flüsterte er, bevor er den Kopf neigte und ihren Mund mit seinen Lippen streifte.

Spielerisch erkundete er ihre weichen, warmen Lippen, ehe er sanft mit der Zunge die Konturen ihres Mundes nachzog. Unwillkürlich teilte Rina die Lippen, und ihre Zungen berührten sich leicht.

Die Berührung, sein Geschmack und sein Duft weckten in ihr eine lang unterdrückte Begierde, aber auch eine Leidenschaft von nie gekannter Intensität. Rina erschauerte, und er umfasste ihre Schultern mit festem Griff, was ihr zeigte, dass auch er von ihrem Kuss nicht unbeeindruckt war.

Doch dann gewann ihre Vorsicht die Oberhand. Sie zwang sich, den Kuss zu beenden, und hob den Kopf. Ihre Blicke trafen sich. Auch ihm stand die Lust in das leicht gerötete Gesicht geschrieben – wieder ein Gefühl, das sie miteinander verband.

Rina wich zurück und berührte mit zitternden Fingern ihre Lippen. „Das war …"

„Spaßig."

Es war nicht das Wort, das sie gewählt hätte. Rina blinzelte irritiert.

„Soll denn Küssen unter dem Mistelzweig keinen Spaß machen?", fragte Colin und lächelte.

Rina wünschte, für sie wäre es ebenso leicht. Sie zwang ein unbefangenes Lächeln auf ihre Lippen, als sie ihn ansah. „Natürlich hat das Spaß gemacht. Emma hat uns in die Falle gelockt, und wir haben ganz normal wie Erwachsene reagiert, die unter einem Mistelzweig ertappt werden."

„Spaß ist, wenn man es wieder machen will." In seinem Blick lag noch immer Überraschung, aber auch Bewunderung.

Rina nahm ihre Jacke vom Stuhl und war überrascht, als Colin eilig vortrat und ihr beim Anziehen behilflich war. Beinahe zärtlich zog er den Kragen zurecht und streifte dabei mit den Fingern ihren Nacken, was sie bis in die Fußspitzen elektrisierte.

„Danke sehr."

„War mir ein Vergnügen."

Ohne einen erneuten Blick in seine strahlend blauen Augen zu wagen, nahm sie ihre Tasche, sagte Gute Nacht und eilte zur Tür.

„Rina, warten Sie."

Mit klopfendem Herzen drehte sie sich um. „Was ist?"

„Sie haben etwas vergessen."

Hastig nahm sie ihre Brille entgegen und trat hinaus in die kalte Nacht.

Im eisigen Wind, der ihre Wangen kühlte, fiel ihr das Denken leichter. Durch diesen Kuss hatte ihr Experiment einen aufregenden Beigeschmack bekommen.

Sie hatte immer noch vor, für ihre Kolumne Nachforschungen zu betreiben. Von morgen an würde sie die Spezies Mann im Allgemeinen testen. Doch was Colin betraf, war sie sich seiner Wirkung auf sie voll bewusst. Er besaß eine immense sexuelle Anziehungskraft und die Macht, sie zu verführen.

Ihre Vorstellung von einer Affäre wurde immer realer. Colin faszinierte und erregte sie, doch war er den Gerüchten nach ein Mann, der es nirgends lange aushielt. Wenn sie nach einem Mann fürs Leben suchte, sollte er der Letzte auf ihrer Liste sein. Doch nach dem Tod ihres Mannes hatte sie das

Vertrauen in lebenslange Bindungen ohnehin verloren, was eine Affäre zur perfekten Lösung machte.

Und Colin zum perfekten Partner dafür.

Colin rollte mit seinem Stuhl zurück, legte die Füße auf den Schreibtisch und blickte Rina Lowell nach.

Er hatte eine unerwartete Gelegenheit genutzt, sie zu küssen, doch er hätte es nicht tun sollen. Vor allem nicht, da er sie um ihren Job bringen wollte.

Sich mit Rina einzulassen würde ihn in einen argen Gewissenskonflikt bringen, wobei er allerdings sicher war, wie er sich entscheiden würde. Er hatte Joe in der Vergangenheit schon einmal enttäuscht und wollte es auf keinen Fall wieder tun. Joe und die Zeitung standen an erster Stelle – und doch waren sie das Letzte gewesen, woran er während des Kusses gedacht hatte.

Er hatte nicht damit gerechnet, derart verzaubert zu werden. Vom ersten Moment an, da er das Büro betreten und Rinas Hüftschwung gesehen hatte, war er nicht länger nur von ihrer natürlichen Schönheit, sondern auch von ihren erotischen Bewegungen fasziniert gewesen.

Und auch sie musste diese unerwartete Verbindung, diesen Gleichklang und die beunruhigende Anziehung zwischen ihnen gespürt haben, sonst wäre sie nicht so überstürzt aufgebrochen.

Rina Lowell zu küssen war das reinste Vergnügen gewesen, und die Vernunft warnte ihn davor, Arbeit mit Vergnügen zu verquicken. Doch blieb ihm keine andere Wahl.

Dies war nicht ihr erster Arbeitstag, und doch war Rina mindestens genauso aufgeregt wie damals. Heute war sie in zweifacher Mission unterwegs: Sie begann mit der ersten Phase ihres Experiments, und sie wollte erste Vorarbeit leisten, um Colin zu verführen.

Der Tag begann wie jeder andere. Ihr erstes Ziel war der Coffeeshop unter dem Redaktionsbüro der „Ashford Times". Da Ashford eine wohlhabende Gemeinde an der Atlantikküste war, bestand das Angebot des Cafes aus einer Vielzahl Mode-Getränke. Der Besitzer, ein gut aussehender Mann Mitte dreißig, begrüßte jeden Gast mit demselben unverbindlichen Lächeln. Rina hatte bereits mehrmals versucht, ihn in ein Gespräch zu verwickeln, doch er war nie darauf eingegangen. Allerdings hatte sie gerüchteweise gehört, dass er attraktiven Frauen gerne einmal einen Extraschuss Caramel- oder Vanille-Aroma in den Kaffee spendierte. Die unauffällige Rina hatte dafür jedoch bisher immer bezahlen müssen.

Heute hatte sie nur ein paar kleine äußerliche Veränderungen vorgenommen, da sie sich bis Weihnachten noch steigern wollte. Sie dachte, es wäre interessant zu beobachten, ob bereits ein wenig Rouge und Lidschatten und eine andere Frisur das Verhalten der Männer beeinflusst. Darüber wollte sie in ihrer nächsten Kolumne schreiben.

„Die Nächste, bitte." Der Cafebesitzer wischte die Theke sauber und sah zu Rina. „Was kann ich für Sie tun?"

Rina klimperte einmal kurz mit den Lidern. „Geben Sie mir einfach das, was Sie am besten machen." Sie legte den Kopf schief und ließ ihren Pferdeschwanz über die Schulter nach vorn fallen. Dieselbe Kopfbewegung hatte sie bereits getestet, als sie noch den Knoten getragen hatte. Heute aber baumelte der Zopf direkt über einer ihrer Brüste.

Der Besitzer stützte sich auf einen Ellbogen und lehnte sich über die Theke. Von nahem betrachtet, war er für Rinas Geschmack zu glatt. Sie bevorzugte dunkelhaarige, verwegen aussehende Männer, deren Küsse sie noch stundenlang auf den Lippen spürte und die sich in ihre nächtlichen Fantasien einschlichen.

„Daves Spezialität ist Schoko-Malz-Cappuccino“, erklärte er mit vor Stolz geschwellter Brust.

„Und das bedeutet, dass Sie Dave sind.“ Rina zwang sich zu einem strahlenden Lächeln für einen Mann, der ihr im Grunde egal war. „Geben Sie mir eine Extraportion Schoko, und wir sind im Geschäft.“

Fünf Minuten später trat sie mit einem extragroßen Schoko-Malz-Cappuccino zum Preis eines normal großen in der einen und einem schwarzen Kaffee in der anderen Hand sowie einem Rendezvous-Angebot für Samstagabend wieder auf den schneebedeckten Gehsteig. Zum Glück fand am Samstag Emmas Weihnachtsparty statt, sodass sie das Rendezvous mit gutem Grund ablehnen konnte.

Damit hatte sie bereits einen Punkt für die Vermutung gesammelt, dass Männer auf Äußerlichkeiten reagieren. Dave war heute auf ihr verändertes Aussehen angesprungen, während er sie gestern noch keines weiteren Blickes gewürdigt hatte. Das zeigte, dass für den Mann die Chemie zwischen ihm und der Frau nicht so viel Bedeutung hatte wie sein erster oberflächlicher Eindruck.

Rina betrat die Redaktion. Sie kannte den Tagesablauf der meisten Kollegen ebenso gut wie ihren eigenen. Colin kam meistens sehr früh, um eine Tasse von Martys frisch gebrühtem Kaffee zu ergattern. Sie marschierte quer durch das Großraumbüro und bemerkte sofort, dass Colin schon an seinem Platz saß, heute aber noch keinen Kaffeebecher vor sich stehen hatte.

Er sah seine Post durch und murmelte verärgert vor sich hin. Selbst in schlechter Stimmung sah er verdammt gut aus. Und es lag nicht nur an seinem Äußeren: der schwarzen Lederjacke, dem windzerzausten Haar oder den wach blickenden blauen Augen. Es kam von innen. Seine ganze Person und seine Bewegungen strahlten Kraft und Intensität aus.

Rina hielt einen Moment inne, um Mut zu fassen, und als sie sich auf die Lippe biss, schmeckte sie den Lippenstift. Ihr Herz begann schneller zu schlagen. Sie nahm den für Colin bestimmten Kaffee und ging zu seinem Schreibtisch.

Er lehnte in seinem Stuhl und starrte in eine Büroecke, ohne Rina zu bemerken. „Wie kommt es, dass ich diesen Ort kaum mehr wiedererkenne?“, murmelte er halblaut vor sich hin.

Sein düsterer Ton war keine gute Voraussetzung für Rinas Plan, ihn zu betören. Sie warf einen aufmerksamen Blick durch das Büro, um herauszufinden, was Colin so verärgern mochte. Hie und da hing ein Mistelzweig von der Decke, und in der Ecke stand ein riesiger, exquisit in Gold und Silber dekorierter Weihnachtsbaum.

„Das klingt aber deprimiert. Haben Sie etwas gegen Weihnachten?“, fragte sie unverblümt.

„Gegen Weihnachten? Gar nichts. Gegen diesen Baum? Alles!“ Er drehte sich um und sah sie an.

Rina selbst bevorzugte liebevoll selbst gebastelten Christbaumschmuck wie in ihrer Kindheit – dennoch sah dieser teuer dekorierte Baum nicht übel aus. „Was haben Sie gegen diesen armen, unschuldigen Baum?“

„Diese Ecke ist normalerweise für Joes selbst geschlagenen Christbaum reserviert.“ In Colins Stimme schwang sowohl Empörung als auch Zärtlichkeit mit.

„Ich bin sicher, Corinne hat es nur gut gemeint. Vielleicht dachte sie, so ein Baum ist besser als gar kein Baum“, gab Rina zu bedenken.

„Corinne denkt an nichts anderes als an ihr persönliches Bedürfnis, Geld zu verbraten.“

Es war das erste Mal, dass sie ihn schlecht über Corinne reden hörte, und sie war schockiert. Zwar kannte sie Corinne nicht sehr gut, aber sie schien sich für andere Menschen, insbesondere für ihre Angestellten, einzusetzen und sich sehr um ihren kranken Mann zu sorgen.

Colin schüttelte den Kopf. „Ach, egal. Ich meinte das nicht so, wie es sich anhört."

„Das vielleicht nicht, aber irgendetwas bedrückt Sie, und das sollten Sie loswerden."

„Und Sie wollen es hören?" Er klang überrascht.

Sie nickte. „Ja, ich würde es sehr gern hören." Sie waren zwar Fremde, aber der Kuss unterm Mistelzweig hatte sie einander näher gebracht.

Er sah sie einen Moment schweigend an. Überlegte er, ob er sich ihr gegenüber öffnen wollte?

„Wir hatten eine alljährliche Tradition, Joe und ich", begann er schließlich. „Es fing in dem Jahr an, als Joe und seine erste Frau Neil mich aufnahmen, nachdem meine Eltern bei einem Autounfall ums Leben kamen. Ich war damals zwölf."

Bei dieser Offenbarung empfand Rina, die in einer intakten und glücklichen Familie aufgewachsen war, tiefes Mitgefühl. „Das tut mir leid. Das wusste ich nicht."

„Wie sollten Sie auch? Joe und Neil adoptierten mich später, und da es ein Teil von Joes früherem Leben ist, redet Corinne vermutlich nicht gern darüber."

Das bezweifelte Rina zwar, aber Colin hatte anscheinend keine besonders gute Beziehung zur neuen Frau seines Adoptivvaters. „Ich bin froh, dass Sie Menschen hatten, die für Sie da waren."

„Ich auch." Colin wirkte ein wenig entspannter, und Rina wurde es warm ums Herz. Es war ein weitaus gefährlicheres Gefühl als sexuelle Begierde – und vertrug sich nicht besonders mit dem Vorhaben einer bedeutungslosen Affäre.

„Möchten Sie mir von dieser Tradition erzählen?", fragte sie wider besseres Wissen.

Colin erhob sich und ging zum Fenster. Rina ließ den mittlerweile erkalteten Kaffee stehen und folgte ihm. Schweigend blickte sie über seine Schulter. Dieses Jahr würde es weiße Weihnachten geben.

„Joe ist wie ein Vater für mich. Seit er mich aufgenommen hat, wandern wir jedes Jahr kurz vor Weihnachten durch den Wald und suchen den perfekten Baum."

„Hm. Wir haben früher immer den billigsten Baum vom nächsten Supermarkt-Parkplatz-Verkauf geholt."

Er lachte leise. „Und wir haben Männer in der Wildnis gespielt, sind bis zum Ende von Joes Besitz marschiert und haben unseren eigenen Baum geschlagen." Colin schob beide Hände in die Taschen und starrte auf die Bäume vor dem Fenster. „Wir haben nie ein Jahr ausgelassen."

Sie hörte die Worte, die er nicht sprach, und spürte die Leere in seinem Herzen. Ein Teil von ihm war immer noch der kleine Junge, der seine Eltern verloren hatte und nur noch auf Joe vertrauen konnte.

Impulsiv hob sie eine Hand und legte sie tröstend auf Colins Schulter. Lustvolle Erregung durchzog ihren Körper, und um sich zu beruhigen, musste Rina erst mal tief durchatmen.

„Corinne sagt, Joes Prognose sei definitiv gut."

Colin berührte kurz ihre Hand zum Dank für ihre mitfühlende Geste. „Ja, das stimmt. Aber es ist schwer, ihn nicht hier zu haben. In letzter Zeit läuft einiges schief."

Seine Berührung und seine Stimme beschworen Bilder heißer Liebesnächte in ihr herauf, in denen er ihre nackte Haut liebkoste und sinnliche Worte in ihr Ohr flüsterte. Noch nie hatte sie sich so sehr nach Sex mit einem Mann gesehnt.

„Es ist nicht dasselbe, aber ich weiß, wie es ist, jemanden zu vermissen, den man gern mag. Mein Bruder lebt noch immer in New York."

„Wie viele Geschwister haben Sie?"

„Nur Jake, und glauben Sie mir, einen Polizisten als älteren Bruder zu haben war gerade zu Zeiten meiner ersten Verabredungen entsetzlich nervig."

Colin lachte. „Irgendetwas sagt mir, dass Sie ihm ganz schön zugesetzt haben."

Seine neckenden, flirtenden Worte erinnerten Rina an ihre Mission. Eine rein berufliche Mission, um Colins Aufmerksamkeit zu testen, und eine sehr persönliche Mission, um ihn zu einer Affäre zu verleiten.

Dass sie ihm auf dem Weg dorthin auch gefühlsmäßig näher kam, war allerdings nicht Teil ihres Plans gewesen. „Oh ja, ich habe Jake das eine oder andere Mal erfolgreich ausgetrickst", sagte sie nun leichthin.

„Darauf möchte ich wetten." Endlich drehte er sich zu ihr um.

Sie lachte kokett. Wie ein Magnet zogen ihre rosarot geschminkten Lippen seinen Blick an, und die Raumtemperatur schien sprunghaft anzusteigen. Mission erfüllt, dachte Rina, wobei sie nicht sicher war, womit sie seine Aufmerksamkeit geweckt hatte.

Es war nicht einfach, mit dieser elektrisierenden Spannung zwischen ihnen ein lockeres Gespräch zu führen, aber sie versuchte es. „Einmal, als ich mir Urlaub genommen hatte", erzählte sie schmunzelnd, „bat ich ihn, meine Wohnung zu hüten, und verschwieg dabei, dass ich noch jemand anderen dafür eingespannt hatte."

Als sie daran dachte, wie Jake und Brianne zusammengefunden hatten, wurde ihr ganz warm ums Herz. Die beiden waren der lebende Beweis, dass zwei sehr unterschiedliche Menschen mit gemeinsamer Basis eine glückliche Ehe führen konnten. Jake gewährte Brianne die Freiheit, sich selbst zu verwirklichen, während Brianne ihren Bruder mitsamt seinen Macho-Allüren hingebungsvoll liebte, ohne dabei ihre eigene Unabhängigkeit zu verlieren.

„Wie gut, dass er Polizist ist. Dann hat er ja gelernt, Ihnen ein oder zwei Schritte voraus zu sein.“ Colins schlechte Stimmung schien gänzlich verflogen.

Rina hoffte sehr, dass sie diesen Stimmungswandel bewirkt hatte.

„Ihr Bruder ist uns armen Zivilisten gegenüber im Vorteil, die von Ihnen einfach überrumpelt werden“, fuhr Colin schmunzelnd fort.

„Ach, ich bin doch leicht zu durchschauen.“

Er musterte sie von oben bis unten und blickte dann wieder in ihr Gesicht. „Oh nein, das sind Sie nicht. Und irgendetwas ist heute anders.“ Er ließ sich absichtlich Zeit dabei, sie erneut zu mustern. „Dieselbe Brille und wieder ein weiter Pullover.“ Er schüttelte den Kopf, und Rina hielt die Luft an.

Sie wollte Einzelheiten. Was bemerkte er? Welche der kleinen Veränderungen gefiel ihm am besten? Verdammt, es sollte ihr nicht so wichtig sein! Aber bei ihm war es ihr immens wichtig zu wissen, was ihm gefiel.

„Sie sind doch Reporter! Ich bin sicher, Sie haben eine äußerst scharfe Wahrnehmung. Also, was sehen Sie?“

Er hob eine Augenbraue und fuhr mit einem Zeigefinger leicht über ihre glatte, weiche Wange. Dann drehte er die Handfläche nach oben, und auf dem Finger war ein Hauch ihres Make-ups zu erkennen. „Was ich sehe, ist, dass Sie sehr hübsch aussehen, Rina. Aber das tun Sie ja immer.“

Das Kompliment, das auch den gestrigen Tag einschloss, ließ ihren Magen vor Freude kribbeln.

„Aber Sie brauchen kein Make-up, um das zu betonen, was auch so schön genug ist.“ Anerkennung lag in seinem Blick, während er sich leicht vorbeugte – seine Lippen nur einen Kuss entfernt. „Viel interessanter finde ich außerdem die Frage, ob diese kleine Veränderung für mich bestimmt war?“

„Das hätten Sie wohl gern", erwiderte sie keck. „Ich experimentiere für meine Kolumne. Sehen Sie sich einfach als Mann mit ausgezeichneter Beobachtungsgabe." Sie hoffte, lockerer zu klingen, als sie sich fühlte. Tatsächlich hatte sie sehr wohl an Colin gedacht, als sie sich geschminkt und frisiert hatte. „Der Typ im Coffeeshop hat bereits eindeutig auf die Veränderung reagiert. Ich wollte nur sehen, ob der Rest Ihrer Spezies ebenso gute Noten bekommt."

Colin zog eine Augenbraue hoch. „Sie wollen also, dass ich mit anderen Männern in Wettbewerb trete?"

„Ja. Warum denn nicht?", entgegnete sie neckend. Sie hatte die Kunst des Flirtens wiedererlangt – und genoss es in vollen Zügen.

„Weil ich kein Mann bin, der gern teilt." Sein starrer Blick sagt ihr, dass er es ernst meinte.

Ihre Knie begannen zu zittern. Es war ihm egal, ob sie Make-up auflegte oder nicht – er fühlte sich in jedem Fall zu ihr hingezogen. Aber damit verfälschte er die Ergebnisse ihres Experiments für ihre Kolumne – und brachte sie außerdem völlig durcheinander.

„Begleiten Sie mich am Samstagabend zu Emmas Weihnachtsspektakel", sagte er plötzlich.

Rina war überrascht. „Als Kollegin oder als Verabredung?" Sie wollte keine Missverständnisse.

„Nennen Sie es, wie Sie wollen. Ich hole Sie um acht Uhr ab."

Rina wollte sich ja gern mit ihm verabreden, aber sein bestimmender Ton gefiel ihr nicht besonders. „Wenn ich mit Ihnen dort auftauche, kann ich mich schwer an die anderen Männer heranmachen, und meine Gelegenheit für Recherchen ist vertan." Sie zog einen Schmollmund.

„Darum geht es ja gerade." Colin verkniff sich ein Schmunzeln und verschränkte die Arme über der Brust. „Ich will Sie für mich haben. Außerdem sagten Sie ja, dass Sie über die Feiertage allein sind."

Eigentlich hatte sie nur gesagt, dass ihr Bruder in New York lebte. Er würde nächstes Wochenende zu Heiligabend kommen, aber das schien im Moment nicht weiter von Belang.

„Da Joe im Krankenhaus liegt, bin ich ebenfalls allein. Wollen Sie etwa, dass ich die Feiertage über einsam bin?" Augenzwinkernd spielte Colin seine Trumpfkarte aus. Wie konnte sie einen Mann abweisen, der unter dem Schlaganfall seines Adoptivvaters und unter Corinnes augenscheinlichen Veränderungen im Büro zu leiden hatte?

„Kommen Sie, Rina ...", er verlegte sich jetzt schamlos aufs Bitten, „... Emmas Enkel war mein Zimmergenosse auf dem College. Ich weiß aus eigener Erfahrung, dass die Weihnachtsparty der Montgomery-Familie jede andere Festivität in den Schatten stellt. Sie müssen es selbst erleben. Aber nicht allein", fügte er schnell noch hinzu.

Rina musterte ihn argwöhnisch.

„Wenn ich verspreche, Sie lange genug allein zu lassen, damit Sie alle nichts ahnenden Männer unter die Lupe nehmen können, darf ich Sie dann um acht abholen?"

Rina atmete tief durch. Bis zu diesem Moment war ihr nicht bewusst gewesen, dass sie seine Einladung tatsächlich ablehnen wollte. Durch seine fordernde, wenn auch charmante Art hatte sie sich in die Ecke gedrängt gefühlt, weil sie ihre eigenen Entscheidungen treffen wollte. Es hatte sie an Robert erinnert: an all die Male, da er zu irgendeiner Wohltätigkeitsveranstaltung gehen wollte, in die er beruflich involviert war, und sie lieber zu Hause geblieben wäre. Damals hatte es nie einen Kompromiss gegeben. Immer hatte sie sich dem Willen ihres Mannes beugen müssen.

Doch Colin hatte ihr gerade die Wahl gelassen. Er hatte

ihren Einwand verstanden und war auf sie eingegangen.

Daher konnte sie guten Gewissens Ja sagen. Erfreut und plötzlich auch ziemlich aufgeregt, erwiderte sie seinen Blick und lächelte, ehe sie antwortete. „Einverstanden. Acht Uhr passt wunderbar."

„Da bin ich aber froh." Colin wirkte erleichtert.

„Und bitte seien Sie pünktlich." Dieser Abend würde ihr Gelegenheit geben, weitere äußerliche Veränderungen vorzunehmen und dann ihren Charme für die High Society von Ashford spielen zu lassen – und für Colin.

Er schmunzelte. „Auf jeden Fall. Ich will mir keine Sekunde unserer gemeinsamen Zeit entgehen lassen."

Lächelnd ging Rina zu ihrem Schreibtisch und ignorierte dabei die neugierigen Blicke ihrer Kollegen. Sie erkannte, dass sie in diesem großen Büro voller Menschen zum ersten Mal ihre eigene Welt erschaffen hatten: Sie hatten miteinander gesprochen, als ob niemand sonst anwesend gewesen wäre. Rina erschauerte. Wenn er die Macht hatte, sie in aller Öffentlichkeit derart in seinen Bann zu ziehen, was würde dann erst mit ihr geschehen, wenn sie allein wären?

Nun, sie würde ja bald die Gelegenheit dazu bekommen, es herauszufinden.

3. KAPITEL

Rina behauptete also, das Make-up sei Teil eines Experiments für ihre Kolumne? Von wegen, dachte Colin. Er bevorzugte den Gedanken, es hätte etwas mit ihm zu tun.

Er hatte ihre Anziehungskraft vom ersten Tag an deutlich gespürt, aber natürlich hatte er Rina überhaupt nicht gekannt. In diesem kurzen Gespräch jedoch hatte er eine Menge über sie erfahren. Es hatte ihn völlig überrascht, dass sie so viel Interesse an seinem Leben gezeigt hatte. Dann hatte er sich umgedreht, um sich zu bedanken, und war von ihrem neuen Aussehen vollkommen überrumpelt worden. Rina brauchte kein Make-up, um ihn auf sich aufmerksam zu machen. Aber er konnte nicht leugnen, dass die subtilen Veränderungen, die sanft schimmernde Haut, die betont leuchtenden Augen und vor allem der glänzende Mund, ihn betörten. Wie gern hätte er ihre Lippen erneut geküsst!

Seit er sich zu diesem Kuss unterm Mistelzweig hatte hinreißen lassen, hatte er Feuer gefangen und wollte mehr. Und seit Rina echtes Interesse an seiner Person und an seinen Problemen gezeigt hatte, war neben der reinen Lust noch ein weiteres Gefühl entstanden.

Sie war die erste Frau seit langem, die ihm derart unter die Haut ging. Eigentlich hatte er sie zu Emmas Party einladen wollen, um ihr wegen Corinne auf den Zahn zu fühlen. Doch dann war es aus einem anderen Grund heraus geschehen: Auf gar keinen Fall sollte diese Frau die Feiertage in einer neuen, fremden Stadt allein verbringen – nicht, nachdem sie in jenem schrecklichen Moment für ihn da gewesen war, wo er Corinnes verschwenderisch dekorierten Christbaum gesehen hatte.

Wann hatte er zum letzten Mal einer Frau seine Gefühle anvertraut? Julie, seine Exfrau, hatte ihm gezeigt, wie schmerzhaft es sein konnte, wenn man seine Gefühle mit jemandem teilte, der dieses Vertrauens nicht würdig war, und wie gut es war, wenn man niemandem Rechenschaft schuldete. Er bedurfte keines Psychiaters, um zu erkennen, dass sein Reisefieber ein Versuch war, dem Schmerz über den Betrug seiner Frau davonzulaufen, aber er konnte gegen diesen überwältigenden Drang nicht ankämpfen. Also hatte er seinen Job beim Fernsehen gekündigt und das Land verlassen.

Seitdem hatte ihm keine Frau mehr nahe gestanden – bis heute, wo er seinen Schmerz spontan mit Rina geteilt hatte. Ironischerweise hatte er das Gefühl, sie verstand ihn besser, als Julie es je getan hatte. Doch er musste die Zeitung vor dem Ruin bewahren und durfte sich weder von Rinas Warmherzigkeit noch von ihrem attraktiven Äußeren von seinem Vorhaben ablenken lassen. Seine Frist lief unweigerlich ab. Sobald Joe das Krankenhaus verlassen konnte, sollte die „Ashford Times" wieder in den schwarzen Zahlen sein.

„Fröhliche Weihnacht überall ..." Eine unverwechselbar hohe Stimme tönte durch den Raum, und Colin zuckte zusammen, als Corinne in einem teuren Kaschmirmantel durch die Redaktion schritt. Sie klatschte in die Hände. „Ich bin gekommen, um Sie alle zu unserer Weihnachtsfeier einzuladen", verkündete sie laut.

Ihre Stimme zerrte an seinen Nerven. Ebenso ihre Worte. „Emma Montgomerys Familie feiert am Samstagabend eine Weihnachtsparty ..."

„Und wir sind alle eingeladen", warf Colin ein. „Also kannst du das Geld sparen und dort feiern."

Corinne ignorierte seine Bemerkung. „Also feiern wir am Freitagabend im Seaside Restaurant. Alle Mitarbeiter samt Partner sind herzlich eingeladen." Sprach's und wandte sich wieder Richtung Tür.

„Corinne, warte!", rief Colin.

Sie drehte sich um.

„Wohin gehst du?", wollte er wissen.

„Ich will im Seaside das Menü besprechen." Sie schwang den Designer-Rucksack über die Schulter. „Außerdem möchte ich kleine Anerkennungspräsente für unsere Mitarbeiter besorgen. Joe würde das sicher begrüßen." Sie schniefte leicht und hob eine Hand, als wollte sie eine Träne aus dem Auge wischen.

Colin konnte nicht erkennen, ob es sich um echte oder aufgesetzte Trauer handelte. Dazu kannte er Corinne nicht gut genug. „Du würdest Joe einen größeren Gefallen tun, wenn du im Krankenhaus bleiben würdest. Steh deinem Ehemann zur Seite." Im Moment war es so, dass Corinne vormittags in der Redaktion sein sollte und Colin nachmittags. „Da kannst du ihn dann ja selbst fragen, ob er das letzte Geld vom Zeitungskonto für eine Party ausgeben möchte", fügte er leise hinzu, sodass nur Corinne es hören konnte.

Die winkte ab. „Ich möchte Joe mit solchen Fragen nicht belästigen, wo er all seine Kraft braucht, um gesund zu werden. Außerdem machst du dir wirklich zu viele Sorgen."

„Und du nicht genug! Bert Hartmann hat angerufen, um uns an die Frist von Fortune's Inc. zu erinnern. Du musst Joe dazu bringen, die Vollmacht auf mich zu übertragen oder ein schriftliches Versprechen unterschreiben, dass die Zeitung wieder auf den alten Kurs zurückgeführt wird." Frustriert fuhr er sich mit der Hand durch das Haar. „Verdammt noch mal, Corinne! Bring endlich echte Nachrichten ins Blatt. Dann werden wir das Jahr überstehen, ohne unseren größten Anzeigenkunden zu verlieren."

„Das werde ich nicht tun, denn ich glaube an mein neues Konzept", entgegnete Corinne, drehte sich um und beendete so das Gespräch.

Es war Colin nur recht, denn wenn sie weitergesprochen hätte, hätte er sie vermutlich erwürgt.

„Emma", sagte Corinne, während sie zur Tür ging. „Colin scheint etwas gestresst zu sein. Vielleicht solltest du ihn als Nächstes verkuppeln."

Colin verdrehte die Augen.

Emma lachte.

Und Rina verzog missbilligend ihre vollen, glänzenden Lippen. „Ich bin überzeugt, Colin kann sich seine Frauen selbst suchen."

Colin musste grinsen. „Was ist? Haben Sie Angst, Emma könnte eine Frau finden, die mich von Ihnen ablenkt?"

Rina reckte das Kinn. „Auf keinen Fall. Ich weiß, was ich zu bieten habe."

Er hielt ihren Blick fest. „Das gefällt mir. Aber selbst wenn es nicht so wäre, könnten Sie unbesorgt sein. Wenn ich ein Ziel vor Augen habe, lasse ich mich nicht so schnell davon abbringen."

Doch insgeheim musste er sich eingestehen, dass sein Ziel, alles für die Rettung der Zeitung zu tun, manchmal durch die Anziehungskraft, die Rina auf ihn ausübte, in den Hintergrund rückte. Ja, er wollte mehr von ihr als nur einen Kuss.

Wie viel mehr, würde sich noch zeigen.

„Wenn ich erst ein Ziel vor Augen habe, lasse ich mich nicht so schnell davon abbringen." Noch Tage später spukte dieser Satz Rina im Kopf herum, weil Colins eindringlicher Blick ihr verraten hatte, dass *sie* sein Ziel war. Und heute Abend fand Emmas Weihnachtsparty statt, zu der sie mit Colin verabredet war.

Die ganze Woche lang hatte sie Zeit gehabt, sich innerlich auf diesen Abend vorzubereiten. Am Freitag war sie zu Corinnes Weihnachtsfeier gegangen, aber Colin hatte sich nicht blicken lassen. Es sah so aus, als würde Colin sich aus dem Staub machen, sobald ihm etwas unangenehm wurde. Sie konnte es sich wirklich nicht leisten, ihn allzu sehr zu vermissen.

Die meisten Männer, die zu der Weihnachtsfeier erschienen, waren in festen Händen, sodass Rina sich zu den Frauen gesellte. Sie hörte sich deren Meinung darüber an, was Männer wollten, was sie am anderen Geschlecht reizte und was ihr Interesse auf Dauer wach hielt. Die meisten Frauen waren sich darüber einig, dass die Männer zwar durch Äußerlichkeiten angezogen wurden, dass sie für eine feste Beziehung jedoch auch gewisse innere Werte erwarteten.

Dennoch bildeten Äußerlichkeiten fast immer den ersten Anreiz zu einer längeren Beziehung, und Rinas erste Kolumne unter der Rubrik „Heiß und begehrt" war am Donnerstag unter dem Titel „Sex-Appeal" erschienen. Falls die E-Mails und Anrufe ernst zu nehmen waren, dann hatte sie bereits jetzt einen großen Eindruck bei der Leserschaft hinterlassen.

Voller Stolz hatte sie Jake und Brianne die Kolumne zugefaxt. Die Arbeit füllte ihre innere Leere aus, und sie war Corinne sehr dankbar, dass sie ihr diese Chance gegeben hatte.

Die nächste Kolumne sollte „Zeig, was du kannst" heißen. Dazu konnte Rina auf ihren Erfahrungsschatz als Single sowie als verheiratete Frau mit gesellschaftlichen Verpflichtungen in Manhattan zurückgreifen. Sie wusste, wie sie einen Mann für sich interessieren konnte – wie sie ja neulich beim Besitzer des Coffeeshops bewiesen hatte. Ihre Gespräche mit anderen Frauen lieferten ihr weitere Einblicke.

Ein kluger Mann wusste, wann er einer Frau Raum gewähren musste. Colin war stolz darauf, dass er es schaffte, Rina bis Samstag aus dem Weg zu gehen, um mehr Spannung aufzubauen. Außerdem wollte er ihr keine Gelegenheit geben, die Verabredung in letzter Minute abzusagen.

Sie wohnte in einem kleinen Apartment in einem Küstenvorort, wie er von Emma wusste, die ihm Rinas Adresse mit jeder Menge Richtungshinweisen zugesteckt hatte. „Für den Fall, dass du dich verirrst", hatte die alte Dame augenzwinkernd gesagt. „Ich will ja nicht, dass du die ganze Nacht herumfährst, wenn du stattdessen mit Rina zusammen sein könntest."

Um Punkt acht Uhr klingelte er an ihrer Tür: Zu seiner Überraschung bellte daraufhin ein Hund, und er hörte Rinas Kommando: „Norton, sitz!"

Norton? Was war das denn für ein Name?

Sie öffnete die Tür, doch noch ehe er Rina sehen konnte, wurde er von dem Hund überfallen, der sich auf die Hinterbeine stellte und an Colins Schienbeinen abstützte.

„Norton, Platz!" Rina packte den Hund am Halsband. „Tut mir leid. Er hat sonst bessere Manieren."

Colin lachte. „Zumindest hat er überhaupt Manieren." Er blickte auf Norton hinunter. „Ein Shar-Pei?"

Sie tätschelte den dunkelbraunen Kopf des Tieres und kraulte dann seinen faltigen Rücken. „Sie kennen die Hunderasse?", fragte sie verblüfft.

Er kannte diese Rasse bisher nur aus dem Fernsehen und wusste, dass sie ziemlich teuer war. Nie hätte er Rina solch einen Hund zugetraut, aber er gefiel ihm sofort. „Ein schönes Tier!"

Sie lächelte. „Er gehörte Robert, bevor wir zusammen waren. Jetzt habe ich ihn."

Als sie den Namen des anderen Mannes erwähnte, zog sich Colins Magen vor Eifersucht zusammen. Er konnte sich nicht erinnern, wann er das letzte Mal Eifersucht empfunden hatte, nicht einmal bei Julie.

Hatte Rina einen Mann in New York zurückgelassen? „Wer ist Robert?", überwand er sich zu fragen.

„Mein Ehemann."

Sein Magen begann zu schmerzen. „Sie sind …"

„Er ist tot", fügte sie schnell hinzu.

Seine Eifersucht war verschwunden. „Das tut mir leid."

„Danke." Sie streichelte Norton und richtete sich auf. „Es ist schon eine Weile her."

Sobald sie Nortons Halsband losließ, schnüffelte der Hund an Colins Schuhen herum.

Colin bückte sich und kraulte das Tier hinter den Ohren. Daraufhin warf Norton sich auf den Rücken und streckte alle viere von sich.

„Ach, Norton! Benimm dich!", meinte Rina stöhnend. „Er produziert sich gern. Das ist wirklich peinlich."

Colin lachte, und sie sah ihn an. Nun erst fiel ihm auf, dass sie keine Brille trug. Er trat einen Schritt zurück, um die Veränderung zu begutachten. Sie hatte wieder sehr dezent Make-up aufgelegt, und ohne die Brille konnte er ungehindert in ihre wunderschönen, vor Freude blitzenden Augen blicken. Was er sah, gefiel ihm sehr.

„Ich hoffe, es macht Ihnen nichts aus, aber ich muss noch eine Runde mit Norton Gassi gehen, bevor wir loskönnen. Ich werde mich danach für die Party umziehen." Mit schwingendem Pferdeschwanz drehte sie sich zur Garderobe, zog ihre Winterjacke an und griff nach Nortons Leine.

„Ich werde mitgehen", bot Colin an.

Eine volle Stunde später kehrten sie in die Wohnung zurück. Colins Finger waren eiskalt und seine Nasenspitze taub vor Kälte. „Das haben Sie absichtlich gemacht, oder?"

„Was denn?"

Einen anderen hätte ihr unschuldig fragender Blick wohl getäuscht, nicht aber Colin mit seinem Reporter-Instinkt. „Sie haben mit dem Gassigehen auf mich gewartet, weil Sie genau wussten, dass es eine ganze Stunde dauert. Sie wollten, dass ich mit Ihnen erfriere."

Allerdings hatte er den Spaziergang in vollen Zügen genossen. Sie hatten viel geredet und waren sich auf lockere Weise näher gekommen. Nur das Thema Corinne hatte er nicht ansprechen können, da Rina von den Weihnachtsfesten ihrer Kindheit erzählt hatte. Auch ohne viel Geld hatte ihre Familie immer schöne Feiertage verbracht.

Colin musste an Joe und Neil denken. Er hatte es ihnen nicht gerade leicht gemacht. Um nicht über die Abwesenheit seiner Eltern nachdenken zu müssen, war er an Weihnachten oft zu Freunden geflüchtet. Während er Rinas Schilderungen zuhörte, hatte er über seine eigene Vergangenheit nachdenken und seine Fehler bereuen können. Colin nahm sich vor, Joe bald von seinen Gefühlen zu erzählen und so seine Fehler wieder gutzumachen.

„Mein Bruder behauptet, ich sei eine chronische Zuspätkommerin. Es war also wirklich keine Absicht, dass ich mit dem Gassigehen gewartet habe." Sie sah Colin an, und ihre Augen strahlten vor Freude und Heiterkeit. Allerdings zuckten ihre Lippen, was verriet, dass sie sich ertappt fühlte.

Der Wunsch, sie zu küssen, wurde immer stärker. Wenn sie sich nicht gleich für die Party fertig machte, würde Colin dem Drängen seines Körpers nachgeben und Rina aufs Sofa werfen. Dieses Mal allerdings würde er sich beim Küssen nicht nur auf ihre Lippen beschränken …

„In fünf Minuten bin ich fertig." Ihre Stimme riss ihn aus seinen Träumen.

„Ich habe noch nie eine Frau erlebt, die so schnell fertig sein kann, vor allem nicht, wenn sie eine chronische Zuspätkommerin ist."

Sie lachte. „Da sollten Sie mich mal sehen!" Sie hielt inne und errötete. „Das meinte ich natürlich nicht wörtlich. Ich meinte, Sie sollen einfach warten. Und mich dann ansehen."

Sie ging zu der Tür, die vom Wohnzimmer in den Nebenraum führte. „Norton wird Ihnen Gesellschaft leisten." Dann verschwand sie und machte die Tür hinter sich zu.

Colin versuchte angestrengt, sich nicht vorzustellen, wie Rina sich im Nebenraum auszog. Stattdessen widmete er sich dem zerknautscht aussehenden Hund, der hechelnd neben ihm saß. „Ich bin sicher, es gibt hier irgendwo Wasser für dich." Colin marschierte in Richtung Küche, die ebenfalls vom Wohnzimmer abging.

Norton folgte ihm und rannte zu seiner Wasserschüssel, die tatsächlich in der Küchenecke stand. Colin kehrte ins Wohnzimmer zurück, um mehr Einblicke in das Leben von Rina Lowell zu gewinnen.

Im Bücherregal fand er eine ganze Reihe von Krimis und Thrillern sowie das gerahmte Foto eines Mannes und einer Frau. Die Frau hatte dem Mann die Arme um die Schultern gelegt. Da der Mann eine deutliche Ähnlichkeit mit Rina aufwies, nahm er an, es handelte sich um ihren Bruder Jake mit seiner Frau Brianne. Auf einem weiteren Foto winkte ein älteres Paar unter Palmen in die Kamera – vermutlich ihre Eltern. Und schließlich war da noch ein Bild von Rina selbst, mit zurückgekämmtem Haar, die Arme um Norton gelegt. Colin schmunzelte. In seiner Wohnung standen sehr ähnliche Fotos herum.

Ihm war aufgefallen, dass er noch kein Foto von ihrem verstorbenen Ehemann gesehen hatte, und seine Neugier wuchs. In der Zimmerecke stand eine Kommode, auf der ein kleiner Bilderrahmen stand. Er ging hin, und da das gerahmte Foto so klein war, dass man es in der Brieftasche tragen könnte, und abseits der anderen stand, hatte er ein schlechtes Gewissen, als er es in die Hand nahm.

Er blickte in das Gesicht eines außergewöhnlich gut aussehenden Mannes. Colin kannte Rina noch nicht lange, aber er hätte nie vermutet, dass sie mit einem Managertypen verheiratet gewesen war, der Anzüge von Armani trug. Andererseits hätte er auch nicht vermutet, dass sie einen Shar-Pei besaß, der mittlerweile sabbernd ins Wohnzimmer zurückgekehrt war. Es bewies nur, dass er bei Rina immer mit dem Unerwarteten rechnen musste – und diese Herausforderung reizte ihn.

Er stellte das Foto zurück und trat in die Mitte des Raumes, gerade als Rina ins Zimmer kam. Bin Blick genügte, um seine mühsam kontrollierte Libido in vollen Aufruhr zu bringen. Wie schaffte diese Frau es nur, in einem Smoking derart sexy auszusehen?

Colin trug eine schwarze Hose und ein sportliches Jackett mit einem Stehkragenpullover darunter – es war für ihn das Äußerste an festlicher Kleidung. Rina hingegen trug nicht das erwartete festliche Kleid, sondern eine Hemdbluse mit weißem Kragen und roter Fliege, eine perfekt sitzende Marlene-Hose mit Hosenträgern und schwarze Pumps. Das Gesicht war kaum mehr geschminkt als vorhin, lediglich die Augen waren mit Lidschatten und Mascara betont, und die Lippen glänzten rot. Colin sah weder die Form ihrer Beine noch einen tiefen Ausschnitt, und dennoch verschlug es ihm die Sprache.

„Ich bin fertig." Rina blickte auf die Uhr. „Sogar dreißig Sekunden zu früh."

„Und Sie haben ausgesprochen gute Arbeit geleistet." Er streckte seine Hand aus, und sie ging auf ihn zu.

„Danke sehr. Hatte ich schon erwähnt, dass auch Sie sehr gut aussehen?"

Er fasste sie am Ellbogen und bemerkte jetzt erst, was sich inzwischen noch an ihrem Äußeren geändert hatte. „Ihr Haar! Es ist viel kürzer, als man mit dem Pferdeschwanz meinen konnte."

„Die Kunst der Illusion. Dann hat Ihnen mein Haarteil also gefallen?“

Das war noch gelinde ausgedrückt, denn die Vorstellung, wie ihr langes Haar ihren und seinen nackten Körper einhüllte, hatte ihn mehrmals in höchste Erregung versetzt. „Ich mochte es“, erwiderte er knapp.

Sie beugte sich zu ihm. „Lügner“, hauchte sie leise in sein Ohr. „Sie haben den Pferdeschwanz *geliebt*! Männer lieben langes Haar. Es regt ihre Fantasie an.“

„Wer sagt das?“ Er verschränkte die Arme und stellte sich dumm. Na schön, er reagierte wie ein typischer Mann, aber das würde er verdammt noch mal nicht zugeben! Abgesehen davon waren die Gefühle, die Rina in ihm auslöste, unabhängig von ihrer Kleidung oder Haarlänge.

„Jedes erhältliche Frauenmagazin.“

„Ach ja? Warum finde ich dann Ihre halblangen Fransen so ungemein erregend?“ Eigentlich hätte er sie jetzt fragen können, ob sie je überlegt habe, ihre Talente bei besagten Frauenmagazinen einzubringen – doch war er momentan nicht in der Lage, an Dinge wie die Rettung der Zeitung zu denken. Er ging ein paar Schritte auf sie zu, sodass sie zwischen der Wand und seinem Körper gefangen war.

Rinas Brustknospen wurden sofort hart, als sie seinen Oberkörper berührten. Nur zu gern hätte er die Finger durch ihr weiches, stufig geschnittenes Haar gleiten lassen, doch er hielt sich zurück, da sie ohnehin schon spät dran waren und es nur eine weitere Verspätung geben würde.

„Sie würden selbst einen Heiligen auf eine harte Probe stellen“, stieß er hervor.

„Ich will keinen Heiligen auf die Probe stellen“, erwiderte sie neckend, „sondern Sie.“

„Und das tun Sie ausgesprochen gut.“ Doch was das Körperliche zwischen ihnen anging, mussten sie sich gedulden.

„Zeit für die Party“, sagte er also, trat zurück und streckte sein Hand aus.

Sie wirkte leicht erstaunt.

„Sagten Sie nicht, Sie wollten Emmas Party zu Recherchen nutzen?“

Sie nickte. „Das stimmt.“

„Tja, ich möchte nicht, dass Sie sich über mich ärgern, weil Sie Ihre Arbeit nicht erledigen konnten.“ Er wollte ihr unbedingt das Gefühl vermitteln, dass das, was sie tat, wichtig für ihn war. Denn plötzlich war es das auch, obwohl er es sich beim gegenwärtigen Stand der Dinge wirklich nicht leisten konnte, auf Rinas Wünsche oder Bedürfnisse einzugehen.

4. KAPITEL

Nach der erotisch aufgeladenen Atmosphäre in ihrer Wohnung und danach im Auto bot die kalte Winterluft eine willkommene Ablenkung. Tanzende Schneeflocken vermittelten eine weihnachtliche Atmosphäre. Seite an Seite mit Colin, seine Hand unter ihrem Ellbogen, ging Rina auf das prächtige, im Tudor-Stil erbaute Anwesen der Montgomerys zu.

Sie hatte sich sehr auf die große Party gefreut, die Emma wie auch Colin ihr in den prächtigsten Farben geschildert hatten, doch nun hatte sie eine Art Déjà-vu-Erlebnis. Das prunkvolle Haus erinnerte sie an ihr ehemaliges Penthouse in New York, das ihr Bruder Jake wegen all der Marmorböden, Kristallvasen und Porzellanfiguren immer als „Mausoleum" bezeichnet hatte. Sie hatte schon immer gewusst, dass solch eine Umgebung nicht ihrem Stil entsprach, und der heutige Eindruck bestätigte ihr diese Erkenntnis erneut. In ihrer kleinen, gemütlichen Wohnung fühlte sie sich weitaus wohler, doch sie hatte Colin neben sich und beschloss, das Hier und Jetzt zu genießen.

„Die Garderobe ist dort drüben", sagte Colin, der ihren inneren Aufruhr nicht zu bemerken schien.

Und wenn es nach ihr ginge, sollte es auch so bleiben. Sie begleitete ihn zu einer als Elfe verkleideten Garderobiere, die ihr den Wollmantel abnahm und ihr dafür eine Marke aushändigte.

„Das ist schon was hier, wie?", meinte Colin.

Sie hoffte, er war nicht so beeindruckt, wie er klang. „Sehr schön, aber … irgendwie zu viel", entgegnete sie, ohne ihre wahren Gefühle in Worte zu fassen.

„Sie sagen es. Ich hätte mir nicht vorstellen können, in solch einem Haus aufzuwachsen." Er sah sich um und erschauerte. „Viel zu viele Sachen, die kaputtgehen könnten."

Rina lachte erleichtert, da auch er sich nicht so recht wohl zu fühlen schien. „Wieso sehe ich Sie nur allzu deutlich vor mir, wie Sie einen Ball durch das Haus werfen und dafür Hausarrest bekommen?“

Er neigte sich zu ihrem Ohr. „Weil ich ein böser Junge bin.“

Seine Stimme klang tief, sein Atem streifte warm ihre Haut, und in ihrem Magen begann es zu kribbeln.

„Ich mag böse Jungen“, murmelte sie, und sein Blick vertiefte sich vor Verlangen. Dann trat sie einen Schritt zurück und sah sich um. „Das ist ganz bestimmt kein Platz, um Kinder großzuziehen.“

„Kinder, aha?“

Sie hätte ihre Worte am liebsten zurückgenommen, da dies ein zu persönliches Thema war, um es mit einem Mann zu besprechen, bei dem ihr heiß und kalt wurde. Der schlimme Gedanken ihr auslöste – etwa, wie es wohl wäre, mit den Händen in sein zerzaustes Haar zu greifen und sich an seiner Haut zu wärmen. Und als er sie mit seinen faszinierenden blauen Augen eindringlich ansah, hatte sie den Eindruck, er könnte ihre Gefühle durchschauen und ihre Gedanken lesen.

Sie zuckte nonchalant mit den Schultern. „Ich meine, dieses Haus ruft nicht gerade das Bild kuscheliger Gemütlichkeit hervor.“

Rina wusste nicht, ob sie jemals wieder heiraten würde, geschweige denn Kinder haben, und bei ihrer momentanen Furcht vor einer emotionalen Bindung schien diese Aussicht eher unwahrscheinlich. Aber Jake und Brianne wünschten sich Kinder, und Rina wollte eine liebevolle Tante sein, bei der Kinder übernachten konnten, Spaß hatten und sich geborgen fühlten.

Sie musterte die weihnachtliche Dekoration. Ein prunkvoller Baum stand in einer Ecke, und über der geschwungenen Treppe bauschten sich Bögen aus rotem Satin.

Ihr Penthouse war einst ebenfalls mit rotem Satin drapiert gewesen. Robert hatte einen Dekorateur engagiert, um es ihr in der vorweihnachtlichen Zeit leichter zu machen, wie er gesagt hatte. Aber sie hatte gewusst, dass er in erster Linie seine Freunde und Klienten hatte beeindrucken wollen, und sie hatte die selbst geschmückten Weihnachtsbäume ihrer Kindheit schmerzlich vermisst.

„Sehen Sie nur", sagte Colin und deutete auf die grün gekleideten Elfen, die Tabletts mit Horsd'oeuvres herumtrugen.

Rina lachte, und ihre Laune besserte sich. „Das Thema der Party scheint bodenständiger zu sein als die Dekoration oder die Einrichtung, falls das irgendeinen Sinn ergibt."

„Das kommt daher, dass der Partyservice so bodenständig ist. Die Firma namens ‚Pot Luck' gehört Emmas angeheirateter Enkeltochter, und die legt sich immer mächtig ins Zeug. Logan hat sie durch Emma auf einer ihrer Weihnachtsfeiern kennengelernt."

„Das klingt, als ob Sie sie mögen", sagte Rina.

Er nickte. „Ja, Cat ist schon etwas Besonderes."

„Ich verstehe." Es gefiel ihr nicht, dass er so von einer anderen Frau schwärmte, selbst wenn besagte Frau mit seinem Freund verheiratet war.

„Wirklich? Tatsächlich hat Catherine Montgomery sehr viel Ähnlichkeit mit Ihnen." Ein Lächeln zuckte um seine Mundwinkel, doch bevor er mehr erzählen konnte, kam Emma auf sie zugestürmt.

„Da seid ihr ja! Und keine Minute zu früh. Ihr müsst mich verstecken", verkündete sie.

„Wie bitte?" Rina meinte, nicht richtig gehört zu haben.

„Versteckt mich. Ich werde verfolgt."

Colin verdrehte lachend die Augen.

„Grandma, komm sofort zurück", rief eine Männerstimme, und kurz darauf trat ein gut aussehender Mann mit dunklem Haar zu ihrer wachsenden Gruppe.

„Hallo, Logan", sagte Colin.

„Sie sind Emmas Enkelsohn?", erkundigte sich Rina.

„Der einzig wahre. Und wer ist diese hübsche Dame?", fragte er Colin.

Bei seinem Kompliment errötete Rina, zugleich aber fuhr sie ihre journalistischen Antennen aus. Logan Montgomery verfügte über gepflegte Umgangsformen und trug einen Ehering. Trotzdem konnte er seine Anerkennung nicht verbergen, während er Rina musterte. Denselben bewundernden Blick hatte sie beim Parkwächter entdeckt, der ihr beim Aussteigen aus Colins Wagen geholfen hatte. Haltung plus Aussehen ergibt Aufmerksamkeit, dachte Rina, und nahm sich vor, diese Erkenntnis in ihrer nächsten Kolumne zu verwenden.

„Hallo, ich bin Rina Lowell."

„Oh, ich habe schon viel von Ihnen gehört", sagte Logan und schüttelte ihr die Hand. „Grandma bewundert Sie sehr, und nun weiß ich auch, warum."

„Ich fühle mich geehrt, Mr. Montgomery." Sie bedachte Logan mit einem strahlenden Lächeln.

„Und fühlst du dich nicht irgendwie verheiratet?", murmelte Colin und griff nach Rinas Hand, um Logans Berührung zu unterbinden.

Sie versuchte, ihre Hand wieder zu befreien, doch Colin hielt sie eisern fest. „Ich wusste gar nicht, dass Sie so eifersüchtig sind", raunte sie ihm zu, obwohl sie seinen Besitzanspruch im Grunde genoss.

„Das wusste ich auch nicht." Logan lachte.

„Emma hat mir auch viel von Ihnen erzählt", lenkte Rina ab. „Wo ist denn Catherine? Ich hatte mich schon darauf gefreut, sie kennenzulernen."

„Ihre Firma ‚Pot Luck' macht hier das Catering." In seiner Stimme schwang Stolz mit, und es war offensichtlich, dass keine andere seiner Ehefrau den Rang streitig machen konnte. „Sie ist noch in der Küche beschäftigt, aber sobald sie herauskommt, werde ich sie Ihnen vorstellen."

„Ja, bitte." Catherine konnte froh sein, einen Mann zu haben, der sie nicht nur liebte, sondern auch ihre Arbeit schätzte. Selbst ohne sie zu kennen, freute Rina sich für sie.

„Was dich angeht, Grandma ..." Logan wandte sich wieder an seine Großmutter.

„Ich hatte gehofft, du hättest mich vergessen", erwiderte Emma unruhig.

„Stan Blusting möchte dich zum Essen einladen, und du kannst einem Bundesrichter nicht einfach wegrennen und ihn ignorieren", erklärte Logan mit Nachdruck. „Du schadest dir nur selbst, wenn Daddy Wind davon bekommt."

Rina spürte die Missstimmung zwischen Großmutter und Enkelsohn, wusste sich aber keinen Reim darauf zu machen. Als spürte er ihre unausgesprochene Frage, neigte Colin sich zu ihr. „Emma hat Probleme mit ihrem Sohn, dem Richter. Logan bat mich, Emma einen Job bei der Zeitung zu verschaffen, damit der Richter sie nicht in ein Seniorenheim abschiebt", flüsterte er.

„Sie haben Emma den Job verschafft?" Über die Neuigkeit war Rina sehr erstaunt.

„Und er hat mir damit einen großen Gefallen getan", warf Emma dazwischen. „Mein Sohn ist ein unsensibler Klotz. Und sein Kollege ist ein Lüstling!"

Logan schüttelte den Kopf. „Der Mann heißt Blusting, und dein Wortspiel ist sehr unhöflich. Jetzt komm bitte mit, ehe Daddy etwas merkt."

„Ja, schon gut. Aber ich werde auf keinen Fall mit dem Kerl ausgehen." Emma legte eine Hand auf Rinas Wange. „Ich bin ja so froh, dass Sie hier sind. Wir werden nachher reden." Anmutig schwebte sie davon.

„Ich sollte auf sie aufpassen“, murmelte Logan. „Wenn ich Cat erwischt habe, komme ich wieder“, versprach er und verschwand in der Menge.

Rina lachte. „Ich mag diese Familie. Und ich wusste gar nicht, dass Sie Emma den Job bei der ‚Ashford Times‘ verschafft haben.“ In ihrem Blick lag unverhohlene Anerkennung.

„Wollen Sie damit sagen, Sie hätten nicht gedacht, dass ich ein netter Mensch sein kann?“

„Ebenso wenig, wie ich dachte, dass Sie so ein eifersüchtiger Mensch sein können.“ Erst jetzt merkte sie, dass er noch immer ihre Hand hielt und mit dem Daumen kleine erotische Kreise auf ihre Handfläche malte. Sie erschauerte.

„Ihr Sinn für Humor gefällt mir. *Sie* gefallen mir, Rina.“

Und er gefiel ihr. Mehr, als gut für sie war. Obwohl sie ihn als den Mann auserkoren hatte, der ihre Trauerzeit beendete, musste sie dennoch ihr Herz schützen. Dieser Mann war ein Zugvogel, der sie in absehbarer Zeit sicher wieder verlassen würde.

Und sie wusste bereits jetzt, dass er kein Mann war, den man leicht vergaß. „Ich möchte etwas trinken.“

„Cat mixt ein leckeres Champagner-Sorbet. Kommen Sie.“

Nach einem Glas Sorbet fühlte Rina sich deutlich entspannter. Das zweite Glas in der Hand, stand sie neben Colin und beobachtete die Partygäste. „Erzählen Sie mir mehr über Emma und den Job bei der ‚Times‘.“

„Da gibt es nicht viel zu erzählen.“ Colin zuckte mit den Schultern. „Vor etwa einem Jahr rief Logan mich an und bat mich um den Gefallen. Wir alle lieben Emma, also überredete ich Joe, sie einzustellen.“

Rina fand es rührend, dass er sich auch um Menschen kümmerte, die nicht zu seiner eigenen Familie gehörten.

„Ich verschaffte ihr diesen Schreibtischjob“, fuhr Colin fort. „Ich ahnte ja nicht, dass sie letztendlich eine Verkupplungskolumne für ältere Menschen ins Leben rufen würde." Missbilligend zog er die Augenbrauen zusammen.

Rina verstand nicht ganz. „Gefällt Ihnen nicht, was Emma schreibt?"

„Nun, es ist ein ungewöhnliches Thema für eine seriöse Zeitung, finden Sie nicht?"

Sie nickte. „Das dachte ich zuerst auch, als Corinne mir von ihren Ideen erzählte." In ihrem Einstellungsgespräch hatte Corinne erklärt, sie wolle die Zeitung nutzen, um die Menschen der Stadt einander näher zu bringen. Sie glaubte fest daran, dass die Menschen in der heutigen Welt mehr Wärme und Zuspruch brauchten als harte reale Fakten.

Unter ihrer Leitung sollte die „Ashford Times" dazu beitragen, dass Menschen sich trafen und austauschten. Männer und Frauen sollten wieder lernen, aufeinander zuzugehen und allgemein freundlicher miteinander umzugehen. Natürlich würde es weiterhin Nachrichtenartikel geben, aber der Fokus liege auf den Menschen, hatte Corinne erklärt.

Colin verschränkte die Arme. „Wie sind Sie denn zu Ihrem Job bei der Zeitung gekommen?"

„Ach, das ist eine lange Geschichte. Im Grunde war es so, dass meine Eltern Corinnes Eltern kennen. Daher wusste ich, dass Corinne die Zeitung von ihrem Mann übernommen hatte, und ich dachte, meine Art zu schreiben könnte sie interessieren. Also rief ich sie an."

„Sie haben Ihr Ziel klar verfolgt", meinte er anerkennend. „Wollten Sie schon immer Journalistin werden?"

„Nein, ich habe viele Umwege dazu gebraucht. Früher war ich Rechtsanwaltsgehilfin. Aber ich merkte schon bald, dass ich mehr ein geselliger Typ als ein Büromensch bin."

„Das glaube ich gerne." Er sah ihr in die Augen, und sein Blick wärmte sie bis ins Innerste.

Sie legte den Kopf schief. „Ich hoffe, das sollte ein Kompliment sein und kein Seitenhieb wegen meiner neugierigen Ader."

„Ich bewundere Sie, Rina."

Der heisere Unterton in seiner Stimme ließ ihr einen erregenden Schauer über den Rücken laufen. „Danke", murmelte sie.

„Und wie sind Sie zum Schreiben gekommen?"

„Ich habe schon immer viele Notizen gemacht und kleine Anekdoten geschrieben. Nach meiner Heirat hatte ich viel Zeit zum Tagebuchschreiben."

Zunächst hatte sie ihr neues Zuhause und die Freunde ihres Mannes zum Thema genommen. Kritisch beobachtete sie die Verbindungen und Ehen, die nur aus materiellen Gründen eingegangen wurden, und freute sich über echte Beziehungen wie die ihrer Eltern, die Jahrzehnte überdauerten. Ihre Beobachtungen wurden zu humorvollen kleinen Geschichten, die sie in ihrer Einsamkeit aufheiterten.

„Hatten Sie denn aufgehört zu arbeiten?", fragte Colin nach.

„Mein Mann wollte mir das Leben bieten, von dem er dachte, ich hätte es mir immer gewünscht. Aber zu Hause zu sein und Geld auszugeben, das ich nicht selbst verdient hatte, lag mir nicht besonders." Doch um Roberts willen hatte sie diesen Lebensstil schließlich akzeptiert.

„Ich kann Sie mir auch nicht vorstellen, wie Sie zu Hause sitzen und Pralinen futtern."

„Wie denn sonst?"

„Eine eigensinnige, zielstrebige Frau wie Sie? Ich stelle mir vor, wie Sie erforschen, was Männer wirklich wollen." Er grinste. „Die Frage ist nur, ob Sie das Richtige herausfinden."

„Sie haben ja in Wirklichkeit nur Angst, dass ich Sie zu sehr durchschaue."

„Das haben Sie schon fast geschafft. Ich habe Ihre erste Kolumne gelesen."

„Und?" Unabhängig von richtigen oder falschen Erkenntnissen war ihr seine Meinung sehr wichtig.

„Sie vertreten einige überzeugende Ansichten. Männer lassen sich tatsächlich sehr von Äußerlichkeiten beeinflussen. Wir sehen, wir reagieren."

„Das reicht aber nicht für eine tiefgründige oder langfristige Beziehung."

„Ich bin sicher, Sie werden noch tiefer in die Psyche der Männer und Frauen vordringen."

„Meinen Sie denn, mich so gut zu kennen?"

Er nickte. „Oh ja. Ich weiß, Sie werden bei diesem Thema nicht lockerlassen." Doch sein Stirnrunzeln verriet, dass er darüber nicht nur froh war.

Und Rina meinte zu wissen, warum. Ihm wurde unbehaglich bei dem Gedanken, dass er tiefere Gefühle als Lust empfinden könnte. Er suchte ebenso wenig nach einer festen Beziehung wie sie. Dennoch hatten sie sich innerhalb kürzester Zeit sehr gut kennengelernt – er verstand sie in vielen Dingen besser, als Robert es je getan hatte. Ihr Ehemann hatte sie geliebt und ihr alles gegeben – außer der Freiheit, sie selbst zu sein. Je länger sie in Ashford lebte, je mehr Zeit sie mit Colin verbrachte, desto selbstsicherer wurde sie.

„Sagen Sie mir eins: Finden Sie es nicht seltsam, dass eine Zeitung zwei Kolumnistinnen zum Thema zwischenmenschliche Beziehungen beschäftigt?", wollte er wissen. „Ich meine, warum schreiben Sie ausgerechnet für eine Zeitung und nicht für eine Frauenzeitschrift? Diese Redaktionen sitzen doch alle in Manhattan."

„Ich musste von meinen Erinnerungen loskommen und neu anfangen. Außerdem kannte ich dort niemanden aus der Branche. Corinne war bereit, mir eine Chance zu geben. Und ihr Konzept gefiel mir."

Colin seufzte leise. „Aber finden Sie nicht, dass ihr Konzept für eine Zeitung seltsam ist?"

„Ein bisschen, vielleicht. Aber ist die Welt nicht auch irgendwie seltsam geworden? Außerdem haben viele Zeitungen inzwischen Artikel und Kolumnen über Lifestyle, Beziehungen und so weiter."

„Stimmt. Aber solche Zeitungen haben viel Platz für alle möglichen Arten von Themenbereichen. Die ‚Ashford Times' ist eine kleine Zeitung mit wenig Platz. Wenn das Feuilleton sich ausdehnt, müssen andere Rubriken weichen."

Rina nickte. „Das mag schon sein. Aber Corinne meinte, der ‚Globe' habe ohnehin mehr Absatz als die ‚Times' und das gebe ihr den Freiraum, etwas anderes zu versuchen. Ich weiß nur, dass ich Corinne meinen neuen Beruf und mein neues Leben zu verdanken habe. Und Sie können sich nicht vorstellen, wie sehr ich das nötig hatte."

In diesem Moment stürzte Emma erneut auf sie zu, einen älteren Herrn dicht auf den Fersen. „Was hat sie nur vor?"

Kaum hatte Rina das gesagt, als Emma auch schon bei ihnen war, stolperte und im Fallen Rinas Champagnerflöte mitriss. Erschrocken hob Rina die Hand, um den herausschwappenden Champagner abzuwehren, und schaffte es dadurch, auch noch Colin mit dem Champagner zu benetzen.

Sie versuchte, den nassen Stoff ihrer Bluse von der Haut abzuheben, da unter dem durchsichtig gewordenen Stoff deutlich ihr Spitzen-BH zu sehen war – ein BH, den Rina nur für sich selbst trug, nicht für die Recherche zu ihrer Kolumne. Es lag also nicht in ihrer Absicht, ihn der Öffentlichkeit zu präsentieren.

„Oh, das tut mir aber leid." Emma wuselte um Rina herum, ohne den Mann in ihrem Gefolge weiter zu beachten, der niemand anderes als Stan Blusting sein konnte.

Rina hob die Hände, um sich zu bedecken. „Ist schon gut, Emma. Wirklich."

„Nein, es ist nicht gut. Ich bringe Sie sofort nach oben, damit Sie sich abtrocknen können."

„Emma …", sagte der Mann, der sie wohl gern noch einen Moment gesprochen hätte.

Rina musterte ihn. Er war groß und gut aussehend, mit vollem weißem Haar und einem netten Lächeln. „Emma, geben Sie dem Mann eine Chance", flüsterte sie Emma ins Ohr.

„Unsinn. Grace hat bestimmt noch ein paar Sachen in ihrem Kleiderschrank. Und für dich, Colin, können wir bestimmt einen Pullover von Logan organisieren. Kommt mit." Sie winkte den beiden und kehrte Stan den Rücken.

„Ich warte hier auf Sie", rief der ihr noch nach.

„Lüstling", murmelte Emma.

„Ich finde ihn nett", meinte Rina auf der Treppe.

Emma ignorierte die Bemerkung. „Colin, hier ist Logans und Cats Gästezimmer. Du kannst dir ein Hemd oder einen Pullover aus dem Schrank nehmen." Sie öffnete eine Tür, schob Colin hindurch und schloss die Tür wieder.

„Sie können Stan nicht ewig abweisen." Rina ließ nicht locker. „Was ist so schlimm daran, wenn Sie ein Mal mit ihm essen gehen?"

„Ich bin schon zu lange auf mich selbst gestellt." Emma blieb vor der nächsten Tür im langen Korridor stehen. „Hier ist ein Badezimmer. Sie können sich waschen, und ich bringe Ihnen gleich eine Bluse von Grace."

„Das ist lieb von Ihnen, Emma. Vielen Dank." Doch ehe Emma den Raum verließ, fügte sie noch hinzu: „Denken Sie daran, dass man allein oft einsam ist." Und im Grunde sagte sie das auch zu sich selbst.

Zwei Minuten später kehrte Emma mit einer weißen, Rinas eigener sehr ähnlichen Bluse zurück und sagte, sie werde unten auf Rina warten.

Rina schloss die Tür ab und zog sich die nasse Bluse aus.

Sie fand ein Gästehandtuch, das sie anfeuchten konnte, und drehte gerade den Wasserhahn auf, als sie unvermittelt von einem quietschenden Geräusch aufgeschreckt wurde. Sie fuhr herum und sah, dass die andere Tür nicht zu einem Wäscheschrank führte, wie sie ursprünglich gedacht hatte, sondern zum angrenzenden Zimmer.

Und herein kam nicht Emma, sondern ein halb nackter, hinreißender Colin.

Bevor Emma sie in Champagner getränkt hatte, war Colin gerade dabei gewesen zu überlegen, wie er die Zeitung retten könnte, ohne Rina zu verletzen, da ihr dieser Job ganz offensichtlich wichtig war. Er stand kurz davor, ihr sein Problem anzuvertrauen, als das Schicksal in Form einer agilen alten Dame das Gespräch unterbrach. Seine Gedanken verflüchtigten sich, als er Rina in der durchsichtigen Bluse sah. Beim Anblick des Spitzen-BHs war ihm direkt der Schweiß ausgebrochen.

Als er ins Badezimmer trat, um sich mit kaltem Wasser den Champagner vom Oberkörper zu waschen, hatte er angenommen, sich wieder ganz unter Kontrolle zu haben. Allerdings hatte er nicht damit gerechnet, Rina gegenüberzustehen. Nach ihrem Anblick würde ein Schwall kaltes Wasser nicht mehr ausreichen – nun brauchte er eine kalte Dusche, um sich zu beruhigen.

„Ein Gentleman würde sich entschuldigen, umdrehen und gehen", meinte Rina trocken, aber wenig überzeugend.

Selbst ihr Versuch, sich zu bedecken, war kläglich. Ihre Hände zitterten leicht, und das kleine Handtuch enthüllte mehr, als es verbarg. Weiße Spitze umgab ihre vollen Brüste, und der Push-up-Effekt schaffte ein verführerisches Dekollete. Colin versuchte zu schlucken, aber sein Hals war wie ausgetrocknet.

Er trat ins Bad und schloss die Tür hinter sich ab. „Ich

habe nie behauptet, ein Gentleman zu sein. Schon gar nicht, wenn Sie in der Nähe sind."

„Könnten Sie das bitte näher erläutern?", murmelte sie.

Ihm gefiel ihre intellektuelle Seite, die es ablehnte, ohne Verstand den Instinkten nachzugeben. „Was ist daran so schwer zu verstehen? Sie sind eine wunderschöne Frau, und ich fühle mich zu Ihnen hingezogen." Er kam einen Schritt näher und nahm den Champagnerduft auf ihren Brüsten wahr.

„Und es ist Ihnen egal, welche Rina Sie ansehen, die mit oder ohne Make-up, die mit langem oder kurzem Haar."

„Stimmt genau. Und darüber wundert sich nur die Frau, die für ihre Kolumne recherchiert. Aber die Frau hier drinnen ...", er berührte ihr Dekollete mit dem Zeigefinger ...

... das sind wirklich Sie. Und Sie kennen mich – genau wie ich Sie kenne. Und ich würde niemals lügen, nur um ..."

„... eine Frau rumzukriegen?", beendete sie seinen Satz. „Nein, ich glaube nicht, dass Sie so etwas verabscheuenswertes Männliches tun würden." Ihre Lippen zuckten, und ihre Augen blitzten.

Dann lachte sie laut los, und er war froh, dass sie Humor in einer Angelegenheit besaß, bei der viele Frauen in Hysterie verfielen. Er stellte sich dicht vor sie. Sie waren allein in dem kleinen Badezimmer, und die Wahrscheinlichkeit, dass man sie stören würde, war gering. Emma war sicher wieder unten bei ihren Gästen. Allerdings hatte Colin das Gefühl, dass sie ihnen absichtlich diese Gelegenheit verschafft hatte, miteinander allein zu sein.

Diese Chance wollte er nicht ungenutzt verstreichen lassen, falls Rina einverstanden wäre. Und das wollte er so schnell wie möglich herausfinden.

5. KAPITEL

Sollte sie – oder sollte sie nicht? Im Grunde hatte Rina auf so einen Moment gewartet, und das Schicksal bot einem nicht ständig neue Gelegenheiten. Sie begehrte Colin, und es war lange her, seit ein Mann ihr das Gefühl gegeben hatte, begehrt und gebraucht zu werden. Sie nahm allen Mut zusammen, ließ das Handtuch fallen und trat rücklings an den Schminktisch, auf dem sie sich mit beiden Händen abstützte. Dadurch schob sie ihre Brüste auf einladende Weise nach vorn.

Colin konnte nicht umhin, ihr Dekollete zu betrachten, und stöhnte leise. „Ich schätze, das heißt Ja."

Ja – wozu?, dachte sie kurz, doch eigentlich war es ihr egal. Pulsierende Hitze durchströmte sie, und sie genoss das lang vermisste Gefühl der Erregung. „Wie gut, dass Sie ein Mann sind, der die Signale einer Frau zu deuten weiß", sagte sie im selben Moment, als er den Kopf neigte und sein Gesicht zwischen ihre Brüste schmiegte.

Sein Atem wärmte ihre Haut, und Colin begann, die Reste des Champagners von ihrer Haut zu lecken. Bereits nach kürzester Zeit zogen sich die Spitzen ihrer Brüste zusammen, um die gleiche Liebkosung einzufordern. Rina stöhnte auf.

Colin hob den Kopf, seine blauen Augen funkelten vor Begierde. „Sag mir, was du willst."

„Ist es das, was Männer wollen?", fragte sie zurück. „Dass sie so etwas gesagt bekommen?"

„Ich werde nicht antworten, nur um die Grundlage irgendeines verdammten Artikels zu bilden."

Rina erkannte, dass sie zu weit gegangen war – oder zumindest, dass er dieser Ansicht war. Der Artikel war das Letzte, woran sie gerade dachte. Sie fuhr mit den Händen durch Colins weiches, dichtes Haar. „Das ist nicht der Grund, weshalb ich gefragt habe."

Er legte den Kopf zur Seite. „Sondern?“

Wie sollte sie erklären, was sie selbst kaum verstand? „Ich habe nie …“ Sie suchte nach dem richtigen Wort. „Ich habe nie auf diese Weise gespielt. Mit einem Mann, meine ich. Es war alles immer ziemlich eindeutig – der Mann tat, was er wollte, und es fühlte sich entweder gut an oder nicht.“ Sie hatte in der Vergangenheit durchaus befriedigenden Sex gehabt, aber ihr Gefühl war niemals so intensiv gewesen wie jetzt mit Colin. „Ich hatte nie den Mut zu sagen, was ich wollte.“

Und kein Mann hatte je danach gefragt. Zum einen wünschte sie, Colin wäre nicht so unwiderstehlich, zum anderen dankte sie ihrem Schicksal, dass sie ihn gefunden hatte – wie viel Zeit auch immer sie noch mit ihm verbringen konnte.

„Also wollte ich nur wissen, ob du das gefragt hast, um mir einen Gefallen zu tun?“ Sie verdrehte die Augen, um zu zeigen, wie peinlich ihr die eigene Naivität war. „Oder weil du nur gern erotische Worte aus meinem Mund hören wolltest. Damit kenne ich mich wenig aus und weiß nicht, ob ich gut darin bin.“ Sie deutete in den Raum. „Ich weiß auch nicht, ob ich gut in einem Badezimmer bin. Herrje, ich mache die ganze Stimmung kaputt, oder?“

Er lachte, doch sie spürte sofort, dass er nicht über sie lachte. „Glaub mir, es gibt nichts, womit du die Stimmung kaputtmachen könntest.“ Er nahm ihre Hände, hob sie an die Lippen und küsste sie. Dann brachte er sie in die gleiche Position wie zuvor. „Nun sind wir wieder da, wo wir angefangen haben. Du sollst wissen, dass ich gefragt habe, um dir einen Gefallen zu tun. Aber ich hätte auch nichts dagegen, erotische Worte aus deinem schönen Mund zu hören.“

Mit ihren zusammengeschobenen Brüsten fühlte Rina sich sehr sexy und mutig. Colin fuhr da fort, wo er aufgehört hatte, und ihr Körper reagierte erneut auf seine Liebkosungen.

„Jetzt sag mir, was du willst.“

Sie schluckte. „Ich will, dass du aufhörst, nur zu spielen."

Als Antwort ließ er seine Zunge um eine ihrer Knospen kreisen, wobei sie erschauerte und instinktiv die Hüften vorschob. Doch er gab nicht nach und fuhr fort, sie zu necken.

Dann blickte er auf, und sie hätte am liebsten vor Enttäuschung laut aufgeschrien. „Vertrau mir", sagte er leise. „Vertrau mir so, dass du mir sagst, was du willst."

„Nimm sie in den Mund." Sie rang nach Luft. „Knete meine Brüste, und nimm die Spitzen in den Mund."

Seine Pupillen weiteten sich vor Lust. „Etwa so?"

Er umfasste ihre Brüste und massierte das weiche Fleisch.

„Hm." Sie lehnte sich weiter zurück und stöhnte. „Mehr."

Schließlich nahm er eine ihrer harten Knospen in seinen Mund und reizte sie sanft mit den Zähnen. Dann wechselte er zur anderen Seite, und Rina wurde fast verrückt vor Lust. Ihre Hüften begannen wie von selbst sich zu bewegen.

Diesmal wartete er nicht, dass sie ihn darum bat, sondern hob sie einfach hoch, sodass sie ihre Beine um seine Hüften schlingen und sich fest gegen ihn pressen konnte. Sie rieb sich an ihm, bis sie plötzlich heftig erschauernd zum Höhepunkt kam.

Sie hatten sich nicht miteinander vereinigt, aber ihr Körper wurde ebenso heftig von Lust durchflutet, als wäre Colin in sie eingedrungen. Rina zitterte noch, als er sie vorsichtig auf dem Waschtisch absetzte. „Du meine Güte."

Er fuhr sich mit der Hand durchs Haar. „Das ist eine gute Zusammenfassung." Er trat zurück und lehnte sich gegen die Wand.

Rina wurde bewusst, dass er soeben nicht dasselbe Ausmaß an körperlicher Befriedigung erlangt hatte wie sie. „Colin ..."

Doch er wehrte sofort ab. „Wag ja nicht, irgendetwas dergleichen vorzuschlagen. Das erste Mal zwischen uns soll richtig ablaufen, ohne dass du meinst, mir etwas schuldig zu sein, nur weil ich dich zum Höhepunkt gebracht habe."

Seine offenen Worte ließen sie erröten, doch noch ehe sie eine Antwort parat hatte, hob er die Bluse auf, die sie auf der Ablage hatte liegen lassen, und reichte sie ihr zum Anziehen.

Ihr Herz klopfte wie wild, und ihre Beine fühlten sich an wie Gummi, während sie aufstand und sich die Bluse überstreifen ließ. Dass er die Bluse auch noch selbst zuknöpfte, kam ihr weitaus intimer vor als das, was er zuvor mit ihr gemacht hatte, und dieser widersinnige Gedanke brachte sie zum Schmunzeln.

„Was ist so lustig?", wollte er wissen.

Sie schüttelte den Kopf. „Ich denke nur nach."

„Worüber?"

„Dass ich mir anscheinend genau den richtigen Mann ausgesucht habe, um meine Auszeit zu beenden."

„Und wie kommst du darauf?"

„Dir war wichtig, was *ich* wollte. Kein Mann hat das je für mich getan, und es bleibt ein Geschenk, an das ich mich ewig erinnern werde."

„Rina, ich ..."

Lautes Klopfen unterbrach ihr Gespräch. „Wir sind sofort fertig", rief sie schnell.

Colin legte die Hand auf ihren Mund. „Ich", flüsterte er fast tonlos. „*Ich* bin sofort fertig."

„Ich bin sofort fertig", wiederholte Rina und wurde schon wieder rot. „Meinst du, irgendjemand wird merken, was wir getan haben?", fragte sie leise.

„Ich bin's, Corinne! Emma sagte, ich würde Sie und Colin hier im ersten Stock finden."

Er unterdrückte einen Fluch. „Ich will nicht, dass sie uns zusammen sieht. Es wäre dir gegenüber nicht fair."

Er ging zu der Tür zurück, die sie für den Zugang zum Wäscheschrank gehalten hatte. „Ich treffe dich im Salon."

„Es geht um Joe!“, rief Corinne, als niemand antwortete.

„Colin ist nebenan, glaube ich!“, rief Rina zurück.

„Zieh dich an, und wir treffen uns unten“, flüsterte er schnell, zwinkerte ihr zu und verschwand durch die Tür.

Doch ihr Körper spürte noch immer seine Nähe.

Er hätte Rina nicht berühren dürfen. Da Colin genau wusste, dass sie auf entgegengesetzten Seiten standen und er Joe dazu bringen musste, ihr zu kündigen, hätte er ohne weiteres Zögern das Bad verlassen müssen. Natürlich hatte er es nicht geschafft. Sein Verlangen war zu stark gewesen.

Jetzt, nachdem es geschehen war, war er vollkommen durcheinander. Als sie ihm gestanden hatte, dass sie noch nie einen Mann – was ihren verstorbenen Ehemann mit einschloss – um das gebeten hatte, was *sie* wollte, hatte er den dringenden Wunsch, seine eigenen Bedürfnisse hintanzustellen und auf Rina einzugehen. Er wollte der erste Mann sein, dem sie auf diesem Gebiet vertraute, und sie hatte ihn nicht enttäuscht.

Doch nun stand er vor einer sehr viel schwierigeren Erkenntnis: Rina war die erste Frau, die er nicht wieder verlieren wollte.

Erneutes Klopfen riss ihn aus seinen Gedanken. Schnell knöpfte er das Hemd zu, das er sich aus Logans Schrank genommen hatte, und trat in den Flur.

„Ich habe dich bis hier drin gehört“, sagte er und ließ bewusst die Tür weit offen stehen, damit Corinne sehen konnte, dass er allein war. „Was ist mit Joe?“

„Er hatte wieder einen Schlaganfall.“

Colin zuckte zusammen.

„Eine Krankenschwester hat mich auf dem Handy angerufen, und ich suche dich schon im ganzen Haus“, fuhr Corinne fort.

Für einen kurzen Moment fühlte sich Colin dieser Frau

sehr verbunden, die vollkommen verzweifelt aussah. „Danke. Soll ich uns fahren?“, erkundigte er sich.

Sie nickte. „Ich bin zu nervös zum Autofahren.“

Er fasste sie am Ellbogen und ging Richtung Treppe. „Was hat die Krankenschwester gesagt?“

„Nur dass sein Zustand stabil ist“, antwortete sie auf ihrem Weg nach unten.

Er holte ihre Mäntel. „Warte bitte kurz.“

Colin suchte Emma und Logan, um sicherzugehen, dass einer von ihnen Rina über seinen Verbleib informieren und ihre Heimfahrt organisieren würde. Obwohl er es ihr auch selbst sagen könnte, wollte er keine weitere Zeit mehr verlieren.

Er hatte jetzt keine Chance mehr, ihr das Gefühl zu geben, dass sie etwas Besonderes für ihn war, und er würde es später wieder gutmachen müssen. Sie verdiente es. Aber Corinne hatte ihm einen Vorwand zum Weglaufen geliefert, und er ergriff die Gelegenheit nur zu gern. Seine Gefühle verwirrten ihn so sehr, dass er erst einmal allein sein wollte.

Er war bisher immer weggelaufen, bevor eine Beziehung zu intensiv werden konnte, und er wusste nicht, was er mit seinen sehnsüchtigen Gefühlen Rina gegenüber anfangen sollte. Er hatte vorhin mehr gegeben als nur Sex, während er doch genau wusste, dass er sie am Ende verletzen würde – sie und sich selbst, da es unausweichlich schien, dass er sie verlieren würde.

Es war für ihn jetzt wirklich besser, emotional etwas auf Distanz zu gehen. Und für Rina war es besser, wenn er ihr zu verstehen gab, dass sie auf lange Sicht nicht auf ihn zählen konnte.

Rina ließ sich noch ein Glas Sorbet einschenken und wandte sich wieder dem gut aussehenden Mann zu, der sie die letzte Viertelstunde mit seinem Lebenslauf gelangweilt hatte. Aber zumindest kümmerte er sich um sie.

Anders als Colin, der sie einfach hatte stehen lassen. Er hätte warten und ihr persönlich von Joe erzählen können – er hätte sie sogar ins Krankenhaus mitnehmen können. Stattdessen hatte er sie allein auf der Party zurückgelassen. Sein Handeln sprach Bände über das, was sie von Anfang an geahnt hatte: Colin Lyons war der Typ Mann, der eine Frau liebte und dann verließ. So verletzt sie auch war, erinnerte sie sich selbst daran, dass sie ebenfalls nur auf eine Affäre aus gewesen war. Und Colin hatte sich als genau der richtige Mann dafür erwiesen.

Rina straffte die Schultern und beschloss, das Beste aus der Party zu machen und Informationen für ihre Kolumne zu sammeln. „Nun aber ehrlich", sagte sie zu Edward Worthington III., „ist Ihr Swimmingpool wirklich so groß, wie Sie behaupten?" Sie beugte sich näher zu ihm und klimperte mit den Wimpern.

„Kommen Sie mit, und ich werde es Ihnen zeigen", erwiderte er mit offensichtlichen Hintergedanken.

„Rina hat bereits eine Mitfahrgelegenheit", sagte Emma und zog Rina beiseite. „Was glauben Sie, was Sie da tun?"

„Ich sammle Material für meine Artikel. Und heute habe ich herausgefunden, dass Männer freundliche und aufgeschlossene Frauen wollen."

„Männer wollen glauben, dass sie gut ankommen, und Edward sucht nach jeder Art von Bestätigung, seit seine Verlobte ihn hat sitzen lassen. Nun winken Sie schön, Kindchen, und lassen ihn zu einer anderen weitergehen, die sich wirklich für ihn interessiert."

Da sie wusste, dass Emma – wie immer – recht hatte, winkte Rina freundlich und ließ sich fortschieben. Sie hatte ohnehin nur mit Edward geflirtet, um sich von Colin abzulenken. Ihre Kolumne war das Letzte, woran sie dachte.

„Material sammeln ... dass ich nicht lache!“, murmelte Emma. „Sie schmollen ja nur, weil Colin einfach gegangen ist.“

Da Rina die alte Dame auf keinen Fall darüber aufklären wollte, was sich im Badezimmer abgespielt hatte, schwieg sie einfach.

„Mein Fahrer wird Sie nach Hause bringen“, fuhr Emma fort und tätschelte ihre Hand. „Wir können morgen reden, wenn Sie wieder klar im Kopf sind.“

„Unsinn. Ich werde Mrs. Lowell nach Hause fahren.“ Stan Blusting trat neben sie. „Ich hörte zufällig, wie Sie Ihrem Fahrer die Adresse nannten, und es liegt genau auf meinem Heimweg.“

„Lauschen ist unhöflich“, bemerkte Emma nur.

„Ihr Benehmen ebenfalls, und dennoch beschwere ich mich nicht“, konterte der ältere Herr.

Rina hatte noch nie zuvor erlebt, dass Emma zurechtgewiesen wurde, und sie biss sich auf die Lippen, um nicht laut loszuprusten. „Wenn Sie sicher sind, dass es Ihnen keine Umstände macht, nehme ich das Angebot gerne an“, sagte sie zu Stan.

„Ganz sicher. Es ist Jahre her, dass ich jemand so Junges und Hübsches wie Sie in meinem Wagen sitzen hatte.“ Er blinzelte Rina zu. Offensichtlich wollte er Emma eifersüchtig machen.

„Ich habe doch gesagt, er ist ein Lüstling.“ Emmas schnippischem Gesichtsausdruck nach zu urteilen, hatte seine Taktik wohl gewirkt.

„Er ist ein Gentleman, Emma“, widersprach Rina sanft.

„Dann lassen Sie sich doch nach Hause fahren! Es ist mir vollkommen egal.“ Mit hoch erhobenem Kopf drehte Emma sich um und stolzierte davon. Zuvor jedoch fügte sie noch leise hinzu: „In seinem Herzen ist Colin ein kleiner junge, Rina. Geben Sie ihm die Chance, alles zu erklären.“

Rina verdrehte die Augen und ließ sich von Stan hinausführen.

Auf der Heimfahrt erzählte er ihr vom Tod seiner Frau, wie viel er und Emma gemeinsam hätten und wie sehr er sich auf seine alten Tage Gesellschaft wünsche. Emma mit ihrem offenen Wesen und ihrer temperamentvollen Art würde gut zu ihm passen. Rina stimmte ihm zu. Ihr Instinkt sagte ihr, dass Stan Blusting sich auf keinen Fall mit Richter Montgomery gegen Emma verbünden würde. Also hoffte sie inständig, dass Emma nachgeben und letztendlich selber das Glück finden würde, das sie ständig für andere suchte.

Zwanzig Minuten nach Ankunft in ihrer Wohnung trat Rina frisch geduscht und ohne Champagnerduft, jedoch noch immer voll der Erinnerungen an Colins Berührungen, aus dem Bad.

Männer! Wie sollte eine Frau sie jemals verstehen?

Während sie ihr Haar trockenrubbelte, fiel ihr Blick auf Norton, der sich sofort fiepend auf den Rücken wälzte. „Deine Bedürfnisse sind wenigstens einfach zu durchschauen." Sie beugte sich hinunter, um ihm den Bauch zu kraulen, als plötzlich die Türglocke schellte.

Es war ein Uhr nachts, was für die meisten Menschen sehr spät, für Frankie allerdings früh genug war, um auf eine Portion Eiscreme und ein ausgiebiges Gespräch über ihr Samstagabend-Date vorbeizukommen. Es war das erste Mal, dass Rina ebenfalls etwas zu diesem Thema beitragen konnte, und sie brauchte dringend einen Rat. „Was bin ich froh, dich zu sehen", sagte sie, als sie die Tür öffnete.

„Na, zumindest *ein* Mensch, der sich freut."

Rina runzelte die Stirn. „War es so schlimm?"

„Noch schlimmer." Frankie machte es sich auf Rinas Couch gemütlich. „Und was ist mit dir? Wie war dein erstes Rendezvous seit tausend Jahren?"

Rina schloss die Augen und dachte an Colins Berührungen, seinen weichen Mund und den herben, sinnlichen Duft.

Frankie grinste. „Ach, so gut? Verrätst du mir dein Geheimnis?“

Mit ihrem glatten, pechschwarzen Haar, der olivfarbenen Haut und ihrem guten Herzen hatte Frankie es gewiss nicht nötig, auf der Suche nach einem Mann um Hilfe zu bitten. Eigentlich müsste sie an jedem Finger zehn haben, fand Rina. Doch so war es nicht, und das machte das andere Geschlecht und seine Bedürfnisse zu einem noch größeren Rätsel.

Rina seufzte. „Es gibt kein Geheimnis.“

„War es nun ein gutes oder ein schlechtes Date?“

„Beides. Ich kann nicht behaupten, er hätte mich nur benutzt, weil er im Gegensatz zu mir nicht gekommen ist, aber er hat mich auf der Party allein gelassen und …“

„Stopp! Noch mal von Anfang an, bitte.“ Frankie starrte sie aus großen Augen an.

Rina wurde rot, als sie merkte, wie viel sie bereits verraten hatte. „Emma hat Champagner über uns ausgekippt, und wir mussten uns oben umziehen. Lass mich jetzt nur so viel sagen, dass Colin und ich eine Weile allein waren. Aber als ich dann wieder nach unten kam, erfuhr ich, dass er einen dringenden Anruf erhalten hatte und sofort ins Krankenhaus gefahren war.“

Frankie zog die Nase kraus. „Ist er nun ein Mistkerl oder nicht?“

Rina lachte. „Er hat meine Heimfahrt organisiert.“

Frankie sah sie aufmerksam an. „Inwieweit interessierst du dich für den Kerl?“

„Ich fühle mich wohl mit ihm.“ Rina wanderte in ihrem Wohnzimmer auf und ab, um sich abzureagieren.

„Und genau so wolltest du es bei deinem ersten ernsthaften Rendezvous doch haben, oder?“

„Stimmt. Unglücklicherweise fühle ich ihn auch hier." Sie tippte auf ihr Herz. „Seine Eltern starben, als er ein kleiner Junge war, und er hat Narben, die noch nicht verheilt sind."

„Also hat er Angst davor, verletzt zu werden, genau wie du. Keine schlechte Sache, wenn man bedenkt, dass du im Moment keine ernsthafte Beziehung willst, stimmt's?"

Als Rina schwieg, sah Frankie sie eindringlich an. „Stimmt's?", fragte sie wieder.

„Stimmt, stimmt", sagte Rina in der Hoffnung, sich selbst zu überzeugen. „Es ist nur so, dass …"

„Was?"

Sie wand sich. „Ich komme mir schrecklich unloyal vor, wenn ich das sage, aber Colin weckt Gefühle in mir, die Robert nicht einmal annähernd hervorrufen konnte. Und das nicht nur sexuell." Rina ging zum Fenster. „Es macht mir Angst."

„Warum?", wollte Frankie wissen. „Denn wenn ein Mann für mich täte, was Colin für dich getan hat, könnte mich nichts mehr von seinem Bett fern halten, das kannst du mir glauben." Sie räusperte sich. „Ich meine, Leben. Dann könnte mich nichts aus seinem Leben fern halten."

Rina verdrehte die Augen, doch im Grunde musste sie Frankie recht geben. „Weißt du, was mir so Angst macht? Der Typ ist ein echter Zugvogel. Er wird weiterziehen, wenn die Sache vorbei ist." Der Umstand, der Colin zum perfekten Kandidaten gemacht hatte, war nun zum Problem geworden.

„Das bedeutet doch nur, dass du das Ganze oberflächlich halten musst."

„Wenn das so leicht wäre, würde ich mich jetzt nicht nach Schokoladeneis verzehren. Wie sieht's mit dir aus?"

„Ich dachte schon, du fragst nie mehr." Frankie sprang auf, ging zum Eisschrank und füllte zwei Schälchen. „Ich sehe da eigentlich kein Problem. Wie du mir erzählt hast, ist es schon ein paar Jahre her, dass du männliche Zuwendung erfahren hast, und du bist absolut reif dafür. Bleib locker, und alles wird gut."

Das klang so einfach, aber mit Colin war eben nichts einfach, und Rina war bereits viel zu sehr gefühlsmäßig beteiligt, um es locker zu sehen. Doch ehe sie antworten konnte, klingelte das Telefon. Rina schrak zusammen. Um diese Uhrzeit rief normalerweise niemand mehr an, und sie dachte sofort an ihre Eltern in Florida. Sie nahm den Hörer ab. „Hallo?"

„Hallo, Rina."

„Oh, Colin!"

„Hm. Jetzt wird's interessant", murmelte Frankie.

Rina trat sie vors Schienbein. „Pscht", flüsterte sie.

„Hör mal, Liebling, ich muss mit dir reden", sagte Colin mit seiner tiefen, verführerischen Stimme.

Als sie den Kosenamen hörte, wurde Rina der Mund trocken und die Knie weich. Sie setzte sich neben Frankie aufs Sofa.

„Habe ich dich geweckt?", wollte er wissen.

„Nein, ich habe noch Besuch", erwiderte Rina, die von einem kleinen Teufel getrieben wurde, es Colin nicht zu leicht zu machen.

Er räusperte sich. „Verstehe. Ich wollte auch nur anrufen, um zu sehen, ob du gut nach Hause gekommen bist."

Seine Fürsorge ließ Rina erneut dahinschmelzen. „Wie geht es Joe?"

„Er hatte nur einen leichten Schlaganfall. Es sind keine dauerhaften Nachwirkungen zu erwarten, aber seine Rekonvaleszenz ist natürlich verzögert. Die Ärzte versuchen, seine Medikamente so einzustellen, dass es nicht wieder vorkommt." Er hielt kurz inne. „Danke, dass du gefragt hast."

Sie hörte den Kummer in seiner Stimme und hätte ihn nur zu gern getröstet. „Aber es wird ihm wieder gut gehen?"

„Dieses Mal, ja. Hör zu, Rina. Es tut mir leid, dass ich

dich so einfach habe stehen lassen."

Seine raue Stimme wirkte selbst durch die Telefonleitung hindurch erregend auf sie. „Ich verstehe schon."

„Gut. Dann will ich dich nicht länger aufhalten. Wir sehen uns in der Redaktion. Gute Nacht, Rina."

„Gute Nacht, Colin." Sie legte auf und blickte in Frankies neugierige Augen.

„Bist du immer noch unsicher, was seine Gefühle angeht? Oder bist es du selbst, der du nicht traust?", bohrte ihre Freundin. „Es ist offensichtlich, was du von ihm willst, und es ist gleichermaßen offensichtlich, dass er interessiert ist. Das ist eindeutig besser als mein Typ, der mich auf dem Gehsteig hat stehen lassen und vermutlich nie wieder von sich hören lassen wird."

Rina rieb sich die kribbelnden Unterarme. „Ich muss den Sprung wohl wagen, oder?"

„Niemand außer dir kann das beantworten."

„Du hast recht. Wie stehe ich vor meinen Leserinnen da, wenn ich schon beim ersten kleinen Fehlverhalten das Handtuch werfe?"

„So gefällst du mir."

Rina nickte. „Jawohl. Ich bin eine Frau des neuen Millenniums. Ich weiß, was ich will, und ich weiß, wie ich es bekommen kann."

Frankie applaudierte, und Rina verbeugte sich übertrieben. Doch insgeheim hoffte sie, der Mut würde sie am Montagmorgen nicht schon wieder verlassen, wenn sie Colin gegenüberstand.

6. KAPITEL

„Ich habe gerade Besuch.“ Noch einen Tag später stachen diese Worte Colin wie kleine Pfeile. Doch nachdem er Rina auf der Party allein gelassen hatte, hatte er diesen kleinen Seitenhieb wohl verdient. Er glaubte nicht daran, dass Rina einen Mann zu Besuch hatte, aber seine Eifersucht war trotzdem geweckt – was vermutlich der Zweck ihrer Bemerkung gewesen war. Und das Gefühl verwirrte ihn zutiefst.

Er setzte sich ans Telefon und rief einige kleine Firmen an, die in der „Ashford Times“ inserierten, um sicherzugehen, dass dies auch weiterhin so blieb. Dann kümmerte er sich um Nachrichten aus dem Bundesstaat sowie über wichtige nationale Angelegenheiten, um den Nachrichtenteil der Zeitung möglichst umfangreich zu gestalten. Colin notierte, dass er Bloomberg wegen der Wirtschaftsberichte kontaktieren und sich um die Übermittlung nationaler Sportergebnisse über die Nachrichtenagentur AP bemühen müsse. Was war ein Mann ohne Sport? Kein Wunder, dass Corinne die Hälfte ihrer Leserschaft verloren hatte! Aus seiner Sicht war alles bereit für den neuen, verbesserten Anfang – er musste Corinne nur rechtzeitig davon überzeugen.

Natürlich würden die Neuerungen, die er einführte, wieder Geld kosten, aber er musste nun mal investieren, um die Leserschaft wieder neu aufzubauen. Ein Teil des Budgets wird bei der Streichung von Emmas und Rinas Stellen frei werden, dachte er schuldbewusst.

„Guten Morgen, Colin.“ Emma spazierte ins Büro und wirkte ein bisschen zu aufgekratzt und fröhlich für einen Montagmorgen – vor allem für *diesen* Montagmorgen.

„Guten Morgen, Emma. Ich nehme an, Sie haben sich gestern ausgiebig von Ihrer Weihnachtsparty erholt.“ Froh über die Ablenkung, verschränkte er die Hände hinter dem Kopf.

„Oh ja. Ich habe mich in die Badewanne gelegt und ein richtig gutes Buch gelesen. Ich fühle mich außerordentlich erfrischt, danke. Wie war dein Wochenende?"

„Ich war gestern bei Joe." Und bei Corinne – doch er war jetzt nicht in der Stimmung, daran auch nur zu denken. Er merkte, dass er Corinne gegenüber in Gefühlskonflikt geriet, da sie sich so beständig um Joe sorgte und kümmerte.

„Corinne sagte mir, es sehe gut aus. Ich bin ja so froh. Ich finde, wir sollten ihm eine ordentliche Wiedersehensfeier bereiten, wenn er wieder hier ist."

Das sagte die Frau, deren Kolumne auf der Abschussliste stand. Colin stöhnte auf, da er eine Pause von seinen Schuldgefühlen und dem Stress brauchte.

„Eine Blumensendung", rief da plötzlich eine männliche Stimme.

Colin drehte sich um und sah einen Mann, der einen bombastischen Blumenstrauß in den Armen hielt.

„Ich suche eine Rina Lowell."

Colins Herz krampfte sich zusammen. Hatte Rina vielleicht doch noch einen Mann zu Besuch gehabt?

„Oh, wie aufregend. Stellen Sie ihn gleich da ab", sagte Emma und deutete auf Rinas Schreibtisch. Sobald der Lieferant verschwunden war, drehte Emma sich zu Colin um. „Das hättest du nicht tun müssen."

„Hab' ich auch nicht", erwiderte er zwischen zusammengebissenen Zähnen.

Emma hob eine Augenbraue. „Ach, herrje!"

Noch ehe Colin sich selbst erniedrigen konnte, heimlich die Karte zu lesen, kam Rina in die Redaktion. Ihre Wangen waren vom Wind gerötet, das Haar leicht zerzaust und ein Lächeln auf dem Gesicht. Colin wurde allein durch ihren Anblick erregt.

„Guten Morgen." Sie ging langsam zu ihrem Schreibtisch. „Was ist denn das?"

„Na, ein Blumenstrauß natürlich“, sagte Emma.

Rina blickte für den Bruchteil einer Sekunde zu Colin, bevor sie die Blumen eingehend betrachtete. Doch er hatte deutlich den Hoffnungsschimmer in ihren Augen wahrgenommen und konnte beruhigt sein. Er trat neben ihren Schreibtisch, neigte sich zu ihr und sagte leise: „Tut mir leid, Liebling, aber die sind nicht von mir.“

„Das hatte ich auch nicht angenommen.“ Sie holte die Karte aus dem Umschlag und verstaute sie nach dem Lesen in ihrer Schreibtischschublade.

„Und?“, fragte Emma. „Verraten Sie uns den Namen Ihres heimlichen Verehrers?“

Rina schüttelte den Kopf und wich Emmas Blick aus. „Die Blumen sind von Jake und Brianne. Sie gratulieren mir zu meiner ersten Kolumne.“

„Wie schön, wenn man eine Familie hat, die sich um einen kümmert“, bemerkte Emma und widmete sich wieder ihrer Arbeit.

Rina schob die Blumen an die Schreibtischecke, verstaute ihre Handtasche und zog sich den Mantel aus. Colin hatte ihr nicht eine Sekunde lang abgekauft, dass die Blumen von ihrem Bruder und ihrer Schwägerin waren, aber sie hatte wegen Emma gelogen und nicht seinetwegen, was ihn verwirrte. Er dachte einen Moment darüber nach, doch als Rina ihren Mantel auszog, konnte er keine Sekunde länger denken.

Unter ihrem weiten Wollmantel trug sie nämlich eine schwarze Bluse mit extrem tiefem Ausschnitt und einen ultrakurzen Minirock, der ihre schlanken Beine betonte, die heute nur von einer hautfarbenen Strumpfhose bedeckt waren. Zumindest hoffte er, dass es eine Strumpfhose war, denn sollte er zufällig entdecken, dass es Strümpfe waren, würde er sich nicht mehr zurückhalten können.

Er ging zu ihrem Schreibtisch und nahm sie bei der Hand. „Komm mit."

„Wohin?"

„Kaffeepause", murmelte er und zog sie durch die Eingangstür, am Fahrstuhl vorbei und ins Treppenhaus. Es war der einzig ruhige Platz, der ihm im Moment einfiel.

Nicht einmal der eigentümliche Geruch dort konnte sein Verlangen nach ihr dämpfen. Sobald die Tür zugefallen war, schob er Rina gegen die Wand und stützte seine Hände neben ihrem Kopf ab.

„Von wem sind die Blumen?", fragte er rau.

„Wieso willst du das wissen?"

Er berührte ihre Wange. „Ich mag es auf eine etwas unpassende Weise zeigen, aber es ist mir wichtig."

„Sie sind von Stan Blusting", gestand Rina.

„Was denkt der alte Kerl, was er da tut?"

„Das ist doch offensichtlich: Er will Emma eifersüchtig machen, indem er mir Aufmerksamkeit schenkt."

„Und du willst seinen Plan nicht unterstützen?"

Rina verdrehte die Augen. „Doch, schon. Aber ich will Emma auch nicht verletzen. Sie hat Angst, dass ihr Sohn sie in ein Seniorenheim steckt, und deshalb traut sie auch keinem seiner Freunde."

„Hat sie das gesagt?"

„Nein, aber angedeutet. Und ich will nicht diejenige sein, die sie zu etwas drängt, wozu sie noch nicht bereit ist. Stan hat mir gesagt, er habe Emma wirklich gern und genieße ihre Nähe, aber bis sie ihm vertraut, wird sie ihn keinen Millimeter an sich heranlassen."

„Dann passt du also auf sie auf."

„Das tun Freunde füreinander", murmelte sie.

„Das tun besonders liebevolle Menschen füreinander." Er sah sie eindringlich aus seinen strahlend blauen Augen an, und Rina wurde es warm ums Herz.

Nachdem sie gestern den ganzen Tag bis spät in die Nacht am Computer gesessen und die Kolumne dieser Woche geschrieben hatte, hatte sie genug davon gehabt, allein zu sein. Sie wollte Colin nicht länger hinhalten. Ihr Ärger über sein Verschwinden auf der Party war komplett verflogen. Joe war es schlecht gegangen, und damit war der Fall erledigt.

An diesem Morgen hatte sie sich also allein für Colin herausgeputzt. Doch wie zuvor entdeckte Colin nicht nur Oberflächliches. Er begehrte und bewunderte sie auch unabhängig von der Verpackung.

Er griff in ihr Haar, und sein Blick war voll Verlangen. Auch wenn sie ihn verführen wollte, so hatte sie nicht mit einer so schnellen Reaktion von ihm gerechnet. Es war ihr unmöglich, ihm zu widerstehen, und als er sie küsste, schlang sie die Arme um seinen Nacken und erwiderte den Kuss voller Leidenschaft.

Seine Zunge erkundete ihren Mund, und das brachte ihren Puls zum Rasen. Dann fühlte sie seine warmen Hände über ihre Hüften zu den Schenkeln gleiten. „Hast du eine Vorstellung davon, was du mit deinem Minirock bei mir anrichtest?“

„Warum sagst du's mir nicht?“

„Es erregt mich schon, deine langen Beine nur anzusehen.“ Er presste sich eng an sie, um es ihr zu beweisen.

Rina schloss die Augen. Ihr Körper reagierte mit Hitzewellen darauf, dass Colin sie begehrte – hier und jetzt, in dem dunklen, muffigen Treppenhaus.

„Und die Frage, ob das eine Strumpfhose ist oder nicht, macht mich geradezu wahnsinnig.“ Ohne ihre Aufforderung abzuwarten, ließ er seine Finger aufwärts wandern, bis sie den elastischen Spitzenbund ihrer halterlosen Strümpfe ertasteten. Als seine Finger ihre nackte Haut berührten, stöhnte er auf.

„Die sind bequemer“, erwiderte Rina mit gespielter Nonchalance.

„Für wen?“

Sie lachte. „Für mich. Strumpfhosenbündchen zwicken mich immer in den Bauch.“

„Was ist mit den weiten Kleidern passiert?“ Es war nur allzu offensichtlich, dass ihm ihr neuer Look gefiel.

Doch diese Erkenntnis war nicht nur positiv. Sie wollte weiterhin sicher sein, dass Colin um ihrer selbst willen an ihr interessiert war.

„Und was ist unter dem Rock?“, wollte Colin nun wissen. „Was hält dich bei diesem nasskalten Winterwetter unten herum warm?“

Sie war versucht zu sagen, dass sie in seiner Nähe, beim Klang seiner Stimme, eigentlich gar keine Kleidung brauchte. „Gute altmodische Unterwäsche, Colin, was sonst?“

Eine kurze Aufwärtsbewegung seiner Finger bestätigte ihre Aussage. Er streichelte ihren mit weichster Seide bedeckten Venushügel. Seine Berührung löste allerdings sofort ein kleines Feuerwerk in ihr aus, und die Spitzen ihrer Brüste wurden hart. Zwischen ihren Schenkel begann es zu pulsieren.

„Du spielst nicht fair“, hauchte sie.

„Du aber auch nicht, wenn du dich so anziehst“, erwiderte er rau. Sein Mund war wenige Zentimeter von ihrem entfernt.

Sie öffnete die Lippen in Erwartung eines weiteren Kusses, doch Colin gab ihr mehr als das, indem er wieder seine Hand, die noch auf ihrem Venushügel lag, bewegte. Eine Welle der Lust durchströmte ihren Körper, und sie drängte sich Colin automatisch entgegen, um seine Berührung zu verstärken.

„Das gefällt dir, nicht wahr?“ Er beugte sich vor, sodass ihre Wangen sich berührten, und streichelte sie intensiver.

„Oh ja!“ Sie sog seinen männlichen Duft ein, während ihre Erregung mit jeder Sekunde wuchs.

Wenn sie nicht aufpasste, würde dieses Spiel sie zu sehr verwirren. Mit größter Selbstbeherrschung presste sie ihre Schenkel zusammen, nachdem sie sich eine letzte Welle der Lust gegönnt hatte, und wich ein wenig zurück. Sie brauchte mehr Zeit.

Colin schien zu verstehen und zog seine Hand weg.

Als sie ihre Kolumne schrieb, hatte Rina eines erkannt: Gut auszusehen nützte nichts, wenn eine Frau sich nicht auch gut fühlte. Eine Frau konnte keinen Mann verführen, geschweige denn ihn auf Dauer glücklich machen, wenn sie nicht mit sich selbst im Reinen war.

Auf ihr eigenes Leben übertragen, bedeutete dies, dass die lebenslustige Rina verschwunden war, sobald sie ihre Arbeit aufgegeben und sich ganz Roberts Wünschen und Vorstellungen hingegeben hatte. Sie hatte nie mehr einfach nur ein T-Shirt und abgewetzte Jeans angezogen und war durch New Yorks Straßenflohmärkte gezogen, sie hatte nie mehr in Greenwich Village nach ungewöhnlichem und originellem Strass-Schmuck gesucht, der zwar günstig war, aber zu ihr passte und etwas aussagte. Sie war nicht mehr in angesagte Clubs gegangen, um sich die Füße wund zu tanzen. Stattdessen war sie viel zu früh gesetzt geworden, hatte sich mit viel zu ernsten Leuten umgeben und viel zu viele langweilige Partys besucht.

In ihrer neuesten Kolumne, die den Titel trug „Zeig, was du kannst“, erklärte sie ihren Lesern nun, dass eine Frau sich selbst genug wertschätzen sollte, um sich nicht an einen Mann zu binden, der nicht an ihre Ziele oder ihre Träume glaubte.

Nicht einmal für eine kurze Affäre. Sie wusste bereits, dass Colin ihre Arbeit schätzte, das hatte er auf Emmas Party angedeutet. Doch bevor sie sich seinem verführerischen Charme endgültig und vollkommen hingab, musste sie wissen, ob er alles an ihr mochte.

„Geh mit mir tanzen“, sagte sie spontan. „Freitagabend.“

Er lehnte sich gegen die Wand, ohne den Blick von ihr zu nehmen. „Tanzen?“

„Ja, ich dachte, ich sehe mich mal in Bostons Nachtleben um. Kommst du mit?“ Sie wollte sich wieder wie früher amüsieren und Colin dabeihaben.

Er grinste. „Warum nicht? Jemand muss ja auf dich aufpassen.“

„Ich brauche keinen Aufpasser, sondern einen Tanzpartner.“ Die Aussicht darauf, allein vor einem Drink zu sitzen und entweder aufdringliche Männer zu verscheuchen oder die Abwesenheit interessanter Männer zu beklagen, war nicht allzu verlockend.

Er sah sie eindringlich an. „Wieso nur habe ich das seltsame Gefühl, du willst mich auf die Probe stellen?“, fragte er dann. „Und wie soll ich wissen, ob ich die Probe bestehe?“

Ich stelle mich selbst auf die Probe, dachte Rina. Meine Reaktionen, mein Urteilsvermögen. „Das wirst du schon merken“, erwiderte sie etwas heiser vor Aufregung.

„Dann sind wir verabredet. Ich kenne mich in der Stadt besser aus – wie wäre es also, wenn ich dich abhole? Und wie wäre es, wenn wir Logan und Cat mitnähmen?“

„Als Anstandswauwaus?“, fragte sie neckend, obwohl ihr die Vorstellung gefiel, mit seinen Freunden auszugehen.

„Nein, als lustige Gesellschaft.“

„Klingt gut.“

Plötzlich wurde laut an die Treppenhaustür geklopft. Mit bedauerndem Blick löste sich Colin von ihr, um zur Tür zu gehen.

„Rina Lowell, kommen Sie sofort da raus“, ertönte Emmas Stimme von der anderen Seite.

„Was für eine Kupplerin!“, meinte Colin trocken.

Rina fasste an den Türknauf. „Ich gehe vor. Dann hast du

Zeit, dich ein wenig abzukühlen", fügte sie hinzu.

„Sehr witzig", murmelte Colin, aber er widersprach nicht und ließ sie gehen.

„Emma! Was ist los?"

Die alte Dame wedelte ihr mit der Floristenkarte vor der Nase herum. „Jetzt versucht es dieser Kerl also bei Ihnen", sagte sie vorwurfsvoll.

„Was meinen Sie?", fragte Rina unschuldig.

„Die Blumen sind von Stan. Ich hab' Ihnen doch gesagt, er ist ein Lüstling. Eben noch behauptet er, an mir interessiert zu sein, und kurz darauf überschüttet er Sie mit Rosen."

„Es sind Wildblumen, keine Rosen."

„Das macht keinen Unterschied."

„Preislich schon", entgegnete Rina. „Und Sie haben spioniert." Sie riss Emma die Karte aus der Hand.

„Und Ihr Lippenstift ist verschmiert, was bedeutet, dass Sie herumgeknutscht haben. Mit wie vielen Männern spielen Sie eigentlich?" Emma rümpfte die Nase, und Rina musste ein Lachen unterdrücken.

Sie legte den Arm um Emmas Schultern und führte sie an ihren Schreibtisch zurück. „Emma Montgomery, Sie sind eifersüchtig, weil Stan für jemand anderes Interesse zeigt, nachdem Sie ihn abgewiesen haben."

„Lächerlich."

„Genau", bestätigte Rina. „Und Sie wissen sehr wohl, dass Stan ein kluger Mann ist. Er weiß, dass Sie mit mir im selben Raum arbeiten und sehr neugierig sind. Also schickte er mir Blumen, damit Sie sich aufregen. Was ja auch wunderbar funktioniert hat." Sie schnalzte mit der Zunge. „Ts, ts, Emma. Sie sollten nicht so vorhersehbar sein. Männer wollen unberechenbare, impulsive Frauen." Sie konnte sich das Lachen nun nicht mehr verkneifen. „Kommen Sie, Emma. Nun gehen Sie schon mit dem Mann aus."

„Und wenn es eine Falle ist?“

Rina verstand. Was, wenn Emmas Sohn, der berüchtigte Richter Montgomery, seinen Freund Stan gebeten hatte, Emma auszukundschaften? Und was, wenn Emma sich von ihrer kapriziösesten und launischsten Seite zeigte und ihr Sohn es gegen sie verwandte? „Ich kann mir nicht vorstellen, dass Ihr Sohn so grausam sein könnte. Außerdem würde Logan das nicht zulassen.“ Sie tätschelte Emmas Hand, „Der Mann ist ein einsamer Witwer. Und auch Sie können Gesellschaft gut gebrauchen. Geben Sie Stan eine Chance.“

„Aber nur, wenn Sie es auch tun“, erwiderte Emma herausfordernd.

„Wie? Ich soll auch mit ihm ausgehen?“

„Sie wissen schon, was ich meine. Sie geben Colin ebenfalls eine Chance, und ich gehe mit Stan aus. Wenn Sie Vertrauen zeigen, tue ich es auch.“

Colin wählte genau diesen Moment, um in die Redaktion zurückzukehren. Rina spürte, wie sie augenblicklich vor Erregung rot wurde, und Emma wandte sich schmunzelnd zum Gehen.

Bei einem weiteren Versuch, die „Ashford Times“ zu retten, saß Colin in Logans Büro, von dem man einen atemberaubenden Blick aufs Meer hatte.

„Tut mir leid, ich musste noch telefonieren“, sagte Logan, als er ins Büro trat. „Wie geht es dir?“

„Ich beiße mich durch“, erwiderte Colin, schüttelte die ausgestreckte Hand und ließ sich wieder in den Sessel sinken.

„Meine Sekretärin sagte mir, es sei ein geschäftlicher Termin. Was kann ich für dich tun?“ Anstatt sich hinter den Schreibtisch zu setzen, nahm Logan neben seinem Freund in einem der Sessel Platz.

Hinter ihm stand auf der Konsole ein gerahmtes Foto seiner Frau Cat, seines Sohnes Ace und der kleinen Tochter Lila. „Du bist ein echter Glückspilz, alter Junge", meinte Colin mit Blick auf das Bild.

„Finde die richtige Frau, und du bist es auch", entgegnete Logan.

Colin rutschte auf dem Sessel hin und her. Er war nicht in der Stimmung, über Frauen zu reden – nicht, wenn er kurz davor war, diejenige zu verletzen, die ihm am meisten bedeutete. Neulich im Treppenhaus hatte er gefühlt, wie erregt Rina gewesen war. Er hatte sich gewünscht, in sie einzudringen und sie beide von der ungeheuren Spannung zu erlösen, die sich bei jeder ihrer Begegnungen aufbaute. Er hatte sich gewünscht, in Rinas Augen den ergreifenden Anblick von Vertrauen und Hingabe zu erblicken. Zum Glück hatte sie das Ganze abgebrochen, ehe es zu brenzlig wurde. Jetzt, zwei Tage später, war ihm immer noch ganz elend, da er hin und her gerissen war zwischen geschäftlicher Verpflichtung und einem ständig wachsenden Gefühl der Verantwortung gegenüber Rina.

„Ich brauche deinen juristischen Rat", wechselte er das Thema.

„Schieß los."

„Wenn ich als Joes Adoptivsohn die Vollmacht anfechte, mit der Joe Corinne die Leitung der ‚Ashford Times' übertragen hat, welche Aussichten habe ich?"

Logan seufzte laut auf. „Und was ist mit Joes Wünschen?"

Niemand verstand Colin und dessen Beziehung zu Joe besser als sein ehemaliger Zimmerkollege aus dem College. Diplomatisch wies Logan auf die Möglichkeit hin, dass Joe absichtlich seinen Adoptivsohn übergangen und Corinne als zwischenzeitliche Herausgeberin der Zeitung gewählt hatte.

„Bevor ich etwas anderes höre, gehe ich davon aus, dass Corinne ihn irgendwie beeinflusst hat", erklärte Colin.

Logan nickte. „Tja, da liegt aber auch schon das grundsätzliche juristische Problem. Bevor du nicht beweisen kannst, dass Joe die Vollmacht unter Zwang unterschrieben hat oder er aus irgendeinem Grund nicht Herr seiner Sinne war, als er sie unterzeichnete, ist allein sein Wunsch ausschlaggebend."

„Dann habe ich also keine Chance."

„Nur wenn du dich auf einen schmutzigen und teuren gerichtlichen Ringkampf mit Corinne einlassen willst."

„Das kann ich mir nicht leisten." Colin fühlte sich niedergeschlagen und spürte allmählich Wut in sich aufkeimen, weil Joe ihn betrogen hatte. Es war eine Wut, die er bisher verdrängt hatte und die er vermutlich nicht würde äußern können, ohne seine Familie zu zerstören.

Colin kämpfte mit dem Wunsch, alles hinzuschmeißen und Corinne allein mit der Sache fertig werden zu lassen. Aber da war auch noch Rina, an die er denken musste …

„Es wäre gut, wenn du mal mit Joe reden würdest. Ist er schon wieder ansprechbar?", erkundigte sich Logan.

„Nach dem zweiten Schlaganfall wollen sie jeglichen Stress von ihm fern halten. Aber sein Zustand ist stabil, und er sollte bald so weit sein, dass ich mit ihm reden kann."

„Tja, dann würde ich dir raten, genau das zu tun, sobald der Arzt dir grünes Licht gibt. Ich kenne dich nämlich ganz gut und vermute, dass dich noch etwas ganz anderes beschäftigt als das Schicksal der Zeitung. Etwas Persönliches zwischen dir und Joe." Logan hob fragend eine Augenbraue.

Colin sah seinen Freund bestürzt an, weil er ins Schwarze getroffen hatte. „Und ich war immer so froh, dass ich keinen nervigen Bruder hatte."

Logan lachte. „Dafür hast du mich. Ich will damit nur sagen, dass ich denke, Joes Entscheidung in Bezug auf die Vollmacht macht dir offenbar mehr zu schaffen als Corinnes Änderungen bei der Zeitung." Als Colin ihn finster ansah, fügte Logan hinzu: „Oder zumindest macht sie dir genauso viel zu schaffen. Rede mit Joe. Wenn du dann immer noch prozessieren willst, sollst du wissen, dass ich auf deiner Seite stehe. Aber es wird eine schmutzige Angelegenheit, die wahrscheinlich deine Familie zerstört."

„Danke", murmelte Colin. Er wusste, dass sein Freund es gut mit ihm meinte. „Und mach dir keine Sorgen wegen Emma. Ich werde mich darum kümmern, dass sie auf jeden Fall einen Job hat – egal, wie das hier ausgeht." Er konnte Emma zumindest einen anderen Redaktionsjob anbieten, auch wenn sie ihre Kolumne aufgeben musste.

Logan klopfte ihm auf die Schulter. „Danke. Und wie geht's Rina?"

„Wem?", fragte Colin zurück, konnte ein Schmunzeln aber nicht unterdrücken. Es war unglaublich: Diese Frau brachte ihn sogar zum Lächeln, wenn es ihm schlecht ging.

„Aha, ich verstehe. Aber was wird aus ihrer Kolumne, wenn du deine Vorstellungen bei der Zeitung durchsetzt?"

Mit dieser Frage wollte Colin sich allerdings noch nicht auseinander setzen. „Habt ihr am Freitagabend schon etwas vor, Cat und du?", lenkte er vom Thema ab. „Ihr könntet doch einen Babysitter besorgen und mit Rina und mir tanzen gehen."

Logan rieb sich die Augen. „Es ist Jahrzehnte her, seit wir ausgegangen sind …"

„Ja, ja, das Familienleben", meinte Colin. Doch in Wirklichkeit beneidete er Logan genau darum.

Der Tod seiner Eltern hatte Colins Kindheit zerstört. Und obwohl Joe und Neil immer für ihn da gewesen waren, hatte er oft irgendwie das Gefühl gehabt, dass ihm etwas fehlte.

Er war weit gereist, um dieses vermeintlich fehlende Etwas zu finden, aber vergeblich. Nun war er wieder zu Hause und begann zu ahnen, dass dieses Etwas zum Greifen nahe war.

7. KAPITEL

Es war das Wochenende vor Weihnachten, und der Club war brechend voll. Alle Plätze an der Bar waren besetzt, und Logans Frau hatte nur deshalb einen Tisch für sie ergattern können, weil sie früh gekommen war.

„Und? Wann lerne ich endlich deine Freundin kennen?“, fragte sie nun Colin, während ihre grünen Augen vor Neugierde leuchteten. „Auf der Weihnachtsparty war ich so sehr mit dem Büfett beschäftigt, dass ich sie nicht getroffen habe. Also, wo ist sie?“

„Sie kommt schon noch. Ich glaube, sie hatte noch eine geschäftliche Besprechung.“ Ihr sei kurzfristig etwas dazwischengekommen, hatte Rina gesagt, und so wollte sie sich lieber hier mit Colin treffen, anstatt sich abholen zu lassen.

„Hm. Sie arbeitet lange.“ Cat blickte auf die Uhr. „Sie sitzt am Freitagabend um halb zehn noch in der Redaktion?“

„Ich weiß es nicht. Sie hat mir nicht gesagt, worum es geht.“ Das machte Colin rasend, was vermutlich auch ihre Absicht gewesen war, um die Spannung zwischen ihnen zu steigern – oder um sich für sein Verschwinden auf der Party zu rächen, aber das erschien ihm unwahrscheinlich.

„Sie hat nicht gesagt, warum sie später kommt?“ Cat hob eine Augenbraue. „Dann will ich es dir verraten: Rina will dich beeindrucken, also plant sie einen späten Auftritt.“

Colin winkte ab. „Du kennst Rina nicht.“

„Und du kennst offenbar die Frauen nicht.“ Cat rutschte auf ihrem Platz nach vorn. „Hast du ihre letzte Kolumne nicht gelesen? Es ging um Sex-Appeal. Rina schrieb, dass Frauen Aufmerksamkeit wollen, vor allem zu Beginn einer Beziehung, wenn alles noch in der Schwebe ist. Keine Frau will schnell vergessen werden, also ist es äußerst wichtig, einen bleibenden Eindruck zu hinterlassen. Was ist da besser, als zu später Stunde in einem umwerfenden Outfit hereinzuspazieren?“

„Diese Woche hat sie geschrieben, dass die innere Einstellung ebenso wichtig ist“, wandte Logan ein.

„Ihr lest ihre Kolumne?“ Colin war höchst erstaunt.

Logan nickte betreten, und Colin überlegte, ob seine Verlegenheit daher rührte, dass er Colins Absichten bezüglich der Kolumne kannte, oder weil er beim Lesen eines Frauenthemas ertappt worden war.

„Alle meine Angestellten lesen ‚Heiß und begehrt‘. Rina macht sich in unserer kleinen Stadt bereits einen Namen“, sagte Cat.

Colin schoss plötzlich die Idee durch den Kopf, die Beliebtheit von Rinas Artikelserie zu seinen Gunsten zu nutzen und damit den Anzeigenkunden zu überzeugen, seine Frist vorläufig aufzuheben.

„Wie auch immer“, meinte Cat. „Ich glaube, sie befolgt ihre eigenen Ratschläge. Und du musst zugeben, dass es schmeichelhaft für dich ist.“

Colin schüttelte den Kopf. „Rina muss sich aber nicht anstrengen, um mich zu beeindrucken.“

Logan lachte. „Nur so aus Neugier: Wenn sie es dennoch täte, würdest du es ihr vorwerfen?“ Er blickte über Colins Schulter.

Colin folgte seinem Blick. Dort stand Rina in einem ärmellosen roten Strickkleid und passenden Stilettos und tat genau das, was Cat vorausgesagt hatte: Sie erregte nachhaltige Aufmerksamkeit bei Colin und allen anderen männlichen Gästen in Blickweite.

Er konnte es kaum erwarten, Rina neben sich zu haben. Und sein Körper reagierte bereits auf ihre umwerfende Erscheinung. Er begehrte sie und hoffte inständig, heute Nacht mit ihr schlafen zu können.

Rina wollte sich tatsächlich einen Auftritt verschaffen, daher kam ihr Corinnes kurzfristig anberaumtes Meeting sehr gelegen. Außerdem war sie geradezu high durch den Adrenalinstoß, den die Nachricht ihrer Chefin in ihr ausgelöst hatte. Die Reaktionen der Leser auf die ersten Folgen von „Heiß und begehrt“ waren phänomenal gewesen und hatten Corinnes Erwartungen bei weitem übertroffen. Berauscht von ihrem Erfolg, bekam Rina mehr und mehr Vertrauen in ihre Fähigkeiten als Journalistin und ihre neue Karriere.

Alle drei Personen am Tisch drehten sich zu ihr herum. Rina holte tief Luft und ging zu ihnen. „Hallo allerseits. Entschuldigt bitte mein Zuspätkommen, aber ich hatte noch ein Meeting mit Corinne.“ Sie setzte sich Colin gegenüber, der sie unverwandt anstarrte.

Dass er seine Freunde mitgebracht hatte, zeigte ihr, dass er sie enger in sein Leben einbeziehen wollte, als es bei einem oberflächlichen Flirt der Fall gewesen wäre.

Colin erhob sich, ebenso Logan.

„Und da heißt es immer, Kavaliere seien ausgestorben“, meinte Rina lachend. Sie machte es sich neben Catherine bequem, die sie auf der Weihnachtsparty leider nicht mehr kennengelernt hatte. „Ich bin Rina Lowell.“

„Catherine Montgomery.“ Die hübsche blonde Frau lächelte freundlich. „Ich habe mich schon sehr darauf gefreut, Sie kennenzulernen. Auf der Weihnachtsparty bin ich ja wie ein aufgescheuchtes Huhn herumgelaufen, aber heute Abend können wir uns in aller Ruhe unterhalten – das heißt, wenn ich endlich aufhöre zu reden, kann ich auch etwas über Sie erfahren.“ Cat grinste.

Rina lachte. „Colin hat nur Gutes von Ihnen erzählt, und ich finde, er hatte absolut recht.“

„Colin ist ein Charmeur. Er würde alles sagen, wenn er weiß, dass es für ihn von Vorteil ist … Autsch!“ Cat rieb sich unter dem Tisch das Schienbein. „Nein, ich meine natürlich, Colin ist ein sehr charmanter Mann, der immer die nettesten Worte findet. Und jetzt halte ich wirklich den Mund."

Rina lachte wieder. „Keine Sorge. Ich weiß ganz gut, wie Colin ist." Sie sah ihn an, und das Feuer in seinen Augen wärmte sie durch und durch.

Sie bestellten Drinks und kleine Vorspeisen und amüsierten sich prächtig. Rina stellte fest, dass allein die Freunde eines Mannes bereits viel über ihn aussagten. Roberts Freunde waren allesamt steife und selbstverliebte Anwaltskollegen gewesen, doch Logan war das genaue Gegenteil: warmherzig und humorvoll, wie seine Großmutter. Außerdem sah Rina, dass Catherine und er Colin wirklich gern mochten. Sie schienen eher wie Familienmitglieder denn wie Freunde.

Nach dem Bezahlen rückte Colin näher. Sein Bein rieb an ihrem Schenkel, da ihr kurzes Kleid nach oben gerutscht war, und die Berührung sandte einen heißen Schauer durch ihren Körper. Sie begehrte ihn mehr als je einen Mann zuvor, und sie brannte darauf, ihn noch dichter an ihrem Körper zu spüren.

„Würden Sie mit mir tanzen, Rina?", fragte Logan. „Meine Frau hat mich schwören lassen, dass ich sie nicht länger als nötig auf Trab halte, da sie wieder das ganze Wochenende mit ihrem Partyservice unterwegs sein wird."

Die Musik wechselte zu einem pulsierenden Rhythmus, der ihrem inneren Pulsieren entsprach, ihrer Sehnsucht allein nach Colin. Doch Rina wollte nicht unhöflich sein und ließ sich von Logan auf die Tanzfläche führen. Sie und Colin hatten ja noch die ganze Nacht – so hoffte sie zumindest.

Sie tanzten zwei Stücke hintereinander, dann löste Logan sich von ihr; „Bevor wir zum Tisch zurückgehen, möchte ich Ihnen noch etwas über Colin erzählen."

„Was denn?"

„Ich habe mit ihm im College zusammengewohnt. Normalerweise stellt er uns seine neuen Freundinnen nicht vor. Sogar mit Julie war er diesbezüglich sehr reserviert."

„Wer ist Julie?"

„Das fragen Sie ihn am besten selbst." Logan zwinkerte. „Ich will Ihnen damit nur zu verstehen geben, dass Sie wohl etwas Besonderes für ihn sind."

„Deine Frau wird langsam eifersüchtig." Plötzlich stand Colin neben ihnen.

Rina blickte zum Tisch. Catherine hatte noch einen Drink bestellt und unterhielt sich mit der Kellnerin. Das Geschehen auf der Tanzfläche schien sie nicht weiter zu interessieren.

Rina schluckte. Colins eigene Eifersucht oder seine Art, Besitzanspruch zu zeigen, sagten tatsächlich eine Menge über seine Gefühle aus und bestätigten Logans Vermutung.

„Ich glaube, ich geh' mal lieber", meinte Logan schmunzelnd und raunte Rina zu: „Und normalerweise nimmt er Frauen auch nicht zu sich mit nach Hause." Dann klopfte er Colin auf die Schulter, ging zum Tisch zurück, half seiner Frau in den Mantel und winkte ihnen zum Abschied noch zu.

Rina blickte in Colins Augen und erschauerte vor Verlangen.

„Frierst du etwa?", fragte Colin.

„Ja, bitte wärme mich", erwiderte sie mutig und dennoch beinahe flehend, wie sie fand.

Doch anstatt sie in die nächste dunkle Ecke zu ziehen und endlich ihren Traum wahr zu machen, nahm er sie in seine Arme. Obwohl die Tanzfläche voll war, kam es ihr vor, als wären sie ganz allein für sich, während sie sich zum Rhythmus der Musik bewegten.

„Ist dir wärmer?", fragte Colin schließlich.

„Hm", sagte sie nur, und es klang fast wie das Schnurren einer zufriedenen Katze. Verträumt atmete sie den Duft seines Rasierwassers ein.

„Rina?"

Sie legte den Kopf in den Nacken und öffnete widerstrebend die Augen. „Ja?"

Er fuhr mit dem Daumen über ihre Lippen, und die Sanftheit der Berührung ließ sie aufstöhnen.

„Möchtest du, dass dir noch heißer wird?"

Seine Stimme klang tief und rau, und die Bedeutung seiner Worte war klar. Rina wusste nun mit Sicherheit, dass sie diese Nacht gemeinsam in irgendeinem Bett landen würden.

Ihre Blicke trafen sich, und sie nickte, wobei sie sich nicht halb so mutig und kokett fühlte, wie sie sich gab. „Ja."

„Worauf warten wir dann noch?" Er nahm ihre Hand, und sie verließen in schweigendem Einvernehmen die Tanzfläche.

Indem sie sich von Corinne nach Boston hatte mitnehmen lassen, hatte sie sich selbst die Möglichkeit eingeräumt, mit Colin zurück nach Hause zu fahren. Sie betrachtete sein markantes Profil. Allein sein Anblick ließ ihr Herz höher schlagen. Sie biss sich auf die Lippe. Nie zuvor war sie derart kühn gewesen, weder in Worten noch in Taten. Aber nie zuvor hatte ein Mann ihr die Freiheit gegeben, sie selbst zu sein. Keiner hatte je ihre verspielte Seite erlebt. Sie biss sich auf die Lippe und blickte aus dem Fenster. In sehr kurzer Zeit war sie durch Colin wieder zu der Rina geworden, die sie eigentlich war.

Er blickte sie kurz an, doch selbst der knappe Blickkontakt verriet seine Begierde. Rina spürte, wie die Spitzen ihrer Brüste sich vor Erregung zusammenzogen.

Sie rutschte auf dem Sitz hin und her und suchte nach Ablenkung. „Kann ich das Radio anstellen?", fragte sie.

„Zu mir ist es näher", sagte er zur selben Zeit.

Logan hatte gesagt, dass Colin normalerweise keine Frauen mit zu sich nach Hause nahm. Ihr Pulsschlag rauschte in ihren Ohren. „Ist das eine Feststellung oder eine Einladung?", erwiderte sie.

Er lachte. „Du spielst keine Spielchen. Das gefällt mir sehr an dir." Er legte seine Hand auf ihre.

„Es ist eine Einladung", sagte er. „Und zwar eine, die ich nicht leichtfertig ausspreche."

Er blickte sie erneut von der Seite an. Begierde und etwas anderes, mit dem sie sich noch nicht auseinander setzen wollte, flackerte in seinen Augen auf.

Sie atmete tief durch, ehe sie antwortete. „Ich nehme die Einladung an. Und auch ich tue das nicht leichtfertig."

Er drückte kurz ihre Hand, dann nahm er die nächste Ausfahrt vom Highway. Kurz darauf fuhr er durch ein Tor die Auffahrt zu einem Haus hinauf. Der Schein der Straßenlaternen reichte nur schwach bis zum Haus, und die Dunkelheit, die sie umhüllte, passte gut zur romantischen Stimmung.

Rina stieg aus und blickte fasziniert zum Himmel. Wann hatte es angefangen zu schneien? Sie war viel zu sehr in Gedanken gewesen, um es zu bemerken. Freudig breitete sie die Arme aus und drehte sich einige Male um sich selbst, während sie die Schneeflocken auf ihr Gesicht fallen ließ. Colin zog sie in seine Arme.

„Du bist das entzückendste Schneehäschen, das ich mir vorstellen kann." Und er neigte den Kopf und küsste sie so lang und leidenschaftlich, dass ihr trotz der Kälte durch und durch heiß wurde.

Als er schließlich ihre Hand nahm und sie ins Haus führte, schwirrte ihr vor Erregung der Kopf. Sie hatte keine Vorbehalte mehr, keine Zweifel. Sie war bereit.

Trotz der Kälte war es auch Colin heiß. Er beobachtete, wie Rina den Mantel auszog und wieder in ihrem sexy roten Kleid dastand, das ihn schon den ganzen Abend lang erregt hatte. „Dir ist klar, dass wir es nur wegen des Schnees hier herein geschafft haben, oder?"

„Warum?“ Sie klimperte mit gespielter Unschuld mit den Wimpern.

„Als ob du das nicht wüsstest! Ich bin so scharf auf dich, dass der Weg vom Auto ins Haus die reinste Qual war.“

Sie ging provozierend langsam und hüftschwingend auf ihn zu. „Und warum verschwenden wir unsere Zeit dann mit Reden?“

„Keine Ahnung.“ Er packte sie an den Schultern und zog Rina dicht an sich, bevor er sie erneut küsste.

Sie seufzte leise. Colin küsste ihre Wangen und wanderte weiter zu ihrem Hals. Tief sog er ihren Duft ein, der ihn berauschte und erregte.

Rina legte den Kopf zurück, sodass er besseren Zugang zu ihrem Hals und zu ihrem Dekollete hatte. Er liebkoste ihre weiche Haut mit Lippen und Zunge, und sie erschauerte. „Ich möchte dich nackt spüren“, murmelte sie. „Ich möchte wissen, wie sich dein Körper an meinem anfühlt.“

Lächelnd zog er sie wieder in seine Arme. Brust lag an Brust, Hüfte an Hüfte, Schenkel an Schenkel. Er schloss die Augen. „Wir passen perfekt zusammen.“

„Dann ziehen wir uns doch aus und probieren es“, meinte sie errötend, aber mit einem Lächeln.

Das ließ Colin sich kein zweites Mal sagen. Er fasste den kurzen Saum ihres Kleides im selben Moment wie sie, und gemeinsam zogen sie das Kleid über ihren Kopf. Auch unter dem Kleid trug sie Rot: einen roten BH und einen roten Spitzenslip. Colin war mittlerweile so erregt, dass es beinahe schmerzte.

Er biss die Zähne zusammen und knöpfte sein Hemd auf. Doch Rina unterbrach ihn, griff mit beiden Händen in den Stoff und riss ihm kurzerhand das Hemd von den Schultern. Knöpfe kullerten auf den Boden.

„Sonst mag ich's gern ruhig, aber jetzt ist absolut nicht die Zeit dafür.“

Er konnte dem nur zustimmen und löste rasch den Verschluss ihres BHs. In der Spitzenunterwäsche hatte er sie hinreißend gefunden, aber ohne war sie atemberaubend. Ihre Brüste waren rund und voll, die Spitzen reckten sich ihm entgegen. Rina öffnete seinen Hosenbund, und kurz darauf stand er in seiner Boxershorts vor ihr, die sich vorn deutlich wölbte.

Als sie ihn dort berührte, verlor Colin den letzten Rest an Zurückhaltung. Mit wenigen Schritten drängte er sie zur schwarzen Ledercouch, schob die Mäntel herunter und legte sich auf Rina. Ihr Körper gab weich und warm unter ihm nach, und dort, wo seine Erregung am heftigsten pulsierte, schmiegte sie sich fest an ihn.

Ihre Lippen fanden sich, und in ihrem Kuss entlud sich ein großer Teil der sexuellen Spannung, die sich die ganze Woche lang zwischen ihnen aufgebaut hatte. Seine Zunge drang forsch in ihren Mund, und mit dem Becken deutete er kreisende Bewegungen an, ohne jedoch in sie einzudringen. Das würde noch kommen.

Ihre Körper waren in diesem Moment ebenso im Einklang wie ihre Seelen. Aus ihren Augen sah er eine Intensität an Gefühlen leuchten, die ihn erschreckt hätte, würde er sie nicht im selben Moment selbst spüren. Tagelang hatten sie einander umkreist und mit erotischen Berührungen und stummen Versprechen geneckt. Nun wurde es ernst.

Rina schlang ihre Beine um seine Hüften und hob sich ihm einladend entgegen.

Um nichts in der Welt wollte er seinen Höhepunkt erleben, ohne dabei in ihr zu sein. Und auch sie sollte ihn diesmal in sich spüren, das hatte er sich geschworen.

„Kondome sind im Schlafzimmer“, brachte er mühsam hervor und hoffte, die Stimmung nicht zu zerstören.

„Es sind auch welche in meiner Handtasche neben dir auf

dem Boden." Trotz ihrer intimen Stellung stieg ihr die Röte in die Wangen.

Colin streichelte zärtlich ihr Gesicht, damit sie sich wieder entspannte.

„Colin?"

„Ja?"

„Ich nehme die Pille und habe nach dem Tod meines Mannes mit niemandem geschlafen." Sie hielt kurz inne. „Was ich sagen will, ist ... ich bin geschützt. Und ich bin gesund."

Er holte tief Luft. Noch nie hatte er ohne Schutz mit einer Frau geschlafen, da er nie bereit gewesen war, Verantwortung für die möglichen Folgen zu tragen. Mit seiner Frau hatte er es in Erwägung gezogen. Damals hatte er sich ein Leben mit Familie gut vorstellen können, aber Julie war nicht erpicht darauf gewesen, ihre schlanke Figur zu verlieren – noch etwas, das sie schon vor ihrer festen Bindung hätten besprechen sollen. Nach ihrer Trennung war er froh über ihre egoistische Haltung gewesen, da er so kein dauerhaftes Bindeglied an eine Frau zurückbehielt, die ihm nichts mehr bedeutete.

Rina war anders. In jeder Hinsicht. „Ich bin auch gesund", sagte er.

Da presste sie ihre Schenkel fester zusammen und verstärkte so das erregende Kreisen ihrer Hüften. Sie stöhnte auf, und allein die Vorstellung dessen, was gleich geschehen würde, brachte ihn fast zum Höhepunkt. Zur Hölle mit den Konsequenzen und allen Problemen, die vor ihnen lagen!

Zur Hölle mit allem außer diesem Moment. Er zog an dem dünnen Stoffbändchen, das ihren Stringtanga zusammenhielt, bis es riss.

„Ich bin im Himmel", murmelte Colin und rollte sich schnell zur Seite, um auch seine Boxershorts auszuziehen. Als er sich Rina wieder zuwandte, sah er, dass sie die Position gewechselt hatte und jetzt halb aufgerichtet auf dem Sofa saß und die Beine spreizte.

Er streichelte das mit weichen Locken bedeckte Dreieck zwischen ihren Schenkeln und tastete sich dann weiter vor, bis er ihre samtige feuchte Tiefe fühlte. Rina hielt den Atem an.

„Ist das schön für dich?“ Er drang sanft mit einem Finger ein.

„Oh ja.“ Rina schob ihre Hüften vor, sodass sein Finger noch tiefer in sie hineinglitt.

Colin fühlte sich fast ebenso unbeherrscht wie früher als Teenager. Nein, dachte er dann, es ist noch schlimmer, weil ich mich keiner anderen Frau so geöffnet habe wie Rina.

Und sie hatte seit dem Tod ihres Mannes mit keinem Mann mehr geschlafen. Er fühlte sich geehrt. Er wollte es für sie perfekt machen. Er wollte ihr alles geben, was er konnte.

Vorsichtig drang er tief in sie ein. Er spürte, dass sie diese Nähe genauso brauchte wie er, und ihr heiserer Aufschrei, der durch das leere Haus schallte, bestätigte seine Vermutung.

Nur zu gern hätte er diesen lang ersehnten Moment ausgekostet, aber sie waren beide viel zu erregt, um sich länger zurückzuhalten. Immer heftiger, immer fordernder bewegten sie sich, ganz dem Fieber ausgeliefert, das in ihnen tobte.

Obwohl er geahnt hatte, dass er und Rina nicht einfach nur Sex haben würden, überwältigte ihn die Perfektion dieses Augenblicks vollkommen. Er wusste nicht mehr, wo sein Körper aufhörte und ihrer begann. Er wollte nur noch fühlen, und als sie ihre Fingernägel in seinen Rücken grub und sich ganz ihrer Lust hingab, erreichte auch Colin einen Schwindel erregenden Höhepunkt.

8. KAPITEL

Colin streckte sich, und Rina genoss es, seinen festen männlichen Körper Haut an Haut zu fühlen. Er griff in ihr weiches Haar und zog sie in seine Arme. Nach dem Höhepunkt auf der Couch waren sie in sein Bett gewandert, wo sie tief und fest geschlafen hatten. Das Liebesspiel mit ihm war ein außergewöhnliches Erlebnis gewesen, das sie an diesem Morgen nur allzu gern wiederholen würde. Doch nicht sofort.

„Erzähl mir von Julie", bat Rina. Logan hatte ihre Neugier auf Colins Vergangenheit geweckt. Sie wollte mehr über den Mann erfahren, der ihre Gefühle beherrschte.

Er stöhnte auf. „Was für ein grausiger Start in den Tag!", murrte er.

Zugegeben, es war wohl nicht die beste Frage am Morgen danach, aber Rina hatte die ganze Nacht in seinen Armen verbracht. Sie fand, da konnte man sich schon mal einen Ausrutscher erlauben.

„Julie ist meine Exfrau." Colin rollte sich auf die Seite, und stützte den Ellbogen auf und legte das Gesicht darauf.

Die Decke rutschte ihm dabei vom Oberkörper, und der Drang, ihre Brüste an ihn zu pressen und das Gespräch zu vergessen, war stark. Doch Rinas Neugier war stärker. „Und?"

Er sah ihr in die Augen. „Sie ist Vergangenheit."

„Eine schmerzvolle Vergangenheit?", hakte sie nach.

Er zuckte mit den Schultern. „Es tut nur weh, wenn man der Vergangenheit nachhängt. Ich bin darüber hinweg."

„Das hoffe ich – in Anbetracht unserer Situation."

Er atmete tief aus. „Warum habe ich nur das Gefühl, dass es dir nicht reicht zu wissen, dass Julie für mich Vergangenheit ist?"

„Weil ich eine Frau bin und gern alles wissen will."

„Auch wenn ich lieber mit dir schlafen würde als reden?"

Er legte ein verführerisches Lächeln auf.

Gut, dachte sie. Er war nicht verärgert, sondern versuchte nur, seine männliche Würde zu bewahren. Sie belohnte seine Geduld mit einem langen, zärtlichen Kuss.

Dann brach sie mit leichtem Bedauern ab. Sie musste einfach mehr über diesen Mann wissen. „Hast du sie geliebt?"

Colin rollte auf den Rücken und legte eine Hand über die Augen. Tatsächlich *wollte* er sich Rina anvertrauen, was ihn selbst erstaunte, da er nicht der Typ war, der anderen seine Seele offenbarte.

„Nicht so, wie ich sollte. Allerdings beruhte das wohl auf Gegenseitigkeit." Er starrte an die Decke, um sich durch Rinas Blick nicht ablenken zu lassen. „Ich arbeitete bei einem Sender hier in Boston als Auslandskorrespondent, als Julie und ich uns kennenlernten. Wir hatten einiges gemeinsam, und ich dachte, sie sei eine erfrischende Abwechslung nach all den Frauen, die mich nur als den Macho sahen, den ich im Fernsehen darstellte."

„Du, ein Macho?" Rina lachte.

„Hast du nach letzter Nacht etwa noch Zweifel an meiner Männlichkeit?"

Sie kicherte. „Bestimmt nicht."

„Und willst du nun wirklich alles über meine unheilvolle Ehe erfahren oder lieber ein paar erotische Stellungen wiederholen, die wir ausprobiert haben?"

Sie seufzte, hin und her gerissen zwischen Neugier und Verlangen. „Ich will alles über dich erfahren. Und dann will ich mit dir schlafen."

„Einverstanden", meinte er und ergab sich in sein Schicksal. „Julie und ich heirateten. Ich führte mein ruheloses Leben weiter und wurde immer rastloser." Er war schon immer ein unruhiger Geist gewesen, immer zum Weiterziehen bereit. Doch warum verspürte er jetzt nicht den Drang zu fliehen, wo alles in seinem Leben so kompliziert war wie noch nie? Er wusste, der Grund dafür lag in seinen Armen und wartete auf weitere Antworten. „Ich denke, Julie spürte meine Rastlosigkeit. Das ist natürlich keine Entschuldigung dafür fremdzugehen, aber ich glaube, sie war auch nicht glücklicher, als ich es war."

„Sie hat dich betrogen?"

Colin gefiel es, dass Rina nicht automatisch vom gegenteiligen Fall ausgegangen war. „Ja, das hat sie. Anscheinend hat sie in unserer Beziehung nicht das bekommen, was sie brauchte."

„Oder sie kannte die Bedeutung von Aufrichtigkeit und Treue nicht", erwiderte Rina erschüttert.

„Ich glaube, Julie wollte nur, dass ich zu Hause blieb und zufrieden war, und da ich das nicht tat, hat sie nach etwas anderem gesucht."

„Mir war gar nicht bewusst, dass wir so etwas Grundlegendes gemeinsam haben. Mein Mann wollte auch, dass ich zu Hause glücklich und zufrieden bin, aber ich war es nicht."

„Aber er hat dich nicht betrogen, oder?"

Sie schüttelte den Kopf. „Ich glaube, er wollte etwas viel Schlimmeres: dass ich mich ändere."

„Was für ein Dummkopf."

Sie strahlte vor Glück. „Das ist es, was ich so sehr an dir mag, Colin. Du akzeptierst mich, wie ich bin, und du respektierst die Ziele, die ich mir gesetzt habe. Ganz gleich, wie lange unsere Beziehung dauert, ich werde immer wissen, dass du kein falsches Bild von mir im Kopf hast oder andere Vorstellungen davon, was ich tun sollte. Du willst mich so, wie ich bin."

Ja, das tat er. Colin schob sich zwischen ihre Beine. „Ja, ich will dich. Jetzt." Er drang in sie ein, und sie nahm ihn ganz in sich auf.

Sie erschauerte und stöhnte auf.

Da zog er sich kurz zurück. „Und ich will alles über dich wissen“, erklärte er. „Jedes kleinste Detail.“

Rina zog die Beine an und lud ihn so ein, noch tiefer in sie einzudringen. „Worauf warten wir dann noch?“, fragte sie, und sie fuhren fort, zu erforschen, wie sie sich gegenseitig Lust bereiten konnten.

Rina drehte die Dusche in Colins Badezimmer auf und atmete tief den Duft seines Rasierwassers ein, der noch in der Luft hing. Allein der Geruch genügte, um sie erneut in Erregung zu versetzen.

So gern sie auch ins Schlafzimmer zurückgekehrt wäre – sie musste nun leider duschen und sich von Colin nach Hause fahren lassen. Sie hatte Frankie angerufen und sie per Anrufbeantworter gebeten, eine Runde mit Norton zu drehen, aber sie war nicht sicher, ob ihre Freundin die Nachricht erhalten hatte. Und Norton, das verwöhnte Tier, war es nicht gewohnt, über Nacht allein zu sein.

Ebenso wenig, wie Rina es gewohnt war, tiefere Gefühle für einen Mann zu empfinden, und auch aus diesem Grund wollte sie nach Hause. Sie brauchte ihre gewohnte Umgebung, um darüber nachzudenken.

Eine Stunde später fuhr Colin sie nach Hause. Bevor sie aussteigen konnte, fasste er sie am Arm. „Da ist noch etwas, das ich schon längst hatte ansprechen wollen. Aber du hast mich ja ständig abgelenkt.“ Er schmunzelte. „Morgen ist Heiligabend. Hast du da schon etwas vor?“

Jake und Brianne wollten morgen aus New York anreisen, sobald ihre Schwägerin Feierabend hatte, und Rina wollte Colin den beiden gern vorstellen.

Allerdings wollte sie zunächst wissen, was Colin sich überlegt hatte. „Woran hattest du denn gedacht?“

Er spielte mit einer ihrer Haarsträhnen. „Mir ist aufgefallen, dass du noch gar keinen Weihnachtsbaum hast."

Jake würde sie vermutlich erwürgen, wenn er entdeckte, dass sie die alte Familientradition vernachlässigt hatte. „Allein hatte ich keine Lust dazu."

„Ts, ts!", meinte Colin schmunzelnd. „Findest du denn nicht, dass Norton ein schönes Weihnachtsfest verdient hat?"

„Norton!" Sie musste auf der Stelle in ihre Wohnung und mit ihm rausgehen.

Als sie oben die Tür aufschloss, stutzte sie. Ihr kam kein Hund entgegengehechelt. Offensichtlich hatte Frankie ihre Nachricht doch erhalten und war gerade mit Norton unterwegs.

Sie sah Colin an. „Wieder allein!"

Er lächelte. „Ja, das ist schön. Jetzt können wir weiter über Heiligabend sprechen."

Rina biss sich auf die Unterlippe. „Ich glaube, ich hatte dich gefragt, was du dir vorgestellt hast."

„Du und ich, ein kleiner Baum, den wir heute kaufen und schmücken, und dann können wir es uns das ganze Wochenende vor dem Kaminfeuer gemütlich machen." Bei dem bloßen Gedanken daran begann sein Puls bereits heftig zu pochen.

„Das klingt fantastisch", entgegnete Rina mit heiserer Stimme. „Und wir können das heute und diese Nacht auch gerne tun. Aber morgen könnten wir das Kaminfeuer im Kreis der Familie genießen."

„Welche Familie"

„Meine. Über die ganze Aufregung mit meiner Kolumne und meinen Bemühungen, dich zu verführen, habe ich ganz vergessen, dir zu sagen, dass Jake und Brianne mich morgen besuchen kommen."

Die Enttäuschung war Colin deutlich anzusehen. Er hatte fest damit gerechnet, dass sie Weihnachten zu zweit verbringen würden. „Ich möchte dich und deine Familie nicht stören."

Sie wirkte verletzt. „Wer sagt denn, dass du störst? Ich habe dich gerade eingeladen, und wenn du mich nicht dauernd so abgelenkt hättest, hätte ich das schon viel früher erwähnt." Kokett lächelnd ging sie auf ihn zu. „Es wäre für mich kein richtiges Weihnachten ohne dich."

Sie fuhr mit einem Zeigefinger von der Mitte seiner Brust zum Kragenbündchen. Ihm wurde heiß, und Erregung pulsierte durch seinen Körper. Als Rina dicht an ihn herantrat und ihre Brüste an ihn presste, wusste er, dass ihre Einladung ernst gemeint war. Familie hin oder her – er würde schon damit klarkommen.

Für Rina würde er ohnehin alles auf sich nehmen.

„Wie wäre es, wenn du jetzt Norton bei Frankie abholst und hier alles erledigst, was du zu erledigen hast, damit wir dann einen Baum kaufen gehen können?"

„Heißt das, du wirst hier sein, wenn Jake und Brianne kommen?"

„Solange du Norton von meinen Schuhen fern hältst, werde ich tun, was immer du willst."

„Alles?", fragte sie schmunzelnd nach.

„Du bist frech, Rina!"

„Aber das gefällt dir doch!"

Er nickte. Und wie es ihm gefiel!

„Gib mir eine halbe Stunde, dann komme ich mit", sagte Rina, drückte ihm einen Kuss auf die Lippen und verschwand Richtung Frankie.

Rina wärmte ihm das Herz und brachte etwas in ihm zum Schwingen. Colin wollte dieses Gefühl nie wieder missen, aber er wollte sich nicht zu sehr daran gewöhnen. In seinem

Leben hatte es ständig Veränderungen gegeben: der Tod seiner Eltern, Joe und Neil, die ihn aufnahmen, seine kurze Ehe und Scheidung, Neils Tod, Joes Heirat mit Corinne ... Nichts blieb, wie es war.

Das Schicksal drohte ständig, ihm das zu nehmen, was er am meisten liebte. Doch bei Rina hatte er selbst großen Anteil an diesem Schicksal. Er hoffte inständig, bis zu den kommenden Veränderungen in der Redaktion eine solide Basis mit ihr gebildet zu haben, damit ihre Beziehung den Erschütterungen würde Stand halten können.

9. KAPITEL

Gegen vier Uhr desselben Nachmittags schleppte Colin einen recht armseligen kleinen Baum zu Rinas Wohnung hoch. „Der hat aber auch schon bessere Zeiten gesehen."

Rina schloss die Tür auf. „Wir können froh sein, dass es so kurz vor Weihnachten überhaupt noch einen Baum gab. Und mir ist es ganz egal, wie er aussieht. Es ist unser Baum, das allein zählt."

Norton sprang kläffend um Colin herum. „Würdest du bitte mit ihm rausgehen, bevor er sich vergisst?"

Rina lachte. „Dann erwarte ich aber, dass der Baum fertig zum Schmücken aufgestellt ist, wenn ich zurückkomme."

„Sklaventreiberin!" Colin zwinkerte und winkte ihr nach.

Ein paar Stunden später konnten sie ihre gemeinsame Arbeit bewundern. Der kleine Baum glitzerte und funkelte mit rotem, grünem und goldenem Schmuck, silbernen Lamettastreifen und einem leuchtenden Stern an der Spitze. Im Kamin flackerte ein Feuer, und Norton hatte sich zu einem Schläfchen auf die Couch verzogen.

Colin verspürte tiefes Behagen und fühlte sich, als wäre er hier zu Haus, bei Rina und ihrem Hund in der kleinen Wohnung an der Küste.

„Erstaunlich", sagte er, ohne genau zu wissen, ob er damit den Baum oder seine Gefühle meinte.

„Ich weiß. Selbst mit diesen letzten Resten an Christbaumschmuck sieht er wunderschön aus." Ihre Blicke trafen sich, und erneut keimte Verlangen in ihnen auf.

Colin hatte Rina die ganze Zeit über nicht berührt, da er wusste, sie wären sonst nie mit dem Schmücken des Baums fertig geworden. Aber die Arbeit war getan, und nun konnte der Spaß beginnen. „Wir wollten uns zwar an Heiligabend vor dem Kaminfeuer lieben, aber es gibt keinen Grund, das nicht schon heute zu tun."

Ihr zufriedenes „Hm" klang nach Zustimmung, während sie in seine Arme kam. „Aber ich dachte, wir überlegen uns zuerst noch unsere guten Vorsätze für das neue Jahr."

Colin blinzelte überrascht. „In so was bin ich gar nicht gut." Er ließ sich nicht gern zu Versprechungen hinreißen, die er dann doch nicht einhalten würde. Um sie abzulenken, schob er die Hände unter ihren Pullover und umfasste ihre Brüste.

„Reiß dich zusammen. Tu es für mich, ja? Es ist eine alte Familientradition, und ich dachte, wir zwei könnten es dieses Jahr gemeinsam machen."

Selbst wenn wir im nächsten Jahr nicht mehr zusammen sein sollten, um die Ergebnisse zu kontrollieren?, fragte Colin sich im Stillen. „Du zuerst", sagte er dann.

„Also gut." Rina zog die Nase kraus und dachte angestrengt nach. „Ich werde weiterhin ehrlich und aufrichtig mir selbst gegenüber sein", sagte sie schließlich.

„Wie meinst du das?", hakte er nach.

„Manche Leute brauchen eine Therapie, aber ich habe meine Kolumne, um mir über mich selbst klar zu werden. Und ich habe dadurch auch ein Menge über dich gelernt." Sie legte ihre Hände über seine. „Also werde ich weiterhin meine Kolumne schreiben und nur Menschen und Dinge in mein Leben lassen, die mir guttun."

„Das ist ein hehres Ziel."

„Ich schaffe das schon." Sie küsste ihn zärtlich. „Und jetzt bist du dran."

Colin schluckte. „Ich werde ehrlich und aufrichtig …" *dir gegenüber sein*, wollte er sagen, aber er wusste, dass dies ein falsches Versprechen war, da er es in der Vergangenheit permanent gebrochen hatte.

„Nun komm schon, Colin. Mach es dir nicht so leicht.

Setz dir eigene Ziele für das neue Jahr", drängte sie.

„Ich nehme mir vor, so verantwortungsvoll wie möglich mit allen Dingen in meinem Leben umzugehen." Es war vage, aber er hoffte, sie würde nicht weiter nachfragen.

Wegen der Feiertage hatte noch niemand seine geschäftlichen Anrufe erwidert, aber nach Weihnachten wollte er erneut mit der Bank reden, um sich über die aktuelle finanzielle Lage der Zeitung zu informieren. Dann musste er mit Joe reden. Zusammen konnten sie vielleicht einen Plan schmieden, der keinem der Menschen wehtat, an denen ihnen etwas lag. Colin sah Rina in die Augen und verfluchte Corinne, weil sie die Zeitung so heruntergewirtschaftet hatte.

„Siehst du? Das war doch gar nicht so schwer", meinte Rina.

Er zwang sich zu einem Lächeln. „Aber nein."

„Und jetzt können wir da weitermachen, wo wir aufgehört haben." Rina zog sich den Pullover aus, sodass sie in ihrem rosa Spitzen-BH vor ihm stand. Das flackernde Licht des Kaminfeuers züngelte über ihre nackte Haut.

Colin beugte sich vor, um sie zu küssen, doch sie legte die Hände auf seine Schultern und bedeutete ihm, sich hinzuknien. Dann kniete sie sich ebenfalls hin und sah ihn erwartungsvoll an. Colin begann, mit der Zunge ihren Bauch zu liebkosen und zog eine feuchte Linie vom Nabel aufwärts. Dann öffnete er ihren BH und liebkoste abwechselnd beide harten Brustknospen mit der Zunge. Dann nahm er sie in den Mund und sog an ihnen, bis Rina sich stöhnend hin und her wand.

„Zieh dich aus." Rinas Stimme klang heiser vor Begierde.

Noch nie zuvor hatte sie solch einen starken und überwältigenden Drang verspürt, eins mit einem Mann zu sein.

Nur zu gern kam er ihrer Bitte nach, während auch sie sich ihrer Kleider entledigte. Als sie nackt waren, zog er sie auf sich, sodass sie seine Erregung deutlich spüren konnte. Sie griff zwischen ihre erhitzten Körper, um ihn zu berühren, und begann sich instinktiv an ihm zu reiben.

Dann konnte sie nicht mehr warten und setzte sich rittlings auf ihn. Ohne den Blick von seinen Augen zu wenden, sorgte sie dafür, dass er langsam, Zentimeter für Zentimeter, in sie eindrang, bis er sie schließlich ganz und gar ausfüllte.

Colin griff nach ihren Händen und verschränkte ihre Finger. Es war eine äußerst intime Position. Sie blickte nach unten und betrachtete die Stelle, an der ihre Körper eins wurden. Vor Erregung kontrahierten ihre Muskeln, und Colin hob sich ihr entgegen, wodurch ein äußerst sensibler Punkt in ihrem Innern stimuliert wurde.

„Ja, reite mich“, stieß Colin stöhnend hervor.

Rina tat, worum er sie gebeten hatte. Sie erhob sich langsam und ließ sich kurz darauf wieder auf ihn sinken. Sie fanden einen gemeinsamen Rhythmus, der immer schneller wurde.

Plötzlich merkte Rina, dass ihr Höhepunkt unweigerlich bevorstand, und das Gefühl berauschter Losgelöstheit überwältigte sie so sehr, dass sie laut aufschluchzte. Colin schob seine Hand zwischen ihre Körper und streichelte Rinas sensibelsten Punkt, während die Schauer der Ekstase sie durchzuckten – Schauer, die kein Ende nehmen wollten, wie es ihnen schien.

Rina hatte darauf bestanden, den Sonntagmorgen im Menschengetümmel der Innenstadt zu verbringen, um in letzter Minute Weihnachtsgeschenke zu kaufen – natürlich getrennt. Nachdem sie die Geschenke unter den Baum gelegt hatten, setzten sie sich entspannt ins Wohnzimmer. Wenig später klingelte es an der Tür.

Rina ließ Stift und Papier fallen, da sie sich gerade Notizen für ihre Kolumne gemacht hatte, und sprang auf.

Die Zweisamkeit war endgültig beendet, und Colin seufzte bedauernd. Nach ihrem gestrigen Liebesspiel vor dem Kamin hatten sie geduscht, waren kurz Hamburger essen gegangen, hatten in seiner Wohnung Kleidung zum Wechseln geholt und waren in Rinas Wohnung zurückgekehrt. Im Bett hatten sie sich erneut geliebt, und als es Zeit war, zu schlafen, durfte Norton es sich bei ihnen gemütlich machen. Rina wollte ihren Hund nicht noch eine Nacht allein lassen.

Nun war dieser Hund sein bester Freund. Während Colin auf dem Sofa lag und Football sah, lag Norton quer über seinem Bauch und ließ seine schwarze Zunge heraushängen.

„Was ist das für ein Hund, der nicht mal zusammenzuckt, wenn die Türglocke klingelt?“, fragte er laut.

„Ein ziemlich dummer“, erwiderte eine männliche Stimme hinter ihm.

Colin versuchte aufzustehen, doch Norton rührte sich nicht von der Stelle.

„Ist schon gut. Wenn er dich mag, habe ich ihn zumindest nicht am Hals. Ich bin Jake, Rinas Bruder.“ Der andere Mann streckte seine Hand aus, und Colin schüttelte sie.

„Colin Lyons.“

„Schön, dich kennenzulernen. Rina hat mir schon viel von dir erzählt.“

Colin war überrascht. Er hätte nicht gedacht, Rina so viel zu bedeuten, dass sie mit ihrer Familie über ihn sprach.

Jake musterte Colin eingehend. Dann setzte er sich zu ihm auf die Couch, „ist das Spiel gut?“, erkundigte er sich.

„Nicht schlecht. Wie war die Fahrt?“

Jake lachte. „Lang, mit zu vielen Boxenstopps.“

Colin sah deutlich die Ähnlichkeit zwischen dem dunkelhaarigen Polizisten und seiner Schwester.

Eine hübsche Frau mit kastanienbraunem Haar trat ins Zimmer und setzte sich nach kurzer Begrüßung neben Jake.

Colin bedauerte ein letztes Mal, dass die Zweisamkeit mit Rina vorbei war, freute sich dann aber darauf, durch ihre Familie mehr über sie zu erfahren.

Rinas Schwägerin Brianne war sehr gesprächig und erzählte von Rinas Leben in New York und wie stolz sie und Jake auf ihren neuen Job und ihre Kolumne waren. Sie erwähnte auch, dass das Leuchten in Rinas Augen durch all die wichtigen Veränderungen noch intensiver geworden sei, was ihr einen heftigen Rippenstoß von Rina einbrachte.

Alles in allem fühlte Colin sich mit Rinas Familie sehr wohl. Gleichzeitig wurde ihm bewusst, dass er Joe schon fast zwei Tage lang nicht mehr besucht hatte.

„Hör mal, Rina, da du jetzt Gesellschaft hast, würde ich gern ins Krankenhaus zu Joe fahren."

„Das ist sein Vater", fügte Rina erklärend hinzu.

„Oh, er muss Weihnachten im Krankenhaus verbringen? Das tut mir leid", meinte Brianne.

„Danke."

Brianne lächelte. „Wirst du anschließend zurückkommen? Ich hatte gehofft, wir würden dieses Wochenende noch mehr Zeit haben, dich kennenzulernen."

„Ja, könntest du zum Abendessen wieder da sein?" Rina sah ihn bittend an.

Colin nickte.

„Das wäre toll, denn ich möchte gern mit euch allen feiern. Jake, hast du die Faxe mit meinen Kolumnen erhalten?" Schamlos forderte Rina das Lob ihres Bruders ein.

Jake lachte nur und umarmte sie. „Du weißt, dass ich sehr stolz auf dich bin, Rina."

Das war Colin ebenfalls, doch seine Bewunderung für Rina flößte ihm erneut ein schlechtes Gewissen ein. Vor einiger Zeit hatte er seinen Anrufbeantworter abgehört und eine Nachricht von Ron Gould erhalten, der wissen wollte, ob es ihm gelungen war, den neuen Kurs der Zeitung voranzutreiben.

„Ich bringe Colin eben vor die Tür und komme gleich wieder“, verkündete Rina und folgte ihm in den Korridor. „Ich weiß, dass du Joe besuchen musst, aber ich hoffe, du fühlst dich nicht irgendwie vertrieben.“

Colin streichelte ihre Wange. „Natürlich nicht. Es ist nur so, dass das Zusammensein mit deiner Familie mich daran erinnert, auch Zeit mit meiner zu verbringen.“

„Und du kommst wirklich zurück?“

„Ich komme zurück“, versprach er ernsthaft.

Rastlos ging Colin im Korridor des Krankenhauses auf und ab. Er konnte sich nicht überwinden, in Joes Zimmer zurückzugehen und sich von Corinne erneut Anweisungen geben zu lassen, wie er Joe helfen konnte, indem er Wasser holte, ein Kissen aufschüttelte oder sonst etwas tat. Er brauchte sich von Corinne nicht sagen zu lassen, was das Beste für den Mann war, den er fast sein ganzes Leben lang kannte.

Er blieb kurz im Türrahmen stehen und sah die beiden flüstern. Joe war schwach und konnte kaum die Augen öffnen. Seine Sprache war aufgrund des Schlaganfalls undeutlich, und Colin hatte ihn nicht zum Reden gedrängt. Nun aber sprach er mit Corinne, die sich über ihn gebeugt hatte.

Was er über die letzten Wochen beobachtet hatte, wurde nun zu klarer Gewissheit: Hinter dieser Beziehung steckte mehr, als er anfangs angenommen hatte. Es musste durchaus mehr sein als Sex oder Bequemlichkeit oder Geld, wenn Joe ihr die Vollmacht und Leitung der Zeitung übertrug anstatt seinem Sohn.

Logan hatte vollkommen recht gehabt. Die Adoptionspapiere machten Colin zu Joes Sohn, aber er fühlte sich immer mehr ausgeschlossen. Er gehörte nirgends hin, zu niemandem. Der Druck auf seiner Brust erschwerte ihm das Atmen.

Colin machte kehrt und stieß beinahe mit einer Krankenschwester zusammen. Er hastete in Richtung der Fahrstühle, um möglichst schnell hier wegzukommen.

Weg von der Familie, zu der er nicht wirklich gehörte. Er wollte bei Rina sein. Sie gab ihm das Gefühl, voll und ganz akzeptiert zu werden. Doch er konnte es jetzt nicht ertragen, wieder inmitten einer Familie zu sitzen, die nicht seine war.

Er hatte versprochen zurückzukommen, aber er war dazu nicht in der Lage. Tatsächlich war er nur kurz davor, in ein Flugzeug zu springen und alles hinter sich zu lassen. Doch seine Liebe zu Joe ließ das nicht zu – nicht solange die Zukunft der Zeitung im Ungewissen lag. Die noch stärkere Kraft, die ihn zurückhielt, kam allerdings durch Rina oder besser: durch die Gefühle, die sie in ihm geweckt hatte. Es waren Gefühle, die weitaus stärker geworden waren, als er erwartet hatte oder bewältigen konnte.

Da Brianne und Jake darauf bestanden hatten, die Nacht im Hotel zu verbringen, war Rina nun allein. Sie wäre es nicht gewesen, hätte Colin sein Versprechen gehalten, zurückzukehren. Aber sie gelangte zu der traurigen Erkenntnis, dass es ihm nicht lag, Versprechen einzuhalten.

In ihrem Herzen wusste sie, dass er sie nicht absichtlich verletzen wollte. Ironischerweise half ihr gerade die Arbeit an der Kolumne dabei, ihre Beziehung zu Colin besser zu verstehen. Nun, da sie Sex, Anziehung und innere Haltung abgehakt hatte, musste sie sich fragen, was eine Partnerschaft zusammenhielt. Und was ihr dabei als Erstes einfiel, war Verständnis – etwas, das Colin dringend brauchte.

Ärger würde ihn nur vertreiben. Rina vermutete, dass der Verlust seiner Eltern ihn daran hinderte, tiefe Gefühle zuzulassen. Demzufolge zog er sich schnell zurück, wenn es ihm zu viel wurde. Bevor er sich nicht seiner Vergangenheit und seinen Gefühlen stellte, konnte sie ihm nur mit Verständnis weiterhelfen.

Da sie weder Colin noch sich selbst im Moment helfen konnte, beschloss sie, ihre neuen Erkenntnisse in einer Kolumne zusammenzufassen, und setzte sich an den Computer.

Als sie nach dem letzten Satz auf die Uhr sah, waren zwei Stunden vergangen. Sie druckte die Kolumne der nächsten Woche aus: „Wie Sie wissen können, was im Kopf Ihres Partners vor sich geht."

Rina stand auf und lockerte ihre verkrampften Muskeln. Sie war stolz auf ihr Werk. Abgesehen von Colins Abwesenheit war ihr Leben im Moment wunderbar und konnte eigentlich nur noch durch ein heißes Aromaschaumbad verbessert werden. Sie zog sich aus und steckte die Haare hoch, warf den Bademantel über, ließ Wasser ein und wollte gerade in die Wanne steigen, als es klingelte. Norton sprang auf und lief zur Tür.

Rina folgte ihm in der Annahme, dass Frankie auf einen Schwatz über ihr letztes Date mit einem Kollegen vorbeikam, doch anstelle von Frankie stand ein anderer Gast auf ihrer Türschwelle.

„Colin!"

„Hallo", sagte er und stellte den Fuß in die Tür.

Offenbar nahm er an, sie würde ihm sonst die Tür vor der Nase zuschlagen. Doch nichts lag ihr ferner.

Sie atmete seinen vertrauten Duft ein, und Erinnerungen an ihre gemeinsamen Liebesstunden wurden in ihr wach. „Komm doch rein." Sie schloss die Tür hinter ihm und sah ihn an.

„Bitte hasse mich nicht, Rina. Das könnte ich nicht ertragen." Er legte eine Hand auf ihre Schulter und streichelte mit den Fingerspitzen sanft ihren Hals.

„Ich habe dich heute nicht mehr erwartet – an diesem Wochenende eigentlich überhaupt nicht mehr, um ehrlich zu sein."

Colin machte einen erschöpften Eindruck. Er fuhr sich mit der Hand durch das Haar. „Als ich aus dem Krankenhaus kam, musste ich erst mal allein sein und Abstand zu allem gewinnen." Er schob sie sanft ins Wohnzimmer und setzte sich mit ihr auf die Couch. „Mir war noch nicht danach, wieder im trauten Familienkreis zusammenzusitzen. Insbesondere nicht in einem, in dem ich wiederum der Außenseiter bin." Er streckte seine Hand aus und wartete.

Ganz offensichtlich bat er sie um Verständnis. Sie hatte sich ja bereits dafür entschieden, und plötzlich wusste sie auch, warum. Sie liebte ihn. Trotz all seiner Schwächen liebte sie diesen Mann, der mit Gefühlen und Beziehungen seine Schwierigkeiten hatte.

Durch Colin war es ihr gelungen, ihre eigene Vergangenheit aufzuarbeiten. Colin würde sie nie bitten, ihre Karriere aufzugeben oder das neue Leben, das sie sich aufbaute. Am Ende würde er sie vielleicht verlassen, aber bis dahin hätte er ihr etwas sehr Wertvolles gegeben: sein Verständnis. Im Gegenzug – weil sie ihn liebte und schätzte – würde sie ihn ziehen lassen.

Sie legte ihre Hand in seine. Die kribbelnde sexuelle Spannung baute sich wieder auf. Aber dieses Mal wusste sie, dass mehr als Lust zwischen ihnen vorhanden war – weil ihr Herz, das sie so wohlbehütet geglaubt hatte, ihm gehörte.

10. KAPITEL

„Was ist im Krankenhaus passiert?“, wollte Rina wissen.
Colin zuckte mit den Schultern und starrte an die Decke. Sein Schmerz war offensichtlich. „Als ich Corinne an Joes Bett beobachtete, wurde mir ... unbehaglich.“

„Warum?“ Wenn sie ihm helfen sollte, brauchte sie mehr Details. Dass er schließlich doch noch zu ihr gekommen war, zeigte, wie viel Vertrauen er zu ihr hatte. Sie wollte ihn nicht enttäuschen.

„Die ganze Zeit über habe ich ihr heimlich vorgeworfen, falsches Spiel mit Joe zu treiben und die Familie auseinander zu bringen.“

„Und jetzt?“

„Jetzt habe ich erkannt, was ich vermutlich schon die ganze Zeit wusste, mir aber nicht eingestehen wollte.“

Rina drückte seine Hand. „Und das wäre?“

„Nicht Corinne ist die Außenstehende, ich bin es.“

Sie selbst hatte sich niemals aus ihrer Familie ausgeschlossen gefühlt. Colin kannte diese Geborgenheit nicht, und seine Worte schmerzten Rina zutiefst. Sie halfen ihr auch, ihn besser zu verstehen. Trotzdem war seine Sicht der Dinge möglicherweise verzerrt und spiegelte die Perspektive des kleinen Jungen wider, der seine Eltern verloren und sich nirgends richtig zu Hause gefühlt hatte.

„Ich kann nachvollziehen, warum es dir so scheint, und ich kenne Joe ja auch gar nicht, aber mein Herz sagt mir, dass er dir nicht zustimmen würde. Dieser Mann hat dich in seine Familie aufgenommen. Er hat dich adoptiert. Das sagt etwas über seine Gefühle für dich aus. Hast du heute mit ihm gesprochen?“

„Ich wollte nirgends sein, wo ich nicht hingehöre, also bin ich gegangen.“

„Und was hat dich dann hierhergeführt?"

Er rollte den Kopf zur Seite und sah sie an. „Du bist die Einzige, der ich genug vertraue, um sie hier reinzulassen." Er deutete auf sein Herz.

Sie bekam einen Kloß in den Hals, als er die Hand ausstreckte und ihre Wange streichelte.

„Vergibst du mir?"

„Da ist nichts zu vergeben."

Er stieß einen erleichterten Seufzer aus, und sie fühlte sich, als hätte sie ihn reich beschenkt. Dennoch merkte sie, dass er noch nicht fertig war. „Was hast du heute noch erkannt?"

„Kannst du eigentlich Gedanken lesen?", fragte er lachend.

„Nein, aber ich schätze, ich lerne dich allmählich besser kennen."

Dankbarkeit lag in seinem Blick. „Joe hat mich als seinen Sohn großgezogen. Ob es um Erziehung ging oder um die Hinführung zum Journalismus – er hat mich in keiner Weise anders behandelt als einen eigenen Sohn."

„Offensichtlich ist er ein guter Mensch."

„Oh ja. Das macht es mir auch so schwer, mich mit dieser neuen Erkenntnis abzufinden. Als Joe krank wurde, wem gab er da die Vollmacht über seine größte und wichtigste Errungenschaft, die Zeitung? Nicht seinem Sohn, sondern seiner Frau, die erst zwei Jahre mit ihm verheiratet ist."

Rina hörte heraus, wie sehr Colin sich hintergangen fühlte. Sie konnte seinen Schmerz in ihrem eigenen Herzen spüren. Gleichzeitig wusste sie, dass es keine Worte gab, die ihn trösten oder versöhnen könnten, aber sie wusste sehr wohl, auf weiche andere Weise sie ihm helfen konnte.

Sie drehte sich zu ihm und breitete die Arme aus. Ihr Kuss war begierig und voller Leidenschaft, und schon bald drohte Colin die Beherrschung zu verlieren.

„Lass uns ins Schlafzimmer gehen“, sagte er, um sich auf dem Weg ein wenig beruhigen zu können.

„Ein guter Plan“, erwiderte sie, während ihre Augen vor Erregung glitzerten.

Colin stand auf und hob Rina auf seine Arme. „Du sollst wissen, dass ich das nicht erwartet habe, als ich herkam.“

Sie lachte und fuhr mit dem Zeigefinger über seine Wange. „Lügner.“

Colin fühlte sich ertappt. „Also gut, sagen wir, dass ich deine Gegenwart brauchte, und deshalb herkam. Alles Weitere ist deine Zugabe.“

„Du redest wie immer mit Engelszungen.“

Er lachte und fühlte sich dabei wohl und glücklich und vollkommen erfüllt davon, dass sie ihn akzeptierte. Sie hatte nicht nur seinen Schmerz vertrieben, sondern auch seine innere Leere gefüllt.

Diese Erkenntnis traf ihn wie ein Schlag, doch ehe er sich damit auseinander setzen konnte, hatte er das Bett erreicht, und weitaus dringendere Bedürfnisse überkamen ihn.

Er legte Rina auf die Decke und rollte sich auf sie. Ihr Morgenmantel teilte sich, und sie lag vollkommen nackt unter ihm, der noch komplett angezogen war.

„Findest du nicht, dass du für den Anlass zu aufwendig gekleidet bist?“

Er bedurfte keiner weiteren Aufforderung. Während er sich auszog, beobachtete Rina ihn unentwegt. Seine Bewegungen und sein nackter Körper erregten sie. Und sie erregte ihn, wie sie mit gespreizten Beinen dalag und ihn zu sich einlud.

Als er sich wieder neben sie legte und sich provozierend an ihr rieb, drehte sie sich lachend zur Seite. „Ich habe eine Überraschung für dich.“

„Ich mag Überraschungen.“

„Dann schließ deine Augen."

Er rollte sich auf den Rücken und gehorchte. Er hörte, wie sie eine Schublade öffnete und darin wühlte. „Nicht blinzeln", warnte sie ihn.

Er legte noch einen Arm über die Augen.

„Bist du bereit?", fragte sie dann mit vor Aufregung belegter Stimme.

„Was für eine Frage in Anbetracht der nackten Tatsachen", meinte er nur und stöhnte lustvoll auf, als er die erste Berührung spürte. „Was ist das?"

„Wie fühlt es sich denn an?"

„Es ist ein leichtes Kitzeln", versuchte er das Gefühl zu analysieren, das an seinen Füßen begann und aufwärts wanderte. „Eine Feder?"

„Falsch."

Das kitzelnde Gefühl federleichter Berührung wanderte weiter über seine Körpermitte und spielte mit kreisenden Bewegungen mit seiner Erregung.

„Rate weiter."

Die Berührung war so leicht und gleichzeitig so erregend, da sie nur seine Lust weckte, sie aber nicht stillte. Unfähig und unwillig, dieses Spiel weiter zu ertragen, öffnete er die Augen.

Rina saß rittlings auf seinen Beinen und liebkoste ihn mit ihrem langen künstlichen Pferdeschwanzhaar. „Ich weiß doch, wie sehr dir mein Pferdeschwanz gefallen hat, also dachte ich, ich könnte damit eine deiner männlichen Fantasien bedienen."

„Welche männliche Fantasie?"

„Dass langes Haar deinen Körper einhüllt. Erzähl mir nicht, du hättest nicht davon geträumt."

„Wenn ich es zugebe, wirst du mir dann damit helfen?" Er deutete auf seine Körpermitte.

„Ich denke, das ließe sich einrichten." Mit hintergründigem Lächeln warf sie das Haarteil beiseite und strich mit gespreizten Fingern langsam über seine Schenkel aufwärts, bis sie seine Schambehaarung erreichte.

Colin stöhnte auf.

„Aber zuerst musst du mir sagen, was du willst." Sie schluckte und zögerte einen Moment, und ihre Unsicherheit war noch weitaus betörender als ihre vorherige Kühnheit.

Vor einiger Zeit hatte er sie aufgefordert, ihm dasselbe zu sagen, und nun war er dankbar und gerührt, dass sie sich revanchierte. „Ich will, dass du ihn in den Mund nimmst." Sehnlichst wünschte er sich diese intimste aller Berührungen. „Lass mich so zum Höhepunkt kommen."

Er hielt gespannt die Luft an, während sie die Beine neben seinem Kopf ausstreckte und sich über ihn beugte. „Eine Premiere", hörte er sie noch flüstern, und dann hörte er nichts mehr, weil sie ihm seinen Wunsch erfüllte.

Sie umschloss ihn mit ihren Lippen, umspielte ihn mit der Zunge. Colin verlor sich fast im Strudel sinnlicher Gefühle, behielt sich aber doch noch so weit unter Kontrolle, dass er auch an Rina denken konnte, und als er die Augen öffnete, sah er ihre nackten Schenkel vor sich.

Er legte sich so hin, dass er ihre empfindsamste Stelle mit der Zunge erreichen konnte, und liebkoste sie ebenso aufreizend wie sie ihn. Ein ersticktes Stöhnen entrang sich ihrer Kehle, ihre Hüften bewegten sich ihm sanft entgegen. Colin umfasste mit festem Griff ihre Schenkel und kam ihrer stummen Bitte nach, während sie ihn weiter mit Zunge und Händen dem Höhepunkt entgegentrieb.

Binnen weniger Sekunden war es dann um ihn geschehen. Er konnte sich nicht erinnern, je einen intensiveren Höhepunkt erlebt zu haben. An Rinas entrücktem Aufschrei erkannte er, dass auch sie gekommen war. Und dieses Wissen freute ihn noch mehr als seine eigene sexuelle Befriedigung.

Nach einem gemeinsamen Schaumbad saßen Rina und Colin einige Zeit später aneinander gekuschelt im Bett, aßen gesalzenes Popcorn und hörten sanfte Musik. Das Licht war gedämpft, und Colin spürte eine Zufriedenheit, die er so nicht kannte.

„Ich habe nachgedacht“, meinte Rina.

„Ich weiß. Ich kann geradezu hören, wie es bei dir im Getriebe rattert.“

Sie lachte. „Ich meine es ernst. Du hast vorhin erzählt, wie sehr es dich verletzt hat, dass Joe die Leitung der Zeitung nicht dir übertragen hat.“

Das Thema ernüchterte ihn schnell. „Worauf willst du hinaus?“

„Bevor du nicht mit ihm reden kannst, wirst du dich kaum besser fühlen. Aber du kannst versuchen, mit Corinne zu sprechen, anstatt sie zu bekriegen“, schlug Rina vor. „Mir ist aufgefallen, dass du in ihrer Gegenwart nicht so charmant bist, wie du sein kannst.“

Er musste lachen. „Das stimmt. Sie besteht darauf, ihren Kopf durchzusetzen. Ich hatte heute fest vor, die Situation zu klären, aber es war nicht der richtige Zeitpunkt.“

„Ich bin sicher, dass Joe dich anhören wird, sobald es ihm wieder besser geht.“

„Der Doktor deutete an, dass er in nächster Zeit sicher noch nicht wieder arbeiten kann.“

„Aber er wird bald wieder den Überblick haben und Entscheidungen treffen können.“ Sie beugte sich zu Colin und drückte ihm einen Kuss auf die Lippen. „Es wird dir mit einem Schlag besser gehen, wenn du dich mit ihm ausgesprochen hast. Sei dir selbst treu, Colin – so viel habe ich durch meine nicht besonders glückliche Ehe gelernt.“

„Du hast mir schon ein wenig davon erzählt. Ich würde gern mehr wissen.“

Sie sah ihn nachdenklich an. „Ich habe inzwischen etwas erkannt. Obwohl ich Robert liebte …“ Sie brach ab.

Colin gefiel es überhaupt nicht, dass er bei dem Gedanken an Rina mit einem anderen Mann Eifersucht spürte.

„Es war eine beständige, verlässliche Form von Liebe.“ Sie atmete einmal tief durch. „Es war gut, aber nicht so, wie …“ Sie schüttelte den Kopf. „Egal.“

Colin schluckte schwer, aber er wollte sie auf keinen Fall drängen. Er hatte Angst, sie würde ihre Ehe mit ihrer Affäre vergleichen – und er war im Moment außerstande, irgendwelche optimistischen Versprechungen zu machen.

Rina beschloss kurzfristig, am ersten Weihnachtstag eine improvisierte Feier auszurichten. Um zu verhindern, dass Colin sich inmitten ihrer Familie unbehaglich fühlte, wollte sie seine Verwandten und Freunde einladen.

Glücklicherweise erklärten Logan und Catherine sich bereit, ihre eigene Weihnachtsfeier in Rinas Wohnung zu verlegen, zu der Catherine sogar das Essen mitbringen wollte. Catherines Schwester Kayla und deren Mann Kane waren eingeladen, und auch Frankie wollte kommen, da ihre eigene Familie zu weit entfernt wohnte. Emma sagte sofort zu, da sie sich über jeden Vorwand freute, um Weihnachten nicht mit ihrem Sohn verbringen zu müssen. Sie fragte sogar, ob sie Stan mitbringen könne.

Rinas Hauptsorge bei alledem galt Norton. Er hatte es nicht gern, wenn viele fremde Menschen in sein Territorium eindrangen, ihn ignorierten und sich noch dazu weigerten, ihm Essen vom Tisch anzubieten.

„Du wirst dich doch hoffentlich benehmen, mein Junge?“

„Wenn du dieses Kleid anbehältst, kann ich für nichts garantieren.“

Rina drehte sich um. Colin stand im Türrahmen und betrachtete sie mit hungrigem Blick. „Du siehst fantastisch aus“, sagte er und ging auf sie zu.

Sie freute sich über das Kompliment, drückte ihm einen Kuss auf die frisch rasierte Wange und atmete seinen männlichen Duft ein. Instinktiv schmiegte sie sich eng an ihn.

Da hörte sie ein leises Räuspern und zog sich rasch zurück. Jake stand in der Tür.

Rina verschränkte die Arme über der Brust. „Seit wann stehst du da?“

Jake verschränkte ebenfalls die Arme und schmunzelte. „Noch nicht lange, Schwesterherz. Aber du weißt ja, dass ich berufsbedingt immer die Augen offen halte“, fügte er mit Seitenblick auf Colin hinzu.

Rina hatte nichts gesagt, aber es war klar, dass Colins Fehlen beim gestrigen Abendessen nicht nur Rina, sondern auch ihren Bruder irritiert hatte. Jakes Verhalten war deutlich kühler als am Tag zuvor. Colin konnte es ihm nicht verübeln.

„Was wollt ihr Jungs denn trinken? Colin?“, fragte Rina, um das Thema zu wechseln.

„Hast du Wasser da? Emma wird immer beschwipster, und Logan will ihren Wein verdünnen.“

Rina runzelte die Stirn. „Emma trinkt eigentlich kaum Alkohol. Sie führt bestimmt etwas im Schilde, also achte besser ein bisschen auf sie. Oder lieber noch auf Stan. Der arme Mann hat alle Hände voll mit ihr zu tun.“ Sie wandte sich an ihren Bruder. „Und du? Wartet deine Frau nicht auf dich?“

„Brianne möchte wissen, ob du Sellerie da hast.“

Rina zog die Nase kraus. „Cats heiße Vorspeisen sind doch so lecker, warum will sie da Sellerie?“

Jake verdrehte die Augen. „Erwartest du etwa, dass ich dir das seltsame Verhalten von Frauen erkläre?“

„Hm. Das könnte ein gutes Thema für meine nächste Artikelserie sein – verstehen lernen, was im Kopf einer Frau vorsich geht." Sie grinste. „Das gefällt mir."

„Tja, ich persönlich wäre gespannt auf das Ergebnis", meinte Jake.

Colin schwieg betroffen.

„Außerdem fragt Brianne nach Erdnussbutter", fuhr Jake fort. „Und Rosinen, wenn du welche dahast. Ach, und sie möchte ein großes Glas Milch."

Colin verzog das Gesicht. „Das klingt ja widerlich."

„Für mich klingt das nach ganz besonderen Gelüsten", stellte Rina staunend fest.

„Was?" Jake sah sie verdutzt an. „Wovon sprichst du?"

„Brianne hat seltsame Gelüste. Könnte es dafür einen bestimmten Grund geben?" Rina zog demonstrativ die Augenbrauen hoch, während Jake sie ansah wie ein kleiner Junge.

„Zum Teufel mit dem Sellerie!", rief er und eilte aus der Küche, um ein ernstes Wort mit seiner Frau zu reden.

Rina lachte. „Mission erfüllt. Jake ist draußen, und wir haben eine Minute für uns allein."

„Du hast dir all diese Mühe mit der Party gemacht – nur für mich? Weißt du eigentlich, wie glücklich ich bin, dich zu haben?" Er legte die Arme um ihre Taille, zog sie an sich und atmete ihren erregenden Duft ein.

„Hauptsache, du weißt, wie glücklich du bist. Mehr will ich gar nicht." Sie schlang die Arme um seinen Hals und küsste ihn voller Leidenschaft.

Plötzlich wurden sie vom Klingeln eines Handys unterbrochen. Stöhnend holte Colin es aus der Tasche, während Rina enttäuscht zurücktrat.

„Hallo?"

„Frohe Weihnachten, Colin." Er erkannte Corinnes Stimme.

Sein Herz krampfte sich vor Angst zusammen. „Das wünsche ich dir auch. Geht es Joe gut?" Er wusste, Corinne würde nicht ohne Grund anrufen.

„Tatsächlich geht es ihm heute sehr gut, und er würde dich gern sehen."

Aus Angst wurde Aufregung. „Ich wollte sowieso nach dem Essen ins Krankenhaus kommen."

„Könntest du auch eher hier sein? Sofort, meine ich? Joe ist im Moment bei Kräften, und es wäre eine gute Gelegenheit für euch zwei, zu reden."

„Geh nur", flüsterte Rina. „Ich verstehe das gut."

Er wollte Rina nicht schon wieder verlassen, aber er musste Joe unbedingt sehen und die Gelegenheit nutzen. „Sag ihm, ich komme."

„Danke."

Colin steckte das Handy zurück und sah Rina mit Bedauern an. „Ich wünschte ..."

„Pscht." Sie legte einen Finger auf die Lippen. „Es ist Weihnachten. Du solltest bei Joe sein. Ich würde ja mitkommen, aber ich habe die Wohnung voller Gäste."

Er legte einen Finger unter ihr Kinn und hob ihr Gesicht an. „Du hast daran gedacht mitzukommen? Das bedeutet mir viel."

Er küsste sie zärtlich, doch wie immer geriet der Kuss bald außer Kontrolle. Sie neckte ihn mit ihrer Zunge, zog die Konturen seiner Lippen nach und drang in seinen Mund, bevor sie sich wieder zurückzog.

„Ich wollte dir nur einen Vorgeschmack geben. Komm später wieder, und du bekommst mehr." In ihren Augen glitzerte es, und er musste lachen. Er war bereits so erregt, dass er auf der Stelle mit ihr hätte schlafen können.

„Hallo, ihr zwei! Hört auf, herumzuturteln und kommt ins Wohnzimmer. Rina, dein Bruder möchte einen Toast aussprechen." Emma klopfte vehement an die Küchenwand, um auf sich aufmerksam zu machen.

Und danach fahre ich ins Krankenhaus, dachte Colin, der nicht wusste, ob er das anstehende Gespräch fürchten oder begrüßen sollte.

Während sie ins Wohnzimmer traten, schlug Jake bereits mit einem Messer gegen sein Glas. „Ich möchte nur kurz ein paar Worte sagen. Erstens kenne ich die meisten von Ihnen kaum, aber ich möchte Ihnen herzlich dafür danken, dass Sie sich um meine Schwester gekümmert haben, seit sie hier ist."

Colin drückte Rinas Hand.

„Zweitens möchte ich Rina dazu beglückwünschen, dass sie ein neues Leben gewagt und so erfolgreich ihr lang gehegtes Ziel verfolgt hat. Meine Schwester schreibt jetzt für eine Zeitung und ist glücklicher, als ich sie je erlebt habe."

Rina errötete vor Freude. Doch mit jedem von Jakes Worten schnürte es Colin immer enger die Kehle zu. Er war auf dem Weg ins Krankenhaus, um die finanzielle Situation und die Zukunft der Zeitung mit Joe zu besprechen. Eine Zukunft, an der Rina vermutlich nicht mehr teilhaben würde.

„Und zu guter Letzt", fuhr Jake fort, „möchte ich Ihnen allen mitteilen, dass ich soeben offiziell erfahren habe, dass meine wunderschöne Frau und ich ein Baby erwarten. Zum Wohl allerseits, und frohe Weihnachten!" Er hob sein Glas, und alle prosteten einander zu.

Colin sah Rina an. „Dann hast du das vorhin also ernst gemeint, als du ihn aus der Küche geschickt hast?"

„Es klang schon sehr verdächtig", gab sie zurück. „Und ich bin froh, dass ich den richtigen Riecher hatte. Hurra, ich werde Tante!" Begeistert blickte sie zu ihrem Bruder und Brianne.

„Du magst Kinder wohl, hm?" Was, um alles in der Welt, hatte ihn nur bewogen, das zu sagen?

„Ist das eine Fangfrage?" Sie sah ihn mit schiefem Lächeln an. „Wenn ich Nein sage, hältst du mich dann für eine Hexe?

Und wenn ich Ja sage, machst du dich aus dem Staub, damit ich dir keines anhängen kann? Das ist doch wohl die größte Angst jedes unverheirateten Mannes, oder?"

Er streichelte ihre Wange mit dem Handrücken. „Nur bis er die richtige Frau trifft." Und bevor es zu ernst werden konnte, fügte er hinzu: „Ich muss jetzt gehen."

Sie nickte. „Ich kann mir vorstellen, dass es nicht leicht für dich sein wird. Tu einfach, was ich gesagt habe. Du musst dir selbst treu bleiben."

Bei ihren ernsten Worten zog sich sein Herz zusammen. Sie hatte ja keine Ahnung, was ihr Rat sie kosten würde.

11. KAPITEL

Rina liebte die Weihnachtstage. Die Musik, die festliche, fröhliche Stimmung, die Menschen um sie herum. Sie wünschte nur, sie hätte mehr für Colin tun können, aber sein Gespräch mit Joe würde ihm sicher das Herz erleichtern.

Emma klopfte ungeduldig mit der Fußspitze auf den Boden, und Rina ahnte, dass die alte Dame etwas an ihr auszusetzen hatte. Und sie ahnte auch, was. „Wie stellen Sie sich das vor?“, fragte sie also geradeheraus. „Ich kann hier doch nicht einfach alles stehen und liegen lassen und Colin hinterherfahren.“

„Warum nicht? Es ist ja nicht so, als ob hier niemand für Sie einspringen könnte.“ Emma sah sie indigniert an.

„Gerade Sie müssten doch verstehen, dass ich mich an die Etikette halten muss. Ich kann doch nicht meine eigene Party verlassen. Das wäre unhöflich.“

„Da denke ich anders. Catherine hat einen Partyservice und reicht die Hors d'œuvres sicher gern selbst herum, bis Sie wieder da sind. Oder etwa nicht?“ Emma fasste Cat am Arm, die gerade vorbeikam.

„Worum geht es?“, fragte die hübsche blonde Frau nach.

„Sie würden doch sicher die Stellung halten, während Rina kurz zu Colin und Joe ins Krankenhaus fährt.“

„Aber natürlich.“ Cat winkte ab. „Fahr nur, und mach dir weiter keine Gedanken.“

„Aber …“

„Und während Catherine sich um das Essen kümmert, wird Francesca Sie sicher gern als Gastgeberin vertreten, nicht wahr, meine Liebe?“ Emma musste sich etwas recken, schaffte es aber, Frankie in den Rücken zu pieken. „Ich würde es ja selbst tun, aber ich werde ebenfalls mitfahren.“

Zu Rinas Entsetzen drehte Emma sich kurz zu Stan, blies

ihm einen Kuss zu und hakte sich bei ihr unter.

Rina sah sich um und musste zugeben, dass alles gut organisiert war und sie sicher für ein bis zwei Stunden verschwinden könnte.

Eine halbe Stunde später stand Rina vor Joes Krankenzimmer, nachdem Corinne ihr auf dem Gang den Weg gewiesen hatte. Zögernd blieb sie in der halb geöffneten Tür stehen. Colin saß mit dem Rücken zu ihr, den Kopf dicht über Joe geneigt.

Die Spannung in dem Raum war spürbar, und Rina bekam einen Kloß in den Hals. Sie wusste nicht, was Colin erwartete oder empfand, aber sie hielt sich zurück, da sie merkte, dass er noch einen Moment allein mit Joe brauchte.

Sie würde da sein, wenn er sie brauchte.

Corinne hatte Colin mit Joe allein gelassen und damit den letzten Rest seiner Vorurteile zerstört, dass sie unsensibel und geldgierig sei und Joe nur ausnutze. Und nachdem Colin sie nun seit einer Woche an Joes Krankenbett beobachtet hatte, hatte er sich eingestehen müssen, dass sie es ehrlich mit Joe meinte und ihn aufrichtig liebte – auch wenn ihm diese Erkenntnis schwergefallen war.

„Hattest du je einen Traum?“, fragte Joe nun.

„Natürlich hatte ich Träume.“ Colin zwang sich zu einem Lachen, während der alte Mann seine alte Taktik anwandte, Colin nur schweigend anzusehen und auf Antwort zu warten, „ich habe davon geträumt, die Zeitung zu übernehmen.“

„Blödsinn.“ Joe sprach mit lauter und klarer Stimme. „Du kennst deine Träume überhaupt nicht und wirst sie auch nie kennen, wenn du nicht aufhörst, ständig davonzulaufen.“

Ein Schlag in die Magengrube wäre weniger schmerzhaft gewesen, aber diese absolute Direktheit entsprach nun einmal ganz und gar Joes Stil.

Sekunden vergingen, in denen Joe seinen Adoptivsohn nur anstarrte, während Colin eine Antwort zu formulieren versuchte. Es war nicht leicht, denn der alte Mann hatte wie immer recht.

Joe deutet auf den Wasserkrug. Dankbar für eine Minute Bedenkzeit, goss Colin etwas ins Joes Glas und reichte es ihm. Joe trank einen Schluck.

„Wenn ich dich gebeten hätte, die Zeitung zu leiten, als ich krank wurde – einige Monate vor dem Schlaganfall –, dann hätte ich dich damit gezwungen, nach Hause zu kommen. Und du musst deinen Weg ohne mein Dazutun finden." Er räusperte sich. „Ich habe dich immer als meinen Sohn betrachtet. Auch wenn du das Gefühl nicht erwidern konntest."

Colin schluckte schwer. „Ich habe es erwidert. Ich konnte es nur nicht zeigen. Ich dachte immer, ich würde meine Eltern dadurch betrügen."

Joes Lachen klang mehr nach einem Keuchen und jagte Colin Angst ein. „Das wusste ich. Und Neil wusste es auch. Aber wir haben es dir nie zum Vorwurf gemacht. Dieser Sinn für Loyalität war es ja gerade, der dich zu einem so feinen Menschen gemacht hat. Ich bin sehr stolz darauf, dass du mein Sohn bist."

Colin schüttelte ergriffen den Kopf. „Ich habe dich gar nicht verdient."

„Red keinen Unsinn. Natürlich hast du das. Denkst du etwa, ich wusste nicht, warum du jetzt hier bist? Dass du darum kämpfst, das zu erhalten, was mir gehört? Nur ein Sohn würde das für seinen Vater tun."

Colin schloss die Augen, doch der Wahrheit konnte er sich nicht verschließen. Joe kannte ihn besser als er sich selbst. Der alte Mann verstand Dinge und Zusammenhänge, die Colin selbst gerade erst klar wurden. Sein ständiges Weglaufen und die emotionale Distanz von Menschen waren eine Folge des frühen Todes seiner Eltern. Doch damit war nun Schluss.

Joes Schlaganfall hatte ihn nach Hause gebracht, und der Schock über seinen scheinbaren Betrug hatte ihn zum Nachdenken angeregt. Aber es war Rina gewesen, die ihm die größte Lektion von allen erteilt hatte: in Verständnis, Toleranz – und Liebe.

Als sich das Wort in seinem Bewusstsein festsetzte, erschauerte Colin. Ja, er liebte Rina. Und er würde sich damit auseinander setzen müssen, sobald er das Krankenhaus verließ.

Und er liebte den alten Mann, der da vor ihm im Bett lag. „Ich bin so froh, dass ich dich habe", sagte er. „Aber warum hast du mir nicht erzählt, dass du Corinne die Vollmacht über die Zeitung geben würdest?"

Joe machte ein betrübtes Gesicht. „Schicksal. Als ich krank wurde, wollte ich dich auf keinen Fall extra deswegen nach Hause holen, und als die Ärzte dann darauf bestanden, dass ich mir mehr Ruhe gönnte, musste ich Corinne mit der Leitung betrauen."

„Sie hat keine Ahnung, wie man eine Zeitung leitet, Joe."

„Aber ich liebe sie und vertraue ihr, genau wie dir. Und wie zuvor Neil." Er deutete auf das Wasser, und Colin reichte ihm erneut den Becher.

Die Liebesbekundung gegenüber Corinne zu hören erschwerte Colin seine Mission, Joe über den wahren Zustand der Zeitung aufzuklären. Er fuhr sich mit der Hand über die Stirn und seufzte.

„Und warum hast du es mir nicht gesagt, nachdem du Corinne die Vollmacht übertragen hattest?", fragte er weiter.

„Weil mir nicht wohl dabei war, es dir einfach am Telefon zu sagen. Ich wusste ja, dass du Weihnachten nach Hause kommst, wenn auch nur für kurze Zeit, und wollte es dir dann erzählen. Aber wie ich schon sagte, griff das Schicksal ein, und der verdammte Schlaganfall kam zuerst." Das Bedauern in Joes mittlerweile schwacher Stimme war deutlich herauszuhören.

Es war also alles zu Colins Bestem gedacht gewesen. Ohne Rücksicht auf den Erfolg von Joes geliebter Zeitung. Colin schluckte.

„*Bleib dir selbst treu*", hatte Rina gesagt. Die Zeit war gekommen, dass Vater und Sohn gemeinsam eine Lösung erarbeiten mussten. Colin erhob sich und wanderte vor dem Bett auf und ab. „Die ‚Times' hat nur einen begrenzten Umfang, und Corinne hat den Platz für wichtige Nachrichten durch belanglose Kolumnen blockiert." Im selben Moment, da er es sagte, musste er zugeben, dass er Rinas Kolumne keineswegs für belanglos und unwichtig hielt. Sogar Menschen wie Logan und Cat, die er sehr schätzte, interessierten sich für Rinas Erkenntnisse und Ratschläge. Außerdem erfüllte sich Rina damit einen Lebenstraum. Trotzdem konnte er seinen Entschluss, die Zeitung durch mehr Nachrichtenqualität zu retten, nicht mehr aufgeben. „Corinne hat eine Frau namens Rina Lowell eingestellt, um über zwischenmenschliche Beziehungen zu schreiben, und Emma macht jetzt so eine Art Partnervermittlungskolumne für Senioren. Die Werbeeinnahmen sind stark zurückgegangen", berichtete er.

Er hasste es, Joe wehzutun, und überraschenderweise wollte er auch Corinne nicht mehr verletzen. Doch der alte Mann blinzelte bei diesen Informationen nicht einmal.

Colin zog die Brauen zusammen. „Du wusstest, dass es so kommen würde, stimmt's?"

Joe nickte. „Corinne hat mir schon erzählt, dass sie wohl ein paar Fehler begangen hat."

Das war zweifellos die Untertreibung des Jahrhunderts, wie Colin fand.

„Aber sie war fest entschlossen, die Sache in den Griff zu

bekommen, damit ich letztendlich stolz auf sie sein könnte."

„Du klingst gar nicht verärgert."

Joe zuckte mit den Schultern. „Wenn man dem Tod ins Auge blickt, erkennt man, dass es wichtigere Dinge im Leben gibt, als Zeitungen zu verkaufen."

Colin seufzte. „Leider muss ich die Sache noch weiter verkomplizieren." Er erklärte, dass der Umsatz stark zurückgegangen war und dass er sich Geld hatte borgen müssen, um die Zeitung überhaupt am Laufen zu halten. „Und ebenso wie ich dachte auch Ron, dass die Zeitung unbedingt wieder in ihre ursprüngliche Form zurückgeführt werden müsse. Ich versprach ihm, die neuen Kolumnen zu streichen und wieder mehr Nachrichten zu bringen, und wenn ich ihm das bis zum 1. Januar nachweise, zieht Fortune's Inc. ihre Werbeaufträge nicht zurück."

„Und wie genau willst du mir die Zeitung aus meinen unglücklichen Händen entreißen?" Im denkbar ungünstigsten Moment spazierte Corinne ins Zimmer.

„Ich will dir nur das Versprechen abnehmen, die Dinge wieder in den alten Zustand zurückzuversetzen." Er sah sie nicht an, doch er musste mit der Wahrheit herausrücken. „Und die neuen Kolumnistinnen zu entlassen." So hatte er es von Anfang an geplant, doch im Licht der neuen Erkenntnisse sah er nun ein, dass diese Planung sehr kurzsichtig gewesen war.

„Du willst Rina und Emma an die Luft setzen?", fragte Corinne entsetzt.

Colin wand sich fast vor Scham. Hätte er doch nur schon früher erkannt, dass es tatsächlich wichtigere Dinge gab, als Zeitungen zu verkaufen. Seine Familie, beispielsweise, einschließlich Corinne. Und Rina.

Es war an der Zeit, Corinne ins Gesicht zu sehen und seinen Sinneswandel zu erläutern. Er drehte sich um, da sah er hinter Corinne plötzlich Rina in der Tür stehen.

Der Blick aus ihren großen Augen zeigte, wie tief sie verletzt war. Verdammt! „Rina …“

Sie drehte sich abrupt um und ging. Colin lief zur Tür, blieb dann aber stehen und sah zu Joe.

„Meinst du nicht, du solltest ihr folgen?“, fragte Corinne.

Colin war hin und her gerissen, aber er musste auch die Gelegenheit beim Schopf packen und die Sache mit Joe ins Reine bringen. „Ich werde mit ihr sprechen, sobald wir hier fertig sind.“ Es war schwer, Corinne in die Augen zu sehen. „Meine Perspektive hat sich gewandelt, auch wenn ich mein Versprechen trotzdem einhalten will. Ich würde das gern näher erklären.“

Corinne nickte. „Das klingt fair.“

„Dann setzt euch jetzt beide hier hin“, ließ sich Joe vernehmen. „Es wird Zeit, dass wir anfangen, als Familie zu handeln.“

Obwohl er mit dem Herzen bei Rina war, kam Colin Joes Bitte nach. Sie diskutierten und überlegten gemeinsam. Am Ende wusste Colin, dass eine gute Chance bestand, die Zeitung zu retten. Corinne erklärte sich einverstanden, den Rest des geliehenen Geldes oder sonstige Rücklagen nicht ohne Colins Einverständnis anzugreifen. Außerdem ließ sie sich überreden, die Nachrichten wieder auf der ersten Seite zu platzieren.

Im Gegenzug willigte Colin ein, den Rest des Darlehens in eine Zeitungs-Beilage zu investieren, in der die neuen Kolumnen zusammen mit den von Corinne verdrängten Rubriken „Sport“ und „politische Hintergründe“ erscheinen würden, die Colin zurückhaben wollte.

Als er das Krankenhaus schließlich verließ, fühlte Colin sich in Bezug auf seine Familiensituation bedeutend gefestigter, allerdings musste er nun unbedingt die Sache mit Rina klären. Wie versprochen, kehrte er zu ihrem Weihnachtsessen zurück, das jedoch sehr kühl ablief.

Rina wechselte kaum ein Wort mit ihm, und im Grunde konnte er es ihr nicht verübeln. Leider ergab sich keine Möglichkeit, mit ihr allein zu sprechen, und so vertagte er die Klärung der Situation auf den nächsten Tag in der Arbeit.

Doch am nächsten Tag meldete Rina sich krank. Sie war nicht wirklich krank, doch sie brauchte Zeit zum Nachdenken, da sie offenbar kurz davor stand, den Job zu verlieren, den sie so sehr liebte. Zwar hatte sie nicht das ganze Gespräch von Colin und seinem Adoptivvater mit angehört, aber seine Antworten auf Corinnes Fragen hatten keinen Zweifel gelassen.

Und das bedeutete weiterhin, dass Colin seit dem ersten Tag, an dem er mit seinem unglaublichen Charme auf sie zugegangen war, einen bestimmten Plan verfolgt hatte.

Nun gut, sie konnte seinen verzweifelten Wunsch verstehen, die Zeitung vor dem Ruin zu retten. Und am Anfang hatte er natürlich nicht gewusst, wie sehr ihr Job ihr am Herzen lag. Was sie allerdings nicht verstehen konnte, war die lang andauernde Täuschung, und sie wusste nicht, ob sie ihm das je würde verzeihen können.

Wie hatte er sich nur ihre Hoffnungen und Träume anhören können, wo er doch wusste, dass er selbst sie zerstören würde? Wie hatte er mit ihr schlafen und so etwas fundamental Wichtiges verschweigen können? Und das Schlimmste: Wie hatte er sich vor dem Hintergrund seiner Pläne ihre Erkenntnisse über ihre gescheiterte Ehe anhören können, wo auch er sie ihrer eigenen Ideen und Träume berauben wollte?

Sie hingegen hatte sich bemüht, seine Vergangenheit und sein Bedürfnis nach emotionaler Distanz zu verstehen und dass sein Reisefieber ihn vermutlich eines Tages von ihr forttreiben würde. Sein Verhalten war wie ein Schlag ins Gesicht, und sie hatte absolut keine Lust, noch weitere Schläge einzustecken.

Ironischerweise hatte Colin selbst ihr ein neues Ziel vor

Augen gesetzt, und so hatte sie heute freigenommen, um ihre Bewerbungsunterlagen zu aktualisieren und Jobanfragen an verschiedene Zeitschriftenherausgeber in New York zu mailen. Nun musste sie nur noch auf Antworten warten. Sosehr es ihr hier in Ashford auch gefiel, Colin hatte recht. Die wahren Chancen lagen in New York.

„Hallo?“, ertönte Frankies Stimme, während sie Rinas Haustür öffnete. „Hast du Weihnachten gut überstanden?“, wollte sie wissen. „Ich hab' deinen Wagen unten gesehen und dachte mir schon, dass du krankfeierst, um auszuschlafen.“

„Ach, und da wolltest du mich gern aufwecken?“

„Ha, ha.“ Frankie setzte sich auf das Sofa und betrachtete Rinas Laptop. „Arbeitest du heute zu Hause?“

„Nein, ich suche einen neuen Job.“ Sie schaltete den Computer ab. „Wahrscheinlich wirst du bald einen neuen Nachbarn haben.“ Bei dem Gedanken zog sich Rinas Magen schmerzvoll zusammen.

Im Grunde wollte sie ihr neues Zuhause und ihre neuen Freunde nicht wieder verlassen. Aber da sie nun ihre wahre Berufung gefunden hatte, konnte sie das Schreiben nicht einfach so wieder aufgeben. Und in Ashford gab es keine Jobaussichten für sie.

Frankie schüttelte ungläubig den Kopf. „Ein neuer Nachbar? Unsinn! Ich will meine neue beste Freundin behalten! Würdest du mir bitte erklären, was der Quatsch soll?“

Rina ballte die Fäuste und erklärte, wie Colin die finanziellen Probleme der Zeitung lösen wollte. „Also versuche ich jetzt, einen Job in Manhattan zu finden, da sitzen nämlich die meisten Redaktionen von Frauenzeitschriften. Meine Berufserfahrung ist zwar nicht sehr groß, aber die fünf Artikel für meine Kolumne finde ich eigentlich doch schon ganz beeindruckend.“

„Erde an Rina!“ Frankie wedelte mit der Hand vor Rinas

Gesicht. „Ich möchte wissen, ob du vor deinen Problemen mit Colin davonrennst?"

Rina war beleidigt. „Ich renne nicht, ich bin schlau. Hier gibt es für mich nichts mehr zu holen, also ziehe ich weiter." Doch der Schmerz in ihrem Herzen machte ihr klar, dass sie log. Hier gab es noch viel für sie zu holen, aber sie sah keinen Weg, sich diese Träume zu erfüllen.

„Was ist mit Colin?", wollte Frankie wissen.

Rina blickte auf ihre Schuhe, ehe sie Frankie erneut ansah. „Was soll mit ihm sein?"

„Nun stell dich nicht so dumm, das steht dir nicht", schalt Frankie.

Rina seufzte frustriert und stampfte mit dem Fuß auf. Das tat weh. „Mist!"

Frankie legte eine Hand auf Rinas Schulter, und die tröstende Berührung trieb Rina die Tränen in die Augen. „Dieser Mann hat mich ohne jeden Skrupel angelogen, also was soll ich noch weiter hier?"

Sie wollte so gern glauben, dass Colins Gefühle ihr gegenüber echt waren und dass ihm die Sache leidtat. Doch sie wusste nichts davon, und es würde nun auch nichts mehr ändern. Sie hatten eine kurze Affäre gehabt, mehr nicht. Sie war immer davon ausgegangen, dass er irgendwann wieder abreisen würde, aber nun war sie es, die die Stadt verließ.

„Du kannst dich an mich halten und an Emma, an deine Freunde bei der Zeitung. Und ich wette, auch Colin wäre für dich da, wenn du ihn nur lassen würdest."

Das ist ja das Problem, dachte Rina. Seine Version zu hören, ihn für sie da sein zu lassen und anzunehmen, dass er das sogar wollte, würde sie schrecklich verletzlich machen. Unabhängig davon, wie sehr sie ihn liebte, hatte sie dennoch Zweifel, dass sie sich dieser Art von Schmerz jemals wieder öffnen könnte.

Sie hatte ihren Ehemann verloren und nun Colin. Aber sie hatte sich selbst gefunden, und das war wichtiger als alles andere.

Colin saß an seinem Schreibtisch und klopfte mit dem Bleistift auf die Tischplatte. Am Montag hatte Rina sich krankgemeldet, am Dienstag war sie gekommen, hatte sofort ihr Headset aufgesetzt und an ihrer Kolumne gearbeitet. Als er gegen Mittag an ihren Tisch ging, sagte sie, sie habe ein Meeting, und verließ das Büro, da sie sicher genau wusste, dass er am Nachmittag im Krankenhaus sein würde. Abends hatte sie weder auf das Klingeln ihres Telefons noch ihrer Türglocke reagiert, und nun, am Mittwochmorgen, war Colin ziemlich nervös.

Heute könnte sie ihm nicht mehr ausweichen! Wenn es sein musste, würde er sie über die Schulter werfen und in den Lagerraum verfrachten.

Da tippte ihm jemand auf die Schulter, und er fuhr verärgert herum. „Was gibt es denn?“, polterte er los.

„Hast du wohl eine Minute Zeit für mich?“ Vor ihm stand Rina, eine Hand in die Hüfte gestützt, und tat so, als würden sie sich kaum kennen.

„Was kann ich für dich tun?“ Er versuchte, sich vor den übrigen Mitarbeitern professionell zu verhalten.

Tatsächlich hätte er sie jedoch am liebsten in seine Arme gezogen und sich nicht nur entschuldigt, sondern geschworen, alles wieder gutzumachen. Selbst wenn sie ihm nie vergeben sollte, so war es ihm dennoch ein großes Bedürfnis zu zeigen, dass er nicht einfach ein weiterer Mann war, der auf ihren Gefühlen herumtrampelte.

„Ich habe schon mit Corinne gesprochen, aber sie meinte, dass du jetzt für Personalfragen zuständig bist, also komme ich zu dir.“ Ihre Stimme klang kühl, doch ihre Augen verrieten ihren Schmerz und, wie er hoffte, ihre noch immer vorhandene Liebe.

Er war nicht sicher, wohin dieses Gespräch führen würde, aber beim Wort ‚Personal' klingelte in seinem Kopf eine Alarmglocke. „Weshalb?", fragte er Rina.

„Ich habe deinen Rat befolgt und mich bei mehreren Redaktionen von Frauenzeitschriften in New York beworben." Sie schüttelte nonchalant das Haar, um locker zu erscheinen.

Doch Colin durchschaute sie. Er sah die verletzte Frau hinter der selbstsicheren Fassade. Und wenn sie verletzt war, konnte das nur heißen, dass sie immer noch an ihm hing.

Sie holte tief Luft, bevor sie fortfuhr. „Sollte also jemand anrufen, wäre ich dir sehr verbunden, wenn du mich trotz allem, was zwischen uns vorgefallen ist, weiterempfiehlst und mir ein gutes Zeugnis ausstellst."

Bei dem Gedanken, sie zu verlieren, überkam ihn kalte Angst. „Den Teufel werde ich tun", erwiderte er und erhob sich.

„Hör zu, Colin. Es mag dir nicht gefallen, was ich schreibe, aber du kannst nicht leugnen, dass ich für diese Zeitung gute Arbeit geleistet habe. Und du wirst mir doch sicher kein gutes Zeugnis und damit die Chance auf einen anderen Job verwehren wollen." Sie ballte nervös die Fäuste.

„Oh doch, das werde ich." Wie schon ein Mal, nahm er sie bei der Hand, ignorierte die Blicke der anderen und zog Rina aus dem Büro ins Treppenhaus.

„Sei nicht albern", sagte sie, während sie sich mit dem Rücken an die Wand drückte.

Er wusste, er sollte sich besser beherrschen und die Situation nicht ausnutzen, so wie er es das letzte Mal getan hatte. Und wie er sich beherrschen musste! Rina trug ein weißes Sweatshirt und eine enge Jeans, die ihre Figur aufs Vorteilhafteste betonte.

„Findest du nicht, dass das Abschicken von Bewerbungen ebenfalls ein bisschen albern ist?“

„Wolltest du nun Corinnes neue Kolumnistinnen loswerden oder nicht?“ Sie biss sich auf die glänzenden Lippen.

Er freute sich, diese kleine Unsicherheit zu entdecken, da sie seinen Verdacht bestätigte, dass er ihr nicht so gleichgültig war, wie sie vorgab. „Das wollte ich.“

„Und warum findest du es dann albern, dass ich meine weitere Zukunft plane?“

„Weil Corinne, Joe und ich einen Plan erarbeitet haben, wie wir die Zeitung durch eine Rückkehr zu wichtigen Nachrichten, aber gleichzeitig durch Erhalt der neuen Kolumnen retten können.“ An diesem Nachmittag hatte er einen Termin mit den Buchhaltern und der Leitung von Fortune's Inc.

Rina zuckte mit den Schultern. „Das ist noch keine Garantie für den Erhalt meines Jobs. Würdest du mir also bitte versprechen, eine Empfehlung für mich auszusprechen?“

Das war nicht die Reaktion, die er erhofft hatte. Colin atmete ein Mal tief durch. „Rina, es tut mir aufrichtig leid. Du bist der letzte Mensch auf der Welt, den ich verletzen will, das kannst du mir glauben. Und ich werde alles tun, um deinen Job zu retten.“ Er streckte die Hand aus, um ihre Wange zu streicheln, aber sie wandte den Kopf.

„Du verstehst das nicht, oder?“ Sie starrte ihn an. „Ich bin nicht verletzt oder verärgert, weil du meine Stelle kürzen wolltest. Seltsamerweise kann ich deinen verzweifelten Wunsch, die Zeitung zu retten, gut verstehen, auch wenn es den Verlust meiner geliebten Stelle bedeutet.“ Sie zitterte leicht und schlang die Arme um ihren Körper. „Was ich allerdings nicht verstehen kann, ist deine Unaufrichtigkeit.“ Sie deutete auf ihr Herz. „Nachdem du mit mir geschlafen hattest, meine Hoffnungen und Träume kanntest, meine Ängste und meine Fehler – wie konntest du mir nach alledem etwas so Wichtiges einfach verschweigen?“ In Rinas Augen glänzten Tränen.

Da er wusste, dass er an ihnen schuld war, hätte er sich am liebsten selbst in den Allerwertesten getreten. „Es gab einfach keine günstige Gelegenheit, es dir zu sagen. Ich hatte ein paar Mal versucht, dich darauf anzusprechen …“

„Auf Emmas Party?“

Er nickte. „Da wurden wir von Emmas Champagnerdusche unterbrochen. Und als ich das nächste Mal dachte, ich könnte mit dir darüber reden, wusste ich bereits, was die Kolumne dir bedeutet und warum. Ich erkannte plötzlich, wie schrecklich meine Nachricht für dich wäre.“ Er wollte sie berühren. Stattdessen schob er die Hände in seine hinteren Hosentaschen. „Wenn du verstehst, warum ich es getan habe, kannst du mir dann nicht verzeihen?“

Sie schüttelte den Kopf, und der lange Pferdeschwanz, mit dem sie seinen Körper die eine Nacht so zärtlich liebkost hatte, fiel über ihre Schulter nach vorn.

„Ich kann dir vielleicht verzeihen, aber es kann nie mehr so sein, wie es vorher war.“ Ihre Stimme brach. „Erstens wirst du sowieso irgendwann abreisen, und ein klarer Bruch ist das Beste. Und zweitens kann ich meinen Gefühlen dir gegenüber nicht mehr vertrauen, denn diese Gefühle hatten mich dazu verleitet, mich dir gegenüber zu öffnen.“ Sie lachte bitter. „Ich nehme deine Entschuldigung an, Colin. Aber ich gehe zurück nach New York.“ Ihr Blick verriet, dass sie es ernst meinte. Sie duckte sich unter seinem Arm hindurch und eilte zur Tür.

„Rina!“

Sie drehte sich um. Einen kurzen Augenblick lang war ihm, als sähe er durch ihre Augen in ihr Herz und all seine Gefühle – Liebe, Begehren und Zärtlichkeit – wurden erwidert. Dann wurde ihr Blick schlagartig kühl.

„Was ist noch?“, wollte sie wissen.

„Wenn ich deinen Job rette, wirst du dann bleiben? Ich

weiß, dass du dein Leben hier liebst."

Sie antwortete nicht.

„Corinne und ich werten das als ein Ja", sagte er. Dann wappnete er sich kurz für seine letzten Worte. Sie würden sein Leben verändern. „Wenn du bleibst, werde ich immer an deiner Seite sein. Denn die Tage, in denen ich immer weglaufen musste, sind gezählt." Mit ihr oder ohne sie – Colin wusste, dass für ihn die Zeit gekommen war, Wurzeln zu schlagen und zu seiner Familie zu stehen.

„Nein, das wirst du nicht. Du wirst dich irgendwann langweilen oder in einer schwierigen Situation eingesperrt fühlen. Du wirst weggehen, so wie du es immer getan hast." Sie sah ihn dabei nicht an.

Tief in seinem Innern spürte er, dass sie ihm mehr vertraute, als sie vorgab. Er lächelte. „Das wirst du nur herausfinden, wenn du bleibst."

„Gib mir einfach die Empfehlungen, Colin. Bitte." Dann marschierte sie durch die Tür.

Kopfschüttelnd lehnte er sich gegen die kalte Wand. Was hatte er da nur angerichtet! Wie war er nur je auf den Gedanken gekommen, er könnte etwas mit Rina anfangen und dann einfach weiterziehen?

Weil er es so schon früher getan hatte. Seit dem Verlust seiner Eltern war er keine enge Bindung mehr eingegangen in der Hoffnung, den Schmerz des Verlustes nie wieder fühlen zu müssen. Mit Rinas drohender Abreise fühlte er ihn jedoch erneut. Und er wusste, es war ein Verlust, den er nie verschmerzen würde, so weit er auch liefe.

Also sollte er besser anfangen, für das zu kämpfen, was er wollte.

12. KAPITEL

Rina erhielt eine Blumensendung nach Hause. Es war ein großer Strauß roter Rosen. Auf der Karte standen nur zwei Worte: *Bitte bleib.*

Als Nächstes entdeckte sie in ihrem E-Mail-Briefkasten eine Grußkarte, die über den Server des Redaktionsbüros geschickt worden war. *Streit unter Liebenden wartet auf schnelle Beendung* stand darin.

Und schließlich fand sie eine kleine Schachtel in der Schreibtischschublade an ihrem Arbeitsplatz. Eine leere samtene Schmuckschachtel mit einem Grußkärtchen: *Die schönsten Geschenke werden nur persönlich überreicht. Verzeih mir.*

Die romantischen Gesten zielten offensichtlich darauf ab, sie zu bezaubern. Insbesondere die leere Schachtel, in der nur ein Ring hatte stecken können, setzte Rina heftig zu. Doch dann sagte sie sich, dass keines dieser Geschenke von Colin stammen konnte. Anonyme Briefchen waren nicht sein Stil. Rina vermutete, dass jemand anders sie und Colin wieder zusammenbringen wollte.

Das Telefon riss sie aus ihren Gedanken. Sie nahm ab. „Hallo?"

„Hallo, Rina. Hier ist Cat."

„Cat!" Rina freute sich, von ihr zu hören, da sie diese sympathische und interessante Frau gern näher kennenlernen wollte. Dann erinnerte sie sich, dass sie ja bald die Stadt verlassen würde, und ihr wurde die Kehle eng.

„Ich hoffe, du hast die Feiertage gut überstanden", meinte Cat. „Wenn ich in meinem Haus eine Party gebe, möchte ich mich danach am liebsten für ein paar Tage im Bett verkriechen. Es ist schon erstaunlich, dass ich ohne Probleme bei anderen Leuten den Partyservice organisiere, aber bei mir zu Hause völlig durchdrehe."

Rina lachte. „Ich weiß, was du meinst. Aber es war wirklich schön, all die lieben Leute an Weihnachten um mich zu haben."

„Dabei hast du so ausgesehen, als hättest du deinen besten Freund verloren."

Rina schluckte. „Emma sagte schon, dass du sehr aufmerksam bist."

„Und neugierig." Cat lachte. „Läuft es mit dir und Colin inzwischen besser?"

Rina wickelte das Telefonkabel um ihren Finger und lehnte sich zurück. „Alles ist geklärt", antwortete sie schwach.

„Entschuldige, dass ich nachfrage, aber mir scheint das gar nicht so. Colin war gestern zum Abendessen bei uns, und es ging ihm schrecklich elend."

Rinas Herz klopfte schneller. Sie wollte nicht, dass er unglücklich war, dennoch verlieh es ihr Genugtuung zu wissen, dass er nicht so leicht über sie hinwegkam – weil sie selbst noch nicht annähernd über ihn hinweg war. „Die Probleme habe nicht ich herbeigeführt, Cat."

„Na ja, meine Probleme mit Logan vor unserer Hochzeit habe auch nicht ich herbeigeführt, aber es lag an mir zu entscheiden, ob ich mit ihm leben könnte, so wie er ist." Cat räusperte sich. „Tatsächlich musste ich entscheiden, ob ich mich selbst akzeptieren kann, so wie ich bin", gab sie zu. „Aber was rede ich von mir? Hier geht es um dich."

Rina seufzte. „Irgendwie spüre ich, dass da kein so großer Unterschied besteht." Colin akzeptierte sie so, wie sie war. Trotz seiner Lügen wusste Rina es in ihrem Herzen ganz genau.

Sie konnte nachvollziehen, dass es keinen ehrlichen, taktvollen Weg für ihn gegeben hatte, ihr auf die Schulter zu klopfen und zu sagen: ‚Hey, Rina, du solltest wissen, dass die Zeitung in großen finanziellen Schwierigkeiten steckt, und der einzige Weg, sie zu retten, besteht darin, deine heiß geliebte Kolumne zu streichen.'

Wie Robert wollte Colin ihr geben, was sie sich wünschte. Doch anders als Robert verstand Colin ihre Bedürfnisse und wollte ihre Träume nicht zerstören. Sie seufzte.

„Hallo?", fragte Catherine am anderen Ende. „Was ist los?"

Rina sah auf die Blumen und anonymen Briefchen. „Ist Colin der Typ, der Blumen und anonyme Nachrichten schickt?"

Cat lachte. „Eher nicht. Kriegst du welche?"

„Ja." Rina dachte nach.

„Emma", sagten dann beide zur selben Zeit.

Rina verdrehte die Augen. „Ja, das klingt wirklich sehr nach Emma. Was nur beweist, dass ihre neuen sozialen Verpflichtungen mit Stan sie nicht von ihren Verkupplungsversuchen abhalten."

„Nichts könnte sie davon abhalten", meinte Cat lachend. „Hör zu, warum ich eigentlich angerufen habe: Ich habe eine meiner liebsten Servierplatten bei dir vergessen."

„Die habe ich schon abgewaschen." Rina atmete tief durch. „Wie wäre es, wenn wir uns nächste Woche mal zum Mittagessen treffen und ich sie dir wiedergebe?"

Denn tief in ihrem Herzen wusste sie, dass Ashford ihr Zuhause war und sie hier bei ihren neuen Freunden bleiben wollte, egal ob Colin blieb oder ging.

„Das klingt gut."

Nachdem sie eine Zeit vereinbart hatten, legte Rina auf und sah sich in ihrem kleinen Apartment um. Wenn sie die Augen schloss, sah sie überall Colin.

Sie vermisste ihn. Aber wie tief würde der Schmerz erst werden, wenn sie die Dinge noch ernster werden ließe und er dann abreiste? Sie wollte nicht schon wieder ein gebrochenes Herz. Aber die Kontrolle von Gefühlen war eine Illusion, denn sie hatte sich trotz all ihrer Bedenken heftig in Colin verliebt.

Colin hatte die ganze Woche lang Informationen gesammelt. Von den Buchhaltern wusste er, dass es einen leichten Aufschwung gab. Von den alten Anzeigenkunden, die ganz allmählich die Zahl ihrer Aufträge gekürzt hatten, hatte er erfahren, dass sie die neuen Angebote der Zeitung schätzten, allerdings nicht auf Kosten der alt bewährten Nachrichten. Eine ähnliche, erweiterte Form des alten Formats würde sie sogar dazu bewegen, wieder mehr zu inserieren in der Hoffnung, mehr Kunden zu erreichen – vor allem dann, wenn Colin in der Stadt bliebe und die Zeitung gemeinsam mit Corinne leitete.

Außerdem hatte die Firmenleitung von Fortune's Inc. ebenfalls den finanziellen Aufwind der „Ashford Times" registriert. Aus Loyalität zu Joe hatte man sich bereit erklärt, die endgültige Entscheidung noch eine Weile aufzuschieben. Der konservative Werbekunde konnte mit den neuen Kolumnen leben, solange sie den Lesern beim Frühstück nicht schon auf der ersten Seite ins Gesicht sprangen.

Von der Bank erfuhr Colin, dass er in einem Rahmen kreditwürdig war, der es ihm ermöglichte, den Schuldner der Zeitung auszubezahlen und das Schicksal der Zeitung in seine eigenen Hände zu nehmen. Er wusste nicht, warum er daran nicht schon früher gedacht hatte. Dieser persönliche Kredit war die einzige Möglichkeit, Rina zu überzeugen, dass er an ihre Kolumne, ihre Vision und letztendlich sie selbst glaubte.

Als spät am Silvesterabend seine Türglocke läutete, war er sehr überrascht, da er niemanden erwartete. Er zog nur den Reißverschluss seiner Jeans ordentlich zu und ging zur Tür.

Wer immer das war, musste sich mit seinem Faulenzer-Outfit zufrieden geben.

Als er die Tür öffnete, stand Rina vor ihm. Er war äußerst verblüfft.

„Das ist aber eine Überraschung." Er trat zurück und hoffte inständig, er würde sie durch nichts Verschrecken, noch ehe er wusste, warum sie hier war.

„Ich muss mit dir reden, und in der Arbeit konnte ich das einfach nicht." Sie biss sich auf die Lippe. „Kann ich einen Moment bleiben?"

Von ihm aus konnte sie für immer bleiben, aber er bezweifelte, dass sie das im Moment hören wollte. „Sicher." Er half ihr aus dem Mantel und bedeutete ihr, die Treppe hinaufzugehen.

Da er hinter ihr ging, konnte er nur schwer seinen Blick von ihrem schwingenden, in Jeans gekleideten Hinterteil abwenden, und wurde augenblicklich erregt. Er verspürte den unbändigen Drang, sich mit ihr zu vereinen – aber nicht nur körperlich, sondern für immer.

Sie stand vor der Couch und hielt eine Aktenmappe vor die Brust gedrückt.

„Was hast du da?", wollte er wissen.

„Etwas, das dein Leben bestimmt vereinfachen wird." Sie griff in die Mappe und zog ein Blatt weißes Papier hervor. „Ich weiß, dass unsere Beziehung deine Pläne für die Zeitung verkompliziert hat, und da Joe krank ist, musst du nun die richtigen Entscheidungen zum Wohl der ‚Ashford Times' treffen, und nicht zu meinem. Also bitte."

Er nahm das Blatt entgegen, und beim Überfliegen krampfte sich sein Herz mit Jedem weiteren Wort mehr zusammen. „Du kündigst?"

Sie nickte. „Nun musst du nicht mehr auf Zehenspitzen herumschleichen und bei allem besorgt sein, wie es mir dabei geht oder was ich von dir denke." Sie lachte auf. „Womit ich nicht sagen will, dass du dir überhaupt den Kopf über das zerbrichst, was ich über dich denke – jedenfalls hoffe ich, dass dir deine Entscheidungen hiermit leichter fallen werden."

„Bist du fertig?", fragte er nach, als sie stockte.

„Ja."

Er hielt das Papier hoch und riss es in der Mitte durch. „Ich will das nicht, und ich brauche das nicht. Aber ich würde schon gerne wissen, was zum Teufel in dich gefahren ist, dass du einen Job aufgeben willst, den du offensichtlich sehr liebst!"

„Alles Schöne muss einmal ein Ende haben. Und du hast selbst gesagt, dass die Zeitung in finanziellen Schwierigkeiten ist. Also bitte: Ich kündige."

Er hob eine Augenbraue. „Ich kann mich erinnern, ebenfalls gesagt zu haben, dass ich deinen und Emmas Job zu retten hoffe."

„Hoffen ist nicht definitiv. Und du musst dich auf das Wohl der Zeitung konzentrieren, nicht auf meines."

„Aber glaubst du mir denn, dass ich deinen Job retten will?"

Einer ihrer Mundwinkel zuckte nach oben. Er nahm dieses erste halbe Lächeln innerhalb von zwei Wochen als gutes Zeichen.

„Ja, das glaube ich dir", meinte sie schließlich.

„Und wenn ich dir nun sage, dass ich deine Kolumne gerettet habe und du immer noch deinen Job hast, würdest du dann bleiben?"

„Ist das eine hypothetische Frage? Denn ich glaube nicht, dass ich in der passenden Stimmung für irgendwelche weitere Spielchen bin."

Zum ersten Mal fielen ihm ihre dunklen Augenringe auf. Nun, zumindest bekam sie auch nicht mehr Schlaf als er. Er nahm ihre Hand. „Ich will auch keine Spielchen spielen. Das war eine ernst gemeinte Frage."

Sie blickte auf ihre verschlungenen Hände. „Ich bleibe – unabhängig davon, ob es bei der ‚Ashford Times' einen Job für mich gibt oder nicht", sagte sie. „Ashford ist mein Zuhause geworden."

Er atmete heftig aus. Diese Antwort hatte er nicht erwartet. „Rina?"

Sie sah zu ihm auf.

„Darüber bin ich froh."

Sie blinzelte, da ihre Augen feucht wurden. „Tatsächlich? Warum? Wirst du lange genug bleiben, dass es für dich von Bedeutung sein könnte?"

„Ich habe dir neulich schon gesagt, dass ich nicht mehr davonlaufen werde. Meine Familie ist hier, meine neue Arbeit ist hier, und das Wichtigste: Du bist hier."

„Deine Familie war schon immer hier."

Er lachte. „Diesen Einwand habe ich erwartet. Ja, meine Familie war schon immer hier, aber nicht mein Herz."

Sie blickte ihn aufmerksam an. „Und nun ist es das?"

Er überlegte, wie er etwas erklären sollte, das er selbst gerade erst begriffen hatte. „Ich musste mich meiner Vergangenheit stellen, um eine Zukunft zu haben. Eine Zukunft, die mehr ist als eine Fortsetzung meines Vagabundenlebens, meine ich. Und das habe ich getan." Er drückte ihre Hand. „Und du bist der Anlass dazu. Von dem Tag an, da ich dich kennenlernte, wusste ich, dass du etwas Besonderes bist. Dass du die Fähigkeit besitzt, mich zu ändern."

Rina wusste nicht, ob sie lachen sollte, weil sie kurz davor war, alles zu bekommen, was sie wollte, oder weinen, weil sie Angst hatte, er würde die Worte sagen, die er nur zu fühlen glaubte, aber nicht leben konnte. Noch immer fürchtete sie, ihn aufgrund seiner Bindungsangst zu verlieren.

„Dich zu ändern? Inwiefern?“, fragte sie nach.

„Zum Besseren, natürlich.“ Er zwinkerte, sah sie dann aber mit seinen leuchtenden blauen Augen ganz ernst an. „Joe und Neil habe ich nie da reingelassen.“ Er tippte sich auf die Brust. „Ich konnte es nicht, weil ich Angst hatte, meinen Eltern dadurch untreu zu werden und sie für immer zu verlieren.“

Er schüttelte den Kopf. „Natürlich waren sie schon längst fort, aber ich wollte es nicht wahrhaben. Also lief ich davon. Zuerst in eine Ehe, die von Anfang an zum Scheitern verurteilt war, weil meine Frau und ich zu verschieden waren, und dann ins Ausland. Aber jetzt bin ich nach Hause zurückgekehrt und muss mich der Tatsache stellen, dass ich Joe beinahe verloren hätte. Also höre ich jetzt damit auf davonzulaufen. Dafür steht für mich hier viel zu viel auf dem Spiel.“

Rina legte den Kopf zur Seite. „Spiele ich dabei auch eine Rolle?“

„Nur wenn du ebenfalls aufhörst davonzulaufen.“ Er deutete auf die zerrissene Kündigung. „Das war mein Werk. Aber du bist diejenige, die den Mut haben muss zu bleiben. Ich weiß, du hast gesagt, du würdest es wollen, aber …“

Colin legte den Arm um ihre Schulter, zog sie mit sich aufs Sofa und sah sie eindringlich an. Ihr Herz begann zu rasen, doch zum ersten Mal, seit sie Colin kannte, war nicht sexuelle Erregung der Grund. Sie wusste, dass es an der Zeit war, eine Entscheidung zu treffen. Wie Colin musste auch sie ihre Vergangenheit akzeptieren und danach greifen, was sie wirklich wollte, sonst würde sie es für den Rest ihres Lebens bereuen.

„Ich kann dir nicht versprechen, dass ich nicht hin und wieder einmal Panik bekomme“, warnte sie Colin.

„Mit einem bisschen Panik komme ich schon klar“, erwiderte er. „Tatsächlich bin ich es mittlerweile gewohnt, gewisse Risiken einzugehen. Ich habe Corinne überredet, eine zweite

Hypothek auf Joes Haus aufzunehmen, und habe selbst einen Kredit beantragt. Die Anzeigenkunden habe ich mit dem Versprechen auf besseren Absatz im nächsten Quartal vertrösten können, und den Mann, der uns das Geld geliehen hat, um die Zeitung über Wasser zu halten, habe ich ausbezahlt. Die einzigen Menschen, die nun die ‚Ashford Times' leiten, sind Corinne und ich." Er lachte. „Wer hätte das jemals gedacht?"

Rina blinzelte erstaunt. „Du setzt Joes Haus und deine eigenen Rücklagen aufs Spiel, nur für die Zeitung?"

Er schüttelte den Kopf. „Nein", sagte er leise, „nur für dich."

„Was?" Sie glaubte, nicht richtig gehört zu haben.

„Ich hätte weiterhin Rons Geld nehmen und es nach und nach zurückzahlen können, bis die Zeitung wieder auf die Beine kommt. Ron war damit einverstanden. Aber ich wollte, dass du nie wieder daran zweifelst, wie fest ich an dich und deine Fähigkeiten glaube."

Rinas Herz schlug ihr vor Ergriffenheit bis zum Hals. „Colin, es tut mir so leid. Du hättest mir niemals etwas beweisen müssen." Aber er hatte es dennoch versucht, und dafür liebte sie ihn umso mehr. „Und nun riskierst du so viel für mich … Ich weiß gar nicht, was ich sagen soll."

„Aber ich." Er verzog den Mund zu dem verschmitzten, sexy Grinsen, das sie in den letzten Wochen so vermisst hatte.

Rina wartete gespannt.

Er streichelte ihre Wange, und sofort strömte eine Welle der Erregung warm und wohlig durch ihren Körper.

„Sag doch, dass du mich ebenfalls liebst."

Sie starrte ihn mit großen Augen an. „Du liebst mich?"

„Das habe ich doch gesagt."

„Nicht so direkt."

„Nun, dann war das wohl meine typisch männliche Formulierungsweise. In weiblicher Sprache wären das genau die drei magischen Worte gewesen: Ich liebe dich."

„Oh Colin! Ja, ich liebe dich auch!"

Er neigte sich vor und berührte ihre Lippen mit seinen. Ohne Zögern öffnete sie seiner forschenden Zunge ihren Mund – und seinem liebenden Herzen ihre Seele.

Nachdem er den Kuss beendet hatte, zog er eine Schublade im Couchtisch auf. „Ich habe deine Weihnachtsparty mit deinem Geschenk in meiner Tasche verlassen. Ich hatte schon nicht mehr daran geglaubt, die Chance zu bekommen, es dir zu geben." Er öffnete die Hand und zeigte ihr ein goldenes Armband mit vielen kleinen goldgefassten Diamanten als Anhänger.

Rina stockte der Atem. „Das ist wunderschön", sagte sie und legte es an.

„Ich habe es viele einsame Nächte lang angestarrt und mir vorgestellt, wie es wohl an deinem Arm aussieht." Er sah sie an. „Frohe Weihnachten, Rina."

„Frohe Weihnachten, Colin." Tränen stiegen ihr in die Augen.

„Was ist los?"

„Ich habe für dich etwas nicht annähernd so Schönes und Besonderes", sagte sie leise.

„Was ist es denn?"

„Briefpapier und ein Füller mit eingraviertem Namen, damit du nicht vergessen würdest, mir zu schreiben."

Sie zuckte mit den Schultern und sah so verloren aus, dass Colin einen Kloß in den Hals bekam. „Sieh es doch so: Ich kann sie dazu benutzen, dir kleine Liebesbriefe zu schreiben – jeden Morgen für den Rest unseres Lebens."

Sie sah ihn ganz verblüfft an. „War das etwa ein Heiratsantrag?"

„Ja – typisch männlich formuliert." Colin griff erneut in

die Schublade und zog den zweiten Teil des Geschenks hervor. Den allerdings hatte er erst gestern gekauft, nachdem er die Unterlagen für seinen Kredit unterschrieben hatte. „Ist dir denn nicht klar gewesen, dass die leere Schmuckschachtel irgendeine Botschaft haben sollte?", wollte er wissen.

„Ach, *du* hast mir die leere Schachtel in den Schreibtisch gelegt?", fragte sie überrascht nach.

„Natürlich ich. Wieso? Ist da noch ein anderer Mann, den du verdächtigen könntest, dir solch eine Botschaft zu übermitteln?"

„Und die Blumen?"

Colin spürte einen Stich der Eifersucht. „Blumen? Nein, die sind nicht von mir."

„Und die anonyme E-Mail?"

„Nein", presste er zwischen zusammengebissenen Zähnen hervor.

Sie streichelte zärtlich seine Wange. „Entspann dich. Deine einzige Konkurrenz ist eine achtzigjährige Dame, die uns unbedingt wieder zusammenbringen wollte." Sie lachte, und Colin atmete erleichtert aus.

„Doch nicht Emma!"

„Oh ja."

„Stan muss besser auf sie aufpassen", brummte er.

„Ich würde gern wissen, wie er das anstellen soll. In der Tat würde ich überhaupt gern wissen, wie irgendein Mann eine unabhängige Frau zähmen will."

„Ist das eine Herausforderung?", fragte er nach.

In ihren Augen blitzte es. „Nimmst du sie an?"

„Ach, Schatz! Ich dachte schon, du fragst mich nie. Hier der erste Schritt, um eine Frau wie dich zu zähmen." Er öffnete seine Hand, und zum Vorschein kam ein Diamantring, den er ihr an die linke Hand steckte. „Jetzt gehörst du zu mir."

Sie betrachtete das Symbol seiner Liebe, das er mit Bedacht gewählt hatte, und erschauerte vor Glück. „Du bist einfach wunderbar, Colin. Ich liebe dich."

Er lächelte. „Ich liebe dich auch. Was mich zum zweiten Schritt der Zähmung bringt …"

Er ließ sich rücklings auf die Couch fallen und zog sie mit sich, sodass sie auf ihm lag und sehr deutlich spürte, dass er der Herausforderung gewachsen war. Und Rina fand, es lohnte sich kaum, darüber nachzudenken, wer hier eigentlich wen gezähmt hatte.

– ENDE –

Carly Phillips

... und cool!

Roman

Aus dem Amerikanischen von
Brigitte Marliani-Hörnlein

MIRA®

1. KAPITEL

Der Wagen gab keinen Laut mehr von sich. Frustriert stieg Samantha Reed aus. Laut Autovermietung war es der beste zur Verfügung stehende Mittelklassewagen gewesen. Obwohl sie den Wagen nur ungern in der Wüste zurückließ, hatte sie keine andere Wahl. Die Autovermietung würde einen Abschleppwagen schicken müssen. Zu schade, dass niemand einen Rettungstrupp für die Fahrerin schickte.

Sie atmete die heiße, staubige Luft ein und warf einen Blick in den Himmel. Die Sonne ging langsam hinter den in weiter Ferne liegenden Bergen unter. Wenn sie sich nicht beeilte, würde sie in der Dunkelheit durch die Wüste marschieren müssen. Nicht, dass sie überhaupt laufen wollte. Für einen Ausflug zu Fuß war sie auch wahrhaftig nicht richtig angezogen.

Sie nahm ihre Handtasche, ließ ihr Gepäck im Kofferraum und zog am Saum ihres neuen kurzen Seidenkleides. Ein Kleid, das in der Hitze angenehm kühl und bequem war, aber für eine Wüstenwanderung völlig unpassend. Der Urlaub fing ja gut an!

Sie hatte sich vorgenommen, eine Woche voller Spaß, Lust, Leidenschaft und Aufregung zu genießen, bevor sie eine Ehe einging, die so langweilig und trocken wie diese verdammte Wüste werden würde. Am nächsten Wochenende würde sie ihren Verlobten auf einem Seminar über Risikomanagement und Finanzvorteile in einer der exklusiven Ferienanlagen in Arizona treffen. Und wenige Wochen später sollte die Hochzeit sein.

Doch zuvor wollte sie ein einziges Mal in ihrem Leben nur an sich selbst denken. Das hatte sie verdient, angesichts der Tatsache, dass sie ihr Leben und ihr Glück ihrem Vater opferte. Immer war sie die gehorsame Tochter gewesen. Nur so war es überhaupt zu erklären, dass sie jetzt bereit war, einen Mann zu heiraten, den sie nicht liebte. Einen Mann, der fast fünfzehn Jahre älter war als sie. Einen Mann, den sie kaum kannte.

Noch einmal zog sie am Saum ihres Minikleides. Es war kein anderer Wagen in Sicht. Sie blickte über die Schulter in die endlose Weite hinter sich. Es konnte nicht schlimmer sein als das, was die Zukunft für sie bereithielt.

In einem Monat wären die Träume von einer glücklichen Ehe Vergangenheit. Aber sie wollte – nein, sie brauchte – einige Erinnerungen, die sie in den kalten Nächten warm hielten. Sie würde nie erleben, was ihre Eltern miteinander erfahren hatten – eine große Liebe, auch wenn sie oft zu Lasten der einzigen Tochter ging. Aber sie wollte zumindest einmal in ihrem Leben leidenschaftlichen Sex erleben, bevor sie vor den Traualtar trat.

Erst jetzt wurde Samantha bewusst, dass sie die letzten neunundzwanzig Jahre einzig damit verbracht hatte, alles zu tun, um die Liebe ihrer Eltern zu gewinnen. Eine vergebliche Mühe. Natürlich wurde sie von ihren Eltern geliebt, aber nicht genug. Sie waren zu sehr mit sich selbst und ihrer Liebe zueinander beschäftigt gewesen, als dass noch Platz für ein Kind gewesen wäre.

Als sie ihrer sterbenden Mutter versprach, sich um den Vater zu kümmern, hatte sie das erste Mal das Gefühl, wirklich zu dieser Familie zu gehören. Ihre Mutter hatte etwas von ihr verlangt, und sie hatte es freiwillig und bedingungslos gegeben. Sie hatte damals nur nicht geahnt, wie sehr ein einziges Versprechen ihr ganzes Leben beeinflussen konnte. Mit ihrem Vater, einem Börsenmakler, war es nach dem Tod seiner Frau bergab gegangen. Als trauernder Witwer hatte er seine Geschäfte vernachlässigt.

Um die Verluste auszugleichen, hatte er für seine Kunden schließlich riskante Abschlüsse getätigt, in der Hoffnung, schnelle Gewinne zu erzielen. Es hatte jedoch nicht geklappt. Das Schlimmste daran war, dass er auch eigenes Kapital investiert und sich so hoch verschuldet hatte, dass seine Zukunft bedroht war. Und da es in Samanthas Macht stand, die Dinge zu regeln, war sie bereit dazu.

Tom, ihr neuer Chef und wohlhabender Freund ihres Vaters aus dem Country Club, hatte eine Lösung angeboten. Man könnte es auch Bestechung nennen, dachte Samantha. Er würde die Gläubiger ihres Vaters bezahlen und bekam im Gegenzug eine hübsche, junge Frau und perfekte Gastgeberin, die er wie eine Trophäe vorzeigen konnte. Jede gut aussehende Frau hätte diese Rolle übernehmen können, aber Samantha besaß noch einen weiteren Vorteil. Sie verstand etwas von seinem Geschäft und wusste sowohl mit seinen Kunden als auch mit seinen Konkurrenten umzugehen. Mit ihr an seiner Seite konnte er sich die Mühe und Zeit ersparen, geistlose Frauen zu hofieren, die sich darum rissen, die Frau eines reichen Mannes zu werden. Seine Worte, nicht ihre.

Die letzten Stunden ihrer Freiheit vergingen wie im Flug, und der Traum von einem erotischen Abenteuer mit einem Fremden war in greifbare Nähe gerückt. Mit Hilfe ihrer Ersparnisse hatte sie alles vorbereitet. Hemmungslos hatte sie Geld für Kleidung, Dessous und den luxuriösen Leihwagen ausgegeben, der jetzt nutzlos in der Wüste stand.

Sie warf einen wütenden Blick auf das Fahrzeug. Wenn sie eine zügellose, leidenschaftliche Affäre mit dem begehrenswertesten Fremden haben wollte, den sie finden konnte, musste sie zunächst einmal ihren Zielort erreichen.

Sie legte eine Hand über die Augen, um sich vor der Sonne zu schützen, und schaute den Highway entlang, der durch die Wüste führte. Falls man diese verdammte Straße überhaupt Highway nennen konnte. Vor oder zurück, überlegte sie.

Wenn sie sich recht erinnerte, lag etwa eine Meile hinter ihr eine Art Ranch.

Eine leichte Brise kam auf, als die Sonne weiter hinter den Bergen verschwand. Samantha zitterte und bekam eine Gänsehaut. Schnellen Schrittes ging sie voran und kämpfte gegen das Schuldbewusstsein an, das sie jedes Mal überkam, wenn sie über ihren Plan nachdachte. Wenn sie erst einmal mit Tom verheiratet war, würde sie die treue Ehefrau sein, die er erwartete, doch noch war sie nicht verheiratet. Diese Woche sollte der Ersatz für die leidenschaftlichen Flitterwochen sein, die sie niemals erleben würde.

Der Anfang war gemacht, und sie ärgerte sich, dass es nur so langsam weiterging. Aus Angst, sich auf dieser holprigen Straße in ihren hochhackigen Pumps die Beine zu brechen, zog sie die Schuhe aus und lief barfuß weiter. Kleine Steinchen bohrten sich schmerzhaft in ihre Fußsohlen. Doch sie achtete nicht darauf.

Es war schon dunkel, als sie in der Ferne ein Licht entdeckte. Ihre Füße waren mittlerweile wund gelaufen, ihre Kehle ausgetrocknet und ihr Gesicht schmutzig von Staub und Tränen. Ihr fiel kein Wort ein, das ihren Zustand auch nur im Geringsten beschrieb. *Verzweifelt* war zu milde ausgedrückt.

Sie war an einem Punkt angelangt, an dem sie ihren Körper dem ersten Mann schenken würde, der ihr einen Stuhl anbot, eine Schulter zum Ausweinen und ein kaltes Getränk. Nicht unbedingt in dieser Reihenfolge.

„He, Ryan, genießt du wieder einmal das einfache Leben?"

Ryan Mackenzie wischte mit einem feuchten Tuch über die Glasplatte der alten Theke. „Ihr wisst, dass ich an dieser Kneipe hänge", sagte er zu den älteren Männern, die um einen Tisch herum im „The Hungry Bear" saßen.

„Ich kann einfach nicht glauben, dass du diese Bude deiner luxuriösen Ferienanlage vorziehst.“

Ryan schaute auf die verschrammten Holzwände, die verstaubten, schief hängenden Bilder, den Billardtisch in einer Ecke und das Dartspiel in der anderen. Er atmete tief den Geruch von Nachos, Tabak und Bier ein. „Glaub es ruhig.“

„Ein Punkt für ihn“, sagte der älteste der Männer. „Er hat jetzt vielleicht viel Geld, aber ein Mann vergisst seine Wurzeln nicht.“

„Richtig, Zee, ich bin mit diesem Land genauso verwurzelt wie du.“ Ryan erinnerte sich an das kleine Farmhaus, in dem er aufgewachsen war, und an das beinahe identische Nachbarhaus. Er und seine Schwester Kate hatten sich in beiden Häusern wohl gefühlt, hauptsächlich wegen der Herzenswärme und des Humors des alten Mannes.

Zee grinste. „Es hat dich reich gemacht, Mackenzie.“

„Also, was treibst du hier? Probleme mit den Frauen?“ Die Männer ließen nicht locker.

„Ich nicht, aber Bear“, erwiderte Ryan. Bear war Zees Sohn, Ryans bester Freund und Eigentümer dieser Kneipe. Ryan nahm ein Glas und trocknete es ab. „Ihr wisst doch, dass er seinem Mädchen nachjagt. Ich spiele in der Zeit den Barkeeper.“

„Du sollest besser deine Zeit damit verbringen, dir auch eine Frau zu suchen.“

Ryan ignorierte den Einwurf. Es musste schon eine besondere Frau kommen, damit er seine Freiheit aufgab, und diese Frau hatte er bisher nicht kennengelernt. Er schaute Zee an und dachte an die glücklich Ehe, die der alte Mann geführt hatte. Auch Ryans Eltern waren glücklich verheiratet gewesen.

Nicht zum ersten Mal fragte Ryan sich, ob er dadurch ein zu idealisiertes Bild von einem Familienleben hatte. Nur wenige Beziehungen entwickelten sich wirklich so positiv, und noch weniger Frauen respektierten die Werte, die für ihn in einer Familie so wichtig waren.

Trotzdem, er konnte nicht leugnen, dass das Hotelleben schrecklich einsam war und ihn langsam zermürbte.

„Wenn ich du wäre, würde ich mir eins von diesen Häschen schnappen, die in deiner Hotelanlage herumlaufen, statt alten Kerlen wie uns Drinks zu servieren."

„Du bist aber nicht ich, Earl." Diese Häschen wollten nichts weiter als etwas Sonne tanken und sich einen reichen Mann angeln. Und diejenigen, die bereits einen Mann hatten, kamen für ein flüchtiges Abenteuer ins „The Resort".

Ryan war es nicht nur leid, diesem Spiel zuzusehen, er war es auch leid, die Zielscheibe der Bemühungen dieser Frauen zu sein. Deshalb bot die gelegentliche Aushilfe bei Bear die perfekte Fluchtmöglichkeit.

„Noch eine Runde, Ryan", rief Zee.

Er warf einen Blick in ihre Richtung. „Ihr seid noch nicht einmal mit der ersten fertig."

Er beobachtete, wie Zee die rot-weiße Gardine zurückzog und aus dem Fenster sah. Die Ausstattung könnte etwas aufgemöbelt werden, dachte Ryan. Vielleicht wäre es gar nicht so schlecht, wenn Bear endlich heiratete. Eine Frau würde sich eventuell um die Inneneinrichtung der Bar kümmern.

„Sieht aus, als bekämen wir jetzt etwas Spaß." Zee klatschte begeistert in die Hände. Donnerstagabend war Damenabend, und die Achtzigjährigen warteten aufgeregt auf die jungen Schönheiten. „Kommt gerade die Treppe herauf."

Der alte Mann war für Ryan und seine Schwester ein väterlicher Freund, seit ihr eigener Vater vor zwölf Jahren gestorben war. Das bedeutete aber nicht, dass er einen weiblichen Gast belästigen durfte. „Lasst sie in Ruhe, Jungs."

„Spielverderber", schimpften die Männer wie aus einem Munde. In dem Moment wurde die Tür geöffnet, und die Mitleid erregendste Gestalt trat ein, die Ryan je gesehen hatte.

Sie war eine Lady ... unter der dicken Schicht Wüstenschmutz. Die schwarzen schulterlangen Haare waren staubig und zerzaust. Barfuß, die Schuhe in der Hand, stolperte sie in die Kneipe.

Ein schneller Blick und jahrelange Erfahrung sagten ihm, dass sie ein Designerkleid aus Seide trug. Es enthüllte aufregend viel nackte Haut. Völlig erschöpft lehnte sie am Türrahmen.

Bevor er sie genauer betrachten konnte, hatten die drei alten Männer sie schon umzingelt. Ryan sah zur Decke und verdrehte die Augen. Dann ging er um den Bartresen herum. „Um Gottes willen, lasst der Lady Platz zum Atmen", rief er.

Die Männer verzogen sich murrend. Und Ryan blickte direkt auf das weiße, eng anliegende Oberteil des Kleides mit den Spaghettiträgern. Dank der kalten Nachtluft waren die Spitzen ihrer Brüste hart und zeichneten sich deutlich unter dem dünnen Stoff ab. Er verspürte das dringende Bedürfnis, seine Hände über ihre Brüste zu legen und die Lady zu wärmen.

Er hatte zu lange keinen Sex gehabt, wenn ihn dieses verschmutzte weibliche Wesen so anmachte. Die Frau sah von ihm zu der Gruppe an dem Ecktisch.

„Keine Angst, die tun Ihnen nichts." Er deutete auf die drei Männer, die sie schamlos beäugten.

„Trotzdem vielen Dank", erwiderte sie mit heiserer, erotisch klingender Stimme. Gern würde er glauben, dass sie immer diesen Klang hatte, doch da die Frau anscheinend einen Marsch durch die Wüste hinter sich hatte, lag es wahrscheinlich mehr an dem vielen Staub, den sie geschluckt hatte. „Mein

Wagen fährt nicht mehr“, erklärte sie.

„Setzen Sie sich erst einmal. Ich bringe Ihnen etwas Kaltes zu trinken“, sagte er. „Für Ihre Kehle. Und dann können Sie Ihr Herz einem freundlichen Barkeeper ausschütten.“ Vielleicht fand er sogar ein Sweatshirt, das sie anziehen konnte. Um sich zu wärmen und um die beachtlichen weiblichen Reize zu verbergen. Ansonsten bestand die Gefahr, dass sein Verstand aussetzte.

Sie hob den Blick genau in dem Moment, als er direkt auf ihre Brüste starrte. Eine leichte Röte überzog ihre Wangen, und sie lächelte verlegen, während sie schnell die Arme vor der Brust verschränkte, um sich vor seinen Blicken zu schützen.

In dem Moment wurde er sich ihrer wahnsinnigen Augen bewusst. Noch nie hatte er solch eine faszinierende Farbe gesehen, eine einzigartige Kombination aus verschiedenen Blautönen, umrahmt von dunklen Wimpern und heller Haut. Eine Haut, die nur durch verlaufene Wimperntusche und auf Staub getrockneten Tränen verunziert war.

Ihr Anblick rührte ihn. Schmutzig, ungepflegt und so ganz anders als die Frauen, die regelmäßig in seine Hotelanlage zu einer Verjüngungskur kamen. In der Welt, in der er lebte, betrachteten die Frauen Kosmetik und Schönheitsoperationen als notwendiges Mittel, um ihre Männer zu halten. Natürliche Schönheit, wie diese Frau sie besaß, war selten.

„Ich habe ziemlich breite Schultern“, sagte er, als sie weiterhin schwieg.

„Das sehe ich.“ Plötzlich verzog sie ihren Mund zu einem strahlenden Lächeln, und ihre Augen funkelten, als sie ihn ohne Scheu von oben bis unten betrachtete.

Da es in Bears Kneipe keine besonderen Kleidungsvorschriften für den Barkeeper gab, bevorzugte Ryan bequeme Kleidung. Ihm gefiel es, und ihr ganz offensichtlich auch.

„Ich habe einen anstrengenden Marsch hinter mir. Wollten Sie mir nicht einen Platz anbieten?“ Kokett sah sie ihn an. Verdammt, diese Frau hatte sein Interesse geweckt … sie reizte ihn ungemein. Sie trat einen Schritt vor, schrie auf – vor Schmerzen, wie er annahm – und fiel gegen ihn.

„Mir haben sich schon viele Frauen an den Hals geworfen, aber so noch nicht.“

„Vielleicht liegt das daran, dass die anderen nicht meilenweit barfuß durch die Wüste gelaufen sind.“

Ryan murmelte etwas und hob sie auf seine Arme.

„Was soll das?“ Sein ritterliches Benehmen schien sie zu ärgern.

„Ich helfe Ihnen, es sei denn, Sie möchten gern noch einen Schritt versuchen.“ Er machte Anstalten, sie wieder auf den Boden zu stellen.

Sie legte ihre Arme um seinen Nacken und klammerte sich an ihm fest. Erstaunt stellte er fest, dass sie stärker war, als sie aussah.

„Sehen Sie jetzt ein, dass Sie Hilfe brauchen?“

Sie nickte und presste sich an ihn. Er spürte die sanften Rundungen ihrer Brüste an seiner Brust und ihren festen Po an seinem Bauch. Ein Kribbeln ging durch seinen Körper.

Sie legte den Kopf in den Nacken und seufzte. „Mein Held.“

„Immer zu Diensten.“ Ihr Haar kitzelte an seiner Wange, und ihre Haut duftete trotz ihrer Tour durch die Wüste nach Pfirsich. Sein Körper reagierte sofort, und seine Gedanken wanderten in eine gefährlich erotische Richtung.

Ryan setzte sie auf einem Stuhl ab und nahm ihren Fuß. Mit der Fingerspitze glitt er sanft über die Wunden und Schrammen. Verwirrt sah sie ihn an.

„Oben habe ich ein Desinfektionsmittel und Pflaster“, sagte er mit belegter Stimme. Besser gesagt, Bear hatte es. Sein

Freund hatte schon viele Raufereien gehabt, und oft war Ryan zur Stelle gewesen, um Bear nach solch einer Schlägerei zu versorgen und in der Kneipe wieder Ordnung zu schaffen.

„Oben?", piepste sie. Dann räusperte sie sich schnell und sagte noch einmal: „Oben? Wo? In einem Zimmer? Einer Wohnung?" Ihre Neugierde schien die Zweifel zu überwiegen, und sie bombardierte ihn mit Fragen.

„Eine Wohnung", erwiderte er amüsiert.

„Mit einer Dusche?"

Er zog die Augenbrauen hoch. „Dusche und Badewanne. Warum?"

„Ich bin einfach neugierig. Und Sie leben dort?", fragte sie weiter.

„Ja." Für eine Woche oder wie lange es auch dauern mochte, bis Bear seine Freundin zurückerobert hatte. Aus Gründen, über die er im Moment noch nicht genauer nachdenken wollte, schien es ihm angebracht zu verschweigen, dass er lediglich aushalf.

Es war lange Zeit her, dass ihn jemand einfach als Ryan, den Barmann, kennengelernt hatte und nicht als Ryan Mackenzie, Eigentümer der eleganten Ferienanlage „The Resort", Junggeselle, wohlhabend und somit eine erstklassige Partie. Kein Wunder, dass er zur Zielscheibe geldgieriger Frauen geworden war. Es hatte gedauert, bis er gemerkt hatte, dass nicht er, sondern sein Geld die Damen interessierte, und so hatte er gelernt, in Bezug auf Frauen vorsichtig und argwöhnisch zu sein.

Die Verwundbarkeit dieser Frau reizte ihn, und er wollte die Chance haben, als gewöhnlicher Mensch gemocht zu werden und nicht wegen seines Geldes.

Er sah, wie sie nervös an ihrem kurzen Kleid zupfte. „Leben Sie allein?", fragte sie, ohne ihn anzusehen.

„Ja."

„Oh. Gut." Unter der Staubschicht auf ihrem Gesicht errötete sie leicht.

Ihre Unverfrorenheit scheint ihr peinlich zu sein, dachte er. „Gut?"

„Für meine Füße." Sie erhob sich. „Meinen Sie, ich könnte mich oben ein wenig waschen?", fragte sie.

Er nickte. „Während Sie sich frisch machen, lasse ich Ihren Wagen von den Jungs abschleppen und Ihr Gepäck holen."

Sie sah sich um. „Von welchen Jungs?"

„Die, die Sie umzingelt haben, als Sie in der Tür erschienen. Auch jetzt lassen sie Sie noch nicht aus den Augen."

Sie grinste. „Ach, die Jungs. Fahren die etwa?"

„Nicht legal."

Ihr herzhaftes Lachen erfüllte die Kneipe und erregte seine Sinne. „Was mein Gepäck betrifft", sagte sie. „Wie kommen Sie darauf, dass ich überhaupt etwas bei mir habe?"

„Meine Süße ..." Er ließ seinen Blick über ihren wohlgeformten Körper und ihre helle Haut schweifen. „So wie Sie aussehen, können Sie nur eine Touristin sein."

Er streckte die Hand aus, um sie beim Laufen zu unterstützen, doch sie schüttelte den Kopf.

„Das kann ich allein."

„Okay. Ich bin direkt hinter Ihnen, falls Sie doch Hilfe benötigen. Hier geht es hoch." Er deutete auf die Treppe in einer dunklen Ecke. Sie bewegte sich unsicher auf ihren schmerzenden Füßen. „Einer von euch Jungs kümmert sich um die Bar", rief er den Stammgästen zu, denen Bear genauso vertraute wie seinem Freund.

Ryan starrte auf ihren schmalen Rücken, als sie die Treppe hinaufstieg. Er war eine Stufe unter ihr. Ihr kurzes Kleid endete weit oberhalb der Knie, was kein Problem gewesen war, solange sie sich auf einer Ebene befanden. Doch bei dem unerwarteten Anblick, der sich ihm bot, als sie vor ihm die Treppe hinauflief, schoss ihm das Blut in die Lenden. Mit solch verführerischen Dessous hatte er nicht gerechnet. Dieser Hauch von Spitze, der mehr zeigte als verbarg, erregte ihn. Dabei kannte er nicht einmal den Namen der Lady.

Ihm wurde schwindelig bei dem Gedanken, dass er Bear fast seine Hilfe verweigert hätte, da in dieser Woche in seiner Hotelanlage einige Konferenzen abgehalten wurden. Was wäre ihm alles entgangen!

Sie hatte den richtigen Mann gefunden. Nur leider wusste sie nicht, wie sie es anstellen sollte, ihn zu verführen. Samantha schloss die Badezimmertür hinter sich und zog ihr Kleid aus. Wer hätte gedacht, dass der erste Mann, dem sie begegnete, der erste unter achtzig, fügte sie in Gedanken hinzu, genau der Mann war, den sie suchte.

Ihre Fragen waren nicht gerade geschickt gewesen. Doch beim Anblick dieser dunklen, tief liegenden Augen und dem Schnurrbart über den sinnlichen Lippen, war sie nicht mehr in der Lage gewesen, klar zu denken.

Bei dem Gedanken, dass er auf der anderen Seite der Tür wartete, beschleunigte sich ihr Herzschlag. Es gab keinen Zweifel: Dieser dunkelhaarige, phantastisch aussehende Fremde war genau das, was sie gesucht hatte. Mit einem Barkeeper in einer abgelegenen Kneipe konnte sie leidenschaftliche Stunden erleben, ohne den Mann später wieder sehen zu müssen. Falls sie es überhaupt schaffte, ihn zu verführen.

Samantha nahm sich ein Handtuch aus dem Regal und hängte es an einen Haken. Sie sah sich im Bad um. Klein, aber mit allem ausgestattet, was man benötigte. Keine Kinkerlitzchen. Nur eine Zahnbürste und ein Aftershave auf der Konsole unter dem Spiegel. Sie nahm die Flasche, schraubte den Verschluss auf und roch daran. Ein einziges Schnüffeln genügte, und sie fühlte sich nicht länger allein. *Sein* Duft hüllte sie ein. *Er* war bei ihr.

Sie war noch nie mit einem Mann zusammen gewesen, der einen Schnurrbart hatte. Würde dieser Schnurrbart beim intensiven Liebesspiel eine zusätzliche Stimulation bieten? Sie schloss die Augen und fing an zu träumen. Ein sinnlicher Mund, warmer Atem, erfahrene Hände auf ihrer empfindsamen Haut. Feste Lippen, die über ihre Schenkel glitten, Barthaare, die sie kitzelten. Sie legte die Hände an ihre Brüste und stellte sich vor, es seien seine, die die zarten Spitzen massierten.

Sie öffnete die Augen und kehrte in die Realität zurück. Da stand sie allein in einem fremden Badezimmer, spielte mit den harten Knospen und war völlig erregt. Entsetzen packte sie. Noch nie hatte sie so etwas getan. Noch nie hatte sie so gefühlt. Sie nahm die Hände von ihren Brüsten und beschloss, endlich unter die Dusche zu gehen.

Ihre Hände zitterten, als sie den Wasserhahn aufdrehen wollte. Wie konnte sie diesen Mann nur so sehr begehren? Einen Mann, den sie kaum kannte.

Samantha erbebte. Ihr blieb nur eine Woche. Sieben Tage Freiheit, bevor sie sich mit ihrem ungeliebten Verlobten traf. So hatte sie sich ihr Leben nicht vorgestellt, doch die Zukunft ihres Vaters stand auf dem Spiel. Und da ihr Leben nur noch aus dieser einen Woche bestand, wollte sie das Beste daraus machen. Ihre Chance stand draußen vor der Tür.

Bevor sie ihm jedoch in die Arme fiel, musste sie duschen. Nein, erst etwas trinken, dachte sie und ließ Wasser in ein Zahnputzglas laufen. Mit etwas Glück wüsste sie in ein paar Stunden, wie leidenschaftlich Sex sein konnte. Samantha warf einen Blick in den Spiegel und erschrak. Das Glas fiel ihr aus den Händen ins Waschbecken. Wie sah sie bloß aus? Dreckig, ungepflegt und alles andere als verführerisch.

Ohne Vorwarnung wurde die Tür aufgerissen, und sie war nicht mehr allein. „Was war das?"

Der Griff nach dem Handtuch kam zu spät. Der Liebhaber ihrer Träume stand in der Tür und starrte auf ihren fast nackten Körper. Sie blickte an sich hinab. Ihre seidige, sexy Wäsche, einziges Eingeständnis an ihre Weiblichkeit unter den konservativen Kostümen, die sie bei der Arbeit trug, zeigte mehr, als sie verbarg. Viel mehr, als sie diesem Fremden zum gegenwärtigen Zeitpunkt sehen lassen wollte.

„Nun?"

Sie antwortete nicht. Kein Wort kam ihr über die Lippen. Verzweifelt versuchte sie, ihre Blöße zu bedecken. Sie drehte sich, um das Handtuch vom Haken zu holen. Er stieß einen Pfiff aus, als er ihren Stringtanga sah.

„Solche Dinger sollten verboten sein."

Verlegen legte sie die Hände auf ihren Po. In diesem Moment merkte sie, dass sie absolut nicht zur Verführerin geboren war. Im Gegenteil, die Situation war ihr peinlich. Sie war so unerfahren in solchen Dingen, obwohl sie natürlich schon Beziehungen gehabt hatte. Doch ein Abenteuer für eine Nacht hatte es nie gegeben, und wahrscheinlich würde es das auch nie.

Sie hatte ihre Chance vertan, und ihr Ego war ziemlich angeschlagen. Reife Leistung für einen Abend.

Er ging an ihr vorbei. Sein männlicher Duft wirkte wie ein Aphrodisiakum auf ihre Sinne. Als ob das nötig wäre. Sein Anblick allein genügte, sie zu erregen.

Er nahm das Handtuch vom Haken und reichte es ihr. „Bitte schön", knurrte er.

Verwirrt wegen seines harschen Tonfalls drehte sie sich um und sah ihn an. Seine Augen wirkten noch dunkler aus zuvor. Seine Wangen waren stark gerötet und seine vollen Lippen bildeten eine schmale Linie.

„Hier." Er wedelte mit dem Handtuch vor ihren Augen herum. „Oder ich kann für nichts mehr garantieren."

„Sofort, Sir." Ihr Blick glitt an ihm hinab und blieb auf der deutlichen Ausbuchtung in seiner Jeans hängen. Zufrieden lächelte sie. Noch war nichts verloren. Ihre Verführungstechnik konnte vielleicht verbessert werden, aber sie hatte noch nicht alles verpfuscht. Dieser Mann begehrte sie, daran bestand kein Zweifel. Ihrem Glück stand also nichts mehr im Weg.

In aller Ruhe nahm sie das Handtuch und wickelte es sich um den Körper. „Fertig", sagte sie schließlich und lächelte ihn verführerisch an.

„Jetzt kann es losgehen", murmelte er.

Samantha schluckte. „So?" Ihre Stimme zitterte ein wenig, wie sie verärgert feststellte. „Jetzt schon?"

Sie hätte es vorgezogen, ihn zuerst ein wenig besser kennenzulernen, und sie hätte gern geduscht. Offensichtlich hielt er dies nicht für erforderlich. Sie wurde nervös.

Doch als er den Arm nach ihr ausstreckte, legte sie ihre Hand in seine große, warme Handfläche. Ihn zu berühren bereitete ihr ein größeres sinnliches Vergnügen, als sie sich vorgestellt hatte. Nur mit Mühe unterdrückte sie die Gedanken an das, was kommen würde. Er umschloss mit seinen langen Fingern ihre schmale Hand. Finger, die ohne Zweifel sehr zärtlich sein konnten.

„Nun?", fragte er.

„Was heißt, nun?" Er erwartete doch nicht von ihr, dass sie den ersten Schritt unternahm? Sie leckte sich über die Lippen und fühlte sich plötzlich unbehaglich in dem kleinen Bad.

„Können wir weitermachen, bevor dies hier zu einer Sauna wird?"

Anscheinend hielt der Mann nichts von einem Vorspiel.

Samantha hoffte, dass er zumindest ein Freund des Nachspiels war, denn so wie die Dinge sich entwickelten, würde dies nicht die langsame, lustvolle Erfahrung werden, die sie sich vorgestellt hatte.

„Ich glaube nicht …"

„Na gut. Dann fange ich eben an. Ich heiße Ryan", sagte er und schüttelte ihre Hand. „Und du?"

2. KAPITEL

Ryan stand in der Tür und konnte es selbst nicht fassen, dass er in das Bad gestürmt war, ohne vorher anzuklopfen. Doch als er das Klirren von Glas hörte, dachte er, es sei etwas Schreckliches passiert. Stattdessen stand sie halb nackt da und starrte ihn an, weil er in ihre Privatsphäre eingedrungen war.

„Mein … Name?" Sie wirkte verunsichert.

„Ja. Ich habe so ziemlich alles von dir gesehen, Süße." Und er wusste, wie ihre Brustspitzen sich aufstellten, wenn ihr kalt war. Unwillkürlich wanderte sein Blick zu ihren Brüsten, die jetzt von einem flauschigen Handtuch bedeckt waren. „Ich glaube nicht, dass es ein Verstoß gegen die guten Sitten wäre, wenn du mir deinen Namen nennst."

Sie wurde rot. „Sam …" Sie hielt nachdenklich inne. „Einfach Sam."

Ihre Hand lag immer noch in seiner, und er streichelte mit dem Daumen über ihre Haut. Sie schien nichts dagegen zu haben, oder aber sie war zu durcheinander, um es überhaupt zu bemerken. Egal, ihm gefiel die Berührung.

„Sam." Er ließ den Namen auf der Zunge zergehen, spielte in Gedanken damit. Sam. Dann dachte er an ihre herrlichen Brüste und die festen Spitzen. Ein männlicher Name passte nicht dazu, und er schüttelte den Kopf. „Passt mir irgendwie nicht. Ist das die Abkürzung für Samantha?", fragte er.

Sie holte tief Luft. „Ja. Aber der passt mir nicht."

Er lächelte. Ihm gefiel diese Frau, auch wenn er sie nicht ganz verstand. „Darf ich fragen, weshalb nicht?"

„Ich habe Urlaub, und ich möchte zumindest diese eine Woche die Menschen vergessen, die mich so nennen."

Sie war also auf der Flucht. Genau wie er auch. Deshalb konnte er ihren Wunsch nur zu gut verstehen. Ihm selbst bot die Familie den besten Zufluchtsort für eine Atempause.

Doch die wohnte zu weit weg, um sie spontan zu besuchen. Seine Schwester lebte mit ihrer Familie einige Stunden entfernt. Und als sein erster Neffe geboren wurde, den er leider viel zu selten sah, hatte auch seine Mutter das Hotel verlassen und war in die Nähe ihrer Tochter Kate gezogen.

Deshalb suchte er ab und zu bei Bear Zuflucht. Er betrachtete die Frau, deren Hand er immer noch hielt. Woher kam sie? Und wovor lief sie davon? „Und wenn die Woche vorüber ist?", fragte er.

Sie zuckte mit den Schultern. „Dann geht das normale Leben weiter."

„Als Samantha."

„Richtig." Sie zog ihre Hand zurück und schlang ihre Arme um ihren Körper. „Seit Jahren habe ich keinen Urlaub gemacht. Deshalb habe ich mir diese eine Woche gegönnt, bevor ich am nächsten Wochenende an einer Konferenz teilnehme."

„Jeder, der in diese Gegend kommt, ist wegen einer Konferenz hier. Arizona ist mittlerweile das, was früher Florida war." Aus diesem Grund war er auch so erfolgreich.

Mitte der fünfziger Jahre hatte sein Vater das Land billig kaufen können. Nach dessen Tod hatte Ryan einen kleinen Teil davon für mehr Geld, als er sich je erträumt hätte, verkauft und damit die Frühstückspension seiner Familie vergrößert. Das „The Resort", eine Ferien- und Konferenzanlage, hatte sich als Goldmine erwiesen und die Mackenzies – Ryan, seine Mutter und seine Schwester – zu Millionären gemacht.

Er hatte allerdings nicht die Absicht, Samantha jetzt schon davon zu erzählen. „Okay, *Sam*." Sie nickte zustimmend. „Da wir das jetzt geklärt haben, können wir weitermachen." Impulsiv führte er ihre Hand an seine Lippen und hauchte einen Kuss auf ihr Handgelenk. Ihr Herz pochte laut.

Dann entriss sie ihm ihre Hand. „Oh nein, das können wir

nicht. Ich habe dich gerade erst kennengelernt und habe nicht die Absicht, sofort in dein Bett zu springen."

„Das ist gut, denn ich kann mich nicht erinnern, dich dazu eingeladen zu haben." Er lachte herzlich. „Aber glaube mir, sobald es so weit ist, wirst du es merken."

„Oh ..." Sie starrte ihn peinlich berührt an.

Ryan hatte noch nie eine Frau kennengelernt, die so widersprüchlich war. Vor einigen Minuten hatte sie seinen Körper noch begutachtet wie ein Stück Fleisch in einem Delikatessengeschäft. Ihre Wäsche war so aufreizend, dass ein Mann sofort an Sex denken musste. Und doch hielt sie das Handtuch mit eisernem Griff fest. Er verscheuchte die Erinnerung daran, wie sie ohne Handtuch aussah. Im Moment jedenfalls.

Was für eine Frau war Samantha? Die Unschuldige oder die Verführerin? Ihm gefielen die Gegensätze in ihrem Charakter, und er wollte, dass sie in seiner Nähe blieb.

Nachdem er hauptsächlich Frauen kennengelernt hatte, die nur hinter seinem Geld her waren, bot Sam eine faszinierende Abwechslung. Aber bevor er sie verführte, wollte er sicher sein.

„Eigentlich wollte ich dir nur vorschlagen zu duschen." Er trat zurück und ging zur Tür.

„Ryan, warte."

Er drehte sich um.

„Tut mir leid. Für mich ist das alles neu ... ich nehme an, das hast du gemerkt, so wie ich falsche Schlüsse ziehe und drauflosrede und ..."

Er kehrte in das kleine Badezimmer zurück und brachte sie mit seiner Anwesenheit zum Schweigen. Die Versuchung, sie in die Arme zu schließen, war groß, und er begann zu schwitzen ... was nicht an der Hitze im Bad lag. Impulsiv streckte er die Hand aus und wickelte sich eine Strähne ihres schwarzen Haares um den Finger.

„Was ist neu?", fragte er.

„Das hier. Was zwischen uns passiert."

„Geschieht denn etwas zwischen uns?" Er musste einfach wissen, was sie wollte, bevor er sich einen weiteren Schritt vorwagte.

Ihre Blicke trafen sich. „Das weißt du doch genau." Ihre faszinierend blauen Augen wirkten ehrlich und ernst.

Er bewunderte ihren Mut, offen auszusprechen, dass es zwischen ihnen knisterte.

„Und was sollen wir dagegen tun?" Er kitzelte sie mit der Haarsträhne am Kinn. „Sam?" Er flüsterte ihren Namen. Plötzlich erschien es ihm wichtig, die Wünsche der Frau zu respektieren.

Sie erbebte innerlich und seufzte. „Ich weiß es nicht." Sie beugte sich vor und war ihm so nah, dass kaum ein Stück Papier zwischen sie passte.

Die Sprache ihres Körpers war eindeutig, und Ryan hatte die Antwort darauf. Er wollte die kleine Lücke zwischen ihnen schließen, ihre Lippen schmecken und ihre Geheimnisse kennenlernen. Ganz sicherlich hatte diese faszinierende Frau viele. Aber ihre Antwort genügte ihm noch nicht.

Er sah in ihre sanften Augen. Sie begehrte ihn, aber es gab Dinge, die sie dringender benötigte. Zum Beispiel eine Dusche und etwas Zeit für sich.

„Denk darüber nach … und lass es mich dann wissen." Er streckte sich und ließ die Haarsträhne los. Dabei berührte er mit den Fingerspitzen ganz zart ihre Schulter. „Die Autovermietung schickt einen Ersatzwagen. Deinen Koffer stelle ich in das Zimmer nebenan. Komm nach unten, sobald du geduscht und dich umgezogen hast."

Sie lächelte. „Danke. Du bist ein sehr netter Mann, Ryan."

Er verzog das Gesicht. Er war nicht nett, er war scharf auf sie. Deshalb wunderte er sich, warum er sich zurückhielt.

Ohne Zweifel würden einige zärtliche Worte und liebevolle Berührungen genügen, um sie in sein Bett zu bekommen.

Stattdessen ging er hinunter in die gut besuchte Kneipe, wo ihn ausgelassene Männer und ein größeres Problem erwarteten.

„Was soll das heißen, dass Theresa unbedingt mit mir sprechen will?“ Ryan sah über Zees Schulter hinweg zu der einzigen Kellnerin, die nervös eine Papierserviette in Stückchen riss. „Warum arbeitet sie nicht?“

„Während du oben warst, hat sie einige Gläser an die Tische gebracht. Und fallen lassen“, murmelte Zee.

„Wie ist das passiert?“

„Hardy hat die Hand auf ihren Po gelegt, und das mochte sie nicht.“ Der alte Mann kicherte, wurde dann aber sofort ernst. „Ihre Mama hat sich den Oberschenkel gebrochen, als sie aus der Badewanne stieg. Deshalb sind Theresas Gedanken nicht bei der Arbeit.“

Ryan fluchte. Er wusste, dass er die Kellnerin nicht hier beschäftigen konnte, wenn sie zu Hause dringend benötigt wurde. Selbst wenn die Kneipe voll war. „Ich werde mit ihr reden. Sonst noch etwas?“

„Hardy ist hinter der Bar und verwässert die Drinks. Earl kippt mehr runter als er verträgt, und das Gepäck der sexy Lady steht dort drüben in der Ecke“, informierte ihn Zee.

„Und du?“

„Ich bin Türsteher. Frauen mit zu kleinen Brüsten lasse ich nicht herein.“ Der alte Mann grinste.

„Keine Diskriminierung, Zee“, warnte Ryan lachend.

„Soll ich der Lady das Gepäck bringen?“

„Nein danke, das übernehme ich selbst.“ Ryan traute Zee nicht über den Weg. Die Versuchung, einen Blick auf Samanthas phantastischen Körper zu werfen, war groß. Ryan konnte es verstehen. Er selbst würde auch gern noch einmal den herrlichen Anblick genießen. Doch das Lokal war gut besucht, und die Verpflichtung seinem Freund gegenüber ließ es nicht zu, dass er seine Arbeit vernachlässigte. Und wenn Samantha eine typische Frau war, dann würde es einige Zeit dauern, bis sie sich zurechtgemacht hätte.

Was ihm nur recht war, da er erst seine Libido unter Kontrolle bekommen musste. Er machte sich an die Arbeit.

Keine fünfzehn Minuten später erschien die Frau, die für seinen erregten Zustand verantwortlich war, in der Bar. Er hätte es wissen müssen. Seine Samantha war keine typische Frau.

Sie setzte sich auf einen freien Barhocker und stützte die Arme auf der Theke ab. Lauter Münzen mit dem Gesicht von Abraham Lincoln lagen unter der Glasscheibe des Tresens. Sam – der Name gefiel ihr, und sie beabsichtigte, dabei zu bleiben – mochte das altmodische Ambiente der Bar.

Sie war New Yorks elegante Restaurants gewöhnt und genoss es, sich in dieser gemütlichen, rustikalen Atmosphäre zu entspannen. *Entspannen* war relativ, da Ryan nur wenige Meter von ihr entfernt am anderen Ende der Theke stand und sich mit einer jungen Frau unterhielt. Die weiße Schürze ließ darauf schließen, dass sie die Kellnerin war. Sie schien unglücklich zu sein.

Obwohl Sam kein Wort der Unterhaltung hören konnte, spürte sie, dass es ernst war. Ryan schüttelte den Kopf, ging an die Kasse und gab der Frau Geld, das sie offensichtlich nicht annehmen wollte. Ryan weigerte sich, es zurückzunehmen. Die junge Frau schlang schließlich die Arme um seinen Hals und drückte ihn fest an sich.

Was sich zwischen den beiden abspielte, war augenscheinlich geschäftlich, trotzdem verspürte Sam einen Anflug von Eifersucht, als die Frau Ryan berührte. Sekunden später kümmerte Ryan sich wieder um das Geschäft. Er zapfte Bier und servierte es lächelnden Frauen.

Sam hätte die ganze Nacht dasitzen und ihn beobachten können. Er bewegte sich schnell und sicher, bediente, räumte ab, wischte über Tische und öffnete Flaschen, als habe er das schon sein ganzes Leben lang getan. Es ist eben sein Job, dachte sie.

Nicht das erste Mal wurde ihr bewusst, dass sie nichts über den Mann wusste, den sie als Liebhaber auserkoren hatte, außer dass er sie mit seinem feurigen Blick erregte. Trotzdem vertraute sie ihm irgendwie.

Ryan konnte ihre Leidenschaft wecken. Seine Berührung entfachte ein Feuer in ihr, und seine Stimme erregte ihre Sinne. Wenn sie Spaß, Aufregung und heiße Nächte haben wollte, dann war sie hier richtig. *Denk darüber nach … und lass es mich wissen.* Sehnsucht vermischte sich mit Angst. Sie musste nur diese Angst überwinden, um den ersten Schritt zu tun. Der Gedanke an Tom und ein Leben in getrennten Betten oder Schlafzimmern, falls sie das erreichen konnte, machte ihr die Entscheidung leicht.

„He, Süße, kann ich dir einen Drink spendieren?"

Es war einer der alten Männer, die sie umzingelt hatten, als sie den Fuß in diese Kneipe setzte. „Sicher."

„Ryan", rief der Mann. „Zwei Tequila. Und vergiss die Zitrone nicht."

Ryan drehte sich zu ihnen um und runzelte die Stirn. Er erledigte einige andere Bestellungen, dann kam er zu ihnen. Sam wurde nervös. Ihre Kehle war trocken. Sie wusste, was sie wollte. Doch wie sollte sie es ihm sagen?

Er blieb direkt vor ihr stehen und stützte sich mit den Händen auf der Theke ab. Selbst seine dunkel behaarten Arme reizten sie. Wie würde es sein, wenn sie seinen Körper berührte? „Tequila."

Sie zuckte lässig mit den Schultern, obwohl sie sich alles andere als das fühlte. „Das ist es, was der Herr bestellt hat."

„Für dich bin ich Zee, Honey. Und gib uns nicht dieses verwässerte Zeug, das Bear mir immer einschenkt", warnte er Ryan.

Ryan sah sie an. „Willst du wirklich Tequila?"

„Warum nicht?"

„Hast du je einen getrunken?"

Sie schüttelte den Kopf.

„Das habe ich mir gedacht." Trotzdem bereitete er zwei Tequila zu.

„Wer ist Bear?", fragte Sam.

„Der Kerl, dem diese Kneipe gehört", erklärte Ryan.

„Dein Chef also."

„Ihm gehört der Laden, und ich kümmere mich darum." Ryan stellte ihnen die Gläser hin, zusammen mit einem Salzstreuer und Zitronenscheiben. „Prost", sagte er und wandte sich dann den Gästen zu, die neben Sam saßen.

Seit ihrer Ankunft hatte sich die Zahl der Gäste vervierfacht, und Ryan arbeitete ganz allein und ohne Pause. „Er sieht überarbeitet aus."

Zee nickte. „Und unterbezahlt."

„Halt den Mund, Zee." Ryan warf dem alten Mann einen warnenden Blick zu.

Sie legte den Kopf zur Seite. „Schwere Arbeit ist nichts, dessen man sich schämen müsste."

„Er hat seiner Kellnerin heute Abend frei gegeben", erklärte Zee.

„Ich dachte, ich hätte sie vorhin noch gesehen", erwiderte Sam.

„Stimmt. Aber ihre Mutter ist gestürzt. Deshalb hat Ryan sie nach Hause geschickt. Er hat sie sogar für den heutigen Abend bezahlt … nur das Trinkgeld wird ihr fehlen."

Das erklärte die Szene, deren Zeuge sie geworden war. Eine Umarmung aus Dankbarkeit. Sam war erleichtert.

Sie blinzelte und sah zu Ryan. „Das war sehr nett von ihm“, murmelte sie. Sie war nicht nur über einen sehr erotischen Mann gestolpert, nein, er spielte auch noch den edlen Ritter, wie sie erfreut feststellte.

„Der Junge hat ein Herz aus Gold. Hatte er schon immer.“

Ryan blieb vor ihnen stehen. „So viel Lob von dir bin ich gar nicht gewöhnt“, lachte er. Beim Anblick seiner strahlenden Augen und seiner sinnlichen Lippen verspürte Sam sofort wieder ein erregendes Ziehen im Körper. Eine völlig neue Erfahrung. Sie erschauerte und rieb sich mit den Händen über ihre nackten Arme.

Zee schaute auf die noch vollen Gläser. „Willst du den ganzen Abend davor sitzen, Honey? Oder wollen wir endlich trinken?“

Sam hatte schon im College beobachtet, wie man Tequila trank, aber sie hatte noch nie einem achtzigjährigen Mann dabei zugesehen. Zee gab eine perfekte Vorstellung ab. „Bist du sicher, dass er das verträgt?“, fragte sie Ryan, als Zee sich mit dem Ärmel über den Mund wischte.

„Besser als du.“

Sie nahm die Herausforderung an. Wie der alte Mann leckte sie über ihren Handrücken, streute Salz auf die Haut, leckte wieder, trank den Schnaps und griff nach einer Zitronenscheibe.

„Nicht schlecht für das erste Mal“, lobte Zee und füllte die Gläser.

Sams und Ryans Blicke trafen sich in dem Moment, als sie die saure Frucht an die Lippen führte … denn sie hatte gerade einen Schluck Leitungswasser, gefärbt mit Lebensmittelfarbe, hinuntergeschluckt. Und er wusste es. Mit einem Augenzwinkern gab er ihr zu verstehen, dass sie das

Spiel mitspielen sollte.

Ein weiteres Merkmal seines edlen Charakters. Ryan, wie auch immer er mit Nachnamen heißen mochte, war ein sexy, hart arbeitender, sexy, anständiger, sexy Kerl. Der perfekte Mann für ihre Zwecke. Sam gefiel, was sie sah und hörte. Sie hätte keinen besseren als Ryan finden können.

Aber zunächst musste er sich um die Bar kümmern, und so wie es aussah, konnte er Hilfe gebrauchen.

Das Fass war leer. Die Damen im „The Hungry Bear" überraschten Ryan immer wieder. Im „The Resort" wurde hauptsächlich erstklassiger Wodka ausgeschenkt, während bei Bear Dunkelbier getrunken wurde. So unterschiedlich können Frauen sein, dachte Ryan, als er ein neues Fass holte.

Ein blumiger Duft hüllte ihn ein, und er spürte, dass er nicht mehr allein im Lagerraum war. Er hob den Kopf. Ohne sich umzudrehen, wusste er, wer es war. Samantha.

„Was machst du hier?", fragte er. Sie bot eine Ablenkung, an der er sich im Moment nicht erfreuen konnte. Vielleicht später, wenn das Lokal geschlossen war. Falls sie bereit war. Aber nicht jetzt.

„Ein Paar ist gerade gekommen und hat ein Bier verlangt. Da das Fass leer war und ich hinter der Bar keine Flaschen entdecken konnte, bin ich …"

„Du hast dich um die Bar gekümmert?"

„Es war sonst niemand da", verteidigte sie sich.

„Ich habe Zee gebeten, ein Auge darauf zu halten."

„Zee meint, er sei betrunken."

Diese Bemerkung löste die Spannung, und sie brachen beide in Lachen aus. „Du passt gut auf ihn auf", bemerkte sie anerkennend. Aber nicht nur Anerkennung sprach aus ihrem Blick. Da war noch etwas anderes. Er fühlte sich unbehaglich.

„Irgendjemand muss es tun … er ist Bears Vater. Vor einigen Jahren hat er seine Frau verloren und sucht seitdem immer ein wenig Ablenkung und Aufmerksamkeit. Vielen Dank übrigens, dass du dir Zeit für ihn genommen hast."

Es gab nicht viele Menschen, die ihre Zeit einem alten, einsamen Mann opferten. Bears Kunden kümmerten sich Bear zuliebe um ihn und weil sie ihn seit ewigen Zeiten kannten, so wie auch Ryan. Samantha hatte es jedoch für einen Fremden getan.

„Wie lange waren sie verheiratet?"

„Mehr als fünfzig Jahre."

„Wow! Eine lange Zeit."

„Für die beiden nicht. Sie haben sich wirklich geliebt." Ryan überlegte, wann er zum Fürsprecher der Ehe geworden war. Nicht, dass er etwas dagegen hätte, selbst eines Tages zu heiraten. Im Gegenteil. Er hatte nur nicht daran geglaubt, je eine Frau zu finden, die es wirklich ehrlich und ernst meinte. Eine Frau, für die es sich lohnte, dieses Risiko einzugehen. Er schaute Samantha an. Bis heute?

Ryan wollte die Chance haben, dies herauszufinden.

„Warum sollte man sich auch aus einem anderen Grund als Liebe an jemanden binden? Sonst kann man ja den Kopf gleich in die Schlinge stecken."

Sie räusperte sich. „Können wir nicht über etwas anderes reden?"

„Warum? Hast du ein Problem mit dem Thema Hochzeit?", fragte er leichthin. Wenn alles so lief, wie er es sich vorstellte, würde er später noch viel Zeit haben, ihr Geheimnisse zu entlocken. Anscheinend gab es einige. „Sag Zee das nicht, sonst hält er dir einen Vortrag über Traditionen, Respekt und Liebe."

Sie lächelte. Ein Lächeln, das ihn seiner Sinne beraubte. Es war gefährlich, noch länger allein mit ihr im kühlen und einsamen Lagerraum zu bleiben.

„Er ist harmlos … und süß." Sie schloss die Tür hinter sich und ging auf ihn zu. Als sie ganz nah bei ihm stand, holte sie tief Luft: „So wie du", murmelte sie. Ihre Stimme zitterte ein wenig vor Nervosität.

Er hob ihr Kinn mit dem Zeigefinger. „Darling, ich bin alles andere als süß." Kalt, zurückhaltend, desinteressiert. Das jedenfalls waren die Adjektive, mit denen die Damen im „The Resort" ihn beschrieben, wenn er ihre Annäherungsversuche rigoros abwehrte. Doch er hatte gelernt, dass er in dieser Hinsicht nicht freundlich sein durfte.

„Warum überlässt du es nicht mir, das zu beurteilen." Sie legte die Hände auf seine Schultern und drückte ihn zurück an die Wand. Dann nahm sie all ihren Mut zusammen und lehnte sich an ihn.

Sie küsste ihn. Hart und schnell, als wollte sie verhindern, dass Vernunft die Oberhand gewann. Er hatte nichts dagegen. Auch als sie mit den Händen unter sein Hemd glitt, wehrte er sich nicht. Sie hatte den ersten Schritt unternommen, und er würde dafür sorgen, dass sie es nicht bereute. Weder den Kuss noch das, was folgen würde. Er war scharf auf sie und wollte mehr.

Allerdings bekam er keine Chance. Sie löste sich von ihm, bevor er impulsiv handeln und sich das nehmen konnte, was er wollte. Und was sie ihm noch vor einigen Sekunden angeboten hatte.

Aus großen Augen sah sie ihn an. „Ich weiß nicht, was in mich gefahren ist, dass ich mich dir einfach an den Hals werfe."

Ihre Unsicherheit rührte ihn. „Das weiß ich auch nicht, aber habe ich mich beschwert?"

Sie lächelte. „Du meinst, es hat dir gefallen?"

Er hielt sie am Arm fest und drückte ihn sanft. „Hast du das nicht gemerkt? Meine Technik muss grausam sein." Mit dem Daumen zeichnete er kleine Kreise auf ihr Handgelenk.

Er trat einen Schritt auf sie zu, und als sie nicht zurückwich, schloss er sie in die Arme. Sie legte den Kopf in den Nacken und sah ihm in die Augen.

„Du kannst mir vertrauen, Süße."

„Ich weiß." Ihr strahlendes Lächeln beruhigte ihn, und er küsste sie ganz zart. Sie erwiderte den Kuss und entspannte sich in seinen Armen. Sein Kuss wurde immer heißer, immer fordernder, und ihr leises Stöhnen erregte ihn noch mehr.

Ihre sommerliche Bluse war bereits über ihre Schultern gerutscht. Impulsiv griff er nach den Trägern ihres Tops und schob sie zusammen mit der Bluse so weit hinunter, dass ihre Brüste entblößt waren. Gierig nahm er eine der herrlich harten Knospen zwischen die Lippen. Sie stieß einen kleinen heiseren Schrei aus. Aufstöhnend bog sie sich ihm entgegen, damit er die dunklen Spitzen besser erreichen konnte.

Ryan war kurz davor, völlig die Kontrolle über sich zu verlieren. Noch ein paar Sekunden länger und die Gäste, die in der Kneipe saßen, wären ihm egal. Er würde ihr und sich selbst die Kleidung vom Körper reißen und in sie eindringen. Sie war so heiß und willig. Er musste unbedingt aufhören, wollte sie aber noch nicht loslassen.

Es blieb ihm jedoch keine andere Wahl, und so hob er den Kopf. „Hältst du mich immer noch für harmlos?", fragte er schwer atmend.

„Nein, aber du schmeckst so süß." Sie lächelte verlegen. „Ich wusste nicht, wie ich mich dir nähern sollte ... aber ich bin froh, dass ich es getan habe."

Er hatte recht gehabt. Einen Mann zu verführen, war etwas Neues für sie. Er fragte sich, welche Geheimnisse sie noch in sich bewahrte. Sie hatte bereits zugegeben, dass sie für kurze Zeit aus ihrem normalen Leben ausgeschert war. Und wenn man bedachte, wie unerfahren und unschuldig sie zu sein schien, musste er sich fragen, warum sie ausgerechnet ihn verführen wollte. All die unbeantworteten Fragen erhöhten die Faszination, die sie auf ihn ausübte.

Er sah ihr in die Augen. Sie glänzten eigenartig. Eine Mischung aus Leidenschaft und Ungläubigkeit. Ryan verstand sie. Er selbst hätte nie geglaubt, dass sie so eine hocherotische Kombination abgeben würden. Diese Frau war voller Widersprüche. Er hatte ihr anfängliches Zögern gespürt und war sicher gewesen, dass sie sich zurückziehen würde. Stattdessen war sie zu ihm gekommen. Zu Ryan, dem Barkeeper.

Wenn ihn seine Ahnung nicht täuschte, dann war ihr dieses heiße, unerhörte Verlangen ebenso neu wie … nein. Nein. Er schüttelte den Kopf. Dieses Begehren war nichts Neues für ihn. Er hatte schon häufig eine Frau leidenschaftlich begehrt. Doch nie war es so schnell gegangen.

Er presste ihren Körper fest an seinen, damit sie den Beweis seines Verlangens spüren konnte. Ihre Reaktion zeigte ihm, dass sie seine Erregung genau fühlte.

Sie hatte ihre noch feuchten Haare zu einem Zopf geflochten. Er spielte mit dem Ende. „Es ist noch nass."

„Ich wollte keine Zeit mit dem Föhnen vergeuden."

Während er mit ihren Haaren spielte, wanderte sein Blick über ihr Gesicht, verweilte auf ihren Lippen und richtete sich dann auf die Ader an ihrem Hals; wo ihr Puls heftig pochte. Zärtlich küsste er die Stelle. Dann sah er in ihre großen Augen. „Wo wirst du übernachten?", fragte er.

Sie räusperte sich. „Dort, wo ich willkommen bin."

Sie war hier willkommen. Der Gedanke schockierte ihn, aber er stellte fest, dass er es ernst meinte. Wenn sie bei ihm blieb, bekäme er die Chance, sie besser kennenzulernen. Er wollte mehr über sie erfahren, und er wollte in dieser Nacht mit ihr schlafen.

Er beugte den Kopf. „Oben steht ein Doppelbett“, flüsterte er ihr ins Ohr.

Es war doch nur logisch, dass er ihr ein Bett anbot. Er wollte sie in seiner Nähe haben, und sie brauchte einen Platz, wo sie bleiben konnte. Es würde ihm schwerfallen, auf Distanz zu bleiben. Sie glaubte vielleicht, dass sie mehr von ihm haben wollte, doch in ihren Augen spiegelte sich Unsicherheit wider. Sie wusste, dass die Chemie zwischen ihnen stimmte, doch gefühlsmäßig war sie noch nicht so weit.

Wenn viel zu gewinnen war, konnte Ryan sehr geduldig sein. „Nun?“, fragte er.

„Ich …“ Er biss zärtlich in ihr Ohrläppchen, und sie erbebte. „Ich muss nächsten Donnerstag im Hotel sein“, brachte sie hervor. „Meine Konferenz beginnt Freitagmorgen um acht.“

Ein lautes Klopfen an der Tür unterbrach sie, bevor die Situation außer Kontrolle geraten konnte. „Ich bin vielleicht alt, aber mein Erinnerungsvermögen ist noch ganz gut. So lange kann es nicht dauern“, schrie Zee. „Draußen sitzen durstige Gäste.“

Sam wurde rot, und Ryan nahm ihr Gesicht zwischen seine Hände. „Er irrt sich.“

„So?“ Ihre Stimme klang sehnsuchtsvoll.

Ryan nickte. „Es wird die ganze Woche dauern. Dafür werde ich sorgen“, erwiderte er.

Dann drehte er sich um und verließ den Lagerraum. Er ließ ihr Zeit, sich zu sammeln, und hoffte, dass sonst niemand gemerkt hatte, wie lange er weg gewesen war. Oder dass er das Bier vergessen hatte. Oder dass er Samantha so sehr begehrte, dass er kaum laufen konnte.

Diese Frau, ihre Ernsthaftigkeit und Verletzlichkeit, ließen ihn das erste Mal seit Jahren an eine Zukunft denken. Zwischen ihnen stimmte nicht nur die Chemie. Es war mehr.

Seine Gefühle waren in Aufruhr geraten. Deshalb hatte er sie eingeladen, die Woche bei ihm zu verbringen.

Noch nie war die Zeit als Barkeeper so vielversprechend gewesen. Als Ryan zurück in den Schankraum kam, fragte er sich, ob es jemandem auffallen würde, wenn er die letzte Runde früher als normal ankündigte.

3. KAPITEL

Sam wischte den Tisch ab und steckte das Trinkgeld ein, das neben dem Glas gelegen hatte. Sie hatte sich schnell an die neue Aufgabe gewöhnt und erledigte ihren Job als Kellnerin gut. Es machte ihr Spaß, die Gäste zu bedienen, und diese wiederum schienen sich gern mit ihr zu unterhalten.

„He, Schatz, noch eine Runde für den Tisch in der Ecke."

Sam verdrehte die Augen. Wo nahm Zee nur seine Energie her. Sie selbst wurde langsam müde. Sie bückte sich hinter der Bar und holte Ryans Spezialdrink für Zee hervor.

„Alles okay?"

Ihr Herz machte einen Satz, als sie die tiefe, heisere Stimme vernahm. „Ja, mir geht es gut."

„Du hattest einen anstrengenden Marsch hierher." Sein Blick verweilte auf ihren Leinenschuhen. Seine Fürsorge erstaunte sie. Der Mann brauchte eine Kellnerin, oder er hätte den Laden schließen können, trotzdem hatte er Theresa nach Hause geschickt. Und jetzt machte er sich Sorgen wegen der paar Schrammen an ihren Füßen.

Raue Schale, weicher Kern, dachte Sam. Etwas, das ihr an Ryan gefiel.

„Sag den Jungs, dass dies die letzte Runde ist", ordnete er an.

Sie hätte ihn vor Erleichterung am liebsten geküsst. Doch in Anbetracht der vielen Gäste beherrschte sie sich. Während sie die letzten Getränke servierte, wurde sie zunehmend nervöser. Eine ganze Nacht lag noch vor ihnen, und allein der Gedanke daran erregte sie.

Schließlich schloss sie hinter dem letzten zahlenden Gast die Tür. Sie hörte, dass Ryan bereits die Stühle auf die Tische stellte. Sie wagte nicht, ihn anzusehen. Die Erinnerung daran, wie sie sich im Lagerraum an ihn herangemacht hatte, war ihr peinlich.

„Und dann habe ich auch noch zugestimmt, die Woche in seinem Bett zu verbringen", murmelte sie vor sich hin.

In der Kneipe war so viel zu tun gewesen, dass es außer einigen intensiven Blicken und gelegentlichen Fragen wegen einer Bestellung kein persönliches Wort zwischen ihnen gegeben hatte. Wenn sie natürlich hier blieb, würde sie ihm früher oder später in die Augen sehen müssen.

Wem wollte sie eigentlich etwas vormachen? Wenn sie blieb, würde sie mehr sehen als nur die dunklen von langen Wimpern umrahmten Augen. Sie würde alles von Ryan sehen.

Nun, sie wollte eine heiße Affäre. Sie wollte Leidenschaft und Erregung kennenlernen. Und er hatte auf Anhieb bewiesen, dass er ihr alles geben konnte. Die Erinnerung daran ließ ihr Herz schneller schlagen, und sie spürte, dass sie mehr als bereit war, ihren sündigen Vorsatz in die Tat umzusetzen.

Obwohl sie Tom nicht liebte und sie die Verlobung nur wegen ihres Vaters einging, bekam sie ein schlechtes Gewissen. Sich einem Mann an den Hals zu werfen, während sie mit einem anderen verlobt war, machte ihr mehr zu schaffen, als sie sich eingestehen wollte. Allerdings nicht genug, um sie an ihren Plänen zu hindern. Sie spürte, dass diese Entscheidung mehr mit Ryan zu tun hatte als mit ihrem Wunsch, einmal über die Stränge zu schlagen. Sie wollte diese eine Woche mit *diesem* Mann.

Tom würde es nie erfahren. Wahrscheinlich wäre es ihm sowieso egal. Jeder von ihnen würde eine bestimmte Funktion im Leben des anderen ausüben. Sie wäre die Trophäe an seinem Arm, und er würde ihr das Geld geben, damit sie die Schulden ihres Vaters bezahlen konnte. Sie war die Einzige, die keine Vorteile aus dem Handel zog.

„Außer dass es mich zu dir geführt hat", murmelte sie. Ihr Blick glitt zu Ryans breitem Rücken. Sie beobachtete das Spiel seiner Muskeln, während er arbeitete. Stark und selbstbewusst wie er war, würde er wahrscheinlich nur ungern erfahren, dass sie zumindest theoretisch einem anderen Mann gehörte.

Sie fuhr mit dem Daumen über den Ringfinger, wo normalerweise ihr Verlobungsring steckte. Ihr selbst gefiel der Gedanke nicht, dass Männer Frauen wie ihr Eigentum betrachteten. Und für einen Mann wie Ryan könnte so ein kleines Detail – ihre bevorstehende Hochzeit – heikel sein. Da sie ihn jedoch nie wieder sehen würde, sah sie keinen Grund, die einmalige Chance auf eine heiße Affäre zu vertun.

„Sammy Jo, lass uns noch einen trinken, bevor Hardy mich nach Hause fährt." Sie verdrehte die Augen. Sie hätte Zee nie erlauben dürfen, diesen lächerlichen Namen zu benutzen.

„Sammy Jo?"

„Samantha Josephine", erklärte Zee. „Wenn du eine Frau kennenlernen willst, musst du nur die richtigen Fragen stellen."

„Sammy Jo." Ryan stützte sich auf seinem Besen ab und betrachtete sie. Sein heißer Blick glitt über ihren Körper und verweilte an Stellen, die er in der Öffentlichkeit nicht betrachten durfte. Stellen, die er früher am Abend gesehen hatte. Und sie hatte den Eindruck, dass er sich an viel mehr erinnerte, als er momentan sehen konnte. „Sammy Joe", wiederholte er. Seine Stimme klang verführerisch heiser. „Das gefällt mir."

So wie er den Namen aussprach, gefiel es ihr auch. Sie zwang sich, den Augenkontakt zu ihm abzubrechen, und wandte sich Zee zu. „Tut mir leid, aber heute gibt es nichts mehr." Noch ein Glas Wasser konnte sie einfach nicht trinken. Sosehr sie den alten Mann mochte und seine Gesellschaft genoss, für diesen Abend hatte sie ihn genug an der Nase herumgeführt.

Mit einem gezwungenen Lächeln sah sie Zee an und täuschte einen Schluckauf vor.

Ryan kicherte. Zee grinste. „Ich habe doch gesagt, dass ich dich unter den Tisch trinke. Dann also gute Nacht. Bis morgen." Er verließ die Bar, sein Fahrer folgte ihm auf den Fersen.

Ryan schloss die Tür hinter ihm und legte den Riegel vor. Von jetzt an würde Sam das klickende Geräusch eines Riegels immer mit diesem Mann und dieser Nacht in Verbindung bringen.

„Endlich allein." Er lächelte sie an und winkte sie zu sich. „Komm her … Sammy Jo."

Seine dunklen Augen glänzten vor zügelloser Begierde. Automatisch bewegte sie sich in seine Richtung. Sein heißer Blick weckte eine unglaubliche Sehnsucht nach Sex in ihr.

Drei, vier Schritte und sie war bei ihm. Er nahm ihr Gesicht zwischen seine Hände und küsste sie. Mit der Zunge glitt er zwischen ihre geöffneten Lippen. Sam erwartete einen harten, fordernden Kuss, so wie die vorherigen.

Doch er küsste sie unsagbar zärtlich, erforschte die Tiefe ihres Mundes und knabberte sanft an ihrer Unterlippe, bis sie fast aufschrie vor Begierde, so unerwartet süß und erregend war dieser Kuss. Schließlich hob er den Kopf und blickte ihr tief in die Augen.

Sie war völlig außer Atem und hatte einen Kloß im Hals. Sie schluckte. „Wofür war das?", fragte sie.

„Ich wollte sichergehen, dass du dich erinnerst, warum." Sie musste nicht fragen „Warum was?" Warum sie sich über ihn hergemacht hatte. Warum sie zugestimmt hatte, bei ihm zu bleiben. Warum sie ihre Meinung nicht ändern sollte. Sie wusste es bereits. Er war die Antwort auf alle Fragen. Seine unglaubliche Männlichkeit und seine erotische Ausstrahlung. Nur er war in der Lage, sie dermaßen zu erregen. Sie war in den Westen gekommen, um eine leidenschaftliche Affäre zu erleben, aber selbst in ihren wildesten, erotischsten Träumen hatte sie sich nicht einen Mann wie Ryan vorgestellt.

Er umfasste ihre Taille und hob sie auf einen der Barhocker. Dank ihres lockeren Tops spürte sie seine Hände auf ihrer nackten Haut. Die Berührung weckte in ihr das Verlangen nach mehr. Doch statt mit den Händen weiter über ihre nackte Haut hinauf zu ihren Brüsten zu gleiten, nahm er ihre Füße und zog ihr die Leinenschuhe aus. Sanft massierte er ihre schmerzenden Fußsohlen.

Sie lehnte sich gegen die Bar und seufzte zufrieden. „Hm, das tut gut."

„Ich könnte mir einige Dinge vorstellen, die noch besser sind, aber ich glaube, im Moment brauchst du dies am meisten."

„Du bist gut über jemanden im Bilde, den du gerade erst kennengelernt hast." Sie dachte immer noch an seinen leidenschaftlichen Kuss und nicht an ihre schmerzenden Füße.

„Du bist leicht zu durchschauen."

„Ich weiß nicht, ob mir das gefällt."

Ryan hatte ihr den zweiten Schuh ausgezogen und massierte hingebungsvoll auch den anderen Fuß.

„Du hast mich heute Abend überrascht", sagte er.

„Du bist wohl nicht daran gewöhnt, von einer Frau angefallen zu werden." Sam gab sich keiner Illusion hin. Er hatte sie vielleicht ermutigt, aber sie war letztendlich diejenige gewesen, die sich an ihn herangemacht hatte.

Er lachte. „Ich meine etwas anderes. Deine Hilfe heute Abend. Du bist eingesprungen, als ich dringend jemanden brauchte. Das hat mir gefallen."

Er wanderte mit seinen Händen über ihre Waden hinauf zu ihren Oberschenkeln. Sie erstarrte, doch unter seiner kontinuierlichen Massage entspannte sie sich schnell und genoss seine Berührungen.

„Ich kann dir Theresas Lohn zahlen“, sagte er.

„Du hast Theresa schon Geld gegeben“, erinnerte sie ihn.

„Ihre Familie braucht das Geld, und Bear wird nichts dagegen haben. Aber du musst auch nicht umsonst arbeiten. Es ist nicht viel, aber …“

Sam konnte sich kaum auf etwas anderes konzentrieren als auf das Gefühl seiner Hände auf ihrer nackten Haut. Er glitt weiter hinauf. Wo würde er als Nächstes landen? Doch trotz des prickelnden Gefühls und der wachsenden Begierde erkannte sie, was für ein besonderer, fürsorglicher Mann Ryan war … und wenn sie wollte, gehörte er ihr für die Dauer ihres Aufenthalts.

Aber sie musste zu erkennen geben, was sie von ihm wollte … Geld bestimmt nicht. „Ich will dein Geld nicht, Ryan.“

Er murmelte etwas, was sie jedoch nicht richtig verstand. Es klang so ähnlich wie „Dann wärst du die Erste“. Er schob ihren Rock höher, und sie atmete schneller.

„Warum nicht?“, fragte er. „Du hast es verdient.“

„Ich möchte kein Geld für etwas, das ich gern getan habe. Es hat mir Spaß gemacht, dir zu helfen.“

„Ich bin sicher, dass du heute Abend eine Menge Trinkgeld kassiert hast“, meinte er.

„Für den ersten Abend war es nicht schlecht“, erwiderte sie grinsend.

„Du bist eine phantastische Frau, Sammy Jo.“ Langsam strich er mit den Fingerspitzen über ihren seidigen Slip. Sie erschauerte heftig und stöhnte leise bei der ersten intimen Berührung.

„Zeigst du so deine Dankbarkeit?“, fragte sie, als er mit dem Daumen behutsam den überaus sensiblen Punkt zwischen ihren Schenkeln berührte und sanft massierte.

„Nein, Liebling, das tue ich, weil es dich erregt, und das

gefällt mir.“ Sie war enttäuscht, als er seine Hand fortzog und auf ihren Oberschenkel legte. Sie merkte jedoch, dass er genauso aufgewühlt war wie sie.

„Ich möchte nur nicht, dass du zu erschöpft bist von der Arbeit in der Bar. Ich habe nämlich noch etwas mit dir vor.“ Er küsste sie zärtlich auf die Lippen, bevor er sich niederbeugte und ihr die Schuhe wieder anzog.

„Geh schon hoch. Ich komme nach, sobald ich hier mit dem Aufräumen fertig bin.“

Sam blinzelte. Ihr Verstand war nicht mehr in der Lage, seine Worte zu begreifen. Sie war erregt und wollte ihn unbedingt haben. Sie wollte mit ihm schlafen, allerdings nicht hier in der Bar. So war sie mehr als dankbar, dass er die Führung übernahm. Sie winkte ihm zu und stieg die Treppe hinauf.

Ryan hatte recht. Sie war völlig erschöpft. Wie es aussah, würde er noch einige Zeit zum Aufräumen benötigen. In der Zwischenzeit würde sie sich ein wenig ausruhen. Danach wäre sie in der richtigen Stimmung.

Ryan eilte die Treppe hinauf. Wann hatte das letzte Mal eine Frau sein Bett gewärmt? Sam gefiel ihm nicht nur äußerlich. Er mochte auch ihr Wesen. Sie war weder eingebildet noch habgierig, sondern bescheiden und liebenswert. Und sie gab anderen Menschen unglaublich viel. Nicht nur Ryan, als er Hilfe brauchte, sondern auch Zee und den anderen Stammgästen, die Lobeshymnen auf die neue Kellnerin gesungen hatten. Sie passte in diese Kneipe, was ihn überraschte, denn er hätte seinen letzten Dollar darauf verwettet, dass sie aus einer ganz anderen Welt stammte.

Er öffnete die Tür zum Schlafzimmer. Der Raum erstrahlte im Kerzenlicht. Die Frau war einfach unglaublich. Sie musste sich noch einmal hinuntergeschlichen und die roten Kerzenständer geholt haben, während er aufräumte. Dicke weiße Kerzen flackerten in der Dunkelheit und verbreiteten eine erotische Atmosphäre.

Ryans Blick ging direkt zum Bett, um zu sehen, welche Überraschung ihn dort erwartete. Samantha lag vollständig bekleidet auf der Bettdecke, das Kopfkissen im Arm … und war fest eingeschlafen.

Er ließ seinen Blick über sie schweifen. Gleichmäßig hob und senkte sich ihre Brust im Schlaf. Ihr Gesicht schimmerte im Kerzenschein. Aufmerksam betrachtete er das feine Profil, das hohe Jochbein und die vollen Lippen. Lippen, die zum Küssen wie geschaffen waren. Doch heute Nacht würde er sie nicht mehr schmecken. Er war froh darüber, dass sie eingeschlafen war, denn er hatte sich vorgenommen, die Sache langsam angehen zu lassen und erst die unterschwelligen Zeichen zu lesen, die sie setzte. Nicht die offensichtlichen wie einen romantisch erleuchteten Raum.

Er ließ sich neben sie auf das Bett fallen und strich ihr eine Haarsträhne aus dem Gesicht. Sie seufzte leise und rückte näher an ihn heran. Interessant, wie sie sich instinktiv zu ihm drehte. Selbst im Schlaf. Sein Herz machte einen Sprung.

Schlafend sah sie noch verlorener aus als in dem Moment, als sie den Fuß in die Kneipe gesetzt hatte. Ihre Bemühungen, ihn zu verführen, ließen darauf schließen, dass sie ein sexuelles Abenteuer als Antwort auf ihre Probleme suchte. Es wäre einfach, der Versuchung einfach zu erliegen und zu nehmen, was sie bot. Wenn er es jedoch tat, würde er sie nie wiedersehen.

Er wusste nicht, warum er sich dessen so sicher war. Es war einfach so. Und er wollte Samantha nicht verlieren, bevor er sie richtig kennengelernt hatte. Im Moment würde er sich einfach um sie kümmern und ihr Zeit lassen, Vertrauen zu ihm zu fassen. So schwer es ihm fiel, Sex mit ihr war im Augenblick tabu.

Sie murmelte etwas im Schlaf. Träumte sie schlecht? Ryan

drückte ihr einen zärtlichen Kuss auf die Stirn und ignorierte das lustvolle Ziehen in seinen Lenden. Sosehr er sie begehrte, mehr noch wollte er ihr helfen, die Probleme aus dem Weg zu räumen, vor denen sie fortlief.

Normalerweise war er nicht der edle Ritter, der sich in erster Linie für die Probleme irgendeiner Frauen interessierte. Aber *diese Frau* wollte er beschützen. Er wollte sich um Samantha kümmern. Ryan fragte sich jetzt nicht, warum. Er hatte eine Woche Zeit, es herauszufinden.

Als seine innere Uhr ihn früh am nächsten Morgen weckte, merkte er, dass er nicht viel geschlafen hatte. Wie sollte er auch. Samantha hatte sich eng an ihn geschmiegt und hielt den Beweis seiner Erregung in der Hand.

Allen guten Vorsätzen zum Trotz begehrte er sie. Er war eingeschlafen mit der Vorstellung, sie zu besitzen, und als er aufwachte, war seine Begierde noch größer gewesen. Die erotische Episode am vergangenen Abend, nachdem er das Lokal geschlossen hatte, ging ihm nicht aus dem Kopf. Er erinnerte sich noch gut an ihre feuchte Hitze und stellte sich vor, wie herrlich es sein würde, in sie einzudringen. Sie stöhnte leise im Schlaf. Vorsichtig löste er sich von ihr und rollte sich aus dem Bett.

Er warf noch einen Blick auf sie. Sam war auf seine Seite des Bettes gerutscht und hielt ein Kissen im Arm. Sein Kissen. Und, verdammt, sie sah aus, als gehörte sie dahin.

Ryan schüttelte den Kopf. Eine kalte Dusche würde zumindest zeitweise sein Problem lösen. Und er würde einen klaren Kopf bekommen, um sich auf die Woche mit Samantha gedanklich einzustellen.

Sam wartete, bis sich die Badezimmertür hinter Ryan schloss, bevor sie sich auf den Rücken rollte und die Augen öffnete.

Ein erregend männlicher Geruch stieg ihr in die Nase. Im gleichen Moment hörte sie, dass in der Dusche das Wasser lief. Ryans Duft, Ryans Dusche. Der Ryan, dem sie nicht in die Augen sehen konnte, als sie heute Morgen erwachte, die Hand um seinen ... seinen ... Es war ihr peinlich, darüber nachzudenken.

Sie setzte sich auf und sah sich im Zimmer um. Durch die Jalousien fiel Sonnenlicht. Die Kerzen, die sie in der Nacht angezündet hatte, waren gelöscht worden. Sie warf einen Blick auf den Wecker. Normalerweise stand sie um sieben Uhr auf, doch heute war es wesentlich später. Anscheinend hatten Barkeeper einen anderen Rhythmus. Spät ins Bett, spät aus dem Bett. Zumindest für eine Woche würde sie sich diesem Rhythmus anpassen müssen. Solange sie mit Ryan zusammen war.

Sie krümmte sich innerlich, als sie an die vergangene Nacht dachte. Sie war eingeschlafen, bevor er zu ihr ins Bett gekommen war. Und als sie heute Morgen erwachte, hatte sie Angst gehabt, den ersten Schritt zu tun, zumindest bewusst. Unbewusst hatte sie ihn offenbar getan, so wie er sich angefühlt hatte, und sie hatte damit gerechnet, dass Ryan sie sofort verführen würde. Anscheinend hatte er jedoch andere Pläne.

Sie sollte dankbar sein, dass sie geschlafen hatte, statt sich lächerlich zu machen. Sam warf die Decke zur Seite. Wenn sie angezogen und aus der Wohnung verschwunden war, bevor er mit dem Duschen fertig war, hätte sie etwas Zeit nachzudenken. Ihr Verstand arbeitete besser, wenn sie an der frischen Luft war. Dort würde sie herausfinden, wie sie mit einem Mann wie Ryan umgehen musste.

Sie holte ein geblümtes Sommerkleid aus ihrer Tasche und legte es auf das Bett. Lauschend legte sie den Kopf zur Seite. Das Wasser lief noch. Und sie hörte Musik.

Der Refrain des Liedes erfüllte das Schlafzimmer. Sie musste lächeln. Er mochte also Musik, wenn er duschte. Wieder etwas, was sie über ihn gelernt hatte. Sie bewegte ihre Hüften im Rhythmus der Musik, während sie langsam ihr Top auszog. Dann schüttelte sie ihre langen Haare.

Das quietschende Geräusch einer Tür schreckte sie in ihrem Tanz auf, und sie wirbelte herum. Ihr Blick fiel auf Ryan. Mit nacktem Oberkörper, nur ein Handtuch um die Hüften gewickelt, stand er in der Tür.

„Du hast Rhythmusgefühl“, stellte er lächelnd fest.

Das Blut stieg ihr in die Wangen. Wassertropfen schimmerten auf seiner gebräunten Haut. Sie sehnte sich danach, mit den Fingerspitzen darüber zu streichen. „Das Wasser läuft noch“, erwiderte sie geistlos.

„Ich habe meinen Rasierer vergessen. Er ist neu.“ Er trat an die Kommode, während sie nach ihrer Kleidung griff. Der Mann sieht mich immer im schlimmsten Moment, dachte sie und beeilte sich, das Kleid über ihre nackten Brüste zu ziehen.

Angezogen, aber immer noch fassungslos, drehte sie sich zu ihm um. Sein Blick war unergründlich, aber eines erkannte sie – heißes Verlangen.

Sie schluckte und zwang sich zu einem Lächeln. „Hast du alles, was du brauchst?“, fragte sie. Es fiel ihr nicht leicht, den Blick auf sein Gesicht zu heften, weg von dem Handtuch, unter dem seine Erregung deutlich sichtbar wurde.

„Nicht alles“, murmelte er.

Sie leckte sich über die Lippen. Was sollte sie darauf antworten?

„Ich dachte, ich lade dich gleich zu einem ordentlichen Frühstück ein. Im Kühlschrank ist nichts Anständiges mehr“, sagte er.

Sie blinzelte. Die Situation war absurd, aber unglaublich intim. Beinahe nackt teilten sie eine Morgenroutine, obwohl sie praktisch Fremde waren.

Ihr Verstand und ihr Herz wehrten sich gegen das Wort „Fremde“. Auch wenn sie sich gestern erst kennengelernt hatten, waren sie sich absolut nicht mehr fremd. Sie fühlte sich wohl in seiner Gegenwart, sicher in seinen Armen. Der Gedanke erschütterte sie zutiefst.

Wahrscheinlich würde sie keinen Bissen essen können, trotzdem begrüßte sie die Idee, von dieser Bar und aus der kleinen Wohnung fortzukommen.

Sie trug keinen BH. Es sei denn, sie hatte noch einen angezogen, als er nach unten gegangen war. Ryan umklammerte das Lenkrad. In ihm steckte immer noch der Schock vom Morgen. Er war aus dem Badezimmer gekommen und hatte Samantha beinahe nackt vorgefunden. Ihr Körper hatte im Sonnenlicht geglänzt, die dunklen Haare waren ihr über die Schultern auf die weiße Haut des Rückens gefallen. Und als sie sich umdrehte ... in dem Moment hätte er fast all seine guten Vorsätze über den Haufen geworfen.

Er hatte nur noch den einen Gedanken gehabt, sie auf das Bett zu werfen und mit ihr zu schlafen. In einem Restaurant zu frühstücken, an einem genügend großen Tisch, erschien ihm die beste Möglichkeit, der sexuellen Spannung zwischen ihnen zu entgehen. Er hatte sich getäuscht.

In ihrem leichten Sommerkleid hatte sie ihm gegenüber gesessen, und er hatte an nichts anderes als an ihre vollen Brüste denken können. Selbst jetzt, als er durch die Landschaft fuhr, ging ihm der Anblick nicht aus dem Kopf. Sie hatte ihn gebeten, ihr ein wenig von der Gegend zu zeigen, bevor sie zur Bar zurückkehrten. Auch das hatte er für eine gute Idee gehalten. Doch egal, was sie taten, seine Gedanken gingen immer in dieselbe Richtung. Selbst der Anblick der gigantischen Felsformationen konnte ihn nicht von Samantha ablenken.

Er musste für Abstand sorgen. Er wollte jeden Moment in

dieser Woche genießen, doch er würde die Hände nicht länger bei sich behalten können, wenn sie ihn ständig in Versuchung führte. Selbst die anmutigen Bewegungen ihrer Hände erregten ihn. „Ryan! Halt an!“

Er trat so fest auf die Bremse, dass sie in die Gurte flogen. Gott sei Dank befanden sie sich auf einer wenig befahrenen Straße. Mit quietschenden Reifen kam der Wagen zum Stehen. Ryan wusste nicht, was ihn nervöser machte: Ihr herrlicher Duft, der ihn in dem engen Wagen einhüllte, oder der Gedanke an ihren fantastischen Körper und was er gern damit anstellen würde.

Er warf einen besorgen Blick auf Samantha.

„Entschuldige“, sagte sie. „Ich dachte nicht, dass du es so wörtlich nimmst.“

„Wenn jemand im Wagen ‚Stopp‘ schreit, gehe ich davon aus, dass es ihm schlecht geht, oder …“ Er schüttelte den Kopf. „Egal. Was ist los?“

„Was ist das für ein kleines Dorf dort drüben?“, fragte sie. Sie deutete auf den malerisch gelegenen Ort in der Ferne.

„Das ist ein kleiner Ort namens Cave Cove. Eine Touristenfalle. Man kann dort Puppen, T-Shirts, Türkisschmuck und viele andere Dinge kaufen, die typisch für die Indianer sind und die die Touristen so gern als Andenken mit nach Hause nehmen.“ Der Ort brachte der Wirtschaft Geld und bot den Einheimischen Arbeit. Ryan selbst ging dort nicht einkaufen, aber wenn seine Mutter und Schwester zu Besuch waren, erstanden sie in den kleinen Geschäften immer einzigartige Stücke.

Er legte einen Gang ein und wollte weiterfahren, als er ihre warme Hand auf seinem Arm spürte.

„Könnten wir dorthin fahren?“

„Wenn du einkaufen willst, so gibt es ein elegantes Einkaufszentrum in Scottsdale.“ Er hasste es, doch zusammen mit ihr würde er es ertragen.

„Ein großes geschlossenes Einkaufszentrum? Mit Klimaanlage, sodass ich anfange zu frieren?“ Sie rieb sich über die Arme bei dem Gedanken. „Teure Geschäfte und gelangweilte Verkäuferinnen? Nein danke. Davon habe ich zu Hause genug.“ Angeekelt rümpfte sie die Nase.

Er wettete, dass sie das hatte. Was er bisher an Kleidung bei ihr gesehen hatte, war feinste Designerware, ähnlich den Stücken, die es in der Boutique in seiner eleganten Ferienanlage zu kaufen gab. Kein Zweifel, dass sie teure Geschäfte aufsuchte, egal, wo sie einkaufen ging.

Er sah sie an. Shopping war offensichtlich nicht ihr Lebensinhalt.

„Bist du sicher, dass du nach Cave Cove möchtest?“, fragte er.

„Ich würde mich wirklich gern einmal umsehen. Bitte.“ Aus großen Augen sah sie ihn flehend an.

Er lachte. „Okay. Meinetwegen.“

„Gibt es dort auch diese kleinen Indianerpuppen? Ich habe mir nämlich vorgenommen, so eine zu kaufen, während ich hier bin.“

„Die gibt es dort.“ Seine Schwester besaß eine ganze Sammlung davon. Falls er Samantha je mit nach Sedona nehmen sollte, seine Schwester und seine Mutter würden sie sofort mögen.

Wow! Seine Gedanken bewegten sich schon wieder in eine gefährliche Richtung. Es war eine Sache, über eine lebenslange Bindung nachzudenken, eine völlig andere Geschichte aber war es, Samantha damit in Verbindung zu bringen. Obwohl die weiblichen Mitglieder seiner Familie sie sicherlich akzeptieren würden. Genauso umgekehrt.

Wieder sah er sie an. Sie hatte ihre Sonnenbrille auf den Kopf geschoben. Eine unbewusst erotische Bewegung.

Sie legte ihre Stirn an das Fenster und schaute sehnsüchtig zu dem malerischen Ort. „Es ist unglaublich schön hier", sagte sie ruhig.

„Ja, nicht wahr?" Er selbst liebte diese Gegend. Hier war er aufgewachsen. Damals war die Familie nicht reich gewesen. Der Reichtum kam erst später, und so wusste Ryan zu schätzen, was er hatte. Erneut betrachtete er Samantha. Und wenn er gefunden hatte, was er wollte, ließ er es nicht los.

„Friedvoll", sagte sie. „Keine Wolkenkratzer, kein Smog, keine Autos Stoßstange an Stoßstange, kein Gehupe."

„Wie in ... New York?"

Sie lachte. „Warum fragst du nicht einfach, woher ich komme?"

„Wohnst du dort?"

„Ich arbeite da. Ich lebe in New Jersey, vierzig Minuten Fahrzeit jeden Tag."

„Warum nimmst du den Stress auf dich?"

„Ich weiß nicht. Ich bin dort geboren und aufgewachsen. Wahrscheinlich bin ich deshalb geblieben. Und New York ist für Finanzberater der beste Platz. Was ist mit dir?"

„Ich bin aus Arizona."

„Also hast du auch Familie hier?"

Er nickte. „Mutter und Schwester, Schwager und einen sechs Monate alten Neffen."

Sie sah ihn nicht gern als Mann mit Familie, Menschen, die ihn liebten und sich um ihn kümmerten. Irgendwie machte ihn das zu real, zu unvergesslich.

„Hast du Familie?", fragte er.

„Nur meinen Vater. Meine Mutter ist vor einigen Jahren gestorben und ..."

„Was und?", fragte er, als sie schwieg.

„Dad wird damit nicht gut fertig. Er ist Börsenmakler und arbeitet für eine große Firma in der Stadt." Und Sam, in ihrem Bemühen, den Eltern zu gefallen, hatte beruflich eine ähnliche Richtung eingeschlagen, damit ihr Vater stolz auf sie sein konnte. Eigentlich war dies nicht ihr Berufsziel gewesen, doch mittlerweile machte ihr die Arbeit Spaß, und sie war erfolgreich.

Sie seufzte. „Zuerst hat er seine Kunden vernachlässigt, dann hat er versucht, die Verluste auszugleichen. Ich habe erst kürzlich davon erfahren. Im letzten Jahr ist er riskante Geschäfte eingegangen und hat viel Geld verloren. Sein Chef war nicht begeistert, als mehrere seiner Kunden abwanderten. Seine eigene finanzielle Lage ist bedrohlich, und je schlimmer es wurde, desto weniger Zeit verwendete er darauf, den Markt zu beobachten …" Sie brach ab und sah ihn an. „Komisch, es fällt mir leicht, mit dir darüber zu sprechen."

„Dann erzähl weiter." Er legte seine Hand auf ihren Arm. Ein Gefühl der Wärme ging durch ihren Körper.

„Willst du wirklich noch mehr hören?"

„Ja."

„Er ist daran fast zerbrochen. Ich hätte es kommen sehen müssen, habe ich aber nicht." Und wenn sie an die Lösung der Probleme dachte, wünschte sie, sie wäre aufmerksamer gewesen. „Ich war so sehr mit meinem eigenen Leben und meinem Job beschäftigt, dass ich nicht merkte, was los ist. Als ich endlich aufwachte, hatte er fast sein ganzes Vermögen und die meisten Kunden verloren."

Er nahm ihre Hand und drückte sie sanft. „Du kannst sein Leben nicht kontrollieren."

„Nein, aber ich glaube, er kann es auch nicht. Zuerst dachte ich, es läge an seiner Trauer und dass er irgendwann wieder zu sich kommen würde. Aber jetzt denke ich, er wird einfach älter, vergesslicher, weniger genau. Wenn er besser aufgepasst hätte …"

„Du bist nicht verantwortlich für die Taten deines Vaters."

Sie zog die Augenbrauen hoch. Wenn er wüsste. „Ich habe meiner Mutter versprochen, dass ich mich um ihn kümmern werde“, erklärte sie. Das Problem war, dass ihre sterbende Mutter sich vorgestellt hatte, dass Sam ihm beibrachte, wie man die Waschmaschine bediente, aber nicht, dass sie ihr eigenes Leben aufgab, um das Haus und das Ansehen ihres Vaters in der Gemeinde zu retten.

„Außerdem habe ich immer das getan, was man von mir erwartet hat“, murmelte sie. Alles, um die Zuneigung ihrer Eltern zu gewinnen. Sie hatte sie bekommen, als ihre Mutter starb. Sie liebte ihren Vater und wollte ihm helfen. Doch sie würde teuer dafür zahlen müssen.

„Ich kann solch ein Versprechen verstehen“, sagte Ryan. „Ich habe meinem Vater dasselbe versprochen.“

Zu real, zu unvergesslich. Sie schnappte nach Luft. Heute Morgen hätte sie verschwinden sollen, bevor sie ihn noch besser kennenlernte, bevor sie ihn noch mehr mochte.

Doch da es dafür jetzt zu spät war, wollte sie, dass er sie verstand. „Dann weißt du also, dass solch ein Versprechen das ganze Leben ändern kann …“ Sie unterbrach sich, bevor sie zu viel preisgab.

Diese Woche ist nicht die Realität, rief sie sich in Erinnerung. Es war nur eine winzige Zeitspanne, die allein Ryan und ihr gehörte. Es bestand kein Anlass, ihn über ihr wirkliches Leben ins Bild zu setzen, als sei er jemand, dem sie sich anvertrauen konnte. Jemand, der auch noch da war, wenn alles gesagt und getan war. Denn egal, wie sehr sie ihn mochte, egal, wie sehr er ihr gefiel, sie musste ihn verlassen. So schmerzlich es auch werden würde.

Auch ihm würde es wehtun, und der Gedanke bekümmerte sie am meisten. Sie fror plötzlich.

Er ahnte, dass die Unterhaltung beendet war und respektierte ihr Schweigen. Still legte er einen Gang ein und fuhr weiter. Ihre Hand lang immer noch in seiner, seine Berührung wärmte und tröstete sie. „Tut mir leid mit deiner Mutter", sagte er, den Blick auf die Straße gerichtet. „Und ich weiß, dass die Lösung der Probleme deines Vaters schwierig für dich sein wird. Aber denk daran, du kannst nicht dein Leben aufgeben, weil er Probleme mit seinem hat."

Sie sah aus dem Fenster, unfähig, ihn anzusehen. Obwohl er wusste, dass sie nächste Woche zu der Konferenz abreiste, ahnte er nicht, wie endgültig der Abschied werden würde.

4. KAPITEL

Ryan fuhr in den Ort hinein und parkte in einer kleinen Seitenstraße direkt vor einem Laden, der mit fröhlich bunten Aushängeschildern zum Eintreten einlud. Der Wagen kam gerade zum Stillstand, da sprang Sam schon hinaus und bestaunte die Auslagen in dem Schaufenster. Dann schlenderte sie Hand in Hand mit Ryan durch den Ort und sah sich in verschiedenen Geschäften um. An seiner Seite zu sein, verlieh ihr ein Gefühl der Wärme und des Glücks, das sie bisher nicht gekannt hatte.

Da sie als Einzelkind aufgewachsen war, gab es keine Brüder oder Schwestern, mit denen sie laufen und spielen konnte, während ihre Eltern Hand in Hand spazieren gingen. Immer hatte sie sich als Außenseiter in ihrer eigenen Familie gefühlt. Bis jetzt.

Alte Straßenlaternen säumten die engen Straßen, Bänke luden zum Verweilen ein. Der Ausflug war eine gute Idee gewesen. Eine angenehme Flucht vor der prickelnd sexuellen Spannung, die ständig unter der Oberfläche brodelte und zu explodieren drohte. In Cave Code gab es alle nur erdenklichen Souvenirläden. Hier war sie in der Lage, sich zu entspannen und den Tag mit Ryan zu genießen, ohne sich bedrängt zu fühlen.

Auf Grund der frühen Stunde herrschte noch kein geschäftiges Treiben, die Straßen und Läden waren menschenleer. Sam entdeckte einen kleinen Juwelier, der im Schaufenster wunderschönen Türkisschmuck ausgestellt hatte. Sie blieb stehen.

Er zog sanft an ihrer Hand. „Lass uns weitergehen. Es gibt massenweise Geschäfte mit denselben Schmuckstücken in all den kleinen Seitenstraßen."

Ein großes rotes Plakat fiel ihr ins Auge. „Aber hier gibt

es dreißig Prozent Preisnachlass."

Er lachte. „Jeder Juwelier bietet dreißig Prozent. Konkurrenzkämpf. Anders könnten sie sich nicht halten. Es ist ein Trick, um Leute wie dich ins Geschäft zu ziehen."

„Ich möchte aber gern hineingehen", erwiderte sie starrköpfig.

„Okay, wenn du unbedingt willst. Denk aber daran, dass wir keine Zeit mehr haben, noch ein wenig durch die Landschaft zu fahren, wenn du deine ganze Zeit hier verbringst."

Sie runzelte die Stirn. „Wird es dir schon langweilig?"

„Habe ich das gesagt?" Er machte ein beleidigtes Gesicht.

„Es ist allgemein bekannt, dass Männer nicht gern einkaufen gehen."

„Ich bin stolz darauf, zu diesen Männern zu gehören. Aber nicht heute. Komm." Ohne ihre Hand loszulassen, führte er sie in den Laden.

Kleine Glöckchen erklangen, als sie eintraten. Es duftete nach Lavendel. Sam bekam eine Gänsehaut. Ryan zog sie enger an sich und legte seinen Arm um ihre Taille. Ein merkwürdiges Gefühl, das sie nicht benennen konnte, ergriff sie. Als sei sie an einem Wendepunkt in ihrem Leben angekommen.

Sie schüttelte den lächerlichen Gedanken ab, trat an einen Schaukasten und betrachtete die Ringe. Einer fiel ihr ganz besonders ins Auge. Ein schmaler Silberreif, über Kreuz mit Türkisen besetzt …

„Haben Sie etwas entdeckt, was Ihnen gefällt?", hörte sie eine weibliche Stimme fragen.

Sam blickte auf. Wegen der eigenartigen Atmosphäre in dem Laden hatte sie eine geheimnisvoll aussehende Frau erwartet, eingehüllt in Schleier und umgeben von einer mystischen Aura. Stattdessen wurden sie von einer schicken älteren Dame begrüßt.

Als sie nicht direkt antwortete, drückte Ryan ihren Arm. „Schatz?“

Es verwirrte sie, dass er diesen Kosenamen in der Öffentlichkeit benutzte. „Ja. Entschuldigung.“ Sie tippte auf den Glaskasten. „Der dort. Mit dem X.“

Die silberhaarige Dame lächelte. „Ah, der Kuss.“ Sie zog eine schwarze Samtschachtel aus dem Schaukasten. „Ich würde gern sagen, es ist ein Unikat, aber ich bestelle jedes Mal einen nach, wenn ich diesen Ring einem verlobten Paar wie Ihnen verkauft habe.“

Sam wartete darauf, dass Ryan die Frau korrigierte. Als er es nicht tat, begann sie selbst. „Wir sind nicht …“

„Natürlich kaufen wir ihn trotzdem“, unterbrach er sie. Sam legte den Kopf zur Seite und warf ihm einen fragenden Blick zu. Sie sah in seine Augen. Augen, die ernst, beruhigend und liebevoll blickten. *Liebevoll?*

Sam wäre am liebsten aus dem Laden gestürmt. Doch Ryan hielt sie mit starker Hand fest. Sie schluckte und wagte noch einen Blick in sein Gesicht. Er zwinkerte ihr zu und beugte sich hinab, um ihr ins Ohr zu flüstern. „Diese Woche gehört den Träumen. Lass mich dich verwöhnen.“

Sie wusste nicht, ob sie lachen sollte, weil er scherzte, oder weinen, weil sie wünschte, sie wäre frei für ihn.

Anscheinend sah die Verkäuferin ihr Schweigen als Unentschlossenheit an. Sie sagte: „Sie können sicher sein, solange Sie diesen Ring tragen, bleiben Sie zusammen. Jedes andere Paar, das diesen Ring gekauft hat, kann Ihnen das bestätigen.“

Wieder überkam Sam dies merkwürdige Gefühl, und sie zitterte. „Was macht Sie so sicher, dass wir verlobt sind?“, fragte sie. Sie trug keinen Ring.

„Ich erkenne die Zeichen. Die Nähe …“ Sie deutete auf Ryans Hand, die besitzergreifend auf Sams Schulter lag. „Die Art, wie er Sie ansieht, wenn er meint, Sie würden es nicht merken. Die Art, wie Sie sich an ihn schmiegen ... zwei Hälften, die ein Ganzes ergeben."

„Sie sehen nicht aus wie eine Wahrsagerin", murmelte Sam.

Ryan lachte. „Willst du nun den Ring, Sammy Jo, oder nicht?"

Ohne auf ihre Antwort zu warten, zog er seine Kreditkarte aus der Tasche. Sam warf einen Blick darauf. Sie konnte gerade noch seinen Nachnamen lesen, Mackenzie, bevor er sie der sichtlich erfreuten Dame reichte. Wieder etwas, was ich über ihn erfahren habe, dachte sie, und behielt auch diese Information in Erinnerung.

„Einen Moment, bitte", sagte Sam zu der Verkäuferin. Sie zog Ryan in eine andere Ecke des Ladens. „Hör mal ..."

„Hast du deine Meinung geändert?"

„Nein, aber ..."

„Du möchtest ihn natürlich zuerst probieren. Ich hätte daran denken sollen."

„Nein, ich meine ..." Sie wusste nicht, wie sie sich ausdrücken sollte, ohne ihn zu verletzen, aber sie wusste, er war Barkeeper und „... Du hast nicht einmal nach dem Preis gefragt."

„Das muss ich nicht. Ich habe den Glanz in deinen Augen gesehen, als du den Ring entdeckt hast."

„Aber, Ryan ..."

Er schenkte ihr ein so verführerisches Lächeln, das ihr heiß wurde und sie nicht mehr klar denken konnte.

„Außerdem gibt es dreißig Prozent Preisnachlass", erinnerte er sie. „Wie teuer kann er schon sein? Sammy Jo, ich möchte ihn dir gern schenken."

Sie fing an, sich an ihren neuen Spitznamen zu gewöhnen. Er gefiel ihr, besonders wenn er über *seine* Lippen kam. Sie schaute ihm in die Augen, und merkte, wie viel es ihm bedeutete. Sie brachte es nicht fertig, ihm den Wunsch auszuschlagen. Zumindest konnte sie den Ring probieren. Vielleicht passte er gar nicht. Sie hatte ziemlich schmale Finger, und ein Silberring konnte nicht so einfach geändert werden. Dann hätte sie eine Entschuldigung, das Geschenk abzulehnen, ohne ihn zu verletzen.

Sie gingen zurück an den Tresen. Der Ring lag auf einem schwarzen Samttuch. Sie sah sich um, doch die Verkäuferin war im Hinterzimmer verschwunden und hatte sie allein gelassen. „Sehr vertrauensselig“, murmelte Sam.

„Wir sind hier nicht in der Stadt, Liebling.“

Er nahm den Ring und hob ihre Hand. „Wann immer du auf diesen Ring siehst, denk an mich, an diese Woche und was sein könnte.“

Bevor sie protestieren konnte, schob er den Ring über den Ringfinger ihrer linken Hand, nahm ihr Gesicht zwischen seine Hände und küsste sie. Sie legte den Kopf zurück und seufzte leise, als seine Lippen sanft über ihre glitten. Zärtlich biss er in ihre Unterlippe, und sie öffnete den Mund, um seine Zunge hineinzulassen. Sam wusste nicht mehr, wo Phantasie begann oder Realität aufhörte. Solange Ryan sie in den Armen hielt, sie berührte, küsste und behandelte, als liebte er sie, war ihr alles andere egal.

Er hob den Kopf und lächelte. Sie sah in seine Augen, und ihr Herz machte einen Sprung. Sie würde seinen Stolz mehr verletzen, wenn sie das Geschenk ablehnte, als wenn sie ihn dafür bezahlen ließe. „Danke“, murmelte sie.

„Gern geschehen.“ Er hob ihre Hand. „Er passt perfekt.“

Sie sah verwundert auf ihre Hand. „Ja, manchmal hat man Glück.“

„Ja.“ Durchdringend sah er sie an. Sie war hingerissen von der Intensität des Blickes. Einen Augenblick später war dieser intensive Moment vorbei. „Können wir gehen?“, fragte er.

„Wie lange brauchen wir zurück zur Bar?“, fragte sie.

„Eine halbe Stunde. Warum?“

„Ich sterbe vor Hunger."

„Das kann doch nicht dein Ernst sein. Du kannst schon wieder essen?"

„Worauf sollte ich sonst Hunger haben?" Sie lachte, doch als sie in seine dunklen Augen sah, erstarb das Lächeln auf ihren Lippen. Sie wusste genau, worauf er Hunger hatte. Ihr Körper reagierte sofort. Die Knospen ihrer Brüste wurden hart, und sie verspürte ein lustvolles Ziehen im Unterleib. Unsägliches Verlangen überkam sie.

„Im Kühlschrank steht noch Zees unnachahmliches Chili. Magst du es gern scharf?" Seine Stimme klang rau.

Sie schluckte. „Sehr", erwiderte sie, froh, dass sie sich in der Öffentlichkeit befanden.

„Weißt du, was mir am meisten an dir gefällt?"

„Mein großes Herz?"

Er nahm ihre Hand. Wie ein Stromschlag fuhr die Berührung durch ihren Körper. „Dein noch größerer Magen."

Sie lächelte. „Essen ist sehr wichtig. Ohne kann man nicht überleben, weißt du?"

Er kicherte. „Ich weiß."

Sie wartete, während er den Beleg unterschrieb und die Karte wieder einsteckte. Dann gingen sie zurück zum Wagen. Der Ring schmückte ihren Finger, ihre Hand lag in seiner.

Wenn sie mit Ryan zusammen war, war sie glücklich, doch sie wusste, dass dieses Glück nicht von Dauer war. Deshalb musste sie sich immer wieder in Erinnerung rufen, dass die Zeit, die sie miteinander verbringen konnten, nur Phantasie war. Wie sonst sollte man die Vorhersage einer geheimnisvollen Frau nennen, die niemals wahr werden würde?

Sie stand hinter der Bar, füllte Holzschalen mit Chips und bereitete alles für den Abend vor. Die Lady ist heißer als der Dip, den sie zu den Chips auf den Tischen verteilt, dachte

Ryan. Doch Gott sei Dank wusste sie es nicht. Es war bereits Samstag. Die Zeit verging viel zu schnell.

Der vergangene Abend war typisch für einen Freitag in „The Hungry Bear“ gewesen – hektisch, laut, verrückt. Samantha hatte sich nicht beschwert, sondern sich tüchtig ins Zeug gelegt und gearbeitet, bis geschlossen wurde, während Ryan sie die ganze Zeit beobachtet und bewundert hatte. Sie trug ein langes, bis an die Knöchel reichendes Kleid, das jede Kurve ihres Körpers betonte.

Nicht zu wissen, ob sie einen BH unter diesem luftigen Etwas trug, machte ihn fast verrückt. Die Männer in der Kneipe waren nicht blind, und Samantha war neu im Geschäft. Das allein weckte das Interesse der männlichen Gäste. Er fragte sich, ob sie auch beobachteten, wie sich Samanthas Brüste hoben und senkten, während sie arbeitete. Er hatte die halbe Nacht damit verbracht, sich an seinen Vorsatz zu erinnern, Zurückhaltung zu üben.

Was nicht einfach war. Jedes Mal berührte sie ihn wie zufällig, wenn sie an ihm vorbeiging, und ihr verführerischer Pfirsichduft stieg ihm in die Nase.

Und dann war sie eingeschlafen, bevor er überhaupt die Treppen hinaufgekommen war. Ryan konnte es verstehen. Für jeden war es anstrengend, die ganze Nacht auf den Beinen zu sein, und für jemanden, der es nicht gewohnt war, natürlich besonders.

Als er am Samstag gegen Mittag erwachte, schlief Samantha immer noch tief und fest. So hatte er die Zeit genutzt, in sein Hotel zu fahren, um nach dem Rechten zu sehen. Er war gerade rechtzeitig zurückgekehrt, um die Bar zu öffnen.

Sie hatte nicht gefragt, wo er gewesen war, und er hatte sich nicht verpflichtet gefühlt, es ihr zu erklären. Wieder etwas, das Samantha ihm gab. Bedingungsloses Vertrauen und Verständnis. Er fragte sich, wie sie die Wahrheit aufnehmen würde.

Sie würde ihm verzeihen. Obwohl ihn zunächst ihr Körper und ihr hübsches Gesicht interessiert hatte, reizte ihn jetzt mehr ihr liebenswertes Wesen. Sie verstand ihn. Vom ersten Moment an.

So wie er sie verstand. Die müde Frau, die in der Bar ausgeholfen hatte, die feinfühlige Frau, die ihm vertraute, die Frau mit tiefen familiären Empfindungen und Werten. Das alles hatte größten Eindruck auf ihn gemacht. Nicht, dass er vergessen hätte, wie sich ihr Körper anfühlte oder wie leidenschaftlich sie auf seine Berührung reagierte. Aber das Innere reizte ihn viel mehr als die Verpackung.

Seit dem Ausflug fühlte er sich noch mehr zu ihr hingezogen. Immer war Samantha bei ihm … in seinen Gedanken, seinen Träumen … seiner Zukunft?

Den ganzen vergangenen Abend spürte er, dass sie seine Nähe suchte. Ihre Hüfte berührte wie zufällig seine, ihr Duft hüllte ihn ein. Wie sollte er Abstand halten, wenn sie mit diesen unschuldigen Berührungen nicht aufhörte?

Ryan hielt es keine Minute länger aus. Er trat hinter sie und legte die Arme um ihre Taille.

„Oh!“ Sie fiel gegen seine Brust. „Schleich dich nicht so an mich heran.“

„Warum nicht? So habe ich dich wenigstens in meinen Armen.“

Sie drehte sich um und schlang die Arme um seinen Hals. „Dazu musst du dich nicht von hinten anschleichen.“

Ihm gefiel der Gedanke. „Ich habe Theresa angerufen. Sie kann heute Abend auf keinen Fall kommen.“

„So?“ Sie langte in die Schale mit den Chips, nahm einen, biss hinein und hielt ihm den Rest vor den Mund.

Er aß ihn, leckte das Salz von seinen Lippen und schließlich auch von ihren Fingern. Sofort glänzten ihre Augen vor Verlangen. Er grinste. „Jetzt leide ich also wieder an Personalmangel.“

Sie trat etwas zurück und hielt ihm ihre Hände entgegen. „Was ist das, wenn nicht zwei willige Hände?“ Sie glitt mit eben diesen Händen unter sein Hemd und legte sie auf seine Brust. Sie schien sich immer wohler in seiner Gegenwart zu fühlen. Und er hatte Spaß an ihrer ungezwungenen Art.

„Du hast Urlaub“, stellte er fest. Ihre warmen Hände auf seiner Brust erregten ihn ungemein.

„Und was versteht man unter Urlaub?“

„Eine Pause vom Alltagsleben. Eine Zeit, in der man tun und lassen kann, was man will.“

„Genau.“ Sanft fuhr sie mit ihren Fingernägeln über seine Haut. „Hier zu arbeiten ist etwas anderes als mein alltäglicher Job.“ Sie schob sein Hemd hoch und küsste seinen Bauch. „Und dich zu berühren ist etwas, das ich sonst auch nicht tue.“ Sie leckte mit der Zunge über seine nackte Haut. „Es sei denn, du magst es nicht.“

Sie fragte so, als wüsste sie es wirklich nicht. Mit jeder Sekunde machte es ihm diese Frau schwerer, das Versprechen einzuhalten, das er sich selbst gegeben hatte. Er wusste nicht, wie lange er noch die Hände von ihr lassen konnte.

„O doch, ich mag es.“

Er begehrte sie, seit er sie kennengelernt hatte, doch die Gefühle, die sie jetzt in ihm weckte, waren einfach unglaublich. Wenn er die Bar nicht in fünfzehn Minuten aufschließen müsste, würde er wahrscheinlich die Kontrolle über sich verlieren. Aber wenn er das erste Mal mit ihr schlief, sollte es nicht auf einem Tisch in der Kneipe sein. Er dachte eher an ein weiches Bett und viel, viel Zeit.

Er glitt mit den Händen durch ihre Haare und hob ihren Kopf, bis ihre Lippen nur wenige Zentimeter von seinen entfernt waren. Nur ein Kuss. Ein kurzes Schmecken ihrer schimmernden Lippen. Er beugte den Kopf und küsste sie … genau in dem Moment klopfte jemand laut an die Tür.

„Mach auf." Als er keine Antwort bekam, schrie Zee: „Verdammt, Ryan, ich habe meinen Schlüssel verloren."

„Der alte Mann weiß, dass uns Personal fehlt. Wahrscheinlich will er helfen."

Ihr Gesicht war dunkelrot geworden. Schnell zog sie sein Hemd zurecht. „Er hätte vorher anrufen können", murmelte sie.

Er warf ihr einen amüsierten Blick zu. „Wir öffnen sowieso in einigen Minuten", erinnerte er sie.

„Ich gehe nach oben, um abzuwaschen", sagte sie. „Ich komme gleich zurück."

Er ließ Samantha Zeit, nach oben zu verschwinden, bevor er Zee antwortete. „Einen Moment, ich komme schon." Er steckte sein Hemd zurück in die Jeans. Noch immer hämmerte Zee gegen die Tür.

„Wir haben noch geschlossen. Auch für dich."

Zee ignorierte ihn und trat ein. „Ich kenne dich schon, seit du ein kleiner Junge warst, Ryan. Also komm mir nicht mit diesem Quatsch."

Ryan verdrehte die Augen. Der alte Mann war der beste Freund seines Vaters gewesen und gehörte zur Familie, solange Ryan sich zurückerinnern konnte. Das gab ihm aber noch lange nicht das Recht, sein Sexleben zu stören und ihn in den Wahnsinn zu treiben. Allerdings gehörte die Kneipe seinem Sohn, wodurch er eher Anspruch darauf hatte, hier zu sein, als Ryan. Außerdem liebte Ryan den alten Kauz wie seinen eigenen Vater.

Er folgte Zee zu einem Barhocker und setzte sich.

„Wo ist deine Freundin?", fragte Zee.

„Du hast sie vertrieben."

„Ha! Vielleicht ist sie klug geworden und in ein Hotel gegangen."

Ryan stützte sich auf den Ellenbogen ab. „Wenn du irgendetwas wissen möchtest, dann frag einfach."

„Das habe ich getan. Wo ist deine Freundin?“

„Oben.“

„Das habe ich mir gedacht.“ Zee schlug Ryan auf die Schulter. „Haben dein Daddy und ich euch Jungs denn gar nichts beigebracht?

Zuerst mein Sohn und dann du.“

„Was habe ich denn getan?“

„Zu meiner Zeit hat ein Mann eine Frau erst geheiratet, bevor er mit ihr ins Bett stieg. Ich sehe ja ein, dass die Zeiten sich etwas geändert haben, aber wie wäre es zumindest mit einer kleinen Romanze, bevor du mir ihr schläfst?“

„Ich schlafe nicht mit ihr.“ Noch nicht. Er hatte neben ihr geschlafen, etwas, was Zee allerdings auch nicht billigen würde. Ryan stöhnte laut. Er war fünfunddreißig. Sein eigener Vater war vor zwölf Jahren gestorben, und Zee war eingesprungen, ohne zu fragen, und hatte ihn durch das Leben begleitet. Immer war er da gewesen, wenn Ryan einen väterlichen Rat benötigte.

Er erinnerte sich nicht, jetzt darum gebeten zu haben, aber er respektierte Zee genug, um zuzuhören und über die Worte des alten Mannes nachzudenken.

„Ich will keine Einzelheiten hören“, schimpfte Zee. „Ich sehe so schon genug.“ Sein Blick verweilte auf Ryans Gesicht. „Wisch dir den verdammten Lippenstift vom Mund.“

Ryan stieß einen Fluch aus und rieb sich mit einer Papierserviette über die Lippen.

Zee schüttelte den Kopf. „Ich will nur, dass du mit deinem Kopf denkst und nicht mit deinem … Na, du weißt, was ich meine.“

„Du hast dich klar ausgedrückt.“

„Ist sie gut?“

Ryan musste herzhaft lachen. „Das ist der alte Zee, den ich so gut kenne.“

Der alte Mann griff nach einer Schale mit Chips. „Da du sie noch nicht vor die Tür gesetzt hast, muss sie es sein."

„Ein Gentleman genießt und schweigt. Deine Lebensphilosophie."

„Nein, die deines Vaters. Ich habe immer viel zu viel erzählt." Er grinste. „Hast du Sammy Jo schon die Wahrheit gesagt?"

„Nein." Die Antwort brachte Ryan einen erneuten Schlag auf die Schulter ein. „Sie ist aus New Jersey", sagte er. Als erklärte das alles.

Zum ersten Mal dachte er daran, dass Samantha in einigen Tagen nicht nur zu ihrer Konferenz abreisen würde, sondern auch zu ihrer Familie, die sie brauchte. Eine merkwürdige Leere überfiel ihn. Irgendwann, bald, müsste er sich damit auseinandersetzen.

Zee zuckte mit den Schultern. „Leben wir nicht im Zeitalter der Flugzeuge?"

„Traumtänzer", erwiderte Ryan. Er wollte weder über eine Wochenendbeziehung nachdenken, noch wollte er mit Zee über seine Gefühle für Samantha sprechen. „Ich habe die Frau vor weniger als achtundvierzig Stunden kennengelernt." Komisch, er hatte das Gefühl, sie schon viel länger zu kennen. „Ich kenne sie kaum." Und doch war er vertrauter mit ihr als mit jeder anderen Frau, die er kannte, obwohl sie nicht einmal miteinander geschlafen hatten.

„Warum redest du nicht offen mit ihr? Hast du Angst, dass sie abhaut, wenn sie erfährt, dass du für einen normal Sterblichen viel zu reich bist?"

„Im Gegenteil, ich fürchte eher, dass sie es nicht tun wird."

„Aha." Verständnisvoll legte Zee den Arm um Ryans Schulter. „Ich habe mir schon gedacht, dass du deshalb nie eine von den Schwimmbadschönheiten genommen hast. Was allerdings keine Entschuldigung dafür ist, dass du mir nie eine von ihnen vorgestellt hast. Aber ich verzeihe dir."

Ryan grinste. „Jetzt geht es mir schon besser."

„Wann reist sie ab?"

Ryan runzelte die Stirn. „Viel zu früh." Es sei denn, sie änderte noch ihre Meinung. Er sprang vom Barhocker. „Vergiss es", sagte er zu dem alten Mann, der es nur gut mit ihm meinte.

„Werde ich … falls du es auch schaffst, wenn sie erst mal weg ist."

Er wollte gerade etwas darauf antworten, als er Samanthas Schritte auf der Treppe hörte. Als er sich zu ihr umdrehte, stand sie schon neben ihm. Sie trug ein helles T-Shirt und enge Jeans. Ihre Haare fielen ihr über die Schultern, ein sanftes Lächeln erhellte ihr Gesicht. In dem Moment wusste Ryan, dass er diese Frau nur sehr schwer würde vergessen können.

Sam schlug die Hände zusammen. Der Ring schimmerte an ihrem Finger, ein zarter Wink, wie nah Ryan und sie sich gekommen waren. Ihr Ausflug hatte ihr keine Zeit zum Nachdenken gelassen. Auch seine Abwesenheit tagsüber nicht. Sie wusste immer noch nicht, wie sie sich verhalten sollte. Im Gegenteil. Der Mann gefiel ihr von Stunde zu Stunde besser, dabei sollte er nur ein heißes Abenteuer in ihrem Leben sein.

Ein Leben, das bisher langweilig gewesen war. Sie war fast dreißig, hatte keinen besonders aufregenden Beruf. Und die Männer, mit denen sie sich bisher getroffen hatte, waren so uninteressant gewesen, dass sie in ihr kaum Lust auf Sex geweckt hatten. Sie hatte sich mit Freunden und Kollegen getroffen. Einmal hatte sie sogar mit einem Mann geschlafen. Sie hatte gehofft, mehr für ihn empfinden zu können, doch die Romanze war schnell beendet. Doch selbst damals hatte sie nicht so eine Vertrautheit verspürt wie mit Ryan.

Sicher, sie war auf der Suche nach einer aufregenden Affäre gewesen, doch ihre Gefühle sollten nicht ins Spiel kommen. Und was hatte sie gefunden? Auf jeden Fall Freundschaft. Zuneigung? Ihre Blicke trafen sich, und er zwinkerte ihr zu, bevor er seine Unterhaltung mit Zee fortsetzte. Tausend Schmetterlinge flatterten in ihrem Bauch. War es noch mehr? Sie wagte nicht daran zu denken.

Jedes Mal, wenn sie Ryan ansah, geschah etwas mit ihr. Sie war nach Arizona gekommen, um Leidenschaft zu erleben. Sie hatte sie erfahren, ohne überhaupt mit ihm zu schlafen. Was würde erst geschehen, wenn sein Körper endlich eins mit ihrem wurde?

Heiße Begierde schoss durch ihren Körper. Wie war das möglich? Wie konnte ihr Körper sich mit solch einer Intensität nach ihm sehnen?

„He, alles okay?“ Sie spürte Ryans warme Hand auf ihrem Arm und zwang sich zu einem Lächeln.

„Könnte nicht besser sein. Die Kneipe wird in weniger als fünf Minuten geöffnet. Ich habe meine Leinenschuhe an und melde mich zur Arbeit.“

„Das habe ich nicht gemeint.“

„Ich weiß, was du gemeint hast.“ Sie legte ihren Zeigefinger auf seine Lippen. Die Flamme der Leidenschaft, die so heiß brannte, würde bald gelöscht werden.

Wie aber sollte sie den Rest ihres Lebens ohne ihn verbringen, wenn es nicht dazu kam?

5. KAPITEL

In aller Ruhe hatte Ryan die Stühle auf die Tische gestellt und dann mit Hingabe die Glasscheibe auf der Theke poliert. Jetzt trocknete er die letzten Gläser so langsam ab, dass er fast umfiel vor Langeweile. Er schaute auf seine Uhr. Sicherlich war Samantha mittlerweile eingeschlafen.

Nur wenn sie fest schlief, konnte er es wagen, sich bis auf die Boxershorts auszuziehen und sich neben sie ins Bett zu legen. Ansonsten würde er über sie herfallen, so sehr begehrte er sie. Doch schlafend war sie für ihn tabu.

Nichts würde er lieber tun, als sie mit erotischem Geflüster und intimen Berührungen zu wecken. Leider war sie noch nicht so weit. Auch wenn sie ihn freizügig berührte … mit Hand und Zunge, in ihren Augen konnte er die Unsicherheit sehen.

In den letzten Jahren war Ryan sehr wählerisch in Bezug auf Frauen gewesen, doch er kannte sich aus. Eine erfahrene Frau, die wusste, was sie wollte, würde nicht zögern zu nehmen, was sie begehrte. Samantha aber tat es. Er glaubte immer noch, dass sie Sex als Lösung für ihre Probleme zu Hause ansah … welche Schwierigkeiten auch immer es sein mochten. Nur wenn er so lange wie möglich in der Bar herumhing, konnte er dafür garantieren, dass er ihr nicht zu nah kam.

Er bückte sich, um einen Lappen unter der Theke zu verstauen, als ihm ein Umschlag mit Theresas Namen ins Auge fiel. „Trinkgeld“ stand unter dem Namen. Ryan holte tief Luft. Gerade als er dachte, Samantha zu kennen, überraschte sie ihn aufs Neue. Fürsorge gehörte genauso zu ihrem Wesen wie Sinnlichkeit.

Oh ja, in der Bar herumzulungern war das Sicherste.

Sam setzte sich im Bett auf. Schon das dritte Mal erwachte sie durch die Sonnenstrahlen, die sich ihren Weg durch die Jalousien bahnten. Aus dem Badezimmer drangen Countrymusic und das Rauschen des Wassers. Wieder lag sie allein im Bett.

Es war zum Lachen. Sie war hierhergereist, um einen Mann zu verführen. Seit drei Tagen hatte sie nun Ryan für sich, und er hatte bisher keine Anstalten gemacht, mit ihr zu schlafen.

Oh, er schlief neben ihr im Bett. Aber das war auch alles. Er arbeitete abends so lange, dass sie es nicht schaffte, wach zu bleiben, bis er heraufkam, sosehr sie sich auch bemühte. Und der Gipfel war, dass er morgens grundsätzlich vor ihr aufwachte, obwohl sie eigentlich keine Langschläferin war.

An seinem Interesse für sie hegte sie keine Zweifel. Seine glühenden Blicke und Berührungen zeigten eindeutig, dass er sie begehrte. Sie warf einen Blick auf die geschlossene Badezimmertür und knabberte nervös an ihrer Unterlippe. Ihr Körper schmerzte fast vor Sehnsucht nach ihm. Sie hielt es nicht länger aus. Sie musste ihn haben, bevor sie die Nerven verlor.

Ihr einziger Wunsch war eine heiße Affäre mit einem sexy Mann gewesen. Stattdessen hatte sie Ryan kennengelernt. Einen sensiblen, fürsorglichen Mann. Einen Mann, der ihr das Gefühl gab, etwas Besonderes zu sein. Aber wahrscheinlich war alles nur eine Illusion. Sobald sie sich der Leidenschaft hingegeben und ihre Begierde gestillt hatten, würde das Feuer in ihnen ganz schnell erlöschen.

Sie zählte darauf. Denn sie musste wie geplant nach Hause zurückkehren und die Zukunft ihres Vaters sichern. Aber zuerst wollte sie sich alles nehmen, was Ryan zu bieten hatte. Für eine Frau, die dieses Abenteuer sorgfältig geplant hatte, war ihre Nervosität einfach lächerlich.

Sie sprang aus dem Bett und warf einen Blick in den Spiegel. Mit den Fingern ordnete sie ihre zerzausten Haare. Dann nahm sie all ihren Mut zusammen und begab sich zum Badezimmer. Schlimmstenfalls warf er sie hinaus. Aber welcher Mann würde eine willige Frau aus seinem Bett oder, in diesem Fall, aus der Dusche werfen? Sie drückte die Klinke hinunter und trat ein.

Der Duschvorhang blockierte die Sicht. Das hatte jedoch den Vorteil, dass Ryan sie auch nicht sehen konnte. Leise zog sie sich aus und verdrängte die Zweifel, die sie an ihrem Vorhaben zu hindern versuchten. Samantha Reed war immer ein gutes Mädchen gewesen. Und gute Mädchen verführten keinen Fremden.

Heißer Dampf erfüllte die Luft, begleitet von einem würzigen Duft, den sie nie vergessen und immer mit Ryan in Verbindung bringen würde. Nachdem sie ein paar Nächte dicht bei ihm verbracht hatte, war ihr der Duft vertraut und lieb geworden. Und er gab ihr Mut. Vielleicht verführte Samantha Reed keinen Mann, den sie gerade kennengelernt hatte. *Sam* würde es tun. Und Ryan war kein Fremder, sondern ein Teil von ihr.

Sie putzte sich rasch die Zähne und trank einen kleinen Schluck Wasser gegen die Trockenheit in ihrer Kehle. „Hast du etwas gegen Gesellschaft?“, fragte sie und schob den Duschvorhang ein wenig zur Seite.

Eigentlich wollte sie ihm ins Gesicht sehen. Stattdessen richtete sie ihren Blick auf einen anderen Körperteil und schluckte. Keine Beschreibung wurde dem gerecht, was sie sah. Adjektive wie prächtig und riesig fielen ihr ein. Es war nicht zu übersehen, dass er erregt war …

Sein Räuspern unterbrach ihre Gedanken. „Ich habe gefragt, ob du hier bist, um zu staunen oder um zu spielen?“

Sie sah ihm in die Augen. Sie blitzten amüsiert, aber sie erkannte auch das Verlangen darin. Nackte, hemmungslose Begierde. In diesem Moment erkannte Sam, dass sie nicht nur wilde Leidenschaft gesucht hatte, sondern auch noch etwas viel Wichtigeres.

Einmal in ihrem Leben wollte sie um ihrer selbst willen begehrt werden. Weil sie eine sinnliche Frau geworden war und nicht mehr das gehorsame Mädchen, das sie ihr Leben lang gewesen war. Nicht weil sie damit ihrer Firma diente oder ihrem Vater aus der Misere half oder noch schlimmer, weil sie ein hübsches Bild am Arm ihres Verlobten abgab. Sie wollte einen Mann, der Samantha Josephine Reed begehrte, die Frau, die sie war.

Bei Ryan fand sie es. Er bot ihr alles, was sie gesucht hatte. Und dafür würde sie ihm ein Leben lang dankbar sein.

Das Wasser lief über seinen gebräunten Körper. Sein Anblick allein genügte, um sie zu erregen. „Ich will spielen", antwortete sie.

„Gott sei Dank."

Er war nicht länger der edle Ritter. Er war ein leidenschaftlicher Mann. Und seit sie sich kennengelernt hatten, wartete er auf diesen Augenblick.

Er streckte die Hand nach ihr aus und zog sie unter die Dusche. Ihre Haut war weiß, unberührt von den Sonnenstrahlen. Die dunklen Spitzen ihrer Brüste und die noch dunkleren weichen Haare zwischen ihren Schenkeln boten einen aufregenden Kontrast zu ihrer hellen Haut. Er stöhnte leise, dankbar für ihren Mut. Er hatte seine Zweifel gehabt, dass dieser Moment je kommen würde.

Er hatte sich getäuscht. Obwohl ihm ihre Nervosität nicht entging, ihre Angst, ihn anzusehen, und ihr leichtes Zittern, als sie seine Hand nahm, spürte er auch eine gewisse Sicherheit. Sie schmiegte sich sofort an ihn, als er die Arme um ihre Taille legte und sie unter den Wasserstrahl zog. Seine Lippen verschmolzen mit ihren, ihre Brüste, ihr Bauch und ihre Oberschenkel drängten sich an seinen steinharten Körper. Sie rieb sich an ihm, krallte sich an ihm fest und erwiderte leidenschaftlich seinen Kuss.

Sie schnurrte wie eine kleine Katze, die endlich nach Hause gefunden hatte. Ihr leises Stöhnen und Seufzen erregte ihn, und der Beweis seiner Erregung pulsierte an ihrem Bauch.

Es gab zwei Möglichkeiten, ihre Leidenschaft zu befriedigen. Hart und schnell oder sanft und ausgiebig. Er wäre ein Narr, wenn er das erste Mal nicht zu einem unvergesslichen Erlebnis machen würde, doch wenn sie sich weiter so an ihm rieb, würde genau das passieren. Er war kurz davor, die Kontrolle über sich zu verlieren.

Er sah sich um. Sein Freund Bear stand nicht auf Luxus, und die Dusche bot nicht die Annehmlichkeiten wie die in Ryans elegantem Hotel. Allerdings war eine Brause mit Massagedüsen vorhanden. Einem erfinderischen Mann musste das genügen.

Er legte die Hände auf ihre Schultern und sah sie an. Ihre blauen Augen schimmerten dunkel vor Erregung. „Du willst also spielen."

„Ja", erwiderte sie atemlos.

„Schön."

Er nahm die Seife und schäumte seine Hände ein. Dann kniete er sich nieder und begann, ihre Beine ganz langsam einzuseifen. Als er zu ihren Oberschenkeln kam, schnappte sie nach Luft und verlor fast das Gleichgewicht. „Halt dich an meinen Schultern fest", sagte er.

„Ich bin nicht sicher …"

„Ich aber." Er legte den Kopf zurück. „Vertraust du mir?"

„Ja", entgegnete sie, ohne zu zögern.

„Dann halt dich fest … damit wir spielen können."

Sie klammerte sich an seine Schultern, und er fuhr fort, ihre Oberschenkel einzuseifen bis hinauf zu den feuchten Löckchen zwischen ihren Schenkeln.

„O Ryan." Sie erbebte heftig, als seine zärtlichen Berührungen intimer wurden.

Er unterdrückte seine eigene Begierde und liebkoste sie mit quälender Zartheit. Sie stöhnte und krallte ihre Fingernägel in seine Schultern. Ihr Körper begann zu zucken, während er sie weiter dort streichelte und reizte, wo sie es am meisten ersehnte. Ihre Bewegungen steigerten sein eigenes Verlangen, doch noch wollte er nicht an sich denken.

Er zog die Hand zurück, ohne auf ihren enttäuschten Aufschrei zu achten, und seifte ihren Körper weiter ein. Als er zu ihren Brüsten gelangte, vergaß er fast seinen Plan und verweilte dort. Er umfasste ihre Brüste und rieb mit dem Daumen aufreizend langsam über die kleinen, harten Knospen. Dann beugte er den Kopf und strich mit der Zungenspitze erst über die eine, dann über die andere aufgerichtete dunkle Spitze, bis sie seinen Namen schrie und mit der Hand den Beweis seines Verlangens umschloss.

Er griff nach ihrem Handgelenk und stoppte ihre Bewegungen.

„Hat deine Mutter dir nicht beigebracht zu teilen?", fragte sie.

„Sie hat es versucht." Er hob ihre Haare und küsste zärtlich ihren Nacken. „Ich bin auch dafür, aber nur, wenn wir uns abwechseln. Und jetzt bin ich an der Reihe. Zuerst einmal müssen wir den Schaum abspülen."

Sie lächelte. „Ich dachte, wir wollen spielen?" Glücklich stellte er fest, dass sie jetzt völlig entspannt war.

„Oh, das werden wir." Vorsichtig hob er ihr Bein an und stellte es auf den Rand des Duschbeckens. Dann nahm er die Brause und stellte einen leicht pulsierenden Strahl ein.

Sie riss die Augen auf.

„Du hast gesagt, du vertraust mir."

„Das tue ich."

„Immer noch?"

Sie nickte. „Du hast es verdient … wenn ich bedenke, dass

du jede Nacht neben mir geschlafen hast, ohne mich zu berühren."

Wenn sie wüsste, wie schwer ihm das gefallen war. Diese unschuldige Ahnungslosigkeit war auch etwas, das er an Samantha liebte. Ihr war nicht bewusst, welchen Reiz sie auf ihn ausübte und wie sehr sie ihn erregte.

Er richtete den Strahl auf ihre Beine und spülte den Schaum ab. Langsam arbeitete er sich höher. Er wollte sie nicht erschrecken. Als er in der Mitte ihrer Schenkel angelangt war, sagte er: „Vielleicht hältst du dich jetzt besser an mir fest."

In dem Moment, als sie sich an seinen Schultern festklammerte, hielt er den massierenden Strahl an ihre intimste Stelle. Sie stöhnte vor Wonne, als sie die warmen pulsierenden Ströme spürte. Ihre Reaktion erregte ihn aufs Äußerste, doch er zwang sich zu warten.

Behutsam spreizte er ihre Schenkel noch ein wenig mehr und berührte mit der Fingerspitze den empfindsamsten Punkt. Sanft rieb er ihn, während er den massierenden Wasserstrahl weiter auf ihren Schoß gerichtet hielt. Sie stöhnte laut, als er mit dem Finger ganz in sie eindrang. Seine Liebkosungen wurden intensiver, und sie drängte ihm ihren Schoß entgegen.

Ihre Bewegungen waren so erotisch, dass er selbst sich kaum noch beherrschen konnte. Verdammt, er wollte in sie eindringen, sie spüren … In dem Moment schlugen die Wogen der Lust über ihr zusammen. Die Ekstase war so überwältigend, dass Samantha ihre Fingernägel in sein Fleisch krallte und laut schrie. Der unglaublich lustvolle Klang löste bei ihm einen Höhepunkt aus, einen, den er nicht erwartet und sich nie hätte vorstellen können. Er war nicht einmal in ihr gewesen.

Sie ließ sich gegen ihn fallen. Ryan legte die Brause auf den

Boden, schloss Samantha in seine Arme und lehnte sich mit ihr gegen die Wand.

Sie sagte nichts, sondern schmiegte sich einfach an ihn.

„Warum bist du so still?"

„Bin ich das?", murmelte sie. „Ich habe nur gerade an ein bestimmtes Klischee gedacht."

Ihren herrlichen Körper zu spüren bereitete ihm unendliche Lustgefühle. „Welches?", fragte er.

Sie lachte leise. „Nette Männer befriedigen erst die Frau und denken erst dann an sich selbst."

Er schloss sie fester in seine Arme und vergrub seinen Kopf in ihrem feuchten Haar. Verdammt, er liebte sie. Aber er wusste, dass sie das nicht hören wollte.

Eingewickelt in ein flauschiges Handtuch, legte Sam sich zu Ryan ins Bett.

Sie sah ihn an, diesen ganz besonderen Mann, dem sie Dinge erlaubt hatte, die sie nie für möglich gehalten hätte. „Ich möchte, dass du weißt …" Verlegen hielt sie inne. Ihre Wangen brannten, doch sie musste es ihm sagen. Obwohl sie schon einige Zeit miteinander verbracht hatten, waren so intime Themen bisher nicht zur Sprache gekommen.

„Ich möchte, dass du weißt, dass ich nicht mit jedem Mann …" Wieder unterbrach sie sich. Technisch gesehen hatten sie nicht zusammen geschlafen … noch nicht. „Dass ich nicht jeden Mann verführe." Hatte sie ihn verführt oder er sie? „Mit einem Mann dusche …" Was sie getan hatten, konnte man eigentlich nicht duschen nennen. „Ich schlafe nicht mit jedem Mann."

„Liebling, das habe ich auch nie geglaubt. Ich würde sogar fast meinen, dass es das erste Mal war, dass du mit einem Mann … geduscht hast." Er grinste, und auch sie konnte sich ein Lächeln nicht verkneifen. Ryan hatte so eine charmante

Art, dass sie sich völlig entspannte.

„Es hat mir Spaß gemacht", gab sie zu.

Er rollte sich auf sie. „Das habe ich gemerkt."

„Da ist noch etwas."

Er stützte sich auf den Händen ab, um sie ein wenig von seinem Gewicht zu befreien. „Das überrascht mich nicht."

„Es ist ... sicher."

Er hob die Augenbrauen. „Du meinst, wir brauchen keine Kondome?"

„Doch. Nein. Ich meine, doch wir brauchen sie. Was ich sagen wollte ist ... es ist sicher im medizinischen Sinne." Ein vorehelicher Bluttest hatte dies bewiesen. „Nicht, was die Verhütung betrifft." Dumm, sie wusste es. Sie hatte sich zwar vorgenommen, mit einem Mann zu schlafen, aber vergessen, für Kondome zu sorgen.

Er lächelte. „Du brauchst dir meinetwegen auch keine Gedanken zu machen, außer ..."

„Was?"

„Ich habe nichts hier."

„Das ist kein Problem. Doch, ist es, aber ..."

„Wir werden in die Stadt fahren müssen."

Es gab noch etwas, das anders als erwartet war. Obwohl sie nicht miteinander geschlafen hatten, war sie sexuell vollkommen befriedigt. Das hieß aber nicht, dass ihr Verlangen nach ihm nachgelassen hätte. Im Gegenteil. Sie zog an ihrem Handtuch, bis sie nackt unter ihm lag. Er lachte. Selbst sein Lachen erregte sie. Zärtlich streichelte er über ihre Brüste. „Langsam, Liebling."

Es war Sonntagnachmittag. Die Zeit lief ab. Es blieben nur noch wenige Tage. Mit dem Daumen zeichnete er kleine Kreise um ihre dunklen Knospen, die sich sofort aufrichteten. Ein lustvolles Ziehen ging durch ihren Körper bis hinunter zu ihrem Schoß. Und ihr Verlangen nach mehr wuchs.

Sie hatte weniger als vier volle Tage, um diesen Mann aus ihren Gedanken zu vertreiben, damit sie mit ihrem Leben fortfahren konnte. Allein.

„He, Süße, noch eine Runde, bitte."

Sam musterte die Männer an dem Ecktisch. Sie tranken schon seit Stunden. Wie lange würden sie noch durchhalten? Mit jedem Bier wurde ihr Mundwerk lockerer und die Hände mutiger. Als wenn sie meinten, das ordinäre Gerede und Betatschen würde sie anmachen. Einzig ihr Magen reagierte darauf. Er drehte sich ihr um. Die letzten Abende hatten aber gezeigt, dass diese Typen nicht das normale Publikum im „The Hungry Bear" waren.

Sie zwang sich zu einem Lächeln. „Ich komme gleich." Sie schlug eine Hand fort und ging zu Ryan an die Bar.

Kurz nach ihrer Episode unter der Dusche – sie hatten kaum im Bett gelegen – musste Ryan schon wieder aufstehen, weil Zee ihn um einen dringenden Gefallen gebeten hatte. Er war gerade rechtzeitig zurückgekehrt, um die Kneipe zu öffnen. Sam hatte die Zeit für einen Spaziergang genutzt. Allein mit ihren Gedanken, hatte sie versucht, sich selbst davon zu überzeugen, dass sie Ryan verlassen konnte, ohne unter Liebeskummer zu leiden. Es war ihr nicht gelungen.

Sie sah ihn an. Wie gewöhnlich trug er seine verwaschenen Jeans und ein weißes T-Shirt. Ein gewöhnliches Outfit, wenn Ryan ein gewöhnlicher Mann wäre. Aber er war es nicht. Ihr Herzschlag beschleunigte sich. „Noch fünf Bier für den Ecktisch", sagte sie.

„Wenn die so weitermachen, werfe ich sie gleich hinaus." Er schob ihr eine Haarsträhne hinter das Ohr. Die zärtliche Geste rührte sie. „Alles in Ordnung mit dir?"

„Es ging mir nie besser. Mir gefällt der Job. Man trifft viele interessante Menschen. Und es ist eine gute Übung."

„Wozu brauchst du Übung?“ Er lehnte sich über die Theke. Sie kam ihm auf halbem Weg entgegen und spürte seinen heißen Atem auf ihrer Wange. „Dein Körper scheint auch so zu wissen, was gut für ihn ist.“

Sofort wurde ihr heiß. Sein verführerisches Grinsen zeigte ihr, dass er genau das beabsichtigt hatte. Er wusste, wie er sie erregen konnte.

„Ich war heute Nachmittag in der Drogerie“, flüsterte er ihr ins Ohr. Die Bemerkung ließ ihr Blut in Wallung geraten.

Er richtete sich auf und arbeitete weiter, als sei nichts Ungewöhnliches zwischen ihnen geschehen. Das heiße Verlangen in seinen Augen bewies ihr das Gegenteil. Er füllte fünf Gläser und stellte sie auf ihr Tablett. „Ich nehme an, wenn man den ganzen Tag hinter einem Schreibtisch sitzt, hat man nicht viel Bewegung“, meinte er.

„Genau. Das einzige ist der Weg vom Bahnhof zum Büro und zurück.“

Er schob ihr das Tablett zu. „Nach einem Tag im Büro sehnt man sich bestimmt nach einem langen Spaziergang.“

„Ja.“

„Du hast erwähnt, dass du Finanzberaterin bist, aber …“

„Ich glaube, ich gehe jetzt besser. Die Herren werden unruhig.“ Sie schnitt ihm absichtlich das Wort ab. Er hatte bisher nicht viele Fragen gestellt, und sie wollte nicht, dass er jetzt damit anfing. Er war ihr Liebhaber, basta. Wenn sie aber zu vertraut miteinander wurden … was dann?

Der Themenwechsel schien zu funktionieren. Er schaute zu den wartenden Männern und runzelte die Stirn.

„Das gibt Falten, selbst bei Männern.“ Sie fuhr mit der Fingerspitze über seine Stirn, bis er sie am Handgelenk festhielt.

„Warum weichst du persönlichen Fragen aus?“

Er sah nicht nur gut aus, sondern war auch noch scharfsinnig. Nahmen denn seine Tugenden überhaupt kein Ende? „Es würde alles zwischen uns nur komplizieren, meinst du nicht auch?"

Er sah sie lange an, bevor er antwortete. „Es ist schon kompliziert", murmelte er. „Aber du hast recht … die Gäste werden ungeduldig." Er nahm ein Tuch und wischte über die Theke.

Sie sehnte sich danach, etwas zu sagen, damit die plötzliche Kälte verschwand. Aber was? *Ich bin Finanzberaterin und mit einem anderen Mann verlobt? Ich habe mich an den Meistbietenden verkauft? Sosehr ich dich mag, mein Lebensweg ist schon entschieden?* Irgendwie glaubte sie nicht, dass er diese Antworten gern hören würde, so wie sie nicht gern darüber nachdachte.

Sie nahm das Tablett und entfernte sich. Ryan beobachtete ihren hastigen Rückzug, bewunderte die wiegenden Bewegungen ihrer Hüften und wünschte, sie wären zuvor nicht unterbrochen worden.

Seit dem Gespräch über ihren Vater hatte Samantha eine Grenze gezogen, die sie nicht überschreiten wollte. Jedes Mal, wenn er weitere persönliche Fragen stellte, wich sie aus. Vielleicht hielt sie es für das Beste, auf Distanz zu bleiben, weil ihre gemeinsame Zeit fast vorüber war. Vielleicht war es an der Zeit, ihr zu zeigen, dass das Ende der Woche nicht das Ende ihrer Beziehung bedeuten musste. Er schüttelte den Kopf.

„Wenn du möchtest, dass eine Frau dir vertraut", sagte Zee, „dann musst du ihr auch vertrauen."

Ryan stimmte ihm zu, aber Samantha war noch nicht so weit. Was anfänglich eine unschuldige Täuschung gewesen war, spielte nun eine große Rolle. Egal, welchen Grund sie hatte, auf Distanz zu gehen, er wollte nicht, dass sich die Situation durch sein Geheimnis noch zuspitzte.

Er beobachtete sie bei der Arbeit. Komisch, von ihren Gefühlen gab sie nichts preis, aber sexuell hatte sie sich geöffnet. Wer hätte gedacht, dass sie zu ihm unter die Dusche steigen würde? Nach dieser Erfahrung wusste er, dass er die Hände nicht länger von Samantha lassen konnte. Sobald er die Kneipe geschlossen hatte, würde er mit ihr ins Bett gehen. Heiß und willig, warm und feucht, pulsierend ...

„Sie macht sich gut als Kellnerin", unterbrach Zee Ryans erotische Träume.

Samantha ging um den Tisch herum und stellte ein Bier vor jeden Gast. Sie lachte und scherzte mit ihnen und verwies sie mit einem Kopf schütteln in ihre Schranken. Sie hatte schnell gelernt, wie man mit übereifrigen Männern umging ... nur der Mann, den sie zuletzt bediente, bereitete ihr Schwierigkeiten.

Seine Hand verweilte an ihrer Hüfte, obwohl sie sich heftig dagegen wehrte. Sollte er eingreifen?

Er gab ihr eine Sekunde, mit der Situation allein fertig zu werden. Eine Sekunde zu viel, dachte er, als er merkte, dass der Kerl sich streckte und die Hand an ihre Brust legte. Ryan lief um die Bar herum zu Samantha.

Anscheinend hatte sie mehr gelernt, als er für möglich gehalten hatte. Sie war schneller als er. Als er den Tisch erreichte, hatte sie dem Gast das Bier schon über die Hose gekippt.

„Wirf ihn raus, Ryan." Sie starrte den Mann an, der mit einer Papierserviette über seine nassen Jeans wischte.

„Zee ..." Ryan deutete auf den Betrunkenen.

Der alte Mann verstand. Er packte den aufdringlichen Kerl beim Kragen und beförderte ihn und seine Freunde an die frische Luft.

Als Ryan sicher war, dass sie fort waren, wandte er sich Samantha zu. Er nahm ihre Hand und stellte entsetzt fest, dass sie immer noch zitterte. „Samantha ..."

Sie schüttelte den Kopf. „Es ist alles in Ordnung." Doch ihre Blässe sagte ihm das Gegenteil. „Du hättest hören sollen, was er gesagt hat. Er war so primitiv und benahm sich … ach, ich weiß nicht, als hätte er Anspruch auf mich. Als meinte er, nur weil ich ihm Bier bringe, würde ich ihn auch gern in anderer Hinsicht bedienen." Sie rieb ihre Hände an ihren Jeans, als könnte sie so die Erinnerung an den unangenehmen Zwischenfall wegwischen. „Nur weil ich als Kellnerin arbeite, heißt das nicht, dass ich jedem Mistkerl zu Diensten bin."

Sie stieß die Worte so wütend hervor, dass Ryan es für unangebracht hielt, sie daran zu erinnern … verdammt, eigentlich wusste er gar nicht, womit sie ihren Lebensunterhalt verdiente. Er wusste nur, dass sie etwas mit Finanzberatung zu tun hatte. Auf jeden Fall servierte sie normalerweise keine Getränke in einer Dorfkneipe. Aber sie respektierte diejenigen, die es taten, wodurch sie in seinem Ansehen noch ein wenig stieg.

Er schaute auf die Uhr. Noch fünfundvierzig Minuten. „Okay, Leute. Ich weiß, dass es noch nicht so weit ist, aber wir machen Schluss für heute." Auf Grund des unangenehmen und lauten Zwischenfalls protestierte kaum jemand.

Sie sah ihn an. „Du musst meinetwegen nicht früher schließen. Ich habe doch gesagt, dass ich okay bin."

Er war es aber nicht. Er strich ihr zärtlich über die Wange, bevor er eine Haarsträhne hinter ihr Ohr steckte. „Ich schließe", sagte er bestimmt. „Wenn nicht deinetwegen, dann meinetwegen."

„Aber Bear …"

„Im Moment bin ich für die Kneipe verantwortlich. Ich denke, dann kann ich mir auch das Recht herausnehmen, jetzt schon zu schließen."

„Wer bin ich, dass ich mich mit dem Chef anlegen würde." Ihre Wangen bekamen langsam wieder etwas Farbe.

Er nahm ihr Gesicht zwischen die Hände. „Du hast dich gut allein verteidigt. Aber du sollst wissen, dass ich nicht zugelassen hätte, dass er sich an dir vergreift."

„Ich weiß. Er hat es auch nicht getan. Er hat mich einfach … maßlos beleidigt."

Eine Dame wie Samantha, die aus einer ganz anderen Welt kam – glaubte Ryan zumindest – war bestimmt nicht an die rohen Worte eines Betrunkenen gewöhnt. „In einigen Minuten haben wir geschlossen, und dann ist der Vorfall vergessen." Dafür würde er sorgen.

Zee kehrte zurück. „Alles okay, Kleines?"

Sie lächelte den alten Mann strahlend an. „Ja. Und vielen Dank."

„Solch ein Volk verkehrt hier normalerweise nicht. Tut mir leid …"

Sie winkte ab und nahm seine knochige Hand in ihre. „Ich weiß, Zee. Du musst dich nicht entschuldigen. Keiner von euch." Sie schloss Ryan in ihren Blick mit ein.

Ryan der Barkeeper. Plötzlich gefiel ihm sein Spiel überhaupt nicht mehr. Im Gegenteil, sein Magen drehte sich um bei dem Gedanken, dass sie die Wahrheit immer noch nicht kannte.

Zee wandte sich an Ryan. „Ich gehe jetzt und überlasse euch den Rest." Der alte Mann warf Ryan einen vielsagenden Blick zu, bevor er zur Tür ging. „Oh …" Er drehte sich noch einmal um. „Hast du immer noch vor, morgen nach Sedona zu fahren, um deine Mutter zu besuchen?", fragte er Ryan.

„Nein, das verschiebe ich um ein paar Tage." Es machte keinen Sinn, seine Mutter und seine Schwester mit Samantha im Schlepptau zu besuchen. Noch kannte er nicht die Antworten auf die Fragen, die seine Familie stellen würde.

„Okay. Sag mir Bescheid, wann du fährst. Vielleicht komme ich mit."

Ryan lächelte. „Sie würden sich bestimmt freuen."

„Vielleicht hat Sammy Jo auch Lust mitzukommen."

Ryan verdrehte die Augen, dann legte er den Arm um Samanthas Schulter. Sie schmiegte sich an ihn, und er fand Trost in ihrer Nähe.

Er unterdrückte einen Fluch. Denn wenn sich sexuelle Begierde mit Liebe und anderen, nie gekannten Gefühlen vermischte, dann befand er sich in Schwierigkeiten.

6. KAPITEL

Die kleine Wohnung hatte einen winzigen Balkon mit Blick auf die Hauptstraße. Sam hatte ihn gar nicht bemerkt, als sie hier ankam, da sie andere Dinge im Kopf hatte – wie zum Beispiel Gott zu danken, dass sie den Marsch durch die Wüste unversehrt überstanden hatte. Auch später war er ihr nicht aufgefallen. Grund dafür war der sexy Mann, der ihr den Atem nahm. Doch jetzt hatte sie ihn entdeckt und beschloss, dort Zuflucht zu suchen.

Sie setzte sich auf die Liege und zog die Beine hoch. Die Straße lag im Dunkeln. Nur gelegentlich sah man die Lichter eines Wagens. Die Luft war mild, es wehte eine leichte Brise. Sam war glücklich. Nicht einmal der Vorfall des Abends schmälerte das schöne Gefühl des Friedens, den sie hier gefunden hatte.

Einen Frieden, den sie nicht verspüren sollte. Nicht, solange sie den Mann anlog, den sie immer mehr respektierte. Sie wich persönlichen Fragen aus und stellte auch ihm keine. Wie sollte sie weiterleben, wenn sie ihn noch besser kennenlernte? Wie sollte sie aus seinem Leben verschwinden, wenn sie doch mehr und mehr das Gefühl hatte, dass dieser Mann viel besser zu ihr passte als der, zu dem sie schon bald zurückkehren würde?

Im Leben muss man Entscheidungen treffen, dachte sie. Und sie hatte es an dem Tag getan, als sie Toms Ring über den Finger streifte. Es war unwichtig, dass die Sorge um die Zukunft ihres Vaters sie zu diesem Entschluss getrieben hatte, oder das Versprechen, das sie ihrer sterbenden Mutter gegeben hatte. Sie selbst war verantwortlich dafür. Doch bevor sie sich dieser Entscheidung stellte, wollte sie das Leben ein einziges Mal in vollen Zügen genießen.

Eine Tür fiel ins Schloss. Sie war nicht mehr allein. Er trat zu ihr auf den Balkon und füllte den winzigen Platz mit seiner Anwesenheit aus. Groß, stark, tröstlich. Das war Ryan. Sekunden später verspürte sie schon Begierde. Sie verzog die Lippen zu einem Lächeln. Das erste in der letzten Stunde, und sie war froh über diesen Stimmungswandel.

In Ryans Gegenwart fühlte sie sich wohl. Er setzte sich neben sie auf die Liege und zog sie auf sich. Mit gespreizten Beinen saß sie auf seinem Schoß und schlang die Arme um seinen Nacken.

Warum soll ich mich dagegen wehren, dachte Sam und schmiegte sich an ihn. Er verspürte ein lustvolles Ziehen in den Lenden, als sie über seinen Schoß rutschte, bis der Beweis seiner Männlichkeit zwischen ihren Schenkeln lag. „Ich habe heute Abend zu heftig reagiert", murmelte sie.

„Weil du das Bier über ihm ausgekippt hast? Nein, der Kerl hat es verdient."

„Das meinte ich nicht. Ich war zu empfindlich."

„Wenn dich jemand betatscht, nachdem du Nein gesagt hast, ist es nur richtig, dass du empfindlich reagierst."

„Wahrscheinlich. Aber ich wusste, dass ich keine Angst haben musste. Wir waren schließlich nicht allein. Die Kneipe war gut besucht." Und Ryan war in der Nähe gewesen. Er hätte sofort eingegriffen.

„Die Atmosphäre in einer Kneipe ist eben eine andere als die, die ich gewöhnt bin."

Er schob ihr T-Shirt hoch und strich über ihren Bauch.

„Ich war einfach nicht darauf vorbereitet. Ich hätte es sein müssen." Als sie nach oben gekommen war, hatte sie sich umgezogen. Sie trug jetzt keinen BH mehr, sondern nur noch ein weites T-Shirt. Sanft strich er mit dem Daumen über die zarten Knospen ihrer Brüste.

Sie seufzte und versuchte, sich auf die Unterhaltung zu konzentrieren, was ihr jedoch schwerfiel bei seinen liebevollen Berührungen. „Aber ein Fremder, der mir solche, wie er meint, erotischen Sachen ins Ohr flüstert und seine Hände auf meinen Po legt ...“ Sie sprach nicht weiter, denn in dem Moment wurde ihr eines bewusst: In ihrer Ehe würde auch ein Fremder sie berühren.

Seine Hände würden auf ihrem Bauch liegen, nicht Ryans. Hoffentlich gibt es wenigstens kein Liebesgeflüster, dachte sie und schüttelte sich angewidert. Oje, wie hatte sie dieser Ehe zustimmen können? Wie konnte sie überhaupt noch daran denken, ihn zu heiraten, jetzt, da sie Ryan kannte? Sie erschauerte.

Er hielt mit seinen erregenden Berührungen inne. „Was ist los?“ Sie legte den Kopf zurück, damit sie ihm ins Gesicht sehen konnte. Plötzlich verstand sie, was in seinen Augen zu lesen war.

„Was auch immer du gerade denkst, lass es.“

„Auch wenn es stimmt?“

Sie wich seinem Blick nicht aus. „Es stimmt nicht.“ Dieser Mann war kein Fremder mehr für sie, seit er sie das erste Mal in die Arme genommen hatte.

Zwischen ihnen gab es eine Verbindung, die sie nicht verstehen und nicht erklären konnte. Nur eines wusste sie genau, er spürte es auch.

Sie lachte. Es war ein heiseres, verführerisches Lachen, was ihn unglaublich erregte. Seine Jeans spannte sich bereits über dem harten Beweis seiner Erregung.

Er zog sie noch enger an sich und spürte, dass sie unter dem großen T-Shirt nur einen winzigen Slip trug. Er stieß einen tiefen Seufzer aus. Langsam zog er ihren Kopf zu sich und küsste sie. Ihr Duft hüllte ihn ein und steigerte seine Erregung.

Leidenschaftlich erwiderte sie seinen Kuss. Sie drängte sich ihm entgegen, sehnte sich nach Erfüllung. Sie griff nach dem Saum ihres T-Shirts.

Zu schnell, dachte er. Wenn sie so weitermachte, würde ihm keine Zeit bleiben, all das zu tun, was er mit ihr vorhatte. „Sam …“ Sein Griff nach ihrem T-Shirt kam zu spät. Sie hatte es sich schon über den Kopf gezogen und zur Seite geworfen, bevor er sie daran hindern konnte.

„Du lieber Himmel“, murmelte er. Nur noch mit einem winzigen Slip bekleidet, saß sie auf ihm. Sie drängte ihm ihre herrlichen Brüste entgegen. Und als er den leidenschaftlichen Ausdruck in ihren Augen sah, interessierte es ihn nicht mehr, dass ihr T-Shirt über den Balkon geflogen war.

Er nahm ihre Hände und küsste sie zärtlich. „Ich halte es nicht länger aus.“

Ihre Augen funkelten. „Verlange ich das von dir?“

Ryan nahm ihre Worte als Einladung. Er zog den Slip über ihre Beine. Erwartungsvoll hielt sie die Luft an. Irgendwann würde er demjenigen danken, der ihr den Wagen vermietet hatte, aber im Moment konnte er an nichts anderes als an Sex denken.

Er schob sie auf seine Knie, damit er sie besser ansehen konnte.

„Ryan …“ Selbst die Art, wie sie seinen Namen aussprach, erregte ihn. „Ich glaube, ich war zu … stürmisch.“ Sie deutete über den Balkon. „Ich hätte das nicht tun sollen.“

„Hat dir schon einmal jemand gesagt, dass du unzusammenhängendes Zeug redest, wenn du nervös bist?“ Er musste lächeln, als er merkte, dass ihr ihre aufreizende Position bewusst geworden war.

Sein Körper reagierte mit unglaublicher Lust. Er begehrte diese Frau, die so viel unschuldige Freude in sein Leben brachte.

„Nein. Das heißt, ich bin nur nervös, wenn ich …“ Sie deutete auf ihren herrlich nackten Körper. „Ich meine, ich bin nur nervös … wenn ich bei dir bin … so.“ Sie versuchte, ihre

Blöße mit den Händen zu bedecken. „Ich denke …"

Er glitt mit den Fingern von ihren Hüften zu ihren Oberschenkeln. Sie schnappte nach Luft. „Denk nicht nach, Sammy Jo." Sie riss ihre großen Augen noch weiter auf. „Und bleibe vor allem so sitzen." Er drückte ihre Beine ein wenig weiter auseinander und beugte den Kopf, um ihr heißes, feuchtes Fleisch zu liebkosen.

Wenn ich jetzt sterben würde und in die Hölle käme, dachte er, wäre es mir egal. Denn in diesem Augenblick war er dem Himmel so nah wie ein Sterblicher nur sein konnte.

Ganz automatisch spreizte sie die Schenkel und schob ihm ihren Schoß entgegen. Sie lag mittlerweile auf der Liege, und er kniete zwischen ihren Beinen. In ihren wildesten Phantasien – und seit sie Ryan kennengelernt hatte, gab es viele davon – hatte sie sich nicht ausgemalt, dass es so sein könnte.

Ihre Haut prickelte an den Stellen, an denen er sie mit seinem Schnurrbart rieb. Ihr Körper bebte, und sie rang nach Atem, so unglaublich intensiv war das Gefühl.

„Rasier nie deinen Schnauzer weg", murmelte sie. „Jedenfalls nicht, solange ich hier bin." Eine kleine Stimme erinnerte sie daran, dass es nicht mehr lange sein würde. Energisch schob sie den unangenehmen Gedanken beiseite.

„Würde mir nicht im Leben einfallen, mein Liebling", antwortete er. Und dann glitt er mit den Lippen über die empfindsame Haut ihrer Schenkel bis hinauf zum Zentrum ihrer Lust.

Sie schloss die Augen und begann instinktiv, sich zu bewegen. Sie fühlte sich wie elektrisiert, selbst die kleinste Berührung sandte Ströme pulsierender Hitze durch ihren Körper. Eine nie gekannte Lust bemächtigte sich ihrer, das Gefühl war unglaublich.

Wellen der Erregung ergriffen sie jedes Mal, wenn er mit

der Zunge den sensibelsten Punkt berührte. Sie drängte sich ihm entgegen, wollte mehr …

„Ryan?“

Er unterbrach das erregende Spiel mit seiner Zunge und sah sie an. Die Leidenschaft, die sie in seinen Augen sah, ging ihr durch und durch. Sie erbebte, als er die Hand auf ihren Venushügel legte und mit einem Finger in sie eindrang. Sie stöhnte laut und atmete schwer. Verwirrt stellte sie fest, dass er sie die ganze Zeit betrachtete. Es war ihr jedoch nicht peinlich, sondern erregte sie nur noch mehr.

Seine Augen waren vor Leidenschaft verdunkelt und glänzten. Sie bog sich ihm entgegen, als sie merkte, dass sie sich dem Höhepunkt näherte. Sie wollte warten, sie wollte ihn in sich spüren, sie wollte … schreien. Und sie tat es in dem Moment, als die Ekstase sie überwältigte. Nur langsam ebbte der Sturm der Gefühle ab.

Irgendwann hatte sie die Augen geschlossen. Als sie sie wieder öffnete, stand er neben der Liege und zog sie in seine Arme. „Wohin gehen wir?“, fragte sie.

„Hinein. Du hast alle aufgeweckt, und ich war nicht einmal in dir. Ich kann es nicht riskieren, dass die Nachbarn gleich kommen und fragen, ob etwas passiert ist.“

Sie lächelte. Es war das Lächeln einer befriedigten Frau. „Wie weit entfernt sind sie?“

„Etwas mehr als eine Meile.“ Er legte sie mitten auf das große Bett. „Aber ich traue dir einiges zu.“

Bevor sie etwas erwidern konnte, begann er sich auszuziehen. Sprachlos sah Sam ihn an.

Was war nur mit ihr los? Schließlich war sie nicht das erste Mal mit einem Mann zusammen. Aber dieser Mann war Ryan. Als er sich zu ihr aufs Bett legte, hieß sie ihn mit offenen Armen willkommen.

Denn er würde ihr alles geben, was sie sich von dieser Woche erhofft hatte.

Und mehr, sagte ihre innere Stimme. Zufrieden schmiegte Samantha sich an ihn. Er rollte sie auf den Rücken und setzte sich rittlings auf sie. Ihre Hände hielt er mit einer Hand über ihrem Kopf fest.

Sie schaute in seine dunklen Augen, und wieder überkam sie ein wildes Verlangen. Sein Atem ging schnell, als sei er derjenige gewesen, der gerade ...

Sanft küsste er ihre Brüste, und sie seufzte. Mit der Hand glitt er zwischen ihre Schenkel und wusste, dass er sie feucht und bereit erleben würde. Sie hob die Hüften an, als er begann, sie zu liebkosen. Ein leises Stöhnen kam ihr über die Lippen.

„Ich möchte mir Zeit lassen", murmelte er, während er sie weiter erregte. „Und warten."

„Warum?"

Er lachte leise. „Ich möchte, dass du diesen Abend nie vergisst."

Sie löste ihre Hand aus seinem Griff und ließ sie zwischen seine Schenkel wandern. Es war ungeheuer erregend, ihn so hart und pulsierend unter den Fingerspitzen zu fühlen. Auf der Spitze seiner Männlichkeit spürte sie einen kleinen Tropfen.

Ihre Gedanken wirbelten um Leben, Liebe und Babys. *Ryans Leben, seine Liebe, seine Babys.* Alles war möglich, doch nicht für sie. Zu einer anderen Zeit hätte sie vielleicht alle Vorsicht vergessen und ihren Gefühlen freien Lauf gelassen. Doch in ihrer Situation durfte sie sich das nicht erlauben.

Sein Stöhnen brachte sie zurück in die Wirklichkeit. „Ryan?"

Kleine Schweißperlen glänzten auf seiner Stirn. „Tut mir leid, Liebling, aber ich kann nicht länger warten."

„Ich habe dich auch nicht darum gebeten zu warten." Sie lächelte, als er ihre Hand wieder zusammen mit der anderen über ihrem Kopf festhielt. „Aber du musst mir schon vertrauen, wenn du an die kleine Schachtel dort drüben willst."

Er grinste. „Du fasst mich nicht an?"

„Nicht wenn es nicht nötig ist."

Er ließ ihre Hände los, um nach der Packung mit den Kondomen zu greifen. Sie nahm ihm das Kondom aus der Hand und riss die Folie mit den Zähnen auf. Alle Hemmungen, die sie vielleicht am Anfang verspürt hatte, waren verschwunden. Bei ihm konnte sie frei sein und sich so geben, wie sie war. Wahrscheinlich würde sie dieses Gefühl der Vertrautheit nie wieder erleben.

„Du hast versprochen, mich nicht anzufassen." Amüsiert sah er sie an.

Sie schüttelte den Kopf. „Ich habe gesagt, dass ich dich nur berühren werde, wenn es nötig ist. Und jetzt ist es notwendig."

Vorsichtig zog sie ihm den Schutz über, wobei sie mit den Fingerspitzen länger als notwendig bei ihm verweilte und ihn sanft massierte.

Einen Moment später war er schon in ihr. Ihr Herz raste, und aufstöhnend bog sie sich ihm entgegen, um ihn ganz in sich aufzunehmen. Ihre Körper passten perfekt zusammen, bewegten sich im selben Rhythmus. Sie gehörten zusammen.

Lieber Himmel, dachte sie, jetzt bin ich in Schwierigkeiten. Ihre Augen wurden feucht. Kullerte da etwa eine Träne über ihre Wangen? Oh nein. Nein, nein, nein.

„Sam?"

Sie zwang sich, die Augen zu öffnen und ihn anzusehen. „Ja?"

Er wischte mit dem Daumen die Träne von ihrer Wange

und leckte sie von seinem Finger. „Salzig“, stellte er fest. „Habe ich dir wehgetan?“

„Oh nein.“, erwiderte sie ehrlich. Sie hob die Hüften, damit er weiter in sie eindringen konnte. Ein unglaubliches Glücksgefühl durchströmte sie, als sie ihn tief in sich spürte. „Wie könnte mir das wehtun?“ Wie könnte etwas, das dieser Mann tat, ihr wehtun?

„Oh Liebling, nein, das kann es wirklich nicht.“ Seine Bewegungen wurden schneller, und er verlor sich ganz in ihr.

Samantha klammerte sich an ihm fest, drängte sich ihm entgegen und empfand wie zuvor heiße Wogen des Glücks. Es war mehr, als sie von diesen Ferien erwartet hatte. Weit mehr als nur Spaß und Spiel ... und Sex.

Seine Stöße wurden härter. Als sie kurz davor war zu explodieren, verlangsamte er seine Bewegungen plötzlich. „Hör nicht auf“, flüsterte sie. Nur wenn er weitermachte, würde sie mit dem Herzen denken können, statt den Verstand einzuschalten. Und Sam wollte sich in seiner Umarmung verlieren, wollte ihm alles geben, wollte alles nehmen, ohne sich von irgendwelchen Gedanken stören zu lassen.

„Gleich ...“ Er bedeckte ihre Brüste mit seinen Händen und rieb und liebkoste die harten Knospen.

„Oh Ryan, bitte ...“

„Ja, Liebling, ja ...“ Er nahm die dunklen Spitzen zwischen seine Lippen und saugte daran. Aufstöhnend bäumte sie sich ihm entgegen, um ihn ganz in sich aufzunehmen. Seine Bewegungen wurden wieder schneller, und Sam schwamm in einem Meer der Lust, das jeden Gedanken auslöschte, bis sie mit einem plötzlichen Aufschrei darin versank.

Sie atmete schwer, und ihr Körper zitterte noch, als sie schließlich die Augen öffnete und den Mann ansah, mit dem sie nicht nur Sex gehabt hatte, sondern den sie liebte, aber nicht haben konnte.

„Du bist unglaublich … schön."

Sie wusste, dass er nicht nur die äußerliche Schönheit meinte. Warum hörte er nicht auf damit, bevor es zu ernst zwischen ihnen wurde?

Sie zwang sich zu einem Lachen. „Ich wette, das sagst du allen Frauen, nachdem du mit ihnen geschlafen hast."

Ungläubig sah er sie an. „Richtig", knurrte er. „Und alle Frauen, mit denen ich zusammen war, haben an die anderen gedacht, während ich noch in ihnen war."

Sie zuckte innerlich zusammen, als sie sah, wie sehr sie ihn verletzt hatte. Dabei hatte sie nur sich selbst schützen wollen. Er zog sich langsam zurück.

„Ryan, warte." Sie krallte sich an ihm fest. „Tut mir leid. Bitte … Vergiss, was ich gerade gesagt habe. Lass uns dort weitermachen, wo wir gerade …" Sie ließ ihren Blick über ihre Körper schweifen. Noch spürte sie ihn in sich, und wildes Verlangen überkam sie. Heiße Begierde gepaart mit Gefühlen, die sie nicht benennen wollte. „Oh, ich weiß überhaupt nicht mehr, was ich rede. Ich weiß nur eins, ich möchte dich spüren."

„Du redest schon wieder zusammenhangloses Zeug", sagte er und grinste. Erleichtert stellte sie fest, dass er ihr nicht böse war. „Das gefällt mir."

„Warum?"

„Weil du gesagt hast, du bist nur nervös, wenn du mit mir zusammen bist … so wie jetzt. Deshalb entschuldige ich die Anspielung auf andere Frauen."

Teils war sie froh, dass das Thema für ihn so schnell erledigt war, teils hätte sie aber auch gern gehört, dass es keine anderen Frauen gab. Jedenfalls keine, die ihm etwas bedeutete. Aber sie hatte kein Recht, etwas zu fordern, was sie selbst nicht zu geben bereit war.

„Entspann dich, Liebling. Ich bin dir nicht mehr böse."

Er küsste sie lang und leidenschaftlich, als wollte er es ihr beweisen.

Schließlich löste er sich von ihr und erhob sich. „Ich bin gleich zurück, dann können wir dort weitermachen, wo wir aufgehört haben."

Als er fort war, rollte Sam sich unter der Decke zusammen. Kaum lag er jedoch wieder neben ihr, schmiegte sie sich an ihn und genoss seine Wärme.

„Danke", murmelte sie.

„Wofür?"

„Dafür, dass du nicht ärgerlich bist, dafür, dass du da bist … dafür, dass du einfach du bist."

Er küsste sie zärtlich. „Ich könnte dasselbe sagen. Du bist eine ganz besondere Frau, weißt du das?"

„Nein, ich bin …"

„Doch, das bist du", entgegnete er mit fester Stimme. „Ich habe noch nie eine Frau wie dich kennengelernt."

„Ryan, hör auf. Du weißt nicht, was du …"

„Du hast recht. Jedes Mal, wenn ich dir zu nahe komme, entziehst du dich mir. Ich rede jetzt nicht von Sex." Er stieß einen frustrierten Seufzer aus. „Aber dieses Mal …" Sie legte ihm einen Finger auf den Mund.

Ihr Herz kämpfte mit dem Verstand. Sie wollte Ryan ausreden lassen, wollte hören, was er zu sagen hatte und seine Nähe einfach genießen. Doch das wäre zu egoistisch, da sie am Ende doch von ihm fortgehen musste. Wenn sie die Wahl hätte, würde sie den Rest ihres Lebens in seinem Bett verbringen.

Der Gedanke brachte sie zurück in die Realität. Es ging hier nicht nur um ihr Leben. Es ging in erster Linie um ihren Vater. Sie brauchte Geld, damit seine Rechnungen bezahlt werden konnten und seine Zukunft nicht länger gefährdet war. Tom zu heiraten war die einzige Lösung … auch wenn sie Ryan liebte. Oh Gott.

Sie wurde mit der Situation nicht mehr fertig. Sie ließ ihre Hand hinuntergleiten und umschloss ihn, erstaunt darüber, wie hart und erregt er schon wieder war. „Ich habe dich nicht aussprechen lassen. Du hast etwas gesagt von ‚dieses Mal …'?", sagte sie mit belegter Stimme.

Seine Augen glänzten vor Verlangen, aber auch Erschrecken. „Ich weiß, was du vorhast."

Sie wusste es auch. Sie wollte ihn sexuell reizen, um ihn von seinen Gedanken abzulenken. Es war kein faires Spiel, aber die einzige Möglichkeit, ihn zu schützen. Sie zwang sich zu einem Lächeln. „Das hoffe ich."

„Sam …"

Sie brachte ihn zum Schweigen, indem sie ihn streichelte, bis er stöhnte und sie auf sich zog. Sie spürte seine pulsierende Härte an ihrem Schoß, und ihre Erregung wurde so stark, dass sie an nichts anderes mehr denken konnte, als ihn endlich in sich zu spüren.

„Ich möchte mit dir schlafen."

Er lächelte. „Das klingt so überrascht."

Ihr Ziel war es gewesen, ihn abzulenken und sie beide zu erregen. Sie hatte dieses Ziel erreicht, doch statt sich gut zu fühlen, empfand sie eher Schmerz wegen all der Dinge, nach denen sie sich vergeblich sehnte.

Da sie nicht länger darüber nachdenken wollte, schloss sie die Augen und verlor sich völlig in dem Mann, den sie liebte, aber bald verlassen würde.

7. KAPITEL

Mit den ersten Sonnenstrahlen erwachte Ryan. Die Nacht war kurz gewesen. Doch er beklagte sich nicht darüber. Die nackte Frau, die sich an seinen ebenfalls nackten Körper schmiegte, war es wert gewesen. Er streckte sich und rollte sich vorsichtig aus dem Bett. Nachdem er seine Jeans angezogen hatte, lief er die Treppe hinab nach draußen. Die Sonne lockte, doch ihre Wärme war nicht dieselbe, die er bei Sam gefunden hatte. Er kümmerte sich nicht darum. Die freie Natur bot ihm das, was er im Moment am nötigsten brauchte.

Viel Platz zum Nachdenken.

Er setzte sich auf die Veranda vor Bears Bar und starrte auf die menschenleere Straße. Konnte ein Mann eine Frau so sehr brauchen, dass sein Leben ohne sie sinnlos war? Ryan war bisher nicht der Meinung gewesen, jedenfalls nicht bis zu dem Tag, an dem er Sam kennengelernt hatte. Nachdem er mit ihr eins geworden war und ihren heißen, feuchten Körper gespürt hatte, hatte er seine Meinung geändert. Und jetzt wusste er nicht, wie er damit umgehen sollte. Im Moment konnte er nur genießen. Doch er hatte ihren besorgten Blick gesehen. Lieber hätte er Leidenschaft oder Glück als Sorgen in ihren wunderschönen Augen entdeckt.

Und dann ihre Worte. Andere Frauen? Er lachte laut auf. Seit er Samantha kannte, hatte er keinen Gedanken mehr an irgendeine andere Frau verschwendet. Seit er sie geliebt hatte, wollte er keine andere mehr. Doch sie hatte ihm klar zu verstehen gegeben, dass es anders besser für ihn wäre.

Mittwoch. Es blieben nur noch wenige Tage.

Verdammt.

Er wusste, dass die Mauer, die sie um sich herum errichtet hatte, ihrem Schutz diente. Jedes Mal, wenn er auf das „andere“ Leben zu sprechen kam, verschanzte sie sich hinter dieser Mauer. Anscheinend wollte sie nicht mehr von ihm als hemmungslosen Sex.

Ryan machte sich nichts vor. Von Anfang an hatte er gespürt, dass sie eine ganz besondere Frau war, und er war das erste Mal in seinem Leben bereit, sich nicht nur sexuell mit einem weiblichen Wesen einzulassen, sondern an eine feste Beziehung zu denken. Die meisten Frauen würden für einen Ring alles tun. Sie würden ihn zu Liebeserklärungen und Eheschwüren drängen. Samantha war anders.

Statt zu versuchen, ihm Versprechen zu entlocken, versteckte sie sich hinter Sex. Was nicht unbedingt schlecht war. Den meisten Männern würde es gefallen, mit Samantha zu schlafen. Auch ihm gefiel es, aber es störte ihn, dass ausgerechnet sie ihm in anderer Hinsicht aus dem Weg ging.

Er verschränkte die Hände hinter dem Kopf und lehnte sich zurück. Aus dieser Position heraus konnte er die Unterseite des Balkons sehen, und die Erinnerung an Samantha, die ihr T-Shirt über das Geländer warf, wurde wieder wach. Er erhob sich, um nach dem Shirt zu suchen.

„Wo kann es nur sein?", fragte er sich laut.

„Suchst du das hier?" Zees Lachen durchbrach die Stille des frühen Morgens.

„Ich hätte es wissen müssen." Ryan riss dem alten Mann das T-Shirt aus den Händen. „Schläfst du eigentlich nie?"

„Nein. Vor allem dann nicht, wenn ich denke, du könntest Hilfe nach einem Abend wie dem gestrigen gebrauchen. Aber erzähl, wie ist sie?"

Er warf einen Blick hinauf zu dem geschlossenen Fenster und versuchte, sich Samantha nicht so vorzustellen, wie er sie zuletzt gesehen hatte. Nackt, das dunkle Haar wild zerzaust. „Sie schläft noch."

„Du hast sie geschafft, nicht wahr?"

„Nicht jetzt, Zee."

Der alte Mann folgte Ryan auf die Veranda und lehnte sich gegen das Geländer. „Hast du dich also endlich verliebt. Was ist das für ein Gefühl?“

„Schrecklich“, murmelte Ryan, dankbar, dass ihm jemand zuhörte.

Zee grinste. „Erzähl das Bear nicht. Ich möchte endlich Enkel auf meinem Schoß haben. Kinder von dir wären genauso gut, also sag der Lady die Wahrheit und leb danach glücklich bis in alle Ewigkeit mit ihr.“

„Ich komme nicht einmal so weit, ihr meinen vollständigen Nachnamen zu nennen.

Zee zuckte mit den Achseln. Dann legte er eine Hand auf Ryans Schulter. Etwas, was er so oft in den vergangenen Jahren getan hatte. „Vielleicht bist du einfach nicht hartnäckig genug. Wenn du etwas wirklich willst, dann musst du dich auch darum bemühen. Wenn du das nicht tust, dann willst du sie auch nicht richtig.“

Ryan dachte über den Ratschlag nach, während er das T-Shirt in die Bar brachte. Dann setzte er sich zu Zee auf die Veranda.

„Hast du schon aufgeräumt?“, fragte der alte Mann.

„Noch nicht.“

„Okay, bleib du hier draußen. Ich werde dafür sorgen, dass Hardy und Earl kommen. Sie haben sowieso nichts zu tun und werden mir gern einen Gefallen tun.“

„Ich kann nicht zulassen, dass du meine Arbeit übernimmst.“

„Entweder du akzeptierst meine Hilfe, oder ich werde Bear erzählen, dass du überall in der verdammten Bar Damenwäsche verstreut hast. Wenn auf mich eine verführerische Frau warten würde, dann säße ich nicht hier draußen in der Sonne. Ich wäre oben und würde etwas ganz anderes tun.“ Der alte Mann kicherte.

„Okay, ich werde mich revanchieren."

„Stell mich der nächsten Frau vor, die du kennenlernst im „The Re…"

„Wo gabelt er die Frauen auf, Zee?"

Beim Klang von Samanthas sexy Stimme, drehte Ryan sich um. Sie stand in der Tür.

„Oh, hallo, Sammy Jo." Nach der kurzen Begrüßung wurde der Mann schweigsam. Ungewöhnlich schweigsam. Es war das erste Mal, dass Ryan Zeuge von Zees Sprachlosigkeit war. Doch er wusste, dass der Mann nur sein Geheimnis wahren wollte.

„Ich möchte Einzelheiten wissen", sagte Samantha. Ihre Augen blitzten. „Ich möchte wissen, wo und wann." Sie fragt aus Neugierde und aus Eifersucht, dachte er. Hoffte er.

„Einzelheiten?", fragte Zee.

Es passte nicht zu Zee, dass er sich dumm stellte. Ryan hatte ein schlechtes Gewissen, dass er den alten Mann in diese Situation gebracht hatte. „Er möchte, dass ich ihm die erste gut aussehende Frau vorstelle, die uns heute bei unserer Fahrt über den Weg läuft", erwiderte er für Zee.

„Fahrt? Wohin?"

„Irgendwohin, wo wir uns entspannen können, weg von der Bar, hinaus in die freie Natur und das schöne Wetter genießen." Er wusste schon, wohin er mit ihr fahren würde. Nachdem Zee seine Hilfe angeboten hatte, hatte Ryan entschieden, dass Samantha mal etwas anderes sehen sollte als immer nur die Bar und die kleine Wohnung darüber.

Sie hatte schließlich Urlaub. Ganz abgesehen davon konnte auch er eine Atempause gebrauchen.

Sam war gar nicht bewusst gewesen, wie dringend sie für kurze Zeit aus der kleinen Wohnung fort musste, bis Ryan den Vorschlag machte. Sie war allein wach geworden und hatte sich unsicher gefühlt. Für sie war die Nacht traumhaft gewesen. Aber war sie das auch für Ryan?

Sie biss sich nervös auf die Unterlippe und erinnerte sich daran, wie oft und ausgiebig sie sich geliebt hatten.

„Was muss ich mitnehmen?", fragte sie.

„Nur dich."

Sie schaute in sein ernstes Gesicht. Keine Spur von Zweideutigkeit in seiner Stimme. In dem Moment wusste sie, dass sich etwas zwischen ihnen geändert hatte. „Okay." Ihre Kehle war plötzlich trocken. „Wann fahren wir? Nachdem wir aufgeräumt haben? Ich habe schon angefangen, als du dich draußen mit Zee unterhalten hast, aber ich bin nicht sehr weit gekommen."

„Zee kümmert sich heute um alles."

Sie stellte fest, dass Zee ungewöhnlich ruhig war. Keine Scherze, nichts. Ein merkwürdiges Gefühl überfiel sie.

„Jetzt sagt mir endlich, was los ist", forderte sie die beiden Männer auf.

„Nichts. Die Nacht war nur zu kurz." Dieses Mal sah er ihr tief in die Augen und die Leidenschaft flackerte wieder auf. Die letzte Nacht stand zwischen ihnen. Nackte Körper, heißer Sex und ein Höhepunkt, den sie niemals vergessen würde.

Anscheinend hatte er es auch nicht vergessen. Das bedeutete, dass ihn irgendetwas anderes quälte. Erst jetzt wurde ihr bewusst, wie sehr sie sich davor fürchtete, dass er sich von ihr abwenden könnte.

Erleichtert atmete sie auf.

Zee räusperte sich. „Macht euch jetzt fertig. Earl, Hardy und ich werden aufräumen."

„Bist du sicher, dass wir nicht helfen sollen? Wir könnten auch etwas später fahren."

„Zee und ich haben ein Abkommen getroffen. Wir können also los“, sagte Ryan lächelnd.

Sie ging zurück in die Bar und trat auf das T-Shirt, das ihr zuvor gar nicht aufgefallen war, so eilig hatte sie es gehabt, zu ihm nach draußen zu kommen. Sie hob es auf.

„Wir können es nicht zur Gewohnheit werden lassen, dass du deine Kleidung hier herumliegen lässt, Sammy Jo.“ Sie spürte seinen warmen Atem an ihrem Ohr.

„Nein, das können wir nicht“, stimmte sie zu. Sie drehte sich zu ihm um. „Hör zu, Ryan. Du musst nicht meinen, du seist verpflichtet, mich durch die Gegend zu kutschieren, solange ich hier bin. Ich kann mich um mich selbst kümmern. Ich langweile mich schon nicht. Ich könnte sogar früher ins Hotel fahren ... und falls kein Zimmer frei ist, könnte ich mir ein anderes suchen ...“ Er legte seine Finger auf ihren Mund, um sie zum Schweigen zu bringen.

„Es ist alles in Ordnung, hörst du? Ich möchte es so. Und du fährst erst in der allerletzten Minute zu dieser Konferenz.“

Sie war erleichtert. „Es ist nur, dass du so ...“ *Sprich es aus, Sammy Jo.* Es gab sowieso zu viel Ungesagtes zwischen ihnen, jedenfalls von ihrer Seite. „Du schienst plötzlich so weit weg zu sein, als ich nach draußen kam. Ich dachte ... nun, du weißt, was ich gedacht habe.“

Er legte die Hände auf ihre Schultern. „Ich war mir nicht sicher, wie du heute Morgen reagieren würdest. Deshalb wollte ich dir etwas Zeit allein geben.“

„Und was ist, wenn ich gar nicht allein sein möchte?“ Schon bald war ihre Beziehung zu Ende. Samantha schluckte.

„Dann musst du es auch nicht.“ Er beugte den Kopf und küsste sie leicht. „Können wir jetzt aufbrechen?“ Er nahm ihr das T-Shirt aus der Hand.

Sie schaute ihn an und lächelte. „Ich bin so weit. Ich weiß zwar nicht, was du vorhast, aber in dem Lagerraum habe ich einen alten Picknickkorb gesehen. Soll ich etwas einpacken?“

„Bist du sicher, dass du lieber auf einer Wiese als im Restaurant essen möchtest?“

„Hm. Viel freier Platz oder überfülltes Restaurant? Menschenmenge oder du und ich? Wenn ich so darüber nachdenke, ist ein Restaurant doch besser.“

Er lachte und nahm ihre Hand. „Na dann los. Lass uns einiges einpacken und dann verschwinden.“

Sam folgte ihm und packte den Korb. Sie war entschlossen, das Beste aus der Zeit zu machen, die ihr noch mit ihm verblieb.

Nachdem sie ein schönes, schattiges Plätzchen unter einem riesigen Baum gefunden hatten, holte Ryan den Picknickkorb aus dem Wagen, während Samantha eine große Decke ausbreitete. Es wehte ein leichter, warmer Wind. In Ruhe verspeisten sie ein Putensandwich, dazu Chips und Cola. Er spürte, dass sie sich endlich entspannte. Er selbst genoss etwas, was bisher fremd für ihn gewesen war. Angenehmes Schweigen mit der Frau an seiner Seite. Er hatte sich nicht vorstellen können, dass es je so etwas für ihn geben würde.

Die Chips knackten, als sie hineinbiss. Sie schaute ihn an und zuckte mit den Schultern. „Was solls. Chips knacken nun mal.“

Er lachte. Verdammt, er fühlte sich so wohl in ihrer Gegenwart. Krümel waren auf ihr gelbes Top gefallen, und er streckte die Hand aus, um sie zu entfernen. Dabei berührte er ihre Brüste, und die Knospen wurden sofort hart.

Sie schnappte nach Luft.

„Tut mir leid.“

„Das glaube ich nicht.“

Er grinste. „Recht hast du.“ Er holte noch eine Cola aus dem Korb. „Möchtest du?“

„Nein danke.“ Sie legte ihr Kinn auf die Knie und schaute

in den blauen Himmel. „Das ist hier wirklich der Himmel auf Erden."

Er rückte näher zu ihr. „Dir gefällt es also?"

„Aber ja, natürlich." Sie legte sich auf den Rücken. Er folgte ihrem Beispiel. Ihre Arme berührten sich. Keiner zog ihn fort.

„Es ist so schön hier, dass ich schon darüber nachdenke umzuziehen."

„Meinst du das ernst?"

„Nein", erwiderte sie schnell. „Aber ein Mensch darf doch träumen, oder?"

„Nichts dagegen zu sagen." Solange er sie davon überzeugen konnte, dass Träume auch Wirklichkeit werden konnten. Aber um das zu erreichen, musste er erst einmal wissen, warum sie so in sich gekehrt war, wenn er persönliche Fragen stellte.

„Wo genau sind wir hier?"

„Ein verlassenes Stück Land." Land, das ihm gehörte, aber das wollte er ihr jetzt noch nicht verraten.

„Und das große Hotel dort in der Ferne?"

„Das ist ‚The Resort'."

„Du machst Witze!"

„Nein, warum?"

„Dort findet die Konferenz statt, zu der ich muss", murmelte sie. Ihre Stimme klang plötzlich merkwürdig angespannt. Anscheinend behagte ihr der Gedanke an die Konferenz nicht.

Das gefiel ihm. Dass allerdings die Konferenz ausgerechnet dort stattfand, war eine andere Geschichte. Sobald sie dort eingetroffen war, würde sie herausfinden, dass ihm die Anlage gehörte.

Er überlegte, wie er die unerwartete Neuigkeit verwerten und zu seinem Vorteil nutzen konnte. Er würde sich etwas einfallen lassen. Je länger er darüber nachdachte, desto weniger konnte er sein Glück fassen.

Wenn sie „The Hungry Bear" verließ, würde sie nicht gänzlich aus seinem Leben verschwinden. Als Eigentümer des Hotels hatte er Zugang zu sämtlichen Informationen und würde schnell herausfinden, wo er sie finden konnte. Auf keinen Fall wollte er sie aus den Augen verlieren.

„Die Konferenz ist im ‚The Resort'?"

„Ja." Sie rutschte ein wenig näher zu ihm, legte sich auf die Seite und schmiegte sich rücklings an ihn.

Ihr kleiner Po stieß gegen seine Lenden. Er schluckte und unterdrückte die aufkommende Leidenschaft. Zuerst brauchte er noch einige Informationen von ihr. In der nächsten Woche wurden mehrere Konferenzen in seinem Hotel abgehalten.

„Lass mich raten", sagte er. „Du verkaufst Versicherungen."

Sie lachte. „Ryan, du weißt doch bereits, dass ich Finanzberaterin bin. Es ist ein Seminar über Risikomanagement und Investitionen."

„Ich wusste, dass in diesem hübschen Kopf auch Verstand steckt. Du triffst dort also Kunden und Vorgesetzte?"

„Ja, beides. Morgens und nachmittags besuche ich Fortbildungsseminare, damit ich bessere und sicherere Investitionen für meine Kunden tätigen kann. Abends wird mein … Chef mich und einige größere Kunden zum Essen ausführen."

Er legte sein Kinn auf ihre Schulter. „Erzähl mir, hast du als kleines Mädchen schon von diesem Job geträumt?"

„Nein, natürlich nicht. Ich wollte Tänzerin werden. Als sich herausstellte, dass ich völlig untalentiert bin, habe ich davon geträumt, einfach nur zu heiraten. Liebe, eine Märchenhochzeit und ein glückliches Leben."

„Und wann hast du dann beschlossen, doch noch einen Beruf zu ergreifen?"

„Als ich begriff, dass eine kluge Frau sich nicht darauf verlassen sollte, dass sie von einem Mann versorgt wird. Außerdem habe ich schon in der Schule festgestellt, dass ich gut mit Zahlen umgehen kann. Als junges Mädchen habe ich mit Aktien jongliert. Mein Vater hat mir das Geld dazu gegeben. Ich habe eine hübsche Summe gemacht. Es stellte sich heraus, dass ich mit Risiken gut umgehen konnte."

Er grinste und dachte daran, wie viel sie gemeinsam hatten. Er war das Risiko eingegangen, das ganze Geld der Familie zu investieren, um aus der kleinen Frühstückspension eine große Hotel- und Freizeitanlage zu bauen. Er hätte alles verlieren können.

Samantha schien es als größtes Risiko anzusehen, zu viel von sich preiszugeben. Immerhin hatte sie begonnen, sich ein wenig zu öffnen.

Er wusste, dass er ihr Herz bereits gewonnen hatte, ihr Vertrauen aber noch nicht.

„Erzähl mir von deinen Träumen, Ryan."

„Willst du sie wirklich wissen?"

„Ich habe dir von meinen erzählt, deshalb ist es nur fair. Außerdem, Träume sind nichts anderes als Phantasievorstellungen, und wir haben schon viel Phantastisches geteilt."

Ja, das hatten sie. Allein bei der Erinnerung daran bekam er Lust auf sie. Er wollte wieder mit ihr schlafen, aber der Zeitpunkt war ungünstig. Wenn er die Unterhaltung jetzt unterbrach, verschloss sie sich vielleicht wieder. „Okay."

Er hatte bisher seine Träume nie mit jemandem geteilt, und er wusste nicht, wo er beginnen sollte. Als er viele Hektar von dem Land seines Vaters verkauft hatte, um das Hotel zu bauen, hatte er ein Versprechen gegeben, das er nie vergaß. „Ich möchte ein Haus auf einem großen Stück Land bauen", sagte er jetzt. „Auf diesem Land.

„Das verstehe ich."

Sein Vater hatte gewünscht, dass sich die Familie hier ausbreitete. Seine Schwester hatte einen Anteil des Landes bekommen, konnte hier jedoch nicht leben. Er selbst hatte bisher keinen Grund gehabt, ein Haus für sich allein zu bauen. In letzter Zeit hatte er sich sogar Gedanken gemacht, ob er es überhaupt schaffen würde, den Namen Mackenzie weiterzugeben. Bis diese Frau in Bears Bar gekommen war. Jetzt dachte er erneut über seine Zukunft nach.

„Ein großes Haus?“

Immerhin war sie interessiert. „So groß du möchtest.“

„Hm. Eine Ranch?“, murmelte sie und verlor sich ganz offensichtlich in Träumereien. „Kinder?“

„Ein oder zwei.“ Mit dunklen Haaren und blauen Augen.

„Zwei. Nein, drei. Einzelkind zu sein ist nicht schön. Zwei Jungen und ein Mädchen, die durch ein Haus rennen, das in Sonnengelb, Weiß und Rotbraun gehalten ist.“

„Meine Lieblingsfarben“, sagte er. Glücklicherweise konnte sie sein Grinsen nicht sehen.

„Schön eingerichtet. Aber gemütlich. Ein Haus, in dem man wirklich leben kann.“

„Bist du in solch einem Haus aufgewachsen?“

Sie erstarrte. Als habe die Frage sie aus ihren Träumen gerissen und daran erinnert, dass sie zu weit gegangen war. „Ich …“

Er streichelte über ihren Arm. „Erzähl weiter“, flüsterte er.

„Ich … ich bin in einem wunderschönen Haus aufgewachsen, aber es stand voller Dinge, die nur zum Anschauen waren. Nicht zum Anfassen. Meine Mutter liebte schöne, kostbare Dinge, und mein Vater liebte es, sie damit zu verwöhnen.“

Sie lachte, doch es war ein gezwungenes Lachen. „Anders gesagt, er liebte sie. Für mich war nicht viel Platz.“

Ryan verstärkte seinen Griff um ihren Arm, als könnte er ihr damit Sicherheit geben oder die Liebe, die ihr bisher gefehlt hatte. „Ich bin sicher, dass deine Eltern dich geliebt haben", sagte er.

„Natürlich haben sie es getan. Aber ich stand immer an zweiter Stelle."

Er dachte an seine Schwester und den Spaß, den sie zusammen gehabt hatten. Er erinnerte sich daran, wie sehr seine Eltern sich geliebt hatten. Aber diese Liebe hatte auch die Kinder mit eingeschlossen.

Er wusste nicht, was er sagen sollte, doch er wollte ihr irgendwie zeigen, dass sie nie wieder einsam sein musste.

„Und du willst wirklich drei Kinder?", fragte er und streichelte sie dabei zärtlich.

„Ja." Sie drehte sich um. Er rechnete fast damit, dass sie sich von ihm entfernen würde, stattdessen sah sie ihn an und schmiegte ihren Körper an seinen. Sie nahm sein Gesicht zwischen ihre Hände. „Müssen wir uns unbedingt weiter unterhalten? Oder hast du vielleicht eine andere Idee?", fragte sie.

Das war für ihn das Zeichen, dass sie noch nicht bereit war, sein Geheimnis zu hören.

„Oh, es gibt viele andere Dinge, die wir tun können."

„Der Gedanke gefällt mir", murmelte sie.

Er nahm ihre Hände und führte sie an seine Lippen. Liebevoll küsste er ihre Finger und den Ring, den er ihr am ersten Tag gekauft hatte. Solch ein einfacher Ring für einen Menschen mit einem komplizierten Leben, dachte er. Aber es war die Einfachheit, die Samantha glücklich machte.

Er grübelte über die Ironie des Schicksals nach, eine Frau gefunden zu haben, die die kleine Geste liebte und nicht die große Show, und fragte sich, wie sie reagieren würde, wenn er ihr verriet, wie viel mehr er ihr schenken konnte.

Er musste es ihr sagen. Sobald die Woche vorüber war und er sich wieder auf eigenem Terrain befand. Eine Frau, die an den wichtigen Dingen im Leben hing, würde sicherlich verstehen, dass er seinen Reichtum nicht erwähnt hatte, weil er sie zuerst richtig kennenlernen wollte.

Eines wusste er sicher: Er selbst bedeutete ihr mehr als alles, was er ihr kaufen könnte.

Er rollte sich auf den Rücken und zog sie auf sich, sodass sie seine Härte zwischen ihren Schenkeln spüren konnte.

„Hast du jemals Sex im Freien gehabt?" Ihre Augen glänzten.

Er lachte. „Gehört der Balkon dazu?"

Sie schüttelte den Kopf. „Ich fürchte nicht."

„Dann ist die Antwort Nein."

„Das könnten wir ändern." Sie lächelte ihn verführerisch an. Ihr Blick erregte ihn unglaublich. Und ihre aufreizenden Bewegungen brachten ihn fast um den Verstand. Für eine Frau, die anfänglich so schüchtern gewesen war, hatte sie sich geradezu unheimlich verändert.

Seine Jeans spannten sich, und er seufzte. „Der Gedanke ist sehr verführerisch, aber ich muss leider Nein sagen."

„Weil wir keine Kondome dabeihaben? Wir können uns auch anders amüsieren."

Sosehr er sie auch begehrte, er wollte nicht, dass sie ihre Gefühle wieder hinter Sex versteckte. „Es gibt etwas, was ich noch lieber tun würde."

Sie zog erwartungsvoll die Augenbrauen hoch. „Und das wäre?"

„Dich halten." Er zog sie fest in seine Arme. Sie wollte protestieren, doch er verschloss ihre Lippen mit einem zärtlichen Kuss.

„Zumindest weiß ich, dass du mich begehrst", flüsterte sie.

„Das ist im Moment nicht wichtig."

„Was dann?"

„Mit dir zusammen zu sein, solange wir noch Zeit haben."

Sie erwiderte nichts darauf. Was hatte er erwartet? Eine

Liebeserklärung? Ihre Beteuerung, dass sie ihn nicht verlassen würde?

Je länger sie in seinen Armen lag, desto entspannter war sie.

„Du machst mich glücklich, Ryan." Sie löste sich aus seiner Umklammerung und legte sich auf den Rücken. Dabei griff sie nach seiner Hand und drückte sie.

Die Worte kamen von Herzen. Er nahm sie als Geschenk. Zärtlich strich er ihr eine Haarsträhne aus dem Gesicht. „Ich versuche es."

Sie lächelte, und er führte ihre Hand an seine Lippen, küsste jeden Finger und erneut den Ring, der sie für immer miteinander verband. Ob sie es wusste oder nicht.

8. KAPITEL

Zwei Tage waren vergangen, seit er sie so zärtlich in den Armen gehalten hatte. Andere Männer hätten die Situation ausgenutzt, um schnellen Sex zu haben. Ryan nicht. Ryan, der Mann, den sie liebte. Verdammt. Warum war er nur so liebevoll? So unwiderstehlich? Warum war es so schwer, ihn zu verlassen?

Die letzten achtundvierzig Stunden hatten sie mit Gesprächen und Zärtlichkeiten verbracht. Ohne Sex. Nachdem er sie zurückgewiesen hatte, unternahm sie keinen neuen Versuch, ihn zu verführen. Und er hatte es auch nicht getan. Der edle Ritter, den sie am ersten Abend kennengelernt hatte, war zurückgekehrt. Und sie liebte ihn dafür.

Sam wirbelte zwischen den Tischen herum, bediente die Gäste und nahm Bestellungen entgegen. Doch selbst die laute Gruppe an der Bar konnte sie nicht von dem Kampf ablenken, den sie in ihrem Inneren mit sich ausfocht. Was war sie ihrem Vater wirklich schuldig? Und wichtiger noch, was war sie sich selbst schuldig?

Obwohl Ryan nie von der Zukunft gesprochen hatte, hatte er es erreicht, dass sie sich grundlegende Gedanken über sich selbst machte. Und was sie entdeckte, erstaunte sie. Nie hätte sie geglaubt, dass sie so hemmungsloser Leidenschaft fähig wäre. Bei Ryan konnte sie wild und leidenschaftlich sein, ohne dass es ihr peinlich war.

Okay, vielleicht schämte sie sich ein wenig wegen der roten Flecken und Kratzspuren auf seiner Schulter und seinem Rücken. Und wegen ihrer lauten Schreie, die wahrscheinlich in ganz Arizona zu hören gewesen waren. Aber mit diesem Schnurrbart tat er wirklich erstaunliche Dinge. Allein der Gedanke daran weckte heißes Begehren in ihr. Sie schüttelte den Kopf, um die erregenden Gedanken zu vertreiben.

Er hatte sie auch die Bedeutung von Liebe gelehrt. Liebe, von der sie geglaubt hatte, sie existiere nur in Märchen. Die Liebe, die eine Frau, wenn sie Glück hatte, vielleicht einmal in ihrem Leben erfuhr und nur mit sehr viel Glück halten konnte.

Nun, Sam hatte diese Art von Liebe gefunden. Allerdings wusste sie nicht, ob Ryan genauso empfand. Obwohl er sich wie ein Mann verhielt, der verliebt war. Aber wie viel war Wirklichkeit und wie viel Phantasie?

Auch wenn er sie ermutigt hatte, sich ihm zu öffnen, zog er selbst sich jedes Mal zurück, wenn sie glaubte, den Weg in sein Herz gefunden zu haben. Was war der Grund dafür?

Ihre Zeit war fast vorüber. Morgen würde Sam „The Hungry Bear" verlassen. Hoffentlich mit mehr Würde als bei ihrer Ankunft.

Sie bediente die Gäste an dem kleinen Tisch in der Nähe der Tür und verdrückte sich dann nach draußen, um frische Luft zu schnappen. Sie liebte diese kühle Nachtluft.

„He, Sammy Jo." Ryans Stimme zerriss die Stille der Nacht und unterbrach ihre Grübeleien.

Gut so, dachte sie. Ihre Gedanken waren nämlich in eine gefährliche Richtung gewandert. Sie hatte sogar schon eine Auflösung ihrer Verlobung in Betracht gezogen. Niemand würde auf die Idee kommen, dass die gute, artige und vernünftige Samantha Reed über etwas Derartiges überhaupt nachdachte. Nun, sie selbst hätte es auch nicht für möglich gehalten, dass sie einen völlig Fremden verführen würde. Aber genau das hatte sie getan.

Und sie hatte sich Hals über Kopf in ihn verliebt. Doch würde sie den Mut haben, sich von ihren Gefühlen leiten zu lassen? Die Konsequenz war, dass sie die Verlobung mit Tom lösen musste, das Versprechen brechen, das sie ihrer Mutter gegeben hatte und, was am wichtigsten war, ihren Vater im Stich lassen, der auf sie zählte. Würde sie damit nicht alle Wertvorstellungen über den Haufen werfen, die man ihr von klein auf beigebracht hatte?

Wie sieht es denn mit den Wertvorstellungen deines Vaters aus, der diese Ehe zulässt?, fragte eine kleine Stimme.

„Was machst du ganz allein hier draußen?“, fragte Ryan.

„Eine kleine Pause. Die steht einer Kellnerin doch zu, oder?“

Er schwang sich auf das Geländer, das die Veranda umgab. „Meiner ja.“

„Wer kümmert sich um die Bar?“

„Was meinst du wohl?“

Sie lächelte.

„Was machst du noch?“

„Hm. Ich denke einfach nach.“ Ihr Blick wanderte über seinen Körper, den sie so gut kannte. „Hat es einen bestimmten Grund, dass du jeden Abend bei der Arbeit die gleiche Art von Kleidung trägst?“

Er sah an sich hinab. Das weiße T-Shirt straffte sich über seiner breiten Brust, und seine verblichenen Jeans spannten sich über seinen muskulösen Oberschenkeln.

Er zuckte mit den Schultern. „Wie fast jeder Mann hasse ich es, einkaufen zu gehen.“

Sie lachte.

„Und?“

„Und was?“

„Was geht dir noch durch den hübschen Kopf? Du gehst doch nur an die frische Luft, wenn du Zeit zum Nachdenken brauchst.“

Sie verfluchte seine Scharfsicht. „Ich habe überlegt, wie ich es Zee sagen soll“, redete sie sich heraus, da sie ihm ihre tatsächlichen Gedanken nicht anvertrauen wollte.

„Was willst du mir sagen, Kleines?“ Die Tür ging auf, und

der alte Mann trat auf die Veranda.

„Jetzt haben wir ja eine richtige Versammlung hier", murmelte Ryan.

Sam blickte von Ryan zu Zee, den beiden Menschen, die sie in den wenigen Tagen so lieb gewonnen hatte. „Wie ich …" Sie räusperte sich. „Wie ich mich verabschieden soll."

Ryan runzelte die Stirn. Er wandte sich an Zee und fragte: „Wer kümmert sich um die Bar?"

Zee antwortete nicht. Vielleicht weil er in Gedanken auch bei ihrer Abreise war. Sam drehte den Ring an ihrem Finger, ohne Ryan anzusehen.

„Ist dir je der Gedanke gekommen, dass wir vielleicht einmal allein sein wollen, Zee?"

„Wenn Sammy Jo möchte, dass ich gehe, dann wird sie es schon sagen."

Ryan verdrehte die Augen.

Sam hatte in ihrem Leben noch keinen Mann wie Zee kennengelernt. Trotz seines Alters besaß der Mann eine scharfe Zunge und einen noch schärferen Verstand. Sie hatte den Verdacht, dass Ryan sich auf Zees Weisheit mehr verließ, als er zugeben wollte. Sie freute sich darüber. So gab es auf jeden Fall jemanden, der sich um ihren sexy Barkeeper kümmerte, wenn sie verschwunden war.

Sie streckte die Hand nach Zee aus.

Er wandte sich an Ryan. „Hast du schon einmal daran gedacht, dass ich mich vielleicht allein von Sammy Jo verabschieden möchte? Außerdem sitzen in der Bar durstige Gäste. Geh hinein."

Sam sah in Ryans ernstes Gesicht, und das Herz wurde ihr schwer. Sie wussten beide, dass sie noch die ganze Nacht vor sich hatten. An Morgen wollte sie noch nicht denken.

„Du hast gehört, was Zee gesagt hat, Ryan." Sie zwang sich zu einem Lächeln. „Geh hinein. Bitte."

„Ihr scheint euch beide gegen mich verschworen zu haben“, schimpfte er, als er sich erhob und hineinging. Die Tür fiel hinter ihm zu.

„Er ist ein guter Junge, Sammy Jo.“

„Ich weiß.“

„Und du bist eine feine Lady. Ich wusste es von dem Moment an, als du in die Kneipe kamst. Frag mich nicht, warum. Aber in meinem Alter kann ich meinem Instinkt vertrauen.“

„Du bist sehr weise.“

„Und ihr seid beide jung. Und dumm. Ihr meint, ihr hättet alle Zeit der Welt, nur weil ihr jung seid.“ Er blickte in den sternklaren Himmel und zuckte mit den Schultern. „Vielleicht habt ihr sie ja, vielleicht aber auch nicht. Aber wenn du mich fragst, so ist es eine Schande, sie zu verschwenden.“

„Das Leben ist nicht immer so einfach, Zee.“

Er legte seine Hand über ihre. „Dann hast du selbst Schuld. Jeder Mensch muss irgendwann Entscheidungen treffen. Ich bin sicher, du triffst die richtige.“

Sie seufzte und wünschte, das Richtige für sie würde nicht so viel Kummer für andere bedeuten. „Was auch immer passiert, ich bin froh, dass ich dich kennengelernt habe“, sagte sie.

Er lächelte. „Ich auch. Bear hat angerufen. Er kommt morgen zurück, mit seiner Freundin. Meinst du, ich werde bald Großvater?“

„Ich hoffe es für dich.“

„Glaubst du, dass du lange genug hier bist, um meinen Sohn kennenzulernen?“

„Ich glaube, du willst nur wieder darauf zurückkommen, was ich eigentlich vorhabe.“

Er kicherte. „Du bist nicht dumm. Zumindest weiß ich, dass Ryan eine Frau gefunden hat, die ihn nicht wegen irgendeines anderen Kerls sitzen lässt.“

Wenn du dich da nicht täuschst, dachte Sam und musste sich beherrschen, um nicht in Tränen auszubrechen.

Ryan saß auf der Bettkante und reckte sich. Er war völlig erschöpft.

„Anstrengende Nacht?", fragte Sam. Sie schaute gerade in dem Moment aus dem Badezimmer, als er sich auf die Matratze fallen ließ.

Gut. Er würde also nicht so schnell zu ihr kommen. Sie wusste, dass sie die Nerven verlieren würde, falls er jetzt ins Bad käme.

„Das musst du fragen?"

„Nein." Sie verstand ihn nur zu gut. Eine harte Woche lag hinter ihr. Die Nächte in der Bar hatten sie körperlich erschöpft. Heute Abend war es nicht anders gewesen. Trotzdem wollte sie heute noch einmal diese hemmungslose Leidenschaft, diesen Rausch der Ekstase erleben.

Es war ihre letzte gemeinsame Nacht, und egal, wie müde er war, sie würde ihn noch einmal verführen und ihn in sich spüren. Mit etwas Glück würde sie diese Nacht unvergesslich für ihn machen.

„Die Bar war voll heute Abend", rief sie aus dem Badezimmer. „Voller als sonst?"

„Etwa gleich. Bear kann sich nicht über mangelnden Umsatz beklagen."

Sie ließ Wasser in das Waschbecken laufen. „Ich kann dich so schlecht verstehen", rief sie. „Aber ich komme gleich."

„Lass dir Zeit."

Sie wusch sich das Gesicht mit kaltem Wasser und putzte sich die Zähne, bevor sie sich aus- und dann wieder anzog. Es dauerte lange, bis sie das raffinierte Kleidungsstück angezogen hatte, das sie für diese spezielle Nacht und nur für ihn ausgewählt hatte.

„Zu diesem verdammten Ding hätte man eine Gebrauchsanweisung mitliefern müssen“, murmelte sie. Sie wusste nicht, ob sie es wirklich wagen würde, das Badezimmer so gekleidet zu verlassen. Verzweifelt wünschte sie, sie könnte einfach das Nachthemd anziehen, das im Nebenzimmer lag. Stattdessen schloss sie den letzten Haken und holte tief Luft.

Sie hatte dieses aufreizende Wäschestück aus einer Laune heraus gekauft und impulsiv in den Koffer gepackt. Aber nicht eine Sekunde lang hatte sie die Absicht gehabt, sich einem Mann in diesem verführerischen Etwas aus Seide und Spitze zu zeigen.

Das hatte sich geändert, als sie Ryan kennenlernte. Er hatte ihr ganzes Leben verändert. Im Moment jedoch musste sie nur dafür sorgen, dass er beschäftigt war und nicht ins Badezimmer lugte.

„Hör dir nur an, wie wir über die Geschäfte des Tages sprechen“, rief sie. „Wir klingen schon wie ein lang verheiratetes Paar.“

Schweigen.

„Oh. Ich sollte mit einem Mann, den ich gerade eine Woche kenne, keine Scherze über die Ehe machen.“ Schweigen. Vielleicht war er eingeschlafen. Nein, so viel Glück konnte sie nicht haben. „Okay, Ryan, ich habe verstanden.“ Sie nahm ihren ganzen Mut zusammen und betete, dass er sie nicht für verrückt hielt. Falls er überhaupt noch wach war.

Da er immer noch schwieg, bezweifelte sie, dass er wach war, was sie jedoch nicht davon abhielt, weiter unzusammenhängendes Zeug zu reden. Aber nur so fand sie den Mut, zu ihm zu gehen. „Ich weiß, mit dir sollte ich nicht über die Ehe sprechen, schließlich bist du nur mein …“

Das Wort blieb ihr im Hals stecken bei dem Anblick, der sich ihr bot.

Er lag auf dem Bett. Nackt bis auf eine knappe Unterhose,

die Arme hinter dem Kopf verschränkt, lächelnd. „Was bin ich, Liebling?“

Ryan hätte sich fast verschluckt, als Samantha eintrat. Sie trug einen sexy Stringbody aus schwarzer Spitze, mit einem Push-up-BH, der ihre Brüste aufreizend anhob, einem netzartigen Mittelteil, das ihren Körper mehr zeigte als verhüllte und einem winzigen, transparenten Dreieck über den kleinen schwarzen Löckchen. Ihr Anblick machte ihn verrückt. „Meine Güte, das kann nicht wahr sein.“

Damit hatte er genau das Falsche gesagt. Sie floh ins Badezimmer. Er sprang in einem Satz aus dem Bett und hinter ihr her. Bevor sie die Tür zuschlagen konnte, hatte er sie am Handgelenk gepackt. „Du warst so mutig, es anzuziehen, jetzt lauf nicht vor mir davon.“

„Ich weiß nicht, was ich mir dabei gedacht habe“, murmelte sie. „Ich sehe idiotisch aus.“

Ungläubig hob er die Augenbrauen. Er wusste, wie viel Mut es sie gekostet haben musste, diesen unglaublich erotischen Body anzuziehen, doch er konnte nicht glauben, dass sie nicht wusste, welche Wirkung sie damit auf ihn ausübte. „Es gibt viele Worte, mit denen ich beschreiben könnte, wie du aussiehst, Sam. *Idiotisch* gehört aber nicht dazu.“

„Wirklich nicht?“, fragte sie leise. „Wie denn?“

Er ließ sie los und setzte sich auf die Bettkante. „Komm zu mir, dann sage ich es dir.“

Sie trat einen Schritt vor. Ryan lehnte sich zurück auf die Ellenbogen und musterte sie. Lange Beine, seidige Haut und versteckte Geheimnisse, die er enthüllen und entdecken sollte. Er schluckte. „Du siehst … sexy aus.“

Zögernd trat sie noch zwei Schritte vor. Ihre Zehennägel waren rot lackiert. Lustig, er hatte es bisher nicht bemerkt.

„Wie noch?“

„Heiß“, flüsterte er. „Verdammt heiß.“

Ihre Schüchternheit schien zu verfliegen, als sie noch näher zu ihm kam. Näher, aber noch nicht nah genug. Sie schüttelte ihre schwarze Mähne.

„Wild“, fuhr er fort. „Scharf …“ Ihre blauen Augen wurden dunkel vor Leidenschaft. Jedes Wort brachte sie ein Stück näher zu ihm. „Verführerisch, begehrenswert …“ Er streckte die Hand nach ihr aus. „Erotisch, sinnlich …“ Sie verflocht ihre Finger mit seinen, und er zog an ihr, bis sie auf ihn fiel. „Und du gehörst mir.“

Ihr süßer Duft hüllte ihn ein. Mit den Händen fuhr er durch ihre Haare und zog ihren Kopf zu sich, damit er sie küssen konnte.

Er stöhnte, als sie ihre Lippen öffnete und leidenschaftlich seinen Kuss erwiderte. Als sie nach langer Zeit den Kopf hob, rang er genauso nach Luft wie sie.

„Du hast meine Frage noch nicht beantwortet.“

„Ich erinnere mich an keine Frage.“ Sie sah ihn so verwirrt an, dass er ihr glaubte.

„Ich bin dein was?“

Das Blut stieg ihr in die Wangen. „Ich dachte, du schläfst.“

Er grinste. „Pech gehabt.“ Er schlang den Arm um ihre Taille und fühlte die kühle Seide auf ihrer heißen Haut. Er legte die Hand auf ihren Po. „Was bin ich? Dein …?“ Er ließ nicht locker.

„Liebhaber“, murmelte sie, ohne ihn dabei anzusehen.

Er schluckte. Natürlich hatte er es die ganze Zeit gewusst, doch es so offen zu hören, gefiel ihm nicht. Er hatte alles getan, sie davon zu überzeugen, dass sie hervorragend zusammenpassten, dass sie zusammengehörten. Die letzten zwei Tage hatte er sich sexuell zurückgehalten, um das emotionale Band zwischen ihnen zu stärken … jedenfalls so weit es möglich war. Aber er wollte nicht die letzte Chance vertun, mit Samantha zusammen zu sein. In dieser Bar, dieser kleinen

Wohnung, wo sie hingehörte.

„Ja, das bin ich“, erwiderte er. Aber er wollte noch viel mehr werden.

Er strich mit der Hand über ihre Hüften und glitt mit einem Finger unter die seidige Wäsche. Sie hielt den Atem an. „Hast du dies Teil immer im Gepäck, wenn du verreist?“, fragte er lächelnd.

„Ich habe es in einem Laden entdeckt und …“ Sie errötete erneut. „Ich war neugierig.“

„Worauf?“

„Wie es sein würde, so etwas anzuziehen. Ob ich mich wirklich sexy fühlen würde. Und all das, was du vorhin gesagt hast. Eigentlich hatte ich nicht vor, mich jemals so einem Mann zu zeigen.“

Es war absurd, aber ihm gefiel ihre Antwort. Nur für ihn hatte sie ihre Meinung geändert und dieses sehr verführerische Teil angezogen. Etwas an ihrer Antwort beunruhigte ihn jedoch.

„Willst du damit sagen, dass du dich noch nie so gefühlt hast?“ Er berührte sie zärtlich und ließ sie nicht aus den Augen. Sie stöhnte leise. „Du bist so verdammt leidenschaftlich, dass es mir schwerfällt, das zu glauben.“

„Oh Ryan.“ Waren das Tränen, die in ihren Augen glitzerten? „Glaubst du mir, wenn ich dir sage, dass ich so nur bei dir gefühlt habe?“

„Und ist das schlimm?“ Er leckte die Träne mit der Zungenspitze von ihrer Wange.

„Nein, es ist einfach nur so“, murmelte sie.

„Da du die Erfahrung jetzt gemacht hast, was hältst du davon, wenn wir dich aus diesem Kleidungsstück herausschälen?“

Seine Frage hatte den gewünschten Effekt. Sie lächelte erleichtert. „Ich bin gespannt, ob du das schaffst.“

Den Rücken zu ihm gewandt, setzte sie sich ans Kopfende des Bettes. Er folgte ihr. Ein kleines, weißes Schildchen fiel ihm ins Auge.

Er nahm das Schild und warf einen Blick darauf, bevor sie sich zu ihm umdrehte. „Hm. Ganz schön teure Nummer."

„Wie bitte?"

Er lachte. „Du hast vergessen, das Preisschild abzumachen."

Sie bedeckte ihr Gesicht mit den Händen. „Oh nein", rief sie. „Ich schaffe es nicht einmal, einen Mann richtig zu verführen."

„Glaube mir, mein Liebling, du hast mich genau richtig verführt. Es gibt da nur ein Problem."

Fragend sah sie ihn an.

„Du hast viel Geld für etwas ausgegeben, das ich dir jetzt vom Körper reißen werde."

„Oh, wirklich?" Sie streckte die Hand aus und berührte den Beweis seiner Leidenschaft. Langsam streichelte sie ihn. „Wenn du mich fragst, dann hat es sich gelohnt", schnurrte sie.

Er hielt ihre Hand fest. „Nicht wenn du so weitermachst." Er biss die Zähne zusammen und unterdrückte die Wellen der Lust, die zu schnell über ihm zusammenzuschlagen drohten.

Ihr leises Lachen erregte ihn noch mehr.

„Hexe", sagte er, und sie lächelte. „Du bist mir eine, Sammy Jo." Diese Frau in seinen Armen verzauberte sein Herz, seinen Körper, seine Seele. Er schob ihr die Spaghettiträger über die Schultern.

Unter den sexuellen Anzüglichkeiten, dem Flirt und der Verführung lagen tiefe Gefühle. Sam wusste es. Sie wettete, Ryan wusste es auch. Der Gedanke erschreckte sie nicht so sehr, wie er sollte angesichts der vielen Probleme, die noch aus dem Weg zu räumen waren.

Voller Leidenschaft sah er sie an. „Fordere nie einen Mann heraus, der scharf auf dich ist."

Sie grinste. „Bist du das denn?"

Mit einem Finger strich er über die Spitze, die ihre Brüste bedeckte. „Ich weiß es nicht, Liebling. Sag du es mir."

Sie wagte einen Blick nach unten. Unter ihrem heißen Blick schien sein Verlangen noch zu wachsen. „Du bist es." Sie fuhr sich mit der Zungenspitze über die Lippen.

Er stöhnte laut. „Mach das noch einmal."

Sie leckte ihre Lippen, und Ryan fuhr mit der Fingerspitze über ihren feuchten Mund. Liebevoll leckte sie auch seine Finger. Allein diese Berührung verursachte ein lustvolles Ziehen zwischen ihren Schenkeln.

Er legte seinen nassen Finger auf den hauchdünnen Stoff, der ihre zarten Knospen bedeckte. Sie stöhnte. Er rieb die Spitzen, bis sie hart wurden. Und je intensiver er die Spitzen rieb, desto heißer wurde ihr. Sie presste die Schenkel zusammen.

Sie war an einem Punkt angelangt, wo sie mit allem einverstanden war, was er tat oder sagte. Er schob den Body über ihre Brüste und nahm die dunklen Knospen zwischen seine Lippen. Mit der Hand streichelte er sanft ihre Brust, während er mit dem Mund daran saugte.

In diesem Moment wusste sie, dass sie zu ihm gehörte. Die Erkenntnis machte sie so frei, wie sie die ganze Woche nicht gewesen war – oder sogar in ihrem ganzen Leben. Er knabberte zärtlich an den Spitzen und liebkoste sie mit der Zunge, bis sie es vor Verlangen nicht mehr aushielt. Sie wollte ihn endlich in sich spüren.

Sie griff nach seiner Hand und führte sie zwischen ihre Beine. Kaum hatte er ihren empfindsamsten Punkt berührt, brach eine Welle der Ekstase über sie herein und brachte ihren Körper zum Erbeben. Als die Woge der Lust verebbte, spürte sie, dass ihre Sehnsucht nach ihm immer noch nicht gestillt war.

„Sammy Joe?“, fragte er mit heiserer Stimme.

Sie öffnete die Augen. „Ja?“

„Möchtest du mich noch?“

Sie nickte, und in Sekundenschnelle hatte er die Haken und Ösen ihres raffinierten Bodys geöffnet. Er zog ihn ihr vom Körper, einen Moment später flog sein Slip auf den Boden. Schneller, als sie jes e für möglich gehalten hatte, schützte er sich, und dann spürte sie endlich seinen Körper auf dem ihren. Er war warm, stark und hart und gab ihr alles, was sie begehrte, wovon sie jedoch nie zu träumen gewagt hatte.

Er hob ihre Hüften an und drang sanft in sie ein. Sie stöhnte auf, als er sie mit seiner Leidenschaft mitriss. Sie umklammerte ihn, als wollte sie ihn nie mehr loslassen. Er gehörte zu ihr, er war ein Teil von ihr geworden. Sie wusste nicht, wann das passiert war, es war ihr auch egal.

Das war also Liebe. Es war unbeschreiblich. Sie befeuchtete ihre Lippen und küsste ihn. Langsam, erotisch, sodass er sie schmecken konnte.

Er stöhnte laut. „Liebling, du machst mich verrückt. Ich wünschte, ich könnte warten, aber ich …“ Wieder stöhnte er. „Ich kann nicht.“

„Dann komm“, murmelte sie.

Mit einem Aufschrei warf er den Kopf zurück, worauf sich jeder Muskel in seinem wundervollen Körper anspannte und seine ungeheure körperliche Kraft verriet. Im gleichen Moment begann auch Samantha die Wellen der Ekstase zu verspüren. In diesem Moment vereinten sich nicht nur ihre Körper, sondern auch ihre Herzen und Seelen. Sie brauchte ihn so sehr, und anscheinend fühlte er genauso.

Schweigend lagen sie nebeneinander. Nur das Trommeln des Regens auf dem Dach unterbrach die köstliche Stille. Samantha schmiegte sich an ihn.

„Wie heißt du eigentlich mit Nachnamen?", fragte sie leise.

Ihre Frage überraschte ihn. Bisher hatte sie sich immer gescheut, persönliche Fragen zu stellen.

Er spielte mit ihren Haaren und kitzelte sie damit an der Wange. „Mackenzie."

„Und wer hat dir den Namen Ryan gegeben?"

Er zuckte mit den Schultern. „Meine Mutter mochte den Namen Ryan. Mein Vater hat mich Mac genannt. Es war einfach so. Kein besonderer Grund."

Er spürte, dass sie lächelte. „Mir gefallen beide."

Da er die Gelegenheit nicht versäumen wollte, sagte er: „Jetzt bist du an der Reihe, Sammy Jo."

Sie seufzte. „Samantha Josephine … Reed."

„Ziemlich lange Vornamen."

„Ja, alte, klassische Namen, das jedenfalls meinten meine Eltern. Das Image ist für meine Familie sehr wichtig. Das ist auch der Grund, weshalb mein Vater so unter seinen Problemen leidet." Sie räusperte sich. „Jedenfalls werde ich von allen Samantha genannt."

„Nur von mir nicht."

Sie lachte. „Nein, von dir nicht."

Wenn das Image für ihre Familie und Freunde so wichtig war, dann hatte sie vielleicht Probleme mit seinem Job als Barkeeper. Er glaubte nicht eine Sekunde daran, dass sie ihn nicht so akzeptierte, wie er war. Aber vielleicht würde es schwer werden, ihrem Vater ihre Beziehung zu erklären.

Ihm musste sie nichts mehr beweisen. Er liebte sie und war sicher, dass auch sie ihn liebte. Er musste nur endlich mit der Wahrheit herausrücken. „Sam?"

Sie legte sich auf ihn. „Bis zum Sonnenaufgang haben wir noch etwa eine Stunde. Willst du die Zeit wirklich mit Gesprächen verbringen?"

Ihr warmer Körper sprach eine eigene Sprache. Erneut überkam ihn heftiges Verlangen. „So schwer es mir auch fällt, ja."

„Aber ich nicht. Ich brauche diese Zeit mit dir. Ohne Druck, ohne … nur wir zwei." Sie küsste ihn auf die Wange und dann auf den Mund. „Ich brauche dich, Ryan."

Er stöhnte. Wie sollte er dieser Frau widerstehen.

Wenn sie hätte warten wollen, dann hätte er gewartet. Er wusste, wo er sie finden konnte.

9. KAPITEL

Es dämmerte schon fast, als Ryan einschlief. Sam schlich auf den Balkon, um den Sonnenaufgang über den in der Ferne liegenden Bergen zu beobachten. Doch selbst die Schönheit der Landschaft konnte ihr Interesse nicht wecken. Immer wieder sah sie hinein zu dem schlafenden Mann.

Er hatte reden wollen. Sie hatte ihn daran gehindert. Sie hatte keine andere Wahl gehabt. Sie hatte ein Leben vor sich. Ryan und sie hatten eine Woche miteinander verbracht. Eine unglaublich schöne Woche, die sie niemals vergessen würde. Konnte es mehr geben? Sie wusste es nicht, denn sie hatte ihn nicht ausreden lassen. Und sie selbst musste sich erst einmal um ihre eigenen Probleme kümmern.

Dank Ryan war sie jetzt bereit dazu. Er hatte ihr die Frau gezeigt, die sie wirklich war, die sie bisher aber nicht gekannt hatte.

Ihr Leben lang war sie auf der Suche nach etwas gewesen, was nicht erreichbar war. Sie hatte alles getan, um zuerst ihren Eltern und dann Tom zu gefallen. Ihre eigenen Wünsche hatte sie ständig in den Hintergrund gestellt. Ohne es zu merken, war ihr Leben leer und unerfüllt gewesen.

Aber sie war nicht mehr das kleine Mädchen, das Zuneigung suchte. Als ihr Vater in Schwierigkeiten geriet, war es selbstverständlich für sie gewesen zu helfen. Jeder hatte erwartet, dass sie sich opferte. Nicht einmal sie selbst hatte ihre Entscheidung je infrage gestellt. Bis Ryan ihr gezeigt hatte, was sie alles aufgab.

Sie schuldete Mr. Ryan Mackenzie so viel, mehr, als sie ihm je würde zurückgeben können. Nicht nur, weil er ihr eine Woche voller Leidenschaft und Liebe geschenkt hatte. Er hatte ihr gezeigt, wer sie war.

Und deshalb war ihr jetzt eines klar, dass sie Tom unmöglich heiraten konnte.

Es wäre ein Betrug an ihr selbst und schlimmer noch, sie würde Ryan und ihre gemeinsame Zeit verraten. Und das würde sie niemals tun. Sie konnte es nicht. Sie respektierte ihn viel zu sehr, als dass sie alles fortwerfen könnte, was er ihr gegeben hatte. Durch ihn war ihr Selbstwertgefühl gestärkt worden. Sie hatte gelernt, dass sie sich für niemanden verkaufen konnte, auch für ihren Vater nicht.

Was ist mit deinem Vater?, fragte ihr Gewissen. Würde sie es wirklich übers Herz bringen, ihn im Stich zu lassen? *Du bist nicht für deinen Vater verantwortlich, Sam.* Ryans Worte kamen ihr in den Sinn. Er hatte recht. Ihr Vater war ein Elternteil, sie war das Kind. Mit dem Alter wurden diese Rollen oft vertauscht. Das bedeutete aber noch lange nicht, dass sie ihr Leben opfern musste.

Du kannst nicht den Rest deines Lebens aufgeben, nur weil er Probleme mit seinem hat. Auch damit hatte Ryan recht. Sie würde alles mit ihrem Vater besprechen, und gemeinsam würden sie eine Lösung finden, mit der beide leben konnten. Sie würde ihm helfen, doch zunächst einmal musste sie ihm und Tom sagen, dass es keine Hochzeit geben würde.

Ihr wurde übel, als sie daran dachte, was sie erwartete. Ein wütender und gedemütigter Verlobter, ein Vater, der sich verraten fühlte, und Arbeitslosigkeit. Denn sobald die Verlobung gelöst war, würde Tom, der gleichzeitig ihr Chef war, sie entlassen. Und dann?

Toms Leben würde weitergehen, er würde eine andere junge Frau finden, die er herumzeigen konnte, und einen kompetenten Finanzberater. Was ihren Vater betraf, so würde sie mit seinem Arzt sprechen und herausfinden, ob er in der Lage war zu arbeiten. Eines wusste sie auf jeden Fall: Ihr Vater würde ihr verzeihen. Schließlich hatten ihre Eltern sich sehr geliebt. Er würde verstehen, dass sie dasselbe verdiente.

Der Ehe mit Tom hatte sie nur zugestimmt, weil sie ihrer Mutter ein Versprechen gegeben hatte.

Durch Ryan hatte sie nun erfahren, was sie wirklich vom Leben wollte. Sie würde nie jemanden so sehr lieben, wie sie Ryan liebte. Und wenn er sie nicht wollte, dann blieb sie lieber allein, als sich mit weniger zufrieden zu geben. Leise ging sie zurück ins Schlafzimmer.

Warum tat es so weh, das Richtige zu tun? Obwohl sie plante zurückzukommen, wusste sie nicht, was sie nach ihrer Rückkehr erwartete. Sie packte ihren Koffer und blieb noch einmal vor dem Bett stehen. Sie blickte auf den Mann hinab, der nackt auf der Decke lag und schlief.

Sie hasste es, ihn auf diese Weise zu verlassen. Sie hasste es, ihn überhaupt zu verlassen, aber sie hatte keine andere Wahl. Zu viele Probleme waren noch ungelöst. Wenn sie blieb, wäre sie versucht, sich einfach in seine Arme zu werfen und ihm ihre Liebe zu gestehen. Sie würde sich mit ihren Problemen nicht auseinandersetzen, sondern sie zunächst einmal verdrängen. Und sie würde ihm zuhören müssen.

Entweder würde er ihr sagen, dass es für ihn eine phantastische Woche und nichts weiter war, oder er würde sie bitten, bei ihm zu bleiben. Ihr Herz schlug schneller bei dem Gedanken.

Solange sie jedoch noch verlobt war, hatte sie kein Recht, ihn zu fragen, was er wollte.

Sie beugte sich hinab und küsste ihn leicht auf die Lippen. „Ich liebe dich", flüsterte sie zärtlich.

Er bewegte sich, legte einen Arm über das Gesicht, wachte jedoch nicht auf. Würde er verstehen, warum sie sich davonschlich? Oder würde er sie dafür hassen?

Eine Träne lief ihr die Wange hinab. Sie wischte sie mit dem Handrücken ab. Dann nahm sie ihre Tasche und huschte aus dem Zimmer hinunter in die Bar. Leise schloss sie die Tür hinter sich. Zumindest wusste sie, wo sie ihn finden konnte.

Anscheinend hatte er Samantha unterschätzt. Das war Ryan sofort klar, als sie den Raum verließ und er Minuten später die Kneipentür und das Geräusch eines Motors hörte. Er musste nicht erst aus dem Fenster sehen, um zu wissen, dass sie mit ihrem Mietwagen davonfuhr.

Sie gehen zu lassen, war das Schwerste gewesen, das er je getan hatte. Aber er hatte kein Recht gehabt, sie zu halten, wenn sie so offensichtlich fort wollte. Er schwang die Beine aus dem Bett und seufzte. Er hatte fest damit gerechnet, dass sie noch einige Stunden zusammen verbringen würden. Doch sie hatte sich davongeschlichen, ohne sich zu verabschieden.

Ihm blieben nur ihre geflüsterten Worte, die er gar nicht hören sollte. „Ich liebe dich auch, Liebling." Ryan sprach die Worte das erste Mal laut aus.

Dann beugte er sich vor und griff nach dem Telefon.

Samantha betrat die großzügige Lobby des Luxushotels „The Resort". Überall wuchsen Pflanzen, weiche Sessel luden zum Verweilen ein. Sie stellte ihr Gepäck auf dem Terrakottaboden ab. Ein Page kümmerte sich darum. Das Hotel strahlte Wärme aus, war geschmackvoll dekoriert und bot jeglichen Luxus, den man sich denken konnte. Ihr Verlobter hatte sie oft genug daran erinnert, dass es sich um ein First-Class-Hotel handelte.

„Kann ich Ihnen helfen?" Ein junger Mann, gut aussehend und bestimmt nicht viel älter als zwanzig, begrüßte sie mit einem freundlichen Lächeln.

„Mein Name ist Samantha Reed. Ich nehme an der Konferenz teil, die morgen beginnt." Sie schaute auf die Uhr und runzelte die Stirn. „Ich bin früh, mein Zimmer ist wahrscheinlich noch nicht fertig, aber vielleicht könnte ich zumindest mein Gepäck irgendwo abstellen." Sie hatte Ryan so eilig verlassen, dass sie nicht daran gedacht hatte, dass ihr voraussichtlich noch kein Zimmer zur Verfügung stehen würde.

Sie ignorierte den Schmerz in der Brust bei dem Gedanken an Ryan und konzentrierte sich stattdessen auf ihren leeren Magen. „Außerdem habe ich Hunger. Gibt es ein Restaurant, in dem ich frühstücken könnte?"

Der junge Mann sah von seinem Computer auf und strahlte sie an. „Es ist schon alles für Sie vorbereitet, Miss Reed. Ihr Zimmer ist fertig."

Sie blinzelte überrascht. „Muss eine ruhige Woche sein, wenn Sie um diese Zeit schon Zimmer fertig haben."

„Ich … äh … ja. Einige Gäste sind früh abgereist." Eifrig gab er Informationen in den Computer ein.

Sie blickte sich um, während sie wartete. Das Hotel war in den Farben Sonnengelb, Weiß und Rotbraun gehalten, so wie sie Ryan ihr Traumhaus beschrieben hatte. Ihr gemeinsames Traumhaus, dachte sie und spürte, dass ihr Tränen in die Augen traten.

Offensichtlich konnte sie den Barkeeper nicht vergessen. Selbst dieses luxuriöse Hotel erinnerte sie an Ryan.

„Miss Reed?" Die Stimme des jungen Mannes unterbrach ihre Gedanken. „Wenn Sie hier bitte unterschreiben würden …"

Sam unterschrieb und nahm die weiße Karte in Empfang, die als Schlüssel diente.

„Zimmer 315A. Nehmen Sie den Fahrstuhl dort drüben in der Ecke. Ihr Gepäck wird sofort gebracht." Er deutete auf die Aufzüge in einer Nische zwischen einigen kleinen Geschäften. „Unten gibt es ein Restaurant, das geöffnet hat. Falls Sie irgendetwas brauchen, können Sie gern fragen."

„Vielen Dank …" Sie lehnte sich ein wenig vor, um den

Namen auf seinem Schild zu lesen. „Joe. Da wäre noch etwas.“ Sie fragte nicht gern, aber sie musste es wissen. „Ist Mr. Tom Webber schon angekommen? Dieselbe Konferenz.“

Der Angestellte gab den Namen in seinen Computer ein. „Ja, er ist gestern am späten Abend eingetroffen. Er hat das hier für Sie hinterlassen.“

In ihrem Magen rumorte es vor Nervosität. „Danke.“ Es war eine Einladung zu einer Cocktailparty am späten Nachmittag mit einer handgeschriebenen Notiz, dass er sie fünfzehn Minuten vorher abholen würde. So konnten sie gemeinsam ankommen, Arm in Arm. Eine Zurschaustellung auf Befehl, teil ihrer Verpflichtung als seine zukünftige Frau.

Entweder musste sie Tom vor der Party reinen Wein einschenken oder als glückliches Paar auftreten, wie er es geplant hatte, und anschließend mit ihm reden. Der Gedanke machte sie krank.

Sie schaute auf ihre Uhr. Es war zu früh, ihren Verlobten zu wecken, egal wie schnell sie diesen Albtraum hinter sich bringen wollte. Nun, sie könnte sich in der Zwischenzeit um andere Dinge kümmern. Zumindest ihr Vater war ein Frühaufsteher. Sie beschloss, ihn über ihre Entscheidung zu informieren, bevor Tom wegen Nichteinhaltung eines Versprechens und der sich daraus ergebenden Konsequenzen wütete.

Auf ihrem Weg zum Fahrstuhl kam ihr der Gedanke, dass Tom ihre Entscheidung vielleicht besser aufnahm, als sie fürchtete.

Tom war ein gut aussehender Mann, der keine Schwierigkeiten hatte, hübsche Frauen auf sich aufmerksam zu machen. Hier ging es nicht um Liebe, und es gab viele Frauen, die besser aussahen als sie, Frauen, die gewillter und fähiger waren, die Rolle der Ehefrau eines reichen Mannes zu spielen.

Nicht, dass sie glaubte, irgendetwas könnte ihre Stellung

in Toms Firma retten. Im Geschäft war er rücksichtslos, und das Privatleben würde nicht anders aussehen. Samantha beschloss, ihm mit ihrer eigenen Kündigung zuvorzukommen.

Ihr Zimmer befand sich am Ende eines sehr langen, eleganten Korridors. Wunderschöne Messingwandleuchter erhellten den Gang. Wenn sie sich nicht irrte, befand sich auf dieser Etage auch der Pool, allerdings am anderen Ende. Die Zimmertüren lagen plötzlich weiter auseinander. Als sie die Nummer 315A erreichte, bemerkte sie, dass es auch 315B gab. Zwei Zimmer mit Verbindungstür, dachte sie und ihr Magen verkrampfte sich.

Sie hoffte, dass Tom nicht auf die dumme Idee gekommen war, einige intime Stunden mit seiner Verlobten zu verbringen. Bisher war er damit zufrieden gewesen, sich in der Öffentlichkeit Händchen haltend mit ihr zu zeigen. Sie betete inständig, dass sich das nicht geändert hatte. Es würde die Geschichte nur noch komplizieren.

Sie öffnete die Tür mit ihrer Karte und betrat das Zimmer. Suite, dachte sie, als sie ihren Blick durch den geräumigen Raum gleiten ließ, der nicht anders als luxuriös bezeichnet werden konnte. Keine Annehmlichkeit fehlte.

Sie stand mitten in einem riesigen Wohnzimmer mit einer kleinen Kochnische. Ihr Blick fiel auf die gemütliche Couch, Tische, Telefon, Videorekorder und einen großen Fernseher. Irgendetwas war hier falsch gelaufen. In dem Moment, als der junge Mann ihr sagte, ihr Zimmer sei fertig, hätte sie es wissen müssen.

Neugierig wie sie war, beschloss sie, sich erst einmal genauer umzusehen, bevor sie den Irrtum aufklärte. Eine Tür führte zum Badezimmer. Sie warf einen Blick hinein. Heller Marmor, extravagante Sanitäreinrichtungen, Whirlpool. In der Dusche entdeckte sie sogar Massagedüsen in der Wand.

Wow! Sie und Ryan könnten in einer Dusche wie dieser

ein herrliches Abenteuer erleben. Allein die Vorstellung, was er mit diesen unterschiedlichen Massagebrausen alles anfangen konnte, erregte sie. Ihr wurde heiß, als sie sich an das erste Mal in der alten Dusche über der Bar erinnerte. Sie schlang die Arme um ihren Körper, aber es war nicht dasselbe, als wenn er sie umarmte. Sie vermisste ihn.

Die extravagante Einrichtung war beeindruckend, doch in Bears Kneipe war sie glücklicher gewesen. Weil Ryan bei ihr gewesen war. Diese Suite und all der Luxus bedeuteten ihr nichts ohne ihn.

Sie setzte ihre Besichtigungstour fort und entdeckte zwei weitere Türen. Eine, nahm sie an, würde ins Schlafzimmer führen, die andere möglicherweise zu ihrem Verlobten. Sie erschauerte bei dem Gedanken. Keine Geräusche drangen aus dem Nebenraum zu ihr. Falls er wirklich dort sein sollte, schlief er noch tief und fest.

Sam nahm das Telefon und wählte die Nummer der Rezeption. Sie erklärte Joe ihre missliche Lage.

„Ich versichere Ihnen, dass es sich wirklich um keinen Irrtum handelt, Miss Reed."

„Ich war schon auf vielen Konferenzen, Joe, und ich weiß, dass meine Firma keine Suite wie diese für einen Angestellten reserviert." Ein sehr einfaches Zimmer war wahrscheinlicher.

„Ich werde es überprüfen." Sam hörte das Klicken der Computertasten, bevor Joe wieder ans Telefon kam. „Nun, Sie haben recht."

„Ich wusste es."

„Es ist geändert worden."

„Von wem?", fragte sie, obwohl sie die Antwort bereits kannte. Aber sie weigerte sich, diese Suite zu nutzen und damit Tom verpflichtet zu sein. Schließlich wollte sie die Verlobung lösen.

„Einen Moment, ich werde nachschauen."

Sam trommelte mit den Fingernägeln auf der Tischplatte herum. Wie die Dinge aussahen, würde sie die Ausgaben aus eigener Tasche bezahlen müssen. Und sie konnte es sich nicht erlauben, Geld für solch eine Suite zu verschwenden. Solange sie keinen neuen Job hatte, musste sie ihr Geld sehr sorgfältig einteilen, denn sie wollte auf ihre Ersparnisse nur im Notfall zurückgreifen.

Was wäre sie für eine Finanzberaterin, wenn sie sich selbst nicht an die Ratschläge hielt, die sie anderen gab? Sparen für die Zukunft war immer ihre Devise gewesen. Schade, dass ihr Vater nie zugehört hatte. Dann wäre sie jetzt nicht in dieser Situation.

Falsch. Wenn sie sich von Anfang an durchgesetzt hätte, wenn sie die Situation besser im Griff gehabt hätte, befände sie sich nicht in dieser Lage. Sie konnte nicht ihren Vater dafür verantwortlich machen, dass sie wieder die brave Tochter gespielt hatte, die nie an sich selbst dachte. Es wurde Zeit, dass sie die Verantwortung für ihre eigene Rolle in diesem Schlamassel übernahm.

„Miss Reed? Unser Haus selbst hat den Wechsel veranlasst", informierte Joe sie.

„Sind Sie sicher? Aber warum ..."

„Tut mir leid, ich muss jetzt auflegen. Falls Sie irgendwelche Fragen haben, kommen Sie zur Rezeption." Es klickte, und dann folgte das Freizeichen.

Die Verbindung war unterbrochen. „Der Service eines Luxushotels ..." Zumindest wusste sie, dass Tom nicht im Raum nebenan war. Sie knallte den Hörer auf. Laut.

Wenn nicht Tom für diese phantastische Unterkunft gesorgt hatte, wer war es dann gewesen? Und vor allem, warum?

Ein Klopfen an der Tür unterbrach ihre Gedanken.

„Ihr Gepäck", rief eine Stimme.

Großartig. Ihr Koffer würde jetzt in diese Suite gestellt, was die Sache noch komplizierter machte. Sie nahm ihr Gepäck entgegen und gab dem Pagen ein Trinkgeld. Dann rief sie erneut an der Rezeption an. Wiederum versicherte ihr Joe, dass alles in Ordnung sei. Er hörte nicht auf ihre Einwände und behauptete, dass keine anderen freien Einzelzimmer zur Verfügung ständen.

Sam warf die Arme in die Luft. „Was wird noch alles passieren?"

Sie versuchte, ihren Vater zu erreichen. Der Anrufbeantworter meldete sich, und sie hinterließ ein Nachricht mit der Bitte um Rückruf. Dann wählte sie die Nummer der Telefonzentrale und bat darum, mit Tom Webbers Zimmer verbunden zu werden. Eine freundliche Stimme informierte sie darüber, dass er mit Kunden zum Frühstück und Lunch verabredet war, dass er sich jedoch am Abend mit allen in der Lobby treffen würde.

„Ich hätte es wissen müssen!", rief sie verzweifelt aus. Sie warf sich auf die Couch und legte die Beine hoch. Ihr Geständnis würde noch warten müssen. Und ein anderes Zimmer hatte sie auch noch nicht.

Schließlich und endlich lag ein ganzer Tag vor ihr. Ein Tag, den sie mit Ryan hätte verbringen können, wenn sie nicht so verdammt stur gewesen wäre, so … Das Telefon unterbrach ihre Gedanken. „Hallo?"

„Hallo, Sammy Jo."

Ihr Herz begann wild zu schlagen. „Ryan? Bist du es?" Dumme Frage, doch sie war so erleichtert, seine Stimme zu hören, dass sie fast geweint hätte.

„Nennt dich sonst noch jemand Sammy Jo … außer Zee? Und der ist draußen und wäscht mein Auto."

„Wäscht dein … er ist achtzig Jahre alt. Willst du, dass der Mann einen Herzanfall bekommt?"

„Es war ein Witz, Samantha."

„Oh." Sie lachte. Gleichzeitig wischte sie sich eine Träne von der Wange. „Aber ich meine es ernst. Niemand außer dir nennt mich Sammy Jo."

„Richtig so", murmelte er. „Und vergiss das nie."

Er war nicht ärgerlich. Das hätte sie an seiner Stimme gehört. Zumindest glaubte sie es, obwohl sie nicht sicher sein konnte. „Ryan?"

„Was ist, Liebling?"

„Ich … ich bin froh, dass du angerufen hast." Sie hielt inne und lauschte seinen gleichmäßigen Atemzügen. Der Klang beruhigte sie und drang bis zu ihrem Herzen vor. „Und es tut mir leid, dass ich heute Morgen einfach so gegangen bin. Aber ich muss mich hier um einige Dinge kümmern, und ich wusste nicht, wie ich mich verabschieden sollte. Jetzt tut es mir leid, denn wir hätten noch viel Zeit miteinander verbringen können. Bist du böse auf mich? Natürlich würde es mich nicht wundern, aber …"

„Du redest schon wieder wie ein Wasserfall", unterbrach er sie.

Sie lächelte und stellte sich sein markantes Gesicht vor. Endlich löste sich das Gefühl der Beklemmung, das sie verspürte, seit sie ihn verlassen hatte. „Ich weiß."

„Weil du nervös bist."

„Ja."

„Du weißt, dass ich etwas dagegen unternehmen kann." Seine tiefe, heisere Stimme brachte ihre Nerven zum Vibrieren. Seine Zweideutigkeiten erregten sie, seine Stimme beruhigte sie, und ein einfacher Anruf von ihm war wie eine Berührung.

Sie drückte den Hörer in ihrer Hand. „Und was wäre das?"

„Vertrau mir, Liebling."

„Das tue ich."

Dieses einfache Eingeständnis machte ihn verrückt. Er ließ sich in die Kissen sinken und wünschte, er wäre nicht allein. Ihre Stimme am Telefon zu hören reichte ihm nicht.

Doch es gab noch Arbeit in der Kneipe, und Ryan gehörte nicht zu denjenigen, die einfach alles stehen und liegen ließen. Erst einmal musste aufgeräumt werden. Er würde auch Zee nicht um Hilfe bitten. Der alte Mann hatte für heute seinen wöchentlichen Besuch auf dem Friedhof geplant, um das Grab seiner Frau zu besuchen. So war er also allein, bis Bear in ein paar Stunden zurückkehrte.

Sei erfinderisch, Mackenzie. „Okay, Liebling. Entspann dich und erzähl mir, wo du bist."

Sie seufzte. „In meinem Zimmer."

Er lachte. „Das weiß ich. Schließlich habe ich dich angerufen. Beschreibe es mir."

„Nun, irgendwie ist hier ein Fehler unterlaufen, denn im Moment bin ich in einer Suite. Sie ist unglaublich. Die Farben, traumhaft schön. Es ist so wie in meinem Traum. Erinnerst du dich, was ich dir erzählt habe?"

Als ob er das je vergessen könnte. Ein Haus, Kinder, ihre und seine. Wie eine Wolke hüllte ihn ihre sanfte Stimme ein. Sie war glücklich in seinem Hotel, in der Suite, die sich an seine eigene anschloss. Es war die Suite, in der seine Schwester vor ihrer Hochzeit gelebt hatte.

„Und, Ryan?"

„Ja?"

„Du solltest das Badezimmer sehen. Die Farben sind himmlisch. Und es gibt einen Whirlpool." Sie sprach jetzt ganz leise, und der heisere Klang rief ihm den Moment in Erinnerung, als er sie das erste Mal gesehen – hatte. Schmutzig von ihrem Marsch durch die Wüste und trotzdem unwiderstehlich.

„Und weißt du was? Die Dusche ist ein Traum." Sie hielt

einen Moment lang inne. „In den Wänden sind Massagedüsen, und die Brause kann man in die Hand nehmen."

Er stöhnte. Ein lustvolles Ziehen ging durch seine Lenden. Er stellte sie sich in der Badewanne vor, nackt, entspannt, die Haut voller Seifenschaum, die Beine …

„Bist du noch da?", fragte sie.

Er räusperte sich. „Ja. Ich dachte, ich sollte mir Mühe geben, deine Nervosität zu vertreiben."

„Du kümmerst dich um mich und ich mich um dich." Kurze Pause. „Darin waren wir doch ganz gut, oder?", fragte sie schließlich.

„Das weißt du genau. Hast du heute Morgen schon etwas gegessen?" Er wechselte auf ein ungefährliches Thema. Nur so konnte er seine Gedanken von Samantha ablenken, einer Massage unter der Dusche und Sex.

„Bisher habe ich nicht gefrühstückt, aber ich sterbe vor Hunger. Was ist mit dir? Bist du hungrig?"

„Und wie." Aber er dachte dabei nicht an ein Frühstück. Er schaute auf seine Uhr. Noch ein paar Stunden, dann war das Versteckspielen vorbei. „Was hast du für heute geplant?", fragte er und bewegte sich damit wieder auf sicherem Boden.

„Nun, um vier gehe ich zu einer Cocktailparty. Eine Pflichtübung. Und dann … gibt es noch einige persönliche Dinge, die ich erledigen muss."

Zu diesem Zeitpunkt wäre er schon dort, wo er hingehörte, und hätte die Situation besser unter Kontrolle. Und sich selbst auch. Bisher hatte er es geschaffte, die Wahrheit vor Sam zu verbergen. Er hatte Joe, seinem jüngsten aber eifrigsten Angestellten einen Bonus versprochen, wenn er dafür sorgte, dass Samantha wie eine Prinzessin behandelt wurde. Allerdings durfte er nicht verlauten lassen, wer sie auf den Thron gesetzt hatte.

Das war Ryans Angelegenheit. Noch an diesem Abend

wollte er ihr die Wahrheit sagen.

„Und du?“, fragte sie.

„Ich werde später das Übliche tun.“

„Klingt gut. Schade, dass ich nicht bei dir bin.“

Du wirst es sein, mein Schatz. Ganz bestimmt. „Ich muss noch aufräumen ... bevor Bear kommt.“

„Jetzt habe ich ihn gar nicht kennengelernt.“

Ihre traurige Stimme rührte ihn. „Vielleicht eines Tages.“

„Ja. Vielleicht.“ Obwohl er es hasste, dass er immer noch den Eindruck vermittelte, als seien die Dinge zwischen ihnen unsicher, hatte er keine andere Wahl. Das Telefon war für so große, persönliche Enthüllungen nicht erfunden worden. „Ich muss jetzt an die Arbeit, Liebling.“

„Leb wohl, Ryan.“

Er wartete, bis sie den Hörer aufgelegt hatte. Erst dann hängte er ein. Er ging ins Badezimmer und stellte sich unter die kalte Dusche. Das eiskalte Wasser würde helfen, sein Verlangen zu unterdrücken. Wenn auch nur kurzfristig.

Samantha hatte gar keine Ahnung, was sie in ihm bewegte, und das nicht nur körperlich. Ihre Beziehung ging weit über Sex hinaus. Er sah sich selbst jetzt mit anderen Augen, hatte gemerkt, dass er zu wirklicher Liebe fähig war. Aber noch wichtiger war, auch sie hatte mit jedem Tag mehr über sich selbst gelernt.

10. KAPITEL

Sam saß kerzengerade auf der Couch. Wegen der erotischen Phantasien, die sie gerade erlebt hatte, klopfte ihr Herz. Die empfindsamsten Teile ihres Körpers kribbelten bei dem Gedanken an Ryans Hände und seinen sinnlichen Lippen auf ihrer Haut. Sie schlang ihre Arme um die Taille, um das Zittern und die Sehnsucht nach etwas, was sie nicht haben konnte, zu stoppen.

Sie war glücklich über Ryans Anruf, doch er hatte mit keiner Silbe erwähnt, dass er sie wiedersehen wollte. Das tut weh, gestand sie sich ein, doch sie würde lernen müssen, damit umzugehen.

Zunächst einmal musste sie sich aber um nahe liegende Dinge kümmern. Am wichtigsten war es, aus diesem goldenen Käfig hinauszukommen, den sie sich nicht erlauben konnte. Sie stand auf und griff nach ihrer Tasche. Dabei fiel ihr Blick auf Ryans Ring an ihrer linken Hand.

Sie musste ihn vom Finger ziehen und Toms Ring aufsetzen … zumindest bis sie sich offiziell von ihm getrennt hatte. Obwohl sie Ryans Ring am liebsten nie wieder abgenommen hätte, würde es ihren Verlobten demütigen, wenn sie ihn trug. Sie liebte Tom zwar nicht, und sicher liebte auch er sie nicht, aber sie hatten ein Abkommen. Seit sie Ja gesagt hatte, hatte er ihre Angelegenheit mit Vernunft und Respekt behandelt. Und das konnte er jetzt auch von ihr erwarten.

Ihre Hände zitterten, und als sie den Ring über den Finger streifte, musste sie an die Worte der Verkäuferin in dem Souvenirladen denken. *Solange Sie diesen Ring tragen, gehören Sie zusammen*. Bedeutete das, das sie den Zauber durchbrach, wenn sie den Ring abnahm?

„Welchen Zauber?“ Sam schüttelte den Kopf über solch dumme Gedanken. Sie hatte an solch einen Unsinn nie geglaubt und würde auch jetzt nicht damit anfangen.

Sorgfältig verstaute sie den geliebten Ring in ihrer Tasche, dann steckte sie Toms auffälligen Dreikaräter an den Finger. Er fühlte sich kalt an, und sie erschauerte. Schließlich verließ sie die Suite und ging hinunter in die Lobby.

An der Rezeption war Joe mit einem anderen Paar beschäftigt, und so wartete sie, bis er fertig war.

„Guten Tag, Miss Reed."

Sie lächelte den freundlichen jungen Mann an. „Hallo, Joe."

„Was kann ich für Sie tun?"

„Nun, wie ich schon am Telefon sagte, gibt es ein Problem mit dem Zimmer, ich meine mit der Suite."

„Gefällt sie Ihnen nicht?"

„Oh doch, sehr gut sogar. Wem würde sie nicht gefallen. Es ist nur so, dass für mich ein normales Zimmer reserviert wurde. Ich weiß nicht, wer das geändert hat, aber es ist ein Fehler. Einer, den ich mir nicht erlauben kann. Sehen Sie also bitte nach, ob Sie nicht ein Standardzimmer für mich haben."

Er schüttelte den Kopf. „Ich sagte Ihnen schon, dass wir keine Einzelzimmer mehr verfügbar haben."

Vor Frust hätte sie am liebsten laut geschrien. „Heute Morgen haben Sie gesagt, dass einige Gäste sehr früh abgereist seien."

„Ja, aber die Zimmer sind schon wieder belegt. Ich kann Ihnen aber sagen, dass Sie dieses Zimmer …"

Er musste ihren warnenden Blick gesehen haben, denn er fing an zu stottern. „Die Suite kostet Sie nicht mehr als das Standardzimmer, das Sie unbedingt haben möchten." Er strahlte sie an. „Zufrieden?"

Sie schlug mit der Hand auf den Tresen. „Oh nein." Aber es war nicht Joes Fehler. „Tut mir leid. Sie können ja nichts dafür. Falls ein Zimmer frei wird, dann sorgen Sie bitte dafür, dass ich es bekomme. Okay?"

„Ja, Miss Reed."

„Schön."

Sein Blick fiel auf ihre Hand. Ihre linke Hand. „Der Ring ist wunderschön."

„Danke", murmelte sie.

„Ich wusste schon immer, dass Mr. Mackenzie einen ausgezeichneten Geschmack hat. Ich verehre ihn, wissen Sie. Ich möchte so viel wie möglich von ihm über das Hotelmanagement lernen und dann ..."

Hatte sie richtig gehört? Ihr Verstand arbeitete auf Hochtouren.

„Joe?", unterbrach sie seinen Monolog.

„Ja?"

„Sagten Sie Mackenzie?" Was bedeutete das schon. Sicherlich gab es in Arizona häufig diesen Namen. Der Staat war groß. Es hatte nichts zu sagen. „Sie meinen doch nicht Mr. Ryan Mackenzie, oder?"

Er lachte. „Oh, er hat gesagt, dass Sie sehr scharfsinnig sind und einen Sinn für Humor besitzen. Natürlich ist es Ryan Mackenzie. Der Chef hat gesagt, ich soll mich um Sie kümmern, bis er zurück ist, aber er hat nicht gesagt, dass er Ihnen in der Zwischenzeit einen Heiratsantrag machen wird. Aber ..." Er hielt ihre linke Hand hoch. „Ganz offensichtlich hat er es getan."

„Der Chef?"

Joe blinzelte und antwortete nicht. Anscheinend wusste er nicht, ob sie einen Witz machte, oder ob er unbesonnen gehandelt hatte. Samantha wollte ihm keine Schwierigkeiten machen, aber sie musste die Wahrheit wissen.

Sie zwang sich zu einem Lächeln. „Schon gut, Joe. Ich habe einen Witz gemacht. Natürlich kenne ich Mr. Mackenzies Stellung hier genauso gut wie Sie."

Er atmete erleichtert auf. „Ich wusste es. Ich meine, ich bin nicht dumm. Ich werde niemals so ein Hotel besitzen wie er, ich könnte mir nie erlauben, so etwas Großes zu kaufen, aber ich werde mich hocharbeiten …"

Sam tätschelte Joes Hand. „Ich bin sicher, dass Sie es schaffen werden." Sobald er gelernt hatte, was Diskretion bedeutete und Schweigen wert war.

„Und was das Zimmer betrifft, so werde ich das mit Mr. Mackenzie klären", fügte sie hölzern hinzu, bevor sie sich umdrehte und sich entfernte.

Geschockt und enttäuscht ging sie durch die Lobby und ließ sich in einen weichen, großen Clubsessel fallen.

Er hatte gelogen. Ihr sexy Barkeeper war gar keiner. Oh ja, sexy war er, aber er war kein Barkeeper. Sie war wütend und fühlte sich betrogen.

Obwohl sie das zur Heuchlerin machte, denn sie selbst hatte in dieser Woche auch nicht die ganze Wahrheit gesagt. In Anbetracht der Tatsache, dass sie wünschte, er würde ihre Lüge verstehen und verzeihen, konnte sie ihm seine kaum vorhalten. Aber es gab da einen Unterschied: Sie hatte ihn am Ende für immer gewollt, während sie für ihn nur eine Affäre geblieben war.

Seine Lüge hatte einem Zweck gedient, das war ihr jetzt klar. Die Woche war Phantasie gewesen und mehr nicht. Während sie sich ihm geöffnet und einen Teil ihrer Seele offenbart hatte, die keiner kannte, hatte er ihr sein wirkliches Ich vorenthalten.

Während sie auf eine gemeinsame Zukunft gehofft hatte, hatte er nur Spaß am Sex mit ihr gehabt. Die Ironie lag klar auf der Hand. Er hatte in der Woche all das bekommen, was sie selbst bei ihrer Ankunft gewollt hatte.

Und jetzt? Für Ryan war die Konferenz und ihr Aufenthalt in seinem Hotel eine Möglichkeit, mit ihr zusammen zu sein, bis sie nach Hause reiste. Bis dahin wollte er den Sex mit ihr genießen. Was war die Woche denn anderes gewesen als ein Fest der sinnlichen Liebe?

Sind die Gefühle wirklich einseitig gewesen?, fragte ihr Herz. Was ist mit dem Ring, Sammy Jo?, fragte ihr Verstand. Oh, wie musste Ryan insgeheim gelacht haben, weil sie fürchtete, dieses Silberschmuckstück könnte ihn in den Ruin treiben. Ich bin eine wirklich preisgünstige Affäre gewesen, dachte sie bitter.

Und seine Träume? Der Wunsch, ein Haus zu bauen? Das Gerede über Kinder? „Du hast davon gesprochen, Sammy Jo." Er hatte von Anfang an gesagt, dass sie sich Phantastereien hingaben, und die hatten irgendwann ein Ende.

Wenn sie abreiste, würde er ihr sicherlich zum Abschied winken und sich für die schöne Zeit bedanken. Warum auch nicht? Sie hatte sie ihm bereitwillig geschenkt.

Sam wusste nicht, was mehr schmerzte, ihr Magen oder ihr Herz. Es sah so aus, als würde sie ihre Verlobung lösen und dann allein sein.

Sie verbarg ihr Gesicht in ihren Händen. Sie hatte alles bekommen, was sie gewollt hatte. Und mehr nicht.

Ryan schritt durch die Lobby seines Hotels. Da er nicht riskieren wollte, Samantha über den Weg zu laufen, hatte er noch bei Bear geduscht, sich rasiert und umgezogen. Bei seiner Ankunft im „The Resort" hatte er sein Gepäck im Büro verstaut, seine Angestellten überprüft und sich dann so rar wie möglich gemacht.

Jetzt, um kurz vor vier am Nachmittag, musste er sicher sein, dass alles lief wie geplant. „Alles vorbereitet, Joe?" Ryan lehnte sich an die Rezeption, ohne die Fahrstühle dabei aus den Augen zu lassen. Von hier konnte er Samantha entdecken, bevor sie ihn sah.

„Ich habe alles so gemacht, wie Sie mir telefonisch aufgetragen haben, Mr. Mackenzie."

Nachdem er eine Woche lang einfach Ryan gewesen war, erschien es ihm merkwürdig, mit vollem Namen angesprochen zu werden.

Der Name war aber nicht das Einzige, was ihn befremdete. In seiner Kleidung – schwarze Hose, weißes Hemd und Sakko – fühlte er sich eingeengt und unwohl.

Zum ersten Mal beneidete er Bear um dessen ungezwungenes Leben. Lag es daran, weil sein bester Freund eine Frau gefunden hatte, die bereit war, in ihrem Leben einiges zu ändern, um mit ihm zusammen zu sein? Oder war es, weil auch für Ryan die Zeit gekommen war, nicht länger ein Leben im Hotel zu führen, sondern sich ein Heim zu schaffen? Beides wahrscheinlich, dachte er.

Bear würde niemals Zee verlassen, so wie Zee niemals woanders als in Arizona leben wollte. Es hatte einige Zeit gedauert, bis Bears Freundin, jetzt seine Verlobte, eingesehen hatte, dass einer von ihnen ein Opfer bringen musste, wenn sie zusammenleben wollten. Bei Ryan war es ähnlich.

Mit einem Hotel dieser Größenordnung, einer Schwester, die zwei Stunden entfernt wohnte, und einer Mutter, die nicht mehr in der Lage war, die Verantwortung für die Anlage zu übernehmen, konnte er nicht derjenige sein, der aus Arizona fortzog. Also musste Samantha diejenige sein, die alles aufgab. Aber auch sie hatte einen Vater, um den sie sich kümmern musste, und einen Job, den sie nicht einfach aufgeben konnte.

Er wandte sich an Joe. „Die Blumen?", fragte Ryan.

„Alles geregelt, Sir. Sie werden in die Suite gebracht, sobald Miss Reed zur Cocktailparty geht."

„Dinner?"

„Ich habe mich darum gekümmert.“ Das Lächeln des jungen Mannes wurde immer strahlender. Seinem Boss zu gefallen, war das Wichtigste für ihn.

„Champagner?“

„Steht kalt.“

Ryan war nie ein romantischer Mann gewesen. Er war es immer noch nicht, und es war auch nicht nötig, Samantha mit seinem Reichtum zu beeindrucken. Er musste ihr lediglich erklären, warum er die Wahrheit bis jetzt verschwiegen hatte.

Blumen, Champagner, alles war unwichtig. Wichtig waren allein ihre gemeinsame Zukunft und ihre Liebe.

Da sie von ihm nichts erwartete, wollte er ihr alles geben, was er hatte. Und wenn er ehrlich mit sich selbst war, dann konnte es nicht schaden, etwas Romantik in die Beziehung zu bringen, genau wie Zee ihm geraten hatte. Sie würde den Weg zur Wahrheit ebnen.

Hinein in eine gemeinsame Zukunft. „Der Ring? Ist er geliefert worden?“, fragte Ryan. Er hatte einen guten Freund, einen Juwelier in der Stadt, gebeten, ihm zu helfen.

„Er ist wunderschön. Und passt hervorragend zu ihr. Sie haben einen ausgezeichneten Geschmack, Mr. Mackenzie, wenn ich das so sagen darf.“

Ryan hatte von dem Ring gesprochen, der geliefert werden sollte, nicht von dem, den Samantha im Moment trug. „Übertreiben Sie nicht, Joe.“ Der Junge war ein größerer Schmeichler, als er gedacht hatte. Obwohl seine Begeisterung und seine harte Arbeit lobenswert waren, ging er manchmal zu weit. Wenn er glaubte, er könnte bei Ryan etwas für sich erreichen, indem er von dem Türkisring schwärmte, dann musste er noch viel lernen.

Nicht, dass Ryan der Ring nicht gefiel. Er bedeutete ihm viel, doch das konnte der Junge nicht wissen. „Ich werde selbst bei Jim noch einmal anfragen“, murmelte er. Wenn sein Freund versprach, das Päckchen würde hier sein, dann konnte er sich eigentlich darauf verlassen. Ein kurze Nachfrage konnte trotzdem nicht schaden.

Was war schließlich ein Heiratsantrag ohne Ring?

„Äh, Mr. Mackenzie?"

„Ja?"

„Miss Reed kommt." Der Junge deutete mit dem Kopf zum Fahrstuhl.

Schnell verbarg Ryan sich hinter einer Marmorsäule. Es hing zu viel von dem Überraschungsmoment heute Abend ab. Ihm durfte jetzt kein Fehler unterlaufen. Von seinem Standort aus konnte er beobachten, wie Samantha durch die Lobby ging.

Ihr Anblick versetzte ihn in Staunen. Die Frau, die sich der Rezeption näherte, ähnelte überhaupt nicht seiner Samantha. Nachdem er sie eine Woche lang in kurzen Röcken, Jeans, leichten Sommerkleidern oder nackt gesehen hatte, war ihr jetziges Outfit fast ein Schock für ihn.

Sicher, das Seidenkleid betonte ihre Figur, aber es bedeckte mehr, als das es zeigte. Es war am Hals hochgeschlossen und hatte lange Ärmel. Ihre dunklen Haare, die einen aufreizenden Kontrast zu der hellen Seide boten, hatte sie zu einer eleganten Frisur hochgesteckt.

Sie wirkte königlich, kühl und distanziert. Alles Worte, mit denen er die meisten weiblichen Gäste seines Hotels beschrieb, die er jedoch nie mit der Samantha in Verbindung gebracht hatte, mit der er eine Woche im Bett verbracht hatte. Bis jetzt. Ryan wettete, dass sie unter diesem Kleid keine sexy Seidenwäsche trug.

„Entschuldigen Sie bitte."

Ein etwas älterer Mann mit einer tiefen Stimme trat hinter Samantha an die Rezeption.

„Ja bitte, Sir?", sagte Joe.

„Meine Verlobte erwartet einen Anruf von ihrem Vater. Lassen Sie sie bitte auf der Cocktailparty im großen Bankettsaal ausrufen, sobald der Anruf kommt."

„Mit Vergnügen, Sir."

Ryan unterdrückte ein Lächeln. Zumindest umschmeichelte Joe auch die Gäste.

„Und wie ist der Name Ihrer Verlobten?"

Der Mann lachte. „Es ist diese junge Lady hier, Miss Reed", sagte er stolz und griff nach Samanthas Hand.

Es war wie ein Schlag in die Magengrube. Während seiner Jugend war Ryan in Kneipenschlägereien verwickelt gewesen, aber dies hier tat viel mehr weh.

„Aber ... aber ...", stotterte Joe und warf seinem Boss einen verwirrten Blick zu. Ryan legte den Finger auf die Lippen, um dem Jungen zu verstehen zu geben, dass er ihn nicht verraten, sondern weitermachen sollte.

Seine Samantha trug einen großen Brillantring am Ringfinger der linken Hand. An dem Finger, an dem zuvor Ryans Ring gesteckt hatte. Zeichen seiner Zuneigung.

Wozu brauchte sie seinen kleinen Silberring, wenn sie diesen im Gepäck versteckt hatte? Außerdem, was wollte sie von einem armen Barkeeper, wenn ein reicher Mann auf sie wartete? Jetzt verstand er, warum sie persönlichen Fragen aus dem Weg gegangen war.

Ryan musterte den anderen Mann und wünschte, er könnte ihn irgendwie kritisieren. Doch der Kerl war gut gekleidet und nicht irgendein aufgeblasener Playboy, den man häufig mit jungen Frauen zusammen sah. Das Einzige war das Alter.

Es gab nur zwei Möglichkeiten. Entweder, sie hatte sich mit Ryan, dem Barkeeper, amüsiert und eine Woche hemmungslosen Sex genossen, bevor sie einen älteren Mann heiratete. Oder sie hatte gewusst, dass er Ryan Mackenzie war, und es auf seinen Reichtum abgesehen. Zee hatte ein großes Mundwerk, und Ryan hatte ihn nicht schwören lassen, sein Geheimnis nicht zu verraten.

Er wusste nicht, welche Möglichkeit schlimmer war.

Sie hatten sich ein paar Schritte von der Rezeption entfernt, als Samantha sich noch einmal umdrehte. „Joe?"

„Ja, Miss Reed?"

„Ist Mr. Mackenzie schon zurückgekehrt?"

Der junge Mann öffnete und schloss den Mund. Ryan hielt den Atem an, bis Joe endlich sagte: „Nein, noch nicht." Der Junge verdient eine Belohnung, dachte er.

„Danke", murmelte Sam.

Mit geballten Fäusten beobachtete er, wie sich das Paar entfernte. Jetzt hatte er seine Antwort.

Die letzte Woche ging ihm durch den Kopf. Sam war am ersten Abend zu ihm in den Lagerraum gekommen und hatte mit ihm geflirtet, bis er sie gebeten hatte zu bleiben. Sie war nicht sofort mit ihm ins Bett gesprungen, doch sie hatte ihn geneckt und gereizt, bis es um seine Beherrschung geschehen war.

Der Sex mit ihr war unglaublich gewesen. Doch jeder Versuch, sich ihr auch gefühlsmäßig zu nähern, war niedergeschmettert worden. Selbst an dem Tag, als sie ihre Träume teilten, hatte sie versucht, sich zurückzuziehen. Erst ganz zuletzt hatte er einen kleinen Blick in ihre Seele werfen dürfen. Das hatte er jedenfalls gedacht.

Aber eine Frau, die die ganze Zeit wusste, dass sie mit einem anderen Mann verlobt war, war nicht fähig zu teilen. Am wenigsten ihr Herz. Wahrscheinlich war Ryan für sie nur die bessere Partie. Deshalb hatte sie sich an ihn herangemacht.

Warum sollte sie einen alten, konservativen … langweiligen Mann heiraten, wenn sie einen jungen, feurigen bekommen konnte? Himmel, die Leidenschaft zwischen ihnen war so heiß gewesen, dass sie beide an dem Feuer fast verbrannt wären. Und zum Schluss hatte sie ihm gesagt, was er hören wollte. „Ich liebe dich."

Wenn sie wirklich nur auf Sex aus gewesen wäre, hätte sie diese drei kleinen Worte vor ihrer Abreise nicht gesagt. Oder war das alles Berechnung gewesen? Sie hatte seinen Appetit geweckt und gesagt, was er hören wollte, damit er entsprechend reagierte.

Und er hatte reagiert.

Er ignorierte sein Herzklopfen. Und er ignorierte die warnende Stimme, dass irgendetwas an der Sache nicht stimmte. Dass seine Samantha keine Frau war, die ihn absichtlich verletzte. Er ignorierte alles. Denn trotz allem, was er in all den Jahren als Besitzer dieses Hotels erlebt hatte, war er genau auf die Art von Frau hereingefallen, die er immer gemieden hatte.

Samantha verkörperte genau die Frau, die in diesem Hotel wohnte. Der einzige Unterschied war, dass sie ihn hatte zum Narren halten können. Er wollte es nicht glauben, aber er konnte einfach nicht leugnen, was er gesehen hatte.

Außerdem hatte sie nach ihm gefragt. Sie wusste, wer er war. Wie lange schon?

„Joe?"

„Ja, Sir?" Der Junge sah aus, als wollte er ihn trösten. Es machte ihn verrückt. Er brauchte kein Mitleid.

„Bei Ihren Gesprächen mit Sam … Miss Reed, haben Sie da zufällig auch über das Hotel gesprochen?"

Der Junge dachte nach. „Ja, Sir."

Er verspürte Hoffnung. „Und Sie haben ihr gesagt, dass mir das Hotel gehört?"

Joe runzelte die Stirn. „Lassen Sie mich nachdenken. Nein, Sir. Sie hat ein wenig gescherzt, und ich wusste zuerst nicht, ob ich etwas Falsches gesagt hatte. Ihre genauen Worte waren, glaube ich, ‚Ich kenne Mr. Mackenzies Stellung hier genauso gut wie Sie.‘“

„Verstehe.“ Er verstand nur zu gut.

„Soll ich ... haben Sie Ihre Pläne für heute Abend geändert?“

„Nein.“ Ryan schlug mit der Hand auf den Tisch. „Lassen Sie alles, wie es ist.“ Warum sollte er sich die Mühe machen und jetzt noch etwas ändern?

Eine ganze Woche lang hatte er ein schlechtes Gewissen gehabt, weil er ihr die Wahrheit verheimlicht hatte. Verglichen mit Samanthas Lüge war seine winzig klein. Nein, er würde seinen Plan nicht ändern. Es würde ihm Genugtuung verschaffen, ihr Gesicht zu sehen, wenn sie das Zimmer voller Blumen betrat.

Sie sollte glauben, dass ihr Plan aufgegangen war und sie alles bekam, was sie wollte. Geld und einen jungen Liebhaber.

Und vor allem wollte er ihren Gesichtsausdruck sehen, wenn ihr der Boden unter den Füßen weggerissen wurde.

Erst dann würde sie wissen, wie es war, auf den Wolken zu schweben und von dort brutal auf die Erde zu stürzen. Und er wollte ihre Erklärung hören. Auch wenn es keinen Unterschied mehr machte.

Samanthas Füße schmerzten vom langen Stehen in den hohen Pumps. Sobald sie in ihr Zimmer kam, würden die Schuhe im Müll landen. Ebenso ihr Kleid, in dem sie aussah, als habe sie es aus dem Kleiderschrank ihrer Mutter genommen, um ein Mal große Dame zu spielen.

In gewissem Sinne hatte sie das auch. Tom mochte es, wenn sie sich klassisch kleidete. Obwohl er gern eine junge, hübsche Frau an seiner Seite hatte, schätzte er konservative Eleganz. Er wollte von anderen Männern beneidet werden. So hatte sie die letzten sechs Monate damit verbracht, Kleidung zu kaufen, die ihm gefiel.

Das hatte endlich ein Ende.

Sie trat aus dem Fahrstuhl und riss sich die Schuhe von den Füßen. In Strümpfen über den weichen Teppichboden des Korridors zu laufen, erschien ihr wie der Himmel auf Erden. Genauso hatte sie sich gefühlt, als sie Tom in der Hotelbar zurückließ.

Sie wollte Ruhe, er noch einen Drink in der Bar nehmen. Sie hatte ihm erklärt, dass sie das, was sie ihm sagen wollte, lieber unter vier Augen tun wollte. Er aber war dabei geblieben, dass sie zu hübsch war, um sich in einem Hotelzimmer zu verstecken. Schließlich hatte Sam nachgegeben und eine Ecke gefunden, wo sie in Ruhe mit ihm sprechen konnte.

Tom hatte die Neuigkeit wie erwartet gelassen hingenommen. Er war ein zivilisierter Mensch und kein Freund von hässlichen Szenen in der Öffentlichkeit. Aber er hatte sie ruhig daran erinnert, dass der Ruf ihres Vaters auf dem Spiel stand. Daraufhin hatte sie ihn genauso ruhig gefragt, warum er für eine Frau ein Vermögen bezahlen wollte, wenn andere ihn mit Kusshand nehmen würden.

Das Telefonat mit ihrem Vater hatte sie ebenfalls hinter sich gebracht. Komisch, aber er hatte fast erleichtert geklungen. Vielleicht hatte sie ihn unterschätzt. Sie hatte ihm versprochen, eine andere Lösung zu finden und dass sie darüber sprechen würden, sobald sie wieder zu Hause war. Bevor er auflegte, hatte er ihr noch gesagt, wie sehr er sie liebte. Sie war überglücklich gewesen. Sie musste ihr Leben also nicht opfern, um seine Liebe zu gewinnen.

Jetzt musste sie nur noch dem Mann gegenüber treten, den sie liebte. Auch wenn es kein Happy End geben würde, wollte sie mit ihm sprechen, bevor sie ihr weiteres Leben plante.

Sie hatte ihr Zimmer erreicht und sehnte sich danach, endlich das schreckliche Kleid ausziehen zu können. In einer Hand hielt sie ihre Schuhe, mit der anderen öffnete sie die Tür. Die Suite war dunkel, nur im Schlafzimmer brannte ein kleines Licht. Sie konnte sich nicht erinnern, die Lampen im Wohnzimmer ausgeschaltet zu haben, aber wahrscheinlich hatte das Zimmermädchen das getan.

Sie ließ ihre Pumps fallen und ging durch die Dunkelheit zum Schlafzimmer, zog den Reißverschluss ihres Kleides auf und ließ es im Laufen auf den Boden fallen. Freiheit hatte sich noch nie so gut angefühlt. Als sie das Schlafzimmer erreichte, schaltete sie das Licht ein.

Ihr stockte der Atem, als sie ein Geräusch hörte, und sie wirbelte herum.

„Verdammt, ich habe dich schon wieder unterschätzt." Sie glaubte zu hören, dass er etwas von Dessous murmelte, war sich aber nicht sicher.

„Ryan!" Erleichtert atmete sie aus. Bei seinem Anblick vergaß sie alles außer ihrem klopfenden Herzen und der schieren Freude, in seiner Nähe zu sein. Sie wollte sich in seine Arme stürzen, doch sein harter Gesichtsausdruck ließ sie abrupt innehalten.

Plötzlich fühlte sie sich verletzlich und allein, etwas, was in seiner Gegenwart nie der Fall gewesen war. Sie schlang die Arme um ihren Körper, um sich so gut wie möglich zu bedecken.

„Hast du jemand anderen erwartet?", fragte er.

Verwirrt über seinen schroffen Ton, betrachtete sie sein Gesicht und sagte das Erstbeste, was ihr in den Sinn kam. „Du hast dich rasiert."

Er legte die Hand über die Lippen, wo sein Schnurrbart gewesen war. „Ich hatte meine Gründe."

„Verstehe." Sie verstand überhaupt nichts, aber eine böse Ahnung überfiel sie. Wie ein Fremder stand er vor ihr. Der fehlende Schnurrbart war nicht das Einzige, was ihn von dem Barkeeper unterschied, den sie kannte.

Du kanntest ihn nicht wirklich, sagte sie sich plötzlich. Sein männlicher Duft war derselbe, auch die Wirkung, die er auf ihren Körper hatte. Sex war anscheinend doch alles gewesen, was sie miteinander geteilt hatten.

Ihr klopfendes Herz sagte etwas anderes.

Er streckte die Hand aus und spielte mit dem dünnen Träger ihres BHs, wobei er mit den Fingerspitzen über ihre Haut glitt. Sie erbebte unter seiner Berührung, doch seine Hände fühlten sich genauso kalt an, wie seine Stimme geklungen hatte.

„Ich dachte, diese verführerische Wäsche und deine Haare, die dir jetzt so herrlich über die Schultern fallen, seien vielleicht … eine Verkleidung."

„Für was?"

„Für eine Verführung. Du bist gut darin." Er spielte mit ihr, allerdings war das ein Spiel, das ihr überhaupt nicht gefiel.

„Wen sollte ich verführen?", fuhr sie ihn an.

„Das wollte ich von dir wissen." Er ließ den Träger los und ging ans Fenster.

Erst jetzt sah sie sich im Zimmer um. Herrliche Blumensträuße schmückten den Raum. Ihr Herz machte einen freudigen Sprung. Hoffnung keimte in ihr auf.

War er verärgert, weil sie seine Bemühungen, eine romantische Atmosphäre zu schaffen, nicht sofort bemerkt hatte? Vielleicht wollte er sich so bei ihr entschuldigen. Wenn das so war, dann hatte sie ihm schon längst vergeben.

Sie hoffte von ganzem Herzen, dass sie eine Chance hatten, neu zu beginnen.

Sie ging zu ihm und berührte ihn leicht an der Schulter. „Ryan."

Er erstarrte.

„Tut mir leid, dass ich es nicht früher bemerkt habe. Ich hatte so viel im Kopf, aber … die Blumen sind wunderschön.

Hast du das alles für mich arrangiert?“

„Ja.“

„Danke.“ Sie schlang die Arme um seine Taille und spürte einen Moment lang seine Muskeln.

Im nächsten Augenblick hatte er sie schon von sich gestoßen. „Lass das!“

„Was …“ Sie starrte ihn fassungslos an. „Was hast du?“

„Ich hätte nie gedacht, dass du so bist wie alle anderen. Ach, noch viel schlimmer. Da.“ Er öffnete eine kleine Schmuckschachtel. „Das habe ich auch für dich gekauft.“

Ein wunderschöner Brillantring funkelte auf schwarzem Samt. „Ryan, er ist phantastisch …“

„Und größer als der da.“ Grob zog er an ihrer Hand und sah auf den Silberring mit dem Türkis.

Seine Augen blitzten vor Verwirrung, dann folgte Wut.

Sie verstand seine Reaktion nicht. Sie hatte Ryans Ring sofort, als sie die Bar verließ, wieder angesteckt. Sie wollte etwas von dem Ryan tragen, den sie kennengelernt hatte, auch wenn er sich als ein ganz anderer Mann erwiesen hatte. „Ich liebe diesen Ring“, sagte sie. „Ich dachte, du auch.“

„Du bist gut, Sammy Jo. Besser, als ich gedacht habe.“ Er ließ das Kästchen zuschnappen und steckte es in seine Tasche. „Eines möchte ich noch gern wissen. Hättest du Ja gesagt?“

„Natürlich, aber …“

„Natürlich. Noch eine Frage: Was hättest du mit dem Verlobten Nummer eins getan?“

11. KAPITEL

Sams Knie wurden weich, und sie ließ sich auf einen Sessel fallen. „Ich wollte es dir sagen. Heute Abend, nachdem …"

„Nachdem …?"

„Nachdem ich die Verlobung mit Tom gelöst habe. Das ist gerade eben geschehen. Es ist vorbei. Nicht, dass da je etwas gewesen ist, aber es war … notwendig."

„Und das ist es jetzt nicht mehr?"

„Nein."

Ryan stürmte zu ihr und stützte sich mit beiden Armen auf den Lehnen ab. Noch nie hatte sie ihn so wütend gesehen, nicht einmal an dem Abend, als der betrunkene Kerl in der Bar ihr gegenüber unverschämt geworden war. Sie schluckte, weil sie Angst hatte, zu lange gewartet zu haben, und es jetzt keinen Weg mehr zurück gab. Er würde ihre Erklärungen nicht hören wollen.

Aber auch er hatte ihr einiges nicht erzählt, deshalb müsste er sie eigentlich verstehen. „Ich hätte es dir sagen sollen, aber Tom … die Verlobung ist nicht länger nötig, weil …"

„Ich auch reich bin", stieß er hervor. „Und von mir kannst du nicht nur Geld bekommen, du hast auch einen Mann, der vom Alter her zu dir passt und mit dem du phantastischen Sex haben kannst, stimmt's? Nun, Sammy Jo, du hättest es fast geschafft."

Sam starrte ihn an. Als ihr die Bedeutung seiner Worte klar wurde, empfand sie nur noch Wut. Wie konnte er es wagen, so von ihr zu denken? Sie hatte ihm mehr von sich preisgegeben als je einem Menschen zuvor. Und war er nicht selbst unehrlich gewesen?

Sie sah ihm in die Augen. Statt Zorn spiegelte sich jetzt jedoch die gleiche Enttäuschung wider, die sie selbst empfand. Wirklicher Schmerz. Wenn er zu diesem Gefühl noch fähig war, dann empfand er auch noch etwas für sie.

Sie streckte die Hand nach seiner aus, doch er riss sie fort. Sie versuchte zu verbergen, wie sehr diese Geste sie schmerzte. „Hast du wirklich geglaubt, ich hätte gewusst, dass dir diese Hotelanlage gehört? Von Anfang an?"

Er nickte. „Auf jeden Fall ziemlich schnell. Ich bin sicher, Zee oder wer auch immer es dir gesagt hat, hat es gut gemeint."

Sie verschränkte die Arme über der Brust. „Hast du schon einmal etwas von Loyalität gehört, Ryan Mackenzie? Zee behandelt dich wie seinen eigenen Sohn, trotzdem glaubst du, er hätte dich verraten. Und nach dem, was wir beide miteinander hatten ..." Sie boxte ihm in die Brust. „Anscheinend war es doch nicht so toll zwischen uns, wenn du so von mir denkst."

Sie zwang sich weiterzusprechen. „Es kann gar nichts Großartiges gewesen sein, wenn man bedenkt, dass wir *beide* gelogen haben."

Kalter Schweiß stand ihr auf der Stirn. Sie erhob sich und ging ins Badezimmer, um ihre Blöße ein wenig zu bedecken.

Seine Worte folgten ihr. „Ich habe deine Geschäftstüchtigkeit überschätzt, Samantha. Du hättest den einen nicht verlassen sollen, solange du den anderen noch nicht sicher hast."

„Du arroganter, abscheulicher, selbstgerechter ..."

„Gute Wortwahl, aber du solltest dich jetzt schnellstens um deine erste Wahl kümmern, bevor er einen Ersatz gefunden hat."

„Vielleicht ..." Der Rest des Satzes ging unter, da er mit einem lauten Knall die Tür hinter sich zuschlug. „... werde ich das tun", murmelte sie, obwohl sie genau wusste, dass dies niemals der Fall sein würde.

Sam wartete keine Sekunde. Kaum war die Tür ins Schloss gefallen, da packte sie die wenigen Sachen, die sie aus dem Koffer geholt hatte, wieder ein. Hier konnte sie nicht länger bleiben. Nicht wenn der Mann, den sie liebte, glaubte, sie ...

sie hätte … Sie hätte sich dem reicheren Mann verkauft.

Tränen liefen ihr über die Wangen. Würde sie jemals wieder aufhören können zu weinen? Sie hatte sich rettungslos in Ryan verliebt, während es für ihn nur phantastischer Sex gewesen war. Das hatte er laut zugegeben.

Während sie sich eine Jeans und ein T-Shirt anzog, gestand sie sich das Offensichtliche ein. „Es ist vorbei." Der Schmerz war unerträglich. Noch einmal sah sie sich in der Suite um. Nicht weil sie den Duft der vielen Blumen in Erinnerung behalten wollte, sondern nur um sich zu vergewissern, dass sie nichts vergessen hatte. Sie nahm eine rote Rose, um sie auf das Kopfkissen zu legen.

Dann dachte sie an den Ring. Er war ein Symbol, das so viel ausdrückte, genauso wie Ryans Bemühungen, diese romantische Atmosphäre zu schaffen.

„Oh Gott." Sam schloss die Augen und sah Ryan und sein schmerzerfülltes Gesicht vor sich.

Er war kein rachsüchtiger Mann. Das wusste sie. Er hatte all diese Bemühungen nicht auf sich genommen, nachdem er von ihrer Verlobung gehört hatte, sondern davor. Er hatte ihr einen Brillantring gekauft und die Atmosphäre für einen romantischen Heiratsantrag geschaffen. Und dann hatte er die Wahrheit erfahren.

Zumindest verließ sie das Hotel jetzt in der Gewissheit, dass sie ihm mehr bedeutet hatte als nur ein sexuelles Abenteuer.

Sie nahm einen Stift und ein Blatt Papier und schrieb eine Notiz für Ryan. Zusammen mit einer roten Rose legte sie das Papier auf das weiße Kopfkissen.

Vielleicht würde er sich eines Tages mit Freude und nicht mit Bitterkeit an diese Woche erinnern. An Liebe, nicht an Schmerz.

Vielleicht würde sie selbst es eines Tages auch schaffen.

Ryan setzte sich auf einen der Barhocker in Bears Kneipe. Er betrachtete die bunten Schnapsflaschen auf den Regalen und überlegte, welcher ihn am schnellsten betrunken machen würde.

„Ein Tequila würde dir jetzt bestimmt guttun“, schlug Zee vor.

„Wo ist Bear?“

„Was meinst du wohl? Richtet sich mit seiner neuen Familie in meinem Haus ein. Das Apartment über der Kneipe ist zu klein für drei. Du hast mir gar nicht erzählt, dass ich so schnell Großvater werde.“ Der alte Mann strahlte vor Aufregung.

„Ich habe es Bear versprochen.“

„Also bist du doch noch zu etwas zu gebrauchen. Bear wird rechtzeitig hier sein, wenn der Betrieb beginnt.“ Zee schenkte ihnen beiden einen Drink ein. „Hier. Ich glaube, den kannst du gebrauchen.“

„Stimmt.“

„Wenn du Sammy Jo wehgetan hast, dann bekommst du Ärger mit mir.“

Ryan verdrehte genervt die Augen. Zee kannte die Frau erst seit einer Woche und liebte sie schon. Allerdings konnte Ryan das nur zu gut verstehen.

Zee lehnte sich über den Tresen. „Schneid mir keine Grimassen. Sie ist ein gutes Mädchen und verdient es nicht, angelogen zu werden.“

„Ach, wirklich?“ Ryan kippte den Tequila hinunter. Er verschluckte sich fast, als er statt des bitteren, harten Schnapses, gefärbtes Wasser schmeckte.

„Was für den einen gilt, gilt für den anderen noch lange nicht, ist es so?“, fragte der alte Mann.

„Du wusstest es?“

„Ich bin vielleicht alt, aber ich bin nicht dumm. Und du musst dich nicht betrinken, sondern reden.“

„Was würdest du sagen, wenn ich dir erzählte, dass Sammy Jo einen reichen Verlobten hat, der im ‚The Resort' auf sie gewartet hat?"

Zee verzog keine Miene. „Ich würde sagen, es gibt eine Erklärung dafür."

Ryan schnaubte verächtlich.

„Und wie lautete die Erklärung?"

„Weiß ich nicht. Ich habe sie mir nicht angehört."

Zee setzte sich neben ihn auf einen Barhocker. „Wenn jemand lügt, dann hat er Gründe dafür. Hast du ihr erzählt, dass du der Besitzer der Hotelanlage bist?"

Ryan sah den Mann an, der für ihn wie ein Vater war. „Sie wusste es schon."

Ryan musste Zee nicht fragen, ob er derjenige gewesen war, der Sam informiert hatte. Er wusste, dass der alte Mann ihn nicht verraten hatte.

Genauso wie er in dem Moment, als er die Tür hinter sich zuschlug, wusste, dass er übertrieben reagiert hatte. Aber es kam nicht jeden Tag vor, dass man die Frau, die man heiraten wollte, mit dem Ring eines anderen Mannes am Finger erwischte.

Es war ungeheuer demütigend gewesen, auf diese Art und Weise die Wahrheit zu erfahren.

„Und du meinst, sie wollte sich an den Meistbietenden verkaufen?"

„Zuerst habe ich das geglaubt."

„Erzähl mir nicht, dass du ihr das vorgehalten hast."

„Jetzt schenk mir endlich einen richtigen Schnaps ein, oder ich sage überhaupt nichts mehr." Ihm war plötzlich klar, dass er sich wie ein Idiot benommen hatte. Er hatte die Frau, die er liebte, eine Hure genannt. Auch wenn er diesen Ausdruck nicht benutzt hatte. Wie sollte er damit leben?

„Du hattest deine Gründe, ihr nicht die Wahrheit zu erzählen. Meinst du nicht, dass sie ihre hatte?"

Ryan schnappte sich eine Flasche Whiskey und schenkte sich ein Glas voll ein. Bevor er antwortete, kippte er den Schnaps in einem Zug hinunter. „Wahrscheinlich."

„Und die Zeichen müssen doch vorher schon da gewesen sein."

„Ja. Sie ist immer auf Distanz geblieben. Aber dass ein anderer Mann im Spiel ist? Verdammt, nein."

„Dann überlege dir, welche Gründe sie gehabt haben könnte. Das kannst du aber nicht, wenn du dich sinnlos betrinkst." Zee nahm die Flasche und stellte sie unter die Bar. „Damit zahle ich dir zurück, dass du mir jeden Abend dieses verwässerte Zeug zu trinken gegeben hast. Und jetzt lasse ich dich allein. Vielleicht wirst du dann endlich vernünftig und fährst zu ihr."

Eigentlich wusste Ryan genau, dass Sam keine Frau war, die ihm absichtlich wehtat. Aber was wusste er sonst noch von ihr? Sie war geradewegs aus der Wüste gekommen. Sie hatte wunderschöne blaue Augen, in denen man versinken konnte. Ihre Mutter war vor drei Jahren gestorben, und sie redete wie ein Wasserfall, wenn sie nervös war. Sie war Finanzberaterin und hatte leidenschaftlichen, hemmungslosen Sex mit ihm gehabt. Ihre Familie bestand nur noch aus ihrem Vater, der bis über beide Ohren verschuldet war.

Das war es. Der Vater brauchte Geld. Was hatte Samantha noch wegen der Verlobung gesagt? *Nicht, dass da je etwas war, aber sie war … notwendig.*

Zee hatte recht. Es hatte Anzeichen gegeben. Sie hatte ihrer sterbenden Mutter das Versprechen gegeben, sich um den Vater zu kümmern.

„Verdammt." Sie wollte den reichen alten Mann heiraten, um ihrem Vater zu helfen. Bevor es jedoch dazu gekommen war, hatte sie Ryan kennengelernt und sich in ihn verliebt, obwohl sie ihn für einen einfachen Barkeeper hielt. Die Liebe war wichtig gewesen und nicht das Geld, trotz der Zwangslage ihres Vaters. Dass Ryan reich war, hatte sie erst erfahren, nachdem sie Bears Bar verlassen hatte, um sich von ihrem Verlobten zu trennen. Ja, er war jetzt sicher, dass es so gewesen sein musste.

Hoffentlich war es nicht zu spät. Fluchtartig verließ er die Bar und fuhr in Rekordzeit zurück zum „The Resort". Er musste Samantha finden. Er wusste zwar nicht, ob er noch eine Chance hatte, so, wie er sich benommen hatte, doch zumindest musste er es versuchen.

Als er vor ihrer Suite stand, klopfte er nicht an, sondern öffnete die Tür einfach mit einer Karte.

„Sam?"

Schweigen.

Sie war fort.

Ein Anruf an der Rezeption bestätigte, dass sie abgereist war. Niedergeschlagen ging er ins Schlafzimmer und setzte sich auf das Bett. Er verfluchte seine eigene Dummheit. Als seien seine Anschuldigungen nicht schon schlimm genug gewesen, hatte er sie auch noch verlassen und ihr gesagt, sie solle zurück zu ihrer ersten Wahl.

Ihm fielen ihre letzten Worte ein. *Vielleicht werde …* Mehr hatte er nicht gehört, aber er ahnte jetzt den Schluss. Was bedeutete, dass sie vielleicht mit dem anderen Mann noch im Hotel war.

Er griff nach dem Telefon. Doch Joe, der Einzige, der den Mann identifizieren konnte, hatte frei. Ryans Blick fiel auf das Kopfkissen.

Sein Magen verkrampfte sich, als er den Zettel nahm. *Ryan, ich wäre für immer mit dir glücklich gewesen, auch in einem kleinen Apartment über der Bar.* Klarer konnte sie sich nicht ausdrücken. Sie liebte Ryan, den Barkeeper, und nicht den Hotelbesitzer und Idioten, der er geworden war.

„Sie sehen nicht gut aus, Mr. Mackenzie. Ich meine, Sie sehen müde aus heute Morgen."

„Nach einer schlaflosen Nacht würden Sie genauso aussehen, Joe." Und nach den unruhigen Träumen und erotischen Erinnerungen, dachte Ryan.

„Oh."

„Haben Sie den älteren Herrn von gestern Abend gesehen. Der mit Miss Reed zusammen war?", fragte Ryan.

„Heute Morgen auf dem Weg zum Frühstück."

„War er allein?"

„Nein, Sir. Er hatte eine phantastisch aussehende junge Frau am Arm."

Blond? Brünett? Samantha? Ryan hätte den jungen Mann, der plötzlich so diskret war, am liebsten geschüttelt.

„Sie sind noch im Frühstücksraum."

Mit klopfendem Herzen ging Ryan in Richtung Restaurant. Bevor er eintreten konnte, wurde er ans Telefon gerufen.

„Was gibt es, Kate?" Selbst als Ryan mit seiner Schwester sprach, ließ er den Eingang des Restaurants nicht aus den Augen.

Kurz nachdem er aufgelegt hatte, kam der Mann, nach dem er suchte, aus dem Restaurant. An seinem Arm eine hübsche, rothaarige junge Frau. Rothaarig. Erleichtert atmete Ryan auf. Es war nicht Samantha.

Das bedeutete aber, dass er nicht wusste, wo sie sich aufhielt. Zu Hause wahrscheinlich, dachte er.

Er ging zurück an die Rezeption und sah die Wochenendbuchungen durch. Manchmal war es ein großer Vorteil, Besitzer der Hotelanlage zu sein.

12. KAPITEL

Samantha beugte sich über die Zeitung und studierte die Stellenanzeigen. Sie musste eine Entscheidung treffen, wie ihr Leben weitergehen sollte. Mit dem Herzen war sie immer noch in Arizona und bei Ryan. Doch es war vorbei.

Die Türklingel schreckte sie aus ihren Gedanken. Sie sprang auf und ging an die Sprechanlage. Es war wahrscheinlich ihr Vater. Sie hatte einige Vorschläge gemacht, und er hatte versprochen, über die verschiedenen Möglichkeiten nachzudenken und dann mit ihr darüber zu sprechen.

„Komm hoch, Dad", sagte sie in die Sprechanlage und betätigte den Türöffner.

Sekunden später klopfte es an ihrer Wohnungstür. „Sei nicht so förmlich. Komm herein", rief sie.

„Hallo, Sammy Jo."

Bei dem Klang der tiefen Stimme machte ihr Herz einen Sprung, und sie sah auf. Träumte sie? Nein, es war Ryan, der in der kleinen Diele stand. Am liebsten hätte sie sich sofort in seine Arme gestürzt.

„Wie hast du mich gefunden?", fragte sie.

„Manchmal hat es Vorteile, Hotelbesitzer zu sein."

Er lächelte, als sie ihn verwirrt ansah. „Ich habe mir deine Daten aus dem Computer herausgeholt."

„Verstehe. Und du bist hier, um …"

„Um zu erklären."

„So wie du mich hast erklären lassen?"

Er stöhnte innerlich. „Vielleicht verdiene ich es, so von dir behandelt zu werden, aber ich bin nicht den weiten Weg gekommen, um sofort wieder fortgejagt zu werden, Sammy Jo."

„Warum bist du dann gekommen?"

„Deinetwegen." Er stand jetzt so nah bei ihr, dass alles andere aus ihrem Bewusstsein verschwand. Das Hupen der

Autos draußen, das Summen der Klimaanlage. Sie nahm nur noch seinen männlichen Duft wahr. „Ich habe dir etwas versprochen und es nicht gehalten."

Sie bemerkte den erotischen Unterton in seiner Stimme. Ihr Körper reagierte sofort darauf. „Was hast du mir versprochen?"

„Ich habe gesagt, dass wir alle zwölf Kondome benutzen werden. Es sind noch einige übrig." Er schenkte ihr sein umwerfendes Lächeln.

Leider waren sie über den Punkt hinaus, wo sexuelle Anzüglichkeiten die Spannung zwischen ihnen lösen konnte. „Interessant, dass du gerade darauf zu sprechen kommst, Ryan. Anscheinend hatte ich recht. Sex war das einzig Ehrliche zwischen uns. Alles andere war eine Lüge."

„Das stimmt nicht."

„Nein? Ich erkenne dich nicht einmal, so wie du angezogen bist." Sie griff an den Kragen seines teuren Hemdes. „Vor mir steht ein Fremder. Selbst der Schnurrbart ist weg."

„Alles Äußerlichkeiten, Sammy Jo. Du versuchst damit nur, dich selbst zu schützen." Er hielt sie an den Handgelenken fest. „Das ist aber nicht nötig."

Stimmte es, was er sagte? Versuchte sie wirklich, sich vor dem Mann zu schützen, der ihr bis zu dem Tag, als er ihre Täuschung entdeckte, nur Freude und Glück geschenkt hatte? Ja. Denn sie hatte Angst. Woher sollte sie wissen, was zwischen ihnen Wirklichkeit und Phantasie war?

Er strich ihr eine Haarsträhne hinter das Ohr. Dabei glitt er zärtlich mit den Fingerspitzen über ihren Nacken. Sie schloss die Augen.

„Du bist also meinetwegen gekommen", sagte sie schließlich.

Verdammt, er liebte diese Frau und schuldete ihr mehr, als er ihr bisher gegeben hatte. Zumindest hatte sie eine Erklärung verdient. Was dann passierte, war ihre Entscheidung.

„Das ‚The Resort' war früher eine kleine Frühstückspension", begann er langsam.

„Wirklich?"

Er nickte. „Sie gehörte meinem Vater, ebenso wie das Land ringsherum. Die Hotelanlage war ein Traum von ihm. Doch bevor er ihn erleben konnte, starb er an einem Herzanfall. Ich habe seinen Traum verwirklicht und das Hotel gebaut. Der Zeitpunkt war günstig, und das Hotel florierte."

„Sei doch nicht so bescheiden. Dein Vater wäre bestimmt sehr stolz auf dich."

„Auf das Geschäft, ja. Aber nicht, wie ich mit meinem plötzlichen Reichtum umging."

Er schämte sich heute noch dafür, wie er mit Geld um sich geworfen hatte und wie schnell er seine Wurzeln vergessen hatte.

„Die weiblichen Gäste warfen sich mir an den Hals, und das ist mir zu Kopf gestiegen. Als ich endlich merkte, dass die Frauen nicht mich, sondern nur mein Geld liebten, war der Schaden schon angerichtet."

Neugierig sah sie ihn an. „Wer hat dir wehgetan, Ryan?"

„Das ist das Merkwürdige. Es war keine bestimmte Frau. Keine bedeutete mir genug." *Bis du kamst.* Er nahm ihre Hand und küsste ihre Fingerspitzen. „Die Tatsache, dass diese Frauen eine Affäre mit mir hatten, während ihre Männer im Hotel ihren Geschäften nachgingen, machte mich fertig. Als ich dich kennenlernte und du den Mann mochtest, für den du mich hieltest, wollte ich dir nicht sagen, wer und was ich wirklich bin. Und irgendwann war es dann zu spät. Du hattest dich emotional zurückgezogen."

Er trat ans Fenster und schaute hinaus in den Park. Alles, was gesagt werden musste, hatte er gesagt. Jetzt lag die Entscheidung bei ihr.

Wie beim ersten Mal musste sie zu ihm kommen.

Sam stellte sich hinter ihn. Er hatte etwas geschafft, was sie nicht mehr für möglich gehalten hatte. Zorn und Kränkung waren verschwunden, stattdessen empfand sie noch mehr Liebe für diesen ganz besonderen Mann.

„Mich trifft genauso viel Schuld, Ryan." Er drehte sich um und sah sie an. „Und was nun?" Sie streckte die Hände nach ihm aus. „Du könntest den Abstand zwischen uns verringern." Wenn er sie nur in den Armen hielt, dann wäre alles in Ordnung. Worte würden folgen.

Er wirkte so ernst, wie sie ihn noch nie gesehen hatte. „Eine Frage noch."

Sie zog ihre Arme zurück und ballte die Hände zu Fäusten. „Ja?"

„Vertraust du mir?" Eine Frage, die sie sich in der einen Woche häufig gegenseitig gestellt hatten. Aber jetzt hatte sie eine ganz besondere Bedeutung.

Konnte sie ihm trotz der Lügen vertrauen, trotz der furchtbaren Dinge, die er ihr an den Kopf geworfen hatte?

„Ob ich dir vertraue?", wiederholte sie die Frage. „Mit meinem Leben."

Kaum hatte sie die Worte ausgesprochen, da zog er sie schon in seine Arme und drückte sie an sich. Endlich war sie wieder dort, wo sie hingehörte.

Sie küsste ihn mit einer Leidenschaft, die sie nie zuvor empfunden hatte.

„Bedeutet das, dass du mir *verziehen* hast?", fragte er einen Moment später.

Sie legte den Kopf zurück und sah ihm in die dunklen Augen. „Ich denke, wir müssen einander verzeihen."

„Ich liebe dich, Sammy Jo. Ich liebe dich wirklich. Und wenn du Geld brauchst, um deinem Vater zu helfen, dann gebe ich es dir."

„Mein Vater ..."

„Deshalb wolltest du doch einen Mann heiraten, den du gar nicht liebst."

„Woher weißt du das?"

Er grinste. „Ganz einfach, Liebling. Ich kenne dich." Er nahm ihre Hand und drehte den Ring, den sie trug. Seinen Ring. „Es hat nur eine gewisse Zeit gedauert, bis ich über den Schock hinweg war und wieder wie ein normaler Mensch denken konnte."

„Danke", flüsterte sie. „Aber Dad und ich haben eine Übereinkunft getroffen. Ich habe veranlasst, dass er sich von einem Arzt untersuchen lässt. Körperlich ist er in Ordnung. Und er hat das Ausmaß dessen erkannt, was er getan hat, und ist bereit, alles zu tun, um allein wieder auf die Füße zu kommen."

„Anscheinend hast du in kurzer Zeit alles gründlich durchdacht."

„Das habe ich dir zu verdanken. Dank dir habe ich erkannt, dass ich ihm nicht mein Leben opfern kann … und auch nicht will."

„Ich kann deinem Vater helfen, die Schulden zu bezahlen."

Sie schüttelte den Kopf.

„Du lehnst aber nicht ab, weil du Angst hast, ich könnte sonst glauben, du bist hinter meinem Geld her, oder?"

„Ich sage Nein, weil unser Leben und unsere Liebe nichts mit seinen Problemen zu tun haben. Nur damit du es weißt, ich bin nicht darauf aus, die Hand auf dein Portemonnaie zu legen."

„Nein?"

Sie schüttelte wieder den Kopf. „Aber es gibt einige andere Stellen, wo ich gern meine Hand hinlegen würde." Sie lächelte und zog den Reißverschluss seiner Jeans auf. Sein Körper reagierte sofort mit heftiger Begierde, und er wehrte sich nicht, als sie an der Hose zog und zerrte, bis sie auf den Boden fiel.

Ihr Blick fiel auf den Beweis seines Verlangens, und sie umschloss ihn mit ihrer Hand. „Kein Slip“, stellte sie lächelnd fest. „Das gefällt mir.“

Er stöhnte laut. Sie hatte noch viel Zeit für ein erotisches Vorspiel. Ihr ganzes Leben lang. Aber jetzt wollte er sofort mit ihr schlafen.

Er fasste unter ihr kurzes Kleid und stellte rasch fest, dass sie nur ein winziges Höschen trug. „Und mir gefällt diese Art von Wäsche“, murmelte er. „Man kann sie nämlich so schnell ausziehen.“ Mit einem Ruck zog er ihren Slip nach unten.

„Wow!“

„Du meinst, das war gut?“

„Beeindruckend.“

„Du hast gesagt, du wärst ‚für immer‘ mit mir glücklich gewesen, selbst in einem kleinen Apartment über der Bar. Was ist mit dem Phantasiehaus, das du beschrieben hast? Würdest du nach Arizona ziehen, Sam? Ich habe in den letzten zwei Tagen eine Liste von Firmen zusammengestellt, die dich gern einstellen würden. Ich kenne auch einige Leute, die deinem Vater helfen könnten. Was meinst du?“ Gespannt wartete er auf ihre Antwort.

„Ja“, flüsterte sie und stöhnte leise. „Ja.“

Er legte die Hände um ihre Taille und hob sie hoch. Instinktiv hielt sie sich an seinen starken Schultern fest und umschlang ihn mit den Beinen, als er sanft in sie eindrang.

„Sieh mich an, Sammy Joe“, sagte er heiser.

Sie schaute in seine dunklen Augen und entdeckte dort heiße Leidenschaft und Liebe, nichts als Liebe.

„Nur damit du es weißt, Sammy Jo. Dies hier hat nichts mit Sex zu tun, sondern mit Liebe.“

„Ich weiß." Sie stöhnte laut. „Aber du kannst nicht leugnen, dass auch Sex unglaublich schön ist."

Er grinste. „Das habe ich nie getan."

„Und, damit du es weißt, Ryan Mackenzie, ich liebe dich auch."

– ENDE –

Susan Mallery
Frisch verliebt
Band-Nr. 25399
7,95 € (D)
ISBN: 978-3-89941-654-1
368 Seiten

Susan Andersen
Safer (S)EX
Band-Nr. 25392
8,95 € (D)
ISBN: 978-3-89941-637-4
368 Seiten

Lori Foster
Sexy³
Band-Nr. 25383
8,95 € (D)
ISBN: 978-3-89941-620-6
480 Seiten

Jayne Ann Krentz
Mondgeflüster
Band-Nr. 25388
8,95 € (D)
ISBN: 978-3-89941-631-2
496 Seiten

Jennifer Skully
Eine magische Begegnung
Band-Nr. 25283
7,95 € (D)
ISBN: 978-3-89941-464-6
416 Seiten

Beverly Barton
Raintree 3
Der Liebe geweiht
Band-Nr. 25364
6,95 € (D)
ISBN: 978-3-89941-586-5
320 Seiten

Linda Lael Miller
Die McKettricks 3
Sturm über der Wüste
Band-Nr. 25362
7,95 € (D)
ISBN: 978-3-89941-584-1
304 Seiten

Lynda Curnyn
Bekenntnisse einer Ex
Band-Nr. 25322
7,95 € (D)
ISBN: 978-3-89941-535-3
448 Seiten